feelings
* emotional eBooks

Über die Autorin:
Mary Kuniz, geboren 1970 in Offenbach am Main, arbeitete nach ihrer Ausbildung zunächst einige Zeit in Irland und im Anschluss auf einem Kreuzfahrtschiff. Seit 1999 lebt sie mit Ehemann und drei Kindern in einem beschaulichen Dorf in Rheinhessen. Ihren Traum vom Schreiben verwirklichte sie sich 2012 mit dem ersten Band ihrer »Finnisch«-Trilogie. Seitdem erscheint nahezu jedes Jahr ein neuer Roman, und die Ideen hierfür gehen der »lebensfrohen, bodenständigen Träumerin« garantiert nicht so schnell aus.

Mary Kuniz

Liebe lebt finnisch

Roman

feelings
* emotional eBooks

Bitte besuchen Sie uns im Internet:
www.facebook.de/feelings.ebooks

FSC
www.fsc.org
MIX
Papier aus verantwortungsvollen Quellen
FSC® C083411

Redaktion: Julia Feldmann
Covergestaltung: ZERO Werbeagentur, München
Coverabbildung: © FinePic®, München
Druck und Bindung: CPI books GmbH, Leck
ISBN 978-3-426-21696-5

Für Kathrin …
… und alle Mutigen!
Träume können wahr werden, man muss nur den Mut haben,
sie zu leben –
Mut zur Veränderung und Mut zum Gefühl.
Mut, um jedes Gefühl auszuleben.
Angst – Trauer – Wut – Freude,
sie alle sind vereint in der Liebe!

Promi-News

Moonset-Road-Produzent und Manager Mikka Korhonen heiratete am vergangenen Montag in der kleinen lutherischen Kirche auf Suomenlinna, Helsinki, seine deutsche Kurzzeit-Bekannte Eva von Lechtow. Nach der schlichten Trauungszeremonie feierte man bis in die frühen Morgenstunden im Restaurant Walhalla, das trotz Winterpause für dieses Ereignis ausnahmsweise seine Pforten geöffnet hatte. Der 45-jährige Korhonen, der den Fans als Keyboarder der Band bekannt sein dürfte, gab Fotos für die Presse frei, auf denen er mit seiner glücklich strahlenden Braut, deren Trauzeugin Emilia – war da nicht etwas mit Panu Turunen? – und seinen Bandkollegen zu sehen ist. Auf diesem Weg wünschen wir dem »jungen« Paar alles erdenklich Gute. Vielleicht war das ja nicht die letzte Hochzeit innerhalb der Band in diesem Jahr?! Wir bleiben dran!

1

»After a long run hard times are finally gone …«

♫

Schauen Sie, Liebes, Sie sind doch in der Lage, diese Seite zu bewegen.« Die Schwester tätschelte ihr aufmunternd auf den gesunden Arm. »Ich weiß, dass es schmerzlich für Sie sein muss, dass Ihre linke Körperhälfte nicht so funktioniert, wie Sie das wollen. Aber wenn Sie sich nur ein wenig mehr anstrengen …« Die Krankenpflegerin redete und redete und wusste dabei, dass ihre gut gemeinten Worte der jungen Frau nicht wirklich weiterhelfen würden. Doch sie wollte offensichtlich nicht aufgeben und sprach deshalb immer weiter. »Liebe Hortenss, grämen Sie sich nicht. Bald werden Sie wieder ganz die Alte sein. Sie müssen nur anfangen, es zu wollen. Arbeiten Sie mit uns, mit mir, meinen Kolleginnen, den Logopäden und den Physiotherapeuten. Sie sind noch so jung – zu jung, um sich aufzugeben und den Glauben an ein Leben in Gesundheit verlieren.«

Die Augen der jungen Frau schlossen sich, und ihr ohnehin schon schiefer Mund verzog sich zusätzlich. Die Schwester konnte den Missmut in ihren Zügen lesen und verstand diesen aus ganzem Herzen. Mit vierundzwanzig Jahren durch einen Schlaganfall von heute auf morgen ans Bett gefesselt zu werden, das musste eine junge Seele erst einmal verkraften.

»Wissen Sie was, liebe Hortenss, ich werde die alten Blumen mitnehmen und Ihnen welche aus dem Schwesternzimmer hinstellen, damit Sie sich daran erfreuen können. Und ein wenig frische Luft würde hier auch mal wieder frischen Wind reinbringen.« Sie lachte über ihr Wortspiel. »Ich weiß, ich bin unglaublich nervig.« Während sie ans Fenster eilte, prüfte sie, ob die Patientin die Augen öffnete. »Aber dafür kann ich nichts, das muss an meinem Namen liegen. Angela ... Ich bin ein Engel und möchte immer und überall Gutes tun.« Sie trat wieder ans Bett. »Na, na, na, jetzt aber nicht extra die Augen zukneifen und so tun, als ob Sie mich nicht hören könnten, das ist nicht nett.« Sie griff nach der intakten Hand der Patientin und bat eindringlich: »Machen Sie schön brav alle Übungen mit, und Sie werden sehen, im Handumdrehen können Sie wieder hüpfen und springen. Auch Ihr Sprachvermögen wird wiederkommen – die Ärzte haben Ihnen doch bestätigt, dass alles nur eine Frage der Zeit und Übung ist. Ihre Eltern bezahlen so viel dafür, damit Sie bei uns ausschließlich die beste Behandlung bekommen, um schnellstmöglich wieder gesund zu werden. Sträuben Sie sich nicht weiter. Wir wollen doch alle nur Ihr Bestes.«

Hortenss von Hagenau öffnete die Augen und sah die Schwester mit tränenverschleiertem Blick an. Sie würde gern so viel sagen oder besser noch herausschreien, doch sie konnte nicht. Ihr Kopf dröhnte von ihrem eigenen lang anhaltenden Knurren, das ihr wütend über die Lippen kam.

Schwester Angela schüttelte lächelnd den Kopf. »Ach, mein liebes Kind, ich möchte Ihnen so gern helfen, wenn Sie mich doch nur lassen würden. Ich habe eine Tochter in Ihrem Alter. Linda ist mein ganzer Stolz, und irgendwie erinnern Sie mich an sie. Sie hat auch so einen Dickkopf und wollte schon immer alles allein schaffen, und wenn es dann nicht auf Anhieb funktioniert hat, wurde sie fuchsteufelswild und ...«

Gequält lauschte Tess der ausschweifenden Geschichte des »Engels« vor ihr und setzte zu einer erneuten Erwiderung an, doch auch dieses Mal entsprang ihrer Kehle nur ein tiefes Grollen.

»Was wollen Sie mir sagen, meine Liebe? Ich kann Sie leider nicht verstehen.« Erneut tätschelte Schwester Angela die Hand der jungen Patientin.

Tränen der Wut schossen Tess in die Augen. *Natürlich versteht sie mich nicht. Wie soll sie auch, wenn ich mich selbst nicht einmal verstehe. Niemand versteht mich! Ich will nicht mehr! Ich hasse mein Leben!*

2

»… you touch my soul with the way you look at me –
tenderly …«

Emilia zog den Reißverschluss ihrer Jacke hoch, schob ihre grasgrüne Mütze tiefer ins Gesicht und steckte zufrieden ihre Nase in den mollig warmen Schal.

Es war jetzt Anfang März und zu dieser Zeit in Finnland noch verhältnismäßig kalt. Emilia ließ mit der bloßen Hand den Schnee von der Gartenbank durch ihre Finger gleiten und seufzte entzückt. Am liebsten hätte sie weiterhin stundenlang auf das alte Gemäuer geschaut und vor sich hin geträumt, aber sie hatte auch eine unbeschreibliche Sehnsucht nach Panu und wollte zu ihm aufs Festland. Ein minutenlanger innerer Kampf entbrannte: noch ein wenig ihr Haus betrachten oder Panu in Kürze wiedersehen. Auch wenn sie sich kaum vom Anblick ihres wunderschönen neuen Heims trennen konnte, siegte augenblicklich die Sehnsucht nach ihrem finnischen Traummann.

Sie schob ihre Finger in die warmen Handschuhe und machte sich dick eingemummelt auf den Weg zur Fähranlegestelle von Suomenlinna. Tief atmete sie die abendliche klare Luft ein. Von Weitem sah sie schon die Fähre einfahren und blickte auf ihr Handy; kurz nach achtzehn Uhr. Ein zweiter Blick sagte ihr, dass sie eine Nachricht von Panu bekommen hatte. Lächelnd öffnete sie diese.

I'm looking forward to see you, Beauty!

Ein Strahlen breitete sich auf ihrem Gesicht aus, als sie zurückschrieb: *Bin auf dem Weg.* In ihrer Fantasie stand sie ihrem Traummann bereits gegenüber – berührte seine starken Oberarme, streichelte sanft über seine Tattoos und legte ihre Lippen zart auf seinen verführerischen Mund. Emilias Eingeweide zogen sich beim Gedanken an ihr Wiedersehen zusammen. Es erstaunte sie stets aufs Neue, welch intensive körperliche Symptome ihr Verlangen nach ihm auslöste.

Sie konnte ein seliges Glucksen nicht unterdrücken, als sie schnellen Schrittes die Fähre betrat und sich an ein Fenster setzte. Es war eine rabenschwarze Nacht. Jedoch konnte sie durch die Beleuchtung des Schiffes die sanften Bewegungen der Wellen wahrnehmen, die sich am Eis der teilweise zugefrorenen Ostsee brachen. Wie sie dieses Naturschauspiel liebte.

Als die Fähre am Südhafen Helsinkis anlegte, sprang Emilia leichtfüßig an Land, lief über den Kauppatori, den Marktplatz am Hafen, und machte sich auf in Richtung Tram, mit der sie nach zwei Stationen am *Olympia-Terminaali* sein würde, von wo es nur noch wenige Minuten Fußweg bis zum Aufnahmestudio von *Moonset Road* waren.

Es war schon Monate her, dass sie Panu in den Proberäumen der Band besucht hatte, irgendwann im September letzten Jahres, vor ihrem großen Zerwürfnis mit Panu. Schnell wischte sie die unangenehmen Gedanken beiseite und konzentrierte sich auf das Schöne in ihrem Leben – auf das in wenigen Minuten stattfindende Treffen mit ihrem Finnen!

Seit ihrem ersten Kuss vor acht Monaten war sie diesem blonden Hünen hoffnungslos verfallen. Allein der Gedanke an ihn – seine Zärtlichkeit – ließ sie erschauern. Nie zuvor in ihrem Leben hatte sie so empfunden. Sie hatte erst dreiunddreißig Jahre alt werden müssen, um zu erleben, wie es ist, richtig zu lieben und geliebt zu werden.

Die Hände tief in den Jackentaschen und den Kopf in den warmen Schal vergraben, lief Emilia, so schnell es auf der eisigen Fläche möglich war, am Meer entlang. Und mit jedem zurückgelegten Meter erhöhte sich ihre Vorfreude. Ein Summen aus ihrer Handtasche ließ sie innehalten und ihr Handy herauskramen.

WO bist du?

Sie blieb stehen und schrieb:

Noch hundert Meter bis zum Studio!

»Nein!« Sie hörte ein lautes Lachen. »Noch zehn Meter bis in meine Arme!«

Verwirrt sah Emilia beim Klang seiner Stimme auf – ihr Herz fing bei Panus Anblick wie wild zu rasen an. Da stand er, in fast greifbarer Nähe, breitete lachend die Arme aus und sagte mit der ihr so vertrauten tiefen und erotischen Stimme: »Harmaa-silmä, komm!« Sie nahm das Leuchten seiner stahlblauen Augen wahr, hörte sein liebevolles »Grauauge« und sauste, ohne lange nachzudenken, los.

Die Straße verlief leicht bergab. Emilia merkte, wie sie auf dem vereisten Boden ins Straucheln kam. Sie rutschte, und der darauffolgende Sturz war unvermeidbar. Auf dem Rücken liegend schlitterte sie weiter auf Panu zu und riss ihm schließlich mit ihren Beinen die Füße weg.

Emilia schnappte überrascht nach Luft, als sie, gebremst durch Panus Körper, zum Liegen kam. Sie wusste nicht, was ihr mehr Schmerzen verursachte: ihr Rücken auf dem eiskalten Boden, ihr Oberkörper, gefangen unter diesem Ein-Meter-neunzig-Mann, oder ihr Herz, das bei Panus Anblick aus der Brust zu springen drohte.

»Emilia? Alles klar bei dir?«

»Ja, und bei dir?«

Panu nickte schmunzelnd, drehte sich langsam auf den Rücken und zog Emilia mit sich. »Hast du dir wehgetan?« Behutsam an sich gedrückt, schaute er sie besorgt an.

»Ich weiß nicht genau.« Vorsichtig bewegte sie ihre Arme und den Nacken. »Ich weiß nur, dass ich dich vermisst habe, und das war schmerzhaft.«

»Das ist schön, Kaunis. Ich habe dich auch vermisst.«

Sanft legte er seine Hand auf ihre Wange. Er trug keine Handschuhe, sodass sie die Wärme seiner Finger spüren konnte. Wenn er sie liebevoll »Schöne« nannte und sie zärtlich berührte, vergaß Emilia alles um sich herum – sie spürte keine Kälte, keine Schmerzen, sie nahm nur noch ihn wahr.

»A kiss, please!«

Das musste er ihr nicht zweimal sagen. Emilia umschloss seine Lippen mit ihren und seufzte tief.

Als sie sich Minuten später widerwillig voneinander lösten, flüsterte er ihr liebevoll ins Ohr: »Ich habe dich so vermisst. Deine Lippen, deine Küsse, dein …«

Sie versank tief in seinen vor Leidenschaft flackernden Augen und küsste ihn erneut zärtlich auf den Mund.

Ein lautes Hupen eines vorbeifahrenden Lkws brachte Emilia schlagartig zur Besinnung. »Wir müssen aufstehen, du holst dir den Tod in dem kalten …«

»Mmmh …«, mit einem Stöhnen zog Panu sie erneut zu sich herunter, »… mir egal.«

Widerstrebend löste sich Emilia von ihm. »Aber mir nicht. Ich möchte noch mehr von dir, und dafür brauche ich dich lebendig.«

Sie lachte verlegen auf, als er sie mit hochgezogener Braue grinsend musterte. »So? Was möchtest du denn alles?«

Sie rappelte sich auf, klopfte den Schnee von ihrer Kleidung und räusperte sich.

»Wirst du wieder rot, Kaunis?« Lachend sprang Panu auf und hob sachte ihr Kinn an, um ihr in die Augen zu sehen. »Nach so einer stürmischen Begrüßung und soooo leidenschaftlichen Küssen?!« Emilia versuchte, den Blick zu senken, doch Panu gab ihr keine Chance. »Ich liebe dein Erröten – aber noch mehr liebe ich deine stürmischen Liebesbekundungen.«

»Hast du in den letzten paar Tagen noch mehr Deutschunterricht genommen, oder woher kennst du auf einmal Worte wie ›Liebesbekundungen‹?« Emilia versuchte, ihre Verlegenheit zu überspielen.

Aber er durchschaute sie. »Lenk nicht ab, Kaunis. Your are a damn volcano. My volcano!« Er beugte sich vor und küsste sie hingebungsvoll und ausgiebig. Als sich ihre Lippen nach einer kleinen Ewigkeit trennten, ergriff er ihre Hand. Gleichzeitig holte er sein Handy hervor und sagte: »Komm, wir laufen schon mal los, und ich bestelle uns ein Taxi, das uns unterwegs aufgabelt.«

Kurze Zeit später hielt neben ihnen ein beiger Wagen und brachte sie in nicht einmal fünf Minuten zu Panus Apartment im Stadtteil Eira. Nachdem Panu den Taxifahrer bezahlt hatte und sie ausgestiegen waren, riss er Emilia ungestüm an sich. »Ich werde dich die ganze Nacht lieben. Schnell, langsam, sanft, hart und das Ganze sehr ausführlich.« Bevor sie zu irgendeiner Erwiderung ansetzen konnte, küsste er sie leidenschaftlich.

Sie liefen eng umschlungen ins Haus, fuhren mit dem Fahrstuhl in den fünften Stock, öffneten die Tür und lagen im nächsten Moment in seinem großen Bett.

»Du hast zu viel an.« Stöhnend streifte er ihr hastig den dicken Pullover über den Kopf und stockte beim Anblick ihres üppigen Busens, um den sich ein weißer seidener Spitzen-BH schmiegte. Hungrig fuhr seine Zunge ihren Bauchnabel entlang und verweilte zärtlich liebkosend zwischen ihren Brüsten. Seine Lippen und Hände waren überall.

Emilia japste überwältigt nach Luft. »Ich … möchte …« Abermals legten sich seine Lippen auf ihren Mund und raubten ihr den Atem. Sie war aufs Äußerste erregt und musste an sich halten, um nicht laut aufzustöhnen.

Mit schnellen, kurzen Bewegungen hatte Panu sich seiner Klamotten entledigt und nestelte ungeduldig an Emilias Jeansknöpfen herum, um sie aus ihrer engen Hose zu schälen. Nachdem er ihr endlich alle überflüssigen Kleidungsstücke ausgezogen hatte, betrachtete er sie begehrlich.

Emilias Blick glitt ebenfalls fasziniert über Panus Brust hinab zu den Hüften. Er war so wundervoll – so männlich.

»Maistut niin hyvältä … Du schmeckst sooooo gut.« Er beugte sich wieder zu ihr herab und liebkoste aufreizend ihre Brüste.

Emilias Finger krallten sich in seine Schultern. »Nein … ja …« Sie stöhnte ergeben auf.

Auch sie wollte ihn streicheln, spüren, schmecken – doch er ließ ihr keine Chance.

»Grauauge, sieh mich an. Ich möchte in diesem wundervollen Grau versinken.«

Emilia öffnete nicht nur ihre Augen, sie öffnete sich ihm ganz. Mit einem festen Ruck nahm er Besitz von ihr und liebte sie leidenschaftlich. Als er sich Minuten später auf ihre schweißnasse Brust hinabsinken ließ, umfasste sie gefühlvoll seinen bebenden Körper. Zart fuhr sie über das Tattoo auf der Innenseite seines linken Oberarms. Es war ein chinesisches Schriftzeichen, das »Musik« bedeutete. Ihre Beine umschlangen ihn. »Jetzt müsste die Zeit stillstehen.«

»Ja, das wäre herrlich, Harmaa-silmä, glaub mir, das wünsche ich mir auch.«

Innig umschlossen seine Lippen ihren Mund, und mit jedem Atemzug, den sie voneinander nahmen, erwachte ihre Begierde von Neuem. Erregend langsam bewegte sich Panu in ihr, und Emilia passte sich seinem Rhythmus nur allzu gern an.

»Wahnsinn!« Panu ließ sich zur Seite sinken und zog Emilia an seine Brust. Seine Finger fuhren zärtlich ihren Haaransatz entlang und verweilten an ihrem Hals. Liebevoll küsste er ihr Haar. »Ich könnte dich stundenlang anknabbern.«

»Ich habe Hunger!«

Leise lachte er auf. »Dass mich das nicht wundert. Wann denkst du eigentlich nicht ans Essen?«

»Mmmh … Wenn du in mir bist, vergesse ich es kurzzeitig.« Emilia richtete sich auf und legte eine Hand auf seinen Brustkorb.

Wow – und das aus ihrem Mund. Panu fixierte sie durchdringend.

Eine zarte Röte überzog Emilias Gesicht. Schnell legte sie ihren Kopf wieder auf seinen Oberkörper und lauschte dem anhaltend unregelmäßigen Herzschlag.

Grinsend überging er ihre Verlegenheit. »Soll ich etwas beim Chinesen bestellen?«

»Oh ja.« Sie richtete sich erneut auf und strahlte ihn an. »Nudeln süßsauer, bitte.«

»Okay, gib mir eine Minute zum Verschnaufen, dann stehe ich auf.«

»Mmmh ...« Emilia kuschelte sich in seine Armbeuge und schloss die Augen. »Nur ein paar Minuten ausruhen, dann stehen wir gemeinsam auf.« Sie spürte sein sanftes Streicheln auf ihrem Rücken. Als er jedoch ihre Hand an seine Lippen führte und jeden ihrer Finger zärtlich liebkoste, bekam sie das schon überhaupt nicht mehr mit. Mit einem zufriedenen Seufzer war sie eingeschlummert.

Panu rutschte vorsichtig ein wenig von ihr ab, stützte mit der einen Hand seinen Kopf, während die andere weiterhin unter ihrem Nacken ruhte, und begutachtete die schlafende Emilia. Verzückt von ihrem unschuldigen Anblick, spürte er sein Herz unkontrolliert schlagen. Sie sah so zart aus mit ihren gerade einmal einen Meter und sechzig. Einzig ihr Busen war füllig, und er liebte ihn – sehnsuchtsvoll glitt sein Blick über ihren Körper. Ihre dichten schwarzen Wimpern warfen einen leichten Schatten auf ihre Wangen, und Panu konnte nicht anders, als an ihre grauen Augen zu denken, die ihn jedes Mal, wenn sie ihn liebevoll anschaute, zu hypnotisieren schienen. Sachte fuhr er mit dem Daumen über ihre vollen Lippen, die, tiefrot von seinen Küssen, sinnlich geschwungen waren. Behutsam strich er ihr eine Locke ihres hellbraunen kurzen Haares aus der Stirn, neigte sich vor und hauchte einen Kuss auf ihre Wange. Seine Gedanken rasten im gleichen Tempo, wie sein Herz immer schneller schlug. Er war so verdammt glücklich mit ihr. Sie holte das Beste aus ihm heraus. Sie gab so viel und erwartete so wenig. Sie war die erste Frau, die sein Leben mit ihm teilte – teilte und nicht zu bestimmen versuchte – und vor allem nicht gegen seine Freunde und seinen Lebensstil war. Und sie liebte die Musik beinahe so sehr wie er.

Als er sich von ihr löste, murmelte sie protestierend, rollte sich im nächsten Moment aber schon wie eine Katze zusammen und schlief weiter. Vorsichtig legte er die Bettdecke über sie und lief ins Wohnzimmer, um das Essen zu bestellen.

Ko Samui! Ich liege gemütlich in einem Liegestuhl am Meer mit einer Piña Colada in der Hand, während das badewannenwarme Wasser meine Füße umspielt. Ich träume einfach nur vor mich hin, von meinem neuen Zuhause auf der schneereichen Insel Suomenlinna, genieße meine Freiheit, meine Unbeschwertheit, das unglaubliche Gefühl, verliebt zu sein. Ich mache die Augen auf und blicke den feinen weißen Sandstrand entlang, sehe, wie Panu mit ein paar Jungs Frisbee spielt. Lächelnd beobachte ich ihn und frage mich, wie das alles passiert ist – wie kann ich auf einmal so glücklich sein und ein Leben führen, von dem andere nur träumen? Keine Albträume mehr – nur noch schöne Gedanken laufen wie ein Bildband vor meinem inneren Auge ab. Der erste Kuss von Panu und meine Empfindungen an den darauffolgenden Tagen.

Panu kommt lachend auf mich zugerannt. Sein von Anstrengung verschwitzter, makelloser Körper glänzt in der Sonne. Als er an meinem Liegestuhl ankommt, kniet er sich in den Sand, nimmt mir den Cocktail aus der Hand und küsst mich leidenschaftlich. Sofort fühle ich mich zurückversetzt an den Tag unseres ersten Kusses – seine Lippen schmecken salzig. Nie zuvor habe ich etwas so Angenehmes probiert. Ich liebe es, wie Panu duftet, sich anfühlt und schmeckt. Ich liebe einfach alles an ihm. Ein Grummeln breitet sich in meinem Magen aus, als ich den Duft von chinesischem Essen rieche … Aber hier am Strand kocht doch niemand? Ich schmecke …

Emilia erwachte aus ihrem Traum und öffnete verwirrt die Augen. Sie schaute geradewegs in Panus Gesicht, das dicht über ihrem schwebte. Sie spürte seinen süßlichen Atem auf ihrer Haut, auf seinen Lippen schmeckte sie noch ein wenig Tabak und … Was noch?

»Chinesisch! Du hast schon gegessen!« Empört schoss sie hoch und knallte mit voller Wucht gegen seinen Kopf.

Sofort schossen Panu die Tränen in die Augen, und er rieb sich mit schmerzverzerrtem Gesicht die Nase. »Aua! Wow, was für eine Reaktion, wenn es ums Essen geht. Und nein, ich habe noch nicht gegessen, nur probiert. Komm!« Er hielt sich die pochende Nase und zog Emilia mit sich. Während sie aus dem Schlafzimmer gingen, hüllte er sie in seinen riesigen blauen Bademantel und schob ihr die Kapuze neckend über den Kopf, tief ins Gesicht.

Immer noch ein wenig verwirrt, da der Tagtraum eben so realistisch gewesen war, ließ sie sich von ihm ins Wohnzimmer zum Esstisch führen, auf dem mindestens zehn Kartons mit asiatischem Essen aufgebaut waren.

»Bedien dich.« Grinsend schob er ihr einen Stuhl hin.

Emilia war begeistert. Bevor sie Platz nahm, griff sie auch schon nach den Stäbchen und öffnete den erstbesten Karton. Hungrig legte sie ihren Kopf in den Nacken, damit die Kapuze zurückfiel, und ließ das Chopsuey in ihren Mund gleiten.

Belustigt beobachtete Panu sie. »Ich kenne wirklich keine andere Frau, die mit so einem Appetit über Essen herfällt, ohne jegliche Hemmungen, und dabei noch so anmutig aussieht wie du.« Sachte drückte er sie an den Schultern nach unten. »Setz dich doch einfach.«

»Hmmh … du weißt ja …« Emilia schob sich eine Garnele in den Mund. »Ich liebe Essen.«

»Ja, ich weiß – und ich genieße es, dir dabei zuzusehen.« Panu hatte ihr gegenüber Platz genommen und schenkte ihnen Wein ein.

Glücklich lächelte Emilia ihn an. »Iss doch auch etwas. Es schmeckt köstlich.«

Panu löste den Blick von ihr und griff schließlich auch zu.

Schweigend genossen beide die gemeinsame Mahlzeit. Nachdem sie gesättigt waren, wechselten sie auf die Couch, die mit einer traumhaften Aussicht aus der riesigen Fensterfront zum Kuscheln und Träumen einlud. Man konnte meilenweit aufs Meer hinaussehen. Teilweise war die Ostsee zugefroren, und durch die Laternen am Ufer waren Wasser und Eis zu dieser Tageszeit in ein sanftes Licht getaucht.

»Wann musst du morgen weg?«

Die Band hatte am kommenden Abend einen Auftritt in Frankreich.

»Wir fliegen um halb zehn. Miro holt mich kurz vor acht ab.« Er beugte sich vor und schenkte Wein nach.

»Oh … schon so früh?!« Emilia schmiegte sich an ihn und sog den Duft seines nackten Oberkörpers ein. Zärtlich kreisten ihre Finger auf seiner unbehaarten Brust. »Und Mittwoch kommt ihr wieder?«

»Nein, erst am Donnerstag gegen Abend. Wir müssen noch zu mehreren Interviews in die Schweiz. Aber dann haben wir ab Freitag das ganze Wochenende für uns.« Er hob ihr Kinn an und küsste sie sinnlich – ihre Lider, ihre Wangen, ihren Hals. Zart knabberte er an ihrem Ohrläppchen und fuhr neckend mit federleichten Küssen ihr Kinn entlang, um sogleich innig ihre Lippen mit seinem Mund zu umschließen.

Ein tiefer Seufzer entsprang Emilias Kehle. Sie streckte sich ihm entgegen und erwiderte mit all ihrer Leidenschaft hingebungsvoll seinen Kuss. Der Gürtel ihres Bademantels löste sich, und der blaue Stoff rutschte langsam von ihren Schultern.

Als Panu ihre weiche Haut erneut an seiner nackten Brust spürte, hatte er nur einen Gedanken. Ohne zu zögern, hob er sie hoch und trug sie ins Schlafzimmer.

Ein weiteres Mal liebten sie sich – sanft und gefühlvoll.

Panu war erschöpft und zufrieden lächelnd eingeschlafen, während Emilia hellwach und aufgedreht neben ihm lag. Sie lächelte selig. Ihr Traum war wahr geworden. Sie hatte sich nicht nur in diesen wunderbaren Finnen verliebt, sondern auch in Finnland selbst, in die bezaubernde Stadt Helsinki und in ihr Traumhaus auf Suomenlinna.

Bis vor wenigen Monaten hatte sie noch in Deutschland gelebt und mit Ehemann und Mutter in einer großen Mainzer Stadtvilla gewohnt – und in ihrem eigenen Modebetrieb als »Mädchen für alles« gearbeitet. Wenn sie heute darüber nachdachte, wurde ihr beinahe schlecht. Wie hatte sie über Jahrzehnte so leben können? Still und kontaktscheu war sie gewesen und hatte sich über Jahre von ihrem weitaus älteren Ehemann Joachim und ihrer herrschsüchtigen Mutter Vera unterdrücken lassen. Einzig ihre beste Freundin Eva hatte es geschafft, Emilia das ein oder andere Mal aus ihrer Lethargie zu reißen.

Traumatisiert vom frühen Unfalltod ihres geliebten Vaters, hatte sie schon seit ihrer Kindheit unter dem Einfluss von Beruhigungs-, Schlaf- und Schmerzmitteln gestanden und irgendwann das Gefühl gehabt, ihr Leben ohne Medikamente nicht mehr meistern zu können. Trotzdem war sie eisern genug gewesen, sich von dieser Tablettenabhängigkeit zu befreien. Durch die Hilfe ihrer Freundin Eva und die einfühlsame Unterstützung einer äußerst fähigen Psychotherapeutin hatte sie ihre Sucht vollständig eindämmen können. Während der unzähligen Therapiestunden hatte sie nach Jahren endlich damit angefangen, Schritt für Schritt das Trauma, das sie durch den hautnah miterlebten Unfalltod ihres Vaters erlitten hatte, zu verarbeiten. Und nicht zuletzt hatte ihre Leidenschaft zur Musik sie diese schwierige Zeit überstehen lassen. Beim Spielen ihrer Lieblingslieder wurden bei Emilia offenbar so viele Glückshormone ausgeschüttet, dass sie sich ihre Angst regelrecht wegspielen konnte. Dadurch bekam sie ihr Leben mehr und mehr in den Griff und meisterte ihren Alltag mit einer bis dahin nie gefühlten Leichtigkeit, sprichwörtlich spielend.

Emilia glaubte an die Kraft der Musik – an ihre heilende Wirkung. Musik hatte ihr schon oft in ihrem Leben geholfen. In ihrer Kindheit zunächst noch unbewusst – damals hatte sie das gemeinsame Singen mit ihrem Vater geliebt. Wo immer sie waren, hatten sie zusammen ein Liedchen geträllert. Und meistens hatte er sich seine Arbeit so eingeteilt, dass er sie abends in den Schlaf singen konnte. Zumindest kam es ihr rückblickend so vor. Nach dem Tod ihres Vaters hatte sie über Monate keine Musik mehr hören können, sie war vor dem Radio regelrecht davongelaufen und hatte auch ihre geliebte Gitarre keines Blickes mehr gewürdigt. Es war ihr wie ein Verrat an ihrem Vater vorgekommen. Aber schon damals hatte sie gemerkt, dass sie die Musik vermisste und ohne diese auf seltsame Art unvollständig war. Und so hatte auch ein Lied sie wieder dazu gebracht, nach einem Instrument zu greifen – *These Dreams* von der Gruppe *Heart*.

Emilia hatte lange nicht mehr an diesen Song gedacht und war umso erstaunter, als ihr problemlos die zweite Strophe des Liedes durch den Kopf schoss: *»… darkness on the edge, Shadows where I stand. I search for the time, on a watch with no hands. I want to see you clearly, come closer than this. But all I remember, are the dreams in the mist. These dreams go on when I close my eyes, every second of the night I live another life. These dreams that sleep when it's cold outside, every moment. I'm awake the further I'm away …«*

Diese gefühlvolle Rockballade handelte von einer Person, die sich aufgrund ihrer Schwierigkeiten in eine Fantasiewelt zurückzieht und dabei die Realität vergisst. Und so war es Emilia als Zehnjährige nach dem Tod des Vaters ergangen – sie hatte sich unaufhörlich in ihre Traumwelt zurückgezogen, aus der sie nur schwer wieder hatte auftauchen können.

In den darauffolgenden Jahren war ihr dann allmählich bewusst geworden, dass sie jedes Mal, wenn es ihr schlecht ging, was immer häufiger der Fall war, zu ihrem eigenen Trost zu singen begann und sie sich dadurch tatsächlich besser fühlte. Die Musik war ihr Rückzugsort geworden – vor der kaltherzigen Mutter und später vor ihrem bevormundenden Ehemann. Und seit ein paar Monaten war sie sich wirklich ganz sicher, dass Musik helfen konnte, auch die schwierigsten Lebenslagen besser zu meistern. Nicht nur ihr Gesang, sondern ebenfalls Texte und das »Reinfühlen« in die unterschiedlichsten Lieder hatten ihr die Kraft gegeben, ihren Weg zu gehen und einen neuen Lebensabschnitt zu beginnen.

Und deshalb hatte sie sich im vergangenen Herbst dazu entschlossen, eine Musiktherapeuten-Ausbildung anzugehen.

Die Idee war nach der unschönen Trennung von ihrem langjährigen Ehemann Joachim in ihr gereift. Ihr schwerer Unfall im September vergangenen Jahres und die zunächst konfliktreiche Liebe zu Panu hatten sie in ihrem Entschluss bestärkt, dieses Gefühl der Geborgenheit, des Aufgefangenwerdens, das die Musik ihr gab, auch anderen zuteilwerden zu lassen. Denn das Singen und Musizieren hatten ihr in den letzten Monaten Ruhe und Stärke gegeben und ihre innere Lebenskraft wieder geweckt. Mit dieser Kraft hatte sie es zum ersten Mal in ihrem Leben geschafft, sich auf das Wesentliche zu konzentrieren – auf ihre Wünsche, ihre Träume, ihre Liebe …

Und ebendiese Liebe, die zunächst aussichtslos scheinende Beziehung zu dem vier Jahre jüngeren Panu, hatte sich dann vor einer Woche überraschenderweise zum Guten gewendet. Auf der Hochzeitsfeier ihrer besten Freundin Eva und Panus Freund und Manager der Band, Mikka, hatten sie nach etlichen Missverständnissen endlich zueinandergefunden.

Emilia musste bei dem Gedanken an sein öffentliches Liebesgeständnis lächeln. Es war der bisher schönste Moment gewesen, den sie mit ihren knapp vierunddreißig Jahren erlebt hatte. Vor der ganzen Hochzeitsgesellschaft hatte er das Lied von Robbie Williams – *She's The One* – angestimmt, beim Schlussakkord auf Emilia gezeigt und sanft gesungen: *»Emilia, you are the one!«*

Sie konnte es noch immer nicht glauben, dass dieser Traummann sein Herz für sie geöffnet hatte. Er gehörte endlich zu ihr. Ihre Aussöhnung war berauschend gewesen – außer der körperlichen Anziehung, die einzigartig war, hatten sie auch über eine gemeinsame Zukunft gesprochen. Ihnen war klar geworden, dass diese Beziehung Bestand haben würde, wenn jeder dem anderen seine Freiräume ließ und sie unabhängig voneinander ihre gesteckten Lebensziele weiterverfolgen konnten. Emilias Leben war mit einem Mal voll Unbeschwertheit, wofür sie jeden Tag aufs Neue dankbar war.

Sie beäugte den schlafenden Panu und seufzte tief. Wie sie seinen Anblick genoss. Wie sie sich nach seinem Körper, seinen Küssen verzehrte. Wie sie seine tiefe Stimme liebte – seinen Akzent. Sie liebte sein Gesicht und seine Augen, die sie zum Strahlen bringen konnten und die vor Leidenschaft flackerten, wenn er mit ihr zusammen war. Zart strich sie Panu eine Strähne seiner zerzausten Haare aus dem Gesicht. Sie genoss es, ihn beim Schlafen zu beobachten. Jedoch genoss sie es noch mehr, wenn er wach war und sie mit seiner ganzen Hingabe liebte – sie neckte – sie verbal liebkoste – wenn er mit ihr gemeinsam ihre Lieblingslieder sang und sie dazu auf der Gitarre begleitete. Dieses unbeschreibliche, zerreißende Gefühl, ihre bedingungslose Liebe zu diesem finnischen Traummann trieben ihr vor lauter Emotionen die Tränen in die Augen.

In diesem Moment schlug Panu die Lider auf und fragte verwirrt: »Was ist los, Süße? Warum die Tränen?« Er richtete sich auf und berührte mit seiner Hand behutsam ihre Wange. Wie von selbst legte sich ihre Hand auf die seine, und sie sah ihn mit großen Augen an.

Diese Geste war ihnen beiden so vertraut. So hatte alles angefangen – so hatten sie sich ineinander verliebt.

»Es ist nichts. Ich bin nur so verdammt glücklich.« Sie lächelte ihn offen an und neigte sich zu ihm vor. »Minä rakastan sinua!« Liebevoll trafen sich ihre Lippen. »Und das so wahnsinnig!«, flüsterte sie an seinem Mund, und er spürte ihren zarten Lufthauch in seiner Kehle.

»Und ich liebe dich!« Er untermauerte seine Worte, indem er den Kuss vertiefte, und raubte ihr damit den Atem.

Als sie sich nach einer gefühlten Ewigkeit voneinander lösten, schnappten sie beide erst einmal nach Luft. »Wir müssen zusehen, dass die Sauerstoffversorgung nicht zu knapp wird. Das soll Hirnschäden verursachen.« Emilia kicherte.

»Ich glaube, ich habe schon eine Schädigung davongetragen. Ich kann, wenn ich mit dir zusammen bin, einfach nicht mehr klar denken.« Zärtlich küsste er ihre Nasenspitze und stand auf. »Ich muss schnell ein paar Klamotten für morgen einpacken, und dann möchte ich dir ein Lied vorspielen. Ich habe etwas Neues komponiert und würde gern wissen, was du davon hältst.«

Emilia blickte auf die Uhr. Es war kurz nach eins. Nur noch sieben Stunden! Wie immer, wenn sie zusammen waren, war an Schlaf nicht zu denken – zu viel hatten sie sich zu sagen, zu viel wollten sie miteinander erleben, und viel zu wenig Zeit blieb ihnen dafür. Sie stand auf, streifte sich eines von Panus T-Shirts über und lief ins Wohnzimmer, wo sie nach seiner Gitarre griff.

Laut rief er aus dem Schlafzimmer: »Bitte sing für mich!«

Das ließ sich Emilia nicht zweimal sagen. Sie verspürte im selben Moment eine unbändige Lust, ihm etwas vorzuspielen. *»It felt like spring time on this February morning, in the courtyard birds were singing your praise …«* Rau und voller Hingabe erklang Emilias Stimme zu den sanften Gitarrenklängen. Sie hatte es sich auf der großen Couch am Fenster gemütlich gemacht und sah verträumt in die dunkle Nacht hinaus. *»… as I lay me down to sleep this I pray, that you will hold me dear …«*

Panu trat leise hinter Emilia und betrachtete sie fasziniert. Im Schneidersitz, die Gitarre auf ihrem Schoß, den Blick fest aufs Meer gerichtet, saß sie versunken da und hatte offensichtlich die Welt um sich herum vergessen. Er dachte an Emilias erste Versuche zurück, damals im Studio, als er sie mehr oder weniger zum Singen nötigen musste. Bis zu diesem Zeitpunkt hatte sie nur für sich oder für Eva gesungen, doch niemals öffentlich. Und heute? Aus freien Stücken hatte sie an seinem Geburtstag sowie auf Evas Hochzeit etlichen Menschen ihre wunderbare Stimme präsentiert. Wie sehr hatte sie sich doch in den letzten Monaten verändert – und war trotzdem die gleiche sanftmütige und liebevolle Frau für ihn geblieben.

»… I wonder why I feel so high though I am not above the sorrow, heavy hearted till you call my name and it sounds like church bells …« Panu lief um die Couch herum und blieb an der großen Fensterfront stehen, um sie von vorn besser sehen zu können. Sie lächelte ihn glücklich an, als sie die letzten Takte sang. »*Sophie B. Hawkins*, sie singt wunderbar.«

»Lange nicht so schön wie du.«

»Danke.« Emilia legte die Gitarre beiseite, stand auf und stellte sich dicht vor ihn. Sie musste sich strecken, um einigermaßen auf Augenhöhe mit ihm zu sein. Liebevoll küsste sie ihn. »Jetzt du.«

»Ich habe ein Duett geschrieben …«, zögernd musterte er sie, »… singst du mit mir?«

»Ich?«

»Ja, du! Sonst sehe ich hier keine traumhafte Frau in einem übergroßen T-Shirt mit einer wundervollen Stimme.« Er grinste sie frech an. »Bitte.«

»Okay …«

Zärtlich küsste er sie. »Habe ich dir heute schon gesagt, dass ich dein ›Okay‹ liebe?« Panus Handy, das auf dem Tisch lag, klingelte. Fluchend ließ er von Emilia ab und griff danach. »Mitä?«

Auf sein nicht gerade freundliches »Was?« hörte sie am anderen Ende eine aufgeregte Stimme schnell sprechend.

»Joo … joo. Bin gleich da!« Panu legte auf und sah Emilia resigniert an. »Das war Miro. Der Keyboarder, der für den flitternden Mikka einspringen sollte, hat sich die Hand gebrochen. Wir müssen dringend Ersatz suchen, beziehungsweise unser Programm so umstellen, dass Rami mal wieder die Keyboards übernimmt und irgendjemand anderes den Bass. Ich muss sofort ins Studio, um mit den Jungs alles abzuklären.«

Noch während er mit Emilia sprach, war er schon unterwegs in Richtung Bad. »So ein Mist!«, hörte sie ihn schimpfen. »Hand gebrochen, das kann dauern. Wie lange sind Mikka und Eva noch weg?«

Emilia folgte ihm ins Bad. »Noch knapp zehn Tage oder so. Sie wollten gut zwei Wochen in Brasilien flittern.«

»Mmmh … Na, auch okay! Dann müssen wir halt mal schauen.« Er warf Zahnbürste und Creme achtlos in einen Beutel und lief schnellen Schrittes an ihr vorbei. Dabei sprach er in sein Handy und bestellte ein Taxi. Sie schnappte seinen Rasierschaum und -pinsel und jagte hinter ihm her zur Eingangstür.

»Leg dich schlafen, Kaunis. Frühstück habe ich reichlich eingekauft, du wirst satt werden.« Er kam mit seinem Gepäck aus dem Schlafzimmer, blieb vor ihr stehen, nahm das Rasierzeug, mit dem sie vor seiner Nase herumwedelte, und stopfte es in die Tasche. »Danke.« Er nahm ihr Gesicht in beide Hände und beugte sich zu ihr herab. Schelmisch grinsend gab er ihr einen Kuss und sagte mit seiner verführerischen Stimme: »Bin ich froh, dass dieser Anruf erst so spät kam.« Seine Finger glitten an ihrem Ausschnitt entlang, wanderten ihre Hüften hinab und nestelten ungeduldig an dem dünnen Stoff. Mit einem schnellen Ruck streifte er ihr das Shirt über den Kopf. »So hatte ich ausgiebig Zeit, all das hier«, er ließ seinen Blick lüstern über ihren Körper gleiten, »zu genießen.« Erneut neigte er sich vor, liebkoste ihren Hals, ihre Schultern, streichelte sinnlich über ihre Brüste und umfasste besitzergreifend ihre Pobacken. Seine Zunge fuhr an ihren Lippen entlang, verweilte kurz und suchte Einlass. Nur zu bereitwillig erwiderte sie seinen Kuss. Heftig einatmend zog er sie fester an sich.

Sie konnte seine harte Männlichkeit spüren und war in Sekundenschnelle aufs Äußerste erregt. »Panu … ich … du musst …«

Er hob sie hoch, und ihre Beine umschlangen sogleich seine Hüften. Er drängte sie an die Wand, öffnete geschickt seine Jeans und drang hitzig in sie ein. Emilia konnte vor Ekstase einen spitzen Schrei nicht unterdrücken.

Eine Welle der Lust durchfuhr beide, als sie gemeinsam zum Höhepunkt kamen – minutenlang hielten sie sich fest umschlungen.

»My little Volcano …« Unsagbar glücklich küsste er sie.

Emilias Finger fuhren über seine Brust, und sie verteilte neckend zarte Küsse auf seinem Hals.

»Mist, mein Taxi wartet … ich …« Er ließ sie sanft hinunter, verschwand schnell im Bad und rief ihr zu: »Du hast mich ganz aus dem Konzept gebracht.«

Als er wenige Augenblicke später wieder sittsam angezogen vor ihr stand, nahm er sie noch einmal in die Arme. Mit den Händen umschloss er zärtlich ihren nackten Hintern und fuhr dann mit den Fingerspitzen jeden Wirbel ihres Rückens nach oben. Als er begehrlich an ihrem Hals entlangstreichelte, spürte er ihren schnellen Pulsschlag, und als er sich herunterbeugte und sie abermals hungrig zu küssen begann, konnte er wieder diese unglaubliche Hitze in ihr – ihre unersättliche Leidenschaft – schmecken.

Widerwillig lösten sie sich voneinander, und Emilia öffnete die Tür, reckte sich ihm entgegen und flüsterte liebevoll: »Du rockst die Welt, Panu. Bis Donnerstag.«

Ein letzter inniger Kuss, und er war verschwunden.

Als Emilia die Tür hinter ihm schloss, fühlte sie sich kurz verlassen – jedoch nur kurz. Sie war hundemüde. Zurück im Schlafzimmer, legte sie sich ins Bett, zog die Decke über den Kopf und atmete seinen Duft ein.

Im nächsten Moment war sie tief erschöpft, aber glücklich eingeschlafen.

xxx

Trotz der eisigen Kälte hatte sich Emilia kurz nach ihrer Ankunft auf Suomenlinna auf die Gartenbank gesetzt und schaute auf ihr Haus. Ihr Blick glitt entlang der Fassade, sie betrachtete die zwei großen Fenster im ersten Stock und die kurz unter dem Giebel eingearbeiteten Halterungen, an denen schon bald ein großes Schild angebracht werden würde – *Bernhard Fahnenbruck Talo*. In Gedenken an ihren verstorbenen Vater bekam das Kurhaus seinen Namen. Ihr Vater hatte durch seine Kreativität und Willensstärke sein eigenes kleines Imperium in der Modewelt aufgebaut. Dadurch war sie heute finanziell abgesichert, erfüllte sich all ihre Träume, und dafür war sie unendlich dankbar. Und jetzt würde Emilia mit ihrer eigenen Willensstärke, ihrem Optimismus und harter Arbeit eine kleine Oase aufbauen, in der Musik und Fürsorge ihren zukünftigen Patienten wieder ein lebenswerteres Leben schenken würden.

Sie stand auf und schlenderte verträumt auf ihr Haus zu, öffnete die Eingangstür, schlüpfte schnell aus ihren Schuhen sowie der dicken Kleidung und lief durch den schmalen, lang gezogenen Flur in den großen Wohnraum, der später der Aufenthaltsraum werden würde. Der eindrucksvolle Kaminofen in der Mitte des Raumes strahlte eine wohlige Wärme aus. Schon als Emilia das erste Mal dieses Zimmer betreten hatte, war ihr klar gewesen, dass genau hier, als Blickfang, ein riesiger Kamin stehen musste, der in dem großen Wohnbereich für eine behagliche Atmosphäre sorgen sollte. Nach langen und ausführlichen Gesprächen mit Inka, der von ihr engagierten Innenarchitektin, hatte diese ihr Ansinnen verstanden, ihre individuellen Ideen mit eingebracht und schon zwei Tage später Emilia ihr Konzept vorgestellt. Und so hatten die Frauen eine wirklich traumhafte Stimmung durch den offenen Kamin geschaffen. Auf einem Sockel stehend, konnte man ihn von zwei Seiten befeuern. Die Rohre, die nach links in die Außenwand verliefen, waren so ummauert worden, dass der Kamin sowohl als Raumteiler als auch als Ruhebank diente. Mit vielen bunten Kissen und beidseitig je einem kleinen Tischchen davor, konnte man hier wunderbar warm sitzen, um ein Buch zu lesen oder ein Getränk zu genießen oder einfach nur seinen Gedanken nachzuhängen. Der Kamin war somit das Herzstück in dem ansonsten weitläufigen Raum und trennte den zukünftigen Speisesaal vom Gemeinschaftsbereich.

Emilia blieb kurz davor stehen, um sich die kalten Finger zu wärmen. Wilmer, ihr knurriger älterer Handwerker, den Inka ihr vermittelt hatte, musste irgendwo im Haus herumwerkeln und hatte bereits Feuer gemacht. Ihr Blick schweifte umher. Der Eichenparkettboden war verlegt, die Jalousien an den neuen Fenstern angebracht und die Wände frisch verputzt und weiß gestrichen worden. Ein wenig Dekoration war schon vorhanden, aber ein paar Kerzenständer und Vasen sowie das ein oder andere Bild standen noch wahllos herum. Emilia hatte bisher nicht die Zeit gefunden, ein geeignetes Plätzchen dafür zu suchen.

Ihr Handy gab einen WhatsApp-Ton von sich. Hastig griff sie in ihre Hosentasche und holte es hervor.

Wir sind gut in Lion angekommen. Ich vermisse dich und wünschte, du wärst hier. Bist du noch bei mir … in meinem Bett … nackt?

Emilias Herz setzte kurz aus. Sie hatte sich immer noch nicht an Panus liebevolle und sehr direkte Art gewöhnt. Eilig tippte sie eine Antwort:

Ich bin schon wieder auf Suomenlinna. Dein Bett war so leer ohne dich. Ich stehe gerade in meinem Wohnraum und bin einfach nur glücklich und dankbar … auch wenn ich dich jetzt schon wahnsinnig vermisse.

Sie lief durch das Erdgeschoss immer den hämmernden Geräuschen nach, um nachzusehen, wie Wilmer vorankam. Die großen Arbeiten waren so gut wie alle abgeschlossen, und jetzt wurden nach und nach ihre kleinen Wünsche erfüllt.

Sie traf den Handwerker in einem der Therapieräume an, wo er damit beschäftigt war, Regale anzubringen. Dankbar für seine gewissenhafte Arbeit, fragte sie, ob sie ihm irgendwelche Handreichungen machen könnte. Doch wie schon erwartet winkte er nur mürrisch ab und gab anschließend auf Emilias Mitteilung, dass sie ein Bad nehmen würde, nur ein Grunzen von sich. Kopfschüttelnd schlenderte sie gemütlich die Treppen hinauf in ihr zukünftiges Mansardenzimmer. An jeder Ecke blieb sie kurz stehen und verinnerlichte sich jede Kleinigkeit – das elegant geschwungene Holz des Geländers, der herrliche Blick aus dem kleinen Fenster am Kopf der Treppe auf die Ostsee oder die Tapete im Vintagemuster.

Ihr Handy piepte erneut.

Wir sehen uns Donnerstagabend, und dann haben wir das ganze Wochenende NUR für UNS.

Puh, noch ganze zwei Tage … Das ist viiiiiiiieeeeeel zu lange.

Nach ihrer drei Tage andauernden Versöhnung Anfang der Woche waren bis gestern bereits vier Tage vergangen gewesen, an denen sie sich nicht gesehen hatten, da Panu mit seinem Gitarristen Miro auf einer Promotiontour durch die skandinavischen Nachbarländer gewesen und erst am gestrigen Morgen zurückgekommen war. Und jetzt würden wieder zwei Tage ins Land gehen, bis sie sich wiedersahen. Nicht dass Emilia die Zeit nicht sinnvoll zu nutzen wusste, sie hatte jede Menge zu tun, aber trotzdem wünschte sie, Panu wäre jetzt hier bei ihr.

Genieß dein neues Zuhause, und denk immer an UNSER laaaaaaanges Wochenende. Ich muss Schluss machen, wir haben gleich einen Termin. Big Kiss.

Das werde ich. Beides! Genießen und an dich und unser Wochenende denken. Kuss.

In ihrem Schlafraum unterm Dach angekommen, legte sie das Handy auf die Kommode neben der Tür und schaute sich zufrieden um. Sanfte Apricottöne, ihre Lieblingsfarbe, dominierten die Wände. Die zwei Schränke, die Kommode und der altertümliche Sekretär waren aus Eichenholz – wie auch der Parkettboden. Der Raum wirkte warm und heimelig, genau so, wie Emilia es hatte haben wollen. Sie konnte es kaum noch erwarten, ihre erste Nacht hier mit Panu zu verbringen. Sie hatte bereits etliche Kisten hierhergebracht und wartete eigentlich nur noch auf das Bett. So lange wohnte sie weiterhin im Hostel der Insel, in das sie sich Anfang des Jahres eingemietet hatte. Kurz kam ihr der Gedanke, einfach eine Matratze in ihr Zimmer legen zu lassen, damit sie hier schlafen konnte. Doch schnell verwarf sie die Idee wieder, es sollte alles fertig sein, wenn sie hierherzog. Selig lächelnd pellte sie sich aus den restlichen Kleidern und ließ sie achtlos auf den Boden fallen. Sie schnappte sich frische Unterwäsche aus einer der zahlreichen Kisten, die verteilt im Zimmer herumstanden, und lief in das angrenzende Badezimmer, um sich ein warmes Bad einzulassen. Sie nahm sich fest vor, sich gleich nach dem Aufwärmbad ans Auspacken zu machen und alles in Schränke und Kommoden zu verteilen. Eine Aufgabe, die sie von ihrer Sehnsucht ablenken würde.

Langsam ließ sie sich in das wohlige Badewasser gleiten und senkte entspannt die Lider – wie immer erschien Panus Gesicht vor ihrem inneren Auge, und die Sehnsucht nach ihm, von der sie sich eigentlich hatte ablenken wollen, packte sie sogleich.

Es war am späten Nachmittag, als Emilia Panu aufgeregt anrief. »Wir müssen uns am Donnerstag unbedingt in der Schweiz treffen!«

»Warum? Was ist passiert?«

»Geh mal auf *Promi-News*. Ich sehe zu, dass ich frühmorgens einen Flieger bekomme. Lies erst mal, und alles andere erkläre ich dir später.« Sie legte auf, bevor er weitere Fragen stellen konnte.

In ihr war schlagartig ein Plan gereift, als sie den Bericht gelesen hatte, den sie jedoch dringend mit ihrer Therapeutin in Mainz absprechen musste. Sie überlegte nicht lange und buchte einen Flug in den Abendstunden nach Deutschland. So würde sie frühmorgens bereits vor Ort sein und konnte jederzeit einen Termin bei Frau Doktor Waldner wahrnehmen, wann immer diese sie einzuschieben vermochte.

Mit klopfendem Herzen und einer inneren Unruhe, die Emilia seit der ersten Minute erfasst hatte, als sie den Interneteintrag gelesen hatte, überflog sie den kurzen Artikel wieder und wieder.

Promi-News

Hortenss von Hagenau aus Krankenhaus entlassen!
Die ehemalige Eisschnellläuferin Hortenss von Hagenau befindet sich nach wochenlangem Krankenhausaufenthalt in einem Schweizer Sanatorium. Nach Angaben ihrer Familie erlitt die 24-Jährige schon Anfang Oktober letzten Jahres einen Schlaganfall. Nach bisher unbestätigten Gerüchten sind die medizinischen Folgen eine erhebliche Beeinträchtigung des Sprachzentrums und eine halbseitige Lähmung. Die deutsche Nachwuchshoffnung von 2014 hat sich nach einem schweren Motorradunfall

im letzten Jahr nie wieder so weit erholt, dass sie ihren Sport weiter ausüben konnte. In den vergangenen Monaten machte »Tess«, wie sie von Freunden genannt wird, einzig und allein mit Negativschlagzeilen auf sich aufmerksam – Alkoholexzesse, Drogenmissbrauch, immense Gewichtszunahme oder wechselnde Männerbekanntschaften! Bekannte der ehemaligen Sportlerin berichten, dass sie »lebensmüde« sei. Wir bleiben dran!

3

»… memories floating around what was it all about …«

Verdammt! Was redet diese kleine Person für ein Zeug? Kenne ich die überhaupt? Tess zermarterte sich das Hirn, doch sie hatte keinen blassen Schimmer, woher sie sie kennen sollte. Den großen blonden Mann neben ihr, ja, den kannte sie. Panu von der finnischen Rockband *Moonset Road*. Mit ihm wusste sie etwas anzufangen. Mit ihm und seinen Bandkollegen hatte Tess schon etliche Nächte durchgezecht. Sie liebte deren Musik. In ihrem Kopf summte es: *Share your life with me …* Ein Hammersong von den Jungs aus dem letzten Jahr. Letztes Jahr! Wie lange war das her? Sie hatte jegliches Zeitgefühl verloren.

»Tess, weißt du noch, die Nacht in Holland nach dem Konzert? Die Drogen und der Alkohol haben mich beinahe umgebracht. Ich bin von dieser Mauer gestürzt und habe mir etliche Knochen gebrochen. Ich lag wochenlang im Krankenhaus.«

Tess wunderte sich, dass die Fremde redete, ohne Luft zu holen, und Panu dagegen gänzlich still war. Sie erinnerte sich, dass er doch immer so aufgekratzt und fröhlich gewesen war. Warum sah er sie die ganze Zeit so mürrisch an? Wollte er ihr mit diesem Blick etwas sagen?

»Ich hatte mir wirklich Gedanken um dich gemacht. Ich kannte dich zwar damals nur ein paar Stunden, aber es war mir unbegreiflich, wie du einfach so abhauen und mich meinem Schicksal überlassen konntest.«

Ein Sturm wütete in Tess. Was für ein Schicksal konnte die schon gehabt haben? Sie saß wie das blühende Leben vor ihr und laberte irgendetwas von Mauer und Sturz. Wenn sie gefallen ist, dann ja wohl weich. Sie sah blendend aus, konnte laufen und reden – und wie sie reden konnte, ohne Punkt und Komma. Und Panu himmelte sie die ganze Zeit an oder berührte sie zärtlich. *Ich könnte kotzen. Scheiß-Harmonie!*

»Wenn du willst, kannst du zu uns nach Helsinki kommen. Ich werde dort demnächst ein kleines Kurhaus eröffnen, in dem Menschen in deiner Situation geholfen werden kann. Ich kann alles in die Wege leiten, wenn du das möchtest. Du könntest schon in wenigen Tagen unser erster Gast sein und das Frühlingserwachen auf Suomenlinna miterleben. Ich glaube, das würde dir gefallen. Und wenn du magst …«

Tess starrte sie weiterhin voller Verachtung und unterdrücktem Zorn an. Wer ist diese Frau, die unermüdlich redet? *Gottverflucht, ich kann mich beim besten Willen an nichts erinnern.*

»… und wir machen gemeinsam Musik und …«

Tess wurde immer zorniger. *Verpiss dich, verdammt, hau ab. Ich brauche dein Mitleid nicht.* Ihr Blick wanderte wieder zu Panu, und sie stellte erneut fest, dass seine blauen Augen feindselig zusammengekniffen waren, wenn er sie ansah. Sein Gesicht entspannte sich nur, wenn er die Frau neben sich anschmachtete.

»Ich denke, ich habe dich nun genug vollgelabert …«

Kann sie Gedanken lesen?

»Ich besuche dich morgen wieder. Bis dann.« Emilia fuhr mit ihrer Hand sanft über Tess' Wange und strich ihr dabei liebevoll die strähnigen roten Haare aus dem Gesicht. Tess wollte schon angewidert den Kopf drehen, aber irgendetwas im Blick der Fremden veranlasste sie, stillzuhalten. Ihre Augen füllten sich mit Tränen. Kein Mensch war in den letzten Monaten so zärtlich zu ihr gewesen. Weder ihre Eltern noch ihre angeblichen Freunde, die hin und wieder hier auftauchten, einzig Schwester Angela bemutterte sie fürsorglich. Ohne dass sie es steuern konnte, huschte ein leichtes und dankbares Lächeln über ihr Gesicht. Tess wusste zwar nicht, wer die junge Frau an ihrem Bett war, aber irgendwie freute sie sich trotzdem auf morgen. Panu nickte ihr nur stumm zu. Seine Miene war nach wie vor finster. Sie grübelte, was sie ihm wohl getan hatte. *Ich muss mich wirklich mal konzentrieren und über die Monate vor dem Schlaganfall nachdenken!*

Hortenss von Hagenau wandte das Gesicht dem Fenster zu und starrte auf die schöne Landschaft der Schweizer Berge, die von den letzten Sonnenstrahlen des Tages wunderbar in Szene gesetzt wurde, während Panu und Emilia leise das Krankenzimmer verließen.

»Oh, die Arme. Sie tut mir so leid.« Emilia fasste nach Panus Hand und drückte sie fest. »Sie ist richtig schmal geworden und blass.«

»Pah«, brummte Panu vor sich hin. »Sie war ja auch fett genug.«

Wütend und gleichzeitig entsetzt funkelte Emilia ihn an. »Mr Turunen, ich glaube, du spinnst. Ein bisschen mehr Mitgefühl würde dir gut zu Gesicht stehen.« Abrupt ließ sie seine Hand los und stapfte in Richtung Ausgang.

»Voi paska!« Fluchend folgte er ihr.

»Da hast du recht: Du verhältst dich scheiße«, sagte sie, ohne sich zu ihm umzudrehen.

Innerlich musste Panu ihr zustimmen. So redete man nicht über eine Kranke. Doch seine Wut auf Tess hielt sich beharrlich, wenn auch das Geschehene schon etliche Monate zurücklag.

Er holte Emilia vor der Tür ein, griff nach ihrer Hand und drehte sie zu sich herum. Er suchte das gewohnt Sanfte, Nachsichtige in ihrem Blick – fand es aber nicht. Ihre Augen feuerten wahre Blitze auf ihn ab.

»Es tut mir leid.«

»Jetzt hör mal zu …« Emilia wollte zu einer Schimpftirade ansetzen, kam jedoch nicht weit, da Panu sich schnell vorbeugte und ihren Mund mit seinen Lippen verschloss. Schlagartig war jeder Ärger vergessen, und sie gab sich seinem Kuss hin.

Da war sie wieder, diese schier unbeschreibliche Kraft, die jegliche Selbstbeherrschung in Sekundenschnelle pulverisierte. So ging es bereits seit dem Tag, als sie sich das erste Mal getroffen hatten. Zwischen ihnen herrschte eine so große Anziehungskraft, dass die Welt stillzustehen schien, sobald sie sich berührten.

Emilias Kopf schwirrte. Wie war so etwas möglich? »Das ist nicht fair, und das weißt du …«, murmelte Emilia an seinen Lippen.

Panu löste sich sanft von ihr. »Ich weiß.« Schelmisch grinste er sie an. »Aber es funktioniert. Und das auch noch so gut.«

Emilia schlug ihm spielerisch auf die Schulter. »Das ist aber nicht der Sinn der Sache. Küssen, um Diskussionen aus dem Weg zu gehen, ist keine Lösung. Es ist zwar schön, aber keine Lösung!« Ihr Blick wurde ernst. »Panu, du darfst nicht so gemein zu Tess sein. Sie ist schwer krank und braucht Hilfe. Hast du gesehen, wie sehr sie meine kleine Berührung aus der Fassung gebracht hat? Sie braucht scheinbar momentan einen

Menschen, der sich um sie kümmert. Wenn du nicht nett zu ihr sein kannst, gehe ich morgen allein zu ihr.«

»Du kleiner Samariter.« Liebevoll streichelte er ihr über die Wange. »Ich werde morgen wirklich nicht mitkommen. Wenn ich Tess ansehe, muss ich fortwährend über das nachdenken, was dir in Utrecht passiert ist – und daran war sie mit schuld. Das ist es, was mich so unglaublich zornig macht.«

»So ein Blödsinn! Ich allein war damals schuld an diesem Unfall, und das weißt du auch.« Sie nahm wieder seine Hand. »Aber gut, ich gehe allein zu ihr. Dann ist sie vielleicht entspannter.«

»Mach das, ich werde ein bisschen die Berge fotografieren gehen.«

Gemeinsam schlenderten sie zum Auto.

»Wie kann so etwas passieren? Schlaganfall! Sie ist doch viel zu jung, gerade einmal vierundzwanzig Jahre.« Fragend blickte Emilia Panu an.

»Bei ihrem Lebenswandel wundert mich das, ehrlich gesagt, überhaupt nicht. Du kennst Tess nicht. Sie hat uns früher oft erzählt, dass sie schon als Kind unter diesem enormen Druck stand, etwas wirklich Großes erreichen zu müssen. Und dann hatte sie diesen selbst verschuldeten Unfall, der all ihre Träume, vor allem die ihrer Eltern, zunichtegemacht hat. Ich glaube, Tess ist ein sehr unglücklicher Mensch.«

Verwirrt entgegnete Emilia: »Du hast doch Mitgefühl mit ihr – warum bist du dann so gemein?«

Panu öffnete die Fahrertür ihres Leihwagens. »Sie hat zugelassen, dass du in Gefahr geraten bist und es dir schlecht ging. Das kann ich ihr einfach nicht verzeihen. Hätte sie das nicht getan, könnte ich wirklich Mitleid haben, aber so …« Er zuckte bedeutungsvoll mit den Schultern und fixierte Emilia fest. »Du wärst beinahe gestorben.«

Liebevoll umfasste Emilia sein Gesicht. »Aber ich lebe noch. Hör auf, dich mit meiner unschönen Vergangenheit auseinanderzusetzen. Nur das Hier und Heute zählt.« Sanft küsste sie ihn auf den Mund.

Ergeben seufzte Panu auf. »Aber …«

»… kein ›Aber‹!« Sie schaute ihn mit ihren großen grauen Augen an. »Bitte.«

»Du bist nicht fair. Ich kann nicht anders, als allem zuzustimmen, wenn du mich so ansiehst.«

»Und du küsst mich, um Diskussionen aus dem Weg zu gehen. Wo ist da der Unterschied?« Lächelnd drückte sie ihm einen Kuss auf die Wange. »Wo ist eigentlich Miro? Warum ist er nicht mitgekommen? Er kennt Tess doch auch. Macht er sich keine Gedanken?«

Beim Einsteigen grinste Panu schief. »Das musst du ihn schon selbst fragen. Er wartet im Hotel auf uns.«

Er startete den Motor und fuhr los. Emilia drehte sich noch einmal um und blickte auf das Sanatorium. Ihre Gedanken waren bei Tess. Noch war ihr nicht klar, wie sie die junge Frau aus ihrer Lethargie herausreißen sollte.

xxx

»… nein, ich kann das nicht begreifen und will auch nicht verstehen, was du damit bezwecken willst, dieser Tussi zu helfen.« Miro war außer sich vor Wut und redete wild gestikulierend in einem aufgeregten Finnisch-Englisch-Gemisch auf Emilia ein. Ausgerechnet Miro, der sonst so ein gutmütiges Wesen besaß, verwandelte sich in einen tobenden, übellaunigen Unmenschen. Er war nicht wiederzuerkennen.

Panu saß in einer Ecke des Wohnzimmers ihrer Suite, die sie sich zu dritt teilten, da so kurzfristig nichts anderes frei gewesen war, und beobachtete Miro und Emilia genau. Das ein oder andere Mal sah er seinen Freund kurz strafend an, wenn dessen Ton Emilia gegenüber zu scharf wurde, doch ansonsten ließ er sie dieses Wortgefecht allein austragen.

Emilia war entsetzt darüber, wie kalt Miro über die verunglückte Tess sprach. »Du warst doch auch mal mit ihr befreundet. Oder waren das nur Saufgelage und sonst nichts? Wie kannst du so von einem Menschen reden, der im Moment jede Hilfe brauchen kann, die er bekommt?«

»Ich habe dir schon an Silvester gesagt, was ich von dieser Person halte. Sie hat dich im Stich gelassen, als du sie gebraucht hast. Sie ist mit schuld an all dem Unglück, das dir widerfahren ist. Sie ist es einfach nicht wert, dass du … gerade du dir Gedanken um sie machst. Sie wird es dir nicht danken, dieses verzogene Gör. Verdammt, begreifst du das denn nicht?« Aufgebracht lief Miro durch das Zimmer.

Er war der Gitarrist bei *Moonset Road.* Er war der ruhige, stets ausgeglichene Part der Band. Er war es auch gewesen, der nach Panus und Emilias Zerwürfnis den Kontakt zu Emilia aufrechterhalten hatte. Er hatte ihr vertraut und seinem besten Freund über Wochen nicht verraten, dass er mit ihr in Verbindung gewesen war.

Miro fuhr sich hastig mit beiden Händen durch seine schulterlangen braunen Haare. Sein ein Meter achtzig großer Körper bebte. Er war normalerweise eher wortkarg, sprach nur, wenn er wirklich etwas zu sagen hatte. Und heute hatte er scheinbar viel zu sagen.

Seit er im letzten Jahr von Emilias schwerem Unfall erfahren hatte, gab es nichts, was ihn mehr hätte aufregen können als dies heute hier. Dass gerade die Frau, die Emilia damals zu Drogen verführt hatte, heute von dieser umsorgt wurde, als ob sie eine Heilige wäre, machte ihn wütend – stinkwütend. Tess hatte es definitiv nicht verdient. Er kannte sie – und wie er sie kannte. Sie war verwöhnt, eigensinnig und dermaßen egozentrisch, als ob sie Ms Universum persönlich wäre. Er schnaubte lautstark aus.

»Was du da tust, ist absolut schwachsinnig.« Miro baute sich in voller Größe vor Emilia auf. »Wie kann man nur so naiv und dumm sein, um nicht zu erkennen, dass dieser Frau nicht zu helfen ist. Es tut mir wirklich leid, Emilia, aber ich glaube, du hast von deiner Tablettensucht mehr zurückbehalten, als gut für dich ist.«

Entsetzt starrte Emilia ihn an. Sie war sprachlos. So hatte sie Miro noch nie erlebt.

»Mitä sä höpötät?«, fuhr Panu mit einem Mal dazwischen.

»Ich rede überhaupt kein dummes Zeug, aber deine Freundin spi…«

»Es reicht! Hör auf, in dem Ton mit ihr zu reden.« Panu war aufgestanden und auf die beiden zugegangen. »Bisher habe ich mich rausgehalten, doch jetzt ist Schluss, mein Freund. Was ist eigentlich los mit dir? Bist du noch ganz dicht?«

Miro schaute wutschnaubend von Emilia zu Panu und knurrte: »Ich muss frische Luft schnappen.« Er drehte sich um und lief zur Tür hinaus, ohne die beiden eines weiteren Blickes zu würdigen.

Panu griff nach Emilias Hand. »Alles okay, Kaunis?«

»Mmmh …« Verwirrt sah sie ihn an. »Ich glaube schon.«

»Nimm ihm das nicht übel. Auch Miro hat eine Vergangenheit, die ihn von Zeit zu Zeit einholt. Er meint es nicht so. Komm.« Sanft legte er seinen Arm um ihre Schultern und zog sie mit sich auf die Couch.

Geborgen in seinen Armen, dachte Emilia über das Geschehene nach.

Miro war außer sich vor Wut. Er erkannte sich selbst nicht wieder. Er lief, zwei Stufen auf einmal nehmend, die Treppe zur Hotelhalle hinunter. Ohne auf irgendetwas zu achten, durchquerte er im Sturmschritt die Lobby, sprang schwungvoll durch die Drehtür und stapfte, draußen angekommen, zornig durch den Schnee in Richtung Parkplatz. Erst jetzt bemerkte er, dass er gar keine Jacke trug. Schlagartig war ihm kalt. Die Nacht war sternenklar, und die Temperaturen waren immer noch im einstelligen Bereich. Er blieb abrupt stehen, schaute sich um und überlegte, wohin er gehen sollte. Zurück in ihre Suite, eine Jacke holen? Ausgeschlossen! Um den beiden jetzt wieder gegenüberzutreten, war er zu aufgebracht. Er verfluchte in diesem Moment nicht nur, dass er überhaupt mitgekommen war, sondern auch, dass er sich mit Panu und Emilia eine Suite teilen musste. Nichts hätte er jetzt mehr begrüßt als seine Privatsphäre. Ihm fiel ein, dass er bei ihrer Ankunft am Nachmittag eine Bar neben der Rezeption gesehen hatte. Vielleicht sollte er sich dort hinsetzen und ein Bier bestellen, um ein wenig runterzukommen. Während er langsam, wie ferngesteuert, zurückging, schossen ihm Wortfetzen ihres Streits durch den Kopf. Er spürte eine innere Unruhe und das Verlangen, zu Emilia zu gehen und nochmals mit ihr zu reden – sie zur Vernunft zu bringen. Aber er kämpfte dieses Gefühl nieder, eilte zurück ins Hotel und setzte sich an die Bar.

Der Schweizer Hotelangestellte begrüßte ihn freundlich: »Grüezi!«

»Ein Bier, bitte.«

Nachdem er einen kräftigen Schluck genommen hatte, beruhigte er sich langsam. Jedoch nur langsam, zu sehr beschäftigte ihn das in seinen Augen irrsinnige Verhalten Emilias.

Emilia! Sie dachte ernsthaft, sie könnte einem Menschen wie Tess helfen. Er mochte Emilia, mochte sie wirklich gern, aber ihre aufopfernde Art, ihr Helfersyndrom, ging ihm momentan gewaltig auf die Nerven, vor allem, weil es Tess betraf. Tess war böswillig, verzogen und würde Emilias Hilfe nur eigensüchtig ausnutzen, um dann, wenn es ihr wieder besser ginge, ihrer Helferin gewaltig in den Hintern zu treten. Miro schnaubte wütend auf, griff nach seinem Bier und schob es gedankenverloren auf dem Bierdeckel hin und her. Menschen helfen, die einem nahestanden. Schwachsinn, das ging nie gut und bereitete einem nur Kummer. Er selbst hatte für solches Handeln schon bitteres Lehrgeld bezahlen müssen.

Ohne dass Miro es bemerkte, hatte sich ein Fehler in seine Überlegungen eingeschlichen – Emilia stand Tess nicht wirklich nahe. Aber er selbst hatte ihr einmal sehr nahegestanden, und so vermischte er hier etwas, doch das sah er nicht. Schon gar nicht, als die Gesichter seiner Familie vor seinem inneren Auge auftauchten. Die Mutter eine willenlose Säuferin und der Vater ein rücksichtsloser Schläger, das waren seine Eltern. Und sein geliebter großer Bruder hatte sich schon in jungen Jahren auf die falsche Seite des Gesetzes geschlagen. Miro hatte zwar die meiste Zeit seiner Jugend in verschiedenen Heimen verbracht und trotzdem immer wieder versucht, seine Familie zusammenzuhalten – versucht, seine Mutter davon zu überzeugen, eine Entziehungskur zu machen und sich vom Vater zu trennen. Seinen großen Bruder Jimi hatte er auf Knien angefleht, seine krummen Dinger sein zu lassen, jedoch ohne Erfolg. Jimi saß einige Jahre wegen schweren Raubüberfalls mit Todesfolge im Gefängnis.

Miro hatte den Kontakt zu seiner Familie am Tag von Jimis Verurteilung abgebrochen. Das war bereits über fünfzehn Jahre her, und trotzdem hatte Miro in diesem Moment das Gefühl, als wäre all das soeben erst passiert. Und daran war Emilia schuld mit ihrer barmherzigen Art und dem irrsinnigen Glauben, Menschen ändern zu können.

Miro stützte den Kopf in seine Hände und seufzte tief auf. Er wollte doch nur, dass Emilia nicht denselben Fehler beging wie er selbst. Er fand ihre Idee mit dem Kurhaus klasse. Er hatte ihr jegliche Unterstützung zugesichert, da er überzeugt davon war, traumatisierten Menschen mit Musik helfen zu können. Aber man durfte mit den Patienten keine persönliche Bindung eingehen. Das konnte nur schiefgehen – das würde bestimmt schiefgehen! Und mit Tess waren sie eine Weile gemeinsam rumgezogen – hatten mit ihr gesoffen, gefeiert, gelacht …

Miros Gesichtszüge verdunkelten sich noch mehr. Er wischte die Gedanken an die vergangene Zeit mit Tess weg und dachte an letztes Jahr. Allein durch deren krankhafte Genusssucht und Rücksichtslosigkeit hatte Emilia diesen schweren Unfall erlitten, und Tess hatte sich in ihrem grenzenlosen Egoismus einen Scheiß um sie geschert.

Als Panu tags zuvor angekündigt hatte, dass er sich mit Emilia hier treffen wolle, um Tess zu besuchen, hatte er sogleich mit Engelszungen auf seinen Freund eingeredet, das Ganze abzublasen. Aber Panu hatte Emilia schon versprochen gehabt, sie zu begleiten, und sie nicht enttäuschen wollen.

Auch wenn Panu selbst nicht im Geringsten Lust darauf hatte, diese Frau zu treffen, die in seinen Augen jenseits von Gut und Böse war, hatte er es natürlich Emilia zuliebe getan. Und so hatte Miro letztendlich selbst eingewilligt mitzukommen, obwohl er bis jetzt nicht genau wusste, warum – vielleicht, um Emilia zur Vernunft zu bringen? Oder …

Wieder laut aufseufzend, fuhr er sich durch die Haare, trank sein Bier aus und bestellte gleich noch eins.

Der weißhaarige Barmann, dessen wettergegerbtes Gesicht davon zeugte, dass er seine freie Zeit offensichtlich gern an der frischen Luft verbrachte, stellte das Bier vor Miro auf dem Tresen ab und sah ihn mit durchdringendem, aber freundlichem Blick an.

»Isch sie's wert?«

Miro hielt dem Blick stand, während sein Mund sich langsam zu einem schiefen Lächeln verzog. Er konnte die Lebenserfahrung förmlich spüren, die aus den graublauen, von Lachfältchen umringten Augen und dieser simplen Frage sprach.

»Ja«, antwortete er deshalb, »sie ist eine sehr gute Freundin.«

»In der Schweiz haben wir ein Sprichwort: Jedes Problemli het zwöi Siite; die fauschi ond üsi!«

Miro schaute ihn fragend an, er hatte kein Wort verstanden.

Ein Lächeln breitete sich auf dem zerfurchten Gesicht des Barmanns aus. »Jedes Problem hat zwei Seiten: die falsche und die unsrige!« Ohne ein weiteres Wort drehte der Alte sich um und fing an, die Gläserspülmaschine auszuräumen.

Miro starrte auf den gebeugten Rücken des alternden Bartenders und dachte über dessen Worte nach. Ihm schoss *Shame* von Robbie Williams und Gary Barlow durch den Kopf: …

well there are three versions of this story; mine, yours and then the truth …

Es gab stets mehrere Blickwinkel einer Geschichte – man musste sich nur die Mühe machen, die Wahrheit herauszufinden. Was war die Wahrheit über Tess?

Jetzt, da er wieder ruhiger war, was er zum größten Teil der schlichten Weisheit dieses Schweizer Barmanns zu verdanken hatte, dachte er an Emilia und die Dinge, die er zu ihr gesagt hatte. Frustriert und zutiefst beschämt schüttelte er den Kopf. Er merkte, wie seine Wut endgültig verrauchte und das rationale Denken wieder einsetzte. Ihm war klar, dass er völlig überzogen reagiert hatte – hatte es auch schon gewusst, als er Emilia gegenüber laut geworden war, aber er hätte nichts ändern können, da er einfach viel zu aufgebracht gewesen war.

Nun konnte er klarer darüber nachdenken und war bereit, noch einmal ganz sachlich mit Emilia über das Problem zu reden – und vor allem eines zu tun: sich bei ihr zu entschuldigen.

Scheiße, ich habe mich wie ein Arsch verhalten! Er leerte sein Glas, bezahlte und ging zurück in die gemeinsame Suite.

×××

Auf dem kurzen Weg von dem Schweizer Kurort zum Flughafen Zürich hing Emilia ihren Gedanken nach. Panu fuhr den Leihwagen und unterhielt sich mit Miro, der auf dem Beifahrersitz saß, über die bevorstehenden Konzerte. Emilia hörte nicht zu, sondern schloss die Augen und dachte über die vergangenen zwei Tage nach …

Miro war gut eine Stunde nach ihrem Streit wieder in der Suite erschienen und hatte sich bei ihr entschuldigt. Sie war glücklich gewesen, dass er die Größe bewiesen hatte, und hatte ihn deshalb darum gebeten, das Thema Tess auf den nächsten Tag zu verschieben, wenn sie selbst von ihrem Besuch in der Kurklinik zurückkommen würde.

Miro war damit einverstanden gewesen und hatte sich mit seiner Gitarre in eine Ecke gesetzt, während Panu und sie zu einem kurzen nächtlichen Spaziergang aufgebrochen waren.

Freitagmorgen war sie dann in aller Frühe zu Tess ins Sanatorium gefahren …

Tess schaute zu Emilia auf, als diese in ihr Zimmer trat, und sah sie mit einem beinahe zufriedenen Gesichtsausdruck an, so als wollte sie sagen: Ich habe erst gezweifelt, aber dann wusste ich, dass du zurückkommen würdest.

Emilia holte sich einen Stuhl und setzte sich an Tess' Bett. »Guten Morgen. Ich hoffe, du hast gut geschlafen. Wir haben uns viele Gedanken um dich gemacht. Ich soll dir liebe Grüße von Panu und Miro sagen.« Emilia meinte, ein kleines Flackern in Tess' Augen zu bemerken, als sie die beiden Namen erwähnte. »Ich weiß, dass ich gestern schrecklich viel geredet habe, aber ich war so voller Tatendrang. Ich will dir unbedingt helfen, aber willst du meine Hilfe überhaupt? Kannst du mir irgendein Zeichen geben, dass du mich verstehst?« Fragend musterte sie Tess. »Ich sitze doch auf deiner gesunden Seite, oder? Vielleicht könnten wir jeweils eine Geste ausmachen, die für ›Ja‹ oder ›Nein‹ steht …?« Erst jetzt bemerkte Emilia Tess' weit aufgerissene Augen und den entsetzten Gesichtsausdruck. Lachend fuhr sie fort: »Ich rede schon wieder zu viel, stimmt's?«

Tess zog die Brauen hoch und sah Emilia direkt in die Augen.

»Aber ich muss doch so viel reden, da du ja schweigst.

Mmmh … Lass uns doch Zeichen vereinbaren, da du ja scheinbar noch nicht mal Lust hast, mit dem Kopf zu nicken oder ihn zu schütteln. Oder kannst du es nicht?«

Tess sah sie weiter einfach nur an.

»Was hältst du davon, unser Gespräch, na ja, meinen Dialog, ein wenig zu beleben? Vielleicht könntest du bei ›Ja‹ die Handfläche nach oben drehen …« Emilia nahm Tess' Hand und zeigte ihr, wie sie das meinte. »Und bei ›Nein‹ könntest du den Mittelfinger hochstrecken.« Sie ballte Tess' Hand zu einer Faust und zeigte nur den Mittelfinger. »Einfach so.«

Unwillkürlich musste Tess grinsen. Es war das erste Mal seit Monaten, dass ihr zum Lachen zumute war. *Wie geil ist das denn? So oft hast du noch nie den Stinkefinger gesehen, wie du es jetzt gleich erleben wirst.*

Emilia nahm das schiefe Lächeln auf Tess' Gesicht wahr. »Gut. Mein Vorschlag scheint dir zu gefallen. Fangen wir doch gleich mal an. Hast du Hunger?«

Ohne lange darüber nachzudenken, drehte Tess ihre rechte Hand und hob den Mittelfinger.

»Schön. Geht doch. Also die nächste Frage: Gefällt es dir hier?«

Erneut streckte Tess ihren Finger empor.

Gezielt stellte Emilia nur Fragen, von denen sie sicher war, dass Tess sie mit »Nein« beantworten würde. Nach ein paar Minuten änderte sie jedoch ihre Taktik.

»Möchtest du, dass ich wieder gehe?« Sie wartete gespannt auf Tess' Reaktion, die schneller als erwartet kam.

»Nein? Super! Meinst du, wir sollten auch ein etwas witzigeres Zeichen für ›Ja‹ festlegen? Dann fällt dir das Zustimmen vielleicht nicht so schwer.«

Tess' Handfläche blieb offen, und Emilia wartete ab.

Tess streckte ihr die Zunge raus.

»Was war das?« Irritiert schaute Emilia in Tess' blasses Gesicht.

Diese hob den Mittelfinger und streckte abermals die Zunge raus.

»Okay. Also Zunge rausstrecken für ›Ja‹. Habe ich das richtig verstanden, oder nicht?« Erwartungsvoll wartete Emilia ab.

Tess öffnete langsam den Mund und streckte ihre Zunge raus, gleichzeitig hob sie den Mittelfinger.

Emilia fing zu lachen an. »Okay, also keine Entweder-oder-Fragen mehr. Kannst du dich noch an mich erinnern? Nein? Das kränkt mich jetzt schon ein wenig. Soll ich dir erzählen, wie wir uns kennengelernt haben?«

Tess nickte leicht. *Du bist gut, kleine Labertante, wirklich gut.*

Emilia berichtete von Holland. Von dem Konzert, auf dem Panu sie einander vorgestellt hatte. Davon, dass sie beide massig getrunken hatten. Von ihrem Streit mit Janis wegen des Videos, das im Internet aufgetaucht war. Sie erzählte weiter von ihrem gemeinsamen nächtlichen Streifzug durch Utrecht, an den sie sich selbst allerdings nur teilweise erinnern konnte. »Weißt du vielleicht noch, wie wir in dieses Tätowierstudio gekommen sind? Soll ich dir zeigen, was ich mir im Vollrausch habe stechen lassen? Ich – Frau Superkonservativ!« Emilia stand auf, und während sie ihre Hose ein Stück nach unten schob, ließ sie Tess nicht aus den Augen.

Einerseits entsetzt, jedoch auch gespannt beobachtete Tess Emilia. Ihr Blick senkte sich fragend auf die seitlich heruntergezogene Hose Emilias. Kurz unter dem rechten Beckenknochen, über ihrer Scham, entdeckte Tess eine kleine Tätowierung – ein strahlend blaues Auge, das über Wellen schaute.

Sofort kam ihr Panu in den Sinn, doch sie wusste nicht genau, was sie damit anfangen sollte. *Verdammt, was war da gewesen?* Sie musste versuchen, sich zu erinnern. Mit den Fingern formte Tess ein »O«.

»Das findest du gut? Ja? Ich mittlerweile auch. Am Anfang war ich zwar ein wenig geschockt, doch jetzt gefällt es mir. Und Panu war wirklich beeindruckt.«

Wieder musste Tess lächeln. *Das glaube ich, dass ihm das gefallen hat. Selbst ein Rockstar wie er bekommt nicht jeden Tag solch einen Liebesbeweis.*

»Ich muss in dieser Nacht auf eine Mauer geklettert und heruntergefallen sein. Wie mir der Arzt damals sagte, hat scheinbar ein Baum meinen Sturz abgefangen, sodass nichts Lebensgefährliches passierte und ich ›nur‹ mit etlichen Knochenbrüchen ins Krankenhaus eingeliefert wurde.«

Tess' Gesicht verzog sich bedauernd.

»Ich war in meinem Leben jahrelang in einer Tretmühle gefangen gewesen, aus der ich keinen Ausweg gesehen hatte, außer meinen Schmerz mit Tabletten zu betäuben. Erst dieser Sturz hat mich wachgerüttelt. Ich habe mein Leben geändert und baue mir zurzeit auf Suomenlinna eine neue Existenz auf. Kennst du die Insel vor Helsinki?«

Tess nickte leicht.

»Wie ich dir gestern schon erzählt habe, eröffne ich dort in Kürze ein Haus für Musiktherapie. Magst du Musik?«

Genervt rollte Tess zunächst die Augen über diese seltsame Frage. Klar mochte sie Musik, sie hatten sich schließlich auf einem Konzert kennengelernt. Sie streckte langsam ihre Zunge raus.

»Soll ich dir etwas vorsingen? Man sagt über meine Stimme,

dass sie ganz gut klänge.« Verlegen senkte Emilia die Augen und wurde angesichts dieses Anflugs von Eigenlob rot.

Tess verzog spöttisch lachend den Mund, nickte aber nochmals leicht.

»Schön, du magst etwas hören! Aber was?« Emilia sah sich suchend um. Auf dem Nachtisch lag Tess' iPod. »Darf ich?« Sie griff danach und öffnete das Menü. Es waren mehrere Alben gespeichert. Von *Mando Diao* über *Moonset Road* bis hin zu *Alicia Keys* und vieles mehr. »Wow, *Limp Bizkit*. Ganz schön hart. Außer das eine …«, Emilia überlegte kurz, »… das sie gecovert haben von *The Who*, das ist wunderschön. Wenn du magst, singe ich das für dich?!«

Nachdem Tess stumm zugestimmt hatte, erklang Emilias Stimme Sekunden später äußerst gefühlvoll: *»No one knows what it's like to be the bad man, to be the sad man behind blue eyes. And no one knows what it's like to be hated, to be fated, to telling only lies …«* Emilia stand auf und lief ans Fenster, um ein wenig frische Luft hereinzulassen. Sie bemerkte daher nicht, wie sich die Zimmertür öffnete und ein älteres Paar leise eintrat. *»… no one knows what it's like to be mistreated, to be defeated behind blue eyes …«*

Als Emilia sich umdrehte und in die beiden fremden Gesichter schaute, die sie erstaunt anstarrten, war sie kurz versucht, ihren Gesang abzubrechen. Doch sie hörte nicht auf, wandte sich Tess erneut zu und sah ihr fest in die Augen, die sich in diesem Moment mit Tränen füllten.

Verschämt drehte Tess ihren Kopf dem Fenster zu.

Als sie geendet hatte, ging sie rasch durch das Zimmer auf das ältere Paar zu und stellte sich vor. »Guten Tag. Ich bin Emilia, eine Bekannte von Tess.«

Dankbar seufzte Tess leise auf. Sie wollte nicht, dass ihre Eltern ihre Tränen sahen. Sie würden es nicht verstehen.

»Guten Tag. Ich bin Cornelius von Hagenau, und das ist meine Frau Theresa. Wir sind Hortenss' Eltern.«

Bei dem Wort »Eltern« zuckte Emilia unmerklich zusammen. Sie schätzte das Paar auf mindestens siebzig Jahre, und sie hätten genauso gut die Großeltern sein können. »Es ist schön, Sie kennenzulernen. Ich habe mich eben lange mit Tess unterhalten und wollte ihr gerade einen Vorschlag bezüglich ihrer weiteren Behandlung unterbreiten. Das Ganze geht aber natürlich nur mit dem Einverständnis der behandelnden Ärzte und«, sie zögerte kurz, »… selbstverständlich mit Ihrer Unterstützung.«

»Sie haben mit Hortenss gesprochen?« Frau von Hagenau zog irritiert eine Braue hoch. »Wie soll das funktioniert haben?«

»Na ja, eigentlich habe ich die ganze Zeit gesprochen, und sie hat mir mit Gesten geantwortet. Sehen Sie …«, Emilia lotste Tess' Eltern an das Krankenbett, »… so: Hat dir das Lied gefallen, Tess?«

Jetzt wird's lustig, dachte Tess und streckte langsam ihre Zunge heraus. Sie blickte in die entsetzten Gesichter ihrer Eltern und verkniff sich nur mühsam ein Lachen.

Emilia fiel das Missfallen von Herrn und Frau von Hagenau zu so einem Verhalten ebenfalls auf, und trotzdem oder gerade deshalb fuhr sie herausfordernd fort: »Soll ich noch etwas singen, Tess?«

Tess hob langsam die Hand und zeigte provozierend lange ihren Mittelfinger.

Erbost drehte sich Herr von Hagenau zu Emilia um. »Was soll das? Ist das ein schlechter Scherz?«

»Nein. Es ... es tut mir leid, wenn es Ihnen so vorkommt, aber ...« Sie stockte kurz, dachte schnell nach und fuhr dann mit fester Stimme selbstbewusst fort: »Nein, es tut mir nicht leid. Ich wollte das Ganze nur ein bisschen auflockern, um Tess aus der Reserve zu locken, und so haben wir Zunge rausstrecken als ›Ja‹ genommen, und ›Nein‹ war halt der ... na ja, der Mittelfinger ...« Lachend brach Emilia ab. »Und wie Sie sehen können, funktioniert es doch ganz gut. Immer nur Nicken und den Kopf zu schütteln, das ist auf Dauer doch etwas wenig Herausforderung.«

»Wissen Sie ...« Tess' Mutter wollte gerade zu einer belehrenden Ansprache über Benehmen und Etikette ansetzen, als ein glucksender Laut sie unterbrach. Perplex fuhren alle drei Köpfe herum.

Tess lachte.

Mit diesem Lachen, das durch unkontrollierte, gurgelnde Laute gepresst über ihre Lippen kam, vibrierte ihr ganzer Körper, und ihr sonst so verhärmt wirkendes Gesicht war entspannt. Mit glänzenden Augen feixte sie die drei an.

»Hortenss, Liebling. Geht es dir gut?« Frau von Hagenau trat dicht an das Bett ihrer Tochter und legte ihre Hand zögernd auf deren Stirn. Erneut streckte Tess die Zunge heraus und kicherte tonlos weiter.

Nun konnte auch Emilia nicht mehr ernst bleiben. »Frau von Hagenau, Tess geht es gut. Sie hat ihren Spaß.« Lachend setzte sie sich zu ihr aufs Bett. »Möchtest du mit nach Helsinki kommen? Wir werden mit dir singen. Und sobald du, natürlich durch hartes Training, deine linke Seite wieder besser bewegen und wieder sprechen kannst, wirst du lernen, ein Instrument zu spielen, vielleicht Klavier, und wir werden gemeinsam über die Insel laufen ...« Emilia redete sich in einen wahren Rausch und ergriff Tess' Hand. »… und wir werden zusammen lachen, viel lachen … Bitte sag Ja. Ich möchte dir so gern helfen.«

Tess schob die Zunge wieder rein und übermütig sogleich wieder heraus, immer wieder – rein, raus. Sie war mit einem Mal irre glücklich. Ihre sonst so trägen, meist hadernden Gedanken überschlugen sich. *Ob ich mitmöchte? Ich glaube, das ist das erste Mal seit Monaten, dass ich überhaupt wieder irgendetwas will.* Mit einem flehenden Blick gab sie Emilia zu verstehen, dass diese ihre Eltern überzeugen musste. Sie war zwar erwachsen, aber ohne das Go ihrer Eltern würde es schwer werden – sehr schwer.

Herr und Frau Hagenau sahen sich erstaunt an und begannen zeitgleich, Emilia mit Fragen zu bombardieren.

Emilia erzählte ihnen sogleich von ihrem Leben auf Suomenlinna, von ihrer Ausbildung und ihrem Vorhaben: »… und ich würde mich wirklich freuen, wenn Tess unser erster Gast wäre. Wie ich eben schon sagte, ist es unser Ziel, mit den Menschen zu musizieren und sie dadurch wieder am Leben teilhaben zu lassen.«

Und mit einem Mal ging alles unerwartet schnell. Man kontaktierte die behandelnden Ärzte und Physiotherapeuten, informierte sich über das genaue Krankheitsbild und besprach gemeinsam, wie es mit Tess weitergehen sollte. Die Ärzte stellten Emilia gezielt Fragen zu den vor Ort vorhandenen Therapiemöglichkeiten, zu Ärzten und Therapeuten, und Emilia gab bereitwillig Auskunft. Sie versprach, gleich in den nächsten Tagen einen Gesamt-Behandlungsplan auszuarbeiten und diesen der Klinikleitung sowie Tess' Eltern zuzusenden.

Tess hörte dem Ganzen voller Aufmerksamkeit zu und konnte nicht anders, als fortwährend zu grinsen. Vielleicht war das Leben ja doch noch nicht vorbei, und es schien tatsächlich etwas zu geben, für das es sich weiterzukämpfen lohnte. Sie wusste zwar noch nicht genau, mit welchem Ziel, jedoch spürte sie, dass das, was Emilia hier für sie zu tun bereit war, eine Chance war – eine Chance, die sie unbedingt ergreifen wollte. Und sie hoffte, dadurch herauszufinden, für was sich ein Weiterleben lohnen könnte.

Als ihre Eltern und Emilia am späten Nachmittag gegangen waren, fielen Tess erschöpft, aber glücklich die Augen zu. *Helsinki, ich komme!*

Emilia versuchte, nicht allzu aufgewühlt zu wirken, als sie mit Panu und Miro am Abend an der Hotelbar saß und mit ihnen über den Tag sprach.

Panu erzählte begeistert von seiner Wanderung durch die Schweizer Berge. »Ich habe traumhafte Bilder geschossen. Es war wirklich ein unglaublich schöner Tag. Was hast du gemacht, Miro?«

»Ich habe lange geschlafen und dann einen neuen, extrem geilen Riff ausprobiert, den muss ich dir unbedingt vorspielen …«

Miro und Panu verfielen kurz in technische Details, und Emilia hörte entspannt zu. Miro war gut drauf – schön!

»… aber das ist jetzt eigentlich nicht unser Thema. Du bist doch bestimmt schon genauso gespannt wie ich, was Emilia heute mit Tess erlebt hat.«

Panu grinste seinen Freund an. »Ja, klar, aber ich wollte doch nur für ein wenig Auflockerung sorgen.« Er wandte sich an Emilia. »Erzähl, wie ist es gelaufen. Was hat ›Ms Egomania‹ zu deinem Vorschlag gesagt?«

Selbst diese kleine Spitze gegen Tess konnte Emilia in diesem Moment nicht stören. Sie war einfach zu begeistert von den Erfahrungen, die sie heute im Laufe des Tages gemacht hatte. Dennoch hatte sie nicht vergessen, wie ernst es Miro am vorangegangenen Tag gewesen war. Er hatte riesige Vorurteile gegenüber Tess, und sie konnte diese nicht so mir nichts, dir nichts wegwischen oder kleinreden. »Miro, ich kenne deine Meinung. Du denkst, Tess habe es nicht verdient, dass man ihr hilft. Aber ich sehe das nun mal anders. Und es wäre wirklich schön, wenn du mit der Zeit deine Meinung ändern könntest. Und auch du …«, sie wandte sich an Panu, »… solltest deine Einstellung ein wenig überdenken. Noch mal für euch beide zum Mitschreiben: Ich habe mich damals in diese schreckliche Situation gebracht, nicht Tess. Bitte lasst die Vergangenheit ruhen. Mir zuliebe.« Treuherzig schaute sie die zwei Männer mit einem gespielten tiefen Augenaufschlag an.

»Mit diesem Blick kriegst du Panu vielleicht rum, aber mich nicht – vergiss es! Für mich zählen nur Fakten.« Miro wirkte immer noch mürrisch, er hatte jedoch seine strikte Abwehrhaltung abgelegt.

»Stimmt, ich kann bei diesem Blick kaum widerstehen. Aber trotzdem brauche auch ich noch mehr Input. Leg los, was ist heute passiert?«

Emilia holte tief Luft und versuchte, nüchtern und objektiv von den Ereignissen des Tages zu berichten. Umso mehr sie erzählte, desto eifriger wurde sie. »Und stellt euch vor …« Sie gluckste vor lauter Freude. »… am Schluss haben wir uns darauf geeinigt, dass Tess, wenn die Ärzte und Eltern mit meinem Konzept einverstanden sind, schon in zwei Wochen nach Helsinki kommt. Ob Herr und Frau Hagenau sie dann begleiten, ist noch nicht klar, aber egal, wie – sie wird kommen! Mein Heil- und Kostenplan wird sie überzeugen, ich habe mir schon alles genau ausgemalt.« Lebhaft wippte sie auf und ab, versuchte jedoch, sich zu beruhigen, und sprach gezielt geschäftig weiter: »Wir haben uns zunächst darauf geeinigt, dass Tess erst einmal sechs Wochen auf Suomenlinna bleibt. Danach sehen wir weiter.« Fragend betrachtete sie Panu und Miro. »Was meint ihr? Denkt ihr nicht auch, dass heute ein guter Tag war? Für Tess?«

Die beiden Männer wechselten nur einen kurzen Blick, bevor Panu erwiderte: »Harmaa-silmä, wenn dir das alles so viel bedeutet, dann musst du das machen.« Panu streichelte sanft über ihren Unterarm. »Nur, erwarte nicht zu viel. Du solltest damit rechnen, dass dir deine Bemühungen nicht gedankt werden. Wir kennen Tess seit ein paar Jahren, und Dankbarkeit gehört nicht gerade zu ihren Stärken. Wir wollen einfach nicht, dass du enttäuscht bist, falls es nicht so läuft, wie du es dir vorstellst.«

Emilia blickte auf Miro.

»Ich sehe das genauso. Pass einfach auf, und versuche, es nicht persönlich zu nehmen. Ansonsten kann ich dir nur Glück wünschen.«

»Na ja, Mutmacher seid ihr beide ja nicht gerade, aber damit kann ich leben.«

Gemeinsam gingen sie in ihre Suite und saßen dort noch lange zusammen. Über Tess sprachen sie an diesem Abend nicht mehr. Panu holte die Gitarren und ließ sich von Miro die neuen Riffs zeigen. Emilia saß selig bei den beiden Männern auf der Couch, nippte an ihrem Wein und lauschte mit halbem Ohr deren musikalischen Ergüssen. In Gedanken war sie allerdings schon wieder in Finnland, ging die Gespräche, die sie dort führen musste, durch und überlegte sich, wie sie ihr Behandlungskonzept am besten präsentierte.

Es war schon weit nach Mitternacht, als Emilia, in Panus Arme gekuschelt, einschlief. Glücklich darüber, endlich etwas bewegen zu können. Etwas, das sie sich seit Längerem unermüdlich ausgemalt hatte und nun anfing, Wirklichkeit zu werden.

4

»… I cannot control the words I whisper breathless to you – they are all true …«

♫

An diesem für Mitte März angenehm milden Abend standen Emilia und Panu vor dem Mainzer Staatstheater und warteten auf Panus jüngere Schwester Viivi.

Emilia schaute sich entspannt um und nahm die gelassene Atmosphäre, die hier immer noch herrschte, wahr. Bis auf ein paar wenige Stippvisiten bei ihrer Therapeutin, Frau Doktor Waldner, war sie seit Monaten nicht mehr in ihrer Heimatstadt gewesen. Sie hatte ihr ganzes Denken auf ihr neues Leben in Helsinki konzentriert. Auf den Umbau des alten Hauses, die Gestaltung des Therapiezentrums, ihr Fernstudium, ihren intensiven Finnischunterricht – und natürlich auf Panu.

Eigentlich hätte sie auch heute auf Suomenlinna sein müssen, da endlich ihr Bett geliefert wurde und weitere Entscheidungen über die Einrichtung des *Talos* getroffen werden mussten, aber Panu hatte sie überredet, mit nach Mainz zu kommen. Er wollte seine Halbschwester Viivi, die zurzeit in Deutschland lebte, und Dani, eine gemeinsame aus Bulgarien stammende Freundin, für einen Theaterbesuch treffen. Zuvor wollten sie noch ins Alex etwas essen gehen. Dani und ihr Mann Seo waren beide Opernsänger am *Mainzer Staatstheater*, und Seo, der Teil des heutigen Ensembles war, sollte nach der Vorstellung zu ihnen stoßen.

Zuerst hatte Emilia abgelehnt und versucht, ihm zu erklären, dass sie sich im Moment voll auf ihr Vorhaben konzentrieren wolle. Allerdings hatte sie seiner äußerst überzeugenden Überredungskunst dann doch nicht widerstehen können und war mit ihm gefahren.

Wartend standen sie vor dem *Gutenberg-Denkmal*, als Panu erfreut ausrief: »Da sind sie.« Panu deutete auf zwei Frauen, die, in ein Gespräch vertieft, langsam auf sie zuschlenderten.

Emilia sah den beiden entgegen und schmunzelte über deren Anblick. Unterschiedlicher konnte man kaum sein. Panus Schwester war groß, blond, langhaarig, mit einer Traumfigur. Ihre Freundin dagegen war in etwa so groß wie Emilia selbst, fraulich und trug die schwarzen Haare zu einem modischen Bob geschnitten. Als sie Panu entdeckten, stieß seine Schwester einen spitzen Freudenschrei aus und rannte ungestüm auf ihn zu.

Mit offenen Armen erwartete er sie und wirbelte sie lachend herum.

Emilia hatte sich eigentlich eingebildet, schon recht passabel Finnisch zu verstehen. Aber die »Äs«, »Ks« »Is« und »Us« reihten sich so schnell aneinander, dass sie kaum ein Wort zuordnen konnte.

Lächelnd trat Emilia der dunkelhaarigen Frau entgegen und sagte herzlich: »Hallo, ich bin Emilia. Schön, dich kennenzulernen.«

»Hallo, Emilia«, begrüßte die junge Frau sie mit einem leichten Akzent freundlich. »Ich bin Dani. Wie geht es dir?«

»Danke, gut, und dir?« Sie betrachtete ihr Gegenüber genauer. Auf die Ferne hatte sie nur Viivi wahrgenommen, die durch ihre Größe und Schönheit jedem auffiel. Selbst jetzt drehten sich die Passanten zu dem großen blonden Pärchen um, das ausgelassen lachte und die Welt um sich herum vergessen zu haben schien. Aus der Nähe jedoch konnte Emilia erkennen, welch liebreizende Schönheit Dani war. Ihr Lächeln war von einer alles einnehmenden Herzlichkeit, ihr Gesicht ebenmäßig und bildhübsch. Fasziniert lauschte Emilia auf deren Stimme, als sie Panu begrüßte.

»Hallo, Krasavez, ich freue mich so, dass du heute hier bist. Seo freut sich auch schon auf dich und kann es kaum erwarten, nach der Vorstellung ein Bier mit dir zu trinken.« Entschuldigend blickte sie zu Emilia. »Natürlich ist es auch schön, dass du hier bist.«

Emilia musste lachen. »Schon gut, ich bin es gewohnt, dass Panu im Mittelpunkt steht. Was heißt denn ›Krasavez‹?«

»Ich nenne ihn immer mein ›Schöner‹ … Und das gefällt ihm auch ganz gut.« Sie lächelte Panu herzlich an.

Viivi löste sich in diesem Moment von ihrem grinsenden Bruder und schaute fragend auf Emilia. »Hallo! Du bist also die Frau, die meinen großen Bruder gezähmt haben soll? Mites se on mahdollista?« Sie streckte Emilia die Hand entgegen, ohne ihr jedoch weiter Beachtung zu schenken. Spitzbübisch grinste sie ihren Bruder an.

»Kyllä se vaan on!«

»Was kann sein?«, fragte Viivi erstaunt.

»Na, es kann schon sein, dass ich ihn gezähmt habe.« Emilia warf Panu einen liebevollen Blick zu. »Aber du willst ja wissen, wie das möglich ist. Darauf habe ich keine Antwort.«

Dass Emilia Finnisch verstand und sprach, hatte Viivi wohl nicht erwartet. Sie schaute die Freundin ihres Bruders mit hochgezogener Augenbraue an, als Emilia unbeirrt fortfuhr: »Schön, dich kennenzulernen. Panu hat schon viel von dir erzählt.« Sie spürte die Abwehrhaltung von Panus Schwester sehr wohl, versuchte aber, diese tapfer zu ignorieren. »Deine Schwester Satu habe ich ja bereits an Panus Geburtstag getroffen, ihr seht euch wirklich zum Verwechseln ähnlich.«

»Ja, das haben eineiige Zwillinge so an sich.« Viivi wandte sich wieder Panu zu und redete in schnellem Finnisch auf ihn ein.

Emilia hörte Panus mahnende Stimme, als er etwas zu seiner Schwester sagte, und warf Dani einen irritierten Blick zu. Dani deutete die Situation richtig und hakte sich bei Emilia unter. »Wir sind jetzt erst einmal abgeschrieben. Glaub mir, das wird ein bisschen dauern, bis die beiden sich ausgetauscht haben. Sie haben sich schon seit Monaten nicht mehr gesehen.«

Dankbar lächelte Emilia die junge Bulgarin an.

Dani zog sie mit sich. »Komm, wir gehen schon mal rüber ins Alex. Ich habe für fünf reserviert, da noch eine Freundin von mir kommen will.« Sie drehte sich zu den Geschwistern um. »Los, ihr zwei, kommt!« Als sich die beiden nicht gleich bewegten, rief ihnen Dani im Fortgehen zu: »Ihr wisst, wo ihr uns findet!«

Als sie im Alex eintrafen, stand zu Emilias Verwunderung Eva an der Theke und lachte sie verschmitzt an. »Hallo, Süße!«

»Was machst du denn hier? Seit wann seid ihr aus den Flitterwochen zurück?«

»Seit ein paar Stunden. Und da du mir geschrieben hast, dass du heute in Mainz bist und ihr vor der Vorstellung ins Alex wollt, habe ich gedacht, ich komme für fünf Minuten vorbei und drücke dich einmal fest.« Eva umarmte ihre Freundin herzlich und schaute über deren Schulter auf Dani. »Und du bist die grandiose Opernsängerin? Hallo, Dani. Ich habe dich in *Eva* von Franz Lehár gesehen, du warst großartig.« Eva löste sich von Emilia, reichte Dani die Hand und redete ohne

Punkt und Komma weiter: »Ich wäre heute ja gern dabei, ich liebe *My Fair Lady*, doch leider habe ich einen wichtigen Termin. Schade, aber vielleicht beim nächsten Mal.«

Dani, von Evas Herzlichkeit und Enthusiasmus geplättet, sagte vorsichtig: »Im April ist noch eine Vorstellung, wenn du magst, besorge ich dir eine Karte.«

»Oh, gern.« Zwinkernd blickte sie Emilia an. »Genau das habe ich beabsichtigt: schnell mal eine Karte abstauben ... Und schon bin ich wieder weg, hier ist meine Nummer.« Sie drückte Dani ihre Visitenkarte in die Hand, nahm Emilia erneut fest in den Arm, dankte Dani und verabschiedete sich im Gehen: »Ich melde mich die Tage bei dir und berichte dann ausführlich von unseren traumhaften Flitterwochen. Tschüss, ihr zwei.«

Die beiden Frauen schauten sich verblüfft an, als Eva wie ein Wirbelwind aus dem Restaurant rauschte, am Eingang noch kurz Panu begrüßte und weg war.

Sie nahmen an einem Tisch am Fenster Platz. Die Geschwister waren in ihr Gespräch vertieft, als sie sich gegenübersetzten. Panu rutschte ganz nah neben Emilia auf die Sitzbank und griff unter dem Tisch nach ihrer Hand. Sanft drückte er sie und warf ihr ein kurzes, schiefes Lächeln zu. »Was war das eben mit Eva? Seit wann sind sie zurück?«

Belustigt und wieder einmal begeistert von Evas natürlicher, ungezwungener Art erzählte Emilia Panu von dem kurzen Zwischenspiel.

Dani sprang auf, als eine Frau lächelnd auf ihren Tisch zukam.

»Hallo, wartet ihr schon lange auf mich?« Die Frau begrüßte Dani mit einer herzlichen Umarmung, küsste sie abwechselnd auf beide Wangen und stellte sich der Runde vor. »Hi, ich bin Natalie.« Sie streckte jedem freundschaftlich die Hand entgegen, und dabei blieb ihr Blick entgeistert an Panu hängen. »Mein Gott, du bist so groß und so attraktiv … Ich liebe deine Musik. Du bist einfach der Hammer, ich konnte es kaum erwarten, dich einmal in echt zu sehen.« Fast ohne Punkt und Komma sprudelte es aus Natalie heraus. Ihr leichter Akzent, ähnlich dem Danis, ließ Emilia darauf schließen, dass sie ebenfalls Bulgarin war.

Emilia schaute Panu an, der mit offenem Mund die Frau anstarrte, und lächelte über dessen Gesichtsausdruck. Sie erlebte es nicht oft, dass Panu sprachlos war, aber bei so viel Geradlinigkeit verschlug es selbst ihm die Sprache.

»Oh … und auch du bist so hübsch.« Sie musterte Viivi begeistert. »Das ist doch wirklich nicht fair … Warum werden manche Menschen mit Schönheit und Talent gesegnet, und unsereins muss mit jedem Pfund und jeder Falte kämpfen. Aber ich freue mich trotzdem, euch kennenzulernen …«

Fasziniert lauschte Emilia der Unterhaltung, die im Moment ausschließlich von der überschwänglichen Natalie bestritten wurde. Ihr Deutsch war zwar gut, doch ein starker Akzent war herauszuhören. In Emilias Hirn ratterte es. Irgendwoher kannte sie diese Frau, aber sie konnte sich beim besten Willen nicht erinnern, woher. Sie musste um die vierzig sein, hatte nahezu schwarze Haare, war sehr gepflegt und stylish gekleidet.

»Wie, sagtest du, ist noch mal dein Name?«

Aus ihren Überlegungen gerissen, sah Emilia verwirrt auf, direkt in vier abwartend dreinblickende Augenpaare, und beantwortete Natalies Frage schnell: »Emilia.«

»Kennen wir uns nicht? Du kommst mir bekannt vor. Wohnst du hier in Mainz?«

»Nein, aber ich habe bis vor Kurzem hier gelebt.«

»Hmmh, wir kennen uns bestimmt. Wie ist dein Nachname?«

Emilia überlegte kurz. Noch hieß sie Schreiber, bis zu ihrer hoffentlich baldigen Scheidung. Doch diesen Namen benutzte sie so gut wie gar nicht mehr. »Fahnenbruck.«

Natalie stieß einen kurzen, verzückten Schrei aus, sodass sie nun ihrerseits angestarrt wurde. »Fahnenbruck? Hast du etwas mit *Fahnenbruck Design* zu tun?«

Emilia zuckte zusammen. Erst jetzt fiel ihr auf, wie gut sie ihre Vergangenheit in den letzten Monaten verdrängt hatte. »Noch, also … ähm … also ich meine, ja, habe ich. Das ist die Firma meines Mannes.« Zum Teufel, was rede ich da, fragte sie sich, als sie spürte, wie sich Panus Hand in ihrer versteifte. »Also … Ich meine natürlich meines baldigen Exmannes.« Sie warf Panu einen verunsicherten Blick zu, der nun finster auf die Speisekarte stierte, die vor ihm lag. Es war mucksmäuschenstill am Tisch. Viivi funkelte die Freundin ihres Bruders missfallend an, während Natalie und Dani sich nur fragend ansahen. Emilia wäre am liebsten im Erdboden versunken.

Natalie, die Emilias Unbehagen spürte, versuchte, die unangenehme Stille zu überspielen, indem sie fröhlich drauflosplapperte: »Na, dann ist mir ja alles klar. Jetzt weiß ich, woher wir uns kennen. Ich habe im Herbst meine Kollektion *Gieva* bei euch herausgebracht. Wir wurden uns zwar nie persönlich vorgestellt, aber ich habe dich ein- oder zweimal gesehen, als ich bei euch in der Agentur war. Deine Mutter habe ich allerdings kennengelernt. Eine sehr attraktive Frau!«

Beharrliche Stille herrschte am Tisch, was Natalie veranlasste, irritiert in die Runde zu schauen. Zum Glück kam in diesem Moment der Kellner, um die Bestellung aufzunehmen.

Danach nahm das Gespräch wieder einen normalen Verlauf.

Der bevorstehende Theaterabend und *My Fair Lady* waren nun das Thema. Dani erzählte von den wochenlangen anstrengenden Proben, die ihr Mann Seo hinter sich hatte. Emilia versuchte, sich auf das Gespräch zu konzentrieren, und hörte lächelnd zu, als sich Panu und Dani über Tonfolgen unterhielten.

Als der Kellner die Getränke brachte, ließ Panu Emilias Hand los, um nach seinem Bier zu greifen. Sanft legte sie ihre Hand auf sein Bein und flüsterte: »Alles okay?«

Langsam drehte er den Kopf. »Ja, klar! Alles okay!« In seinen Augen konnte sie jedoch lesen, dass die Situation für ihn gerade alles andere als okay war.

Panu war gereizt und versuchte, die unschönen Gedanken an Emilias Leben zu Beginn ihrer Beziehung wegzuschieben. Jedes Mal, wenn das Thema auf »Emilia und Ehemann« zu sprechen kam, egal in welchem Zusammenhang, reagierte er ungewollt empfindlich. Noch immer hatte er die Gründe ihres monatelangen Zerwürfnisses nicht vergessen. Er riss sich zusammen, prostete gespielt fröhlich in die Runde und vertiefte erneut die Unterhaltung mit seiner Schwester.

»Hast du Satu in letzter Zeit mal gesehen?«, wollte Panu wissen.

Den Rest bekam Emilia wieder nur am Rande mit, da die beiden in ihrer Muttersprache weitersprachen.

Auch Dani und Natalie unterhielten sich für einen kurzen Moment auf Bulgarisch.

Emilia beobachtete die beiden Paare. Als Dani jedoch bemerkte, dass Emilia bei jeglicher Konversation am Tisch außen vor war, bezog sie diese ins Gespräch mit ein und befragte sie über ihr Leben in Finnland. Während Emilia mit anhaltender Begeisterung von ihrem Vorhaben auf Suomenlinna sprach, stockte das Gespräch zwischen den Geschwistern. Panu folgte ihren Ausführungen über ihr Leben in Helsinki mit einem Mal aufmerksam.

»Panu! Hörst du mir überhaupt noch zu?«

Ertappt fuhr er zusammen und löste widerwillig den Blick von Emilia. »Nein, Viivi, um ehrlich zu sein, habe ich gerade Emilia zugehört.«

Emilia selbst bekam davon nichts mit, da sie völlig entfesselt von ihrer neuen Heimat sprach: »Ich lebe zwar noch nicht lange dort und habe auch nicht wirklich viel Kontakt zu den Einheimischen. Doch die Finnen, die ich bisher kennengelernt habe – ob diese repräsentativ sind, weiß ich natürlich auch nicht – ...«, Emilia lachte auf, »... die sind wirklich ganz anders, als man es ihnen im Allgemeinen nachsagt. Sie sind herzlich und offen. Ich bekomme von so vielen Menschen Hilfe angeboten. Gerade erst gestern hat ein junger Physiotherapeut bei mir angerufen und nachgefragt, ob er ein mehrmonatiges Praktikum bei uns machen könnte, ohne Bezahlung. Er ist Halbfinne und lebt zurzeit in Malmö, möchte aber zurück nach Finnland. In den nächsten Tagen, wenn er seine Großeltern in Helsinki besucht, will er im *Talo* vorbeischauen. Ein finnischer Arzt hat sich auch schon angeboten, einmal im Monat Vorträge zu verschiedenen Krankheitsbildern und Rehabilitationsmaßnahmen zu halten. Und ...«

Panu strich der mittlerweile wild gestikulierenden Emilia eine Strähne aus dem Gesicht und klemmte sie sanft hinter ihr Ohr.

»Ich ... wir ... können ...« Verwirrt von seiner zärtlichen Berührung, kam Emilia ins Stocken. Ihr Blick richtete sich auf Panu, und sie lächelte ihn fragend an.

Aufmunternd schaute er sie an und zog sie liebevoll an sich, um sie zärtlich zu küssen. An ihren Lippen flüsterte er: »Mä rakastan sun hymyäsi! Du bist so voller Leben, wenn du von all dem sprichst, was du liebst. Erzähl bitte weiter.«

Er liebt mein Lächeln. Ihr Lächeln vertiefte sich, und sie hauchte ihm ein »Danke« zu, wandte sich aber sogleich wieder an Natalie und Dani und referierte weiter.

Viivi hatte den Austausch dieser kurzen Zärtlichkeit zwischen den beiden skeptisch beäugt. Sie hatte von ihrer Zwillingsschwester Satu und Panus Bandkollegen Rami gehört, welche Schwierigkeiten die zwei bis vor Kurzem miteinander hatten und dass dies zum größten Teil Emilias Schuld gewesen war. Ihr war die kleine Deutsche nicht unsympathisch, sie wusste nur nicht, ob man ihr wirklich vertrauen konnte. Viivi liebte ihren großen Bruder abgöttisch und dachte mit Grauen daran, dass ihm irgendjemand wehtun könnte.

Panu sah Viivis skeptischen Blick, maß ihm aber keine weitere Bedeutung bei. Er kannte seine kleine Schwester und wusste, dass sie sich aus Fürsorge für ihn seinen Freundinnen gegenüber anfangs äußerst kritisch verhielt. Auch er liebte seine beiden Halbschwestern innig und sorgte sich immer um ihr Wohlergehen, seit er von ihrer Existenz vor rund vierundzwanzig Jahren erfahren hatte. Kaum ein anderes sechsjähriges Kind hätte wohl die Erkenntnis, dass der Vater jahrelang ein Doppelleben geführt hatte, die Mutter deswegen abgehauen war und er ab diesem Zeitpunkt mit der Stiefmutter samt bereits zweijährigen Zwillingshalbschwestern weiterleben sollte, so gelassen aufgenommen wie Panu. Sein kurzer kindlicher Zorn auf die Mutter, die in einer Nacht-und-Nebel-Aktion verschwunden war, hatte sich genauso schnell gelegt wie die Wut auf den Betrug des Vaters.

Zuerst entdeckte er das Eishockeyspielen für sich – hier

konnte er sich auspowern, seinen Frust loswerden und die Sehnsucht nach seiner Mutter überspielen. Kurz darauf schenkte sein Vater ihm seine erste Gitarre. Ab diesem Zeitpunkt war Panu klar, was er einmal werden wollte – Rockstar! Und dafür übte er wie ein Verrückter – und das gab ihm in einsamen Momenten Trost, aber auch Bestätigung. Er lernte früh, dass jeder das Recht hatte, sein Leben so zu leben, wie er es für richtig hielt. Er wuchs bei seinem Vater und dessen neuer Familie liebevoll und geborgen auf. Seine Mutter brach den Kontakt zu ihm allerdings nie ab, und so waren seine Schulferien von Besuchen in Deutschland geprägt. Als diese nach Jahren einen neuen Lebenspartner fand, wurde auch sie endlich glücklich. Schon als Kind war Panu allem und jedem gegenüber außergewöhnlich tolerant eingestellt, was sich auch über all die Jahre nicht änderte. Panu hat auch nie jemandem einen Vorwurf gemacht. Ihm war schon immer klar, dass man, wenn man sein Leben nach den eigenen Wünschen lebte, ständig wieder Menschen, die einem nahestanden, verletzen würde. Ob gewollt oder ungewollt, es passierte einfach. Doch er hat so viel Liebe und so viel Glück in seinem Leben erfahren, dass er gelernt hat, mit allen Widrigkeiten umzugehen und mit ihnen zu leben.

Panu beäugte seine kleine Schwester und fragte sich, in welchen Schwierigkeiten sie dieses Mal steckte. Er hatte Viivi schon oft beigestanden, wenn sie wieder einmal in der Klemme saß – was leider häufiger vorkam. Satu und sie waren zwar eineiige Zwillinge und glichen sich bis in die Haarspitzen. Vom Charakter her hätten sie aber nicht unterschiedlicher sein können.

Satu, die vor sechsundzwanzig Jahren zwölf Minuten vor Viivi das Licht der Welt erblickt hatte, war brav, strebsam und bodenständig. Vor zwei Jahren hatte sie sich mit dem einunddreißigjährigen schwedisch-finnischen Investmentbanker Mats Karlsson verlobt und plante für diesen Sommer ihre Hochzeit. Überhaupt war ihr Leben vollkommen durchgeplant. Sie wollte in der großen Bank, in der sie arbeitete, auf der Karriereleiter noch eine Stufe höher zur Projektmanagerin aufsteigen und danach zwei Kinder bekommen, ein Haus bauen, eine Nanny einstellen und auf jeden Fall weiter arbeiten gehen.

Viivi dagegen saß der Schalk im Nacken. Wenn es irgendetwas zum Ausprobieren gab, war sie mit von der Partie – ohne nachzudenken. Sie hatte keine geregelte Arbeit, hangelte sich von Job zu Job, und Geld war für sie nur zum Ausgeben da. Von dauerhaften Lebensmodellen hielt sie überhaupt nichts. Derzeit befand sie sich in einer On-Off-Beziehung mit einem englischen Schauspieler, den Panu nicht kannte. Sie besuchte die Hochschule für Musik und Theater in Hamburg und verfolgte ihr Ziel, Schauspielerin zu werden, mal mehr, mal weniger leidenschaftlich – gerade so, wie ihr der Sinn danach stand.

Viivi beobachtete ihren Bruder ebenfalls und natürlich auch Emilia. Sie hatte Panu heute um eine Finanzspritze bitten wollen, da ihr Vater angedroht hatte, ihr langsam, aber sicher den Geldhahn zuzudrehen. Und gerade deswegen war ihr die neue Beziehung ihres Bruders, die offensichtlich ernster zu sein schien, als sie bisher angenommen hatte, ein Dorn im Auge. Was, wenn Emilia ihn dahin gehend beeinflusste, seine kleine Schwester nicht weiterhin so selbstlos zu unterstützen? Viivi war nicht dumm. Ihr war vollkommen bewusst, dass sie egoistisch war, was sie jedoch nicht weiter störte. Sie hatte bisher immer bekommen, was sie wollte, und würde ihr Ding auch weiterhin durchziehen – ein bisschen rücksichtslos, so wie sie nun einmal war.

»Wo habt ihr euch eigentlich kennengelernt, du und Dani?« Natalie schaute Viivi fragend an.

»In Hamburg auf der Schule. Dani hat Gesangsunterricht gegeben. Ich war grottenschlecht, weshalb ich ihr scheinbar aufgefallen bin.« Verschmitzt zwinkerte sie Dani zu. »Stimmt's?«

Dani, die selten schlecht über andere Menschen sprach und schon gar nicht über ihre Freunde, relativierte das Ganze. »Na ja, es gab sicher Bessere. Aber du bist nicht untalentiert, du musst nur mehr an deiner Stimme arbeiten.«

»Arbeiten? Das hat noch nie zu Viivis Stärken gehört.« Grinsend beugte sich Panu vor und strich seiner Schwester über die Haare. »Oder hat sich daran etwas geändert?«

»Ich bleibe mir treu. Keine negativen Veränderungen, das verkrafte ich nicht. Arbeiten, pah …« Lachend fegte sie Panus Hand weg. »Ich muss dich übrigens noch etwas fragen …« Sie ging ins Finnische über und redete leise, aber eindringlich auf ihn ein.

Der anfängliche Ärger sowie die darauffolgende Skepsis verschwanden von Panus Gesicht, als Viivi ihn mit ihren großen, mit Tränen gefüllten Kulleraugen anhimmelte und in gespielter Verzweiflung nach seiner Hand griff. Im nächsten Moment stand sie strahlend auf und fiel Panu überschwänglich um den Hals. Sie hatte erreicht, was sie wollte, und konnte sich nun wieder ihren Freunden widmen.

Emilia schnappte nur wenige Gesprächsbrocken auf; immer wieder »Geld«, »Auto« und »lieber Bruder«, aber auch öfter »Vater«.

»Hoffentlich kommt das Essen bald«, sagte Viivi in bester

Laune an die Frauen gewandt. »Es ist schon halb sieben durch, in nicht einmal einer Stunde beginnt die Vorstellung.«

Zeitgleich zu ihren Worten brachte der Kellner die Speisen. Emilia hatte sich neben einem großen Salat mit Hähnchenbruststreifen ein Champignon-Schnitzel mit Pommes bestellt und griff wie gewohnt herzhaft zu. Dabei bemerkte sie nicht, wie die anderen drei Frauen am Tisch sie entgeistert anstarrten.

Panu legte einen Arm um Emilias Schulter, zog sie zärtlich an sich und sagte neckend: »*Essen und Beischlaf sind die beiden großen Begierden des Mannes*, hat Konfuzius einmal gesagt.« Er sah in die Runde und fuhr fort: »So, wie Emilia diese beiden Sachen liebt, muss sie bei ihrer Geburt wohl ein paar dieser wirklich unglaublich wertvollen männlichen Hormone abbekommen haben.«

Emilia verschluckte sich beinahe und merkte, wie sie langsam errötete. Sachte wand sie sich aus Panus Umarmung und straffte den Rücken. »Blauauge, geh nicht zu weit. Auf Essen kann und mag ich nicht verzichten, aber auf das andere … mmmh … mal sehen?«

Lachend zog Panu sie erneut zu sich. Emilia sträubte sich, doch er spielte leichthin seine Kraft aus. »Touché.« Er nahm ihr Gesicht zwischen seine Hände und gab ihr einen innigen Kuss, der ihr den Atem raubte. Nachdem er sie losließ und ihr noch einen verspielten Kuss auf die Nasenspitze gab, musste sie schwer Luft holen und wurde rot bis in die Haarspitzen, als sie in die grinsenden Gesichter der drei Frauen schaute.

»Okay.« Sie zuckte resigniert mit den Schultern. »Offensichtlich kann ich auch auf das andere nicht wirklich verzichten.«

Ohne sich weiter um das Gelächter der anderen zu kümmern, aß Emilia genussvoll weiter.

Dani ging voraus. Die Vorstellung war vor ein paar Minuten zu Ende gegangen, und sie führte die Freunde in die Katakomben des Staatstheaters. Sie folgten ihr durch mehrere Türen, kamen an der Bühne vorbei und liefen dann eine Treppe nach unten, wo sich die Kantine befand.

Emilia hatte, warum auch immer, etwas Besonderes erwartet, doch es war nur ein ganz gewöhnlicher Raum – eine Kantine eben. Um die Tischgruppen standen Holzbänke und -stühle mit einem roten Lederbezug, alles sehr einfach und überhaupt nicht künstlerisch angehaucht. Angrenzend an diesen Raum war die Essen- und Getränkeausgabe.

Sie stellten sich an der Ausgabe an, um Getränke zu holen, und machten es sich dann in der hinteren rechten Ecke gemütlich.

Allesamt waren sie sich einig, dass das Stück einfach grandios aufgeführt worden war. Das Mainzer Publikum war begeistert gewesen und hatte minutenlang tosenden Applaus gespendet. Der O-Ton der Kommentare, die Emilia nach der Vorstellung aufgeschnappt hatte, war, dass die Schauspieler sich in einen wahren Rausch gespielt hatten, es gesanglich wahnsinnig leidenschaftlich rübergekommen war und die ein oder andere zeitgenössische Anspielung dem Ganzen einen eigenen Charme verliehen hatte.

Emilia, die zwischen Panu und Dani saß, schaute sich um und genoss jede Sekunde. Sie war in diesem Moment wirklich froh, dass sie Panus Drängen nachgegeben hatte und mit ihm hergekommen war. Sie erlebte durch ihn und mit ihm so viel Neues. Sie sah ihn glücklich an und beobachtete, wie er sich locker mit seinen Freunden unterhielt. Ihr Herz machte einen freudigen Satz, und spontan drückte sie ihm einen Kuss auf die Wange.

»Für was war das?«

»Für deine Überredungskünste.«

»Bist du glücklich?«

»Ja, unheimlich glücklich. Danke.«

Ein kleines, selbstzufriedenes Lächeln breitete sich auf seinen Lippen aus. »Bewahre dieses Gefühl, und danke mir später – wenn wir allein sind.«

»Du Spinner!« Zärtlich lächelte sie ihn an und bemerkte mit Stolz, dass sie nicht rot geworden war.

»Seo, alter Koreaner. Wie geht es dir?« Panu sprang unvermittelt auf und griff herzlich nach der Hand des Mannes, der soeben an ihren Tisch gekommen war.

»Danke, alter Finne, bei mir ist alles klar. Und bei dir? Wann geht es wieder auf Tour?«

»In einer Woche starten wir ab. Tolle Vorstellung heute Abend.«

Dani war aufgestanden und legte zärtlich die Hand auf den Arm ihres Manns. Fragend sah sie ihn an. »Was war heute mit dem Gastsänger los? Er hat die letzten Töne kaum noch getroffen. Ist er auch erkältet?« An die anderen gewandt, fuhr sie erklärend fort: »Es sind momentan so viele von uns erkrankt, dass das wirklich nicht verwunderlich wäre.«

Seo fuhr sich lauthals lachend durch die kurzen schwarzen Haare und kniff dabei seine dunklen Augen zusammen. »Du hast das gehört?«

»Natürlich! Seine Stimme ist plötzlich weggebrochen.«

»Wartet! Ich hole mir schnell ein Bier, und dann erzähle ich euch alles.«

Als er wiederkam, berichtete er belustigt von dem Auftritt des Gastsängers. »Wir waren ja die vier Obstverkäufer. Ich hatte als Erstes meinen Einsatz, und die anderen sollten folgen.

Man hat mir vorher gesagt, ich solle ein wenig später einsetzen als sonst. Also habe ich auf diesen Moment gewartet, wobei ich mit Entsetzen bemerkte, dass ich mich nicht mehr an meinen Text erinnern konnte. Ich wurde immer nervöser – während ich mir das Hirn über diesen verdammten Text zermarterte, versuchte ich trotzdem, meinen Einsatz nicht zu verpassen. Als ich dann dran war, waren die Zeilen urplötzlich wieder da – aber vor lauter Aufregung fing ich eine Oktave höher zu singen an. Somit musste der zweite Obsthändler noch höher starten, und das Drama nahm seinen Lauf. Der Letzte in der Reihe war dann unser Gast, ein Tenor.« Abermals lachte Seo laut auf. »Vielleicht habt ihr ja jetzt eine Vorstellung davon, warum er die letzten Töne nur noch schräg herausgebracht hat.«

»Also war es eigentlich deine Schuld, dass der arme Mann schief gesungen hat.« Dani sah ihren Mann gespielt strafend an.

»Ja, Schatz, ich bekenne mich schuldig. Aber ich habe mich schon bei ihm entschuldigt und werde ihm das nächste Mal ein Bier ausgeben.« Erst jetzt fiel sein Blick auf Emilia. »Oh, hallo! Wir kennen uns noch nicht. Ich bin Seo.« Er reichte ihr die Hand.

»Hallo, ich bin Emilia. Ich muss schon sagen, es ist absolut faszinierend, einmal hinter die Kulissen eines Theaters zu blicken.« Sie lächelte ihn schelmisch an.

»Ja, gut, was? Aber nicht weitersagen. Theatergeheimnis!«

»Natürlich!« Emilia stand auf. »Ich hole mir noch etwas zum Trinken. Wem darf ich etwas mitbringen?«

Panu machte Anstalten aufzustehen. »Bleib, ich gehe.«

»Nein, lass mal und unterhalte dich. Ich mach das schon.«

Natalie erhob sich ebenfalls. »Ich komme mit.«

Die beiden Frauen schlenderten in den angrenzenden Raum und unterhielten sich.

»Ich wollte vorhin nicht indiskret sein – du hast nichts mehr mit der Firma Fahnenbruck zu tun?«

Da sie jetzt allein waren und keiner zuhörte, vor allem Panu nicht, machte es Emilia weniger aus, darüber zu sprechen. »Ist schon in Ordnung. Ich habe mich vergangenen Sommer von meinem Ehemann, meiner Firma und meiner Mutter getrennt. Ich habe, außer dem Namen, nichts mehr mit der Firma zu tun.«

»Komm, wir holen uns eine Flasche Wein und setzen uns in eine andere Ecke. Auch auf den Verdacht hin, dass ich neugierig bin, was natürlich auch so ist …«, sie lächelte Emilia gewinnend an, »… hätte ich da noch ein oder zwei Fragen, was die Geschäftsgebaren deines Noch-Ehemanns angehen.«

Emilia seufzte. »Na, wenn's denn sein muss.«

Sie holten den Wein, setzten sich an einen freien Tisch, und Natalie startete sogleich mit ihrer ersten Frage: »Kann man deinem Mann – entschuldige bitte, Noch-Ehemann, vertrauen?«

Emilia zögerte. »Inwiefern vertrauen?«

»Meinst du, er zieht Geschäftspartner über den Tisch?«

Emilia zögerte erneut. Wie viel konnte sie einer Fremden anvertrauen? Was konnte sie sagen, ohne Probleme heraufzubeschwören? »Natalie, ich weiß nicht genau, was ich dir erzählen soll.« Emilia wusste es wirklich nicht. Noch nie hatte sie, außer mit Eva, über Joachim und ihre Ehe gesprochen. Sollte sie jetzt wirklich einer Wildfremden davon erzählen? Sie sah das offene Lächeln der herzlichen Bulgarin und schob alle Bedenken beiseite. Irgendwie schien es an der Zeit zu sein, die vergangenen Monate Revue passieren zu lassen, und wenn sie

Natalie damit helfen konnte, umso besser. »Ich hole jetzt einfach mal ein bisschen aus, und dann kannst du daraus ja deine Schlüsse ziehen. Okay? Brems mich, wenn es zu detalliert wird.« Emilia grinste schief.

»Leg los, ich bin ganz Ohr.« Sie schenkte den Wein ein. »Zum Wohl.«

Die beiden Frauen tranken, und Emilia überlegte, wo sie anfangen sollte. »Also, als Panu mich auf diesem Konzert küsste ...« Sie erzählte ausgiebig von Panus und ihrer ersten Begegnung. »... und ab diesem Moment bestimmte dieser kurze Trip in eine andere Welt mein ganzes Denken und Handeln. Mein Kopf sagte mir: ›Hak es ab unter einmaliger Ausrutscher‹, doch mein Herz war diesem blonden Traummann bereits verfallen.« Sie warf einen kurzen, sehnsuchtsvollen Blick in Panus Richtung, der in eine lebhafte Unterhaltung mit Seo und Viivi eingebunden war.

Natalie folgte Emilias Blick, schenkte ihr Wein nach und meinte aufseufzend: »Traummann ... Ja, das ist er tatsächlich.« Lachend prostete sie Emilia erneut zu. »Hast du ein Glück ... Auf euch!«

Mit verklärtem Blick erzählte Emilia weiter: »Ich wollte ihn unbedingt wiedersehen, und so ermöglichte mir meine Freundin Eva ein Treffen. Danach war ich nicht mehr ich selbst. Wir schrieben uns eine Zeit lang, und dann flog ich nach Helsinki, wo Panu und ich eine Affäre begannen.« Verschämt schaute sie Natalie an. »Glaub mir, so etwas habe ich noch nie zuvor getan oder überhaupt daran gedacht. Aber es ist einfach passiert.«

Natalie nickte nur stumm.

Ob es der Wein war, die gute Stimmung des Abends oder Natalies liebenswerte Art, die Emilia so entspannt erzählen ließen, wusste sie nicht genau. Sie bemerkte nur, dass es ihr unwahrscheinlich leichtfiel, über alles zu sprechen.

»Ich hatte Panu nicht erzählt, dass ich verheiratet war. Ich hatte ihm auch sonst nichts aus meinem Leben erzählt. Weder, dass ich seit frühester Kindheit von Albträumen geplagt wurde, noch, dass ich, um diese Stressmomente zu verarbeiten und meinen Alltag bewältigen zu können, regelmäßig Tabletten gegen depressive Verstimmungen eingenommen hatte. Meine Mutter, Vera, gab mir die Schuld am Tod meines Vaters. Ich wollte ihr nur gefallen und alles dafür tun, damit sie mich wieder liebte. Also heiratete ich aus Schuldgefühlen ihr gegenüber und aus dem Wunsch heraus, die hinterlassene Modefirma meines Vaters weiterführen zu können, mit achtzehn Jahren. Joachim war knapp fünfzehn Jahre älter als ich, und unsere Ehe war leider nicht die beste.«

Emilia trank einen tiefen Schluck aus ihrem Glas.

»Als ich Panu traf, wollte ich eigentlich nur ein wenig Spaß haben – einmal im Leben rundherum glücklich sein. Leider hatte ich meine eigenen Gefühle unterschätzt und mich rettungslos in ihn verliebt. Als ich Finnland wieder verlassen musste, brach ich komplett zusammen. Nur Tabletten halfen mir zu dieser Zeit durch den Tag. Und so spitzte sich dann alles zu. Ich zog von zu Hause aus, führte eine Affäre, die auf Unwahrheiten beruhte, und verstrickte mich unaufhörlich tiefer in eine für mich damals wahnwitzige Sache, die ich irgendwann nicht mehr kontrollieren konnte. Nach einem riesigen Streit mit Panu verschwand ich, nahm zu den vielen Medikamenten auch noch viel zu viel Alkohol zu mir, und weil's für den Abend offensichtlich noch nicht reichte, rauchte ich etwas Verbotenes. Tja, die Folge war, dass ich dadurch in derselben Nacht einen schweren Unfall erlitt.«

»Was ist passiert?« Natalie war ehrlich betroffen.

»Ich … wir … mein Mann …« Emilia stockte. »Mein Mann hatte ein Video ins Netz gestellt, das Panu das Gefühl gab, ich würde ihn ausnutzen. Er dachte, ich hätte es veröffentlicht. Ich war tief verletzt und konnte es einfach nicht fassen, dass Panu mir so viel Niedertracht unterstellte – und verlor schließlich die Kontrolle über mich.« Erneut hielt Emilia inne und trank einen Schluck. Zögerlich berichtete sie weiter – von ihrem Sturz, dem langen Krankenhausaufenthalt in Utrecht und wie es ihr dort ergangen war. Sie sah Natalie mit offenem Blick an. »Wow, bisher habe ich noch nie mit jemandem, der mich kaum kennt, darüber gesprochen. Eigentlich wollte ich dir doch nur kurz umschreiben, wie mein Mann so ist.«

Natalie tätschelte Emilias Hand. »Ist schon in Ordnung. Ich liebe die Geschichten von anderen. Das lenkt mich von meiner eigenen ab.«

»Das klingt aber auch nicht gerade gut.«

»Halb so schlimm, erzähl ich dir später, wenn du magst.« Natalie rollte mit den Augen.

»Natürlich, gern doch. Also, du wolltest etwas über Joachim wissen … Er kam mit meiner Mutter ins Krankenhaus und wollte mich für unzurechnungsfähig erklären und in die Geschlossene in Alzey einweisen lassen.« Noch heute überlief Emilia ein Schauer bei dem Gedanken. »Dank Evas Hilfe konnte ich das im letzten Augenblick abwenden und fing an, als es mir wieder besser ging, Nachforschungen anzustellen. Es stellte sich heraus, dass Joachim mit meiner Mutter schon jahrelang ein Verhältnis hatte, dass er es gewesen war, der das Video auf YouTube veröffentlicht hatte und … Seine Geschäftsgebaren waren nicht immer korrekt gewesen – er hat, bevor wir uns kennenlernten, seine Geschäftspartner betrogen.

Daraufhin reichte ich die Scheidung ein und machte ihm klar, dass er erstens Wiedergutmachung bei seinen ehemaligen Partnern leisten und mir zweitens die Firma abkaufen müsse – und ich ansonsten nichts mehr mit ihm zu tun haben wolle.« Emilia seufzte auf. »Ja, so ungefähr ist mein Mann, um es in kurzen Worten zu sagen.«

»Meinst du, er betrügt auch heute noch seine Geschäftspartner?«

Emilia überlegte genau und zögerte die Antwort heraus. »Um ehrlich zu sein: Ich weiß es nicht. Aber ich kann mir sehr gut vorstellen, dass er durch meine Enthüllungen vorsichtiger geworden ist, weil er Angst hat, bei irgendwelchen Machenschaften erwischt zu werden.«

»Gut, ich behalte ihn am besten genau im Auge. Ich kann es mir nicht erlauben, in Schwierigkeiten zu geraten.«

Applaus aus der gegenüberliegenden Ecke ließ beide aufblicken. Dani war aufgestanden und verkündete: »Ich werde jetzt singen. Viivi hat sich *Ave Maria* gewünscht. Danach seid ihr dran.« Sie zeigte mit dem Finger in die Runde, die sich noch um Betty, eine ebenfalls am Theater beschäftigte bulgarische Sängerin, sowie ein paar andere Kollegen erweitert hatte. Auch die an den umliegenden Tischen sitzenden Mitarbeiter, ob Tontechniker oder Maskenbildner, wurden von Dani in die Sache hineingezogen. »Und dann ihr da drüben.«

Emilia lächelte Natalie an, als diese aufsprang und bat, als Erste singen zu dürfen. »Da ich wahrscheinlich die Einzige bin, die in dieser Runde nicht viel von Gesang versteht, außer vielleicht Viivi, wie sie selbst von sich behauptet, möchte ich starten. Ich werde ein Lied aus dem heutigen Stück zum Besten geben, um zu beweisen, dass wir Bulgaren auch das ›Ü‹ sprechen können.«

Sogleich hatte sie die Lacher auf ihrer Seite.

Emilia stand auf, nahm ihr Glas und setzte sich neben Panu. Liebevoll legte er den Arm um ihre Schultern, und sie ließ ihren Kopf an seine Brust sinken. Sanft küsste er ihre Haare. »Habt ihr euch gut unterhalten?«

»Ja, sie ist wirklich nett.«

»… es grüüünt so grüüün, wenn Spaniens Blüüüten blüüühen …« Natalie sang Elizas Lied.

»Noch einmal!« Seo war aufgestanden und übernahm die Rolle von Professor Higgins.

»… es grünt so grün, wenn Spaniens Blüten blühen …«

»Ich glaub, jetzt hat sie's. Ich glaub, jetzt hat sie's. Noch mal … und ihr alle hier, mitmachen!« Seo forderte mit Nachdruck alle auf, aufzustehen und mitzusingen. So sangen und tanzten sie ausgelassen durch den Raum und hatten einen Riesenspaß dabei. *»… es grünt so grün, wenn Spaniens Blüten blühen …«*

Übergangslos verfielen sie ins nächste Lied, das Betty fulminant anstimmte: *»Ich hätt getanzt heut Nacht, die ganze Nacht heut Nacht! So gern, und noch viel mehr. Ich hätt mir viel erlaubt, wovon ich sonst geglaubt, dass das wohl sündhaft wär …«*

Emilia lag in Panus Armen, und er wirbelte sie durch den Raum. Sie hatte das Gefühl, als wären sie eins. Dicht an seine Brust geschmiegt, seine Hand an ihrer Hüfte, führte er sie geschickt durch die wild umhertanzende Menge. Glücklich lachend sagte sie: »Ich wusste nicht, dass du so gut tanzen kannst, Mr Turunen.«

Sein Griff wurde fester, und er zog sie noch enger an sich. Seine Lippen dicht an ihren, flüsterte er: »Du weißt von so vielen meiner guten Eigenschaften nichts … Aber du wirst sie alle kennenlernen.« Sein Mund verschloss ihren leidenschaftlich, und mit Schwung drehten sie sich erneut im Kreis. Atemlos kamen sie zum Stehen, als Seo laut rief: »Komm, Dani, sing du! Damit wir wieder runterkommen und einen Schluck trinken können.« Seo wirbelte seine Frau herum, fasste sie unter den Armen und stellte sie mit Schwung auf einen Stuhl.

»Ave Maria …« Danis Stimme erklang nur Sekunden später und hallte glockenklar durch den ganzen Raum. Emilia beobachtete Dani begeistert und lehnte sich dabei schwer atmend mit dem Rücken an Panus Brust. Danis Stimme traf Emilia mitten ins Herz, und sie drehte strahlend den Kopf zu Panu empor. »Es ist soooo wundervoll …«

Panu nickte leicht, und als Dani geendet hatte, neigte er sich vor und flüsterte Emilia ins Ohr: »Unser Lied?«

Von Neuem erhellte ein glückliches Strahlen Emilias Gesicht. Noch vor ein paar Monaten wäre sie im Erdboden versunken, hätte sie vor so vielen Menschen, die obendrein alle Profis waren, singen sollen. Doch mit ihrem neu gewonnenen Selbstvertrauen und Panu an ihrer Seite willigte sie mit einem kurzen Kopfnicken fröhlich ein.

»Over and over I look in your eyes, you were all I desire, you have captured me. I want to hold you, I want to be close to you, I never want to let go …« Panu versank tief in Emilias Augen, als er die ersten Zeilen sang.

»… I wish that this night would never end, I need to know …« Emilias Stimme war dunkel, kraftvoll und voller Leidenschaft.

»… could I hold you for a lifetime? Could I look into your eyes? Could I have this night to share this night together? Could I hold you close beside me? Could I hold you for all

time? Could I have this kiss forever? Could I have this kiss forever ...?«

Gemeinsam erklang ihr Gesang, und es hörte sich fantastisch an. Nachdem sie geendet hatten, war es mucksmäuschenstill.

»Bravo! Wow, ihr seid ein Traumduo!« Dani löste sich als Erste aus ihrer Schockstarre und klatschte begeistert in die Hände. Die anderen taten es ihr gleich.

Seo kam auf Panu zu und schlug ihm gratulierend auf die Schulter. »Wow, Panu, nicht schlecht, wirklich nicht schlecht. Du solltest mit der jungen Dame ein Duett aufnehmen.« Er schaute Emilia fragend an. »Das wäre doch mal was. Du und die Band.«

Verlegen winkte Emilia ab. »Nein danke, das ist nichts für mich, ich ...«

Viivi mischte sich in das Gespräch ein und unterbrach sie: »Dafür, dass das nichts für dich ist, hast du das aber eindrucksvoll dargeboten ... Du steckst scheinbar voller Überraschungen.« Sie ließ ihren Blick prüfend zwischen Emilia und ihrem Bruder hin- und hergleiten. »Grandios, Panu, wirklich famos.«

Emilia, der die ganze Aufmerksamkeit zu viel wurde, fragte in die Runde: »Wer jetzt?«

Seo breitete die Arme aus und stimmte mit seinem tiefen Bariton *Time To Say Goodbye* an. Und so reihte sich noch lange Lied an Lied, Getränk an Getränk, immer wieder durchbrochen von ausgelassener Heiterkeit.

5

»… we raise our hands as one before the night is gone …«

Das ist doch alles ein Traum! Emilia lief in ihrem Haus herum und staunte beeindruckt, wie schnell die Arbeiten vorangeschritten waren. *Ich möchte nicht aufwachen!*

Vor ein paar Stunden war sie mit Panu aus Deutschland zurückgekommen. Sie hatten nach diesem wunderbaren Abend im *Mainzer Staatstheater* bis in die Morgenstunden mit Dani und Seo in deren Wohnung zusammengesessen und geredet. Natalie hatte sich gegen vier Uhr morgens verabschiedet, nicht ohne Emilia zu versprechen, dass sie diese auf jeden Fall in Helsinki besuchen käme. Um, so hatte sie mit einem Augenzwinkern hinzugefügt, sich ein Bild von der Arbeit der skandinavischen Modedesigner zu machen. Viivi, die für ein paar Tage bei Dani hatte bleiben wollen, war irgendwann auf deren Wohnzimmercouch eingeschlafen und hatte sich am frühen Morgen schlaftrunken von ihrem Bruder und Emilia verabschiedet, als die zwei gegen sieben Uhr zum Frankfurter Flughafen aufgebrochen waren.

Während des Flugs hatten beide die Augen zugemacht und versucht, den dringend benötigten Schlaf nachzuholen. Nach ihrer Ankunft in Helsinki waren sie in Panus Wagen gestiegen und in Richtung Stadt gefahren. Unterdessen hatten sie diskutiert, was sie mit dem angebrochenen Tag anfangen wollten.

Panu hatte in der Nähe der Finlandia-Halle gestoppt und auf Emilia eingeredet.

Sie hatte gleich nach Suomenlinna fahren wollen und hatte sich, zwar ungern, jedoch vernünftigerweise, nicht davon abbringen lassen.

»Panu«, seufzend hatte sie sich aus seiner Umarmung gelöst, »ich will ins *Talo,* um nach dem Rechten zu sehen. Wilmer und seine Helfer haben die letzten zwei Tage so viel allein gemacht – ich muss einfach alles begutachten, ob es auch so geworden ist, wie ich mir das vorgestellt habe. Mein Bett ist gestern gekommen, jetzt kann ich endlich die Regale an den Seiten, die als Nachttischchen dienen, anbringen lassen und alles so weit bezugsfertig machen. Außerdem will ich weiterlernen, ich muss die nächsten Tage eine Arbeit einschicken. Ich brauche diese Ausbildung, wenn ich meinen Job zukünftig gut machen will – und das will ich. Schau nicht so böse, wir sehen uns doch schon morgen Abend wieder.« Liebevoll hatte sie ihm über den Arm gestrichen.

»Mmmh … ich schaue nicht böse – vielleicht ein wenig enttäuscht, dass dies die zweite Nacht in Folge sein wird, die ich ohne dich verbringen muss.«

Emilia hatte aufgelacht. »Wir haben die ganze vergangene Woche miteinander verbracht, waren jetzt knapp achtundzwanzig Stunden ununterbrochen zusammen und sehen uns in nicht einmal achtundzwanzig Stunden wieder.«

»Ja, schon. Aber … du hast letzte Nacht nicht in meinen Armen geschlafen, und ich konnte dich nicht berühren, so, wie ich das gern gewollt hätte.« Sanft hatte er mit seinen Fingern, die so gefühlvoll Gitarre spielen konnten, ihren Nacken entlanggestreichelt, ihre Jacke ein wenig zur Seite geschoben und sich vorgebeugt, um mit seinen Lippen zärtlich ihren Hals zu liebkosen.

Ein Schauer war über Emilia gelaufen, und sie war kurz davor gewesen, einzuknicken. Eine weitere gemeinsame Nacht – welch verlockender Gedanke.

»Nein, Panu!« Sie hatte versucht, ihre Erregung in den Griff zu bekommen, sich aus seiner immer leidenschaftlicher werdenden Umarmung gedreht und ihn sanft gebeten: »Bitte bring mich zur Fähre.«

»Okay.« Er hatte sich von ihr gelöst und den Motor gestartet. Seine Miene war regungslos gewesen, als er sich in den fließenden Verkehr einfädelte.

Emilia hatte ihn unsicher von der Seite angeblickt. Sie war sich nicht sicher gewesen, ob er sauer oder einfach nur maßlos enttäuscht war. Doch sie hatte gewusst, dass sie sich zu Hause um wahnsinnig vieles kümmern musste – sie hätte nicht ewig weiter so in den Tag leben können. Schon die vergangenen zwei Tage hatte sie eigentlich anders verplant gehabt und dem Kurztrip nach Mainz nur auf sein beharrliches Drängen hin zugestimmt. Sie hatte lernen wollen, weiter ihr Vorhaben Kurhaus vorbereiten, Termine mit Handwerkern und vor allem auch mit Bewerbern für die logopädische und physiotherapeutische Stelle vereinbaren. Sie hätte wirklich nicht mit zu ihm gehen können, auch wenn sie nichts lieber getan hätte als das.

»Panu?«

»Ja?«

»Ich liebe dich!«

Er hatte kurz gezögert. »Und ich liebe dich!« Er hatte den Kopf gedreht und sie nachsichtig angelächelt. »Und ich versuche, dich zu verstehen, auch wenn es mir schwerfällt.«

»Gut.« Zufrieden hatte sie ihre Hand auf seinen Oberschenkel gelegt.

Als sie am Kauppatori, dem Marktplatz am Hafen, angekommen waren, hatte Emilia von Weitem die Fähre nach Suomenlinna fahren sehen. Sie hatte bis zur nächsten Überfahrt also noch genug Zeit, um ein paar Lebensmittel einzukaufen.

»Wir telefonieren später.« Sie hatte ihm einen innigen Kuss gegeben und war ausgestiegen.

»Hol dir etwas zu essen, damit du mir nicht verhungerst.« Grinsend hatte Panu auf die Markthalle gezeigt.

»Das habe ich vor.« Sie hatte ihn liebevoll angelächelt und dem davonfahrenden Auto hinterhergewinkt.

Es war jetzt kurz vor sechzehn Uhr, und Emilia hatte bisher nichts von all dem getan, was sie eigentlich vorgehabt hatte. Sie merkte, dass sie aus ihren Tagträumen nur schwer wieder in die Realität fand. Das unbeschreibliche Glück, das sie hier in Finnland erlebte, in ihrem Haus und in den gemeinsamen Stunden mit Panu, ließen sie des Öfteren in Träumereien versinken.

Eine bleierne Müdigkeit machte sich in ihr breit, als sie, die Beine weit von sich gestreckt, in Gedanken versunken auf der Kaminbank saß. Sie hörte, wie Wilmer und sein Gehilfe Jaro in der angrenzenden Küche laut über die Sinnhaftigkeit einer großen oder kleinen Durchreiche zum Esszimmer stritten.

Ihr Telefon klingelte, und zuerst war sie versucht, es einfach weiterklingeln zu lassen. Als sie jedoch die Nummer von Inka, ihrer Innenarchitektin, sah, nahm sie ab.

»Hei, Inka. Mitä kuuluu?«

»Ei kovin hyvää!«

Emilia zuckte zusammen, als auf ihre Frage, wie es ihr ginge, ein »Danke, schlecht« kam.

»Wo warst du? Ich brauche Entscheidungen. Sollen wir nun die ovalen oder die eckigen Tische für den Speiseraum nehmen? Und was ist mit den Stühlen? Gepolstert oder mit Sitzkissen? Was ist außerdem im Flur mit der Garderobe, wie weit ist Wilmer mit dem Einbau? Und hast du noch mal nachgeforscht, welche Betten für deine Gäste am besten geeignet sind? Du wolltest bis Ende nächster Woche einen Raum bezugsfertig haben – ich muss wissen, was ich bestellen soll, und das schnellstmöglich. Ich …«

Emilia, die aufgrund von Inkas Bombardement an Fragen heillos überfordert war, stand auf und lief mit dem Telefon in der Hand rastlos durch den Aufenthaltsraum. Irgendwann lehnte sie sich mit dem Rücken erschöpft an die lange Wand gegenüber dem Kamin und rutschte langsam zu Boden. Ohne einen Ton von sich zu geben, lauschte sie weiter Inkas Ausführungen und schaute dabei dumpf in das lodernde Kaminfeuer. Sie wusste, dass sie endlich einen klaren Gedanken fassen musste, und versuchte, sich wieder auf das Gespräch zu konzentrieren. Aber alles, was ihr durch den Kopf ging, war, dass das Feuer wohl schon länger brannte und Holz nachgelegt werden musste. Sie zitterte. Ob das an ihrer Müdigkeit oder an den recht kalten Außentemperaturen von um die null Grad lag, konnte sie im Moment nicht sagen. Ihr war einfach nur kalt.

»… Emilia? Emilia? Bist du noch da? Kannst du mir bitte mal antworten?«

»Inka, es tut mir leid. Ich habe gerade keine Antworten auf all das. Gib mir eine Stunde, und ich melde mich wieder bei dir. Ich verspreche dir, dass du dann alle Informationen bekommst, die du brauchst. Ehrlich.«

»Okay, eine Stunde. Ich warte. Moi, moi.«

Als Inka aufgelegt hatte, nahm Emilia die immer lauter werdenden Stimmen der beiden Männer aus dem Nebenraum wahr.

»Emilia! Tule käymään täällä!« Wilmers kraftvolles Organ hallte durch die noch spärlich eingerichteten Räume, als er sie zu sich rief.

Langsam erhob sich Emilia und schritt in Richtung Küche. Sie fuhr sich mit den Fingern durch ihre kurzen Haare und schüttelte kräftig den Kopf. Das machte sie öfters. Meistens dann, wenn ihr alles zu viel wurde und sie Ordnung in ihre Gedanken bringen musste. Auf Finnisch rief sie Wilmer zu, dass sie gleich kommen würde. Dann machte sie auf dem Absatz kehrt und lief schnellen Schrittes zur Haustür. Hastig öffnete sie diese, griff mit der Hand in den Schnee und rieb ihn sich ins Gesicht. *So, Frau Fahnenbruck, weiter geht's, keine Müdigkeit vortäuschen – es wartet Arbeit auf dich!* Ihre aufmunternden Gedanken und der eiskalte Schnee halfen tatsächlich dabei, wieder klarer zu denken.

Von diesem Moment an ging ihr plötzlich alles viel leichter von der Hand.

Zu Wilmers Zufriedenheit erklärte Emilia den beiden Männern, dass die Durchreiche besser zu groß als zu klein werden sollte. Sie holte sich die angeforderten Kataloge der einzelnen Möbelhersteller, setzte sich an den Kamin und wägte ab, welche Tische und Stühle am besten zueinander und in den Raum passen würden. Im Anschluss informierte sie sich telefonisch beim Eigentümer eines Hamburger Sanitätshauses über die verschiedenen Funktionen von Krankenbetten und konnte sich sogar spontan für ein Modell entscheiden. Danach ging sie zurück zu Wilmer und Jaro und befragte die beiden nach der Lage in Bezug auf die Fertigstellung des Garderobenschranks. Die zwei Handwerker versicherten ihr, dass dieser in jedem Fall morgen fertig werden würde. Daraufhin eilte sie ins obere Stockwerk und lief durch die einzelnen Gästezimmer. Sie versuchte, das schönste Zimmer auszusuchen, um es so schnell wie möglich für Tess herzurichten.

Emilia entschied sich für den Raum unter ihrem Mansardenzimmer, der gegenüber dem alten Lastenaufzug der Fabrik, der in einen modernen Fahrstuhl umgebaut worden war, lag. Alles war, genau wie in ihrem Zimmer, in freundlichen Apricottönen gehalten. Es war zwar nicht der größte Raum, dafür aber der mit der schönsten Aussicht – aufs Meer und auf den Gästehafen. Es befanden sich insgesamt fünf Zimmer auf dieser Etage und zwei weitere unter dem Dach. Jeder der Räume hatte ein kleines Badezimmer, das mit Sitzdusche, WC und Waschbecken ausgestattet war. Tess' zukünftiges Badezimmer war, wie all die anderen, in Grau gefliest. Jedoch war jeder Raum noch einmal mit einer besonderen Farbe abgesetzt – in ihrem Fall mit Sonnengelb. Passend dazu hatte Emilia die Handtücher sowie Toilettenartikel ausgesucht. Jetzt fehlte nur noch die Einrichtung des Schlafzimmers – Schrank, Bett, Tisch, Stuhl und Spiegel.

Emilia eilte zurück in den Aufenthaltsraum, in dem es mittlerweile kalt geworden war. Sie legte ein paar Holzscheite nach, setzte sich auf den Boden, da es noch kein Mobiliar gab, und blätterte die Kataloge durch. Wilmer kam vorbei, um ihr Bescheid zu sagen, dass sie bald Feierabend machen würden und er am nächsten Morgen allein wiederkäme, um die Sauna sowie den Garderobenschrank in Angriff zu nehmen.

Emilia schaute auf die Uhr. Es war kurz nach zwanzig Uhr. Sie hatte Inka eine Stunde nach ihrem Telefonat eine

WhatsApp geschickt, in der sie ihr mitgeteilt hatte, dass sie später anrufen und alles Weitere mit ihr besprechen würde. Das tat sie nun auch.

Sie entschuldigte sich zunächst für ihre Schlamperei und gab dann ihre Wünsche durch: eckige Eichenholztische und mit Leder gepolsterte Stühle für den Essbereich – elektrische Betten in Eichenholzdesign sowie die dazu passenden Tische, Schränke und Sitzgelegenheiten für die Wohnräume der Gäste. Außerdem zwei Klaviere – für den großen Aufenthaltsraum und das Musikzimmer.

Inka entschuldigte sich ihrerseits für ihre etwas ruppige Art am Nachmittag, und so verabredete man sich für Montag, um weitere Details zu besprechen.

Als Emilia das Gespräch beendet hatte, bemerkte sie zum ersten Mal an diesem Tag, dass ihr Magen knurrte. Sie hatte außer ein paar Garnelen, die sie in der Markthalle gekauft und auf der Überfahrt mit der Fähre eilig hinuntergeschlungen hatte, heute noch nichts gegessen. Sie ging hinüber in die Küche und holte die restlichen Garnelen und eine Lachsquiche aus dem Kühlschrank. Dazu nahm sie sich ein Bier und setzte sich damit wieder vor den Kamin. Sie breitete die Unterlagen ihres Fernstudiums auf dem Boden aus, und in Sekundenschnelle war sie in ihren Lernstoff vertieft.

Erst das Summen des Handys störte sie in ihrer Konzentration.

Harmaa-silmä, ich vermisse dich. Was machst du gerade?

Lächelnd unterbrach sie ihre Arbeit und schrieb zurück:

Bin am Lernen – was machst du?

An dich denken!

Spinner – das kann doch nicht alles sein!

Doch! Liege im Bett und denke daran, dass es hier sehr einsam ist – ohne dich!

Seit ihrer Rückkehr aus der Schweiz war dies heute die erste Nacht, die sie nicht mit ihm verbringen würde. Vor ihrem spontanen Besuch bei Tess hatten sie eigentlich geplant, die erste Nacht in Emilias neuem Heim gemeinsam zu verbringen. Da das Bett aber bis gestern noch nicht geliefert worden war, hatten sie die ganzen vorangegangenen Nächte bei ihm verbracht. Und heute Nachmittag hatte sie ihn nicht bitten wollen, mit zu ihr zu kommen, da ihr klar gewesen war, dass sie dann nichts von dem geschafft hätte, was sie sich vorgenommen hatte. Schnell schrieb sie:

Würde mich jetzt auch gern in deine Arme kuscheln – ich freue mich schon auf morgen!

Ich auch! Schlaf gut und träume von mir!

Das musste er ihr nicht zweimal sagen. Wenn sich ihre Gedanken nicht gerade um ihr Haus, ihr Studium oder ihre Finnischkenntnisse drehten, waren sie zu einhundert Prozent bei Panu.

Fühl dich geküsst – liebevoll und leidenschaftlich.

Ich habe ohnehin schon die wildesten Fantasien, die brauchst du nicht mehr durch imaginäre leidenschaftliche Küsse anzuheizen!

Emilia schmunzelte.

Morgen folgt die Realität! Gute Nacht!

Ich freue mich. Schlaf gut!

Emilia legte ihr Handy beiseite, stand auf und brachte die leere Schüssel in die Küche. Sie nahm sich ein weiteres Bier aus dem Kühlschrank und schnappte auf dem Weg zurück ihre Gitarre, die auf einer der Umzugskisten lag. Nachdem sie erneut Holz nachgelegt und ihre Unterlagen zur Seite geräumt hatte, setzte sie sich im Schneidersitz auf den Boden und begann zu spielen.

»Such a feeling's coming over me, there is wonder in most everything I see, not a cloud in the sky, got the sun in my eyes and I won't be surprised if it's a dream …«

Der Raum war augenblicklich von Emilias Gesang erfüllt. Ihre Augen waren geschlossen, und sie gab sich den Empfindungen hin, welche dieser Song in ihr auslöste – pures Glücksgefühl und unendliche Zufriedenheit!

»… I'm on the top of the world looking down on creation and the only explanation I can find, is the love that I've found, ever since you've been around, your love's put me at the top of the world …«

Nachdem die letzten Akkorde verhallt waren, nahm Emilia einen kräftigen Schluck aus der Bierflasche, legte ihre Gitarre neben sich, ließ sich nach hinten auf den Boden sinken, streckte die Beine aus und starrte an die Decke. *Ich bin so unsagbar froh – ich könnte schreien vor Glück!*

Eine Hand auf der Gitarre, die andere auf der umgefallenen Bierflasche, den Kopf auf einem Buch ruhend und angewinkelte, zur Seite gekippte Beine – so fand Panu sie, als er nach Mitternacht leise den großen und mittlerweile kalten Aufenthaltsraum betrat.

Er wusste nicht, ob er lachen oder schimpfen sollte.

Vorsichtig setzte er sich neben sie, stellte die fast leere Flasche wieder auf und legte schnell ein paar Taschentücher auf den Bierfleck. Er wollte Emilia gerade wecken, als ein leiser Schnarchton über ihre Lippen kam. Amüsiert betrachtete er sie. Sie schlief tief und fest. Er schaute sich um, sah auf die Unterlagen für ihr Studium und konnte nicht umhin, ein wenig Stolz zu empfinden. Stolz, dass er mit so einer hinreißenden Frau zusammen war, die es geschafft hatte, ihr Leben in den Griff zu bekommen, und die sich allein etwas erschaffen hatte, von dem manche Menschen nur träumen konnten. Sie war hier nach Suomenlinna, nach Helsinki, gekommen, um sich etwas aufzubauen, und er wusste, sie würde es schaffen. Und sie war auch wegen ihm hier. In Panus Gesicht machte sich ein kleines zufriedenes, fast ein wenig selbstzufriedenes Grinsen breit. Sie war da, sie war hier – hier in seiner Nähe. Ein unbeschreibliches Glücksgefühl durchströmte ihn. Und ihr Hiersein war auch der Grund, warum er so spät noch nach Suomenlinna gefahren war. Sie wollte seit dem Tag ihrer Versöhnung die erste Nacht in ihrem neuen Heim mit ihm verbringen, und genau das war es, was auch er wollte. Er wollte bei ihr sein, ihr zeigen, wie wichtig sie ihm war und wie glücklich er sich fühlte, wenn sie zusammen waren. Es war ihre erste Nacht in ihrem neuen Haus, ihrer neuen Heimat, ihrem neuen Leben – und er war ein Teil davon.

Zärtlich streichelte Panu über ihre Wange. »Hey, Süße, aufwachen.«

Sie bewegte sich nicht.

Panu wurde forscher und schüttelte sie sanft an den Schultern. »Emilia, aufwachen.«

Jetzt öffnete sie langsam die Augen und wusste im ersten Moment gar nicht, wo sie war. Verwirrt blinzelte sie ihn an. »Panu?«

»Hei, Kaunis.«

Mit einem Ruck setzte sie sich auf und sah ihn verschlafen an. »Was ist los? Wie viel Uhr ist es? Was machst du hier?«

»Ich hatte Sehnsucht nach dir und habe mich kurz entschlossen auf den Weg gemacht.« Verschmitzt grinste er sie an.

»Du Spinner, du warst doch schon im Bett.«

»Ja, aber ohne dich. Das wollte ich ändern.«

»Genau das hatte ich mir gewünscht. Du und ich – hier. Ich wusste nur nicht, ob du auch willst … ob es dir genauso viel bedeutet wie mir … Ich …«

Er brachte sie mit einem innigen Kuss zum Schweigen. »Wer ist hier eigentlich der Spinner? Warum hast du nichts gesagt?«

»Mmmh …« Emilia zuckte mit den Schultern. »Weiß nicht – egal, du bist hier, und das ist wundervoll.« Sie legte die Gitarre zur Seite und schmiegte sich an seine Brust. »So hatte ich mir das vorgestellt – du bei mir, in meiner ersten Nacht im neuen Haus.«

Zärtlich schlang er seine Arme um sie und küsste sanft ihren Nacken. »Ja, so sollte es sein. Aber …« Er schob sie ein Stück von sich weg und musterte sie strafend. »Hier hätte jeder einfach hereinspazieren können – du hast die Tür nicht abgeschlossen. Das war echt leichtsinnig von dir.«

Emilia kicherte. »Was soll hier auf dieser kleinen Insel schon passieren?«

»Egal! So, wie ich hierher- und vor allem hereingekommen bin, könnte jeder andere, der weniger gute Absichten hat, das auch. Versprich mir bitte, ab sofort die Tür zu verschließen.«

»Versprochen!« Sie blickte ihn schelmisch an und hielt Zeige- und Mittelfinger gespreizt nach oben. »Großes Indianer-Ehrenwort!«

»Gut.« Sein Unmut war sofort wie weggewischt, als Emilia ihn treu anschaute. »Komm, du zitterst ja vor Kälte, lass uns raufgehen.«

Schnell räumten sie alles auf, und Emilia holte aus der Küche einen Lappen, um den Rest des Bierflecks wegzuwischen.

Als sie in Emilias Mansardenzimmer waren, sah Panu ihr Reich zum ersten Mal im fertigen Zustand und war begeistert. Emilia, die langsam wieder munter wurde, wollte ihm auf der Stelle alles zeigen, doch Panu lehnte ab. »Bitte nicht, Kaunis, ich möchte nur ins Bett fallen, dich in meinen Armen halten und schlafen. Morgen früh kannst du mir alles zeigen. Okay?«

»Okay.« Sie schlüpfte aus ihren Sachen, schnappte sich ein Top aus einer Umzugskiste, die sie immer noch nicht ausgeräumt hatte, und streifte es sich über, um wenige Sekunden später, an Panus warme Brust geschmiegt, leise vor sich hinzusingen: *»I'm on the top of the world …«*

»Harmaa-silmä, du spinnst!« Zärtlich drehte er ihren Kopf zu sich und küsste sie lange und ausgiebig. »Schlaf jetzt …«

Emilia seufzte selig auf, wandte ihm den Rücken zu und spürte, wie Panu von hinten seinen Arm um sie schlang und flüsterte: »I'm so damn happy …«

Sie lächelte selig und fiel in einen tiefen, traumlosen Schlaf.

Als gegen sieben Uhr die ersten Sonnenstrahlen durch das Dachfenster schienen, war sie sofort hellwach. Sie lagen beide noch in derselben Position, in der sie wenige Stunden zuvor eingeschlafen waren. Vorsichtig befreite sich Emilia aus Panus Umarmung, stand leise auf und schlich auf Zehenspitzen in Richtung Bad. In diesem Moment drehte sich Panu mit einem unmutigen Brummen auf den Rücken – und schlief mit einem gleichmäßigen Sägegeräusch aus den leicht geöffneten Lippen friedlich weiter. Dabei war die Bettdecke nach unten gerutscht und entblößte seinen nackten Oberkörper.

Emilia drehte sich um und biss sich auf die Unterlippe, als sie ihn so daliegen sah. Sollte sie wieder zu ihm ins Bett kriechen? Bei dem Gedanken, seinen Körper zu fühlen, seinen Duft zu riechen und ihn ganz langsam zu verführen, vollführte ihr Magen wahre Kapriolen. Sie spürte, wie diese absolut berauschende Erregung in ihr hochstieg. Das Gefühl war nur schwer zu beschreiben. Sie empfand einen Druck – ein unglaublich angenehm beglückendes Empfinden –, der sich in einen warmen Strahl verwandelte und vom Lendenbereich über den Bauch und die Brust hinauf zur Halsschlagader und wieder zurück ihren gesamten Körper erglühen ließ.

Seufzend wandte sie den Blick von ihm ab und huschte in das angrenzende Bad. Eine erfrischende Dusche würde jetzt sicher guttun.

Nachdem sie aus dem Bad gekommen war und sich angezogen hatte, stahl sie sich auf Wollsocken leise an dem schlafenden Panu vorbei und lief die Treppen hinunter ins Erdgeschoss. Dort angekommen, vernahm sie aus einem der hinteren Zimmer, in dem die Sauna eingebaut werden sollte, gedämpfte Hämmerlaute, und eilte schnellen Schrittes in die Richtung, aus der die Geräusche kamen.

»Hyvää huomenta!«, rief sie ein fröhliches »Guten Morgen!« in die Richtung.

»Moi!« Mürrisch wie stets begrüßte der alte Handwerker sie knapp. Emilia fragte ihn auf Finnisch, was er denn heute alles vorhabe. Mit wenigen Worten wiederholte er, sichtlich genervt, was er ihr bereits am Vorabend erklärt hatte.

»Ich fange mit der Sauna an, und nachher, wenn alle im Haus wach sind, baue ich an der Garderobe weiter.«

Emilia nickte, lief in die Küche und überließ ihn seiner eigenbrötlerischen Arbeitsweise.

Wilmer war bereits siebzig oder älter. Inka hatte sie schon damals, nachdem sie ihn ihr empfohlen hatte, darauf hingewiesen, dass er kein Mann großer Worte war. Er ließ seine handwerklichen Arbeiten für sich sprechen. Alles, was er bisher abgeliefert hatte, war einwandfrei und absolut einmalig. Emilia beschlich jedoch hin und wieder das Gefühl, dass er sie eigentlich nicht leiden konnte beziehungsweise ein gewisses Misstrauen gegen sie hegte. Es schien ihm ein Dorn im Auge zu sein, dass eine junge Frau ganz allein in so einem großen Haus wohnen wollte – ohne Ehemann oder Beschützer.

Als sie den Kaffee frisch aufbrühte, erinnerte sie sich daran, dass er gesagt hatte, er würde mit seiner Arbeit im Flur erst dann beginnen, wenn im Haus alle wach wären. Emilia überlegte, woher er wissen konnte, dass jemand im Haus war. Sie betrat die Diele und schaute sich um. Auf dem Boden standen Panus Schuhe. Seine dicke Daunenjacke sowie Mütze und Handschuhe hatte er achtlos neben der Eingangstür liegen lassen.

Emilia bemerkte, wie ihr die Schamesröte ins Gesicht schoss.

Natürlich hatte Wilmer eins und eins zusammengezählt und wusste daher, dass ein Mann die Nacht bei Emilia verbracht hatte. Sie schob diesen peinlichen Gedanken jedoch schnell beiseite. Sie war schließlich alt genug und musste sich vor niemandem für ihren Lebensstil rechtfertigen, schon gar nicht vor einem griesgrämigen alten Handwerker.

Sie ging in den Aufenthaltsraum und stellte fest, dass Wilmer bereits Feuer gemacht hatte und der große Raum angenehm warm war. Ihre eben noch grimmige Entschlossenheit, diesen finnischen Griesgram künftig zu ignorieren, wich augenblicklich einem Gefühl der Dankbarkeit. Der Gedanke, dass jemand sich um sie sorgte, rührte sie und ließ sie zu der Einsicht gelangen, dass Wilmer kein schlechter Kerl war – er hatte einfach nur altmodische Ansichten, was angesichts seines Alters nicht verwunderlich war.

Hastig stellte sie Kaffeekanne, Geschirr, Brot, Butter und Marmelade auf ein Tablett. Sie musste die Situation ja nicht unnötig auf die Spitze treiben und wollte daher auf keinen Fall riskieren, dass Panu nur leicht bekleidet zu ihr nach unten kommen und dabei Wilmer zufällig über den Weg laufen würde. Sie schüttelte über diesen Gedanken heftig den Kopf und fuhr mit dem neuen Fahrstuhl in den zweiten Stock. Als sie vorsichtig ihre Zimmertür öffnete, sah sie, dass Panu immer noch tief und fest schlief. Emilia stellte das Tablett auf den Tisch vor dem Fenster, nahm sich einen Zettel und schrieb: Guten Morgen, Blauauge, bitte zieh dich an, bevor du runterkommst. Oder frühstücke hier oben und ruf mich leise – ich komme dann! Kuss! Als sie die Nachricht noch einmal durchlas, grinste sie in sich hinein und fühlte sich wie ein Teenager, der Angst hatte, dass die Eltern sie bei etwas Unerlaubtem erwischen könnten.

Nachdem sie wieder nach unten gegangen war, zog sie sich ihre Arbeitsklamotten an, holte Farbe und Pinsel, setzte sich die Kopfhörer ihres MP3-Players auf und verschwand in einem der drei Therapieräume. Heute nahm sie die farbliche Verschönerung der Wände im Musikzimmer in Angriff.

Teile des alten Fabrikgebäudes waren schon vor ihrem Einzug von dem vorherigen Besitzer umgebaut worden. Da der Investor jedoch pleitegegangen war, waren noch nicht alle Umbauarbeiten abgeschlossen gewesen, als Emilia den Kaufvertrag unterschrieben hatte. So musste sie aber an den hohen Decken nichts verändern. Passend zu den Holzdecken hatte Emilia Parkettböden aus gewachstem Eichenholz in Auftrag gegeben. Nun war es an ihr, in den einzelnen Räumen farblich unterschiedliche Akzente zu setzen. Die Idee war vor etwa zwei Wochen in ihr gereift, während sie diverse Internetseiten von musiktherapeutischen Einrichtungen durchstöbert hatte.

Sie beabsichtigte, im Musikzimmer ungewöhnliche Farben zu nutzen – Dunkelrot und Rosa! Emilia wollte, dass die durch die Musik geschaffene Atmosphäre des Raumes sich mit der Wahrnehmung der Farben verstärkte und so etwas Bleibendes und im Gedächtnis daher allzeit Abrufbares entstand.

Sie machte sich daran, die Farben in verschiedenen Rottönen abzumischen, und legte fröhlich singend los. Dermaßen in ihre Arbeit vertieft, bemerkte sie nicht, dass Panu den Raum betrat und sich dicht hinter sie stellte. Vorsichtig nahm er ihr die Kopfhörer ab.

»Guten Morgen, Kaunis.«

Erschrocken fuhr sie herum und traf mit der Farbrolle genau Panus Gesicht. Ein dicker rosa Streifen lief quer vom Kinn über die Wange bis zum Haaransatz. Belustigt schaute sie ihn an.

Verwirrt hielt Panu inne, legte die Kopfhörer zur Seite, wischte sich übers Gesicht und starrte auf seine verfärbte

Hand. »Zartrosa – ganz meine Farbe.« Gespielt schwul hob er die andere Hand und legte sie sich an die Stirn. »Oh, mon Dieu, quel désastre, wie bekomme ich das nur wieder aus meinen Haaren – von meiner Haut. Ich bin entstellt. Wie soll ich so noch einen Mann finden?«

Emilia prustete angesichts seiner tuntigen Art los. »Vesa, der Praktikant von Inka, würde dich mit Kusshand nehmen. Er hat es eh auf dich abgesehen und wird maßlos enttäuscht sein, dass du immer noch nicht auf Männer abfährst. Er kommt übrigens nächste Woche wieder – versuch doch einfach dein Glück bei ihm.«

Empört zog Panu sie an sich. »Ich werde doch nicht die Seiten wechseln, wenn ich so etwas wie dich haben kann.«

Unaufhörlich lachend neckte sie ihn weiter: »Das heißt also, wenn es mich nicht gäbe, wäre Vesa deine nächste Wahl?«

Er umschloss sie mit beiden Armen und hob sie hoch, sodass Emilia sprichwörtlich den Boden unter den Füßen verlor. Sein rosa eingefärbtes Gesicht war dicht an ihrem. »Du bist da, und nur das zählt.« Die gerade noch übermütige Stimmung schlug um. Zu keiner Regung mehr fähig, erwartete Emilia seinen Kuss. Er begann sanft. Als jedoch seine Lippen fordernder die ihren suchten, ließ sie seufzend die Farbrolle auf die Abdeckplane fallen und vergrub ihre Hände ergeben in seinen Haaren. Leidenschaftlich erwiderte sie den Kuss und spürte, wie wilde Erregung von ihrem Körper Besitz nahm.

»Lass uns raufgehen«, hauchte er fast tonlos an ihren Lippen.

Emilia spürte pure, harte Männlichkeit durch seine Jeans und fuhr mit ihrer Zunge aufreizend langsam die Konturen seiner Lippen nach. »Ich muss aber hier weitermachen.«

»Später … Ich will dich – jetzt!«

Bei seinen allzu deutlichen Worten schluckte sie schwer, so

sehr erregten sie diese. Kein Mann außer Panu hatte ihr bisher so unmissverständlich zu verstehen gegeben, dass er sie begehrte – dass er sie wollte! Sie umschloss auf ein Neues seinen Mund und gab ihm so ihre ganz eigene, gefühlvolle Antwort.

Er setzte sie vorsichtig auf dem Boden ab und nahm ihre Hand. »Komm!«

Sie wollten gerade das Zimmer verlassen – als Wilmer mit Schwung hereinkam. »Emilia! Könntest du mir helfen, ich …« Beim Anblick Panus hatte er offensichtlich vergessen, was er sagen wollte, und fixierte diesen nun misstrauisch. »… sori!« In seinen nicht vorhandenen Bart murmelnd, entschuldigte sich der Handwerker kühl und wollte das Zimmer sogleich wieder verlassen.

Emilia, die peinlichst berührt war, sah ihn nur stumm an. Panu dagegen reagierte schnell und sprach in einem freundlichen Ton auf Finnisch mit dem alten Mann. Er ließ sie augenblicklich los und reichte Wilmer die Hand, stellte sich ihm vor und plauderte sogleich unbefangen drauflos.

Wie immer, wenn sich Einheimische untereinander unterhielten und nicht betont langsam sprachen, so wie sie es Ausländern gegenüber taten, konnte sie dem Gespräch kaum folgen. Die Männer waren so in ihren Dialog vertieft, dass sie Emilias verdutzten Gesichtsausdruck gar nicht wahrnahmen. Wilmer redete in diesen wenigen Minuten mehr als im ganzen vergangenen Monat.

»Wir gehen einen Kaffee trinken. Möchtest du auch einen?« Panu griff nach dem Handtuch, das über einer Leiter hing, und wischte sich die Farbe, so gut es ging, aus dem Gesicht.

Emilia, die diese Situation erst einmal für sich einordnen musste, lehnte dankend ab. »Lass mal, ich muss eh hier weitermachen. Bis gleich.«

Wilmer hatte den Raum bereits wortlos verlassen, als Panu ihr zuraunte: »Jetzt verstehe ich auch deinen Zettel von vorhin, sprich: Bitte zieh dir etwas an.« Grinsend hauchte er ihr einen leichten Kuss auf die Nase und folgte dem Handwerker.

×××

Emilia war ein wenig mulmig zumute, als sie gegen neunzehn Uhr in die Tram in Richtung Arabia stieg. Nicht, weil es schon dunkel war und sie sich in einen Stadtteil Helsinkis begab, in dem sie noch nie gewesen war, sondern weil sie Janis heute nach all den Monaten und allem, was passiert war, zum ersten Mal wiedertreffen würde.

Als Panu gegen Mittag das Talo verlassen hatte, nachdem er Wilmer stundenlang beim Bau der Sauna und des Garderobenschranks zur Hand gegangen war und sie ein Einstellungsgespräch geführt hatte, hatte sie ihm gegenüber ihre Ängste geäußert. »Meinst du wirklich, es ist okay, wenn ich auf seiner Geburtstagsparty auftauche? Wir haben noch nie richtig miteinander geredet, und er mochte mich doch auch nie besonders. Ich weiß nicht, vielleicht solltest du allein dort …«

»… so ein Quatsch«, hatte Panu heftig ihre Bedenken weggewischt, »… natürlich kommst du mit. Janis hat seine Meinung über dich komplett geändert und wäre bestimmt enttäuscht, wenn du heute nicht dabei wärst. Das ist doch der beste Weg, euch besser kennenzulernen – meinst du nicht?«

Emilia hatte letztlich widerstrebend zugestimmt und Panu versichert, dass sie den Weg dorthin auch allein finden würde, da er Janis am späten Nachmittag bei den Vorbereitungen helfen wollte.

In der Tram kamen die Erinnerungen an die vergangenen Monate zurück.

Janis war ihr gegenüber von Anfang an misstrauisch gewesen. Er hatte gespürt, dass mit ihr irgendetwas nicht stimmte, sie allen etwas verheimlicht hatte. Als dann die erste Bombe durch Janis' Nachforschungen geplatzt war, hatte dieser sich in seiner Meinung natürlich bestätigt gefühlt und es zu der Zeit nicht verstanden, dass Panu Emilia verzeihen konnte, obwohl sie ihm verschwiegen hatte, dass sie verheiratet war. Von da an hatte Janis nicht mehr lockergelassen und versucht, mehr über sie in Erfahrung zu bringen. Auch wenn Panu es damals nicht hatte wahrhaben wollen – jede neuerliche Enthüllung hatte ihn scheinbar immer mehr ins Grübeln über seine Liebe zu ihr gebracht. Nachdem sein Bandkollege dann auch noch ein YouTube-Video gefunden hatte, in dem sehr private Bilder von Emilia und Panu mit einem nicht für die Öffentlichkeit bestimmten Duett musikalisch untermalt wurden, war es mit Panus Vertrauen gegenüber Emilia endgültig vorbei gewesen. Diese Aufnahme hatten damals nur sie beide besessen, und dass Panu das Video nicht ins Netz gestellt hatte, war außer Frage gestanden. Er hätte sich durch solch eine Aktion nichts als mächtigen Ärger mit seinen Bandkollegen und seiner Plattenfirma eingehandelt, was im Anschluss an die Veröffentlichung leider auch genau so gekommen war. Emilia dagegen, so hatte Janis gedacht, hätte die einmalige Chance gehabt, durch dieses eine Lied schlagartig Bekanntheit zu erlangen. Er hatte sie für ein Groupie gehalten, die durch Panu berühmt werden wollte. Als allerdings nichts dergleichen geschehen war und Emilia sich nicht pressewirksam vermarktet hatte, waren ihm langsam Zweifel an dem Misstrauen gekommen, das er ihr entgegengebracht hatte.

Er war es letzten Endes gewesen, der Panu die Augen geöffnet und ihm auf den Kopf zugesagt hatte, dass er ein Idiot sei, dass er Emilia doch liebe und versuchen solle, sie zurückzugewinnen. Auch an der Versöhnung vor knapp drei Wochen war er maßgeblich beteiligt gewesen, indem er mit Miro heimlich in Emilias Haus eingedrungen war und alles für einen romantischen Abend inklusive Sekt, Kerzenschein und einem großen Matratzenlager vorbereitet hatte.

Als sie an jenen Abend zurückdachte, wurde es Emilia warm ums Herz. Wie fantasievoll die Jungs alles hergerichtet hatten! Noch heute konnte sie kaum fassen, dass sie es gewesen waren, die Kerzen im ganzen Haus verteilt, Sekt bereitgestellt und eine Liegelandschaft mit unzähligen Kissen aufgebaut hatten – und das alles in kürzester Zeit. Die gefühlvolle Seite der Rockstars war deutlich sichtbar geworden.

In der Arabiaranta stieg Emilia aus und blickte sich suchend um. Panu hatte versprochen, sie an der Straßenbahnhaltestelle abzuholen. Es war eisig kalt. Die Temperaturen gingen langsam wieder unter null, und leichter Schneefall setzte ein.

Emilia zog sich ihre grüne Mütze tiefer und den Schal höher ins Gesicht, sodass nur ihre Augen der Kälte ausgesetzt waren. Die Arme um sich geschlungen, mit dem Geschenk für Janis in der Hand, sah sie sich weiter um.

Sie rief sich ins Gedächtnis, was sie über diesen Stadtteil von Helsinki gelesen hatte: In der Arabiaranta, was wörtlich übersetzt »Strand Arabiens« bedeutete, war Ende des 19. Jahrhunderts die finnische *Keramikfabrik Arabia* gegründet worden, ein Tochterunternehmen der schwedischen Firma *Rörstrand*. In dieser Fabrik, die nach dem Stadtteil benannt und in der sie aufgebaut worden war, wurden noch immer Produkte aus Steingut und Porzellan gefertigt. Auf dem Fabrikgelände befanden sich neben den Produktionshallen auch Büros, die Hochschule für Kunst und Design sowie das *Arabia Museum*.

Emilia schaute auf ein großes Gebäude aus rotem Ziegelstein. Hier irgendwo musste Janis wohnen.

»Hei, Kaunis! Du siehst verfroren aus.« Mit einem breiten Grinsen im Gesicht kam Panu um eine Ecke gebogen und lief schnellen Schrittes auf sie zu.

»Hei! Mir ist eiskalt.« Emilia schob den warmen Schal von ihrem Kinn, streckte sich ihm entgegen, als er vor ihr stehen blieb, und gab ihm einen zärtlichen Kuss.

»Mmmh, das merkt man. Deine Lippen sind ja tiefgekühlt. Komm!« Er legte den Arm um sie und führte sie zwischen den Häusern durch. »Nur ein paar Meter, und du bist im Warmen. Und dort erwartet dich eine Überraschung!«

»Schon wieder eine Überraschung? Ist mein Leben nicht schon aufregend genug? Muss ich auch noch jeden Tag mit irgendetwas überrascht werden?«, fragte sie beinahe mürrisch.

»Es wird dich freuen – glaub mir.«

»Wenn du es sagst.«

Panu blieb stehen, beugte sich zu ihr vor und sah ihr in die Augen. »Was ist los, meine Schöne? Schlecht gelaunt?«

Emilia konnte beim Blick in seine wunderschönen Augen kaum einen klaren Gedanken fassen. »Was? Schlecht gelaunt? Ich? Nein, nur ein bisschen nervös und unterkühlt. Könntest du mich lange und ausgiebig küssen? Dann wird mir bestimmt warm, und meine Nervosität wird auch …«

Ohne sie aussprechen zu lassen, legte Panu seine Lippen fest auf ihre und küsste sie zärtlich. Nachdem sie eng umschlungen minutenlang die Welt vergessen hatten, drehte sich Emilia beim Klang einer ihr wohlbekannten Stimme hastig um.

»Hallo, Kleine! Überraschung!«

»Eva! Du hier! Aber du sagtest doch …« Emilia löste sich aus Panus Umarmung und breitete die Arme aus, um wenige Sekunden später Eva fest an sich zu drücken. »Das ist die schönste Überraschung für mich heute Abend. Du hast doch am Telefon gesagt, dass du erst in ein paar Tagen kommst, da du noch so viel zu erledigen hast.« Glücklich schaute Emilia ihre Freundin an. »Ich habe dich echt vermisst.«

»Ich dachte erst, dass ich es heute nicht schaffe … Aber wie du siehst, mache ich fast alles möglich. Erst unser kurzes – na ja, sehr kurzes – Treffen in Mainz vor zwei Tagen, und schwupp, jetzt bin ich hier und kann dir endlich berichten, wie toll unsere Flitterwochen waren.«

»Es wird auch höchste Zeit! Am Telefon warst du ja eher wortkarg. Hattest du eine schöne Zeit mit deinem Angetrauten?«

»Oh ja, es war traumhaft und vor allem warm.« Eva hasste Kälte, vor allem die eisige Kälte hier in Finnland. »Brasilien ist wirklich eine Reise wert. Zuckerhut … Sonne … Copacabana … Regenwald … Brasilia … schöne Hotels … große Betten …« Eva lachte ihre beste Freundin schelmisch an. »Glaub mir, wir hatten wirklich unseren Spaß.«

»Das glaube ich dir aufs Wort. Ist Mikka auch da?«

»Nein, er hat heute einen Termin in Stockholm und kommt erst übermorgen wieder.«

»Aber du bist da, schön.« Sie strahlte.

»Kommt, Mädels, lasst uns reingehen.« Panu legte einen Arm um Emilia und den anderen um Eva und schob sie sanft, aber bestimmt in Richtung Hauseingang.

Eva drehte sich aus Panus Umarmung, schnappte erneut ihre Freundin und drückte sie ganz fest an sich. »Ich bin so froh, dich glücklich zu sehen. Ich hatte schon Angst, wir kommen zurück, und ihr zwei habt wieder Mist gebaut.«

»Dumme Kuh! Als ob wir jedes Mal Mist bauen, wenn du uns den Rücken kehrst.« Emilia löste sich von Eva und schaute sie vorwurfsvoll an. »Es läuft prima zwischen uns, wirklich!«

»Ja«, sie kniff ihr lachend in die eiskalte Wange, »das sehe ich, und ich bin wahnsinnig froh darüber, Süße.«

Panu öffnete die Haustür und verbeugte sich tief vor den zwei Frauen. »Bitte schön, die Damen, lasst uns feiern.«

6

»… I feel it deep inside and I can't no longer hide …«

♫

Es war bereits nach dreiundzwanzig Uhr, und in Kürze würde der Geburtstagscountdown eingeläutet werden. Als sie am frühen Abend gekommen waren, hatte Janis Emilia kurz, aber freundlich begrüßt. Seit diesem Moment saß Emilia entspannt mit Eva auf der Couch in einer Ecke von Janis' großer Wohnung, und die beiden verbrachten ihre Zeit mit Reden. Es gab so viel zu berichten. Eva erzählte von ihren fantastischen Flitterwochen, und Emilia hörte gar nicht mehr auf, von ihrer schönen Zeit auf Suomenlinna, ihren traumhaften Tagen mit Panu und natürlich von ihrem ersten Gast, Tess, zu berichten. Diese sollte am Donnerstag, also in drei Tagen, in Helsinki eintreffen.

»Oh, Eva, du hättest sie sehen sollen, wie glücklich sie aussah, als klar war, dass sie, wenn ich alle Unterlagen zusammenhabe, zu uns kommen kann.« Emilia strahlte zufrieden.

Eva konnte nicht aus ihrer Haut und ließ sich zu einer kleinen sarkastischen Bemerkung hinreißen: »*Die* Tess? *Die*, die dich in Holland im Stich gelassen hat? Reden wir von *dieser* Person? Die Drogen-Tussi, die dich beinahe das Leben gekostet hat? Das ist jetzt nicht dein Ernst?«

Emilia stöhnte sichtlich genervt auf. »Ich kann es wirklich nicht mehr hören, und ja, es ist mein Ernst – mein voller Ernst. Ihr geht mir wirklich auf den Geist! Erst Panu, dann Miro und jetzt du. Langsam habe ich keine Lust mehr auf diese Gespräche. Auch für dich noch mal zum Mitschreiben: Ich habe den Unfall ganz allein zu verantworten, ich brauchte dazu keine Tess.« Gereizt stellte Emilia ihr leeres Glas auf den Tisch. »Ich gehe mir noch etwas zu trinken holen.« Sie stand auf und ließ die verblüfft dreinblickende Eva einfach sitzen.

Panu hatte die beiden Frauen beobachtet und kam auf Eva zu. »Was hast du denn verbrochen?«

»Tess!«

»Oh, Tess! Ein schwieriges Thema.« Sein Mund verzog sich missbilligend. »Da sind Miro und ich also nicht allein.« Er blickte finster auf Eva. »Ich habe auch ein Problem damit, aber Emilia hat mir unmissverständlich klargemacht, dass sie das mit Tess durchziehen will, und ich weiß nicht …«

»… ob das gut geht? So geht es mir auch. Ich habe einfach nur Angst, dass sie wieder verletzt wird. Du scheidest ja nun als Bösewicht aus, Ehemann und Mutter auch …«, grübelnd schaute sie zu Panu auf, »… hoffentlich läuft das mit Tess nicht schief. Ich habe ein ungutes Gefühl dabei.«

»Nicht nur du, aber da lässt sich Emilia nicht dreinreden. Sie möchte das durchziehen, Tess unbedingt helfen und …«

Janis, der sich zu ihnen gesellt hatte, mischte sich unvermittelt ein: »Und? Dann lasst sie doch. Sie braucht kein Kindermädchen mehr. Seht euch doch an, was sie in so kurzer Zeit alles auf die Beine gestellt hat.«

Verblüfft starrten Panu und Eva in die grimmige Miene des Drummers.

»Irgendwann muss sie doch erwachsen werden und ihre eigenen Entscheidungen treffen. Und ihr könnt nun wirklich denken, was ihr wollt, aber wer mit dreiunddreißig Jahren sein Leben so radikal verändert – mit Scheidung, Auswandern,

Studium – und ein Kurhaus errichtet, das Menschen in Not hilft, der kann nicht mehr hilflos und verletzlich sein, sondern ist gefestigt und willensstark. Also habt einfach ein bisschen mehr Vertrauen! Das ist ja wohl das Mindeste, was Emilia von ihrem Freund und ihrer besten Freundin erwarten kann«, forderte Janis die beiden vorwurfsvoll auf. Er war ansonsten nicht der große Redenschwinger, aber das musste nach seinem Empfinden einfach mal gesagt werden. Er drehte sich um, und Eva und Panu, immer noch erstaunt über seine mahnenden Worte, sahen ihm nach, als er in Richtung Bar ging.

»Wow … ich bin platt.« Eva stand auf und schaute betreten vor sich hin.

»Ich bin nicht nur platt, sondern auch beschämt. Janis muss uns erklären, dass wir unserer Freundin vertrauen sollen.« Verlegen wischte er sich die Haare aus der Stirn. »Das ist doch scheiße.«

»Ja, das ist es.«

»Mist!« Panu leerte sein Glas auf einen Zug und ließ seinen Blick durch die Menge schweifen.

Er wollte unbedingt mit Emilia reden.

Emilia stand angesäuert und unschlüssig, was sie tun sollte, im Raum und beobachtete die anderen Gäste, als Janis sich zu ihr gesellte. »Mikä hätänä?«

»Nichts ist los, alles gut!«

»Für ›nichts‹ machst du auf mich aber keinen glücklichen Eindruck.«

Emilia, verblüfft über Janis' plötzliches Interesse an ihrem Gemütszustand, blinzelte ihn irritiert an. »Ähm … ich bin nur ein wenig müde.«

»Oder sauer auf Eva? Ich habe euer Gespräch am Rande mitbekommen.«

Ertappt hob Emilia die Schultern und streckte die Hände in die Luft. »Was soll ich sagen? Sie, Panu und auch Miro tun andauernd so, als ob ich nichts zustande bringe, ohne mir selbst zu schaden.«

»Na, in der Vergangenheit hast du ja auch nicht gerade Werbung für deine Selbstständigkeit gemacht, oder?«

Emilia schaute Janis durchdringend an. Der Drummer der Band war kleiner als Panu, drahtig, mit blondem stacheligem Haar und schmalen Augen. Sie war peinlich berührt, als er ihr unstetes Vorleben erwähnte und, ohne ein Blatt vor den Mund zu nehmen, ihre damalige Unselbstständigkeit ansprach.

Ihr Kinn in die Höhe hebend, antwortete sie fast trotzig: »Ja, habe ich augenscheinlich nicht. Aber das hat sich doch nun geändert, und es wäre schön, wenn man endlich meinen Neuanfang akzeptieren und mir ein bisschen mehr vertrauen und vor allem zutrauen würde.«

»Ich glaube an dich. Du wirst das schaffen!«

Ihr blieb bei seinen Worten der Mund offen stehen.

»Emilia?«

»Ja?«

»Es tut mir leid.«

»Mir auch.«

»Komm, wir gehen einen trinken!«

Ohne viel Aufhebens war ihr monatelanger Zwist beigelegt.

Kurz darauf standen sie an der Bar und unterhielten sich angeregt – besser gesagt: Emilia redete, und Janis hörte ihr aufmerksam zu.

»Tess kommt am Donnerstag. Ihre Eltern bringen sie her und werden für ein paar Tage bleiben. Ich habe bereits mit

Doktor Halonen telefoniert, der ihre ärztliche Betreuung übernehmen wird. Außerdem habe ich heute einen Physiotherapeuten eingestellt. Lasse ist ab nächsten Montag dabei. Und eine junge Studentin kommt zum Saubermachen … Und Wilmer, mein Handwerker, meinte, dass er eventuell eine Köchin für mich hätte.« Emilia redete ohne Unterbrechung, und Janis lauschte ihr lächelnd. »Wie du siehst – es läuft alles prima. Doktor Forsman, der Psychologe, den ich kontaktiert habe, will sich morgen mit mir treffen – mal sehen, ob das was wird. Ich möchte unbedingt mit ihm zusammenarbeiten. Seine Referenzen auf dem Gebiet ›traumatische Sprachstörungen‹ sind hervorragend, seine Behandlungsmethoden lehnen sich stark an die Gestalttherapie an. Die Behandlung findet im Hier und Jetzt statt, sie soll die Selbstliebe und Eigenverantwortung fördern … Und ich denke, genau das braucht Tess nun, und deshalb habe ich noch …« Voller Begeisterung erzählte Emilia von ihren weiteren Plänen.

Die Party war zwischenzeitlich in vollem Gange, die Anlage bis zum Anschlag aufgedreht, sodass man sich schon anschreien musste, um sich zu unterhalten. Die zahlreichen Gäste, die nach und nach eingetroffen waren, drängten sich tanzend auf der improvisierten Tanzfläche in der Mitte des Zimmers und um die Bar.

»Wenn du Hilfe brauchst, sag Bescheid. Schlagzeug spielen ist gigantisch. Man lässt seinen Gefühlen dabei einfach freien Lauf. Ob Wut, Enttäuschung oder Freude – du kannst alles ausdrücken, und ich kann mir vorstellen, dass deine Therapiepatienten jede Menge Frust haben, der rausmuss.«

Dankbar legte Emilia ihre Hand auf Janis' Arm. »Das würdest du tun? Auch mit Tess?«

»Klar, warum nicht? Sie war früher oft mit uns unterwegs,

und ich mag sie eigentlich ganz gern, auch wenn sie ein bisschen abgedreht ist. Sag mir einfach Bescheid, falls du Interesse hast.«

»Danke, das werde ich bestimmt.«

Die Musik verstummte, und Janis' Gäste zählten den Countdown. Mit dem ersten Glockenschlag erklang Punkt zwölf *Happy Birthday* auf Finnisch.

»Paljon onnea vaan …«

Herzlich umarmte Emilia Janis und gab ihm rechts und links einen Kuss auf die Wange. »Alles Liebe. Ich bin froh, dass zwischen uns jetzt alles okay ist.« Sie schaute ihn unsicher an. »Ist es doch, oder?«

»Danke. Ja, das ist es.« Janis lachte fröhlich auf und wandte sich mit einer Verbeugung ab, um die Glückwünsche seiner übrigen Freunde entgegenzunehmen.

Wie immer begann unter den Musikern der Band ein wahrer Singmarathon. Die Instrumente wurden hervorgeholt, und Miro stimmte sogleich das erste Lied von Queen an: *»Friends will be friends …«*

In wenigen Minuten war der Raum erfüllt von Musik, Gesang und freudigem Gelächter.

Fest legte sich von hinten ein starker Arm um Emilia und zog sie sanft an sich. Eine Hand strich zart die Haare aus ihrem Nacken, und ein zärtlicher Kuss brachte ihre Halsschlagader in Sekundenschnelle zum Pochen.

»Anna mulle pusu?«

Seine gehauchten Worte so nah auf ihrer Haut ließen Emilia erzittern. »Warum fragst du nach einem Kuss?«

»Weil ich dich liebe und du mir meine Dummheit verzeihen sollst.«

Langsam drehte Emilia sich um, legte die Hand auf ihre

Brust und versuchte so, ihr wild herumhüpfendes Herz wieder zu beruhigen – es einzufangen. »Du hast doch gar nichts gemacht.«

»Doch, ich habe Eva in ihrem Misstrauen, deine Fähigkeiten betreffend, bestärkt, und das ärgert mich. Janis hat uns ein paar Takte erzählt – er scheint tatsächlich mehr Weitblick zu haben.«

Emilia reimte sich eins und eins zusammen. Sie zog Panus Gesicht sanft näher zu sich heran und flüsterte: »Janis mag mich ja auch nicht ganz so sehr wie du und Eva – ihr seid einfach zu befangen und ängstlich.« Ihre Lippen trafen sich gefühlvoll. »Ich liebe dich, Blauauge, und deshalb …«

Weiter kam Emilia nicht, heftig atmend zog Panu sie fester an sich und vertiefte den Kuss. Der Lärm um sie herum, der Gesang, die vielen Menschen waren, wie schon so oft zuvor, vergessen. In diesem Moment zählten nur sie beide und ihr Verlangen – ihre Liebe.

»Gehen wir?« Widerwillig löste Panu sich von ihr und schaute sie bittend an.

Ihre Hand legte sich sachte auf seine Wange. »Nein, noch nicht. Ich möchte den Abend noch ein wenig mit Eva, Janis und dir genießen.« Sein enttäuschter Blick ließ sie auflachen. »Und danach gehen wir zu dir. Und ich verspreche dir, dass sich das Warten lohnen wird.« Sie nahm seine Hand und legte sie auf ihren Hintern. »Gleich ziehe ich mein Höschen aus – und ich werde trotz der eisigen Kälte, die draußen herrscht, heiß sein …« Erneut zog sie sein Gesicht zu sich heran und streckte sich, sodass ihr Busen seine Brust berührte.

Er spürte ihre harten Knospen durch sein T-Shirt und stöhnte auf. Sie war so verdammt heiß!

»… und dann wirst du mich lieben – immer und immer

wieder.« Mit einem letzten leidenschaftlichen Kuss machte sie sich von ihm los. »Aber jetzt überreiche ich Janis erst einmal sein Geschenk. Bis später …«, sie sah ihn frivol grinsend an, »… und bewahr dir deine schweinischen Gedanken – denn genau so wird es werden.« Eine zarte Röte breitete sich auf ihrem Gesicht aus.

Ob vor Verlegenheit oder Leidenschaft, konnte Panu nicht sagen. Er spürte nur, dass seine Hose mal wieder zu eng geworden war und er vor Verlangen fast durchdrehte. Diese Frau machte ihn einfach verrückt. Er beobachtete sie, als sie auf Janis zuging, und fragte sich, was in dem kleinen, länglichen Päckchen sein mochte, das Emilia aus ihrer Jacke geholt hatte und seinem Bandkollegen soeben überreichte.

»Ich hoffe, es gefällt dir. Mir ist auf die Schnelle nichts Originelleres eingefallen«, sagte sie beinahe entschuldigend und drückte Janis ihr Geschenk in die Hand.

Perplex entfernte er das Papier und hielt zwei schwarze *Balbex* Drumsticks in den Händen. Darauf waren drei Wörter eingraviert: *honesty – trust – friendship!*

Er fixierte Emilia fest, und in seinen Augen las sie Erstaunen, jedoch auch unverhohlene Freude. »Danke. Genau meine Marke – und genau meine Meinung. Komm, lass uns zusammen singen!«

Lachend hakte sich Emilia bei Janis unter und ging mit ihm auf Miro zu.

»Wir sind dran. *Bruno Mars*, bitte.«

»… you can count on me like one, two, three, I'll be there and I know when I'm needed. I can count on you like four, three, two, and you'll be there 'cause that's what friends are supposed to do …«

Leidenschaftlich zog Emilia sein Gesicht zu sich heran, und ein leises Stöhnen entrann Panus Kehle. Als sie das hörte, durchfuhr ein elektrisches Kribbeln ihren Körper.

Panus Hände waren überall, und Emilia spürte, wie empfindsam ihre Haut auf seine Berührungen reagierte. Es gab kein Halten mehr – das Schlafzimmer schien meilenweit entfernt zu sein. Berauscht von Emilias wilden, hemmungslosen Liebkosungen, drängte Panu sie auf den Boden, und ihre Körper fanden in zügelloser Begierde auf den Steinfliesen im Flur seines Apartments zusammen.

Ein Schauer überlief Emilia. Zitternd vor Erschöpfung lag sie auf Panus breiter Brust. »Wir sind verrückt!«

»Wir sind definitiv verrückt – aufeinander!« Hart umschlossen seine Lippen ihre. »Harmaa-silmä, du treibst mich in den Wahnsinn.«

Emilia kicherte. Ihre Lippen glitten an seinem Hals entlang und fühlten den hämmernden Puls. Sie verteilte neckische Küsse auf seiner Brust, legte ihren Kopf ab und lauschte seinem schnellen Herzschlag.

Ich bringe sein Herz zum Rasen! Ihre Gedanken überschlugen sich. *Ich bin es, nach der er sich verzehrt!* Noch immer war dieses Gefühl, diese Macht, diese Liebe schier unfassbar für sie.

Sie hatten bis in die frühen Morgenstunden gefeiert, gesungen, gelacht und getanzt. Im Taxi nach Hause hatten sie kaum die Finger voneinander lassen können. Emilia hatte ihr Versprechen wahr gemacht, und noch während die Party in vollem Gange gewesen war, auf der Toilette ihr Höschen unter der engen Jeans ausgezogen. Als Panu dies entdeckt hatte, hatte er kaum noch die Kontrolle bewahren können. Ohne zu fragen, hatte er ein Taxi bestellt und Emilia mit sich gezogen. Ihr war kaum Zeit geblieben, sich anständig von Janis, Eva und den anderen zu verabschieden, was Panu völlig egal gewesen war. Er wollte sie – das hatte er unmissverständlich zum Ausdruck gebracht.

Liebevoll lösten sie sich voneinander und gingen ins Schlafzimmer. Ein Blick auf die Uhr verriet ihnen, dass es vier Uhr morgens war.

In seine Armbeuge gekuschelt, schloss Emilia die Augen. »Gute Nacht, Blauauge.« Sie hatte sich nicht die Mühe gemacht, etwas überzuziehen. Früher hatte sie nie nackt geschlafen, aber seit sie mit Panu zusammen war, konnte sie sich nichts Schöneres vorstellen, als so, an seinen warmen Körper geschmiegt, einzuschlafen.

»Ich wollte dir doch etwas vorspielen, schon vor Wochen, ein neues Lied …«, er liebkoste mit seinen Lippen sanft ihre Stirn, und seine Finger streichelten zärtlich über ihren Rücken, »… hast du morgen früh noch etwas Zeit?«

»Mmmh … ich treffe mich mit Doktor Forsman – lass uns mal sehen, wie lange wir schlafen. Okay?«

»Schlafen? Willst du wirklich schon schlafen?«

»Schon?« Sie lächelte müde, die Augen weiterhin geschlossen.

Panu war aufgedreht und voller Leidenschaft. Er merkte, wie ihn die einschlafende Emilia erneut erregte, und fragte sich, wie das funktionierte. So etwas hatte er nie zuvor erlebt.

Seine Finger wanderten über ihren Körper und umschlossen zart ihre Brüste. Ihre Weichheit – ihre Wärme. Er drückte sich an sie und umgriff mit der anderen Hand fordernd ihren Po. Emilia stöhnte leise auf – ob vor Müdigkeit oder Wollust, konnte Panu nicht deuten –, und er machte sich daran, es herauszufinden.

Sachte rollte er sich auf sie und liebkoste ihre Brüste, bis er die Knospen hart unter seinen Fingern spürte. Seine Zunge fuhr heiß ihren Bauchnabel entlang – tiefer, bis zu dem kleinen Tattoo kurz über ihrer Scham. Er umfuhr es abwartend mit der Zungenspitze, hielt inne und sah zu Emilia auf, die weiterhin die Augen geschlossen hatte. Er spürte, dass sie sich ihm entziehen wollte, und um ihren Widerstand zu entkräften, war Panu blitzschnell wieder oben und umschloss ihren Mund mit seinem.

Erschöpft öffnete Emilia die Augen. »Du bist wirklich komplett verrückt!«

»Joo, crazy about you, Beauty.« Ohne von ihren Lippen zu lassen, hauchte er die Worte, und sie spürte seinen heißen, sinnlichen Atem.

Ergeben und nun ebenfalls bis aufs Äußerste erregt, griff sie in seine Haare und zog ihn fester an sich. »Komm!«

Mit einem sanften Stoß drang er in sie ein. Sie war offen für ihn – und sie verloren sich auf ein Neues ineinander.

»Panu, du spinnst! Das geht so nicht. Ich muss weg.« Emilia wehrte gespielt entrüstet seine Annäherungsversuche ab. Nachdem sie am späten Vormittag aufgewacht waren und sich abermals gefühlvoll geliebt hatten, blieb Emilia nur noch wenig Zeit, um zurück auf die Insel zu kommen. Sie hatte sich für fünfzehn Uhr mit dem Psychologen im *Café Vanille* verabredet und wollte auf keinen Fall zu spät kommen.

»Du hast noch nichts gegessen. Und außerdem wollte ich dir doch mein neues Lied vorspielen. Komm, ruf ihn an und verschieb den Termin. Bitte …« Mit einem flehenden Blick hielt Panu sie eng umschlungen und hinderte sie so daran, aus der Haustür zu schlüpfen.

»Panu, das geht nicht. Ich muss wirklich los! Ich will auf

keinen Fall zu spät kommen, der Termin ist wichtig für mich.« Emilia streckte sich, umfasste liebevoll sein Gesicht und küsste ihn sanft auf die Lippen. »Wir sehen uns morgen – versprochen!«

Sein Lachen war versiegt, und er erwiderte ihren Kuss nicht. Mürrisch entgegnete er: »Morgen ist bestimmt wieder irgendetwas anderes. Wir haben Probe, und mittags muss ich auf den Geburtstag meiner Großmutter. Ich dachte, da könntest du vielleicht mitkommen?«

Emilia merkte, wie sie ungeduldig wurde, beherrschte sich aber. »Ich habe morgen den ganzen Tag zu tun, aber am Abend würde ich dich gern sehen. Komm doch nach der Geburtstagsfeier zu mir rüber – bitte!« Zärtlich streichelte sie über seine Wange und strahlte ihn mit ihren großen grauen Augen hoffnungsvoll an.

Panu wollte weiter rummaulen, wollte seinen Willen durchsetzen, wollte sie nicht loslassen. Jedoch fiel ihm das immer schwerer, beim Blick in ihr liebliches Gesicht – das Loslassen, aber auch das Mürrischsein.

Fest legte er seine Lippen auf ihre und drang fordernd mit seiner Zunge vor. Seine Hände umschlossen eisern ihren Hintern und drückten sie hart an sich. Er wusste, wenn er sie vom Bleiben überzeugen konnte, dann so. Ihre beiden Körper waren im Einklang – vollkommene Hingabe, greifbare Lust sowie unstillbare Begierde.

Emilia spürte sowohl seinen Unmut als auch seine Erregung. Ihr wurde heiß, und sie musste ihre ganze Kraft, körperlich wie gedanklich, aufbringen, um sich aus seiner Umarmung zu lösen. Sie öffnete die Haustür, gab ihm einen letzten Kuss und schnappte ihre Tasche. »Ich melde mich später. Ich liebe dich, Blauauge.«

Panu stand vor der soeben ins Schloss gefallenen Tür und atmete heftig ein und aus. Verdammt, er verzehrte sich so sehr nach ihr – so maßlos, dass ihm in ihrer Gegenwart jegliche Vernunft abhandenkam.

Seufzend drehte er sich um, zog sich seine Joggingsachen an und machte sich auf, eine Runde im Kaivopuisto, dem wunderschönen Park direkt vor seiner Haustür, zu drehen – zum Runterkommen!

×××

»Kiitos. Wir telefonieren die Tage.« Emilia war aufgestanden, bedankte sich nochmals und verabschiedete Doktor Joulu Forsman an der Tür. Sie hatten die letzten zwei Stunden ein äußerst erfolgreiches Gespräch geführt und ausführliche Pläne für ihre psychologische Zusammenarbeit erörtert.

Ira, die junge Angestellte des *Café Vanille*, lächelte Emilia über den Tresen an. In ihrem sehr guten Deutsch fragte sie, ob sich das Treffen für sie gelohnt habe.

»Oh ja. Es war ausgesprochen erfreulich und hilfreich. Ich merke, dass ich noch jede Menge lernen muss. Aber ich bin auf dem richtigen Weg. Wie lange hast du heute geöffnet?«

»Ich wollte eigentlich gerade Schluss machen. Wieso, hast du noch einen Wunsch?«

»Könnte ich vielleicht einen Teller von dieser leckeren Lachssuppe bekommen?«

»Natürlich.« Ira eilte in die angrenzende kleine Küche.

Emilia schlenderte zurück zu ihrem Tisch und sah sich zufrieden um. Sie liebte das idyllische Café, das sich in einem Holzhaus im russischen Kaufmannsviertel Suomenlinnas kurz hinter der Fähranlegestelle befand. Der Raum war nicht größer als vielleicht zwanzig Quadratmeter – inklusive der Küche. Die Wände waren halbhoch mit Holz vertäfelt und altrosa gestrichen. Die Tapete darüber war mit einem rosa Blumenmuster bedruckt. Die Tische, Stühle und Bänke waren stilistisch wild zusammengewürfelt, und der Verkaufstresen hätte der Serie *Die Waltons*, die in den 30er-Jahren spielt, entspringen können. Man hatte förmlich das Gefühl, Ike Godsey, der Kramladenbesitzer aus Waltons Mountain, würde im nächsten Moment aus dem Hinterzimmer spazieren.

In diesem beschaulichen Café hatte Emilia seit ihrer Ankunft auf Suomenlinna viel Zeit verbracht. Hier fühlte sie sich wohl. Sie konnte in Ruhe Finnisch lernen, die Unterlagen ihres Studiums durcharbeiten oder sich mit den Touristen unterhalten. Mit den freundlichen Angestellten hatte sie ein herzliches Verhältnis, im Besonderen mit Ira. Sie war Studentin der Medizin an der *Helsingin yliopisto*, der hiesigen Universität, und jobbte nebenher auf der Festungsinsel. Zum einen, um ihr Taschengeld aufzubessern, und zum anderen, um die deutsche Sprache zu erlernen. Wahrscheinlich traf man nirgends sonst in Finnland auf so viele deutschsprachige Touristen wie hier. In einem Gespräch hatte Ira ihr verraten, dass sie sich im Semester zuvor in einen deutschen Studenten aus München verliebt hatte und nun alles daransetzte, um für ein Studienjahr in die bayrische Landeshauptstadt umsiedeln zu können.

»Bitte schön.« Ira stellte die Suppe vor Emilia ab und setzte sich zu ihr. »Und wie geht es jetzt weiter?« Ira war bestens über Emilias Pläne informiert und war neugierig, wie sich alles weiterentwickelte.

»Am Donnerstag kommt Tess mit ihren Eltern. Doktor Forsman wird am Nachmittag dann mal vorbeischauen. Mit dem Allgemeinmediziner Doktor Halonen muss ich morgen noch mal Kontakt aufnehmen. Und Lasse, den Physiotherapeuten, habe ich gestern eingestellt. Er will morgen ebenfalls vorbeikommen, um mit mir die Behandlung von Tess durchzusprechen. Es ist verrückt – alles läuft, wie ich es mir vorgestellt habe. Tess' Zimmer ist so gut wie fertig, es fehlen nur noch die Möbel, die allerdings auch Anfang der Woche geliefert werden sollen. Ihre Eltern habe ich im *Hilton* untergebracht und …«, Emilia holte tief Luft, »… und ich glaube, das war es. Hoffentlich!«

»Könntest du dir vorstellen, dass ich dir als unbezahlte Pflegekraft unter die Arme greife?« Ira blickte Emilia fragend an, während diese hungrig ihre Suppe löffelte. »Natürlich nur, wenn es meine Arbeit hier im Café und mein Studium zulassen.«

Begeistert umarmte Emilia die junge Finnin. »Ob ich mir das vorstellen könnte? Natürlich kann ich das. Es wäre super, und selbstverständlich bezahle ich dich dafür.«

Ira stand lächelnd auf. »Das wäre natürlich der Wahnsinn. Komm, hilf mir kurz dabei, alles aufzuräumen, dann komme ich gleich mit zu dir, um mich in deinem ›Wunderhaus‹ einmal umzuschauen.«

Voller Begeisterung erhob sich Emilia und trug ihren Teller in die Küche. Flugs hatten die beiden Frauen alles weggespült, die Theke sowie die Küche geputzt, die Tische abgewischt und rausgekehrt. Gut eine halbe Stunde später stapften sie durch den Schnee in Richtung Gästehafen.

xxx

Wahnsinn, nur noch ein Tag, und ich bin auf dem Weg nach Finnland!

Die Schwestern hatten Tess' Sachen schon zusammengepackt und die Ärzte ihre Entlassungspapiere fertiggestellt. Auf ihrem Nachttisch lag alles, was sie benötigte, um auf dem schnellsten Weg aus diesem Sanatorium rauszukommen. Aus ihrem Zimmerfenster blickend, nahm sie gedanklich Abschied von den Schweizer Bergen, die sich imposant vor ihren Augen erhoben.

Nachdem Emilia nach langen Gesprächen mit Tess' Eltern und den Ärzten schließlich die Erlaubnis bekommen hatte, Tess nach Suomenlinna zu holen, hatte diese endlich wieder ein klein wenig neuen Lebensmut gefasst. Ihr fiel plötzlich alles viel leichter. Sie war nicht mehr lebensmüde und freute sich sogar auf Suomenlinna. *Vielleicht kann mir die Labertante wirklich helfen?*

Tess versuchte immer wieder, sich die Momente vor ihrem Schlaganfall ins Gedächtnis zu rufen. Es fiel ihr nach wie vor schwer. Ihr Hirn spielte ihr fortwährend Streiche, und sie konnte sich nur bruchstückhaft an die unterschiedlichsten Sequenzen erinnern.

Sie schaute sich noch einmal die Nachrichten auf ihrem Laptop an, die Emilia ihr in den vergangenen Tagen geschrieben hatte. Sie konnte langsam wieder die linke Hand, deren Muskulatur vom monatelangen Stillhalten erschlafft war, bewegen. Emilia berichtete in ihren Mails von ihren Vorbereitungen. Am Tag zuvor hatte sie ein Foto beigefügt – Emilia vor dem Haus, in dem sie lebte, so hatte sie es ihr beschrieben. Es war ein altes Backsteingebäude mit großen Fenstern. Es schien an einem Hafen zu liegen, da man im Hintergrund mehrere Boote erkennen konnte. Emilia stand dick angezogen und strahlend im tiefen Schnee. Tess las noch einmal ihre kurzen Worte:

Schneeballschlacht gefällig? Ich freue mich auf dich! Gute Reise, Emilia.

Schwester Angela, die sich stets so liebenswürdig um Tess bemühte, kam zu ihr ans Bett. »Liebe Hortenss, leider müssen wir uns jetzt verabschieden. Ich habe Dienstschluss. Ich wünsche Ihnen alles Liebe und Gute.« Sie drückte fest Tess' intakte Hand. »Sie schaffen das – Sie werden wieder gesund. Ich kann endlich Lebenswillen in Ihren Augen sehen. Sie sind noch so jung, Sie machen Ihren Weg. Schreiben Sie uns einmal eine Karte aus Helsinki! Ich bin noch nie dort gewesen. Weiter als bis nach Österreich bin ich bisher leider nicht gekommen. Viel Glück.«

Sie strahlte Tess so herzlich an, dass diese nicht anders konnte, als ihr ebenfalls ein schiefes Lächeln zu schenken. Sie wusste, dass es schief war. Sie hatte in letzter Zeit häufiger vor dem Spiegel gestanden und geübt. Ihre linke Gesichtshälfte wollte ihr einfach noch nicht gehorchen – aber das würde sich ändern, dessen war sie sich sicher. Tess streckte ihre Zunge raus, und die Schwester lachte erfreut über dieses »Ja«.

Als sie den Raum verlassen hatte, fühlte sich Tess auf merkwürdige Art plötzlich einsam. Ein bisher nie da gewesenes Angstgefühl kroch in ihr hoch. Angst vor dem Unbekannten und auch Angst vor sich selbst, vor ihrer Persönlichkeit – ihrem hitzigen, ungeduldigen Temperament, ihrem Trieb, alles, was es im Leben an Vergnügen gab, ungezügelt zu genießen, ohne an die Folgen zu denken – und ihre fast schon selbstzerstörerische Hassliebe zu ihrem Körper. Würde sie durchhalten oder doch scheitern – wie bereits so oft in ihrem Leben?

Ich will aber leben, am Leben teilhaben – ich will leben!

×××

Fassungslos starrte Emilia auf ihr Handy. Er hatte einfach aufgelegt. Was war passiert?

Sie hatte Panu seit Sonntag nicht mehr gesehen. Zwar hatten sie vorgehabt, sich montags zu treffen, doch Emilia hatte es zeitlich nicht geschafft, da sie zuerst mit Inka und dann mit Lasse und Doktor Halonen lange Gespräche geführt hatte. Danach hatten sie schlichtweg keinen gemeinsamen Termin gefunden. Sie war so sehr mit den Vorbereitungen für Tess' Ankunft beschäftigt gewesen, dass sie sich kaum eine Pause gegönnt hatte. Panu dagegen musste die Europatournee, die morgen Abend in Berlin starten sollte, vorbereiten. Auch er hatte es nicht geschafft, sich freizunehmen, um sie zu sehen. Morgen früh wollte die Band in Richtung Deutschland aufbrechen, wo sie in den nächsten zwei Wochen neun Konzerte spielen würde. Danach standen weitere europäische Länder auf dem Programm, und erst Ende April würde die Tour mit zwei kleineren Klub-Gigs in Stockholm und Oslo enden.

Während ihres heutigen Telefonats hatte Panu seinen Ärger über ihr Fernbleiben deutlich zum Ausdruck gebracht. Er war sauer gewesen und hatte ihr vorgeworfen, nur an sich zu denken. Er wollte sie bei sich haben, in seiner Nähe, und sie dachte nur an ihr Kurhaus.

Emilia fasste sich verunsichert an die Stirn, ihr Kopf brummte. Hatte er womöglich recht? War sie wirklich zu egoistisch? Sie wollte ihn doch auch sehen, aber es war einfach immer noch so viel zu tun – und morgen kam bereits Tess.

Unruhig lief sie in ihrem Zimmer umher. Es war kurz nach zwölf Uhr. Die gesamten Möbel würden in knapp drei Stunden endlich geliefert werden. Ohne noch länger darüber nachzudenken, eilte sie die Treppe hinunter, schnappte sich ihre Jacke, schlüpfte in ihre Schuhe und lief in Richtung Fähre. Unterwegs telefonierte sie kurz mit Inka, die versprach, umgehend auf die Insel zu kommen, um die Anlieferung der Möbel zu koordinieren. Emilia war erleichtert und probierte, Panu auf seinem Handy zu erreichen. Es war ausgeschaltet. Und jetzt? Sie wusste nicht, ob er noch im Studio war oder schon zu Hause.

Als sie am Fährhafen ankam, sah sie gerade noch, wie die Mittagsfähre ablegte. *Mist!*

Emilia dachte über die vergangenen Tage nach. Panu hatte sich täglich, fast stündlich bei ihr gemeldet, um zu hören, wie es ihr ging. Sie hingegen hatte nicht einmal versucht, ihn zu erreichen – sie wusste ja, dass er sich melden würde. Egoistisch von ihr – definitiv!

Ihr Herz wurde schwer. Der Umgang mit ihrer neu gewonnenen Freiheit, ihrer Selbstständigkeit, bereitete ihr offensichtlich einige Probleme. Jahrelang war sie ein Anhängsel, ein Spielball ihrer Familie gewesen. Mit Medikamenten ruhiggestellt und zum Nichtdenken verurteilt. Nur so konnte sie sich ihren derzeitigen Egoismus erklären. Sie liebte Panu. Er tat ihr gut. Sie taten sich gut. Was war nur in sie gefahren, dass sie nicht bemerkt hatte, wie er sich liebevoll kümmerte – um sie und ihre Beziehung. Sie hingegen war nur am Nehmen.

Sie war den Tränen nahe, als sie nach einer knappen Stunde das Studio erreichte.

Es war Miro, der sich auf ihr Klingeln am anderen Ende der

Gegensprechanlage meldete und ihr die Tür öffnete. Abgehetzt und völlig außer Atem kam sie in den oberen Räumen an.

»Hei, Emilia. Suchst du Panu, oder wolltest du uns einen Besuch abstatten?«

Als sie das Studio von *Moonset Road* betrat, sah sie Miro und Janis an der Bar stehen, die sie unverhohlen und kein bisschen überrascht über ihr plötzliches Auftauchen angrinsten.

»Wo ist Panu?« Vor lauter Aufregung begrüßte sie die beiden noch nicht einmal.

»Er ist vor gut einer Stunde grußlos abgerauscht. Mal wieder Stress im Paradies?« Miro grinste immer noch.

Janis gab ihm einen Stoß in die Rippen und wandte sich an Emilia. »Er wollte nach Hause, packen, und später noch einmal vorbeischauen. Versuch es doch auf seinem Handy.«

Emilia ließ die Schultern hängen und seufzte resigniert. »Es ist ausgeschaltet.«

Janis verzog mitfühlend das Gesicht, und auch Miro tat sie in ihrer sichtbaren Verzweiflung nun aufrichtig leid.

»Ich versuche es bei ihm zu Hause. Tschüss, Jungs, und viel Glück auf der Tour.« Ohne eine Antwort abzuwarten, verließ sie das Studio, nahm die Treppe hinunter je zwei Stufen auf einmal und lief in Richtung des Stadtteils Eira. An diesem, trotz Frühlingsanfang, eiskalten Tag waren wenige Menschen auf dem Küstenweg unterwegs. Vereinzelt kamen ihr ein paar Jogger entgegen. Kurz vor dem Apartmentblock, in dem Panu wohnte, verlangsamte sie ihre Schritte. Sie war völlig außer Atem und stellte fest, dass sie trotz der Kälte zu schwitzen anfing.

Nur noch wenige Schritte. Ihre Nervosität stieg. Was, wenn er nicht da war? Oder noch schlimmer, was, wenn er sie nicht sehen wollte?

Ihr Handy gab einen WhatsApp-Ton von sich. Umständlich kramte sie es aus ihrer Jackentasche.

Sorry, Harmaa-silmä!

Emilias Herz machte einen Satz. Sie drückte auf die Klingel, und auf sein »Ja?« durch die Gegensprechanlage antwortete sie atemlos: »Sorry, Blauauge!«

Sie hatte das Gefühl, der Fahrstuhl brauchte ewig, um in den fünften Stock zu gelangen. Als sich die Türen endlich öffneten, stand Panu direkt vor ihr. Ohne ein Wort nahm er sie in die Arme, und sie schmiegte sich erleichtert an seine breite Brust.

Seine Lippen legten sich sanft auf ihre. »Ich habe dich vermisst, Kaunis.«

»Oh, Panu, ich dich doch auch. Ich … Es tut mir …« Ihre Worte gingen in einem leidenschaftlichen Kuss unter.

Eng umschlungen betraten sie seine Wohnung. Als die Tür ins Schloss fiel, fielen auch Emilias überflüssige Kleider zu Boden. Erst jetzt bemerkte sie, dass er außer Jeans nichts anhatte.

»Wie kann man sich nur so einmummeln? Du hast wie immer viel zu viel an!«

Minuten später, im Schlafzimmer, im einladenden Bett, sprachen sie kein Wort mehr – ihre Körper sagten alles – alles, was es im Moment zu sagen gab.

Nachdem sie sich leidenschaftlich geliebt hatten, saßen sie, ans Kopfende gelehnt, im Bett, und Panu rauchte eine Zigarette. »Ich bin so froh, dass du hier bist.«

»Ich auch.« Sie sah ihn glückstrunken an, löste sich sanft von ihm und stand auf.

»Wo gehst du hin?«

Ohne zu antworten, schritt sie aus dem Zimmer und kam wenige Sekunden später wieder. Lächelnd streckte sie ihm seine Gitarre entgegen. »Bitte!«

Panu richtete sich auf und griff nach dem Instrument.

Emilia setzte sich wieder neben ihn, lehnte sich an die Rückwand des Bettes, zog sich die flauschige Decke über und kuschelte sich hinein. »Spiel mir dein neues Lied vor!«

Sichtlich erfreut, dass sie noch daran dachte, sagte er: »Ich habe dir ja schon gesagt, dass es ein Duett ist, also werde ich deine Unterstützung brauchen.« Er zwinkerte ihr verschwörerisch zu. »Ich spiele es dir erst einmal vor, damit du die Melodie im Ohr hast, aber dann singen wir es gemeinsam. Okay?«

»Okay«, erwiderte sie zärtlich.

Er griff in die Schublade des Nachttisches und reichte ihr einen Zettel. »Der Text!«

Emilia ließ diesen, ohne einen Blick darauf zu werfen, in ihren Händen ruhen und beäugte ihn erwartungsvoll.

Sanft ertönten die ersten Gitarrenklänge. Panus tiefe, äußerst erotische Stimme setzte ein – zögernd, abwartend, unsicher, wie Emilia auf seinen Song reagieren würde, schaute er ihr in die Augen. *»After a long run, hard times are finally gone, you touch my soul, with the way you look at me – tenderly. Memories floating arround, what was it all about, I cannot control the words I whisper breathless to you – they are all true. We raise our hands as one, before the night is gone, I feel it deep inside and I can not longer hide …«*

Emilia war ergriffen und blickte schnell auf den Text. Nach der ersten gemeinsamen Liedzeile, die Panu soeben noch allein gesungen hatte, setzte sie ein: *»… the whole passion that we got … I want to shout it out, really, really loud, so everybody knows, how our love still grows …«* Ein Lächeln machte sich in ihrem Gesicht breit, als sie die nächsten Worte las, bevor sie sie mitsang: »*Even if something went wrong, we will always remember this song, you make me powerful, with the way you believe in me – honestly. The both of us do care, about the life we share, I really feel proud, to have you by my side – every day and every night. And if there are bad times it's not me here and there you, it's us together and we will struggle through, we still feel it deep inside and we won't no longer hide …*«

Gemeinsam und in völligem Einklang sangen sie den Refrain, bevor Emilia die folgende Strophe allein zum Besten gab: »*It takes me just a call and you will catch me if I fall …*« Ihr Herz hüpfte vor Glückseligkeit.

»*… I will hold you close to me and love this smile I see …*« Liebevoll himmelte Panu sie an, und nochmals erklangen ihre Stimmen.

Emilias unstillbare Leidenschaft fürs Singen war entfacht. Mit einer nie zuvor gekannten Selbstverständlichkeit kamen die nächsten Liedzeilen über ihre Lippen: »*… you always care about my mind, you're thoughtful and you're kind …*«

Panu unterbrach sein Spiel, legte die Gitarre beiseite und nahm Emilia augenblicklich in seine Arme. »*… just you can kiss me deep and devotedly, only in your arms I wanna be …*«

Die letzten Zeilen des Lieds gingen in einem hingebungsvollen Kuss unter.

»Du bist wundervoll. Das Lied ist reine Magie. Hast du es schon den anderen vorgespielt? Was haben sie gesagt? Mit wem möchtest du es singen? *Katie Melua?* Der Frontfrau von *Haloo Helsinki*, oder vielleicht mit *Marit Larsen?*«, sprudelte es Sekunden später nur so aus Emilia heraus. Sie konnte vor Begeisterung kaum mehr still sitzen und sprang, nackt, wie sie war, auf und hüpfte begeistert auf dem Bett herum.

Mit einer Hand zog er sie schwungvoll zu sich herunter und küsste sie ein weiteres Mal stürmisch. Emilia war aufgekratzt, und ihr Atem ging schwer vom wilden Herumhüpfen. Sie konnte sich vor Euphorie kaum auf seine Liebkosungen konzentrieren. »Singen wir es noch mal?«

»Wenn ich gewusst hätte, dass du mich mit Liebesentzug bestrafst, hätte ich dir das Lied nicht vorgespielt.« Neckend gab er ihr einen Kuss auf die Stirn und griff erneut zur Gitarre.

Emilia lauschte wie berauscht seinem Gesang und vergaß beinahe ihren Einsatz. Als die letzten Töne verklungen waren, schaute Panu sie ernst an. »Mit wem ich das Lied gern singen würde? Mit dir – nur mit dir!«

Emilia erstarrte. Sie sackte förmlich in sich zusammen, so geschockt war sie. »Mit mir? Bist du wahnsinnig? Das ist kein Lied fürs Bett, für uns, für einen Raum – das ist ein Lied für ein großes Publikum, für deine Fans.«

Behutsam nahm Panu sie in die Arme und sah in ihre großen, vor Staunen weit aufgerissenen Augen. »Ich weiß, dass das Lied veröffentlicht werden muss. Ich wünsche mir ein Duett. Mit *dir!* Nur mit dir kann ich mir vorstellen, dieses Lied zu singen. Es gehört dir!«

7

»… the whole passion that we got – I want to shout it out, really, really loud, so everybody knows, how our love still grows …«

♫

Emilia blickte kurz von ihrem Gitarrenspiel auf, als ihr Handy einen WhatsApp-Ton von sich gab. Ihr Gesicht verzog sich schmerzvoll. Und sie bemerkte nicht, dass Tess sie genau in diesem Moment beobachtete und ihre eigenen Schlüsse aus Emilias Reaktion zog.

Zehn Tage waren bereits seit Tess' Ankunft vergangen – zehn Tage, seit Panu auf die Europatour von *Moonset Road* gestartet war – zehn Tage, in denen Emilia sich voll auf ihre Arbeit mit Tess konzentriert und versucht hatte, jeden Gedanken an ihren letzten Abend mit Panu zu verdrängen. Sie hatten den Song nicht nur einmal gemeinsam gesungen, sondern mehrmals, sodass Emilia den Text mittlerweile auswendig konnte. Er hatte ihr unmissverständlich gesagt, dass er das Lied gern mit ihr singen würde. Und Emilia war ihm eine Antwort schuldig geblieben. Sie wollte das nicht – ganz bestimmt nicht. Aber wie konnte sie ihm das begreiflich machen?

Und Panu machte es ihr nicht gerade leicht, die Grübelei über seinen Wunsch sein zu lassen. Kein Tag war vergangen, an dem er nicht geschrieben oder sie angerufen hatte. Eigentlich hätte sie froh darüber sein sollen – was sie auch war. So sehr liebte sie die Gespräche mit ihm, die sie aber auch gleichzeitig überforderten, weil er ihr kaum eine Chance ließ, Nein zu sagen, ohne dass sie ihn verletzen würde. Mit keinem Wort hatte er in all ihren Gesprächen seinen Wunsch wiederholt, doch Emilia spürte, dass er auf eine Antwort wartete. Tief in ihrem Inneren wusste sie, dass er verärgert wäre, wenn sie ablehnte. Ein beklemmender Druck breitete sich in ihrer Brust aus.

Sie fühlte sich urplötzlich wie ein kleines Kind, das versuchte, es dem Vater recht zu machen, damit es geliebt wurde. Verwirrt schüttelte sie den Kopf – nein, so war es bei ihr doch gar nicht gewesen. Ihr Vater hatte sie geliebt, egal, was sie angestellt hatte. Er hatte nie Bedingungen an seine Liebe geknüpft – nie! Und auch Panu liebte sie bedingungslos. Er würde ihre Entscheidung verstehen. Fahrig fuhr sie sich mit der Hand durch die Haare und schüttelte, wie immer, wenn sie nicht weiterwusste, heftig den Kopf. Würde Panu ihre Entscheidung verstehen – ihr Nein zu einem Duett?

Sie konzentrierte sich wieder auf Tess, auf die Arbeit mit ihr, auf deren Fortschritte. Zufrieden dachte sie über die vergangenen Tage nach. Tess hatte einen enormen Willen und Ehrgeiz entwickelt. Auch Lasse, der Physiotherapeut, war begeistert von deren Entschlossenheit. Die beiden verbrachten täglich mehrere Stunden im Fitnessraum mit Krafttraining und leichten Gehübungen. Das Sprachtraining gestaltete sich dagegen ein wenig schwieriger als erwartet. Doktor Forsman, der Psychologe, hatte zwar weitläufige Erfolge in Aussicht gestellt, Emilia jedoch vor übertriebener Euphorie gewarnt. Er hatte ihr ausgiebig erklärt, dass Tess viel zu lange nichts für sich getan hatte und dass, nach den neuesten Forschungsergebnissen, die erste Zeit direkt nach dem Schlaganfall ausschlaggebend für die langfristigen Fortschritte einer erfolgreichen Behandlung waren.

Auch Lotta, die deutschsprachige Logopädin, die dreimal pro Woche kam, um mit Tess zu arbeiten, hatte Emilia bestätigt, dass sie alle geduldig sein mussten, dass sie nicht zu viel auf einmal erwarten durften. Die Genesung würde Zeit in Anspruch nehmen, viel Zeit!

Emilia sah gedankenverloren zu Tess hinüber.

Tess beäugte das in ihren Augen schweinchenrosa gestrichene Musikzimmer und konnte es immer noch nicht fassen, dass sie hier war. Sie saß im Rollstuhl am Klavier vor dem großen Fenster, das den Blick auf den herrlich verwilderten Garten und das beharrlich in eisiger Winterhand gehaltene Meer freigab. Am Morgen hatte es wieder leicht geschneit, und schon seit ihrer Ankunft auf Suomenlinna empfand sie die Insel als einen weißen Traum.

Emilia hatte sie in den vergangenen Tagen im Rollstuhl stundenlang über die Insel geschoben. An dessen Räder hatte Wilmer sofort nach ihrer Ankunft Kufen montiert, sodass sich das Gefährt ohne Probleme durch die schneebedeckte Landschaft bewegen ließ. Doch trotz der Kufen hatten sie nicht alle Stellen auf der Insel erreicht, die Emilia ihr so gern gezeigt hätte. Diese wunderschönen Orte hatte ihr die Labertante jedoch ausführlich und bildhaft beschrieben und versprochen, sie dorthin zu bringen, sobald der Schnee getaut war – und sie wieder laufen konnte.

Tess war wirklich beeindruckt von der Schönheit der Festungsinsel, von den Plätzen, die sie schon gesehen hatte, und es erstaunte sie, was Emilia, die ja selbst erst seit kurzer Zeit hier lebte, darüber wusste. Wie ein wandelnder Reiseführer hatte sie Tess die Geschichte von Suomenlinna bei einem Spaziergang vor zwei Tagen mit Begeisterung geschildert und sie den Weg am *Café Piper* entlanggeschoben.

»Mitte des 18. Jahrhunderts begann hier auf den Inseln vor der Küste Helsinkis die Errichtung der Seefestung. Damals gehörte Finnland noch zum Königreich Schweden, und die Festung bekam den Namen Sveaborg.« Emilia hatte den Zeigefinger gehoben und schulmeisterlich erklärt: »Das heißt Schwedenburg. Knapp vierzig Jahre später diente diese unter König Gustav III. als Basis im Schwedisch-Russischen Krieg. 1809 ging Finnland an Russland über und beherbergte hier eine russische Garnison. Im Krimkrieg dann …«, sie war stehen geblieben und kurz verstummt, »ich glaube, so um 1855, wurde die Festung durch französische und englische Flotten angegriffen und schwer beschädigt.«

Sie hatte sich vor Tess hingestellt und sich eine Zigarette angesteckt. »Raucherpause! Du auch?« Emilia hatte Tess das Päckchen entgegengehalten. »Nein? Okay!« Emilia hatte kurz gestockt: »Also weiter! Dann weiß ich aber für die nächsten gut fünfzig Jahre nichts mehr zu berichten … Am 6. Dezember 1917 hat Finnland sich unabhängig erklärt, also vor hundert Jahren, und deswegen feiert das Land übers ganze Jahr hinweg die Unabhängigkeit Finnlands. Nach der Unabhängigkeitserklärung übernahm die finnische Regierung die Festung und benannte sie um in Suomenlinna, die Finnenburg! Und im Zweiten Weltkrieg diente die Insel als Militärbasis für die Küstenartillerie, U-Boot-Flotte und Luftabwehr.« Emilia hatte ihre Zigarette ausgedrückt, in einen Mülleimer geworfen und weitererzählt, während sie in Richtung Felsenküste gingen. »Im Jahr 1973 gab die finnische Garnison die Festung auf. Und ich glaube, im selben Jahr wechselte die Verwaltung Suomenlinnas vom Verteidigungs- zum Bildungs- und Kulturministerium.«

Der Frau musste ein Geschichtswissen-Chip im Hintern implantiert worden sein, hatte Tess gedacht und ungläubig staunend den Ausführungen Emilias zugehört.

»Und im Jahr 1991 wurde die Festung von der UNESCO zum Weltkulturerbe erklärt, als herausragendes Beispiel europäischer Festungsarchitektur.« Emilia hatte das voller Stolz gesagt, als ob sie selbst am Bau beteiligt gewesen wäre. »Heute ist Suomenlinna ein lebendiger Stadtbezirk Helsinkis und ist mit knapp 700.000 Besuchern im Jahr eine der beliebtesten Touristenattraktionen Finnlands.« Sie hatte Tess eine kleine Anhöhe hochgeschoben, von der man weit übers Meer blicken konnte, und sich an deren Seite gestellt, die Hand gehoben und mit einer schwungvollen Bewegung auf alles rund um sich gezeigt: »Und ich finde es hier einfach nur …«

Tess hatte Emilias Ausführungen wie immer schweigend gelauscht und deren Satz schwerfällig vervollständigt: »… trtra-aum-aaft …«

Emilia war beim Klang von Tess' Stimme zusammengezuckt und hatte sie verwirrt angesehen. Am liebsten hätte sie wohl vor Freude aufgeschrien, Tess aus deren Rollstuhl gerissen, umarmt und geküsst, so glücklich hatte sie gewirkt, die ersten Worte aus dem Mund ihrer Patientin zu hören. Doch sie hatte sich sichtbar beherrscht und versucht, professionell zu agieren und das Gespräch aufrechtzuerhalten. So hatte sie nur lachend gesagt: »Ja, Tess, genau. Es ist einfach traumhaft. Findest du nicht auch?«

»Ja-ha …« Tess war ein glückliches Lächeln über die Lippen gekommen.

Zufrieden hatte Emilia Tess weiter die Anhöhe hochgeschoben und lauthals angefangen zu singen: *»… you're the voice, try and understand it. Make the noise and make it clear, oh, woah. We're not gonna sit in silence, we're not gonna live with fear, oh, woah …«*

Das Summen von Emilias Handy holte sie beide in die Wirklichkeit zurück.

Tess starrte Emilia mit unverhohlener Neugierde an. Zu gern hätte sie gewusst, worüber sie sich solche Gedanken machte.

»Oh, Entschuldigung, ich sollte es eigentlich ausmachen.« Emilia stand auf und stellte die Gitarre zur Seite.

»O-kay.« Tess hob abwinkend ihre Hand.

Emilia zögerte und schaute Tess durchdringend an. Als diese ihr ein aufmunterndes Lächeln schenkte, griff sie nach ihrem iPhone und öffnete die WhatsApp.

Stuttgart gestern Abend war Wahnsinn. Morgen Titisee und übermorgen Vaduz. Dann ein Fernsehinterview in München und darauf einen Tag frei, bevor es nach Seefeld in Tirol geht. Ich vermisse dich!

Ihr Gesicht erhellte sich, als sie die zweite Nachricht las.

… und ich liebe dich! Telefonieren wir später?

Schnell flogen ihre Finger über die Tasten:

… und ich dich! Lieben und vermissen!

Wie geht es mit Tess voran? Macht sie weitere Fortschritte?

Emilia hatte ihm vor zwei Tagen am Telefon von Tess' ersten Sprechversuchen erzählt und ihre Begeisterung dabei nicht verbergen können. Panu war weiterhin sehr zurückhaltend, was die Beurteilung ihrer Arbeit mit Tess betraf, stand dem Ganzen jedoch nicht mehr ganz so ablehnend gegenüber wie am Anfang.

Erzähl ich dir später am Telefon. Wo seid ihr im Moment?

Wir sind im Tourbus nach Freiburg, wo wir heute unser jährliches Tour-Tennisturnier spielen! Habe vor, Rami den Titel streitig zu machen. Im letzten Jahr bin ich frühzeitig ausgeschieden – aber dieses Mal bin ich topfit. Drück mir die Daumen! Ich melde mich später! Hugs!!!

Kann es kaum erwarten, deine Stimme zu hören! Liebe dich!

Emilia legte lächelnd das iPhone weg, schaute zu Tess hinüber und begegnete deren fragendem Blick. »Das war Panu. Er fragt, wie es dir geht und ob wir vorankommen.«

»Gu-uut …«, Tess verzog angestrengt das Gesicht, »… noooch mal sinnn-gen?«

»Ja, wir singen weiter. Was hältst du von *Hymn* von Barcley James Harvest?«

»Ja-ah …«

Emilia griff erneut zur Gitarre, und Tess legte die Finger ihrer linken Hand mithilfe der rechten auf die Klaviertasten. Diese Bewegung, das Anheben der Hand, fiel ihr schwer. Die einzelnen Finger dagegen konnte sie schon wieder einigermaßen kontrollieren. Das Singen selbst ging ihr viel leichter von der Hand als das Sprechen. Sie rief sich ihre Klavierstunden, die sie als Kind erhalten hatte und durchstehen musste, obwohl sie jede Minute gehasst hatte, ins Gedächtnis. Irritiert, wie gut sie doch noch alles in Erinnerung hatte, fing sie zu spielen an.

Emilia beobachtete Tess staunend. Obwohl sie über das Phänomen, dass Menschen nach einem Schlaganfall schneller wieder singen als sprechen lernten, viel gelesen hatte, war sie auf ein Neues erstaunt, wie effektiv es im Fall von Tess wirklich funktionierte. Sowohl der behandelnde Allgemeinmediziner sowie auch der Psychologe begründeten den Erfolg der Therapie damit, dass die Musik in anderen Gehirnbereichen verarbeitet würde als die Sprache. Die Patienten lernten mit der Zeit, sich diese Hirnregionen mehr zunutze zu machen. So ersetzte dieser Bereich die vom Schlaganfall zerstörten Teile des Denkorgans. Viele Patienten, die ihre Sprache verloren hatten, konnten noch immer singen, auch mit Text.

Tess hatte sich zu Beginn schwergetan. Sie hatte etliche Versuche gebraucht, sich zum Singen und zum Spielen zu überwinden – sich einfach etwas zuzutrauen. Erst nach der Abreise ihrer Eltern vor einer Woche hatten sich die ersten Erfolge eingestellt. Die absolut übervorsichtige und verhätschelnde Art ihrer Mutter, ohne dabei je wirklich liebevoll zu sein, und die verwirrend und erschreckend kühle Haltung ihres Vaters hatten Tess regelrecht lahmgelegt.

Sie hatten die beiden am Abreisetag zum Fährhafen begleitet und sich dort von ihnen verabschiedet. Selbst das kurze Lebewohl war sehr reserviert ausgefallen. Herr von Hagenau hatte seiner Tochter nur kurz die Hand auf die Schulter gelegt und mahnend daran erinnert, dass er eine Menge Geld in deren Genesung gesteckt habe und auf baldige Erfolge hoffe. Die knappe, ja, eigentlich nur angedeutete Umarmung der Mutter war in Emilias Augen brüskierend gewesen und hatte sie an ihre eigene Mutter, Vera, erinnert, mit der sie vor Weihnachten jeglichen Kontakt abgebrochen hatte.

Erstaunt hatte Emilia an diesem Tag festgestellt, dass sie in den vergangenen Monaten kaum an Vera gedacht hatte. War es möglich, einen Menschen, der einem das Leben geschenkt und mit dem man dreiunddreißig Jahre seines Lebens verbracht hatte, einfach so aus seinem Gedächtnis zu streichen? Sie hatte sich über sich selbst gewundert, dass ihr dies bisher scheinbar ohne Probleme gelungen war. Wirklich gewundert? Nein, nicht wirklich, denn durch ihre herrschsüchtige und lieblose Art hatte ihre Mutter ihr die Kindheit, die Jugend und einen erheblichen Teil ihres Erwachsenenlebens genommen. Emilia hasste ihre Mutter nicht, aber sie brachte auch kein anderes Gefühl für sie auf.

Nachdem Tess und Emilia der davonfahrenden Fähre ein paar Minuten gedankenversunken nachgesehen hatten, hatte Emilia die niedergeschlagene Tess zum *Café Vanille* geschoben. Sie hatten den Rollstuhl neben der Treppe stehen lassen, und ein junger Mann hatte Tess die paar Stufen zum Café emporgetragen. Sie hatten sich an einen der kleinen Tische gesetzt. Ira, die an diesem Tag Dienst hatte, hatte sich riesig gefreut und auch Tess wie eine alte Freundin begrüßt. Sie hatte ihr Angebot erneuert, Emilia von Zeit zu Zeit im Talo zu unterstützen.

Emilia wusste nicht wirklich, woran es gelegen hatte – ob an Iras herzlicher Art oder daran, dass der ständig gut aufgelegte Lasse kurz darauf im Café vorbeigeschaut hatte. Möglicherweise war es auch einfach nur die Erleichterung gewesen, nicht mehr unter der ständigen Beobachtung der Eltern zu stehen. In den zwei Stunden, in denen sie in dem kleinen Café gesessen hatten, hatte sich etwas Grundlegendes in Tess' Verhalten verändert. Ihre Gesichtszüge waren weich geworden, ihre Schultern hatten sich entkrampft, und ihre außergewöhnlichen grünen Augen hatten einen wundersamen Glanz bekommen, den Emilia bisher nie in ihnen wahrgenommen hatte. So musste Tess früher ausgesehen haben – zufrieden – glücklich! Denn genau so hatte Panu sie ihr damals beschrieben: fröhlich, übermütig, frech, stets für jeden Spaß zu haben und einfach ausgelassen.

Und genau so stellte sich Emilia Tess auch vor, wenn sie wieder gesund sein würde. Sie beobachtete sie noch immer, wie sie am Klavier saß und ihre Finger ungeduldig über die Tasten führte.

Tess hatte Emilia schon zweimal angebrummt, um deren Aufmerksamkeit zu erhalten, doch diese war so sehr in ihre Gedanken vertieft gewesen, dass erst Tess' zögerlicher Gesang sie aus ihren Grübeleien herausreißen konnte: *»Valley's deep and the mountains so high, if you wanna see god you've got to move on the other side …«*

Entschuldigend nickte Emilia ihrer jungen Patientin zu und stimmte gedämpft mit ihrer tiefen, wohlklingenden Stimme ein: *»… you stand up there with your head in the clouds, don't try to fly, you know you might not come down, don't try to fly near god you might not come down …«*

×××

»Überraschung!« Quietschend vor Freude breitete Eva die Arme aus und lief auf ihre Freundin zu.

»Eva! Was machst du denn hier? Ich dachte, du bist in Mainz und bereitest so langsam alles für deinen Umzug nach Helsinki vor.« Verwirrt drückte sie die fröhlich quiekende Eva fest an sich.

Sie standen am Weg vor der kleinen Kirche auf Suomenlinna, die Emilia mit Tess gerade besichtigt hatte.

Tess saß eingemummt in ihrem Rollstuhl und blickte ehrfürchtig auf die große dunkelhaarige Schönheit. Emilia hatte ihr viel von Eva erzählt – von ihrer nun schon über fünfzehn Jahre bestehenden Freundschaft, von deren Hochzeit mit Mikka und dem bevorstehenden Umzug nach Finnland. Ebenso hatte sie Eva immer wieder erwähnt, wenn sie versucht hatte, Tess' Erinnerungen an Holland aufzufrischen. Emilia hatte mit solch einer Wärme von der liebevollen Hilfe ihrer besten Freundin nach ihrem damaligen Unfall gesprochen, dass Tess neidisch geworden war. War sie irgendeinmal einem Menschen so nahegestanden? Sie, Hortenss von Hagenau! Tess konnte sich nicht erinnern, dass sie jemals ein so herzliches Verhältnis zu einer Freundin gehabt hatte. Nicht nur zu einer Freundin, überhaupt zu irgendjemandem. Zu ihren Eltern? Ihren … Freunden? Welche Freunde überhaupt? Ihr fiel niemand ein … außer Miro. Zu ihm hatte sie sich hingezogen gefühlt, ihm hatte sie vertraut. Er war ihr Freund gewesen … Und heute? Genau das machte Tess Angst. Sie wusste nicht, wie ein Freund reagieren würde, wenn er der Person gegenüberstand, die die vermeintlich Schuldige am Unfall der besten Freundin gewesen war. Wie würde sich also Eva ihr gegenüber verhalten? Genauso wie Panu bei seinem Besuch im Schweizer Sanatorium – feindselig?

Emilia löste sich aus Evas Umarmung und deutete auf Tess. »Eva, das ist Tess. Tess, das ist meine beste Freundin Eva.«

Eva bemühte sich, freundlich dreinzuschauen, was ihr leider nicht wirklich gelang. »Hallo, Tess.«

»Aallo …« Tess' Gesicht verzog sich, wie stets, wenn sie sich anstrengte, zu einer Grimasse.

Wieder an Emilia gewandt, sprach Eva ohne Punkt und Komma: »Wo willst du hin? Kirche begutachten? Hochzeitstermin klarmachen? Weiß Panu davon? Habe ich dir schon erzählt, dass ich noch eine Überraschung für dich habe? Ich bin nicht alles, was ich mitgebracht habe! Komm mit, ich zeig dir mal, was um die Ecke auf dich wartet.« Ohne weiter auf Tess zu achten, nahm Eva die Freundin an der Hand und zerrte sie mit sich.

»Stopp, du Verrückte.« Emilia drehte sich um und stellte sich hinter Tess' Rollstuhl. »Sorry. Sie ist nicht immer so. Obwohl, wenn ich es recht überlege, ist sie eigentlich doch immer so.« Sie grinste die Freundin an und schob Tess durch den Schnee hinter Eva her. »Was soll denn das für eine Überraschung sein? Als ob du nicht schon Überraschung genug wärst.«

»Abwarten!«

Emilia hörte vertraute Stimmen, konnte diese jedoch nicht gleich zuordnen. Sie meinte, nicht richtig zu sehen, als Natalie und Dani auf sie zukamen. »Ich werd verrückt! Wie hast du das denn gemacht?«, rief sie erstaunt und wandte sich dann, ohne Evas Antwort abzuwarten, den beiden Frauen zu. »Was macht ihr denn hier?«

»Helsinki war doch 2012 schon einmal *Welt-Design-Hauptstadt,* da lasse ich mir doch einen Trip zu den finnischen Designern nicht entgehen«, antwortete Natalie lachend. Freudig strahlend kamen die beiden auf Emilia zu und umarmten sie herzlich. »Außerdem hast du uns so eindringlich von Finnland vorgeschwärmt, dass wir mit eigenen Augen sehen wollten, was dich an diesem kalten Land so fasziniert.« Natalie deutete mit der Hand auf die Massen an Weiß um sich herum. »Schnee, viel Schnee!«

»Ja, viel Schnee. Aber darunter verbirgt sich eine herrlich grüne Landschaft, und die wird bald wieder sichtbar sein. Ich bin echt geplättet, wie … wie habt ihr …?«

»Ich habe Eva wegen Karten für die *My Fair Lady*-Vorführung angerufen«, erklärte Dani, »und da haben wir einen Deal vereinbart: Es gibt Tickets, aber im Gegenzug möchten wir ein paar Tage hierherkommen.«

»Das ist ja super, wie lange bleibt ihr?«

»Nur drei Tage. Am Montagmorgen geht es zurück. Ich muss am Dienstag wieder zur Arbeit«, erwiderte Natalie.

»Ja, und ich habe am Dienstag einen Auftritt. Ich freue mich so, hier zu sein.« Dani wandte sich an Tess. »Hallo. Du musst Tess sein. Ich bin Dani. Schön, dich kennenzulernen. Und, gefällt es dir hier?«

Schüchtern lächelte Tess die kleine dunkelhaarige Frau an. »Gu-ut. Aal-lo, Da-nni.«

Auch Natalie begrüßte Tess herzlich und schwatzte munter drauflos: »Was macht ihr zwei jetzt noch? Können wir eine Inselführung bekommen?« Sie schaute von Tess zu Emilia.

»Tess und ich müssen leider zurück zum *Talo*«, sagte Emilia bedauernd. »Tess hat gleich Therapie. Was habt ihr heute alles vor? Wollen wir später etwas zusammen unternehmen?«

»Das wollten wir dich fragen. Du kennst dich hier doch am besten aus.« Natalie blickte Emilia erwartungsvoll an.

»Wo wohnt ihr eigentlich? Im Hostel?«, fragte Emilia.

»Quatsch!« Eva schüttelte lachend den Kopf. »Bei Mikka, natürlich!«

»Stimmt, wie dumm von mir.« Emilia schlug sich lachend die Hand vor die Stirn. »Also gut. Wir treffen uns um siebzehn

Uhr auf dem Kauppatori, und dann gehen wir in den Stadtteil Kamppi, dort gibt es eine schöne Bar – genau das Richtige für einen After-Work-Drink am Freitagabend. Was haltet ihr davon?«

Begeistert stimmten die Frauen zu. Eva kramte einen Faltplan von Suomenlinna hervor und verkündete selbstbewusst: »Wenn Emilia keine Zeit mehr für uns hat, werde ich euch halt die Insel zeigen«, sie sah sich um und deutete hinter sich, »das ist die katholische Kirche, erbaut vor knapp …«

»Eva! Das ist die Kirche, in der du geheiratet hast. Du musst doch wissen«, Emilia konnte Evas Unwissen nicht glauben, »dass sie 1854 als orthodoxe Garnisonskirche erbaut und dann in den 1920er-Jahren in eine evangelisch-lutherische Kirche umgewandelt wurde … und …«

Lachend umarmte Eva die Freundin und unterbrach sie: »Ich wollte dich nur ärgern. Das weiß ich doch, aber ansonsten habe ich keine Ahnung, was hier was ist, und ich werde auch keine Führung machen. Vielleicht kannst du dir ja morgen oder am Sonntag Zeit frei schaufeln, um uns die Insel zu zeigen?«

Emilia streichelte Eva über die vor Kälte frostige Wange. »Ja, ich nehme mir Zeit.« Zu Tess gebeugt, sagte sie: »So, jetzt aber schnell nach Hause, Doktor Forsman wartet bestimmt schon. Möchtest du heute Abend mit uns kommen?«

Tess schüttelte den Kopf, und sie verabschiedeten sich von den drei Frauen.

Auf dem Weg zurück fragte Emilia: »Dann ruf ich Ira an und frage sie, ob sie heute im *Talo* übernachten kann. Wäre das für dich in Ordnung?«

Stumm lächelnd nickte Tess, und Emilia erzählte munter drauflos. Von Danis Gesangskünsten und Natalies Herzlichkeit. Doch am meisten schwärmte sie von Evas und ihrer langjährigen Freundschaft.

Tess konnte nicht umhin, neidvoll den Erzählungen zu lauschen. Sie wünschte sich in diesem Moment nichts mehr, als ebenfalls eine so tiefe Freundschaft mit Emilia zu haben.

×××

Als die vier Frauen am Abend in der *Teerenpeli Bar* in der Olavinkatu einliefen, war bereits die Hölle los. Sämtliche Tische waren besetzt. Sie nahmen sich zwei herrenlos herumstehende Barhocker und trugen sie an einen Stehtisch draußen im Raucherbereich.

Dani und Natalie setzten sich auf die Stühle und betrachteten alles genau.

»Wird hier auch bedient?«, wollte Natalie wissen.

»Natürlich wird hier auch bedient. Was wollt ihr denn trinken?«, antwortete Emilia fröhlich.

An dem benachbarten Bistrotisch saßen rauchend drei Männer, die sich interessiert nach den Frauen umgedreht hatten, als diese wild durcheinanderplappernd herausgekommen waren. Nun stand einer von ihnen auf und bot Eva seinen Platz an. »Bitte!«

»Oh, danke. Du sprichst Deutsch?«

»Nein«, lachte er. »Only: bitte, danke, ja, nein, Wurst and the shit-word.«

Eva lachte herzlich mit und nahm den freien Stuhl dankend an. Auch die beiden anderen machten nun Anstalten aufzustehen, um Emilia ihren Platz anzubieten. Lächelnd lehnte sie ab und erklärte ihnen in deren Landessprache, dass sie lieber noch stehen bleiben wolle.

Begeistert von Emilias Sprachkenntnissen und offensichtlich heillos fasziniert von allen vier Frauen, stellten sich die Männer als Yannick, Jukka und Lauri vor. Und als die Bedienung kam, bestanden sie darauf, sie einzuladen, und bestellten, ehe sichs die Mädels versahen, sieben Bier.

Die Gespräche verliefen lebhaft. Aus einem Wirrwarr zwischen Finnisch, Englisch und Deutsch gestaltete sich die Unterhaltung äußerst lustig.

Yannick und Jukka erzählten, dass sie an der hiesigen Universität lehrten. Lauri, der von allen der Jüngste war, erklärte lachend, dass die beiden seine Professoren seien und er nur mit ihnen auf einen Drink ginge, um bessere Noten zu bekommen. Er berichtete lebhaft weiter von seiner Heimat Lappland und dass er hier in Helsinki Politikwissenschaften studierte.

Nachdem alle eine Weile wild drauflos erzählt und mittlerweile das zweite Bier geleert hatten, fragte Natalie, ob sie nicht gemeinsam einen Schnaps trinken wollten.

Die Finnen sowie auch Eva und Dani stimmten begeistert zu.

»Bei uns in Bulgarien trinken wir meistens Anisschnaps aus Wassergläsern, am liebsten Mastika.« Natalie winkte dem vorbeieilenden Kellner zu und bestellte sieben Anisschnaps.

»Für mich nicht. Ich möchte lieber einen Ramazzotti.« Emilia versuchte, dem jungen Mann, der sie nur noch verständnislos anschaute, zu erklären, was ein »Ramazzotti« war. Doch weder damit noch mit »Mastika« konnte er etwas anfangen. Als Eva die ganzen Schnapsumschreibungen in den unterschiedlichsten Sprachen zu doof wurden, orderte sie kurzerhand weitere sieben Bier und sieben Wodkas.

Die drei Finnen blickten sich an und grinsten wissend.

»Warum grinst ihr so?« Natalie stupste Yannick, den kleinen, glatzköpfigen Professor, fragend an.

»Nur so«, erwiderte er weiterhin feixend.

Als die Bestellung kam, prosteten sich alle zu, und so wurde es Runde um Runde und einen Schnaps nach dem anderen immer lustiger. Im Außenbreich der In-Bar war es zwischenzeitlich ruhiger geworden. Durch die Heizlüfter machte sich die eisige Kälte in der illustren Runde kaum bemerkbar. Im Gegenteil, die Frauen waren vom Alkohol so erwärmt, dass sie sogar ihre Jacken ablegten. Die drei Männer warfen sich daraufhin weitere wissende Blicke zu, und freuten sich auf das, was noch kommen könnte.

Als Dani sich als Opernsängerin outete, wurde lautstark ein Beweis gefordert. Schnell gab sie nach und bot grandios ihre Version von *Ave Maria* dar.

Auch Yannick wollte beweisen, dass er gesanglich nicht unbegabt war, und trällerte, zur Belustigung aller, *We Are The Champions*. Nicht perfekt, aber immerhin so gut, dass die Frauen ihn einvernehmlich lobten.

Emilia fühlte sich absolut entspannt und genoss den Abend mit ihren Freundinnen in vollen Zügen. Sie merkte, dass sie mindestens ein Glas zu viel getrunken hatte und dabei immer gelöster agierte, was sie schon seit Monaten nicht mehr getan hatte. Was sie jedoch nicht mitbekam, war, dass Lauri, groß gewachsen und mit tiefschwarzem Haar, sie unverhohlen anmachte. Er suchte ihre Nähe, neigte sich ständig zu ihr vor, wenn sie sprach, und legte, wann immer es die Situation erlaubte, seine Hand auf Emilias Arm. Sie bemerkte es nicht, da sie in keinem Moment, in dem sie ausgelassen mit ihren Freundinnen feierte, an einen anderen Mann als an Panu dachte. Man hätte ihr Brad Pitt auf den Bauch binden können, und sie hätte es nicht interessiert.

Als Eva herausposaunte, dass Emilia ebenfalls eine traumhaft schöne Stimme hatte, wurde diese nicht verlegen wie sonst, sondern erklärte sich spontan bereit, etwas zu singen.

»Also gut, von der finnischen Band Sunrise Avenue: *Happiness*. Ich brauche rhythmisches Klopfen!« Emilia zog sich einen Hocker vom benachbarten Tisch herbei, lehnte sich mit einer Hand auf die Tischplatte und stellte sich auf die Fußstütze des Barhockers. Leicht schwankend schaute sie in die Runde, hielt sich aber tapfer am Tisch fest und begann zu singen: *»I've been running far away from love, I've been trying to rise above …«* Sie achtete nicht darauf, dass sie nur unsicher auf den Stützen des Hockers stand. Emilia sang wie stets mit vollem Herzblut und vergaß dabei die Welt um sich herum. Heute noch ein wenig mehr als sonst, da der Alkohol sie hemmungsloser machte. Lachend stockte sie, als Lauri sie unter den Armen packte und mühelos auf den hohen Tisch hob. Zuerst erschrocken und angstvoll, sie könnte stürzen, fand sie sich aber kurzerhand, vom Alkohol benebelt, wieder ein und sang leidenschaftlich weiter.

Die übrigen sechs standen um den Tisch, klatschten rhythmisch und sangen enthusiastisch mit.

Als Emilia noch voller Inbrunst den Schlussakkord sang, war es um sie herum auf einmal still geworden.

»Mikka!« Evas schriller Ausruf tönte in ihrem Ohr.

Emilia versuchte, die Situation zu erfassen, schaffte es jedoch nicht wirklich und ließ sich singend in Lauris offene Arme fallen. *»… happiness, happiness, happiness – you are the one, you bring me happiness, you call me dear and hold me close …«* Jetzt erst bemerkte sie Panu, der mit finsterem Blick in der Tür stand und offensichtlich alles beobachtet hatte.

»Panu!« Ohne sich ihrer prekären Situation bewusst zu sein,

schob sie Lauri weit von sich und wankte strahlend auf Panu zu. »Waaas machst duuu denn hier?«

»Das frage ich mich auch gerade!« Seine Miene war eisig.

Emilia fiel ihm stürmisch um den Hals und küsste ihn zärtlich auf den Mund. Er erwiderte ihren Kuss nicht – schob sie nur abweisend von sich. »Ihr scheint euch ja ganz gut zu amüsieren.« Kalt stieß er die Worte hervor.

Eva, die Mikka eng umschlungen in den Armen hielt, schaute Panu herausfordernd an. »Ja, das tun wir in der Tat! Macht doch einfach mit!«

Die ebenfalls schon reichlich angetrunkenen Männer stellten sich Panu und Mikka vor. Überschwänglich bestellten sie bei der Kellnerin, die bereits am Abräumen war, Wodka für alle.

Emilia, die so viel Alkohol nicht gewohnt war, nahm gar nicht wahr, wie sauer Panu eigentlich war. Mit einem Dauergrinsen auf dem Gesicht und erheblich lallend forderte sie ihn auf, ebenfalls zu singen: »Komm, Panu, sei so lieb, siiing etwas. Es ist gerade sooo schön. Sing was vooon euch: *I will get you!*«

Panu sträubte sich. Er kochte vor Wut. Scharf sah er die weiterhin arglos scheinende Emilia an und kippte mit Widerwillen den Schnaps hinunter, den Jukka ausgegeben hatte. An die drei Aufreißer gewandt, zischte er nur frostig: »Wodka! Ihr seid gut, Jungs!«

Die Männer verstanden sofort, was Panu damit meinte, und schauten betreten zu Boden. Mikka bestätigte, Eva fest im Arm haltend, das Gesagte mit einem leichten Kopfschütteln. Emilia, die noch immer nicht kapiert hatte, um was es eigentlich ging, blickte verständnislos von einem zum anderen.

Lauris kläglicher Versuch, sich zu verteidigen und die missliche Lage zu entschärfen, wurde durch Panus schneidendes »Fuck off!« unterbrochen.

Mit Panus Worten kippte die Stimmung. Zügig verabschiedeten sich die drei Männer daraufhin von den Frauen und waren wenige Minuten später verschwunden.

8

»… even if something went wrong we will always remember this song …«

♫

Da stehe ich nun – ganz allein auf dieser verdammt großen Bühne. Wo ist Panu? Was mache ich hier? Warum habe ich mich breitschlagen lassen, vor so vielen Menschen zu singen? Wie die mich alle anstarren, mindestens tausend Augenpaare sind auf mich gerichtet. Verdammter Mist, wo bleibt dieser verrückte Finne bloß? Er hat mich dazu gebracht, hier zu stehen. Ich bringe ihn um!

Ah, da kommt Miro – Gott sei Dank! Er grinst fröhlich und Janis hinter ihm ebenfalls, aber wo ist Panu? Das Publikum grölt lautstark und bildet Sprechchöre: Panu, Panu, Panu! Und vorn rechts in der ersten Reihe ruft ein Pulk von äußerst attraktiven blonden Frauen immer wieder das Gleiche. Ich muss mich anstrengen, um sie zu verstehen. »Hitto vieköön!« Mein Hirn verarbeitet das Gehörte nicht sofort, und so mache ich ein paar Schritte in Richtung der Frauen. Jetzt kann ich ganz deutlich hören, was sie rufen, und das entsetzt mich. »Zum Teufel mit dir!« Hilfe suchend sehe ich mich um, doch keiner der Jungs ist mehr da. Dichter Nebel macht sich auf der Bühne breit, und auf einmal kann ich nichts mehr erkennen – nichts! Mein Herz rast, an meinen Schläfen pocht es wie wild, und mir wird schlecht … speiübel …

Aaarrg …

Unruhig wälzte Emilia sich im Bett hin und her. Sie musste aufwachen, aufwachen aus diesem schrecklichen Traum. Ihr Kopf dröhnte, und ihre Kehle war ausgetrocknet. *Wasser!*

Selbst das Denken tat weh. Wie viele Wodkas waren das gestern? Allein diese Überlegung ließ sie würgend hochfahren. So schnell sie in ihrem verkaterten Zustand konnte, rannte sie los. Froh, das Bad gefunden zu haben, erbrach sie sich in die Toilette. Emilia hatte das Gefühl, als ob sich ihr komplettes Inneres durch die Speiseröhre quälen würde.

Nachdem sie Minuten später erschöpft ihr Gesicht mit kaltem Wasser abgewaschen und sich ihre Zahnbürste in den Mund gesteckt hatte, realisierte sie zum ersten Mal, dass sie in Panus Apartment war. Aber wo war er? Das Bett neben ihr war leer gewesen, als sie aufgewacht war. Als sie vorsichtig einen Spalt der Badezimmertür öffnete, drang seine vertraute Stimme an ihr Ohr.

»Joo, Joo … Idiotti …« Eine kurze Pause entstand. »… joo, Mikka … moi, moi. Hallo, Eva.«

Stille.

»Weiß ich nicht. Warte …« Er hielt den Hörer zu und lauschte in Richtung Bad. »Es scheint ihr besser zu gehen, ich höre keine Würgegeräusche mehr.«

Emilia öffnete die Badezimmertür und stand in einem viel zu großen Hemd, mit zerzausten Haaren und gerötetem Gesicht im Türrahmen.

»Oh, da ist sie ja. Sie scheint alles überlebt zu haben. Möchtest du sie sprechen?« Er hielt Emilia den Hörer hin. »Für dich. Eva!«

Emilia schüttelte den Kopf, was einen so heftigen Schmerz auslöste, dass sie gequält aufstöhnte: »Nein …«

»Sorry, Eva, sie ist noch nicht wieder fit. Ihr tropft der Wodka noch aus der Nase.«

Erschrocken fasste Emilia sich an die Nase. Nichts! Sie funkelte Panu an, da sich ihr Magen beim Wort »Wodka« erneut bemerkbar machte.

»Sie wird dich dann später zurückrufen.«

Ohne Panu weiter zu beachten, taumelte sie benommen ins Schlafzimmer und legte sich wieder ins Bett. Sie brauchte Ruhe!

Panu folgte ihr, immer noch Eva am anderen Ende des Telefons.

»Bis dann, Eva. Grüße an die beiden Suffniesen.« Grinsend legte Panu auf.

Den Kopf schon halb im Kissen, verbesserte Emilia ihn matt: »Suffnasen, meinst du.«

Panu schmunzelte. Heute konnte er der Situation scheinbar etwas Witziges abgewinnen, was ihm vor ein paar Stunden noch nicht gelungen war. Zu geladen war er wegen Emilias gestrigen Verhaltens gewesen. Im Nachhinein wusste er, dass Emilia nicht wirklich etwas verkehrt gemacht hatte, eigentlich war alles nur ein bisschen falsch rübergekommen. Die finnischen Jungs waren listig gewesen – Wodka! Hier in Finnland war das mit die eindeutigste Absichtserklärung, sich zu betrinken – maßlos zu betrinken! Freitagabends war das hier so üblich. Als die Mädels dann auch noch bei dem Ganzen mitgemacht hatten, hatte das wohl die Männer darin bestärkt, sie anzumachen. So etwas wie Verständnis für die Situation der drei Jungs keimte in ihm auf.

Die Uhr sagte ihm, dass es kurz vor elf war. Emilia hatte über zehn Stunden geschlafen. Gestern Abend war es nicht spät geworden. Mikka und er waren gegen zweiundzwanzig

Uhr gelandet und hatten sich sofort auf den Weg in die Bar gemacht, da Eva Mikka per WhatsApp davon erzählt hatte, wo sie den Abend verbringen würden. Sie hatten die beiden überraschen wollen – was dann ja in der Tat gelungen war. Schon um Mitternacht hatte Panu die schlafende Emilia aus dem Taxi getragen und in sein Bett gelegt.

Mürrisch hatte er sie betrachtet, als er ihr die Kleider ausgezogen und sie in ein Hemd von sich gesteckt hatte. Obwohl er irre wütend auf sie gewesen war, weil sie sich derart abfüllen lassen und ihm den Abend damit gründlich verdorben hatte, war beim Anblick der schlafenden Emilia Erregung in ihm hochgestiegen. Das hatte ihn erst recht zornig gemacht, worauf er den Entschluss gefasst hatte, die Nacht auf der Couch zu verbringen. Somit hatte er Emilia nicht ansehen müssen oder gar berühren können, und ihr herrlicher Apfelduft hatte ihn nicht weiter betört – was er eindeutig nicht verkraftet hätte.

Stürmisch riss er die Jalousien hoch und öffnete die Fenster. Ein eisiger Wind ließ Emilia erschauern, als Panu ihr die Bettdecke wegriss. »Aufstehen, kleine Säuferin, die Sonne lacht.«

Aus müden Augen blinzelte Emilia ihn an und erwiderte brummig: »Panu, bitte lass mich.«

»Nein, meine Süße, ganz bestimmt nicht.« Er setzte sich zu ihr aufs Bett, reichte ihr eine Kopfschmerztablette und einen Tomatensaft. »Hier, trink! Oder doch lieber einen Wodka?«

Angewidert verzog Emilia das Gesicht und setzte sich vorsichtig auf. »Nein, ich möchte gar nichts, nur schlafen.« Sie sank zurück in die Kissen, griff nach der Bettdecke und zog sie sich über den Kopf.

»Vergiss es, wir haben heute viel zu tun.«

»Haben wir?« Sie lugte verwirrt unter der Decke vor.

»Ja!« Ohne weiter darauf einzugehen, stand er auf und ging

aus dem Zimmer. »Du hast fünf Minuten, um aus dem Bett zu kriechen! Andernfalls hol ich dich und stell dich unter die Dusche!«

Emilia starrte auf die Tür, auf die Tablette, den Saft und die offenen Fenster und beschloss, dies alles mit Nichtachtung zu strafen und weiterzuschlafen.

»Paaannuuu … neeeiin!« Er hatte Emilia hochgerissen, über die Schultern geworfen und war mit ihr bereits auf dem Weg zum Bad. »Hör auf, das ist kein Spaß mehr!«

»Da hast du recht, das ist kein Spaß mehr.« Er öffnete die Duschkabine, stellte sich mit ihr unter die Dusche und drehte das Wasser auf. Emilia quiekte erschrocken, als sie der erste kalte Strahl traf. Sie versuchte, sich zu wehren, aber Panu hielt sie wie ein Schraubstock eng umschlungen, und es schien, als würde ihm die Kälte nichts ausmachen.

Emilia schaute fragend zu ihm empor. Sein Blick war hart, sein Mund verkniffen. »Du bist sauer!«

Er lockerte seine Umklammerung ein wenig. Er war, genau wie sie, pitschnass. Sein T-Shirt klebte an seinem Oberkörper, und die Jeans zog schwer nach unten. Abrupt ließ er sie los und sah, dass Emilia beinahe den Halt verlor. Gereizt fuhr er sich mit beiden Händen durch die Haare. »Ja, ich bin sauer – sogar ziemlich sauer!«

Emilia dachte kurz darüber nach, aus der Dusche zu flüchten, zurück ins Bett, ins Warme, doch Panus finstere Miene hielt sie davon ab. Ihre Hand legte sich auf seine Brust. Die andere umschloss seinen Nacken, und sie versuchte, seinen Kopf zu sich herabzuziehen. Vergebens, Panu bockte.

Obwohl die Hand auf seiner Brust sich anfühlte wie ein Brandeisen und die Hitze durch ihre kleine Berührung schneller in ihm hochstieg, als ihm lieb war, gab Panu ihrem Drängen nicht nach, sondern fixierte sie weiterhin zornig.

»Oh, Panu, es tut mir leid.«

»Was tut dir leid?«

Gute Frage, was tat ihr eigentlich leid? »Dass ich so betrunken war?!«

»Und?«

»Was, und?« Emilia verstand nicht. Sie oder besser ihr Hirn waren noch nicht so weit ausgenüchtert, um alles zu verarbeiten. Warum war er eigentlich hier? Sollte er nicht in Deutschland sein und dort ein Konzert geben – oder ein Interview? »Panu, bitte, mir geht es grässlich.«

»Mir auch.« Noch immer lief das kalte Wasser über sie, und noch immer war Panus Miene eisig. Emilias Zähne begannen aufeinanderzuklappern. Sie war verwirrt und den Tränen nahe. »Panu, ich …« Hilflos zuckte sie mit den Schultern und schlang fröstelnd die Arme um ihren zierlichen Körper.

Panu spürte, dass er zu weit ging. Er war zwar wütend und hätte sie am liebsten heftig durchgeschüttelt, aber auf diese Weise durfte er ihr gegenüber seine Kraft nicht ausspielen. Er griff um sie herum und drehte den Hahn auf Warmwasser. Die Hände links und rechts neben ihrem Kopf an die Wand gestützt, schaute er ihr tief in die Augen.

»Ich will dich nie wieder in den Armen eines anderen Mannes sehen!« Er sprach sanft, doch Emilia hörte den Ernst in seiner Stimme. »Das halte ich nicht aus! Verstehst du mich?«

Emilia konnte nur stumm nicken. Sie wusste zwar noch immer nicht genau, um was es ging, aber sie spürte, dass es Panu ernst war. Sie hob ihre Arme, umfasste seinen Nacken und zog ihn fordernd an sich.

Diesmal ließ er es geschehen. Er konnte sich ihr nicht entziehen, jetzt nicht mehr.

Zaghaft küsste sie ihn und sah ihn dabei fragend an. Dann hielt sie inne und sagte aus tiefster Inbrunst: »Es tut mir alles so leid.« Ihr war zwar nicht klar, was sie getan hatte, doch ihr war wohl bewusst, dass sie Panu verärgert haben musste, und das hatte sie bestimmt nicht gewollt.

Bis vor einer Sekunde hatte er sie noch leiden sehen wollen, als er aber in ihren Augen den unschuldigen Blick wahrnahm, verrauchte Panus Wut langsam. Offenbar war ihr nicht bewusst, warum er so sauer war. Sie schien keinerlei Erinnerung zu haben. Von ihren hingebungsvollen Küssen erregt, entledigte er sich schnell seines Shirts und drückte sich fest an sie.

Glücklich seufzte Emilia auf, als sie ihr Gesicht fest in die kleine Kuhle in der Mitte seiner breiten Brust drückte. Ihre Hände fuhren zärtlich über seinen Rücken. Sie spürte, wie sich die Muskulatur unter ihren Fingern anspannte. Sie war hundemüde, ihr war unaufhörlich speiübel, und sie hatte das Gefühl, ihr Kopf würde jeden Moment zerplatzen. Dennoch erregte sie Panus vertraute Reaktion auf ihre Berührung dermaßen, dass sie schlagartig nichts anderes mehr wollte, als dass er sie liebte – liebte, so wie er es immer tat, mit jeder Faser seines Körpers. Emilia schaute zu ihm auf.

»Damned! Ich kann das so jetzt nicht!« Fordernd hob er ihr Kinn an und drückte seine Lippen hart auf ihre.

Sie schmeckte ihn. Sie spürte den Zorn, als seine Zunge gierig ihren Mund erforschte, und konnte nicht umhin, dieses leidenschaftliche Spiel, das Wut, doch auch Begehren ausdrückte, augenblicklich zu genießen. Emilia durchfuhr ein wohliger Schauer, als er ihr das nasse Hemd vom Körper riss, sodass die Knöpfe nacheinander von der Hemdleiste sprangen.

Er drückte sie an die Duschkabine, umfasste mit der einen Hand ihre rechte Brust und hielt mit der anderen ihre Handgelenke fest umschlossen.

»Panu, bitte, ich möchte dich anfassen … Ich …«

Hitzig zog er sie wieder an sich und verschloss ihren Mund erneut mit den Lippen. Er lockerte seinen Griff, dennoch hatte sie keine Chance, ihn zärtlich zu berühren. Überall waren seine Hände, und Emilia konnte vor Erregung kaum noch atmen. Ihr Körper verselbstständigte sich und schob sich ihm entgegen – sie stand in Flammen. Als sie dachte, keine Luft mehr zu bekommen, riss Panu sie aus ihrer Ekstase, indem er die Dusche abstellte, sie auf den Arm nahm und nass, wie sie beide waren, ins Schlafzimmer trug. Ein kühler Luftzug auf ihrer ohnehin schon gereizten Haut ließ sie erschauern.

Ungestüm warf sich Panu mit ihr aufs Bett, befreite sich hastig von seinen nassen Jeans und Boxershorts und lag sogleich auf ihr. Er suchte ihren Blick. »Ich liebe dich so sehr, Grauauge, vergiss das bitte nie.«

Wie hätte sie das jemals vergessen können? Mit jeder Bewegung, jeder Berührung, jedem Kuss zeigte er ihr, wie sehr er sie begehrte – sie liebte.

»Oh, mein Gott …« Emilia schloss vor Entzücken die Augen und verlor sich in dem Moment – eine Welle der Lust ergriff sie und ließ sie vor Verlangen und Erfüllung erbeben.

Sie war wieder eingenickt und schreckte hoch, als sie Panus tiefe Stimme vernahm.

»Na, komm schon, Emilia. Mach dich fertig, wir müssen los.« Panu war bereits aufgestanden, hatte geduscht und stand angezogen und ungeduldig wartend neben dem Bett.

Verwirrt betrachtete Emilia ihn und wälzte sich langsam aus

den feuchten Kissen. Er war plötzlich wieder so unnahbar – jegliche Leidenschaft war verschwunden. »Panu, kannst du mir bitte erklären, was los ist?« Als sie an ihm vorbei in Richtung Bad schlurfte, legte sie abwartend eine Hand auf seinen Arm.

»Ja, kann ich.« Er versuchte, ruhig zu bleiben, merkte allerdings, dass er bei jedem Wort, das er sprach, wütender wurde. »Wir haben uns seit zwei Wochen nicht gesehen! Ich habe dich, kurz bevor ich gegangen bin, darum gebeten, ein Lied mit mir zu singen – du bist mir bis heute die Antwort schuldig geblieben! Ich habe mich in den vergangenen zwei Wochen täglich mehrmals bei dir gemeldet – du hattest dafür eher weniger Zeit! Immer viel Arbeit, kaum Freizeit – das waren deine Worte gewesen! Ich habe gestern alles möglich gemacht, um den Abend mit dir verbringen zu können – stundenlang waren Mikka und ich unterwegs. Gut, nicht deine Schuld, sondern meine. Überraschungen findest du scheiße? Ich auch – seit gestern! Immer viel Arbeit, keine Zeit, um mich kurz besuchen zu kommen, aber dann einen Saufabend mit deinen Freundinnen und ein paar Kerlen …« Er hob abwehrend die Hand, als Emilia etwas entgegnen wollte. »Du brauchst nichts zu sagen, ich weiß: alles Zufall! Auch ganz zufällig singst du öffentlich und fällst einem Typen, den du kaum kennst, in die Arme – Wahnsinn, diese Zufälle! Und weißt du was?« Er holte tief Luft und sprach rasch weiter: »Heute ist mein Tag! Ich bin seit zwei Wochen auf Tour und habe dich wahnsinnig vermisst. Als gestern Morgen die Terminverschiebung für unser Interview kam und wir unvorhergesehen einen freien Tag hatten, habe ich alles drangesetzt, um so schnell wie nur irgendwie möglich zu dir zu kommen – ich habe mich auf dich und auf den heutigen Tag mit dir gefreut. Gestern Abend lief scheiße, okay, abgehakt … Aber heute will ich meinen Spaß – mit meiner Freundin, sodass ich morgen, wieder in aller Frühe, zum Flughafen fahren kann, um am Abend irgendwo in Tirol ein geiles Konzert zu geben, das wir unseren Fans schuldig sind. Also, meine Liebe, das heute ist *mein* Tag – und mich interessiert nicht, ob dir übel ist, du Kopfweh hast oder noch arbeiten musst. Ich will ihn mit dir verbringen!« Atemlos, nach dieser langen Ansprache, schaute er in Emilias vor Staunen weit aufgerissene Augen und fügte um einiges sanfter hinzu: »Bitte, Kaunis.«

»Du bist verrückt!« Sie schnellte nach oben und umfasste sein Gesicht zärtlich mit ihren Händen. Sie war verwirrt und ein wenig überfordert von seinen vielen Worten, doch eines war ihr klar: Panu war gekommen, um sie zu sehen, um mit ihr zusammen zu sein. Und es machte sie unbeschreiblich glücklich, dass er hier war – hier bei ihr. »Ich liebe dich, Panu Turunen, und ich werde mich jetzt nicht mehr entschuldigen! Aber ich werde mich schnell frisch machen, und dann gehöre ich ganz dir. Du hast recht: Heute ist *dein* Tag!« Ihre Lippen legten sich kurz und zärtlich auf seine. »Ich bin schon fast fertig!« Sie eilte zum Schrank, schnappte sich ihre Kleider und verschwand im Bad.

Panu setzte sich auf die Couch und blickte aufs Meer hinaus, das ihm heute besonders stürmisch vorkam. Aufgewühlt – so wie er!

Gut gelaunt wie gewöhnlich und voller Elan brachte Panu Emilia in der Eislaufhalle bei, auf Schlittschuhen zu stehen.

Emilia konnte sich nicht erinnern, wann sie das letzte Mal beim Lernen von etwas Neuem solch einen Spaß gehabt hatte. Als Kind war sie das ein oder andere Mal in der Eishalle gewesen oder auf Rollschuhen gestanden, und deshalb fiel es ihr nicht allzu schwer, sich jetzt auf den Kufen zu halten. Kopfweh und Übelkeit waren verschwunden und hatten Heiterkeit und sportlichem Ehrgeiz Platz gemacht.

Panu schoss übers Eis und kam knapp vor ihr schwungvoll zum Stehen, sodass der Eisschnee nur so spritzte. »Gefällt es dir?«

»Es ist toll! Ich liebe es!«

So schwungvoll, wie er zuvor zum Stehen gekommen war, warf Emilia sich ihm an die Brust. Er fing sie auf und drückte sie zärtlich an sich. »Ich liebe es, wie du dich freuen kannst. Schön, dass es dir gefällt.«

»Gefällt ist gar kein Ausdruck, es ist fantastisch … Das müssen wir öfter machen.«

Emilia schaute sich fragend um, als die anderen Schlittschuhläufer langsam in Richtung Ausgang trudelten und die Eismaschine auf die Eisfläche fuhr. »Was passiert jetzt?«

»Feierabend!«

»Was? Jetzt schon? Es ist doch erst halb zwei.«

»Um zwei beginnt hier das Eishockeytraining.«

»Oh, schade. Können wir noch ein wenig zusehen?«

»Klar! Aber erst essen wir eine Kleinigkeit. Du hast heute, außer einem Toast, nichts zu dir genommen. Und gerade heute brauchst du feste Nahrung.« Ein schiefes Lächeln breitete sich auf seinen Lippen aus.

»Ja, die brauche ich.« Emilia stellte sich auf die Kufenspitzen und gab ihm einen liebevollen Kuss. Sie war dankbar, dass er ihr verziehen hatte und nicht übel gelaunt herumschmollte.

Kurz bevor sie von zu Hause aufgebrochen waren, hatte sie ihm vorsichtig eröffnet, dass sie bei Ira anrufen müsse, um zu fragen, ob sie noch den ganzen Tag bei Tess bleiben könnte.

Mit einer knappen Handbewegung hatte er dies jedoch abgetan und erwidert: »Ich habe Ira bereits erreicht, sie kümmert sich gemeinsam mit deinem Physiotherapeuten um Tess. Du musst dir keine Gedanken machen.« Erstaunt, aber gleichzeitig erfreut hatte sie sich für seine Fürsorge bedankt, demonstrativ ihr Handy abgeschaltet und mit einem zuckersüßen Lächeln nochmals bekräftigt: »*Dein* Tag!«

Ein Sandwich in der einen und eine Cola in der anderen Hand, saßen sie nunmehr auf der Tribüne des Stadions und beobachteten die Eishockeyspieler, die sich warm fuhren und einschossen.

Als Emilia sich darüber wunderte, dass auch Sportler jenseits der vierzig auf dem Eis waren, klärte Panu sie auf: »Heute ist ›freies Spiel‹, und somit kann jeder, der will, teilnehmen.«

»Würdest du da nicht auch gern mitmachen?« Emilia blickte Panu fragend an.

»Ja, schon … aber … Na, vielleicht ein andermal!«

»Geh ruhig, wenn du magst. Ich schaue dir gern von hier oben zu.«

»Aber ich … wir wollten doch …«

Emilia legte ihre Hand auf seinen Arm und unterbrach ihn: »… dein Tag! Schon vergessen?«

Ohne lange nachzudenken, sprang Panu auf und lief in Richtung der Umkleidekabinen.

Emilia lehnte sich zurück und schloss für einen Moment die Augen. Erstaunt sah sie auf, als Panu wenige Minuten später wieder bei ihr stand und sie an der Hand hochzog. »Komm!«

Verwirrt folgte sie ihm. »Was ist denn jetzt los?«

In der kleinen Umkleidekabine angekommen, griff Panu nach einem Eishockeyshirt und hielt es Emilia hin. »Passt!«

»Passt?«

»Anziehen! Du machst mit!«

»Du spinnst!« Emilia tippte sich lachend an die Stirn.

»Jep, das tue ich! Anziehen!«

»Panu, ich …«

»Anziehen!«

Ohne sich weiter um sie zu kümmern, drehte er ihr den Rücken zu und streifte seinen Pulli über den Kopf. Emilia war vor Staunen sprachlos. Angestrengt dachte sie darüber nach, wie sie ihn von seinem Vorhaben abbringen konnte. Er stieg aus der Jeans und stand nur noch mit Boxershorts bekleidet vor ihr. Jetzt oder nie! Sie waren allein in der Kabine. Sanft legte Emilia ihre Arme um seinen kräftigen Oberkörper und drängte sich dicht an ihn. Sie spürte, wie Panu sich versteifte und die Luft anhielt. *Gut so! Das wird dich vom Eishockeyspielen ablenken!*

Reflexartig drehte sich Panu um und legte hitzig seine Lippen auf ihre. Sie seufzte auf und gab sich diesem Kuss vollkommen hin. Seine Hände und Lippen waren überall. Emilia schwirrte der Kopf, und sie schloss selig die Augen. In Sekundenschnelle hatte er sie aus Jacke und Jeans geschält. Seine Fingerspitzen berührten die nackte Haut unter ihrem Pullover, bevor er ihr diesen ruckartig über den Kopf zog und ihn mit einer lässigen Handbewegung wegschleuderte. Sie spürte seine Erregung, als er sich schroff gegen sie presste und rückwärts zu der Bank schob, die vor den Spinden stand. Sanft drückte Panu sie nieder. Er beugte sich vor und fuhr mit den Händen durch ihre Haare, hauchte einen flüchtigen Kuss auf ihre Nasenspitze und richtete sich, mit einem frechen Grinsen im Gesicht, wieder auf.

»Hier!« Emilia hörte, wie etwas angeflogen kam und im nächsten Moment weich gegen ihren Brustkorb klatschte. Verwirrt öffnete sie die Augen und blickte irritiert auf die Wäschestücke, die auf ihrem Schoß gelandet waren. »Das musst du als Erstes anziehen. Thermo-Unterwäsche. Und den …«, er warf ihr erneut mehrere Gegenstände zu, die mit Geklapper vor ihr auf dem Boden landeten, »… Brust- und Ellbogenschutz legst du dir danach an. Beim Rest helfe ich dir gleich.«

Perplex schaute Emilia ihn an. »Du bist doch noch sauer!«

Panu lachte auf. »Nein! Aber ich möchte mit dir Eishockey spielen. Mein Tag!«

Emilia war sprachlos und legte widerwillig ihre »Rüstung« an. Und er war doch noch sauer! Sie überlegte, wann er sich wohl wieder beruhigen würde? Warum er eigentlich so schlecht gelaunt war, konnte sie immer noch nicht nachvollziehen. Sie hatte einen kleinen Filmriss und konnte sich, zu ihrer Schande, an die Zeit vor Panus und Mikkas Erscheinen nicht mehr erinnern.

»Fertig?«

»Jep!« Sie lächelte ihn schelmisch an. »Ich muss aufs Klo.«

Panu lachte lauthals über ihren neuerlichen Versuch, sich zu drücken. »Du bist wirklich gut, Süße. Aber vergiss es. Mach von mir aus in die Hose. Komm!« Er drückte ihr einen Helm unter den Arm und nahm sie an der Hand. »Glaub mir, du wirst Spaß haben.«

Und das hatte sie dann auch – richtig viel Spaß!

Als sie gegen sechzehn Uhr die Eishalle verließen, war Emilia nicht mehr zu bremsen, sie redete in einem fort. »Panu, das war Wahnsinn! Klasse! Hast du gesehen, wie ich dem einen den Ball abgeluchst habe und dann aufs Tor zugelaufen bin?« Aufgeregt tänzelte sie um ihn herum. »Und hätte der Torwart …«

»… Goalie!«

»Jaja … hätte der Goalie nicht auf einmal so laut aufgeschrien, als ich schießen wollte, hätte ich bestimmt ein Tor gemacht.« Jubelnd sprang sie dem verblüfften Panu auf den Rücken. »Wann spielen wir wieder Eishockey?«

»Dann, wenn du weißt, dass der Ball Puck heißt, der Torwart Goalie, und nicht mehr beleidigt bist, dass du keinen Jockstarp bekommst. Das ist Männersache!«

Liebevoll knabberte sie an seinem Ohr. »Oh ja, Männersache! Allesamt Testosteron-Maschinen! Aber keiner von euch hatte heute so viel Spaß wie ich.«

»Das stimmt.« Panu blieb an einer niedrigen Steinmauer stehen und setzte Emilia ab. Als er sich umdrehte, standen sie sich auf Augenhöhe gegenüber. »Du darfst nur nicht so wild und impulsiv sein, das macht deinen Gegnern Angst, und dir bringt es nur blaue Flecken ein. Wie oft bist du gestürzt oder hast den Puck abbekommen?«

»Angst? Du brauchst mich nicht zu veralbern. Die haben sich die meiste Zeit kaputtgelacht, wenn ich auf sie zugelaufen kam.«

Panu grinste frech. »Ja, vielleicht. Aber sie haben gern mit dir gespielt.« Er drückte ihre einen liebevollen Kuss auf die Lippen. »Und ich auch.«

Noch immer aufgeregt, plapperte Emilia munter weiter, während sie ihren Weg fortsetzten. »Und jetzt? Essen? Oder was hast du vor? Immer noch dein Tag, auch wenn ich langsam, aber sicher ebenfalls großen Gefallen an *deinem* Tag finde.«

»Einsteigen!« Panu hielt ihr die Beifahrertür auf. Als er auf dem Fahrersitz Platz genommen hatte, fragte er sie fröhlich: »Konfektionsgröße 36/38, Oberweite groß, sehr groß, vielleicht Doppel-D?«

Sie schaute in sein frech grinsendes Gesicht, nahm forsch seine Hand und legte sie auf ihre Brust. »Was meinst du?«

Sein Pulsschlag beschleunigte sich schlagartig. Wenigstens hatte sie noch einen dicken Pulli und darüber eine Jacke an. Er traute sich überhaupt nicht, sich vorzustellen, was wäre, wenn sie weniger anhätte. Rau stieß er hervor: »Wahnsinn!«

»Du sagst es.« Sie nahm seine Hand wieder weg, legte sie auf sein Bein und reckte das Kinn zum Zeichen in Fahrtrichtung. »Losfahren!«

»Noita«, zischte Panu durch die Zähne, blickte ebenfalls auf die Straße und fuhr los.

Sie legte ihre Hand auf seinen Arm. »Ich will ja keine Hexe sein, also verrate ich es dir. Einfach-D, nicht doppelt! Warum?«

»Wir gehen schwimmen, ins *Hilton Beach Hotel.* Ein bisschen entspannen, bevor es heute Abend mit Action weitergeht.«

Und auf ein Neues sah Emilia ihn erstaunt an. Ein Lächeln breitete sich auf ihrem Gesicht aus – wie sie diesen Mann liebte!

»Emilia! Kaunis …«

Seine Worte erreichten sie kaum noch. Sie war so hundemüde, dass ihr die Augen zufielen, als sie auf der Liege am Becken lag und verträumt lächelnd über ihr Glück nachdachte.

Nachdem Panu und sie eine gute Stunde im Wasser herumgetobt hatten, war Emilia erst wieder bewusst geworden, wie sehr sie doch das Schwimmen, das morgendliche Bahnenziehen, vermisst hatte.

Zum Entspannen waren sie in den Whirlpool gestiegen, und Emilia hatte Panu voller Begeisterung von ihrer ehemals morgendlichen Aktivität erzählt. Verwirrt hatte sie festgestellt, dass das alles noch nicht einmal ein Jahr her war, als sie in ihrem Pool, direkt am Haus, jeden Morgen geschwommen war. Ihr wurde auf ein Neues bewusst, wie weit doch ihre Vergangenheit entfernt war – ihre Mutter, ihr baldiger Exmann.

Den Kopf in den Nacken und die Hände fest um den Rand des Whirlpools gelegt, die Beine weit von sich gestreckt und die Augen geschlossen, hatte sie gemurmelt: »Nichts aus meinem früheren Leben wünsche ich mir zurück – wirklich nichts. Aber das tägliche Schwimmen vermisse ich schon.«

Panu hatte sich im Wasser auf sie zubewegt, ihre Hände sanft vom Rand gelöst, sie an sich gezogen, sodass sie, mit dem Rücken an seine Brust und dem Kopf an seine Schulter gelehnt, von seinen Armen fest umschlossen worden war. Geborgenheit pur – ein Gefühl, das nur Panu in ihr hervorrufen konnte. Seine einfühlsamen Worte hatten sie mit seiner ganzen Liebe eingehüllt und ein unweigerlich ihren Lippen entspringendes Seufzen heraufbeschworen.

»Harmaa-silmä, ich weiß, dass du das Wasser liebst und vermisst. Wir versuchen, jetzt öfters hierherzukommen, das wird dir guttun.«

Emilia verspürte ein Kribbeln und unsagbar wohltuende Wärme. Sie genoss ihre Gedanken, und ein leises zufriedenes Grunzen erklang tief aus ihrem Inneren.

»Süße, aufwachen. Komm, lass uns etwas essen gehen.« Liebevoll fuhr Panu mit der Hand über ihren Bauch.

»Mmmh …«, mühevoll öffnete sie die Augen, »… sorry. Habe ich lange geschlafen?«

»Nein. Kein Problem. Nur ein paar Minuten.«

Sie richtete sich auf der Liege auf und streckte sich ausgiebig. »Okay, und nun?«

»Duschen, anziehen, essen!«

»Hört sich perfekt an.«

»Ich habe einen Tisch bestellt, im *Saslik*, einem russischen Restaurant. Magst du Russisch?«

»Habe ich noch nie probiert. Aber ich esse alles.«

Emilia verschwand in der Umkleidekabine.

Sie fuhren zurück zu Panus Apartment, stellten das Auto ab und liefen dann die wenigen Meter in die Neitsytpolku zu Fuß. Als sie gegen neunzehn Uhr dort ankamen, führte der Kellner sie in einen privaten Raum. »Wir haben *Pankki* für Sie reserviert, einen Raum für zwölf Personen, da Sie nicht genau wussten, wie viele Leute heute Abend kommen werden.«

Emilia blickte Panu fragend an. Sie hatte nicht jedes finnische Wort verstanden. »Was meint er mit ›zwölf Personen‹?« Sie betraten einen Raum, in dem sich Emilia nun fasziniert umsah. »Wow …«

Sie fühlte sich jäh in die Zarenzeit zurückversetzt. Begeistert von dem wundervollen russischen Ambiente – pompös, mit viel Gold –, den mit grünem Samt bezogenen, kunstvoll verschnörkelten Stühlen, den mit großen rosa Blüten verzierten Tapeten und den Kristalllüstern, die von der Decke herabhingen, schaute Emilia sich fasziniert um und fragte Panu: »Wer kommt denn noch?«

Bevor Panu antworten konnte, betraten Mikka, Eva, Dani und Natalie den Raum. Erfreut juchzte Emilia auf. »Oh, wie schön, dass ihr da seid. Ist es nicht herrlich hier?«

Die Frauen stimmten ihr begeistert zu und nahmen quatschend und kichernd Platz. Mikka betrachtete Panu grinsend und schlug ihm kräftig auf die Schulter. »Na, alles klar, Mister Jealous?«

Panu wehrte ihn mürrisch ab. »Hätte ich gewusst, dass du mit dummen Sprüchen kommst, hätte ich dir nicht Bescheid gesagt.«

Emilia bekam von dem kurzen Wortwechsel nichts mit, da sie schon in ein Gespräch mit den Freundinnen vertieft war. »Hattet ihr auch dermaßen eklige Kopfschmerzen wie ich?«

Dani verzog schmerzvoll das Gesicht und nickte zustimmend. Eva und Natalie hingegen schüttelten den Kopf. »Wir nicht. Uns ging es blendend. Wir vertragen scheinbar ein bisschen mehr.« Verschmitzt beäugte Eva ihre beste Freundin. »Fühlt sich scheiße an, wenn so ein paar Wodka zurückkommen, oder?«

»Erinnere mich nicht daran. Ich trinke nie wieder etwas!«

Als die Tür abermals aufging, kamen Ira und Lasse herein. Lasse trug die schüchtern lächelnde Tess auf den Armen. Emilia stand erstaunt auf. »Hallo! Oh, Tess, wie schön, dass du mitgekommen bist. Das ist … toll. Hallo, ihr zwei!« Sie umarmte Ira herzlich und nickte Lasse dankbar zu. Sie sah auf den Mann, der den dreien folgte. »Doktor Forsman, Sie sind auch hier? Wie schön.« Erfreut reichte sie dem Psychologen zur Begrüßung die Hand.

»Hallo, Emilia. Ich hatte heute Mittag kurz nach Tess geschaut, und da hat Ira gefragt, ob ich nicht mitkommen wolle. Ich hoffe, das ist für Sie in Ordnung?«

»Natürlich, ich freue mich.«

Doktor Forsman nahm Emilias Hand und küsste sie, zu deren Überraschung, auf beide Wangen. »Und nennen Sie mich bitte Joulu!«

»Gern.« Emilia strahlte.

Als sich alle reihum begrüßt und vorgestellt hatten, nahmen

sie Platz, und Emilia neigte sich zu Panu. »Danke. Ich dachte, es ist dein Tag?«

»Ist es doch auch. Ich hatte heute einfach Lust, neue Leute kennenzulernen und gemeinsam mit dir Spaß zu haben.« Liebevoll gab er ihr einen Kuss.

Der Kellner erschien mit den Speisekarten und nahm die Getränkebestellungen auf. Die Atmosphäre in dem gemütlichen Raum war erfüllt von Heiterkeit, und Stimmengewirr aus Deutsch, Englisch, Finnisch und Bulgarisch drang zu Emilia durch.

Sie staunte mit leuchtenden Augen. Seit sie hier in Finnland lebte, hatte sich einfach alles für sie verändert. Nie hatte sie in Deutschland einen Abend mit den Menschen, die ihr am Herzen lagen, verbracht. Nie! Selbst in ihrer Kindheit hatte es nur selten Geburtstagsfeiern oder Freundschaftsbesuche gegeben. In ihrer knapp fünfzehnjährigen Ehe waren da nur Bekanntschaften zu Geschäftspartnern und Angestellten oder Kontakt zu Freunden ihres Mannes gewesen. Einzig ihre beste Freundin war immer für sie da gewesen. Mit Eva hatte sie viele wunderschöne Stunden oder gar Tage verbracht – entweder nur mit ihr oder auch gemeinsam mit deren Freunden.

Sie blickte auf ihre Freundin, die Händchen haltend ihren Ehemann verliebt anstrahlte. Sie beobachtete Panu, der gerade schallend zu lachen begann und Natalie nickend zustimmte. Weshalb, hatte sie nicht mitbekommen, zu sehr war sie in ihr Glücksgefühl vertieft. Lasse hatte Tess auf einen Stuhl zwischen sich und Emilia gesetzt und redete leise auf sie ein.

Gerade als Emilia sich zu Tess beugte, um sie zu fragen, wie ihr der Abend gefalle, öffnete sich erneut die Tür. Der Kellner jonglierte in Höhe seines Kopfes mit der rechten Hand geschickt ein Tablett, auf dem der bestellte Wein samt Gläsern stand – und im Schlepptau folgten zwei weitere Neuankömmlinge.

»Vesaaaa!« Emilia kreischte laut auf. »Inka! Ich glaub's nicht.« Vorwurfsvoll schaute sie auf Panu und haute ihm gespielt böse auf die Schulter. »Du Spinner! Wie hast du das alles hinbekommen?«

Vesa kam um den Tisch und schloss die von ihrem Stuhl hochschnellende Emilia innig in die Arme. »Hallo, meine Schöne! Ich habe dich sooooo vermisst. Nie wieder gehe ich von dir weg. Ich habe das Haus gesehen. Es ist Wahnsinn, was Inka und du daraus gemacht haben ...« Ohne Punkt und Komma schnatterte er drauflos und ließ Inka keine Chance, Emilia zu begrüßen. »Oh, ich freue mich so. Und du?« Er wandte sich an Panu. »Du bist also der Adonis, der meiner Emilia kurzzeitig das Herz gebrochen hatte. Oh Gott, oh Gott! Du siehst in Wirklichkeit ja noch besser aus als auf Bildern. Kennst du mich noch? Wir haben uns vor ein paar Monaten mal ganz kurz gesehen.«

Panu schüttelte verwirrt den Kopf, sagte jedoch gleichzeitig: »Ja, klar weiß ich, wer du bist. Ich erinnere mich an den Tag vor dem ...«

»Oh, er erinnert sich ... an mich!«, quietschte Vesa begeistert auf. »Darf ich dich umarmen? Küssen?«

Panu stand das Entsetzen ins Gesicht geschrieben. Er war sprachlos.

»Vesa!« Emilia fixierte ihren schwulen Freund gespielt strafend. »Übertreib es nicht! Noch hat Panu nicht die Seiten gewechselt. Aber sollte er es je tun, habe ich dich schon aufs Wärmste empfohlen.«

Panu, der seine Sprache schnell wiedergefunden hatte, stand auf und blickte auf den um einen Kopf kleineren, äußerst zierlichen Vesa. »Gegen einmal drücken hat Emilia bestimmt nichts.« Er packte den verblüfften Vesa, hob ihn spielend hoch und drückte ihm links und rechts zwei nasse Schmatzer auf die Wange. »Hallo, Vesa! Schön, dich kennenzulernen.« Er stellte den selig kichernden jungen Mann wieder auf die Füße und sagte mit erhobenem Zeigefinger: »Und das war es – ab jetzt nur noch rein männliche Berührungen: Schulterklopfen, High Five und mit Bierflaschen anstoßen. Keine Umarmungen oder Küsse mehr. Klar?!«

Damit hatte er die Lacher auf seiner Seite.

Nachdem auch Inka endlich vorgestellt worden war und alle sie begrüßt hatten, nahmen sie und Vesa die freien Plätze neben Mikka und Eva ein. Kurz darauf schwirrten, wie zuvor, lebhafte Worte in den verschiedensten Sprachen durch den Raum.

Neben der Tür hatte sich irgendwann ein Pärchen in russischer Tracht eingefunden und spielte auf Balalaika und Akkordeon russische Folklore. Natalie und Dani lauschten begeistert der schwermütigen Darbietung und erklärten, dass auch in Bulgarien zu jeder Gelegenheit die Instrumente ausgepackt wurden.

Emilia hatte überhaupt nicht mitbekommen, dass der Kellner eine Runde Schnaps gebracht hatte, und stöhnte laut auf, als Panu sein Glas erhob.

»Also, meine Lieben, auf diesen schönen und außergewöhnlichen Abend unter Freunden. Ich habe mir erlaubt, für alle zu bestellen. Bunt gemischte Vor- und Hauptspeisen. Und wie es sich für ein russisches Lokal gehört: erst einmal einen Wodka! Kippis.« Vergnügt sah er in Emilias entsetztes Gesicht, als er ihr zuprostete. »Come on, Little Beauty. Einer wird doch gehen?«

Emilia versuchte, keine Miene zu verziehen, was ihr allerdings total misslang. »Dein Tag! Nastrovje!« Angewidert kippte sie den Wodka runter. Es schüttelte sie sofort, und die Tränen schossen ihr in die Augen. Auch die anderen drei Damen, die mit ihr am Vortag zu tief ins Glas geschaut hatten, konnten ein angewidertes Stöhnen nicht unterdrücken.

Mikka und Panu lachten laut auf, und Mikka erklärte den Unwissenden, warum sie sich so diebisch freuten. Und wie nicht anders zu erwarten, feixten daraufhin auch alle anderen unverhohlen mit.

Emilia neigte sich zu Panu. »Und du bist doch noch sauer!«

Sanft zog er sie an sich. »Nein, oder doch – vielleicht noch ein bisschen … Aber ich versuche, es nicht zu sein. Also gönn mir diese kleinen Sticheleien.« Liebevoll küsste er sie, und Emilia wünschte sich in diesem Moment nichts sehnlicher, als dass alle ringsum verschwunden wären und sie mit Panu allein sein könnte.

Nachdem sie sich voneinander gelöst hatten und sich wieder an den Gesprächen beteiligten, beobachtete Emilia Panu fasziniert. Er war entspannt wie immer und sprach unbefangen mit jedem der Anwesenden. Mit Vesa und Inka über Architektur, mit den beiden Bulgarinnen über ihr Verhältnis zur russischen Kultur und mit Lasse, Ira und Joulu über deren Berufe. Selbst Tess fragte er, wie es ihr denn auf Suomenlinna gefiele.

Emilias Herz raste unkontrolliert. Dieses unbegreifliche und völlig euphorische Glücksgefühl breitete sich wieder einmal warm in ihrer Brust aus und ließ sie an nichts anderes mehr denken als daran, wie sehr sie diesen wunderbaren Finnen doch liebte.

9

»... you make me powerful with the way you believe in me – honestly ...«

♫

Teeeeeesssss, schau mal aus deinem Fenster«, rief Emilia durch das Treppenhaus.

Es war der zweite Montag im April, und innerlich war Emilia, nachdem in den vergangenen zwei Tagen Tauwetter geherrscht hatte, schon auf Frühling eingestellt. Doch als sie jetzt den vielen Neuschnee betrachtete, wünschte sie, es würde ewig so bleiben. Sie liebte den Duft von Schnee – es lag dann immer so etwas Klares, Reines in der Luft. Es faszinierte sie, wie die Schneekristalle in den Baumwipfeln und auf dem Meer glitzerten. Entzückt blickte sie aus dem Fenster und beobachtete Wilmer, der bereits dabei war, den Weg zum Haus freizuräumen. Als Emilia vor Kurzem erwähnt hatte, dass sie sich wahrscheinlich nach einem Hausmeister umsehen musste, hatte Wilmer nur mürrisch gegrunzt und etwas von »Das bekomme ich auch noch hin« gemurmelt. Und seitdem machte er sich, neben seiner eigentlichen Anstellung als Handwerker, überall im Haus nützlich. Seit seinem unerwarteten Zusammentreffen mit Panu vor ein paar Wochen war Wilmer ihr gegenüber etwas aufgetaut und nicht mehr ganz so muffig wie zuvor. Sie konnte sich das nur damit erklären, dass er, konservativ, wie er war, jetzt, nachdem sie einen Mann an ihrer Seite hatte, das ganze Unternehmen Kurhaus nicht mehr so skeptisch sah – sie war ja nun als Frau nicht mehr auf sich allein gestellt. Emilia musste schmunzeln – Macho! Aber egal, warum sein Sinneswandel stattgefunden hatte, sie war froh darüber, da er ihr sogar angeboten hatte, nach Fertigstellung seiner Arbeiten weiterhin rund ums Haus nach dem Rechten zu sehen. Sie war freudig überrascht gewesen und hatte dem Angebot glücklich zugestimmt.

Emilia stieg die Treppen in den ersten Stock hinab und klopfte an Tess' Zimmertür. Ein murrendes »Jaaa!« ließ sie eintreten.

Emilia traf auf eine mit ihrem Pullover kämpfende Tess. Eine tiefe Zornesfalte hatte sich auf deren Stirn breitgemacht, und ihr Gesicht war hochrot.

»Soll ich dir helfen?« Abwartend war Emilia an der Tür stehen geblieben. Sie wusste, dass Tess es selbstständig schaffen wollte, und machte deshalb keine Anstalten, ihr ungefragt zu Hilfe zu eilen.

»Jaaa …« Zornig feuerte Tess mit ihrer gesunden Hand den Pullover zu Boden. »Ich scha-aaff-ss nii-cht!«

»Guten Morgen, Ungeduld. Langsam. Das wird schon. Überleg doch mal, was du in den letzten Wochen alles geschafft hast. Aber auch du kannst nicht hexen.«

Kommentarlos hob Emilia den blau-weiß gestreiften Auslöser von Tess' Zorn auf, streifte ihn ihr über den Kopf und bugsierte sie zunächst in den einen, dann in den anderen Ärmel. Wortlos half sie ihr, die Hose anzuziehen, gab ihr die Hausschuhe zum Reinschlüpfen und reichte ihr dann die Hand zum Aufstehen. »Laufen oder Rollstuhl?«

»Mmmpf …« Weiter vor sich hin maulend, streifte Tess unwillig Emilias Hand weg, machte zwei wacklige Schritte nach vorn, hielt sich dabei unsicher an der Wand fest und ließ sich in den Rollstuhl, der neben der Tür stand, sinken.

»Na gut, Frau Mürrisch, jetzt bitte mal ein Lächeln auflegen. Es hat geschneit – Suomenlinna ist erneut eine weiße Pracht. Wir machen uns gleich nach dem Frühstück auf und erkunden die Insel auf ein Neues.« Aufmunternd strich Emilia über Tess' Wange. »Komm, verdirb uns nicht den Tag, wir machen es uns heute richtig schön. Lasse hat frei, und du musst den ganzen Tag mit mir vorliebnehmen. Meinst du, das hältst du aus?«

»Mmmh …« Nach wie vor schlecht gelaunt ließ Tess sich im Aufzug nach unten bringen. Auch während des Frühstücks war sie zu keiner vernünftigen Konversation bereit und schmollte weiter vor sich hin. Emilia, die sich ihre gute Laune dadurch jedoch nicht verderben ließ, monologisierte munter vor sich hin. Fröhlich erinnerte sie Tess an die vergangenen zwei Tage; den Abend im russischen Restaurant und den gestrigen Tag, den sie beide gemeinsam mit den drei Freundinnen in Helsinki verbracht hatten. Nachmittags hatte Emilia die Frauen noch über die Insel geführt, wobei sich Tess ausgeklinkt hatte, da sie mit Lasse zum Bewegungstraining verabredet gewesen war.

Doch nichts, was Emilia an diesem Morgen sagte, munterte Tess wirklich auf. Sie wollte mürrisch sein und behielt ihre abwehrende Haltung stur bei. Gegen Mittag gab Emilia resigniert auf. Tess war heute zwar unmöglich, aber Emilia versuchte, sich nicht persönlich betroffen zu fühlen. Sie akzeptierte ihre Haltung und sagte deshalb einfühlsam: »Okay, heute ist nicht dein Tag. Jetzt habe auch ich es endlich kapiert. Kannst du mir wenigstens sagen, warum?«

Sie schob die mit sauertöpfischer Miene im Rollstuhl sitzende Tess durch den Schneematsch zurück zum *Talo*. Der

Neuschnee hielt sich wunderbar auf den Wiesen und Felsen, jedoch waren die Wege durch die Sonne, die im Laufe des späten Vormittags zum Vorschein gekommen war – und durch die vielen Spaziergänger –, in Schlammpfützen verwandelt worden.

»Neeein …«

»Auch gut. Doktor Forsman wird gleich kommen. Vielleicht bist du ja bei ihm redseliger?!«

»Pffft …«

Mehr war aus ihr nicht herauszuholen.

Nachdem die zwei Frauen zurück im Haus waren, schob Emilia Tess ins Musikzimmer. Sie hoffte, dass diese sich dort ein bisschen wohler fühlen und etwas auftauen würde, bis Joulu kam.

Als der Psychologe am Nachmittag in den großen Aufenthaltsraum trat, berichtete ihm Emilia resigniert von ihrem anstrengenden Tag mit der Patientin.

»Emilia, du darfst dir das nicht so zu Herzen nehmen. Wir haben die letzte Zeit schon unheimlich viel erreicht, mehr, als wir alle erhofft haben. Erinnere dich, in welchem Zustand Tess war, als sie hier angekommen ist. Das sind Welten«, sprach er beruhigend auf sie ein. »Vielleicht kommt heute einfach alles bei ihr hoch. Wer weiß, was sie mit diesem Tag verbindet? Morgen sieht die Welt sicher wieder anders aus. Vertrau mir.« Er lächelte ihr zu. »Komm, lass uns einen Kaffee trinken, bevor ich in die Höhle der Löwin gehe.«

In Emilias Ohren klangen seine aufmunternden Worte richtig, und deshalb stimmte sie ihm, wieder positiver eingestellt, zu und folgte ihm in die Küche.

xxx

Tess saß unterdessen verdrossen im Musikzimmer. Sie hatte Doktor Forsmans Ankunft mitbekommen und wartete bereits seit einer halben Stunde ungeduldig auf sein Erscheinen. Sie hörte, dass er sich in der Küche mit Emilia unterhielt, aber sie verstand nicht, worüber. Eigentlich musste sie es ja auch gar nicht verstehen – auch so wusste sie genau, worüber die beiden sprachen. Über sie – ihre Übellaunigkeit. Sicher beschwerte sich Emilia gerade bei ihm.

Sie wusste, dass sie heute unausstehlich war, was ihr allerdings scheißegal war. Sie wollte im Selbstmitleid versinken. Sie war frustriert. Ihre Gedanken gingen zurück zum Samstagabend beim Russen. Es war lustig gewesen, wirklich schön, und dennoch hatte ihr dieser Abend auch allzu deutlich gezeigt, wie wenig sie aus eigener Kraft hinbekam, wie sehr sie auf die Hilfe anderer angewiesen war – und genau das ließ sie so zornig werden. Und auch ihr Gewicht machte ihr zu schaffen. Vor ihrem Schlaganfall hatte sie bestimmt zwanzig Kilogramm zu viel gewogen. In den ersten Monaten danach hatte sie rapide abgenommen, da sie so gut wie nichts zu sich nehmen konnte. Doch das war nun vorbei. Sie aß wieder normal, bewegte sich sogar mehr als zuvor, aber eben nicht genug, um weiter abzunehmen oder wenigstens ihr Gewicht zu halten. Sie sah an sich runter. Das waren locker zehn Kilo zu viel!

Scheiße! Das blau-weiß gestreifte Etwas von Pulli spannt sich wie ein Neoprenanzug um meinen Bauch. Querstreifen! Was für eine Scheißidee war das gewesen? Am liebsten hätte Tess sich den Pullover vom Leib gerissen.

Vor drei Jahren war sie noch durchtrainiert gewesen, ihr Körper hatte nur aus Muskeln bestanden und jetzt – Fett! Sie wollte wieder Sport treiben, so wie früher. Tränen des Zorns und der Verzweiflung liefen über ihre Wangen, als sie an ihr

Leben vor dem selbst verschuldeten Unfall zurückdachte. Leise begann sie zu singen: »*… reach out, reach out for the medal …*« 1984 zu den Olympischen Spielen in Los Angeles, neun Jahre, bevor Tess auf die Welt gekommen war, hatte Giorgio Moroder mit dem Song *Reach Out For The Medal* Tess' Lebensmotto besungen. Es schien, als hätte sie schon als Baby den Ehrgeiz entwickelt, stets die Erste und Beste zu sein.

Schon frühzeitig – mit dem Einleiten ihrer Geburt – hatten Tempo und Genauigkeit ihr Leben bestimmt. Errechnet auf den 1. Januar 1993, war sie eine Minute nach Mitternacht von einem Team engagierter Privatärzte entbunden worden. Und so hatten die überglücklichen Eltern in der Silvesternacht, während andere feierten und das neue Jahr willkommen hießen, ihr erstes und einziges Kind Hortenss auf der Welt begrüßt. Sie waren begeistert gewesen von dem rothaarigen Energiebündel, das von da an ihr Leben bestimmen sollte.

Ihre Eltern hatten sie nach ihrer Urgroßmutter väterlicherseits benannt: Hortenss Ernestine Gundelinde Theodora Leopoldine Freifrau von Hagenau. Rufname: Hortenss. Der spätere Rufname ihrer Klassenkameraden und Freunde, »Tess«, war von ihren erzkonservativen Eltern nie gebilligt und schon gar nicht in den Mund genommen worden.

Ihre Eltern, Freiherr Cornelius und Freifrau Theresa von Hagenau, waren mit der Erziehung ihrer äußerst temperamentvollen Tochter heillos überfordert gewesen, was zum einen an der späten Elternschaft gelegen haben mochte, war doch Theresa bei Tess' Geburt bereits achtundvierzig und ihr Mann sogar neunundfünfzig Jahre alt. Zum anderen hatte aber sicher auch der stark ausgeprägte Erfolgszwang und krankhafte Ehrgeiz, der in der gesamten Familie vorherrschte, mitgespielt.

Schon Tess' Onkel mütterlicherseits, Barnabas Freiherr zu Brahmleben, war in den 60er-Jahren ein bekannter Eisschnellläufer und dessen Tochter, Giselinde Freifrau zu Brahmleben, eine hervorragende Dressurreiterin gewesen. Ihr Großvater Leopold-Urban von Hagenau hatte außerdem, bis zu seinem frühen Tod 1938, als erfolgreicher Springreiter geglänzt.

In der Familiengeschichte von Tess fanden sich also nicht nur außergewöhnliche Vornamen, sondern auch eine Reihe sportlicher Überflieger.

Die Familien von Hagenau und zu Brahmleben hatten aus ihren sportlichen Talenten großen Nutzen gezogen, indem sie sich auf das Züchten von Rassepferden spezialisiert hatten. Ihr ohnehin schon beträchtliches Vermögen hatte so nach und nach zu bedeutendem Reichtum und Ansehen geführt. In der Familiengeschichte gab es keine »Normalos«, keine »Verlierer«, keine »Versager« – es gab nur wahre Größen. Die langjährige Kinderlosigkeit ihrer Eltern hatte damals schon beinahe als Familienskandal gegolten, hätte sich dann nicht doch zu guter Letzt die sehr späte Schwangerschaft von Tess' Mutter eingestellt. Die Schmach, nicht fruchtbar oder, noch schlimmer, nicht zeugungsfähig zu sein, hatte somit durch Hortenss' Geburt abgewendet werden können. Die Verwandtschaft war von dem kleinen rothaarigen Wesen mit den grünen Augen, das seine Umwelt auf Trab hielt, ganz angetan gewesen.

Mit neun Monaten hatte Tess ihre ersten Schritte getan, mit vierzehn Monaten die ersten Worte gesprochen, und mit zwei Jahren war sie zum ersten Mal auf einem Pferd gesessen. Kurz nach ihrem dritten Geburtstag hatte sie Schwimmen sowie Schlittschuhlaufen gelernt. Schon mit vier Jahren hatte man sie in die erste Reihe der Vorschule gesetzt, da ihr das Lesen und Schreiben nur so zugeflogen war. Tess war ein kluger Wirbelwind gewesen, in jungen Jahren zudem auch noch ein gehorsamer – sie war stets in die Richtung gewirbelt, die man ihr vorgegeben hatte.

Mit acht Jahren war sie Vizelandesmeisterin im Eistanz gewesen, mit neun Jahren hatte sie im Dressurreiten mehrere Pokale gewonnen, und mit zehn hatte sie sich dann entschieden, Eisschnellläuferin zu werden. Von da an war, zum Leidwesen ihrer Eltern, die sonst so wichtige Schule zweitrangig geworden. Bisher hatte es jeder von Hagenau geschafft, sportliche und schulische Erfolge zu verknüpfen. Aber Tess war anders gewesen. Sie wollte zwar an die Erfolge ihrer Verwandtschaft anknüpfen, hatte jedoch schon früh bemerkt, dass sie nicht beides miteinander kombinieren konnte oder wollte.

Ihre Eltern hatten ihr alles ermöglicht. Sie hatte die erfolgreichsten Trainer und die beste Ausrüstung erhalten – und trainiert, wo immer sie wollte. Da ihr mit fünfzehn Jahren die Trainingsbedingungen in München nicht mehr gefallen hatten, hatte sie beschlossen, nach Finnland zu gehen. Hier hatte sie dann, frei von elterlicher Fürsorge und Kontrolle, ihrer zweiten Leidenschaft gefrönt – ihrem ausschweifenden Lebensstil.

Obwohl Tess in ihrem Sport ehrgeizig gewesen war, war sie auch ein fürchterlich verwöhntes Kind reicher Eltern, das es liebte, Dinge zu tun, die andere, schon aus Mangel an finanziellen Mitteln, nicht machen konnten. Sie war heimlich Eisspeedway gefahren, hatte Bungeespringen und Paragleiten ausprobiert. Sie hatte früh begonnen, sich für das männliche Geschlecht zu interessieren, und die Jungs waren Schlange gestanden, um mit der knackigen Rothaarigen ein Stelldichein zu haben. Bei all dem Vergnügen und privilegierten Leben hatte sie aber nie ihr großes Ziel, Olympia 2010 in Vancouver, aus den Augen verloren. Dass es zu dieser Teilnahme nie gekommen war, hatte sie bis dato verdrängt. Es war nicht ihre Schuld gewesen. Ein hartnäckiger Virus hatte sie damals monatelang lahmgelegt, sodass sie die Spiele letztlich nur am Fernseher hatte mitverfolgen können. Doch sie war jung gewesen, gerade mal siebzehn Jahre alt. Sie wusste, Olympia 2014 in Sotschi würden ihre Spiele werden. Und so hatte sie weiter hart trainiert – und weiterhin ausschweifend gelebt. Durch ihre Jugend und ihre gute körperliche Konstitution hatte sie so manches Glas, das sie zu viel getrunken hatte, sowie den ein oder anderen Sturz besser weggesteckt als manch anderer. Gut bezahlte Ärzte hatten es außerdem stets geschafft, sie auf den Punkt genau fit zu machen.

In dieser Zeit, Ende 2013, hatte sie schließlich die Jungs der Band *Moonset Road* kennengelernt und viele »After-Concert«-Abende mit ihnen verbracht. Sie hatte Gefallen an den vier Jungs und der dazugehörigen Crew gefunden und ihnen das auch nur allzu deutlich gezeigt. Mit Janne, einem der Roadies, hatte sie über mehrere Monate ein loses Verhältnis gehabt, denn ihr wirkliches Interesse hatte damals nur Miro gegolten. Aber mehr als gemeinsame Eisspeedway- oder Motorradfahrten waren nicht drin gewesen. Er hatte all ihre Annäherungsversuche abgeblockt.

Als sie Ende Januar 2014, kurz vor den Olympischen Spielen, im Vollrausch beschlossen hatte, mit dem Schneemobil durch die Wälder Finnlands zu düsen, war es Miro gewesen, der versucht hatte, sie zurückzuhalten. Doch Tess hatte nicht hören wollen, hatte ihn provozieren wollen, und so hatte sie sich gemeinsam mit dem ebenso besoffenen Janne einen der motorisierten Schlitten geklaut und war losgefahren.

Miro war dann auch derjenige gewesen, der die beiden Stunden später in einem kleinen Waldstück des *Sipoonkorpi Nati-*

onalparks gefunden hatte. Janne hatte nur ein paar Schrammen bei dem Sturz abbekommen. Er war rechtzeitig von der Sitzbank abgesprungen. Tess hingegen hatte es schwerer erwischt. Ihr Schienbein war zertrümmert gewesen und hatte aus einer klaffenden Wunde hervorgestochen. Miro war wütend über Janne hergefallen und hatte ihn sofort aus dem Crew-Team geschmissen. Für Tess war in diesem Moment ihre Einsicht, dieses Mal wohl einen Schritt zu weit gegangen zu sein, zu spät gekommen. Nach einer mehrstündigen Operation hatte sie sich von den Olympischen Spielen 2014, die vierzehn Tage später stattfinden sollten, verabschieden müssen.

Nach einem einmonatigen Krankenhausaufenthalt wieder zurück in Deutschland und bei den Eltern, hatte sie nicht nur mit der Wut auf sich selbst umgehen lernen müssen, sondern auch mit dem Zorn des Vaters, der Frustration der Mutter und der reißerischen Presse, die ihren Unfall sowie ihr lockeres Leben, das sie über Monate geführt hatte, zu einem ihrer Hauptthemen gemacht hatte.

Tess war in ein tiefes Loch gefallen und hatte versucht, sich zu bessern. Doch eine totale Wesensänderung in nur wenigen Wochen hatte sich als schwierig gestaltet, und so hatte der heutige Tag vor drei Jahren ihren endgültigen Absturz besiegelt. Nach einem bitterbösen Streit mit ihren Eltern und einem eskalierenden Zusammentreffen mit Miro hatte sie sich mit den falschen Leuten eingelassen. Mit Drogen vollgepumpt und vor Angst und Schmerzen kaum bei Sinnen, hatten sie Passanten in den späten Abendstunden in einer Parkanlage im Münchner Nobelviertel Grünwald aufgelesen. Als die herbeigerufenen Ärzte gekommen waren, hatten sie Tess' Leben, aber nicht das des Kindes, mit dem Tess in der zwölften Woche schwanger war, retten können.

Man hätte eigentlich meinen sollen, Tess wäre nun geläutert gewesen, doch dem war nicht so. Ohne Sport und ohne Halt hatte für sie das unstete Leben nun erst richtig begonnen. Die Eltern, wie immer hilflos, hatten trotz ihrer Enttäuschung alles, was ihr geliebtes Kind wünschte, getan, die Geldquelle war nie versiegt, und so war Tess erneut in einen Sumpf von Alkohol, Drogen und wechselnden Partnern eingetaucht. Ihr Leben hatte schließlich weitergehen, wieder an Fahrt gewinnen müssen – sie hatte erneut alles, alles, was ihr und ihrem Körper nicht guttat, haben wollen. Erst ihr Schlaganfall im Oktober 2016 hatte sie schlagartig ausgebremst.

Und jetzt? War Tess wirklich geläutert?

Zaghaft klang ihre Stimme durch den Musikraum, als Doktor Forsman diesen betrat.

»… you now hold the future in your hand, you have come from everywhere across the land, the stars are shining bright, make it yours tonight, you know every wish you have hold at your command reach out …«

×××

Den Telefonhörer zwischen Kinn und Schulter geklemmt, den Laptop vor sich auf dem Bett stehend, lackierte Emilia sich die Zehennägel. Ihr Nacken war bereits ganz steif, so lange sprach sie schon mit Panu. Beharrlich fixierte sie dabei zornig den Interneteintrag, den sie heute entdeckt hatte.

Promi-News

Wohin hat es denn die einst so schöne und lebenslustige Ausnahmesportlerin Hortenss von Hagenau verschlagen? Sie er-

innern sich an unseren Bericht Anfang des Jahres über ihren Aufenthalt in einem Schweizer Sanatorium nach dem Schlaganfall? Ihre Familie, das Management sowie ihre Bekannten schweigen sich über ihren Verbleib aus. Ist sie wieder genesen? Lebt sie wieder in Finnland und bereitet sich auf Olympia 2018 vor? Wird sie nach all ihren Exzessen, dem schweren Motorradunfall 2014 und ihrem von Drogen und Alkohol geprägten ausschweifenden Leben wieder zu ihrer alten Form zurückfinden? Mit vierundzwanzig Jahren? Eher unwahrscheinlich! Doch man weiß ja nie, vielleicht überrascht uns Frau von Hagenau auch irgendwann einmal wieder positiv? Wir bleiben dran!

»So eine Scheiße schreiben diese Idioten … Und ja, ich weiß, ich soll mir das nicht so zu Herzen nehmen – aber du hättest sie heute erleben müssen. Sie hat es gar nicht gesehen … hoffe ich … Aber sie war so … so …«

»Emilia! Wir drehen uns mal wieder im Kreis. Das hast du mir alles schon erzählt und offenbar vergessen, was ich dir daraufhin geraten habe, nämlich dass du das mit Abstand sehen solltest. Was dir aber offensichtlich nicht gelingt. Das ist unprofessionell, und ich sage es nur ungern, doch Miro und ich haben dich gewarnt …« Er stockte kurz, als er ihr ärgerliches Schnauben vernahm. »Ich weiß, es ist scheiße, so etwas gesagt zu bekommen, ich sage es auch wirklich nicht gern – ich höre mich ja an wie mein Vater, aber …«

»Jaja, okay. Ich habe es verstanden.« Emilia hatte die Standpauke über sich ergehen lassen und versuchte, nicht ärgerlich zu werden. »Du hast recht. Themenwechsel: Wo spielt ihr morgen?«

Emilia, die sonst sehr gut darin war, alle möglichen Dinge

im Kopf zu behalten, hatte schon wieder vergessen, wo der nächste Auftritt der Band sein sollte. Sie merkte, dass sie sich nicht nur über Panus Belehrungen ärgerte, sondern auch darüber, welchen Verlauf dieses Gespräch genommen hatte. Wieder einmal schien es so, als würde sich alles nur um sie und ihre Arbeit drehen und sie sich um Panus Tour überhaupt nicht scheren. Was eigentlich gar nicht stimmte – natürlich war sie interessiert, aber die Ereignisse, die momentan im Zusammenhang mit dem *Talo* über sie hereinbrachen, machten es ihr schwer, sich auf weitere Dinge zu konzentrieren. Während Panu am anderen Ende geduldig erklärte, dass sie immer noch in Paris seien, und dann euphorisch von den vergangenen Konzertabenden berichtete, schweiften Emilias Gedanken erneut ab.

Nicht nur, dass Tess heute wirklich aufs Übelste gelaunt und zu keiner Zusammenarbeit bereit gewesen war, sie hatte vor Kurzem auch noch einen Anruf erhalten, wonach ein Elternpaar aus Lathi auf der Suche nach einem Therapieplatz für deren zehnjährigen Sohn war. Nicht mal an den Namen konnte sie sich im Moment erinnern, was schlimm genug war. Sie hatte ihn sich allerdings auf einem Zettel notiert, der noch irgendwo in der Küche liegen musste. Jedenfalls wollte sie die Eltern morgen im Laufe des Tages zurückrufen, nachdem sie mit Joulu gesprochen hatte, und ihnen etwaige Behandlungsmöglichkeiten für ihr Kind darlegen. Bis dahin musste sie den Zettel gefunden haben.

Emilia war nervös. Ihr erster richtiger Patient – ihr erster fremder Patient. Das Telefongespräch hatte kurz vor Panus Anruf stattgefunden, sodass sie dieses noch gar nicht richtig hatte verarbeiten können. Zu gern hätte sie Panu von ihren Ängsten erzählt, doch sie spürte, dass er genug von ihren

Problemen gehört hatte und nun selbst endlich einmal erzählen wollte.

»... was meinst du dazu?«

Oh Gott! Sie hatte keine Ahnung, was Panu sie soeben gefragt hatte.

»Sag mal, hörst du mir überhaupt zu? Wo bist du denn schon wieder mit deinen Gedanken?!«

Emilia hörte die Ungeduld in seiner Stimme. So konnte das wirklich nicht weitergehen. Sie legte den Nagellack beiseite, nahm den Telefonhörer ordentlich in die Hand und setzte sich auf den Sessel unter ihrem Dachfenster. Sie legte den Kopf zurück und blickte in den wolkenlosen Sternenhimmel. Sie schob alle Gedanken an diesen verdammten Tag zur Seite, schnaufte kurz leise durch und sprach dann zärtlich ins Telefon: »Blauauge, es tut mir leid. Ich weiß, ich bin momentan einfach unmöglich ...« Sie zögerte kurz. »Ich vermisse dich und würde dich jetzt zu gern sehen, mich in deine Arme kuscheln und dich küssen. Du fehlst mir so sehr.«

Als sie ihn am anderen Ende ebenfalls tief durchatmen hörte, sah sie ihn förmlich vor sich – wie er lächelte und sein Mund sich dabei leicht öffnete. Sie sah, wie er seine dunklen Brauen amüsiert anhob und seine blauen Augen darunter hervorblitzten. Und natürlich wusste sie, dass sich seine Armmuskulatur bei jedem ihrer Worte angespannt hatte – bereit, sie jeden Moment an seine kräftige Brust zu drücken.

»Oh, Kaunis, verdammt, ich vermisse dich auch! Und das Schlimmste ist, dass ich dachte, es würde nach dem letzten Wochenende besser werden. Aber von wegen – genau das Gegenteil ist eingetreten. Du fehlst mir mehr denn je.«

Sie seufzte laut auf. »Ich schaue gerade in den Nachthimmel, und alles, was ich sehe, sind das Blau deiner Augen und das

Leuchten darin, wie tausend Sterne. Bist du wirklich noch zwei Wochen weg?«

»Steig in den Flieger und komm! Wir sind übermorgen in Spanien.«

Emilias Herz krampfte sich zusammen – vor Sehnsucht nach Panu, nach seinen Zärtlichkeiten. Sie wollte ihn so gern sehen, mit ihm reden, die Konzerte miterleben – einfach nur in seiner Nähe sein. Doch es ging nicht, sie konnte nicht. Morgen würde sie nochmals mit dem Ehepaar Kontakt aufnehmen, und auch für Tess musste sie da sein, gerade nach einem Tag wie heute. Sie schalt sich, dass sie mit ihren Gedanken schon wieder abgeschweift war. Was sollte sie Panu denn sagen, beziehungsweise wie sollte sie ihm erklären, dass der Moment, alles stehen und liegen zu lassen, gerade mehr als ungünstig war?

»Panu! Nicht böse …«

Er unterbrach sie schnell: »… schon gut, Kaunis, kein Grund zur Sorge. Ich weiß doch, dass du nicht wegkannst. Aber es war auf jeden Fall einen Versuch wert, findest du nicht?« Seine Stimme klang rau, verführerisch. »Weißt du, was ich jetzt am liebsten mit dir machen würde?«

Emilia wurde von einer heißen Welle des Verlangens überrollt. Schon allein der Gedanke an all die Dinge, die Panu mit ihr machen würde, jagte kleine Stromstöße durch ihren Körper. Er brauchte nichts weiter zu sagen, und sie war schon aufs Äußerste erregt. »Was?«

»Dich in meinen Koffer packen und in jedem Hotel, in dem wir absteigen, herausholen und dann jeden Tag und jede Nacht mit dir verbringen.« Er holte hörbar Luft. »Am Tag würde ich mit dir all die Städte, in denen wir spielen, erkunden. In kleinen Cafés würde ich dich ausfragen, würde alles über dich, dein

Leben, deine Kindheit wissen wollen«, er lachte auf, »und ich würde dir von mir und meinem Leben erzählen.«

Wie sie sein dunkles, tiefes Lachen liebte. Es ließ sie erschauern.

»Und dann würden wir noch Dinge tun, die wir noch nie gemacht haben, vielleicht Fallschirmspringen über den Alpen oder die Spanische Treppe in Rom mit dem Fahrrad runterfahren, oder …«

Emilia kicherte amüsiert über seine Vorstellung von Freizeitgestaltung.

»… oder, was weiß ich. Uns würde bestimmt etwas einfallen. Und abends könntest du mit auf unsere Konzerte, um mich zu beflügeln, damit ich noch besser singe und … Ja, und nachts, wenn du nackt in meinen Armen liegst, würde ich genussvoll und ein wenig selbstverliebt das kleine Tattoo über deiner Scham betrachten. Doch das wäre natürlich noch nicht alles. Bevor ich dich heiß und sehnsuchtsvoll küsse, wäre da noch das Wichtigste; ich würde mich wie immer in deinen großen grauen Augen verlieren, in ihnen versinken – in der Hoffnung, nie wieder auftauchen zu müssen …« Er stockte.

Emilia erzitterte vor Sehnsucht. Damit hatte sie nicht gerechnet.

Gequält vom eigenen Verlangen, fuhr er fort: »Oh, Harmaasilmä, was machst du mit mir? Du bringst mich dazu, dass ich mich unvollständig fühle, wenn du nicht bei mir bist. Ich vermisse dich.«

»Panu, ich möchte dich so gern sehen. Ich verspreche jetzt nichts, aber ich versuche, mich in den nächsten Tagen freizuschaufeln, in einen Flieger zu setzen und dich irgendwo in Europa zu besuchen.«

»Emilia, keine Scherze mit so etwas. Willst du wirklich kommen?«

»Natürlich! Ich versuche es. Für einen Tag, mehr geht beim besten Willen nicht. Okay?«

»Okay? Wie ich dein Okay liebe!«

Emilia stand auf und lief unruhig im Zimmer umher. »Ich melde mich morgen und sage dir, wie es aussieht!«

Erfreut hörte sie ihn auflachen. »Gut, mach das! Und jetzt schlaf oder besser noch – mach die Dinge, die du unbedingt erledigen musst, damit du schneller bei mir sein kannst.«

»Ich liebe dich …«

»Dito, Kaunis. Gute Nacht.«

»Gute Nacht, Blauauge. Träum was Schönes – von mir, von uns …«

Als sie aufgelegt hatten, sanken beide zufrieden auf ihre Betten und dachten aneinander, an ihre Liebe, an ihre schier unstillbare Sehnsucht!

×××

Emilia schaffte es wirklich, einen Tag so zu organisieren, damit sie Panu besuchen konnte. Lasse und Joulu hatten ihr zugesichert, dass sie an diesem einen Tag voll und ganz für Tess da sein würden und Emilia beruhigt zum Flughafen aufbrechen konnte.

Es hatte nicht gleich geklappt, dafür hatte ihr die Zeit gefehlt. Sie hatte zwei wichtige Hausarbeiten für ihr Studium einschicken müssen, und nachdem sie den Zettel mit Namen und Telefonnummer des Ehepaars wiedergefunden hatte, war ihre erste Handlung, nach einem ausgiebigen Gespräch mit Joulu, ein Rückruf gewesen. Das Ehepaar Anna und Arto Virtanen war schon am nächsten Tag gemeinsam mit deren einjähriger Tochter Ella, jedoch ohne Lenni, vorbeigekommen. Anna hatte Emilia über ihre Familienverhältnisse aufgeklärt, dass Arto nicht der leibliche Vater von Lenni war, nur der von Ella, er aber Lenni wie sein eigenes Kind liebe. Sie hatten gemeinsam die Möglichkeiten einer ganzheitlichen Behandlung für den Jungen besprochen, der die Diagnose Mutismus, eine Sprechblockade, bekommen hatte. Emilia hatte ihnen erklärt, dass sie sich noch in der Therapeutenausbildung befand, jedoch mit Joulu, Doktor Halonen, Lasse und einer engagierten Logopädin ein äußerst fähiges Team um sich hatte, um erfolgreich mit deren Sohn arbeiten zu können. Arto und Anna Virtanen hatten sich begeistert vom *Talo* und der Umgebung gezeigt. Und so hatten sie für den übernächsten Tag ein weiteres Treffen vereinbart, an dem auch Lenni mitkommen würde.

Der zurückhaltende Junge hatte schnell Vertrauen zu Emilia gefasst, als sie ihn, nachdem sie eine Stunde für ihn gesungen hatte, mit zum Trockendock am Hafen genommen hatte. Eine innere Eingebung hatte ihr zugeflüstert, dass Lenni die großen Schiffe gefallen würden, und so war es dann auch gewesen. Lenni hatte mit einem breiten Grinsen genickt, als seine Eltern ihn gefragt hatten, ob er sich vorstellen könnte, einige Zeit bei Emilia auf Suomenlinna zu verbringen. Sie hatten sich darauf geeinigt, dass Lenni im Mai ins Talo kommen sollte.

Und so war die Zeit vergangen, und Emilia hatte es erst acht Tage später geschafft, Panu in Linz zu besuchen.

Im *Posthof* im Linzer Hafenviertel sollten die Jungs vor knapp zwölfhundert Fans spielen. Sie hatte Panu nichts von ihrem Vorhaben gesagt, zu groß war ihre Angst gewesen, dass doch noch etwas dazwischenkommen könnte.

Als sie nun erschöpft, aber glücklich vor dem *Steigenberger Hotel* stand, in dem die Band abgestiegen war, wählte sie Panus Nummer. Er nahm nicht ab. Also versuchte sie ihr Glück bei Miro. Doch auch er ging nicht dran. Emilia schaute auf die Uhr. Kurz vor siebzehn Uhr. Der Soundcheck müsste vorbei sein! Sie tippte erneut auf die Tasten und wählte Mikkas Nummer.

»Hei!«

»Hei, Mikka! Wo seid ihr?«

»Hei, Emilia. In Linz!«

Sie schmunzelte in sich hinein. »Ja, das weiß ich, aber wo da?«

»Im Hotel, auf unseren Zimmern. Wir haben vor einer knappen Stunde den Soundcheck beendet und ruhen uns alle ein wenig aus, bevor wir uns um sechs wiedertreffen. Warum fragst du?«

»Weil ich hier unten vor dem Hotel stehe und Panu nicht erreiche.«

»Wow, du bist hier. Da wird sich aber jemand freuen.« Mikka lachte herzlich. »Hast du Eva mitgebracht?«

»Nein, das war eine spontane Aktion von mir.« Emilia, die das Hotel mittlerweile betreten hatte, sah sich in der Hotelhalle um. »Mikka, müssen wir weiter am Telefon reden, oder kommst du in die Lobby? Ich glaube nicht, dass die mich zu euch hochlassen, dafür sitzen hier zu viele weibliche Fans. Da könnte ja jede kommen.«

Mikka lachte. »Bin gleich bei dir.«

Emilia positionierte sich neben der Eingangstür und beobachtete die Mädchen und Frauen aller Altersklassen, die sich in der Hotellobby aufhielten. Die meisten von ihnen waren mit Fotoapparaten, Smartphones, Plakaten der Band und Stiften bewaffnet. Emilia fragte sich, wie die Fans immer wieder herausfanden, in welchem Hotel die Jungs abstiegen.

Als Mikka aus dem Fahrstuhl trat, winkte sie ihm zu. Jedoch sah er ihr Winken nicht, da er sofort von den überwiegend weiblichen Fans belagert wurde. Geduldig schrieb er Autogramme und ließ sich mit ihnen fotografieren.

Nachdem sich Emilia das Treiben eine Weile angesehen hatte, ging sie entschlossen auf die Gruppe zu. Als Mikka sie entdeckte, verabschiedete er sich lächelnd von den Fans und wünschte allen ein schönes Konzert. Er begrüßte Emilia freudig.

»Komm! Panu wird sich riesig freuen, dich zu sehen.« Freundschaftlich legte er den Arm um sie und führte sie zum Fahrstuhl. »Wie kommt es, dass du dich loseisen konntest?«

»Oh, lange Geschichte, Mikka. Die Kurzversion? Ich habe ganz viele wahnsinnig tolle Menschen um mich herum, die mich unterstützen, wo sie nur können. Einfach nur genial!«

Als sie im zweiten Stock aus dem Aufzug stiegen, deutete Mikka nach rechts. »Panus und Miros Zimmer ist das letzte auf der linken Seite. Ich glaube, Miro ist noch mal auf Sightseeingtour gegangen, also hast du Panu ganz für dich.« Mikka grinste einen Tick zu anzüglich, und Emilia spürte, wie sie rot wurde.

»Blödmann!« In ihrer Verlegenheit gab sie ihm einen leichten Schubs und lief in die Richtung, die er ihr gezeigt hatte, davon.

»Bis dann! Und lass ihn heil. Er muss heute noch zwei Stunden die Bühne rocken.«

Emilia tat, als höre sie ihn nicht. Spontan und ganz gegen ihre Art zeigte sie ihm über die Schultern, ohne sich dabei umzudrehen, den Mittelfinger und kicherte unbefangen.

Mikka lief lachend in sein Zimmer.

Emilia klopfte vorsichtig an Panus Hotelzimmertür. Sie hoffte, dass er nicht eingeschlafen war. Als sich nach wenigen Augenblicken nichts tat, klopfte sie erneut – lauter, energischer.

Kurz darauf wurde die Tür mit einem Ruck geöffnet.

Emilias Miene gefror. Sie musste aufsehen, um in das Gesicht dieser superschlanken, superhübschen, aber auch ebenso superhochnäsig dreinblickenden Blondine schauen zu können.

»Joo?«

Emilia brachte vor Schreck keinen Ton heraus und war zu nichts anderem fähig, als die fremde Frau anzustarren. In ihrem Kopf drehte sich alles. Sie merkte, wie Übelkeit in ihr hochstieg, und Halt suchend stützte sie sich am Türrahmen ab.

»Ist … ähm … ist Panu da?«, stotterte sie irritiert.

Die Frau musterte sie weiter herablassend. Emilia wollte es gerade auf Englisch probieren, als die Blondine mit einer abweisenden Handbewegung sagte: »He's taking a shower!« Krachend flog die Tür vor ihrer Nase ins Schloss.

Emilia war wie betäubt, weiterhin zu keiner Regung fähig. Das ist gerade nicht passiert. Panu hat keine andere Frau auf seinem Zimmer. Ihr Herz wurde von einer eisigen Hand umschlossen. Sie ließ ihre Umhängetasche von der Schulter sinken und fuhr sich wild durch die Haare. Nein, dafür gab es bestimmt eine Erklärung. Das hier war die Wirklichkeit und keine billige Soap.

Sie versuchte, sich zu beruhigen. Musste sie sich überhaupt beruhigen? Was sollte sie tun? Was fühlte sie? Emilia horchte in sich hinein. Sie hörte und fühlte nichts außer ihrem lauten, fast donnernden Herzschlag. Sie fasste kaum einen klaren Gedanken. Also tat sie, was ihr als Erstes in den Sinn kam: abwarten!

Sie hob ihre Tasche wieder auf, lehnte sich an die gegenüberliegende Wand und ließ sich langsam auf den Boden sacken. Emilia starrte apathisch, die Arme fest um ihre angezogenen Beine geschlungen, auf die verschlossene Zimmertür. Völlig abwesend konzentrierte sie sich auf ihre Atmung – einatmen, ausatmen.

Sie hörte laute Stimmen, dann öffnete sich ruckartig die Tür, und Panu stand seitlich im Türrahmen, in Jeans und Shirt – wild mit der Frau neben sich gestikulierend. Sein Tonfall war harsch.

Emilia hatte keine Ahnung, wie lange sie dort gesessen hatte, ihr war jegliches Zeitgefühl abhandengekommen. Sie schaute auf Panu, nahm die Blondine gar nicht mehr wahr. Sie konnte nicht vermeiden, dass ihr Herz bei seinem Anblick einen freudigen Sprung machte.

»Verschwinde jetzt endlich, Siina!« Seine Stimme klang hart – kalt.

Die große Blondine sah ihn wütend an. »Warum, Panu? Lass uns doch darüber reden.« Sie sprach mit schnellen finnischen Worten eindringlich auf ihn ein.

»Nein! Da gibt es nichts zu reden. Moi, moi.« Grob packte er sie jetzt am Oberarm und bugsierte sie unsanft aus dem Zimmer. Da erst fiel sein Blick auf Emilia, und sie sah in seinen Augen neben ehrlicher Überraschung blankes Entsetzen. »Emilia?!«

»Hei!« Sie hob grüßend matt die Hand und lächelte verkrampft. »Überraschung!«

Mit einem schnellen Schritt war Panu bei ihr, riss sie förmlich hoch und schloss sie ungestüm in seine Arme. Vergessen war die Blondine, vergessen waren ihre verzweifelten Gedanken – nur Panus Nähe, seine liebevollen Worte zählten.

»Kaunis, was machst du hier? Harmaa-silmä, wie ... warum ...?« Er suchte ihre Lippen und unterbrach sein Gerede mit einem Bombardement verzweifelter Küsse.

Ihre Hände umschlossen sein Gesicht, fühlten die Bartstoppeln und vergruben sich schließlich sehnsuchtsvoll in seinem Haar.

»Was ist denn hier los?« Miro kam den Flur entlanggeeilt und sah die von Panus Armen umfangene Emilia erstaunt an. »Emilia! Du hier – wie schön!« Miro lächelte sie an, wandte sich dann mit einem abweisenden Gesichtsausdruck an die blonde Frau und sagte etwas auf Finnisch zu ihr.

Emilia beobachtete, wie der Blondine die Zornesröte ins Gesicht stieg und das arrogante Kinn nach vorn schoss. Mit schmalen, angespannten Lippen keifte sie Miro wütend an: »Fuck you, damn bastard!«

Emilia wusste nicht, was Miro zu ihr gesagt hatte, es interessierte sie auch nicht wirklich. Sie wollte nur noch, dass dieses Weib verschwand.

»Na, na, na, Frau Superblond, warum denn gleich so angepisst? Ich wollte doch nur wissen, ob Busen und Nase schon wieder erneuert wurden?« Er sprach jetzt Englisch und zwinkerte Emilia, die dicht an Panu gepresst dastand und das Schauspiel verfolgte, grinsend zu. Panu hingegen schenkte dem kurzen Wortgefecht keine Sekunde Beachtung, er hatte nur Augen für Emilia und zerbrach sich den Kopf, wie er ihr die Situation erklären sollte.

Frau Superblond gab einen wütenden Laut von sich und versuchte, möglichst elegant in ihren High Heels den Flur entlangzuschreiten. Da sie jedoch vor Zorn und Blamage bebte, strauchelte sie kurz und hielt sich nur mit Mühe auf den Beinen. Miro lachte laut heraus, drehte sich aber dann wieder zu Emilia und Panu um. »Na, habt ihr nicht langsam genug von euren Überraschungsbesuchen?«

»Olisit nyt hiljaa!« Panu warf ihm einen grimmigen Blick zu, als er ihn anschnauzte, still zu sein, legte sein Augenmerk jedoch sofort wieder auf Emilia, die, fest von seinen Armen umschlossen, noch immer dicht an ihn gedrängt dastand und ihn nunmehr aufgewühlt anstarrte. »Kaunis, lass mich erklären … Ich … Siina ist …«

»… eine alte Freundin, die sich wieder an dich ranmachen wollte und die du, selbstverständlich höflich, aber bestimmt, abgewehrt hast …« Emilia schaute ihm fest in die Augen. »Wow, was für eine Geschichte!«

Panu fehlten die Worte. Irritiert fragte er: »Woher weißt du? Und warum bist du nicht sauer?«

»Weil sie gelogen hat!«

Diese vier Worte machten Panus Verwirrung komplett, und auch Miro musterte Emilia verblüfft.

»Sie hat gesagt, du wärst duschen. Doch das warst du ganz sicher nicht.« Sie schnüffelte an seiner Brust und verzog gespielt das Gesicht. »Du riechst nicht frisch geduscht, sondern eher nach ausgiebigem Proben und Fitnessstudio.«

Miro brüllte los und klopfte seinem Kumpel auf die Schulter. »Emilia hat gerade sehr vorsichtig umschrieben, dass du stinkst, und zwar nach allem, nur nicht nach Sex.« Er bekam sich kaum mehr ein und gab Emilia einen freundschaftlichen Kuss auf die Wange. »Du bist wirklich der Wahnsinn!« Er drehte sich um. »Ich gehe mal zu den Jungs. Eine halbe Stunde, Leute, mehr habt ihr nicht!« Weiterhin lauthals lachend, lief er den Flur entlang und ließ einen verdutzten Panu und eine, trotz äußerlicher Gefasstheit, verwirrte Emilia zurück.

»Er hat recht!«

»Womit?«

»Du bist wirklich der Wahnsinn!«

Viel Zeit zum Reden war ihnen nach dem unschönen Vorfall nicht geblieben. Nachdem Miro gegangen und Panu schnell duschen gewesen war, hatten sich beide in Panus Zimmer auf die Couch gekuschelt und kurz über Emilias spontanen Besuch gesprochen. Er hatte ihr ununterbrochen versichert, dass er nichts gemacht und schon gar nichts geplant gehabt hatte. Emilia, zwar immer noch verunsichert, hatte ihm geglaubt, weil sie ihm hatte glauben wollen. Und bevor sie das Thema weiter hatten vertiefen können, war es auch schon wieder an der Zeit gewesen, aufzubrechen.

Das Konzert war großartig gewesen, die Jungs in Bestform. Und Panu? Durch Emilias Besuch beflügelt, hatte er so leidenschaftlich, so authentisch gesungen wie auf keinem ihrer Gigs der aktuellen Tour bisher.

Die Nacht hatte ihnen auch nicht wirklich viel Spielraum für ein Gespräch gegeben, zu sehr waren sie damit beschäftigt gewesen, ihr körperliches Verlangen zu stillen.

Als sie sich am Morgen verabschiedeten, fragte Panu ernst: »Kaunis, du vertraust mir doch, oder?«

Natürlich waren ihr in den letzten Stunden ab und an Zweifel gekommen, warum diese Blondine in seinem Zimmer gewesen war, wenn da doch gar nichts gewesen sein soll, aber wie konnte sie ihm nicht vertrauen, wenn er sie so wie jetzt mit seinen stahlblauen Augen liebevoll anschaute, seine Hände zärtlich um ihr Gesicht und seine warmen Lippen auf ihre legte.

»Ja, das tue ich!« Hingebungsvoll reckte sie sich ihm entgegen.

10

»… the both of us do care, about the life we share …«

♫

Joulu!«, rief Emilia erfreut, als sie kurz vors *Talo* getreten war, um frische Luft zu schnappen, und der groß gewachsene braunhaarige Psychologe um die Ecke auf sie zukam. »Wie schön, dass du es auch geschafft hast zu kommen.«

»Hei, Emilia. Das würde ich mir doch um nichts in der Welt entgehen lassen.« Er kam geradewegs auf sie zu und strahlte sie mit seinen klugen braunen Augen an. Die Hände auf dem Rücken versteckt, blieb er dicht vor ihr stehen und zog zu Emilias Überraschung einen Rosenstrauß aus apricot- und gelbfarbenen Blumen hervor. »Alles Gute zur Einweihung, Emilia.« Joulu hob den Strauß hoch, schloss sie fest in die Arme und gab ihr einen Kuss auf die Wange.

Emilia gluckste vor Freude und erwiderte seine Umarmung heftig.

Sie stand unter Strom, war schon seit Stunden wach und bereitete gemeinsam mit Ira und Lasse ihre kleine Einweihungsfeier vor. Das Kurhaus, ihr *Talo,* war endlich fertig. Natürlich gab es im Haus noch hier und da ein paar Ecken, die nicht hergerichtet waren; die Außenfassade musste im Frühjahr überholt werden, und der verwilderte Garten war das nächste Projekt, das Emilia in Angriff nehmen wollte. Doch die Gästezimmer, Therapieräume und der Aufenthaltsraum waren fertiggestellt, und so hatte Emilia beschlossen, die Eröffnung nicht länger hinauszuzögern und für den heutigen Sonntagmorgen ihre Mitarbeiter, Freunde, Nachbarn und Interessierte einzuladen. In einem Prospekt, welchen sie professionell hatte gestalten lassen, führte sie ihr Heilungskonzept durch Musiktherapie in Verbindung mit professioneller psychologischer und physiotherapeutischer Hilfe aus. Und Joulu hatte sich die Mühe gemacht, die Broschüren an seine Arztkollegen, die überall in Finnland praktizierten, zu verschicken.

Die Runde am heutigen Morgen war klein und gemütlich. Emilia wollte das so. Außer Joulu, Lasse und Ira waren noch Lotta, die deutschsprachige Logopädin, sowie Wilmer und Jaro da, die beide immer wieder durch alle Räume liefen, um zu sehen, ob auch alles seine Ordnung hatte. Doktor Halonen, der Allgemeinmediziner, hatte sich für den späten Vormittag angekündigt und hierfür einen kleinen Vortrag vorbereitet, der über die Gefahren eines Schlaganfalls und dessen Früherkennung aufklären sollte. Hierbei wollte er im Besonderen auf die frühzeitige Akutbehandlung sowie die Rehabilitation bei Sprachstörungen eingehen. Inka und Vesa waren natürlich auch da, und Inka führte ihren Praktikanten stolz von Raum zu Raum. Sie erklärte ihm genau, warum sie gewisse Dinge so gemacht hatte, wie sie nun waren, und wies ihn auf Details hin, die sie für wichtig empfand, wie zum Beispiel den umgebauten Lastenaufzug, die behindertengerechten Bäder oder die Rollstuhlauffahrt am Hauseingang.

Lenni und seine Eltern waren auch gekommen, und Emilia bestand darauf, dem Jungen sein Zimmer zu zeigen, um ihn zu fragen, ob er noch etwas verändert haben wollte. In vierzehn Tagen würde Lenni zu ihnen kommen.

Emilia konnte ihre Freude über die Fortschritte ihrer Arbeit rund ums *Talo* kaum in Worte fassen.

Aufgeregt wie ein Kleinkind hüpfte sie nun vor Joulu ins Haus und drückte ihm ein Glas Sekt in die Hand. Einige der Nachbarn waren ebenfalls schon da, und Emilia hörte aus dem Musikzimmer, wie eine der Lindström-Schwestern, denen sie Gitarrenunterricht gab, auf den neuen Drums herumtrommelte.

Tess saß auf der Kaminbank und schaute dem Treiben lächelnd zu. Sie hatte Ira und Emilia, so gut es ihr möglich war, am Morgen in der Küche geholfen und dann mit Lasse interessierte Nachbarn im Physioraum herumgeführt und ein paar Übungen vorgemacht. Sie hatte Spaß dabei gehabt und war froh, dass Emilia sie in alles, was im *Talo* passierte, mit einband.

Das *Talo* war für Tess kein normales, kein Standard-Sanatorium. Es war mehr – es war Familie! Und genau das versuchte sie gerade, den Eltern von Lenni zu erklären, die sich zu ihr an den Kamin gesellt hatten. Ihre grünen Augen leuchteten, als sie zaghaft stotternd sagte: »Em-iilia ist zwar noch keinne aus-gebilddee-te Theeera-peutin, abber sie ist ein ttt-oller Mensch und leeii-stet her…her…vor… tolle Arbeit.«

Emilia hörte Tess' Worte und lächelte glücklich in die Runde. Leider hatte Eva nicht kommen können, da sie vor ihrem endgültigen Umzug nach Helsinki in Mainz noch jede Menge zu tun hatte.

Emilias iPhone vibrierte. Panu! Freudig nahm sie ab. »Hei, Blauauge!«

»Hei, Kaunis! Ich wäre so gern bei dir.« Sie hatten heute ihr letztes Konzert der Tour in Oslo.

»Und ich wünschte, du wärst hier.«

»Dreh dich mal um!«

Emilia erschrak, als ihr mit dem Finger auf die Schulter getippt wurde. Hastig sah sie nach hinten und starrte in einen riesigen Rosenstrauß, den Ira ihr entgegenhielt. »Von Panu!«

Verwirrt hielt sie sich immer noch das Handy ans Ohr und hörte Panus Stimme: »Gefällt er dir? Wie deine Musikzimmer, dunkelrot und rosa – Farben, die einem im Gedächtnis bleiben, um das Erlebte nicht zu vergessen – ich habe dich nicht vergessen, Kaunis!«

Emilia schossen die Tränen in die Augen, und sie sprach bewegt vor lauter Freude ohne Punkt und Komma drauflos: »Panu, sie sind wunderschön, und ich freue mich, und ich liebe und vermisse dich und freue mich auf Mittwoch und …«

»Und ich liebe dich, Harmaa-silmä, feier schön. Und ja, auch ich freue mich auf Mittwoch.«

Selig legte Emilia auf und konnte nicht umhin, schon einmal vorzuträumen – eine ganze Woche würde sie mit Panu verbringen, sieben Tage Urlaub auf einem Kreuzfahrtschiff.

×××

»Panu, komm, das Schiff legt gleich ab. Ich will sehen, wie wir aus dem Hafen auslaufen.« Emilia hatte die Tür zum Badezimmer aufgerissen und sprang aufgeregt hin und her.

»Bin doch schon da!« Er schnappte ihre Hand, zog sie aus der Kabinentür, verriegelte diese hinter ihnen und lief mit Emilia den Kabinengang entlang. Bevor sie aufs Promenadendeck traten, drückte Panu sie in eine Ecke, schloss sie fest in die Arme, gab ihr einen leidenschaftlichen Kuss und sagte: »Du siehst wunderhübsch aus, Kaunis. Ich mag es, wenn deine Haare etwas länger sind und sie sich um deine Ohren kringeln. Und mir gefällt dieses eisblaue Kleid, das deine Hammerfigur noch mehr zur Geltung bringt, und ich bin glücklich, dass ich hier bin – mit dir.«

Emilia erwiderte den Kuss hingebungsvoll. »Danke, Blauauge. Ich bin auch glücklich, dass wir es geschafft haben – nur wir beide! Und du siehst in deinem Anzug wirklich zum Anbeißen aus.« Übermütig schnappte sie seine Krawatte und zog ihn mit sich.

Vor ein paar Stunden hatte ihr Traumurlaub auf dem Kreuzfahrtschiff *MS VISTARUBY* begonnen, und Emilia konnte ihr Glück immer noch nicht fassen. Sie waren früh gelandet und sogleich in einen herrlichen Tag auf der bezaubernden Blumeninsel Madeira gestartet. Traditionell waren sie mit einem Korbschlitten die engen Gassen Funchals hinuntergefahren, hatten in einer kleinen dörflichen Kneipe Degenfisch gegessen, waren am Meer entlangspaziert und hatten gegen Mittag auf dem Schiff eingecheckt.

Während Emilias kurzen Überraschungsbesuchs in Linz war Panu die Idee von der einwöchigen Kreuzfahrt durch das westliche Mittelmeer gekommen, wo sie beide endlich einmal rund um die Uhr zusammen sein könnten. Er erklärte Emilia, dass ein Freund aus Kindertagen auf der *MS VISTARUBY* als Chefingenieur arbeite und schon des Öfteren gefragt habe, ob Panu nicht einmal Lust hätte mitzureisen.

Es hatte keiner großen Überredungskunst bedurft, um Emilia diese Reise schmackhaft zu machen. Die einzige Frage war gewesen, wann! Zwischen dem Ende seiner Europatour mit der Band und der Ankunft von Emilias neuem Patienten, dem zehnjährigen Lenni, der ab Mai für einen längeren Behandlungsaufenthalt bei ihr im Kurhaus bleiben sollte, lagen nur zwei Wochen. Diese kurze Zeit galt es zu nutzen, und so hatten sie beschlossen, direkt im Anschluss an die Tour in See zu stechen.

In Emilia kühnsten Träumen war nie eine Kreuzfahrt vorgekommen, und sie bestaunte, an der Reling des großen Liners stehend, die langsam am Horizont verschwindende Insel Madeira.

»Nicht auszumalen, was ich verpasst hätte, wäre ich nicht mitgekommen«, seufzte sie bewegt und schmiegte sich in Panus Armbeuge.

Panu nickte nur stumm und genoss die faszinierende Aussicht ebenso wie sie. Als die Insel immer kleiner wurde, schaute Panu auf seine Armbanduhr und sagte: »Gleich treffen wir Sander beim Dinner. In der Schule war er mein bester Kumpel.« Er grinste verschmitzt. »Mein Gott, was haben wir manchmal für eine Scheiße gebaut. Und wie lang das jetzt schon her ist. Ich habe ihn seit Ewigkeiten nicht mehr gesehen, mindestens drei Jahre ist es her, aber ich denke nicht, dass er sich sehr verändert hat.«

»Morgen sind wir den ganzen Tag auf See.« Emilia schaute verträumt zu Panu auf. »Was wollen wir machen?«

»Wir legen uns an den Pool und genießen die Sonne. Davon haben wir in Finnland ja nicht unbedingt viel.«

»Mmmh ... ja. Das machen wir.« Emilia griff nach seiner Hand. »Komm, lass uns zum Essen gehen, ich habe Hunger.«

Panu grinste sie mit hochgezogenen Brauen an. »Ach!?«

Nachdem sie sich im Foyer mit dem Kapitän für das obligatorische Foto hatten ablichten lassen, wurden sie von einem Kellner im Speisesaal zu ihrem Tisch geführt.

»Ich bin Ernst und Ihr Ober für die Reise. Wenn Sie einen Wunsch haben, scheuen Sie sich nicht, ihn mir mitzuteilen. Chefingenieur Pajula wird in wenigen Minuten zu Ihnen kommen. Darf ich Ihnen derweilen etwas zu trinken bringen?« Der junge Ober reichte ihnen die Getränkekarte, und Panu orderte, Emilia einen liebevollen Blick zuwerfend, eine Flasche Weißwein.

Sie lächelte ihn erfreut an. Sie wusste, dass er Rotwein bevorzugte und doch ihr zuliebe Weißwein bestellte.

Und so war es die ganze Reise. Panu las Emilia jeden Wunsch von den Augen ab.

Von Madeira aus fuhren sie nach Málaga, dann nach Ibiza, Barcelona und Palma, und von da aus wieder zurück in ihren Start- und Zielhafen Funchal. In Sander, mit dem sich Emilia auf Anhieb blendend verstand, hatten sie einen kundigen Fremdenführer, der sie von jedem Hafen aus an die schönsten Plätze der Inseln und Städte brachte.

Emilia und Panu waren unzertrennlich und unternahmen alles gemeinsam. Emilia genoss jeden Moment in vollen Zügen. Kurz vor ihrer Abreise hatte sie noch ein wenig Angst davor gehabt, dass ein gemeinsamer Urlaub vielleicht problematisch werden könnte – sie hatten ja bisher nicht wirklich viel Zeit miteinander verbracht. Doch genau das Gegenteil war der Fall.

Sie verlebten wunderschöne und harmonische Tage. Sie hatte sogar Zeit, um weiter Finnisch und für ihr Studium zu lernen. Als Sander und Panu auf Ibiza unbedingt auf eine Tauchtour wollten, lehnte Emilia mit der Begründung ab, dass sie lieber auf dem Wasser schwamm, anstatt Tonnen davon über sich zu haben. So zogen die Männer fröhlich los, aber nicht, ohne dass sich Panu mehrmals bei Emilia erkundigte, ob das auch wirklich in Ordnung für sie wäre.

»Natürlich, geh nur. Ich werde den Tag mit Lernen und ein wenig Faulenzen verbringen, und du amüsierst dich mit Sander. Ihr werdet bestimmt viel Spaß haben.«

Panu war froh, dass Emilia den Männertag wohlwollend betrachtete. Er freute sich auf die Tour mit Sander. Nicht nur, dass sie in die geheimnisvolle Unterwasserwelt eintauchen würden, die an den vorgelagerten Inseln aus zahlreichen Riffen, Steilwänden und Höhlen bestand, sondern sie konnten auch noch eine geführte Tauchtour an das Wrack des 2007 vor Ibiza-Stadt versunkenem Fährschiffs »Don Pedro« mitmachen.

Begeistert erzählte Panu ihr am Abend, als sie sich zum Diner umzogen, von seinen Erlebnissen. Beim Essen lud Sander ihn dann noch in die Offiziersbar ein – zu einem Männerabend. Entschuldigend lächelte er dabei Emilia an und sagte, dass die Offiziere einen Abend im Monat dazu auserkoren hatten, und der wäre nun einmal heute. Panu zögerte, aber Emilia ermutigte ihn, Sanders Angebot anzunehmen.

»Und du?« Den Arm um ihre Taille gelegt, sah er sie zärtlich an.

»Ich werde an der Poolbar der spanischen Folklore-Darbietung lauschen, ein bis zwei Cocktails schlürfen, mit einem heißblütigen Spanier flirten und … Aua …« Emilia quiekte auf.

Panu hatte sie in die Hüfte gezwickt und warf ihr einen grimmigen Blick zu. »Kaunis, vergiss es!«

»Okay, dann halt kein heißer Spanier.« Schelmisch gab sie ihm einen Kuss. »Vielleicht ein …«

»… blonder, blauäugiger und sehr verliebter Finne, wolltest du wohl sagen?! Mehr bekommst du nicht, Harmaa-silmä!« Panu zog sie fest an sich und untermauerte das Gesagte mit einem fordernden Kuss.

Nur zu gern erwiderte Emilia diesen und versprach mit einem treuen Augenaufschlag: »Ich werde ganz brav und sittsam sein, während ihr euch da oben mit Alkohol, Zigaretten, verbotenen Spielen und wahrscheinlich einer Reihe heißer Blondinen amüsiert.«

Panu lachte herzhaft und neckte sie damit, dass Männer so etwas halt machen würden – das aber nichts mit ihr zu tun hätte.

Am nächsten Tag, als sie aus dem Hafen von Barcelona ausliefen, verging Panu allerdings schnell das Lachen, als er mit Emilia übers Lidodeck schlenderte und plötzlich Siina, seine Ex, vor ihnen stand und ihm freudig um den Hals fiel.

»Panu, Liebling, du bist hier – ich wusste es. Ich bin gerade eben für ein zweiwöchiges Engagement zugestiegen. Komm, lass uns zusammen einen Cocktail trinken gehen.«

Siina war so euphorisch und hatte nur Augen für Panu, sodass sie Emilia, die hinter ihm ging und abrupt stehen geblieben war, gar nicht wahrnahm.

»Siina! Was ... was machst du denn hier? Ich dachte, du hast hier momentan kein Engagement.« Panu starrte entsetzt auf die Frau, die sich noch immer um seinen Hals klammerte. Geschickt wand er sich aus deren schraubstockartiger Umarmung und drehte sich zu Emilia um. »Kaunis, sorry ... ich weiß auch nicht, wie ... Sie sagte in Linz, dass sie nicht mehr hier arbeiten würde ... Ich ...« Um Worte ringend, brach er ab.

Emilia, die zwar geschockt war, die Blondine aus dem Hotelzimmer hier wiederzutreffen, wollte sich vor dieser keine Blöße geben und legte eine Hand beruhigend auf Panus Arm. »Schon gut, Darling, willst du uns dieses Mal nicht vorstellen?!«

Panu, verblüfft über Emilias abgeklärte Kaltschnäuzigkeit, machte die beiden Frauen hastig miteinander bekannt.

»Hallo, Siina.« Emilia sprach ruhig – gefährlich ruhig.

Das hübsche Gesicht der Finnin verfinsterte sich. »Hei!«

Kurz angebunden grüßte sie zurück und sprach dann wieder auf Finnisch zu Panu: »Kommst du heute Abend zu unserer Show? Wir führen *Cabaret* auf. Ich kann dir …«, ihr Blick glitt geringschätzig zu Emilia, »… euch Plätze frei halten lassen.«

»Ähm … ich weiß nicht …« Hilflos schaute er zwischen den zwei Frauen hin und her. »Emilia? Was meinst du?«

Emilia merkte, wie sich Ärger in ihr aufbaute. Ärger über das Zusammentreffen mit diesem eingebildeten Frauenzimmer beziehungsweise deren unverschämtes Verhalten und Ärger darüber, dass Panu offensichtlich wusste, dass sie hier arbeitete.

»Nein danke! Ich habe keine Lust. Aber wenn du möchtest, kannst du dir die Show gern ansehen.« Ihre Stimme klang zuckersüß und beherrscht.

Ich werde einen Teufel tun, dachte er augenblicklich, als er das zornige Funkeln in Emilias Augen sah. Doch nicht nur Emilias finsterer Blick veranlasste ihn, Siina eine Absage zu erteilen, sondern auch sein schlagartig wieder funktionierender Verstand. Er wollte überhaupt nicht zu der Show gehen, ob mit oder ohne Emilia. Unwille machte sich in ihm breit, mit dieser Frau noch länger reden, geschweige denn den Abend in ihrer Nähe verbringen zu müssen. »Nein, Siina. Wir werden nicht kommen. Mach's gut!« Er griff nach Emilias Hand und zog sie, ohne die blonde Finnin weiter zu beachten, mit sich.

Emilia ließ es widerstandslos geschehen, löste ihre Hand aber aus seiner, sobald sie aus Siinas Sichtfeld verschwunden waren. Sie befanden sich neben den Rettungsbooten, als Panu stehen blieb und versuchte, Emilia an sich zu ziehen.

Sie sträubte sich und funkelte ihn wütend an. »Verdammt noch mal, was soll das? Was macht die Tussi hier … Oder besser gesagt, was machen wir genau auf dem Schiff, auf dem diiiiiie arbeitet? Willst du mich verarschen?« Die Worte sprudelten nur so aus ihr heraus. Sie war in ihrem Leben selten so wütend gewesen.

Panu wirkte zerknirscht, als er den Versuch startete, die Situation zu erklären: »Emilia, Kaunis, es tut mir so leid. Das ist alles ein blödes Missverständnis. Ich … wir … also Siina und ich …«

Zornig unterbrach Emilia ihn: »Ach, es gibt ein ›Wir‹, ein ›Siina und Panu‹? Gut zu wissen!«

Perplex über die giftigen Worte, suchte Panu nach einer plausiblen Erklärung. »Nein, natürlich nicht … nicht mehr. Ich … wie ich dir schon in Linz erklärt habe, ist Siina meine Ex. Sie hat schon in Linz probiert, mich wieder anzumachen …« Er unterbrach sich selbst. »Aber das habe ich dir ja bereits erzählt. Was ich dir nicht gesagt habe …«

»Ahhh, jetzt wird's richtig spannend!« Emilia spürte, wie sich zu ihrem maßlosen Zorn ein ganz neues Gefühl gesellte – Angst.

»Emilia, es ist wirklich nichts Schlimmes, ganz harmlos … Wir haben uns unterhalten, und dabei habe ich angemerkt, dass ich wohl endlich das Angebot von Sander, übrigens ein gemeinsamer Freund von uns …«

»Sag nicht ›uns‹, als würde dich mit dieser Frau noch irgendetwas verbinden … Oder tut es das?« Emilia spürte, wie sie langsam hysterisch wurde, konnte jedoch nichts dagegen tun – der Zorn und die Angst ließen sie nicht mehr klar denken. Sie lief ein paar Schritte an der Reling entlang und starrte, das Geländer krampfhaft festhaltend, auf die Wellen, die sich am Bug des Schiffes brachen. Ihr war sterbenselend zumute.

»So ein Quatsch! Emilia, bitte, lass uns doch vernünftig darüber reden.« Er legte sanft seine Hand auf ihren Arm und drehte sie zu sich herum. »Es gibt kein ›Uns‹ zwischen Siina und mir, das ist alles Vergangenheit … lange her …« Zärtlich fuhren seine Finger durch ihre vom Wind zerzausten Haare. »Es gibt nur ein ›Uns‹ – du und ich –, und das ist Gegenwart und Zukunft.« Fest sah er sie an, neigte sich vor und bat wortlos um diesen Kuss.

Emilias Mund war verkniffen – sie wollte reden, nicht küssen.

Seufzend gab Panu den Versuch auf, Emilia mit Liebkosungen zu besänftigen. »Okay, ich erzähle, du hörst zu, und danach vergessen wir den ganzen Mist, okay?« Ohne ihre Antwort abzuwarten, lehnte er sich an die Reling und fing an zu erklären: »Als Siina in Linz an meine Hotelzimmertür geklopft hatte, war ich perplex gewesen, sie wiederzusehen, und habe sie hereingelassen. Wir haben am Anfang ganz belanglos geplaudert, und dabei habe ich ihr erzählt, als die Sprache auf Sander kam, dass ich gern auf sein Angebot zurückgreifen würde, ihn auf einer Kreuzfahrt zu besuchen. Und ich habe ihr auch gesagt, für wann ich überlegte, die Reise zu buchen …«

»… aber da wusstest du doch noch gar nicht, ob wir fahren würden. Hast du sie danach noch mal angerufen?« Emilias Blick war bohrend.

»Nein, Quatsch!« Panu schüttelte heftig den Kopf und fuhr fort: »Siina meinte daraufhin, dass sie in der nächsten Zeit leider kein Engagement auf der *MS VISTARUBY* haben würde und das doch schade wäre. Darauf habe ich nichts gesagt, weil ich froh darüber war. Sie hat mich dann immer intensiver angemacht, an unsere …« Er unterbrach sich, als Emilia zornig aufschnaubte. »Es tut mir leid, Emilia, wir waren halt früher einmal ein Paar … Sie hat mich an die gemeinsame Zeit erinnert, und dann kam es auch schon zum Streit. Ich bin ins Bad gegangen, sie an die Tür, dann haben wir weitergestritten, und ich habe sie rausgeworfen, und da saßt du … Und den Rest kennst du ja.« Er schaute Emilia durchdringend an. »Bitte, Kaunis, du musst mir glauben … Da war nichts, und ich hatte auch nichts geplant – für wie blöd hältst du mich eigentlich?«

Emilia hatte seinen Ausführungen gelauscht und kam sich langsam ein wenig paranoid vor. Er hatte ihr schon in Linz erklärt, dass Siina einfach vor seiner Hotelzimmertür aufgetaucht war und er sie, überrascht, seine Ex zu sehen, hereingebeten hatte. Panu hatte von ihren Annäherungsversuchen erzählt, und ihren Rausschmiss hatte sie ja live mitbekommen. Warum also sollte er sich hier, vor ihren Augen, mit der Schnepfe verabredet haben? Was er ihr gerade gesagt hatte, klang für sie auf einmal vollkommen logisch und ehrlich.

»Mmmh … ja, ich glaube dir, aber …«

»… aber, warum sie hier ist? Meinst du das? Das weiß ich, ehrlich gesagt, auch nicht … Ich bin genauso überrascht wie du. Vielleicht hat sie getauscht oder ist für eine andere Tänzerin eingesprungen – vielleicht, weil sie wusste, dass ich zum jetzigen Zeitpunkt an Bord bin. Keine Ahnung. Aber glaub mir, ich habe mich nicht mit ihr verabredet.« Mit seinen kräftigen Armen zog er sie an sich, und Emilia blickte zu ihm auf – versank in seinen blauen Augen. »Kaunis, ich bin vielleicht blond, doch bestimmt nicht blöd! Warum sollte ich mich mit irgendeiner Frau treffen wollen, wenn ich die tollste Frau, die ich kenne, in meinen Armen halten kann?« Er beugte sich vor und knabberte zärtlich an ihrem Ohrläppchen. »Harmaa-silmä, glaub mir, das alles ist nicht auf meinem Mist gewachsen. Ich will nur dich!« Er richtete sich auf und umschloss mit seinen Händen ihr Gesicht. »Bitte, Emilia, du musst mir glauben!«

Fest schaute sie ihm in die Augen. »Panu, das ist wirklich alles seltsam … Und ich bin misstrauisch … Ich weiß nicht …«

Seine Lippen legten sich zärtlich auf ihre, und er hauchte: »Ich liebe dich, Kaunis, nur dich!«

Er liebt mich! Ja, das tut er! Emilias Gedanken schwirrten, und sie konnte gar nicht anders, als seinen Kuss liebevoll zu erwidern.

»Komm!« Panu löste sich von ihr und zog sie an der Hand mit sich. Schweigend liefen sie an Deck entlang und machten erst halt, als Panu sie in einen Liegestuhl am Bug des Schiffes drückte und hastig sagte: »Du bleibst hier, und ich hole uns etwas zu trinken.«

Emilias Blick war undurchdringlich.

»Und dann reden wir, Kaunis. Ich möchte, dass du weißt, dass ich nichts, wirklich nichts geplant habe … und dass es nur uns beide für mich gibt«, er neigte sich vor und sah ihr tief in die Augen. »Nur uns!«

So schnell, wie er verschwunden war, stand er auch schon wieder vor ihr. Bewaffnet mit einer Flasche Weißwein und zwei Gläsern, die er sogleich füllte. Er stellte alles neben die Liege und ging einen Schritt auf die spitz zulaufende Reling zu. »Komm, Harmaa-silmä, lass uns die Szene auf der Titanic nachspielen.« Er stellte sich auf die Reling, breitete die Arme aus und schrie: »Ich kann fliegen!«

Emilia musste trotz ihres Unmuts lachen. »Spinner!«

Panu drehte sich zu ihr um und sprang vom Geländer. »Ja, dein Spinner, nur deiner!«

Plötzlich fing Panu zu erzählen an. Er setzte sich in den Liegestuhl neben Emilia und berichtete von seiner Beziehung zu Siina, die nunmehr schon zig Jahre her war. Er machte keinen Hehl daraus, dass sie ihm einmal etwas bedeutet hatte, dass sie ihn aber betrogen und er sie darauf verlassen hatte, was er bis heute nicht bereute. Er erläuterte ihr noch einmal ausführlich, was bei dem Treffen mit Siina vor wenigen Wochen in Linz passiert war.

»Als ich mich dann ins Bad verkrümelte, habe ich wirklich gehofft, sie würde verschwinden«, er schüttelte unmutig den Kopf, »doch sie war immer noch da, als ich rauskam, und so habe ich sie höflich, aber bestimmt rauskomplimentiert.« Er griff nach Emilias Hand und fuhr mit seinen Fingern zärtlich über ihre weiche Haut. »Emilia, bitte glaub mir; ich habe mich nicht mit Siina verabredet. Ich habe nur erzählt, dass ich diese Kreuzfahrt ins Auge gefasst habe … mehr nicht!«

»Mmmh …« Emilia wandte sich ihm zu. Tränen schimmerten in ihren Augen. »Panu, ich habe Angst. Angst, da ich all das schon einmal erlebt habe. Nicht genau so, nicht mit einem Mann, den ich so wahnsinnig geliebt habe wie dich … aber … Ich wurde betrogen und habe es überhaupt nicht bemerkt. Über Jahre betrogen … von meinem Ehemann und meiner Mutter. Und ja, ich bin misstrauisch, bin ängstlich und unsicher … Ich muss noch eine ganze Menge lernen, viel an mir arbeiten, um das Vertrauen in dich nicht zu verlieren.« Emilia fiel es nicht leicht, sich zu erklären. »Das Vertrauen in mich …« Sie stockte erneut. »Ja, vor allem in mich! Ich muss meinen eigenen Gefühlen vertrauen lernen.«

Panu stand auf und setzte sich hinter Emilia auf den Liegestuhl. Seine Arme legten sich fest um ihre Schultern und zogen sie an sich. Ihren Kopf an seine Brust gebettet, seufzte sie wohlig auf. Sie fühlte sich beschützt – umsorgt.

»Kaunis, erzähl mir von deiner Ehe … und von deiner Mutter.«

Ohne lange nachzudenken, fing Emilia zu reden an. Wie

befreit sprach sie von ihrer jahrelangen Einsamkeit, die durch nichts, noch nicht einmal durch Evas herzliche Freundschaft, durchbrochen werden konnte. Sie versuchte, ihm zu erklären, wie wenig sie in all den Jahren von sich selbst gehalten hatte, wie gering ihr Selbstvertrauen gewesen war. Beim Thema Selbstliebe schüttelte sie unmerklich den Kopf, als sie eingestand, dass sie davon keine Ahnung gehabt hatte. Überhaupt, ihre Gefühle waren immer gut unter Verschluss gewesen, tief in ihr verborgen. Erst Panus Liebe, ihre Liebe zu ihm und ihrem neuen Zuhause in Finnland hatten diese innere Zerrissenheit endlich kitten können. Auch wenn sie zugab, dass sich bis heute noch immer Zweifel in ihr breitmachten, wenn es um ihre eigene Wahrnehmung ging. Deswegen auch ihr Misstrauen gegenüber ihm – sie musste erst lernen zu vertrauen.

Als Emilia geendet hatte, nippten beide wortlos an ihrem Wein. Panus Finger streichelten dabei sanft über ihren Oberarm, und als er das Glas wieder abstellte, hauchte er einen zarten Kuss auf ihr Haar. »Vertraust du mir?«

»Ja, ich vertraue dir«, sagte sie aus tiefstem Herzen, wandte den Kopf und küsste ihn sanft. Emilia wusste in diesem Moment, dass sie in Panu einen Menschen getroffen hatte, dem sie wirklich vertrauen konnte.

×××

Emilia stellte ihre Tasche ab, warf sich auf das weiße Sofa in Panus Wohnung und streckte sich aus. »Ich bin erledigt. Sag mir bitte, dass ich nichts mehr tun muss und du noch irgendetwas Essbares im Kühlschrank hast.«

Panu stieß mit dem Fuß die Tür hinter sich zu und ließ die

beiden Koffer fallen. »Nein, du musst mir nicht helfen, und nein, ich habe nichts im Kühlschrank. Sorry, Süße.«

»Neeeeeiiiin …«, verzweifelt richtete Emilia sich auf und blickte Panu vorwurfsvoll an. »Ich habe Hunger!«

»Ich weiß, Kaunis, aber ich habe außer Tütensuppe oder ein paar Salzstangen leider nichts anzubieten.« Panu setzte sich auf die Couchlehne. »Du wirst mir doch nicht verhungern? In ein paar Stunden«, er schaute auf die Uhr, »um genau zu sein, in drei Stunden, macht der erste Bäcker auf. Schaffst du das?«

»Ahhh …«, Emilia ließ sich, den Handrücken theatralisch an die Stirn haltend, zurück in die Kissen sinken, »… noch drei Stunden. Panu Turunen, wie können Sie mich erst eine Woche lang mästen, dafür sorgen, dass Tag und Nacht Essen zu meiner Verfügung steht, und dann das. Noch nicht einmal Eier oder Nudeln, oder was weiß ich …«

Kopfschüttelnd stand Panu auf und durchforstete die Küchenschränke. »Brokkoli- oder Lachscremesuppe? Du hast die Wahl.«

»Tütensuppe! Bäh! Kaum zu glauben, da legt mir der Mann erst die Welt zu Füßen, um mich dann mit Tütensuppe abzuspeisen … Tü-hü-ten-su-hu-ppe!« Emilia war aufgestanden und trat hinter Panu. Zärtlich legte sie die Arme um seine Taille und kuschelte sich an seinen Rücken. »Doch ich könnte mir vorstellen, dass ich Tütensuppe lieben lernen könnte, wenn du sie mir zubereiten würdest.«

»Wenn du noch einmal ›Tütensuppe‹ sagst, musst du sie, so wie sie ist, aus der Tüte essen. Und ich glaube, das wird eine ziemlich trockene Angelegenheit.« Er drehte sich zu ihr um und wedelte drohend mit einem verschlossenen Päckchen Lachscremesuppe. »Kaunis, es ist spät, wir waren ewig unterwegs, und ich bin müde – möchtest du wirklich noch etwas essen?«

»Mmmh …« Emilia drückte sich fest an seine Brust und sah aus dem Augenwinkel zu ihm auf. »Huuuuunger …«

Seufzend löste sich Panu aus ihrer Umarmung. »Okay, du hast gewonnen – du gehst duschen, und ich mache dir die Tü-hü-ten-su-hu-ppe warm.« Er drehte sich um, riss die Verpackung auf, schnappte sich einen Topf, füllte ihn mit Wasser und rührte den Inhalt ein.

»Danke.« Sie schmiegte sich erneut an seinen Rücken, hauchte zarte Küsse darauf und lief dann selig seufzend ins Bad. Bevor sie die Tür hinter sich schloss, sagte sie noch lakonisch: »Mach ruhig beide zusammen – Lachs und Brokkoli, das passt.«

Emilia ließ achtlos ihre Kleider auf den Boden fallen und stellte sich unter die Dusche. Als das warme Wasser über ihren Körper rann, entspannte sie sich langsam. Sie waren mittags um fünfzehn Uhr von Madeira abgeflogen und, nach einem Zwischenstopp in Frankfurt, nach gut neun Stunden hier in Helsinki gelandet. Es war jetzt kurz vor drei Uhr nachts. Emilia schloss die Augen, genoss die warmen Wasserstrahlen und dachte an die vergangene Woche. Glückselig seufzte sie auf – es war wunderschön gewesen.

Als sie, nur mit einem von Panus T-Shirts bekleidet, wieder aus dem Badezimmer kam, nahm sie den leichten Geruch von Brokkoli wahr. Ihr Magen knurrte geräuschvoll.

»Komm, setz dich.« Panu stellte ihr einen Teller Suppe hin und nahm auf dem Stuhl gegenüber Platz.

Geräuschvoll löffelte Emilia die Suppe in sich hinein. »Mmmh, wie lecker. Ich habe selten etwas so Gutes gegessen.«

»Du spinnst ja!«

»Ja. Vor Hunger und Müdigkeit sind meine Sinne ganz vernebelt.«

Lachend schaute Panu sie an – wurde aber Sekunden später wieder ernst. »Kaunis, du hast mir immer noch keine Antwort auf meine Frage gegeben.«

Emilia hätte sich beinahe verschluckt. Sie wusste augenblicklich, was er meinte. Wie kam er ausgerechnet jetzt wieder darauf – seit Wochen hatte er sie nicht mehr danach gefragt. *Mist!* Wie sollte sie ihm sagen, dass sie das nicht wollte – nicht mit ihm auf einer Bühne singen konnte!

»Ich … ich weiß nicht … ich will eigentlich nicht … ich … Muss das sein?«, brachte sie stotternd ihren Einwand vor.

»Oh, Emilia, komm! Wir zwei, das wäre ein Traum … Bitte sag Ja.«

Den letzten Rest der Suppe aus dem Teller löffelnd, überlegte Emilia panisch, wie sie aus dieser Nummer wieder herauskam. Dann nahm sie allen Mut zusammen. »Ich … eigentlich möchte ich das nicht. Oh, Panu, sei bitte nicht sauer …« Sie sah ihn flehend an. Als er mit ernstem Blick aufstand und langsam um den Tisch herumkam, fuhr sie unsicher fort: »Du … du solltest dein Lied mit einem Profi singen, mit einer bekannten Sängerin … nicht mit mir …«

Panu stand neben ihr, ging in die Knie und umarmte sie, zu ihrer Überraschung, zärtlich. Seine Lippen fuhren ihren Hals entlang. Er streifte ihr das übergroße Shirt zur Seite, sodass er ihr Schlüsselbein liebkosen konnte. Behutsam umfasste er ihre Brüste, deren Knospen sich sofort aufrichteten und Emilias Lippen ein lustvolles Stöhnen entspringen ließen.

Da begriff sie und stand ruckartig auf. »Panu, das ist nicht fair …« Als sie sich zu ihm umdrehte, um ihm in die Augen sehen zu können, war er bereits einen Schritt zurückgetreten und streifte sich langsam sein Shirt über den Kopf. Emilia lehnte sich Halt suchend gegen den Tisch und konnte nicht anders, als beim Anblick seines muskulösen Oberkörpers ihre Hand nach ihm auszustrecken und ihre Finger verlangend über seinen Brustkorb gleiten zu lassen. *Hört dieser Wahnsinn jemals auf? Ich bin besessen – von seinem Körper und seinen Liebkosungen.* Emilia fragte sich unaufhörlich, wie es sein konnte, dass ihre gegenseitige Begierde so anhaltend war – so unbeschreiblich leidenschaftlich und verzehrend.

»Ich möchte dich doch nur ganz lieb davon überzeugen, dass du mit mir singen musst …« Seine Finger der rechten Hand vergruben sich in ihren Haaren und zogen sie zärtlich zu sich.

Und hier hörte, wieder einmal, Emilias Denken auf, und sie gab seinem Drängen und ihrem Verlangen nach.

×××

»Wir hatten so eine unglaublich schöne Woche, Tess.« Freudig erzählend saß Emilia mit Tess im *Café Vanille*. »Und wie ist es dir ergangen? Haben sich Lasse, Joulu und Ira gut um dich gekümmert?«

»Jaa, das haa-ben sie.«

Tess sah glücklich aus. Emilia betrachtete sie genauer. Ihr Teint war rosig, ihre grünen Augen leuchteten, und die früher oft verkniffenen Lippen lächelten entspannt. Auch hatten Sprache und Bewegung sich in dieser einen Woche erstaunlicherweise enorm verbessert. Sie hatten heute wieder den Rollstuhl am Fuß der Treppe zum Café stehen lassen, doch war dieses Mal Tess mit Emilias Hilfe die Stufen emporgestiegen.

Seit gestern Abend war Emilia wieder auf Suomenlinna und

hatte seither noch keine Zeit zum Auspacken gehabt. Eine Flut von Aufgaben war auf sie hereingeprasselt. Tess' Eltern hatten mehrfach angerufen und sich nach den Fortschritten ihrer Tochter erkundigt, und hatten unter den gegebenen Umständen wissen wollen, ob es überhaupt weiterhin notwendig sei, den Aufenthalt von Tess zu verlängern. Emilia hatte klare und bestimmte Worte für die von Hagenaus gefunden. Ohne ein Blatt vor den Mund zu nehmen, hatte sie ihnen erklärt, dass es Tess wohl nie im Leben besser gegangen sei als in diesen Tagen – und man auf keinen Fall die angefangene Therapie unterbrechen dürfe. Sie hatte ihnen versichert, dass in Kürze die einzelnen Berichte von Arzt, Psychologen und Physiotherapeuten zur Verfügung stünden und sie sich entspannen könnten, da Tess' Genesung große Fortschritte machte. Nachdem dieses Gespräch beendet worden war, hatte sie die Eltern des kleinen Lenni angerufen, der in der kommenden Woche eintreffen sollte. Ihre Unterhaltung war gut verlaufen, sehr gut sogar. Sie hatte mit Lennis Mutter und dessen Stiefvater Arto Virtanen einen Termin für den morgigen Tag ausgemacht, an dem sie sich gemeinsam mit Joulu treffen wollten, um den Behandlungsplan für Lenni durchzusprechen. Außerdem hatte Ira ihr ausgerichtet, dass sich eine Dame gemeldet und um einen Rückruf gebeten hatte, da sie momentan darüber nachdachte, ob das *Talo* eventuell der richtige Ort wäre, um ihrer Tochter die richtige Hilfe zukommen zu lassen. Die genauen Daten hatte Ira sich sorgfältig aufgeschrieben und den Zettel in Emilias Büro gelegt. Emilia hatte beschlossen, mit diesem Rückruf noch einen Tag zu warten. Erst einmal wollte sie alles rund um Tess und Lenni abklären, um dann durchdachte Entscheidungen für den Fall der Aufnahme einer weiteren Patientin zu treffen.

Sie bestellte zwei Tassen Kaffee und schaute Tess erwartungsvoll an. »Erzähl, wie ist es dir ergangen?«

»Janis hat Drums mit miiir gespi-iielt.« Tess bemühte sich, die Worte richtig auszusprechen, und schaffte es zunehmend besser, deutlich zu reden.

»Oh, wie schön. Und – hat's Spaß gemacht?«

Tess nickte eifrig.

Die Tür sprang auf, und Lasse kam im Sturmschritt herein. »Moi, ihr zwei. Was sitzt ihr denn hier drinnen rum? Draußen ist das schönste Wetter. Kaum eine Wolke am Himmel. Kommt, wir laufen rüber nach Kustaanmiekka zum öffentlichen Badestrand.«

»Baaaden …?«

Voller Elan zog Lasse Tess hoch und nahm sie auf den Arm. »Hey, Sprachwunder, hast du abgenommen?«

Gespielt haute Tess ihm strafend auf die Schulter, konnte sich ein glückliches und stolzes Lächeln aber nicht verkneifen.

Emilia bezahlte schnell und folgte den beiden. »Lasse, geht doch bitte schon mal vor. Ich muss nur rasch nach Hause, meinen Bikini anziehen, und komme dann gleich nach! Denn wenn ich schon ans Wasser gehe, dann muss ich auch rein. Soll ich deinen auch mitbringen?« Fragend sah sie Tess an.

Diese schüttelte entsetzt den Kopf. »Zu kaaalt …«

Emilia rannte im Laufschritt zum *Talo*. Grinsend musste sie Tess gedanklich recht geben. Bei zwar sonnigem Wetter mit Temperaturen um die zwanzig Grad würde sie wohl ein Einzelfall bleiben, der sich überwand, ins Meer zu gehen. Vor nicht einmal vier Wochen war Suomenlinna noch eine Schneelandschaft gewesen, und das Wasser war bestimmt noch eisig kalt – doch davon wollte sie sich nicht abhalten lassen.

In wenigen Minuten war sie in ihren Bikini geschlüpft, hatte ein Kleidchen übergestreift, sich ein großes Badehandtuch geschnappt und war kurz darauf schon wieder auf dem Weg zum öffentlichen Badestrand *Uimaranta*.

Lasse hatte den Rollstuhl an den Holzstufen, die zum Sandstrand hinunterführten, stehen gelassen und war mit Tess vorsichtig Stufe für Stufe hinabgestiegen. Überraschend geduldig an diesem Tag, machte es Tess nichts aus, dass sie nur langsam vorwärtskam. Sie spürte, dass das wochenlange Training mit Lasse endlich erste sichtbare Erfolge zeigte, und setzte sich mit hochrotem, aber glücklichem Gesicht auf die Decke, die Lasse im Sand ausgebreitet hatte.

Als Emilia wieder zu den beiden gestoßen war, legte sie ihr Handtuch daneben und streckte sich darauf aus. Schweigend genossen die drei die ersten wirklich kräftigen Sonnenstrahlen.

Als Lasse merkte, dass Tess eingedöst war, nutzte er den Moment: »Sag mal, Emilia, was ist denn Miro eigentlich für eine komische Type?«

Erstaunt schaute Emilia ihn an und setzte sich auf. »Was meinst du mit ›komisch‹? Wann hast du ihn denn getroffen?«

»Er war letzte Woche mit Janis hier. Er hat zwei Mädchen Gitarrenunterricht gegeben, während Janis mit Tess getrommelt hat.«

Ach ja! Emilia erinnerte sich, dass sie Miro darum gebeten hatte, ihre Gitarren-Unterrichtsstunden bei den Lindström-Schwestern zu übernehmen. Mit dem Gitarren- und Klavierunterricht für Anfänger hatte sie vor Kurzem angefangen. Sie betreute bereits vier Kinder auf der Insel.

»Ja, und?«

»Na, als sie fertig waren, hat er noch auf Janis gewartet und ist dann auf Tess getroffen …«, er zögerte. »Und ich finde, dass er sie nicht gerade nett behandelt hat. Was heißt ›nicht nett‹. Er war unmöglich zu ihr, richtig fies.«

»Oh …« Emilia verschlug es die Sprache. Sie wusste nicht, was sie dazu sagen sollte, und merkte, wie Ärger sich in ihr breitmachte. *Verdammt, Miro, was soll das?* Wenn er ein Problem mit Tess hatte, warum konnte er ihr dann nicht aus dem Weg gehen oder bei einem Zusammentreffen wenigstens das Mindestmaß an Höflichkeit wahren?

»Er hat sich über ihre Figur lustig gemacht und darüber, dass ihre Sprache noch so schwerfällig ist. Er hat gefragt, ob es denn jetzt nicht endlich genug wäre, und ihr prophezeit, dass sie sich nie ändern würde.« Lasse wurde immer lauter: »Ich kam gerade mit Janis dazu, als sich die beiden unterhielten. Was heißt ›unterhielten‹ … als er sie fertiggemacht hat. Janis hat ihn dann geistesgegenwärtig mit sich gezogen, und bevor ich noch irgendetwas zu ihm sagen konnte, waren sie bereits weg. Aber als ich danach in Tess' Gesicht geblickt habe – ich kann dir nur sagen: Mir hat überhaupt nicht gefallen, was ich darin lesen konnte.« Lasse war nicht nur immer lauter, sondern auch zorniger geworden.

Emilia legte beschwichtigend die Hand auf seinen Arm. »Lasse, ich werde mit Miro reden. So geht das nicht, ich …«

»Neeeiin …« Tess, die die ganze Zeit ruhig dagelegen hatte, richtete sich plötzlich auf und schaute die beiden fest an. »Nein!«

Erstaunt sah Emilia sie an. Tess hatte gar nicht geschlafen, sondern dem Gespräch gelauscht. »Aber, Tess, das geht doch so nicht, ich …«

»… nein!« Tess' Blick war fest und duldete keinen Widerspruch.

Schulterzuckend stand Emilia auf. »Gut. Wie du willst. Ich gehe jetzt erst mal ins Wasser. Kommt ihr mit?«

Lasse tippte sich an die Stirn. »Du spinnst ja! Die Ostsee ist temperaturtechnisch wahrscheinlich noch im einstelligen Bereich. Da krieg ich ja einen Herzinfarkt oder friere mir gar die nötigen Elemente für die Familienplanung ab.«

»Warmduscher!« Emilia schüttelte verächtlich den Kopf und lief die wenigen Meter bis ans Wasser. Vorsichtig streckte sie einen Zeh in die Brandung. Wow, wirklich eisig. Sie überlegte kurz, ob sie tatsächlich hineingehen sollte. Jedoch war der Gedanke zu verlockend, mit ein paar kräftigen Zügen hinauszuschwimmen. Ohne noch länger zu zögern, watete sie ein paar Schritte hinein, tauchte ihre Hände ins Wasser und spritzte sich nass. Ein jäher Schrei entfuhr ihren Lippen, und sie lief kreischend los, um sich kopfüber in eine Welle zu werfen. Prustend kam sie wieder an die Oberfläche, drehte sich zum Strand um und winkte Tess und Lasse zu. »Wahnsinn! Der absolute Hammer! Es ist herrlich. Und mein Herz schlägt noch.«

Sie sah noch, wie Lasse aufstand und ihr den Vogel zeigte, bevor sie sich wieder umwandte und aufs offene Meer hinausschwamm. Sie dachte über Miro nach und spürte, wie der Zorn sie erneut packte. Sie kraulte schneller und versuchte, den Gedanken an ihn wegzuwischen. Idiot!

Gut, wie du willst, hatte sie zu Tess gesagt. Doch es war nicht gut, und Emilia wusste, dass sie es nicht auf sich beruhen lassen konnte. Sie musste mit Miro reden. Oder vielleicht erst einmal mit Panu?

Sie versuchte, sich zu entspannen, was sich bei den Temperaturen allerdings schwierig gestaltete. So genoss Emilia zwar das eisige Nass, aber nicht zu lange. Sie war vernünftig genug, um nicht länger, als es bei diesen Temperaturen gesund war, im Wasser zu bleiben. Sie paddelte zurück ans Ufer und lief glücklich, sich in ihrem Element bewegt zu haben, zu Tess und Lasse. »Gott, war das herrlich.«

»Ja, herrlich kalt. Du bist doch nicht ganz bei Trost.« Lasse wandte sich an Tess und fragte kopfschüttelnd: »Sind alle Deutschen so durchgeknallt?«

»Neein … nur siiie!« Tess zeigte mit dem Finger auf die in ein Handtuch gewickelte, mit einem glücklichen Grinsen vor sich hin bibbernde Emilia.

11

»… I really feel proud to have you by my side – every day and every night …«

♫

»Ja, Panu, wir kommen – alle! Tess, Lasse, Ira, Joulu, Inka, Vesa und ich.« Emilia wiederholte geduldig ihr schon mehrfach gemachtes Versprechen. »Wir sind um achtzehn Uhr im *Virgin Oil* und essen dort mit euch. Und danach gehen wir hoch in den Klub und warten auf euren Auftritt. Ich habe es dir doch versprochen.« Sie räumte die Teller vom Mittagessen weg, während sie ihr Handy zwischen Schulter und Ohr geklemmt hielt.

»Es hätte ja sein können, dass irgendetwas dazwischengekommen ist. Was ist mit Lenni? Wie machst du das alles?« Panus Stimme klang angespannt.

»Lennis Eltern holen ihn gleich ab und fahren mit ihm zu seinen Großeltern. Sein Opa hat Geburtstag. Sie bringen ihn am Sonntagvormittag zurück. Also kein Problem.«

»Gut.« Panu war erleichtert. »Kaunis, ich freue mich auf heute Abend – auf den Auftritt, aber vor allem auf dich.«

»Ich freue mich auch. Ich bin gespannt, wie die Finnen abgehen, wenn sie eure Musik hören.«

»Du, das heute ist ganz anders. Es ist einfach nur einmalig, zu Hause, in der Heimat, zu spielen. Und der Klub ist genial. Klein und intim. Du wirst sehen, es wird euch gefallen. Viivi und mein Vater samt Frau kommen auch. Habe ich dir das schon erzählt?«

Nein, hatte er nicht. In dieser Woche hatten sie sich nur einmal kurz gesehen. Panu hatte Proben für die Show gehabt, und die Band hatte außerdem probeweise erste Songs für ihr neues Album, das Ende des Jahres erscheinen sollte, eingespielt. Zusätzlich waren die Jungs einen Tag zu Werbezwecken nach Schweden geflogen. Dadurch hatte Emilia immerhin die Zeit genutzt, sich voll und ganz Lenni zu widmen, ohne ein schlechtes Gewissen haben zu müssen. Was sich zu ihrem Leidwesen von Zeit zu Zeit immer wieder einstellte. Sie fühlte sich hin- und hergerissen. Einerseits wollte sie so viel Zeit wie nur möglich mit Panu verbringen, aber andererseits war da ihre leidenschaftliche Arbeit im *Talo*. Zudem wünschte sie sich, das Studium so schnell und gut wie nur irgend möglich fertigzubringen, um sich somit noch mehr, noch besser, noch intensiver in die therapeutische Arbeit mit einbringen zu können.

»Blauauge, wir machen jetzt Schluss. Ich möchte mit Lenni noch eine Stunde spazieren gehen, bevor er abgeholt wird. Er liebt das Trockendock und die Schiffe. Bis später!«

»Bis später, Harmaa-silmä!«

Emilia legte das Handy weg und lief in den Flur. Lenni war auf die Toilette gegangen, und sie hatte die Gunst der Stunde genutzt, um mit Panu zu telefonieren. Ihr Neuzugang hatte sie vom ersten Moment an voll in Anspruch genommen. Er war ein verschlossener blond gelockter, pausbäckiger Zehnjähriger, den es galt, aus der Reserve zu locken. Seit Montag war er bei ihnen und verlangte Emilias ganze Aufmerksamkeit und auch die von Joulu. Selbst Tess beanspruchte er. Diese hatte nach anfänglichen Problemen, da ihr Kinder absolut suspekt waren und sie nicht wusste, was sie mit ihnen anstellen sollte, ihre Gegenwehr abgelegt und gab ihr Bestes, um dem kleinen Jungen das Gefühl des Willkommenseins zu geben.

Emilia hatte bei dem Gespräch mit Anna und Arto nachgefragt, wie weit sie Tess mit einbinden dürfe, da sie vorhatte, ihre Arbeit im *Talo* so familiär wie möglich zu gestalten. Die beiden waren mehr als offen gewesen und hatten keinerlei Bedenken, was Emilias und Joulus Strategie anging. Ihr Plan war, zuerst mit Singen und Musizieren Lennis Vertrauen zu gewinnen. Anfangs würden zunächst einmal keine psychologischen Gespräche stattfinden, da Lenni, immer wenn Joulu anwesend war, verstummte und Schutz bei Emilia suchte. Er sollte langsam daran gewöhnt werden, sich wieder mitzuteilen und seinen Zorn, der offensichtlich in ihm schlummerte, über die Musik oder körperlich an einem Boxsack, den Wilmer im Physioraum angebracht hatte, auszulassen.

Bei dem Gedanken daran, was Lenni widerfahren war, sträubten sich ihr stets die Nackenhaare.

Lenni und seine Mutter Anna waren über mehrere Jahre von dessen leiblichem Vater tyrannisiert worden. Als ihr Sohn fünf Jahre alt war, hatte Anna nach einer grauenvollen Nacht, in der ihr Mann sie und den Jungen brutal misshandelt hatte, den Schritt zur Polizei gewagt. Der Anwalt Arto Virtanen hatte sie damals vor Gericht vertreten und eine hohe Haftstrafe für den Exmann erwirken können. Während des Prozesses hatten sich die beiden ineinander verliebt und vor knapp zwei Jahren, nachdem Annas Ehe geschieden worden war, geheiratet.

Arto kümmerte sich seither liebevoll um seine neue Familie. Lenni war schon von jeher ein auffallend ruhiges Kind gewesen und tat sich schwer im Umgang mit anderen Kindern – und mit Erwachsenen erst recht. Als dann vor knapp einem

Jahr die gemeinsame Tochter Ella auf die Welt gekommen war, hatte Lenni sich immer mehr zurückgezogen, hatte kaum mehr ein Wort gesprochen und war zusehends aggressiver geworden. Die Schulpsychologin hatte der Familie eine Therapie empfohlen, die sie zwar bei einer ortsansässigen Psychiaterin angetreten hatten, doch kurz darauf wieder hatten abbrechen müssen, da Lenni jegliche Mitarbeit verweigert und sich noch mehr in sich zurückgezogen hatte.

Durch Nachforschungen waren sie dann auf Doktor Joulu Forsman gestoßen, der ihnen dazu geraten hatte, Lenni zu Emilia ins *Bernhard-Fahnenbruck-Talo* zu schicken.

Emilia lächelte zufrieden – Joulu fand sie, ihre Arbeit und das *Talo* so toll, dass er Patienten, die ihn wegen eines Termins kontaktierten, ohne Weiteres an sie weiterverwies. Das bestätigte und beflügelte sie umso mehr in ihrem Tun.

Die erste Woche war recht positiv verlaufen. Lennis Zimmer befand sich neben Emilias, nachdem seine Eltern sie darauf vorbereitet hatten, dass er nachts oft weinen würde. Einfühlsam, da ihr die Furcht vor der Nacht und die damit verbundenen Albträume nur zu bekannt waren, hatte Emilia versucht, ihm nach und nach die Angst vor dem Alleinsein und der Dunkelheit zu nehmen. Natürlich hatte sie in diesen fünf Tagen noch nicht viel ausrichten können, aber sie spürte, dass Lenni Vertrauen gefasst hatte – zu ihr, Tess und Ira. Lasse, Joulu sowie Wilmer beäugte er mit mehr Misstrauen, zu tief saß scheinbar das Entsetzen um die Erfahrung mit der Aggression, die von einem Mann ausgehen konnte. Obwohl seine Mutter Emilia berichtet hatte, dass Lenni oft von seinem leiblichen Vater gesprochen hatte und ihn in beinahe jedem seiner Familienbilder malte, blieb trotz allem der Argwohn gegenüber Männern. Sie waren für den kleinen Jungen nicht einschätzbar – Männer konnten in seinen Augen wohl gut oder böse, aber auch beides sein.

»Feeeertig!« Lenni war aus der Toilette gekommen und griff sofort nach Emilias Hand. Als sie die kleinen Finger, so zierlich, so zerbrechlich, sanft umschloss, musste sie bewegt schlucken. Wie konnte man einem so zarten Menschenkind so viel Leid antun?

Emilia sprach Finnisch mit ihm, obwohl ihre Aussprache und ihr Vokabular nicht die besten waren. Jedoch schien es ihr am sinnvollsten, da Lennis Englisch noch nicht so gut war und er, um sich wohlzufühlen, so viel Vertrautes erleben sollte wie nur irgendwie möglich. Außerdem hatte Emilia den Eindruck, dass Lenni ihre teils lustige und teils katastrophale Aussprache nicht störte.

»So, junger Mann, was wollen wir in der Stunde anstellen, bis deine Mama und Arto kommen? Ich dachte an einen Spaziergang zum Trockendock. Was hältst du davon?«

Stumm nickte Lenni und drückte ihre Hand fester.

»Prima, na, dann mal los! Ich sage nur noch Tess kurz Bescheid.«

Gemeinsam liefen sie zurück in den Aufenthaltsraum, wo Emilia nach Tess rief.

»Ii-ich bin in der Kü-üche.«

»Wir gehen spazieren und sind um fünfzehn Uhr zurück.«

»Okay.«

»Ich bringe dir jetzt ein Lied auf Deutsch bei, Lenni: *Das Wandern ist des Müllers Lust*. Auf geht's!«

×××

Tess' Gesicht war mit hektischen Flecken übersät, als sie gemeinsam das Restaurant des *Virgin Oil* betraten. Emilia spürte deren Nervosität förmlich. Es war erst Tess' zweiter Abend, seit sie hier lebte, den sie in Gesellschaft verbrachte. Sie waren mit dem Taxi gekommen und hatten den Rollstuhl zu Hause gelassen. Auf einer Krücke links und von Lasse auf der rechten Seite gestützt, schritt sie erhobenen Hauptes durch die Reihen der Tische.

Emilia und Ira folgten der Bedienung, die sie durch den Raum führte. Emilia, die noch nie hier gewesen war, schaute sich hastig im Lokal um, war mit ihren Gedanken aber schon bei Panu. Sie nahm nur kleine Sequenzen wahr – rustikaler Stil, Weinfässer und leere Weinflaschen in den Regalen, mehrere Separees, Metalltische mit zartblauen Mosaikplatten und große, wuchtige Nussbaum-Holztische sowie eine riesige Theke mit einem monströsen Steinofen. Das *Virgin Oil* war ein italienisches Restaurant, und schon am Eingang zum Lokal hatte eine Tafel auf die heutige Tagespizza hingewiesen.

In einer Nische, in der schon Panu und die Jungs auf sie warteten, trafen sie auch auf Vesa, Joulu und Inka. Als Panu Emilia entdeckte, sprang er auf und eilte freudestrahlend auf sie zu. »Moi!« Liebevoll schloss er sie in die Arme und gab ihr einen zärtlichen Kuss. »Schön, dass ihr endlich da seid!«

Emilia warf einen Blick auf ihre Armbanduhr. »Panu, es ist kurz vor sechs, und wir sind da, wie versprochen.« Neckend gab sie ihm einen Stups in die Seite.

Grinsend nahm er ihren Kommentar hin und begrüßte Lasse und Tess: »Hallo. Wie geht es dir, Tess? Du siehst gut aus.«

Emilia betrachtete Tess mit einem Mal genauer. Sie sah wirklich gut aus. Sie hatte ihre roten Haare zu einem Pferdeschwanz zusammengebunden und ihre Augen mit Kajal und

Wimperntusche leicht betont, sodass deren strahlendes Grün besser zur Geltung kam. Die schwarze Hose und das eng anliegende weinrote Shirt unterstrichen ihre weibliche Figur. Nach Panus Kompliment fiel Emilia auf, dass Tess wieder abgenommen hatte.

Etwas verlegen, aber sichtlich erfreut bedankte sich Tess bei Panu für dessen Aufmerksamkeit und begrüßte dann die anderen am Tisch. Ihr Blick blieb kurz an Miro hängen. Als sie jedoch den abweisenden Ausdruck in seinem Gesicht wahrnahm, wandte sie sich resigniert ab und setzte sich ans andere Ende des Tisches. Lasse folgte ihr, allerdings nicht, ohne Miro zuvor einen feindseligen Blick zuzuwerfen.

Emilia setzte sich zwischen Panu und Janis. Alsbald war eine lebhafte Unterhaltung im Gange, die nur kurz vom Eintreffen weiterer Geladener unterbrochen wurde. Mikka und Eva waren heute leider nicht dabei. Mikka, der als Produzent im Moment viel unterwegs war, hatte den Auftritt schweren Herzens absagen müssen. So musste *Moonset Road* heute mal wieder ohne ihn auskommen, hatten aber in David, einem Allroundmusiker, einen ausgezeichneten Ersatz gefunden. Mikka versuchte, äußerst vielseitig zu agieren, und nahm, wann immer es ihm möglich war, die verschiedensten Projekte an. Jedoch arbeitete er am liebsten mit den Jungs und genoss die Auftritte mit ihnen. Eva, die heute auch zu gern dabei gewesen wäre, war bereits gestern zurück nach Deutschland geflogen, da sie noch einige wichtige Absprachen treffen und letzte Vorbereitungen in ihrem kleinen Verlag zu erledigen hatte, bevor sie nächste Woche dann endgültig nach Helsinki umzog.

Miro, der Emilia direkt gegenübersaß, war, wie zumeist, sehr still. Sie fixierte ihn missmutig. Sollte sie mit ihm über Tess reden – ihm ihre Meinung zu seinem Verhalten sagen? Sie beschloss für sich, ruhig zu bleiben. Nicht heute Abend – und vor allem nicht vor dem Konzert.

»Wir haben uns schon wieder kaum gesehen, Kaunis.« Panu legte den Arm um Emilias Schulter und drückte sie an sich.

»Ja, leider.« Seufzend schmiegte sie sich in seine Armbeuge. »Aber ich hatte so wahnsinnig viel zu tun ... mit Tess und Lenni ...« Nochmals tief seufzend richtete sie sich auf und schaute ihn an. »Wir haben so viel Spaß zusammen, und es funktioniert alles ganz prima ... Aber ich habe dich vermisst.«

»Kommst du heute Nacht mit zu mir?«

Selbst wenn sie etwas anderes vorgehabt oder einen Besuch bei ihm nicht geplant hätte, beim Blick in seine leuchtenden, pures Begehren ausdrückenden Augen hätte sie nie Nein sagen können. Zart fuhr sie mit ihren Lippen seine Wange entlang und flüsterte an seinem Ohr: »Ich bin heute Nacht dein Groupie und mache alles, was du willst.«

Dieser kleine Satz, von ihr nur so leichthin ausgesprochen, verursachte bei Panu ein unbeschreibliches Verlangen. »Emilia, hör auf ... sonst ...« Schwer atmend löste er sich von ihr und sah in ihre rauchgrauen Augen.

»Sonst was?«

Er neigte sich wieder vor und raunte: »Sonst zerre ich dich in den Backstagebereich und mache die Dinge mit dir, die ein Rockstar mit einem Groupie macht.«

Ihr Hals fühlte sich wie ausgetrocknet an, als Emilia erregt wisperte: »Nach der Show – wenn du verschwitzt, ausgepowert und voller Adrenalin bist, werde ich da sein. Überleg dir schon mal ein ungestörtes Plätzchen!«

»Emilia!« Panus Gesichtsausdruck war gespielt leidend. »Du machst mich wahnsinnig!«

»Mmmh, ja …« Liebevoll legte sie ihre Lippen auf seine und murmelte: »Ich liebe es, dich wahnsinnig zu machen.«

»Piru!«

»Ich bin kein Teufel.« Kichernd löste sie sich von ihm und griff zittrig nach ihrem Weinglas.

Ihr Blick fiel auf Janis, der die beiden wohlwollend beobachtete. Gerade als sie etwas zu ihm sagen wollte, zog Panu sie aus ihrem Stuhl hoch und raunte ihr ins Ohr: »Komm mit, Teufel. Ich finde ein Plätzchen für uns.«

Erstaunt ließ Emilia sich halb widerstrebend, halb erwartungsvoll mitziehen. »Panu … ich … Du spinnst …«

Sie schlängelten sich gerade durch die Tischreihen, als sich ihnen eine attraktive Blondine in den Weg stellte. »Hei, Panu, Darling …«

Panu blieb wie angewurzelt stehen und starrte verwirrt auf die Frau, die direkt vor ihm stand und ihm ihre Wange für einen Begrüßungskuss hinhielt. »Finja?!«

Emilia spürte, wie sich die Muskeln seiner Hand, die noch immer ihre umschloss, anspannten.

Finja? Wer zur Hölle ist denn jetzt diese »Finja«? Noch so eine große, schlanke, attraktive Blondine. Emilia versuchte, ihre Hand aus seiner zu lösen, doch er hielt sie eisern fest.

»Hei, Finja. Wie geht es dir?« Ihre Wange ignorierend, wich Panu einen Schritt zurück und schaute die Blondine fragend an.

»Prima. Ich bin mit meinem Mann und einigen Freunden hier, um euer Konzert zu sehen. Ich hatte gehofft, dich zu treffen.«

»Hast du ja nun. Du entschuldigst uns?«

Panu versuchte, an der Frau vorbeizuhuschen, aber sie hielt ihn am Arm fest und sprach einfach weiter: »Schau, Viivi hat sich auch kurz zu uns gesetzt. Komm doch für ein paar Minuten …« Sie warf Emilia einen geringschätzigen Blick zu. »Du kannst auch deine …«, sie zögerte, »Freundin mitnehmen. Ich möchte dir gern meinen Mann vorstellen. Bitte!«

Panu sah zu Emilia und versuchte, nicht genervt zu wirken – was er aber im Moment war. Und zwar richtig genervt! Schon eine Verneinung auf den Lippen, fühlte er sich von hinten gepackt, und Keke, sein Vater, schob ihn in Richtung des Tisches. Er wollte keinen Aufstand machen und warf deshalb Emilia einen verzweifelten Blick zu. »Ist das okay für dich? Nur für ein paar Minuten?«

»Geh nur, ich setze mich wieder zu den anderen. Bis gleich.« Sie drehte sich um, lief eiligst zurück und setzte sich perplex.

Miro, der ihr gegenübersaß, sah sie mitfühlend an. »Emilia, ganz locker! Das ist seine Ex – das ist lange, lange her!«

»Na super, noch 'ne Ex! Auf wie viele blonde langbeinige Exfreundinnen treffe ich denn noch?«

Miro lachte belustigt auf. »Keine Panik, Panu hat nur Augen für dich – glaub mir.«

»Mmmh … jaaa …« Missmutig nippte sie an ihrem Weinglas und fragte Miro: »Warum warst du eigentlich so gemein zu Tess?« Sie wusste, es war nun ihrerseits fies, ihn kurz vor der Show zur Rede zu stellen, nur um sich von ihrer eigenen Übellaunigkeit abzulenken.

Miro schaute sie ernst an, dann glitt sein Blick ans andere Ende des Tisches, an dem Tess mit Lasse und Ira saß. Auch Emilia sah in deren Richtung und bemerkte gerade noch, wie Tess den Blick senkte und nervös an ihrem Wasserglas spielte. Als Miro zu einer Antwort ansetzen wollte, gesellte sich Panu wieder zu ihnen. »Heh, Miro, Grüße von Finja, du sollst mal zu ihr kommen, sie will dir ihren Mann vorstellen.«

Miro, der bislang alles andere als scharf darauf gewesen war, an Finjas Tisch zu gehen, ergriff dankbar die Gelegenheit, Emilia eine Antwort schuldig zu bleiben, und stand hastig auf. »Bin gleich wieder da.«

»Komisch, als wir noch zusammen waren, konnte sie keinen der Jungs richtig leiden, na ja, vielleicht Miro ein bisschen.« Er zuckte mit den Schultern und nahm Emilias Hand. »Kaunis, bitte nicht böse sein. Ich wusste nicht, dass sie hier ist, und ich habe sie auch schon über ein Jahr nicht mehr gesehen. Es tut mir leid, dass sie so blöd reagiert hat ...« Er unterbrach sich selbst. »Scheinbar sind alle meine Exfreundinnen ein wenig, na ja, sonderbar.« Verwirrt legte sich seine Stirn in Falten.

»Ja, scheinbar ... ein wenig ...« Emilia sah ihn fest an und versuchte, ihren Ärger runterzuschlucken. »Schon gut. Ich wusste ja, dass du eine Vergangenheit hast ... als Rockstar.« Sie musterte ihn durchdringend. »Wahrscheinlich mehr, als mir lieb ist ...« Sie legte ihre freie Hand vorsichtig auf seine unrasierte Wange und fuhr mit dem Daumen über seine Lippen. »Die Vorstellung ist unerträglich, dass dein Mund schon so viele andere Frauen geküsst hat – ich hasse den Gedanken!«

»Dann denk nicht mehr daran, Harmaa-silmä. Seit fünfundvierzig Wochen küsse ich nur noch dich, und ich habe nicht vor, das je wieder zu ändern!« Er neigte sich vor, grinste über Emilias verblüfften Gesichtsausdruck und küsste sie sehnsuchtsvoll.

Als sie sich voneinander lösten, fragte Emilia erstaunt: »Fünfundvierzig Wochen? Wie ... warum ...«

»Warum ich das weiß? Weil du mir wichtig bist und ich jede Woche, jeden Tag, jede Stunde mit dir genieße ... Und weil ich dich liebe.«

Der Kellner, der die Speisen an den Tisch brachte, unterbrach Panus Liebesgeflüster, und Emilia stierte glückselig vor sich hin. Die Gespräche in der großen Runde wurden ruhiger, als man zu essen anfing, und auch Emilia langte wie immer mit Heißhunger zu.

Nachdem alle gespeist hatten und die Gespräche wieder in Fahrt kamen, setzte sich Janis, der kurz eine Zigarette rauchen gewesen war, neben sie und lächelte erfreut. »Und du singst heute mit Panu?«

Emilia, die gerade aus ihrem Glas trank, bekam einen Hustenanfall. »Iiich?«

»Ja, du. *The Whole Passion*, das Lied, das er für dich geschrieben hat.« Janis sprach leise, sodass Panu, der mit Rami über Eishockey fachsimpelte, von ihrem Gespräch nichts mitbekam.

»Nein! Ich wollte eigentlich nicht singen. Warum denkst du, dass ich es doch tue?«

»Na, weil es so auf unserer Setlist steht. Die erste Zugabe – euer Lied!«

In Emilias Kopf schwirrte es. Hatte sie Panu nicht unmissverständlich klargemacht, dass sie nicht mit ihm vor Publikum singen wollte? Das hatte sie doch – oder? Sie musste unbedingt noch vor der Show mit ihm reden.

Panu öffnete die Tür, die den Backstagebereich vom Klubraum trennte, ein paar Zentimeter und linste in den sich langsam füllenden Raum. Es war kurz nach zweiundzwanzig Uhr; noch eine Stunde, bis die Vorband starten würde. Panu und die Bandmitglieder waren schon vor einer Weile in die Garderobe in den ersten Stock des *Virgin Oil* gegangen, wo sich der Klub befand, um sich vorzubereiten.

Panu blickte sich nervös um. Wo blieben ihre Freunde und

Familie? Sie hatten ihnen extra einen Tisch direkt an der Tür zum Backstagebereich reserviert.

Da! Er sah seinen Vater und Juliaana, gefolgt von Viivi, wie sie zielstrebig auf die Bar zusteuerten. Wo war Emilia? Er wollte noch mit ihr reden, bevor die Show begann. Janis hatte ihm gesagt, dass sie erstaunt gewesen war, dass sie heute mit ihm singen sollte. Er wusste selbst, dass er sie damit überrumpelt hatte. Er hätte es ihr auch noch gesagt, aber erst jetzt. Denn wenn sie vorher davon erfahren hätte, wären ihr tausend Ausreden eingefallen, um heute nicht mitkommen zu müssen. Doch er wollte unbedingt mit ihr sein Lied singen. Er wusste, dass es großartig werden würde. Emilia hatte eine einzigartige Stimme, und gemeinsam würden sie den Klub zum Beben bringen. Er verschwendete keinen Gedanken daran, dass er über Emilia bestimmte und ihr »Nein« zum Duett nicht wirklich ernst nahm. Dafür war er zu aufgeregt, zu euphorisch, was seine Musik betraf.

Aleksi, der Frontmann der Vorband *The Six Finish Guys*, haute ihm auf die Schulter und schob ihn zur Seite. »Lass mal schauen.« Er sah ebenfalls in den Klub und bemerkte trocken: »Typisch. Die Masse erscheint erst wieder kurz vor Beginn von eurem Auftritt.« Er lachte, schloss die Tür zum Klubraum und deutete in Richtung Garderobe am anderen Ende des schmalen Ganges im Privatbereich. »Komm, lass uns noch einen trinken.«

Widerwillig folgte Panu ihm.

Die Vorband hatte gerade zu spielen angefangen, als Emilia sich zu den anderen Freunden und Familienmitgliedern gesellte. Sie hatte an der Bar gestanden und war so vertieft in ein Gespräch mit Panus Vater gewesen, dass sie ihre Umgebung kaum wahrgenommen hatte. Im Klub, zu dem eine breite Treppe vom Foyer des Restaurants hochführte, war es dunkel. Ihr Blick glitt empor zur Galerie, die sich nunmehr füllte. Überall standen fröhlich lachende Menschen herum und stimmten nach wenigen Minuten lautstark in den Gesang der Band mit ein. Emilia nahm auf einem Barhocker an einem der hohen Tische, die rund um die Tanzfläche standen, Platz. Auf der nur wenige Meter entfernten Bühne spielten *The Six Finish Guys* lautstark auf. Panu hatte ihr von ihnen erzählt und sie als eine der besten Coverbands in Finnland beschrieben.

Emilia nippte gerade an ihrem Sekt, als sie ihren Namen hörte. Sie drehte sich herum und sah Panu, wild mit den Armen fuchtelnd, im Türrahmen stehen. Sie schaute auf das Schild an der Tür: *Vain henkilökunnalle* – nur für Mitarbeiter! Panu bedeutete ihr, zu ihm zu kommen. Sie stand auf und ging auf ihn zu. »Was ist los?«

»Komm mal kurz mit!«

»Oh Gott, Mr Turunen, doch nicht hier und jetzt … Ich bin doch nur ein einfaches Mädchen, das seinen Star anhimmelt … Ich mache so etwas nicht …« Gespielt verlegen wendete Emilia den Kopf zur Seite, kaute auf ihren Fingernägeln und betrachtete ihn mit einem unschuldigen Augenaufschlag.

Panu nahm ihre Hand, zog sie in den schmalen Gang und schloss hinter ihr die Tür. »Kaunis, doch nicht jetzt. Ich will dich nur etwas fragen … Obwohl, ein bisschen Zeit hätte ich ja schon noch.« Überschwänglich riss er sie in seine Arme und küsste sie wild.

Emilias Verlangen wurde sofort entfacht. Sie krallte ihre Finger in seine Schulterblätter und erwiderte den Kuss hingebungsvoll. Wie viel Uhr war es? Hatten sie noch Zeit? Gab es hier einen Platz, wo sie kurz ungestört sein würden? Ihre Gedanken rasten.

Als er von ihr abließ, starrte sie ihn atemlos an. »Panu, du ... das war ...«

»Wahnsinn, wie immer. Und deswegen muss ich dich etwas Wichtiges fragen. Janis sagte mir, dass du dein Lied nicht mit mir singen willst ... Warum nicht?«

Emilia war perplex. War der Kuss dafür gedacht gewesen, sie zu verwirren – sie willenlos zu machen? Sie konnte kaum einen klaren Gedanken fassen, war beinahe so weit, seinem Drängen nachzugeben. Aber nur beinahe. In Emilia kroch ein eigentümliches Gefühl hoch. Ein Empfinden, das sie so gut kannte. Sie fühlte sich überrumpelt und fremdbestimmt. Auch wenn Panu sie jetzt fragte – er hatte eigentlich schon alles geplant und mit ihrer Zustimmung felsenfest gerechnet. Ihr Herzschlag beschleunigte sich, und Unmut machte sich in ihr breit.

»Panu, ich hatte dir doch schon gesagt, dass ich das nicht möchte. Nicht öffentlich. Das ist dein Ding und deine Band, ich habe hier nichts verloren.«

»Kaunis, bitte. Sing mit mir! Mir zuliebe. Nur dieses eine Mal und nur dieses eine Lied. Bitte!«

»Ich ... ich kann das nicht ... Ich ...«

»Ich mache dir einen Vorschlag«, er umfasste sacht ihre Schultern und sah ihr tief in die Augen, »wir spielen das Konzert, und kurz vor Ende gibst du mir ein Zeichen, ob oder ob nicht. Okay?«

»Aber ich kann den Text doch gar nicht ... Ich ...«

»Du kannst den Text nicht? Du konntest ihn schon nach dem ersten Mal, als wir es gemeinsam gesungen haben, erinnerst du dich noch?« Er sah das Bild ganz deutlich vor Augen, wie sie, begeistert von dem Lied, nackt in seinem Bett auf und ab gesprungen war. Er hörte ihre Stimme, wie sie Stunde um Stunde gefühlvoll mit ihm gesungen und ihm mindestens ein Dutzend Mal erklärt hatte, dass das Lied der helle Wahnsinn sei. »Bitte, denk darüber nach … Ich muss los. Wir gehen noch einmal die Setlist durch. Drück uns die Daumen … Und bitte, sag Ja.« Liebevoll hauchte er ihr einen flüchtigen Kuss auf die Lippen und war im nächsten Moment durch die Tür am anderen Ende des schmalen Gangs verschwunden.

Verwirrt öffnete Emilia die Tür zum Klubraum und setzte sich wieder zu den anderen. Sie sah sich um. Der Saal war bis auf den letzten Platz gefüllt, und immer noch spielte die Vorband in voller Lautstärke. Emilia richtete ihren Blick auf die Bühne, wo die Band die Coverversion von *Bed Of Roses* von Bon Jovi spielte, aber die Musik drang nicht bis zu ihr durch. Sie fragte sich, was sie tun sollte. *Ich kann das nicht! Ich will das nicht! Oh Gott, was soll ich machen?* Sie setzte ihr Glas an, trank es in einem Zug leer und schenkte sich schnell Sekt nach, um auch diesen in einem Zug hinunterzuschütten.

»Alles klar bei dir?« Joulu beugte sich zu ihr vor und legte seine Hand leicht auf ihren Arm.

Sie starrte wie durch ihn hindurch.

»Emilia?«

Sie schüttelte heftig den Kopf und schaute ihm nun direkt in die Augen. »Ja, Joulu, danke, mir geht's gut!« *Geht's mir wirklich gut? Was soll ich machen?*

»… fighting for the two of us, willing to find back to each other, is all we are searching for …« Emilias Stimme klang fest und leidenschaftlich. *»… just you can kiss me deep and devotedly, only in your arms I wanna be …«*

Panu warf ihr einen liebevollen Blick zu, reckte seine Hand in die Luft und wippte im Takt der Musik. Miro und Rami traten hinzu, hoben ebenfalls die Hände und animierten das Publikum, es ihnen gleichzutun.

»… the whole passion that we got … I want to shout it out, really, really loud, so everybody knows, how our love still grows … our love still grows!«

Als das Lied endete, warf Emilia den Jungs eine Kusshand zu und verließ eilig die Bühne. Sie konnte noch den ohrenbetäubenden Beifall und Panus Worte des Dankes hören, bevor sie sich in die vermeintliche Sicherheit des Backstagebereiches flüchtete. Außer Atem und am ganzen Körper zitternd, lehnte sie sich gegen die nächstbeste Wand und bat einen vorbeigehenden Roadie um eine Zigarette. Tief inhalierend ließ sie den Abend Revue passieren …

Die Show war fantastisch gewesen – einmalig. Noch bevor die Band auf die Bühne gekommen war, hatte sich die Stimmung in dem kleinen Klub von Minute zu Minute aufgeheizt. Die Vorband hatte hervorragend gespielt und mit ihrer mitreißenden Performance die Fans sogleich in wahre Begeisterungsstürme ausbrechen lassen. Die sechs aus Turku stammenden Jungs hatten mit brachialen Akkorden bekannte Charts-Hits gecovert, in ihrer eigenen und eigenwilligen Interpretation – sehr laut, sehr hart. Obwohl sie, für Emilias Geschmack, zu viel Englisch mit dem Publikum geredet hatten.

Natürlich waren auch Fans aus anderen Ländern angereist, aber sie waren schließlich in Finnland, und da gehörte es sich in ihren Augen, dass Finnisch gesprochen wurde. Sie hatte deshalb gehofft, dass Panu und die Jungs ausschließlich in ihrer Heimatsprache mit den Fans kommunizierten, und war nicht enttäuscht worden.

Um Mitternacht war *Moonset Road* pünktlich auf der Bühne erschienen und hatte von da an ihre Fans in den Bann gezogen. Nach den ersten zwei Liedern hatte Panu die Fans zuerst auf Finnisch und dann auf Englisch begrüßt. Mit einem verschmitzten Grinsen im Gesicht hatte er den Ausländern im Publikum erklärt, dass dies heute eine Art Sprachunterricht geben und sie heute wohl jede Menge Finnisch lernen würden. Um seine Worte zu bekräftigen, hatte die Band daraufhin ein Medley von finnischen Liedern angestimmt. Emilia kannte nur eines davon – *Maailman Toisella Puolen,* was übersetzt *Auf der anderen Seite der Welt* bedeutete, von *Haloo Helsinki,* einer Pop-Rock-Band aus der Hauptstadt, deren Lieder im Radio rauf und runter gespielt wurden und deren Alben in den finnischen Charts weit oben platziert waren.

Es war ausgelassen gesungen, getanzt und getrunken worden. Auch Emilia, die Verwandtschaft und alle Freunde hatten sich prima amüsiert. Panu war, während Miro, Rami und Janis die Fans mit ihren Gitarren- und Drum-Soli unterhalten hatten, neben die Bühne getreten und hatte nach Emilia Ausschau gehalten. Sie hatte seinen suchenden Blick bemerkt, sich aus der Menge gelöst und war auf ihn zugetreten, wohl wissend, was sie ihm sagen wollte. Als er dann jedoch vor ihr gestanden war – verschwitzt, selig grinsend und die blauen Augen vor Übermut blitzend, war ihr Vorhaben ins Wanken geraten. Nur zwei Worte und eine Geste später hatte sie ihren Widerstand aufgegeben. Sie hatte es nicht geschafft, Nein zu sagen, als er seine Hand auf ihre Wange gelegt und aus tiefstem Herzen gehaucht hatte: »Bitte, Kaunis.«

Sie hatte verstanden, dass er maßlos enttäuscht gewesen wäre, und das hätte sie auf keinen Fall gewollt. Kurz waren Erinnerungen an die Vergangenheit in ihr aufgekeimt – das betroffene, traurige Gesicht ihres Vaters, wenn sie versucht hatte, ihm einen Wunsch abzuschlagen. Oder auch der strafende Blick der Mutter bei ihren vergeblichen Versuchen, sich durchzusetzen. Und der mitleidige Ausdruck im Gesicht ihres Ehemanns, wenn Emilia sich zu Themen rund um die Firma geäußert hatte. Nie hatte sie ihr Vorhaben, ihren Willen durchgesetzt – immer war sie eingeknickt, aus Angst, den anderen zu verletzen und dann mit Liebesentzug bestraft zu werden.

Und so war es auch diesmal gewesen. Stumm lächelnd hatte sie Panu bedeutet, dass sie bereit wäre, und dann voller Anspannung auf ihren Einsatz gewartet.

Panu hatte sich strahlend vor Glück umgedreht und war wieder auf die Bühne getreten. Er hatte ihr Duett als erste Zugabe angedeutet. Die Lichter waren gedämpft worden, er hatte zwei Mikrofone in die Hand genommen und zu seinem Publikum gesprochen: »Hier nun für euch, für unsere treuesten Fans, eines unserer neusten Lieder, zum ersten Mal live gesungen, von mir und …«, er deutete in die Menge, »Emilia!«

Sie hatte die Bühne wie in Trance betreten, konnte sich nicht erinnern, wie sie dort hingekommen war. Ihr Kopf war wie leer gefegt gewesen, und sie hatte nur noch das Adrenalin, das durch ihren Körper schoss, gespürt. Verlegen hatte sie das Mikro übernommen und sich steif neben Panu gestellt.

»*The Whole Passion!*« Panu hatte ihr einen sanften Kuss auf die Wange gedrückt und die erste Liedzeile ins Mikro gehaucht. Im Publikum war es totenstill gewesen. Sein verführerischer Gesang, sein innerliches Leuchten waren wie Magie gewesen – für Emilia und für die Fans. Auch als Emilia eingesetzt und mit ihrer kräftigen, rauchigen Stimme Panu in nichts nachgestanden hatte, hatten die Zuhörer zunächst wie gebannt gelauscht. Erst als sie gemeinsam den Refrain gesungen hatten, hatte sich die Faszination gelöst, und die Fans waren in Jubelstürme ausgebrochen. Feuerzeuge und Handys hatten ihren warmen Schimmer verbreitet, und viele der Zuhörer hatten schon nach wenigen Zeilen in den Refrain mit eingesetzt.

Nachdem Emilia die Bühne verlassen hatte, hatten die Jungs noch ganze vier Zugaben gegeben, bevor sie alle erschöpft, aber glücklich in den Backstagebereich gekommen waren …

»Das war der Hammer … Du warst der Hammer.« Panu hob Emilia, verschwitzt, wie er war, in die Höhe und wirbelte sie, soweit es die Enge des kleinen Ganges zuließ, herum.

Glücklich erwiderte sie seinen stürmischen Kuss. »Ja, es war wirklich toll … Aber einmal und nie wieder, das ist nichts für mich.«

»Nichts für dich? Du warst gigantisch, ganz Profi, als ob du noch nie was anderes getan hättest!« Panu griff nach dem Bier, das Rami ihm reichte, und trank einen kräftigen Schluck. Rami öffnete auch für Emilia eine Flasche.

Sie trank ebenfalls und sagte dann mit fester Stimme: »Panu, das Lied ist super, es ist dein Lied und wird bestimmt ein Hit, aber nicht mit mir – ich bin raus! Ich habe heute Abend nur dir zuliebe gesungen und mir beinahe in die Hosen gemacht. Nie wieder mache ich das! Okay?!« Sie gab ihm einen liebevollen Kuss und schaute ihn entschuldigend an.

Panu vergaß alles um sich herum – er nahm nur noch ihre sinnlichen Lippen, ihren heißen Atem und ihre Stimme wahr. »Lass uns später darüber reden – nicht jetzt!« Seine Hände umschlossen ihr Gesicht, und er vertiefte den Kuss. »Ich liebe dich, Kaunis.«

Erschrocken fuhr er zusammen, als Janis ihm mit beiden Händen auf die Schultern schlug, und löste sich widerwillig von ihr. »Das war gigantisch, mein Freund. Komm mit, *The*

Six Finish Guys haben eine Flasche Jägermeister bestellt. Emilia, wie sieht's aus? Du kommst doch auch mit, oder?« Er hatte sich auf die Zehenspitzen gestellt und grinste sie über Panus Schulter hinweg erwartungsvoll an.

»Nein, ich gehe noch einmal raus zu den anderen.«

»Bring sie mit. Gib uns ein paar Minuten, damit wir uns etwas frisch machen können, und dann kommt ihr einfach nach.« Panu gab ihr einen Kuss auf die Wange und folgte Janis durch den schmalen Gang in die Garderobe. »Bis gleich. Du warst umwerfend.«

Emilia, absolut verwirrt und physisch erschöpft, öffnete die Tür zum Klub und trat an den Tisch, an dem ihre Freunde noch immer saßen und erzählten. Der Raum hatte sich schon zur Hälfte geleert. An den Tischen und an der Bar standen einige euphorische Fans und grölten die Songs der Band. Ein paar von ihnen hielten sich in der Nähe des Backstageeingangs auf und erhofften sich so wahrscheinlich, noch einen Blick auf ihre Stars zu erhaschen oder vielleicht sogar ein Autogramm zu ergattern.

Tess kam humpelnd auf Emilia zu und fiel ihr um den Hals. »Du waarst spiitze!«

»Danke.« Froh darüber, es endlich hinter sich zu haben, nahm sie die aufgekratzte Tess fest in die Arme.

Die Freunde zogen Emilia in ihre Mitte, und von allen Seiten kam begeistertes Lob, mit Ausnahme von Viivi, die Emilia mehr oder weniger ignorierte. Sie unterhielt sich gerade mit Finja und deren Mann, die zu ihnen an den Tisch gekommen waren.

Emilia versuchte, den zwei großen Blondinen, so gut es irgend möglich war, keine Beachtung zu schenken. Warum Viivi ihr schon fast feindselig gegenübertrat, verstand sie nicht und wollte sich darüber auch keine Gedanken machen. Sie wollte jetzt nur noch ihren Spaß haben und versuchte aufgewühlt, Haltung zu bewahren, während Finja lauthals von vergangenen Zeiten sprach und den schönen Momenten, die sie mit Panu und den Jungs erlebt hatte.

Ira legte beruhigend den Arm um Emilia. »Lass dich von der Alten nicht runterziehen. Panu liebt dich – und nicht diese blonde Hülle ohne Herz und Hirn.«

Dankbar lächelte Emilia die Freundin an. »Ich hole uns noch etwas zu trinken.« Auf dem Weg zur Bar kam sie an ein paar wartenden weiblichen Fans vorbei und horchte auf, als sie diese auf Deutsch sprechen hörte.

»Muss sich diese blöde Tussi in die Band drängen? Das haben die Jungs doch gar nicht nötig.«

»Genau … Und so gut war sie auch wieder nicht – total eingebildet. Man hat sie ja kaum gehört mit ihrem Fistelstimmchen.«

»Und wie die Panu angehimmelt hat – die war voll geil auf den. Als ob der auf so eine steht!«

Emilia riss entsetzt die Augen auf und lief wie gehetzt in Richtung WC. *Oh Gott!* Warum hatte sie sich nur zu diesem Unsinn überreden lassen? Im WC angekommen, sah sie sich weiteren feindseligen Blicken ausgeliefert, flüchtete in eine Toilette und schloss zweimal hinter sich ab.

Doch selbst durch die geschlossene Tür hörte sie, wie die Frauen sich nun auf Finnisch lauthals über sie ausließen.

»Warum holt er sich überhaupt diese Kuh dazu – eine völlig unbekannte Sängerin?«

»Ja, und das Lied war auch gar nicht so toll – wahrscheinlich will sie durch ihn nur berühmt werden.«

Emilia wurde übel. Sie ließ sich auf den Toilettendeckel sinken und hielt sich die Hände vors Gesicht. Sie konnten doch nicht alle so schlecht von ihr denken, oder?

»Na, jetzt kommt, so schlimm war es doch gar nicht, und sie ist doch ganz süß.«

Na, das klingt ja schon besser. Emilia entspannte sich leicht.

»Süß? Na ja, wenn man so kleine, nichtssagende Frauen gut findet.«

Emilia sackte wieder in sich zusammen.

»Panu bestimmt nicht, der steht doch eher auf große Blonde, so wie …«

Ein erneuter Treffer.

Emilia hörte, wie sich die Tür öffnete und sich die Stimmen langsam entfernten.

Na super! Das war genau das, was sie heute noch gebraucht hatte. Sie schloss die Toilettentür auf, vergewisserte sich, dass niemand mehr da war, und ging zum Waschbecken. Als sie in den Spiegel schaute, hätte sie am liebsten losgeheult oder geschrien.

Scheiße, scheiße, scheiße!

Genau so etwas war nie ihr Bestreben gewesen: den Eindruck zu vermitteln, dass sie sich in die Band drängen wollte. Nicht nur, dass es ihr nicht gepasst hatte, öffentlich aufzutreten – sie wollte das hier alles nicht und musste das Panu noch einmal deutlich klarmachen. Sie wusch sich die Hände, fuhr sich mit den feuchten Fingern durch die kurzen Haare und straffte die Schultern. Da musste sie jetzt durch – egal, wie.

Als sie zurück zur Bar ging, kam ihr Ira aufgeregt entgegengelaufen. »Panu ist mit den Jungs gerade aus dem Backstagebereich gekommen, und sie haben alle, die noch hier sind, auf einen Drink eingeladen. Die Fans sind begeistert und stehen um unseren Tisch, schießen Fotos und holen sich Autogramme. Das musst du gesehen haben … Schau doch mal.«

Emilia sah sich um und blickte in die glücklichen Gesichter der knapp fünfzig Fans, die gedrängt um den Tisch standen, an dem die Jungs mit ihren Freunden und Familien saßen. Die vier gaben eifrig Autogramme, lächelten in die Kameras, unterhielten sich und stießen mit ihren Anhängern an.

»Ist das nicht verrückt? Welche Band macht so etwas heute noch? Die Leute hier können sich wirklich glücklich schätzen, dass die vier noch nicht zu abgehoben sind, um Spaß mit ihnen zu haben. Komm, lass uns hingehen.« Ira zog sie am Arm mit, und kurz darauf stand Emilia inmitten der ganzen Gesellschaft und fand sich in einem Gespräch mit einem jungen Mann wieder, der sich lobend über ihr Duett mit Panu äußerte.

Irgendwann wurde ihr ein Glas Sekt in die Hand gedrückt – der Alkohol schmeckte gut, und sie lächelte entspannt in die Runde. Sie spürte förmlich die ekstatische Euphorie der Fans, sah in die strahlenden Gesichter der Bandmitglieder und merkte, wie die Anspannung mehr und mehr von ihr abfiel und sie sich ganz dem Augenblick hingeben konnte – der puren Freude über diesen wirklich gelungenen Abend!

Wo war eigentlich Tess? Emilia sah sich um und entdeckte sie schließlich. Tess stand an einen Barhocker gelehnt ein wenig abseits mit Joulu und Lasse und war in ein Gespräch vertieft. Emilia hob die Hand und winkte ihnen lächelnd zu. Gerade als sie auf sie zugehen wollte, wurde sie von hinten gepackt, hochgehoben und herumgewirbelt. Der Inhalt ihres Glases entleerte sich halb über sie und halb über Miro, der abrupt stehen blieb, sie herumdrehte und fest an beiden Schultern hielt. »Verdammt, Emilia, du warst so gut … Ihr wart so gut … Wir waren so gut … Es war gigantisch …«

»Aua, du Idiot.« Emilia befreite sich lachend aus Miros Griff und sagte vorwurfsvoll: »Eh, ich bin klatschnass … Und du hast …«

»Egal. Komm, wir holen uns Nachschub und trinken auf unseren Erfolg.« Er schnappte Emilias Hand und zog sie mit sich. An die Bar gelehnt, bestellte er eine Flasche Wein und zwei Jägermeister. »Prost! Auf dich, auf Panu, auf uns! Ist das Leben nicht schön?«

Emilia prostete Miro zu und musterte ihn dabei genau. Er war angetrunken, wenn nicht sogar betrunken. So aufgewühlt und ausgelassen hatte sie ihn bisher nie erlebt. Für einen Sekundenbruchteil kam ihr Tess in den Sinn, aber sie versuchte, den Gedanken an Miros unmögliche Art beiseitezuschieben, um den Augenblick nicht zu verderben.

»Ich muss … dir … über Tess erzählen … deine Frage … vorhin beantworten …« Miro hatte sich vorgebeugt und nuschelte ihr leise und undeutlich ins Ohr.

»Was hast du gesagt?« Emilia hatte kaum ein Wort verstanden.

»Tess … Sie ist ein Biest, eine kleine Schlampe … Sie ist …«

Emilia unterbrach ihn barsch: »Verdammt, Miro, was soll das. Halt einfach die Klappe. Du musst mir nichts über Tess sagen, schon gar nicht, wenn du besoffen bist und sie nur schlechtmachen willst. Was ist denn los mit dir? Seit wann bist du so ein Arsch?«

»Du verstehst das nicht … Sie spielt nur die Gute, dabei ist sie in Wirklichkeit gaaaanz anders, sie nutzt dich nur aus … So wie sie jeden ausnutzt, der es gut mit ihr meint. Jetzt ist halt der Typ dran.« Mit einem Kopfnicken deutete er auf Lasse. »Warte ab, die verarscht euch alle … Sie …«

»Sei still, du Blödmann, ich will das nicht hören. Du bist ja betrunken, und überhaupt, ich höre mir das nicht länger an!« Emilia schnappte ihr Glas, drehte sich um und ließ Miro an der Bar stehen. Wutentbrannt marschierte sie schnurstracks auf Joulu zu, der sich mit Vesa unterhielt.

»Schau nicht so mürrisch, du warst klasse, und das, was hier gerade passiert, die Band mit ihren Fans, ist einmalig.« Joulu legte einen Arm um sie und drückte ihr einen Kuss auf die Wange. »Ich wusste ja, dass du gut singst. Ich habe ja schon das ein oder andere Mal gelauscht, wenn du mit Tess im Musikzimmer warst, aber so fantastisch ... Frau Fahnenbruck, ich bin schwer beeindruckt.«

Emilia versuchte, das Gespräch mit Miro zu verdrängen, indem sie mit den beiden Männern den ereignisreichen Abend Revue passieren ließ. Doch sie war einfach nicht richtig bei der Sache und dachte ständig über Miros Worte nach. Warum redete er so schlecht über Tess? Sie sah sich um. Ihr Blick wanderte suchend durch die Menge. Wo war Panu eigentlich?

Er lehnte an der Wand, mit einem Bier in der einen, einem Schnapsglas in der anderen Hand und unterhielt sich mit Finja. Emilias Hand verkrampfte sich um ihr Glas, als sie ihn laut auflachen hörte.

Sie konnte weiter beobachten, wie eine junge Frau sich aus einem Pulk löste und sich Panu näherte. Schüchtern sprach sie ihn an. Sofort unterbrach er seine Unterhaltung mit Finja, drückte dieser seine Gläser in die Hand und legte einen Arm um den weiblichen Fan. Deren Freundinnen zückten hastig ihre Handys und schossen ein Bild. Das Ganze wiederholte sich sieben Mal. Emilia zählte begeistert mit und betrachtete dabei Finjas mürrisches Gesicht. Panu ließ sich mit einer Frau nach der anderen ablichten, quatschte währenddessen aufgekratzt mit ihnen und schrieb Autogramme.

Finjas Miene verfinsterte sich von Mal zu Mal mehr, und sie wartete hoffnungsvoll darauf, dass Panu sich wieder ihr zuwandte. Allerdings tat er das nicht. Als sich die Frauen bedankten und kichernd im Pulk zusammenfanden, nahm Panu Finja wortlos die Gläser aus der Hand und ging, ohne sie weiter zu beachten, auf Janis zu. Die zwei grinsten sich an, prosteten sich zu, leerten ihre Drinks und schlenderten gemeinsam an die Bar.

Emilia atmete erleichtert auf. Kein Grund zur Sorge – oder besser zur Eifersucht. Panu hatte einfach nur Spaß. Sie spürte, wie sie sich wieder entkrampfte – wie der Alkohol und die Erkenntnis, dass Panu kein Interesse an seiner Exfreundin hatte, sie entspannten. Allmählich begann sie, die Nacht zu genießen.

Es war halb vier, als Janis auf sie zukam und ihr sagte, dass sie nun alle zurück in den Backstagebereich gehen müssten, da der Klub bald schließen würde. Emilia hakte sich bei Tess und Joulu unter und ging mit ihnen durch die Tür in den Privatbereich. Familie und Freunde folgten, und die Band verabschiedete sich bei den Fans mit einer letzten A-cappella-Nummer von einem ihrer bekanntesten Hits.

Die Nacht endete in den frühen Morgenstunden, als die Sonne über Helsinki schon lange aufgegangen war.

Tess hatte mit Lasse und Ira die Fähre nach Suomenlinna genommen, während Emilia mit Panu nach Hause gegangen war. Sie hatten sich ein Taxi bestellt, da Panu zu angetrunken war, um noch halbwegs geradeaus zu laufen.

Mit Mühe und Not hatte sie den wankenden und nicht gerade leichtgewichtigen Panu in sein Apartment gebracht. Nachdem sie ihn nach etlichen Anläufen, da er immer wieder nach seiner Gitarre gegriffen hatte, um mit ihr noch ein Lied zu singen, endlich im Bett hatte, war sie erschöpft ins Badezimmer geschlichen, hatte sich abgeschminkt und eine wohltuende Dusche genommen.

Es war kurz nach sieben Uhr morgens, als sie sich nackt unter die Decke neben den schnarchenden Panu legte, sich an seine warme Brust bettete und augenblicklich einschlief.

Ihre letzten Gedanken galten wieder einmal nur ihm.

Selbst angetrunken und schnarchend war er der erotischste Mann, den sie sich vorstellen konnte. Sie liebte ihn, so wie sie noch nie irgendeinen Menschen geliebt hatte, und verzehrte sich so sehr nach ihm und seiner gefühlvollen Liebe, dass sie einen fast körperlichen Schmerz verspürte.

Emilia spürte – träumte? –, wie Panus Finger zärtlich über ihren nackten Bauch fuhren. Wohlig rekelte sie sich. *Bitte lass es keinen Traum sein!*

Seine Finger fuhren zart um die kleine Tätowierung über ihrem Schambein und verweilten dort. Die andere Hand vergrub sich in ihren Haaren. Sie roch Zahnpasta, als er ihre Lippen zart berührte. Und sie nahm einen intensiven Duft von Moschus wahr – *mmmh, frisch geduscht.* Für den Bruchteil einer Sekunde kam Emilia ihr Spruch vom gestrigen Abend in den Sinn: *… verschwitzt, ausgepowert und voller Adrenalin!* Nein, ganz so war es jetzt nicht. Er war weder verschwitzt noch ausgepowert – aber voller Adrenalin!

Sie spürte, wie er sich hart an sie drückte, spürte seine Lust – auf sie.

Das durfte kein Traum sein! Mühevoll hob Emilia ihre Lider und schaute direkt in stahlblaue, vor Begehren wild flackernde Augen.

»Hei …« Leidenschaftlich küsste er sie, und seine Zunge traf erregt auf die ihre. Schwer atmend rollte er sich auf ihren Körper und umschloss mit seinen Händen ihren Kopf. »Du machst mich wahnsinnig. Wie kannst du nur nackt neben mir und eng an mich geschmiegt daliegen und erwarten, dass ich ruhig schlafe?«

Emilias Atem kam stoßweise, als sie antwortete: »Ich habe nicht erwartet, dass du schläfst – ich habe gehofft, du wachst auf.«

»Ich bin wach.«

Und wie wach er war – in Emilias Ohren rauschte es, so sehr erregten sie seine Küsse, seine Hände, sein Geruch.

»Du bist so schön, Kaunis, so wunderschön. Ich kann nicht genug von dir bekommen, und ich verfluche den Alkohol, der mich heute Nacht davon abgehalten hat, mit dir zu schlafen.« Er hob seinen Oberkörper an und umfasste ihre vollen Brüste, nur um gleich wieder auf sie zu sinken und mit der Zungenspitze ihre Brustwarzen zu liebkosen.

Emilia seufzte lustvoll auf und grub ihre Finger in seine Schulterblätter. Wie von selbst spreizte sie ihre Beine und drängte sich ihm entgegen. Sie wollte ihn spüren – ganz in sich aufnehmen.

Um Panus Beherrschung war es in diesem Moment, als sich ihr zarter, heißer Körper so aufreizend an ihn drängte, geschehen. Mit einem lustvollen Stöhnen nahm er Besitz von Emilia.

12

»… and if there are bad times it's not me here and there you, it's us together and we will struggle through …«

♫

Eee-miliaa, wach auf!«

Schlaftrunken stieß Emilia die Hand beiseite, die ihre Schulter berührte, und drehte sich murrend auf die andere Seite.

»Miiiila, aua …«

Erschrocken zuckte Emilia zusammen und versuchte, sich zu orientieren. Sie lag in ihrem Bett, so viel begriff sie auf die Schnelle, und Lenni, wie so oft, neben ihr – in seine eigene, mit Schiffsmotiven bedruckte Bettdecke gehüllt. Durch das gekippte Erkerfenster, an dem noch immer keine Jalousie angebracht worden war, fiel gleißendes Licht ins Zimmer. In ihrer Hand spürte sie Lennis zierliche Finger, und sie blickte in das aufgeregte Gesicht von Tess.

»Was ist los?« Verwirrt setzte Emilia sich auf und schaute schlaftrunken im Raum umher. Sie war doch in ihrem Zimmer?! Was machte Tess dann hier – hier an ihrem Bett? Als Lenni leise zu weinen anfing, beugte sie sich besorgt zu ihm. »Kleiner, was ist los?« Sie sah fragend zu Tess. »Was ist passiert?«

»Du hast geee…geeeschrien … ganz laut!«

»Ohhh … das tut mir leid, Lenni.« Sie streichelte sanft die Wange des verstörten Jungen. »Ich habe nur schlecht geträumt … glaube ich …« Letzteres sagte sie mehr zu sich selbst. »Es ist alles in Ordnung, es gibt keinen Grund zum Weinen.« Liebevoll nahm sie den schluchzenden Jungen in die Arme und wiegte ihn sanft hin und her. An Tess gewandt, fragte sie: »War es so schlimm?«

Tess nickte. »Du hast mehrmals laut geeeschrien … I-ch bin davon wach geworden.«

Emilias Blick fiel auf den Wecker auf ihrem Nachttisch. Kurz vor fünf. Sie musste wirklich laut geschrien haben, wenn Tess um diese Uhrzeit dadurch aufgewacht war. Sie schlief normalerweise wie ein Stein. Emilia versuchte, sich zu erinnern, was passiert war. Ein Albtraum, das wurde ihr langsam klar. Verwirrt und kaum zu einem brauchbaren Gedanken in der Lage, sagte sie zu Tess: »Es tut mir wirklich leid, dass ich dich geweckt habe … Ich habe geträumt … schlecht …« Sie stockte, fröstelte und drückte den immer noch leise weinenden Lenni fester an sich. »Ich habe lange nicht mehr so schlimm geträumt.«

Ohne dass Emilia darauf Einfluss hätte nehmen können, schossen plötzlich im Sekundentakt Bilder des Albtraums durch ihren Kopf.

Im Traum hatte sie wieder als Zehnjährige im Wagen ihres Vaters gesessen und ihn auf dem Fahrersitz sterben sehen. Sie hatte geträumt, dass ihre Mutter mit ihr in das offene Grab geschaut und sie angezischt hatte: *Nur weil Daddys kleiner Liebling unbedingt schwimmen gehen wollte, liegt er hier. Tot! Sieh genau hin, das ist alles deine Schuld.* Dann hatte Vera ihr einen kräftigen Schubs gegeben, und sie war in das Grab ihres Vaters gefallen. Es hatte wie aus Kübeln angefangen zu regnen, als ihr Noch-Ehemann Joachim erschienen war und billigend in Kauf genommen hatte, dass ihre Mutter die weiche Erde mit einer großen Schippe auf Emilias vor Angst erstarrten Körper schaufelte. Die Worte, die sie dabei hysterisch herausgeschrien hatte, konnte sich Emilia nicht mehr ins Gedächtnis rufen – aber sie erinnerte sich, dass sie voller Hass gewesen waren. Sie hörte Joachims Lachen – gemein und hinterhältig. Sie konnte sich nicht erinnern, ihn je so lachen gehört zu haben. Und dann war plötzlich Panu da und klopfte Joachim kumpelhaft auf die Schulter. Sie hatten zusammen gelacht und Vera dabei geholfen, die nunmehr durch den Starkregen schwer gewordene Erde mit einem kleinen Bagger in das offene Grab zu schieben. Dann hatten ihr alle drei abwertend auf den Kopf getätschelt … Plötzlich war Gesang erklungen – *Time To Say Goodbye*. Sie hatten alle drei gesungen. Noch jetzt konnte sie Panus kräftige Stimme und Veras piepsigen Gesang hören. Sie erinnerte sich, dass sie eine Hand umfasst hatte – die Hand ihres Vaters …

… und dann war sie aufgewacht und hatte Lennis zierliche Kinderhand in ihrer gehalten und diese fest, viel zu fest gedrückt.

Emilia streichelte dem Jungen zärtlich über die blonden Locken. »Lenni, mein Kleiner, ich habe nur schlecht geträumt … so wie du manchmal. Aber es ist vorbei. Ich bin aufgewacht, und es ist nichts passiert.«

Lenni öffnete zögernd die Augen und blickte Emilia traurig an. Aufgeregt fuhr er sich mit der Hand über sein verheultes Gesicht und zog die Nase geräuschvoll hoch. »Mmila, duu haaast geweeeiiint …«

»Oh, Süßer … Manchmal weinen auch wir Erwachsenen, wenn wir schlechte Träume haben.« Emilia strich ihm eine Haarsträhne aus der Stirn. »Aber ich verspreche dir, das wird nicht mehr passieren, damit du dich nicht mehr erschreckst!«

Sie drückte ihn an sich. »Ist alles okay bei dir, kannst du wieder schlafen, oder sollen wir eine heiße Schokolade trinken?« Sie schob ihn an den Schultern ein Stück von sich, neigte ihr Gesicht vor, sodass sie Stirn an Stirn mit ihm dasaß, und gab ihm einen Stupser auf die Nase. »Also, ich könnte so eine heiße Milch mit mindestens vier Löffeln Kakaopulver gut vertragen und vielleicht noch eines von Frau Eklunds selbst gebackenen Plätzchen. Was meinst du?«

Ein leichtes Strahlen glitt über das Gesicht des Jungen. »Füüünf Löffel und zwei Plätzchen.«

»Abgemacht!« Sie lachte erleichtert über Lennis kindliche Raffinesse, stand auf und wandte sich wieder an Tess. »Ich werde uns dreien eine heiße Schokolade machen, und dann versuchen wir, noch mal zu schlafen. Könntest du …?«

Tess verstand Emilias unausgesprochene Bitte, nickte und nahm Lenni in den Arm. Leise sang sie ihm auf Deutsch sein Lieblingsschlaflied vor.

Emilia stand auf, schlüpfte in ihre Hausschuhe und ging aus dem Zimmer. Als sie die Tür hinter sich geschlossen hatte, lehnte sie sich erschöpft dagegen. Sie zitterte am ganzen Leib! Bestürzt fuhr sie sich durch die Haare – was hatte sie da nur für einen Mist geträumt? Und wie konnte es ihr nur passieren, dass sie Tess und vor allem Lenni damit belastete? Sie war deren Therapeutin!

Als sie zur Treppe lief, hörte sie Tess' sanfte Stimme. *»Weißt du, wie viel Sternlein stehen, an dem blauen Himmelszelt? Weißt du, wie viel Wolken gehen …«*

Nachdem Emilia zurückgekommen war, hatten sie alle einen Kakao getrunken und Plätzchen gegessen. Tess hatte sich alsbald verabschiedet und war wieder ins Bett gegangen. Daraufhin hatte sich Lenni an Emilia gekuschelt und freudestrahlend verkündet, dass er viel zu müde sei, um sich noch einmal die Zähne zu putzen. Schon nach kurzer Zeit waren ihm die Augen zugefallen. Zuerst hatte er sich noch minutenlang hin- und hergeschmissen und vor sich hin gemurmelt, doch nach einer Weile war er endlich müde und erschöpft eingeschlafen.

Emilia hingegen schaffte es nicht, wieder zur Ruhe zu kommen, und lauschte den tiefen Atemzügen des kleinen Jungen, der zu einer Kugel eingerollt neben ihr im Bett lag.

In ihrem Kopf schwirrte es – die seit geraumer Zeit immer wiederkehrenden Albträume beunruhigten sie sehr. Als sie Tess zuvor gesagt hatte, sie hätte schon lange nicht mehr so schlecht geträumt, war das geschwindelt gewesen. Es war bereits ihr vierter schlimmer Albtraum in den letzten paar Tagen gewesen.

Vorsichtig, um Lenni nicht zu wecken, stand sie wieder auf, streifte sich ein Paar Socken über, griff nach der Wolldecke über dem Stuhl und wickelte sich darin ein. Sie stellte sich an das große Erkerfenster und stierte vor sich hin.

Die Sonne war bereits aufgegangen und schickte ihre immer kräftiger werdenden Strahlen durch ein dünnes Wolkenfeld. Die Vorhersagen für heute waren vielversprechend – es sollte über zwanzig Grad warm werden, was für Mai hier in Finnland schon recht beachtlich war. In den letzten Wochen konnte man das Frühlingserwachen auf Suomenlinna förmlich riechen und vor allem sehen. Die lange in Weiß gehaltene Landschaft erblühte in bunter Farbenpracht, und überall duftete es nach frischen Blumen und salziger Meeresluft. Die Vögel zwitscherten fröhlich und flogen einem frech um die Ohren.

Emilia hatte für heute Nachmittag einen Ausflug mit Tess

und Lenni nach Helsinki in den Zoo auf der Insel Korkeasaari geplant, und auch Joulu hatte versprochen mitzukommen. Gegen vierzehn Uhr wollten sie sich auf dem Marktplatz treffen und dann mit der Fähre die kurze, aber wunderschöne Überfahrt machen.

Emilia versuchte, sich mit der Tagesplanung abzulenken, jedoch gelang es ihr nicht wirklich – ohne Unterlass blitzte das Gesicht ihres Vaters, ihres Ehemanns und ihrer Mutter vor ihrem inneren Auge auf. Fast panisch hielt sie die Augen auf, um diese ja nicht wieder schließen zu müssen. Sie schaute auf den Gästehafen, beobachtete, wie ein Segelboot ablegte und ein anderes am Anleger festmachte. Es war mittlerweile kurz nach acht Uhr. Im Haus bewegte sich schon einiges. Emilia hörte leise, wie sich Wilmer mit der Reinemachefrau an der Haustür unterhielt, und sie vernahm die Stimmen von Tess und Lasse, die kurz darauf verstummten. Ein leises Klavierspiel erklang.

Tess war wach?! Emilia nickte, als müsste sie sich ihre Gedanken selbst bestätigen. Natürlich war sie schon wach. Um acht Uhr hatte ihre Trainingseinheit mit Lasse begonnen, und danach war die logopädische Stunde an der Reihe.

Emilia schoss so viel durch den Kopf – so viel auf einmal, sodass sie keinen ihrer Gedanken festhalten konnte. Ihr wurde mit einem Mal angst und bange. Wie aus heiterem Himmel überfiel sie Panik – Panik, die sie so nicht mehr kannte; Panik, wie sie sie schon lange nicht mehr verspürt hatte. Sie konnte die aufkeimende Angst, Angst vor etwas, was sie nicht greifen konnte, nicht unterdrücken. Sie begann vor Aufregung, am ganzen Körper zu zittern, gleichzeitig stieg Hitze in ihr hoch, und sie meinte, ihr Kopf würde bersten. Sie lehnte die Stirn an das kühle Fenster und schloss die Augen.

»Mmila! Mir ist kaaalt!«

Zaghaft lächelnd drehte sich Emilia zu Lenni um. Der blond gelockte Junge saß aufrecht im Bett und starrte sie vorwurfsvoll an. Langsam ging sie auf ihn zu, fuhr ihm liebevoll durch die Locken, zog seine Bettdecke nach oben und nahm ihn in den Arm. Sanft drückte sie ihn an sich. »Komm, mein Kleiner, wir kuscheln uns noch ein bisschen warm und gehen dann frühstücken.«

»Uuuund Zooho …«, fügte er stotternd hinzu.

»Ja, genau, und heute Nachmittag gehen wir mit Joulu und Tess in den Zoo!« Emilia drückte ihn fest an sich. Ein leises Klopfen an der Tür ließ beide aufhorchen.

»Ja?«

»Emilia? Kann ich reinkommen?«

»Ja.« Froh, Iras Stimme zu hören, richtete sie sich auf.

»Guten Morgen, ihr zwei Schlafmützen.« Fröhlich kam Ira ins Zimmer getänzelt und balancierte dabei auf einem Tablett eine Tasse duftenden Kaffee für Emilia und Tee für Lenni. »Emilia, ich würde dir den kleinen Racker gern entführen und ihn durchs Bad scheuchen«, sie zwinkerte dem Jungen vorwitzig zu, »danach mit ihm frühstücken und vielleicht gemeinsam mit ihm zum Hafen gehen, um Lotta abzuholen. Sie wollte heute bei dem schönen Wetter die logopädische Stunde mit einem Spaziergang verbinden.« Ira reichte ihnen die Tassen und setzte sich ans Bettende.

»Gern, das wäre toll.« Emilia warf der jungen Finnin einen nachdenklichen Blick zu und fragte: »Was machst du heute Morgen überhaupt schon hier? Hast du nicht gleich Dienst im Café?«

»Wir öffnen erst um zehn Uhr. Bis dahin habe ich ja noch genügend Zeit, um mich um den jungen Mann hier zu kümmern.« Liebevoll sah sie auf Lenni. »Gibst du dich heute Morgen mit mir zufrieden?«

Lenni nickte begeistert. Er liebte die stets vergnügte Finnin. Natürlich liebte er auch Tess und Emilia, doch Ira hatte er besonders ins Herz geschlossen. Vielleicht, weil sie nicht ständig da war, aber wenn, versprühte sie fortwährend gute Laune.

Er nippte noch einmal an seinem Tee, stellte die Tasse dann auf den Nachttisch und krabbelte unter der Decke in Richtung Ira. Geschickt schnappte sie ihn an seinen dünnen Ärmchen, stand auf und zog ihn hoch. Lachend fiel er gegen ihre Brust.

»So, Blondschopf, auf geht's!«

Lächelnd schaute Emilia den beiden nach. An der Tür drehte sich Ira noch einmal um und zwinkerte ihr verschwörerisch zu. »Der Vormittag gehört ganz dir. Ich bringe dir gleich noch etwas zum Frühstücken hoch.«

»Danke, Ira, aber das ist nicht nötig. Ich habe noch keinen Hunger. Ich frühstücke später.«

»Okay.« Leise schloss sie die Tür hinter sich, und Emilia hörte den laut aufquietschenden Lenni »Niiiicht kiiitzeln …« rufen.

Gedankenverloren ließ sie sich zurück in die Kissen fallen. Und schlagartig war wieder dieses Panikgefühl in ihr. Sie konnte ihre Empfindungen kaum greifen – es war, als ob sie rennen wollte und nicht von der Stelle kam, sich ihre Sicht trübte und sie trotzdem vor ihren Augen alles in kunterbunten, schreienden Farben tanzen sah. Ihr Herz begann zu rasen, und ein Kloß setzte sich in ihrem Hals fest. Heftig atmend versuchte sie, gegen die Attacke anzukämpfen.

Ruckartig fuhr sie hoch und stand hektisch auf. Sie brauchte Luft, musste das Fenster öffnen – aber sie schaffte es nicht. Wie gelähmt blickte sie auf das Wasser und ließ kraftlos ihren Kopf erneut gegen die kühle Scheibe sinken. Ihre Gedanken rasten ebenso wie ihr Herz – so viel war zu tun, so viel brach auf sie ein – so viel Schönes, allerdings auch Anstrengendes.

Nächste Woche musste sie im Zuge ihrer Ausbildung für fünf Tage nach Hamburg auf eines der dort angebotenen Seminare. Die Anwesenheit war verpflichtend, und sie musste mindestens dreimal daran teilnehmen. In den Kurseinheiten wurden die erworbenen theoretischen Kenntnisse vertieft, gemeinsam musiziert sowie verschiedene therapeutische Maßnahmen erarbeitet.

Anfangs hatte sie gedacht, sie würde das Studium in einem guten Jahr durchziehen können. Doch so einfach war es nicht. Sie musste mindestens mit zwei Jahren rechnen. Dazu kam der zweimal wöchentlich stattfindende Finnischkurs. Erst hatte sie so einen Kurs gar nicht besuchen wollen, aber auch hier war sie schnell eines Besseren belehrt worden – Wunsch und Realität gingen nun mal nicht immer Hand in Hand. Auch wenn in Finnland beinahe ein jeder Englisch sprach, hatte sie in ihrem Umgang mit Lenni gemerkt, dass sie zu wenig finnisches Vokabular beherrschte, um auf die Bedürfnisse des Kleinen einzugehen.

Emilia seufzte tief auf, fasste sich an die kühle Stirn und rieb sich die müden Augen. Noch etwas beschäftigte sie seit ein paar Tagen: Sie hatte mehrfach Gespräche mit einer alleinerziehenden Mutter eines pubertierenden Mädchens geführt, die Emilia, bereits kurz nach deren Kreuzfahrt, Hilfe suchend angerufen und um Unterstützung gebeten hatte. Das dreizehnjährige Mädchen war von Geburt an blind und hatte bis vor Kurzem noch relativ gut mit ihrer Behinderung leben können. Der Tod des Vaters vor einem halben Jahr und die gleichzeitig einsetzende Pubertät hatten aus dem sonst so ruhigen Mädchen eine kleine Tyrannin gemacht, die sich weigerte, auch nur noch ein Wort zu sprechen – in Fachkreisen als »totaler Mutismus« bezeichnet. Wenn sie ihren unausgesprochenen Willen nicht bekam, begann sie, unkontrolliert nach Gegenständen zu greifen und diese zu werfen. Die Mutter hatte jetzt, nachdem sie ihre eigene Trauer langsam verarbeitet hatte, wahrgenommen, dass Musik ihrer Tochter kurzweilig Entspannung brachte. Trotz aller Versuche, ihr Kind zu Hause zu betreuen, war der Mutter aber nichts anderes übrig geblieben, als das Mädchen in ein Behindertenheim zu geben, da sie sich nicht rund um die Uhr um sie kümmern konnte. Dort war es der Tochter jedoch noch schlechter gegangen, und so hatte die junge Witwe alle Hebel in Bewegung gesetzt, um eine Alternative zu finden. Die ganzen Hoffnungen der Mutter konzentrierten sich nun auf Emilias Musikhaus.

All das stimmte Emilia nachdenklich. Würde sie es schaffen, dem Mädchen zu helfen? Natürlich nicht sie allein, sondern mithilfe von Joulu, Lasse, Doktor Halonen und der Logopädin?

Verwirrt über ihre negativen Gedanken, kaute sie mit geschlossenen Augen nervös an ihren Nägeln. Warum war sie so pessimistisch, so deprimiert? Wann hatte das begonnen? Sie dachte an ein Telefonat vor gut einer Woche.

Der Anruf ihres deutschen Scheidungsanwalts hatte sie beunruhigt, so viel war klar. Ihr Mann und ihre Mutter hatten um einen Gesprächstermin gebeten, um einige Dinge außergerichtlich zu regeln. Hatten sie nicht schon alles besprochen? *Verdammt, was waren das für Dinge, die noch geregelt werden mussten?*

Emilia hatte den Rückruf bisher hinausgezögert, aber sie wusste, dass sie es nicht ewig vor sich herschieben konnte.

Den Kopf erneut an die Scheibe gelehnt, vernahm sie das glockenklare Lachen von Tess und kurz darauf ein ohrenbetäubendes Getrommel. Lenni! Sie ließen ihn wieder einmal auf den Drums rumschlagen – ohne Grenzen! Er liebte das.

Mit einem positiven Gefühl dachte sie an Tess. Mit ihr lief es im Moment glänzend. Emilia vermutete, dass sich eine kleine Romanze zwischen ihr und Lasse entwickelte, und das schien Tess glücklich zu stimmen.

Als sie an Lasse dachte, fiel ihr auch Miro wieder ein. Nach ihrem Wortgefecht am Abend des Konzerts hatte es noch ein weiteres Gespräch gegeben, in dem er sich zunächst bei ihr entschuldigt, allerdings kurz darauf Tess wiederholt schlechtgemacht hatte. Emilia war stinksauer auf ihn gewesen, und selbst Panus gut gemeinte Schlichtungsversuche waren an ihr abgeprallt.

Panu! Emilia öffnete die Augen, und ein glückliches Lächeln breitete sich in ihrem müden Gesicht aus. Wie stets, wenn sie an ihn dachte, schlug ihr Herz augenblicklich unregelmäßig. Nicht panisch! Holpernd – keineswegs im gewohnten Rhythmus, sondern in einem Takt, der ganz eigen war –, berauscht, verzaubert, beglückt. Emilia konnte dieses Gefühl kaum in Worte fassen. Es war, als würde ihr jemand ein Elixier verabreichen – einen Liebestrank, der sich ihres Körpers bemächtigte und rationale Gedankengänge unmöglich machte. Wie konnte diese Liebe so leibhaftig sein – so unfassbar fassbar, obwohl er gar nicht in ihrer Nähe war?

Sie verbrachten wunderbare Tage und Nächte miteinander. Sie hasste die Tage, an denen Panu nicht bei ihr sein konnte, und vermisste ihn fürchterlich. Doch wenn er dann da war, sogen sie sich förmlich auf. Nicht nur körperlich, sondern auch mental – ihre Gespräche, ihre gemeinsamen Unternehmungen, ihre geteilte Leidenschaft fürs Singen waren einerseits kräfteraubend, aber dann auch wieder das, wonach sich Emilia ihr Leben lang gesehnt hatte und das sie von ganzem Herzen glücklich stimmte.

Panu war liebevoll und einfühlsam und immer für sie da, sodass Emilia manchmal ein schlechtes Gewissen bekam, wenn sie mal wieder keine Zeit für ihn hatte oder bei ihren Treffen mit den Gedanken woanders war. Panu zog sie des Öfteren neckend auf, wenn sie dann abwesend vor sich hin starrte, doch sie spürte, dass er sich insgeheim darüber ärgerte. Sobald er eine freie Minute hatte, besuchte er sie, rief an, oder sie chatteten miteinander. Außerdem versuchte er, zwischen Miro und ihr zu vermitteln, was ihm derzeit aber nicht wirklich gelang.

Miro bestand darauf, seinen angefangenen Gitarrenunterricht im Kurhaus weiterzugeben, achtete jedoch sorgfältig darauf, weder mit Emilia, Tess oder Lasse zusammenzutreffen. Emilia wusste, dass sie mit ihm reden, sich mit ihm aussprechen musste, da es so nicht wirklich weitergehen konnte. Doch sie brauchte noch etwas Zeit. Im Moment war sie einfach nicht in der Verfassung, sich mit irgendjemandem auseinanderzusetzen.

Wozu bin ich im Moment überhaupt in der Lage?

Nervös fuhr sich Emilia durch die Haare und versuchte, den Strom der plötzlich wieder durch ihren Kopf sausenden Bilder von ihrem toten Vater und dem Autounfall wegzuwischen.

Das eben noch berauschende Glücksgefühl machte erneut niederdrückenden Gedanken Platz. Beinahe sehnte sie sich in die alte Zeit zurück, wo sie mit nur einer kleinen Tablette kurzzeitig alles hatte vergessen können.

Hastig öffnete sie das Fenster. In dem Moment, als ihr die

frische Morgenbrise sanft ins Gesicht wehte, weitete sich plötzlich ihr Blick – sie hatte das Gefühl, der milde Wind würde ihre Sinne fürs Wesentliche aufwecken, und sie sah, was sie seit Monaten nicht mehr gesehen hatte: Sie musste wieder mit jemandem reden. Nicht mit Panu oder Eva, sondern mit einer außenstehenden Person. Wenn sie auch für sich schon länger beschlossen hatte, ihre unschöne Vergangenheit hinter sich zu lassen, und der Meinung war, alles verarbeitet zu haben, wurde ihr schlagartig bewusst, dass sie davon weiter entfernt war, als sie glaubte. Sie musste wieder aktiv an ihrer Vergangenheitsbewältigung arbeiten, sonst würde sie beruflich nicht weiterkommen. Krampfhaft überlegte sie, wann sie das letzte Mal bei ihrer Therapeutin in Mainz gewesen war. Im März ganz kurz, und auch nur wegen Tess und ihrem Plan, sie nach Suomenlinna zu holen. In diesem Gespräch hatte es sich ausschließlich um ihr Kurhaus gedreht. Ob die Psychologin Emilias Meinung teilte, dass es okay war, bereits jetzt eine erste Patientin aufzunehmen. Das letzte Mal, wo es ausschließlich um sie selbst gegangen war, war mindestens drei Monate her – eher länger! Sie beschloss, Frau Doktor Waldner anzurufen und einen Termin für die nächste Woche, wenn sie in Deutschland war, zu vereinbaren.

Ja, das musste sie unbedingt tun!

Gerade als sie zu ihrem Handy greifen wollte, hörte sie eine wohlbekannte Stimme unter ihrem Fenster rufen: »Hei, Emilia! Hast du kurz Zeit für mich?«

Miro!

Sie seufzte resigniert, straffte die Schultern und beugte sich über den Fenstersims. »Moi, Miro. Ja, klar, geh schon mal in die Küche, ich komme gleich runter.«

×××

»Nein! Das kann nicht sein! Bist du sicher? Duuuuu? Du doch nicht? Bist du dir wirklich sicher? Du …« Emilia redete ohne Punkt und Komma und starrte ihre beste Freundin entgeistert an.

Es war Samstagvormittag – ein wunderschöner Maitag. Der 27.! Ein Datum, das sie am Morgen, als sie in ihrem Büro im *Talo* gesessen hatte, kurz nachdenklich gestimmt hatte. Es war Joachims achtundvierzigster Geburtstag. Im letzten Jahr hatte sie um diese Zeit noch mit Ehemann und Mutter auf der großen Terrasse ihres Hauses in der Mainzer Oberstadt gemeinsam gefrühstückt. War das erst ein Jahr her? Emilia hatte das Gefühl gehabt, als sei es Jahre her – so wenige Erinnerungen hatte sie noch daran. Sie hatte es tatsächlich gut verdrängt und war froh darüber gewesen. Ihre Gedanken waren abermals zu dem Anruf ihres Anwalts gewandert. Sie hatte sich noch immer nicht zurückgemeldet. Was wollten Joachim und Vera von ihr? Kurz hatte sie noch darüber nachgegrübelt. Jedoch hatte Emilia die nagenden Überlegungen und die damit verbundene aufkeimende Panik, die beiden vielleicht alsbald wiedersehen zu müssen, beiseitegeschoben und sich auf das Treffen mit Eva gefreut.

Die Sonne strahlte, und am Himmel zogen nur vereinzelte Wolken entlang. Emilia hatte ihre Wochenendeinkäufe erledigt und sich am Kauppatori mit Eva getroffen. Gemeinsam waren sie mit der Fähre zurückgefahren und saßen jetzt bei einem Kaffee vor dem Kurhaus.

»Klar bin ich mir sicher, Kleine. Meinst du nicht, langsam wären ein Glückwunsch und eine Umarmung angebracht?« Eva grinste übers ganze Gesicht und breitete ihre Arme weit aus.

»Weiß Mikka es schon?« Emilia versuchte benommen, Evas Neuigkeit zu verarbeiten, und merkte gar nicht, wie blöd die Frage war.

»Nein, Süße, natürlich weiß er es nicht. Seit Wochen halte ich es vor ihm geheim. Er denkt, dass meine Launen typisch deutsch seien und mein Bauch vom vielen Essen käme. Auch mein enthaltsames Leben, was den Alkohol angeht, und dass wir poppen können, wann immer wir wollen, hat er noch gar nicht wahrgenommen. Er ist ein alter Finne, der rein gar nichts kapiert, deswegen habe ich ihn ja geheiratet!« Eva schüttelte über so viel Naivität den Kopf.

»Du verarschst mich?«

»Ja, klar, Süße, das tue ich.«

»Warum? Wie? Seit wann?«

»Es wird wirklich immer schlimmer mit dir.« Eva fasste sich an den Kopf und fuhr zähneknirschend fort: »Warum? Weil Sex Spaß macht! Wie? Ob Missionar oder wie auch immer … Ich weiß es nicht mehr. Seit wann? Ich bin in der zwölften Woche – also ist es irgendwo in Brasilien unter Palmen passiert! Brauchst du noch weitere Details?«

Emilia stand auf, bewegte sich langsam auf dem schmalen Weg vor dem Haus hin und her und schaute Eva dabei prüfend an. »Du wolltest nie eine feste Beziehung, nie heiraten, keine Verantwortung, kein Kind. Und jetzt? Eva, bist du dir sicher?«

»Emilia, bevor ich Mikka kennengelernt habe, wollte ich das alles nicht …« Eva stockte und versuchte, die richtigen Worte zu finden. »Aber als ich ihn traf und bemerkte, spürte, was

Liebe bewirken kann, wollte ich alles – das komplette Paket. Und noch vor unserer Hochzeit habe ich die Pille abgesetzt und gehofft, dass ich von diesem wunderbaren Mann ein Kind bekomme.« Evas Stimme brach, und Emilia konnte sehen, dass ihre sonst so beherrschte und kühl wirkende Freundin mit der Fassung rang. »Scheiß Hormone, die machen einen so rührselig.« Eva wischte sich über die Augen, stand ebenfalls auf und streckte Emilia auffordernd die Arme entgegen. »Kannst du mir nun endlich gratulieren und mich drücken?«

Emilia tat nichts lieber als das. Liebevoll schloss sie ihre beste Freundin in die Arme und murmelte: »Du blöde Nuss, natürlich gratuliere ich und freue mich wahnsinnig mit dir – mit euch. Und ich will Patentante werden …« Emilia gluckste jetzt übermütig.

Eva schob sie eine Armlänge von sich und strahlte glücklich. »Du wirst auf jeden Fall Patentante und Panu Onkel – und die Jungs auch.«

»Das ist wirklich wieder typisch für dich, gleich fünf Paten für dein Kind.« Emilia tippte sich an die Stirn. »Meinst du nicht, das ist ein bisschen übertrieben?«

Eva schüttelte den Kopf. »Wir bekommen Zwillinge, Süße. Mit einem Aufwasch alles erledigt.«

Ein spitzes »Nein« ausstoßend, wich Emilia einen Schritt zurück und ließ sich auf die Gartenbank fallen. »Waaas? Ihr bekommt Zwillinge?! Oh, Eva, wie wundervoll.«

Nun, da Emilia endlich begriffen hatte, dass Eva, ihre liebste Freundin, die Kühle, die nie an die ewige, alles in den Schatten stellende Liebe geglaubt hatte, mit Zwillingen schwanger war, konnte sie die Tränen der Freude, der Liebe zu ihrer Freundin nicht mehr zurückhalten.

»Nun hör aber auf, du rührselige Tante!« Eva, die erneut mit den Tränen kämpfte, trat auf Emilia zu und boxte ihr auf die Schulter. »Du sollst dich freuen und nicht heulen.«

Unabhängig voneinander dachten sie kurz an Emilias Versuche, ein Kind zu bekommen – an die zwei Fehlgeburten während ihrer Ehe. Emilia war von ihnen beiden immer diejenige mit dem Kinderwunsch gewesen, nicht Eva. Doch es hatte nicht sein sollen.

Aber der Blick in die Vergangenheit währte nur kurz – schon Sekunden später stand Emilia auf und nahm ihre Freundin nochmals in die Arme.

»Ich freue mich so für euch und wünsche dir, dass alles gut geht. Zwölfte Woche? Da hast du das Schlimmste ja schon überstanden.« Sie streichelte mit dem Handrücken liebevoll über den leicht gewölbten Bauch der Freundin. »Zwillinge! Meine Fresse!« Emilia konnte es kaum glauben.

×××

»Kann ich mit dir über Miro reden?« Emilia hatte sich bei Tess untergehakt und lief gemächlich mit ihr den Weg zum *Café Piper* entlang, wo sie es sich auf der Terrasse gemütlich machen und einen Kaffee trinken wollten.

Der schiefe Blick, den Tess ihr zuwarf, machte Emilia sofort klar, dass sie eigentlich keine Lust auf das Thema hatte.

»Muss das sein?« Die Worte kamen zwar langsam, aber deutlich über ihre Lippen.

»Ja!« Emilias Ton duldete keine Widerrede. Sie stoppte kurz und sah Tess fest in die Augen. »Es ist mir wirklich wichtig, bitte!«

»Na dann.«

Nachdenklich, was dieses »Na dann« bedeuten sollte, hakte

sich Emilia wieder bei ihr unter. Sie liefen weiter und stiegen die wenigen Stufen zum Kaffeehaus empor. Während es sich Tess draußen auf einem Stuhl bequem machte, holte Emilia innen an der Theke Kaffee und Kuchen. Sie stellte das Tablett auf den Holztisch, setzte sich Tess gegenüber und schob sich ihre Sonnenbrille auf die Nase. Die Sonne strahlte noch kräftiger als am Vormittag, und die Aussicht in den fast wolkenfreien Himmel war atemberaubend. Emilia betrachtete die sich sanft wellende Ostsee. Die Sonnenstrahlen glitten über die Landschaft und ließen das Meer glitzern, als ob kleine Kristalle auf dessen Oberfläche tanzten. Die Felsen schimmerten rötlich, einladend warm, und die Blumen rundherum streckten ihre Köpfe empor und wiegten sich farbenfroh in der milden Brise, die über das Meer herüberwehte.

»Was willllst du wegen Miiiroo reden?«

Emilia spürte sofort, dass dieses Thema Tess nervös machte. Ihre Sprache hatte sich in den letzten Wochen enorm verbessert, sodass sich nur noch in Extremsituationen oder bei großer Anspannung Sprachstörungen einschlichen. Ein Gespräch über Miro schien sie offenbar aufzuregen. Sie beobachtete Tess genau und nahm das Zittern ihrer Finger wahr, als sie nach ihrem Kaffee griff. Besorgt registrierte Emilia außerdem den verbissenen Zug um Tess' Mund und die zusammengekniffenen Augen. Ihr ganzer Körper signalisierte Abwehr.

»Wir müssen nicht reden, wenn es dir dabei nicht gut geht, wir …«

Tess unterbrach sie sichtlich genervt: »… aber dir i-ist es doooch wichtig! Also rede!«

»Gut.« Emilia schob ihre Sonnenbrille auf den Kopf und fing zögerlich an zu erzählen: »Miro war bei mir, vor drei Tagen – morgens, als du mit Lasse im Musikraum warst.« Sie überlegte, wie sie ihr Anliegen anbringen sollte, da sie selbst nicht genau wusste, was sie mit diesem Gespräch eigentlich bezweckte. Ihr war nur eines klar: Sie konnte Miros Feindseligkeit gegenüber Tess nicht akzeptieren und wollte diese daher unbedingt unterbinden. »Miro und ich hatten ein ganz gutes und wichtiges Gespräch. Er hat ein bisschen von früher erzählt – der Zeit eures Kennenlernens und den gemeinsamen Unternehmungen. Er hat mir auch erzählt, dass du immer sehr zickig und unglaublich verwöhnt rübergekommen bist …« Sie stockte und versuchte, die Wirkung ihrer Worte in Tess' Gesicht zu erkennen. Doch diese hatte bisher keine Miene verzogen, und so sprach Emilia erst einmal weiter: »Ich habe versucht, ihm begreiflich zu machen, dass mich deine Vergangenheit nicht interessiert und ich nur auf die Tess von heute konzentriert bin. Er wandte ein, dass er das zwar verstehe, aber ich mir, um im Gegenzug ihn verstehen zu können, einiges von damals anhören müsse.«

Emilia bemerkte, wie Tess' Lider leicht zuckten und ihre eh schon verkniffenen Lippen einen schmalen Strich bildeten. »W-waas hat er erzäääählt?«

»Na ja, er hat von deinen waghalsigen Abenteuern erzählt, dass du andauernd auf der Suche nach dem einen Kick gewesen sein sollst, ohne Rücksicht auf die Konsequenzen, etwaiger Gefahren für dich oder andere. Von deinem beispiellosen Ehrgeiz, was deinen Sport betraf, deinem Streben, in allem immer die Beste zu sein, was aber letztlich im krassen Gegensatz zu deinem ausschweifenden Leben stand. Und dass du auch von deinen extrem ehrgeizigen Eltern ständig zu sportlichen Erfolgen angetrieben worden bist.« Emilia überlegte kurz, bevor sie weitersprach. »Miro hat mir auch von deinem Motorradunfall erzählt, dass er dich an der Fahrt hatte hindern wollen, du aber zu betrunken und bockig warst, um auf ihn zu hören, und …«

»… und haat er auch d-d-davon erzählt, dass iiich in ihn verrrliebt war und eees ihn einen Scheiß interessiert hat – eeer mich n-n-n-nicht wollte?« Tess' Gesicht war hochrot angelaufen, und sie gestikulierte wild, als sie mit zitternder Stimme weitersprach: »Und davon, dass eer mich … mit miir … und dann …« Ihre Stimme brach weg, und sie schlug in verzweifelter Hilflosigkeit schluchzend die Hände vors Gesicht.

Überrascht und erschrocken über diesen emotionalen Ausbruch stand Emilia auf, kniete sich vor Tess und legte ihre Hände auf deren Oberschenkel. »Ich … ich … Das wusste ich nicht, das hat Miro nicht erzählt … Es tut mir leid … Weine, Süße, weine, wenn es dir guttut.« Sie verstummte und streichelte der heftig schluchzenden Tess sanft über den Arm.

Emilia spürte, dass sie gerade an ihre Grenze gestoßen war. Sie war nicht nur Tess' Freundin, sondern vor allem ihre Therapeutin. Sie durfte ihren Ärger über Miros Verhalten nicht auf Tess projizieren. Natürlich hätte sie ohne Tess kein Streitthema mit Miro, doch hier ging es nicht um sie, sondern einzig und allein um Tess. Emilia wünschte sich, Joulu wäre hier, er wüsste mit der Situation umzugehen. Weiterhin sanft über Tess' Arm streichelnd, fragte sie: »Sollen wir gehen?«

Tess nahm die Hände runter, schaute Emilia unglücklich an und fuhr, ohne auf ihre Frage einzugehen, fort: »Ich war in ihn verliebt, und e-e-er hat mich verachtet und als dummes, verwööööhntes Kind mit Nichtaaaachtung gestraft … nur einmal nicht …« Tess' Stimme festigte sich, und Emilia spürte, dass sie bereit war zu reden. Als ob sie durch das minutenlange Weinen einen Ballast losgeworden wäre, brachte Tess die nächsten Worte klar und deutlich heraus: »Er hat kurz vor meinem Unfall mit mir geschlafen und am darauffolgenden Tag so getan, als ob nichts gewesen wäre … Nein, nicht nur das – er hat mich genauso scheiße behandelt wie zuvor, und da habe ich halt wieder mit anderen Typen rumgemacht und …«, hilflos zuckte sie mit den Schultern, »… mich wieder genauso benommen, wie Miro mich kannte – zickig, unmöglich!«

Emilia erstarrte innerlich. Jetzt wurde ihr einiges klar. »Du und Miro?«

Tess wischte sich über die feuchte Wange und verzog den Mund zu einem leichten Lächeln. »Ja, wir zwei … Witzig, oder?«

Witzig? Witzig fand Emilia das ganz und gar nicht. Sie stand auf und sagte: »Wir müssen uns nicht weiter unterhalten und können zurück ins *Talo* gehen, wenn du magst.«

Tess griff nach der Serviette auf dem Tisch, putzte sich die Nase, schüttelte heftig den Kopf, und es sprudelte weiter nur so aus ihr heraus: »Er hat mir von Anfang an gefallen. Und zur damaligen Zeit war ich es gewohnt zu bekommen, was ich wollte. Aber Miro sträubte sich. Frisch verlassen von irgendeiner schwedischen Tussi, hatte er mir deutlich gemacht, dass er noch keine Lust auf eine neue Beziehung habe und nur lose mit mir befreundet sein wolle. Das passte mir natürlich gar nicht, und ich ließ nichts unversucht, ihn ins Bett zu kriegen. Doch er wehrte all meine Versuche ab und gab mir zu verstehen, dass die zehn Jahre Altersunterschied für ihn ein Problem wären. Depp!« Sie grunzte verächtlich auf. »Hah! Als ob zehn Jahre so ein großer Unterschied sind …« Sie sah durch die Bäume aufs Meer und fuhr missmutig fort: »Und dann habe ich aus Trotz etwas mit Janne, einem Roadie, angefangen. Wir hatten richtig Spaß. Er war so alt wie ich und nicht so verklemmt, arschig und spießig wie Miro …«

Emilia spürte, dass Tess absichtlich gehässig über Miro sprach, nur um sich selbst zu schützen.

»… und damals war ich fast täglich mit den Jungs zusammen, na ja, sobald es mein Training eben zuließ.«

»Wann war das?«

»Anfang 2014, kurz vor den Olympischen Winterspielen.« Tess verzerrte schmerzvoll das Gesicht. »Eigentlich wollte ich nur das eine … die Goldmedaille! Aber mein verzogenes und egoistisches Wesen stand mir die ganze Zeit im Weg.« Sie bückte sich nach der heruntergefallenen Serviette und zupfte nervös daran herum. »Stimmt nicht … Ich wollte nicht nur das – ich wollte alles: Olympia, Miro, Spaß, Alkohol, Party und, und, und. Und dann kam die Quittung.«

»Der Unfall?«

»Ja, auch … Aber erst einmal bekam ich Miro. Irgendwann und irgendwie habe ich ihn rumgekriegt.« Gedankenverloren lächelte sie vor sich hin. »Er ist halt auch nur ein Mann … Und mit ein wenig Alkohol und gekonnt eingesetzten Reizen gehörte er genau für eine Nacht mir – mir allein!« Sie seufzte tief und schaute verträumt aufs Meer hinaus. »Es … er … wir …«, Tess rang nach Worten. »Es war gigantisch, geil, ultimativ … Ich hatte nie eine schönere Nacht verbracht, doch a-a-a-am nächsten Tag sagte er, es wäre ein Fe-ehler gewesen, und entschuldigte sich und … Und dann bin ich tootal ausgetiiiickt!« Vor lauter Aufregung fing Tess wieder an, in bekannt stockender Weise zu sprechen.

»Dann kam der Unfall?«

»Jaaa …«

Sie sahen sich schweigend an, und Emilia ergriff Tess' Hand, um diese fest zu drücken. »Das brauchst du mir nicht zu erzählen, das hat er schon ausführlich getan.«

Beide wussten sie, wer gemeint war, und Emilia dachte kurz an das Gespräch vor ein paar Tagen zurück.

Sie war mit Miro ins *Café Vanille* gegangen, da Emilia nicht wollte, dass sie Tess über den Weg liefen. Hier hatte ihr Miro von Tess' Lebenswandel, seinem freundschaftlichen Verhältnis zu ihr und dem Unfall erzählt. Dass er mit ihr geschlafen hatte, hatte er wohl »vergessen« zu erwähnen. Kurz stieg Ärger in Emilia hoch, er legte sich aber sogleich wieder, als sie daran dachte, was Miro ihr über seine Kindheit und seine gestörten Familienverhältnisse berichtet hatte. Dass er sich schwertat, Nähe zuzulassen, und in Tess einen Menschen sah, der viele der schlechten Eigenschaften seiner Familie in sich vereinbarte – Rücksichtslosigkeit und Egoismus. Das alles konnte Emilia Tess nicht erzählen, auch nicht, dass sie übereingekommen waren, dass Miro sich, so gut es eben ginge, von Tess fernhalten solle – und wenn sie dann doch einmal aufeinandertrafen, was unweigerlich passieren würde, sollte er wenigstens höflich zu ihr sein. Miro hatte sich noch für sein bescheuertes Benehmen entschuldigt und versprochen, sich in Zukunft anständig zu verhalten.

»Ich habe Tag für Tag hart trainiert, Nacht für Nacht gesoffen und vor Miros Augen mit Janne rumgemacht, auf Teufel komm raus. Ich wollte ihm zeigen, dass er mir egal war.« Tess war wieder gefasster. »Aber ich hatte mit Janne nicht mehr geschlafen, so, wie Miro es mir vorgeworfen hatte, als … als ich … ihm …« Ihre Stimme brach wieder, und sie blickte Emilia verzweifelt an. »Lass uns das Thema wechseln – vielleicht ein andermal, okay?«

Ohne lange zu zögern, stimmte Emilia zu. Ihr war klar, dass Miro Tess ganz und gar nicht egal war – damals und auch heute nicht –, sondern sie sich da selbst etwas vormachte. Emilia versuchte, ein unverfänglicheres Thema anzuschneiden, und berichtete von ihrem morgendlichen Gespräch mit Eva: »Eva ist wieder da.« Lächelnd schüttelte sie den Kopf. »Aber das weißt du ja schon, du hast sie vorhin ja gesehen.« Emilia redete schnell weiter, um Tess, so gut wie möglich, abzulenken. »Sie wohnt jetzt bei Mikka und betreibt eine kleine Verlagsagentur per Internet – mit ihrer neuen Partnerin, die die Firma in Mainz leitet. Sie ist superglücklich und, stell dir vor ...«, Emilia breitete theatralisch die Arme aus, »sie ist schwanger, zwölfte Woche, mit Zwillingen ... Wahnsinn, oder?«

Erschrocken schaute Emilia auf Tess. Deren Gesicht hatte jegliche Farbe verloren, und ihr Mund war wie zu einem lautlosen Schrei aufgerissen.

»Tess?«

×××

»... und dann war sie schwanger! Von mir oder von Janne oder von wem auch immer, keine Ahnung. Sie sagte, es wäre definitiv von mir, da sie nach unserer gemeinsamen Nacht mit keinem Mann mehr geschlafen hatte. Aber konnte ich ihr das glauben? Ich bestand also auf einen Vaterschaftstest, und da ist sie wieder einmal ausgerastet – das war noch im Krankenhaus, nach ihrem Unfall, bei dem sie sich das Bein so kompliziert gebrochen hatte. Sie hat geschrien und getobt; sie würde es sowieso wegmachen lassen – von so jemandem wie mir wolle sie kein Kind. Ich werde ihre Worte nie vergessen: *Ich hatte mir gewünscht, die ganzen Operationen und Medikamente hätten schon dafür gesorgt, dass das Ding abgeht, aber leider hat das nicht geklappt.*«

Panu sah betroffen auf seinen Freund und konnte sich augenblicklich vorstellen, wie dieser sich gefühlt haben mag, als Tess so kalt gewesen war. Panu kannte Miros Geschichte – den brutalen Vater und die saufende Mutter, die ihren zweiten Sohn, Miro, nie gewollt hatten und ihn das auch Tag für Tag hatten spüren lassen.

»Als ich dann kurz vor ihrer Entlassung noch einmal bei ihr war, wollte ich ihr sagen, dass, egal, wer der Vater war, ich zu ihr stehen würde. An diesem Tag hat sie mir gesagt, dass sie diesen Test machen würde. Sie meinte, dass es ab der zehnten Schwangerschaftswoche möglich sei, jedoch das Risiko einer Fehlgeburt bürge. Aber da sie das Kind eh nicht haben wolle, sei es ja eh egal, sodass man den Abbruch gleich nach der Untersuchung in die Wege leiten könne – und danach wüsste ich dann wenigstens, dass ich der Vater ihres Bastards gewesen wäre. Verrückt, oder?« Miro nahm einen großen Schluck aus der Bierflasche, die er die ganze Zeit krampfhaft in der Hand gehalten hatte. »Ich habe versucht, ihr diesen Blödsinn auszureden, und ihr versichert, dass sie sich keine Gedanken machen solle, sie ja finanziell abgesichert sei und ich sie auf jeden Fall unterstützen würde. Da hat sie aber nur abgewinkt und gesagt, dass mich das Ganze nichts mehr anginge und sie das Kind ohnehin nicht wolle. Ja, und dann ist sie, als sie aus dem Krankenhaus entlassen worden war, zurück nach Deutschland gegangen und wir auf Tour … und …« Erneut setzte er die Bierflasche an. »Leer!«

Panu stand auf und nahm hinter der Theke zwei volle Flaschen aus dem Kühlschrank. Er holte außerdem zwei Schnapsgläser und schenkte Wodka ein. »Kippis!«

Die zwei Männer saßen an der Bar im Studio. Miro hatte Panu am frühen Samstagmorgen angerufen und ihm gesagt, dass er mit jemandem reden müsse – mit ihm reden müsse.

Panu hatte sich schon gedacht, dass es um Tess' und Miros angespanntes Verhältnis ging. Mit dem, was Miro ihm nun alles erzählte, hatte er allerdings wirklich nicht gerechnet.

Miro kippte den Schnaps hinunter und spielte mit der Bierflasche in seiner Hand. »Ich habe immer wieder probiert, sie zu erreichen, aber sie hat jeden meiner Versuche abgewehrt – war für mich nicht zu sprechen. Als wir damals in München unser Konzert hatten, bin ich zu ihrer Wohnung gefahren und habe nochmals versucht, mit ihr ein vernünftiges Gespräch zu führen; doch vergebens. Wir haben uns eigentlich nur angeschrien, und sie hat mir gesagt, dass sie bereits einen Termin für die Abtreibung habe und damit alles erledigt sei. Ich habe sie noch gebeten, es nicht zu tun, sie war ja auch schon in der zwölften Woche, aber ohne Erfolg … Sie hat …« Einen kräftigen Schluck nehmend, sprach er leise weiter: »Sie hat eine Woche später eine WhatsApp geschickt: *Erledigt!* Mehr stand da nicht. Ja, und das ist nun Tess' und meine Geschichte – unsere beschissene Geschichte!«

Panu schenkte nochmals Wodka nach. »Scheiße, Kumpel, das wusste ich nicht. Warum hast du nie etwas gesagt? Tess war doch noch ein-, zweimal nach einem Konzert dabei gewesen, und … Wir haben nichts gemerkt.«

Miro machte eine wegwerfende Handbewegung. »Das eine Mal in Stuttgart bin ich einfach früher gegangen, und in Utrecht habe ich sie ja nur kurz vor dem Konzert gesehen. Danach ist sie ja mit Emilia verschwunden und hat dafür gesorgt, dass deine Süße diesen unglücklichen Unfall hatte.« Er schaute grimmig bei dem Gedanken an Emilias Unfall, und auch Panu zuckte kurz zusammen und konnte ein unwilliges Murren nicht unterdrücken.

Panus Gedanken wanderten zurück zu jenem Nachmittag

vor ihrem großen Zerwürfnis vergangenen Herbst. Schon damals hatte er gewusst, dass er sich in Emilia verliebt hatte und für ihn eine gemeinsame Zukunft mit ihr durchaus vorstellbar war. Und dann war alles anders gekommen – kompliziert –, und daran hatte auch Tess Schuld gehabt. Erneut spürte er den Zorn, den er immer wieder unterdrückte, in sich aufsteigen, wenn er an Emilias schwere Verletzungen dachte. Er blickte seinen Freund an und sagte grübelnd: »Aber irgendetwas Gutes muss Tess doch in sich haben, sonst würde sich Emilia nicht so aufopfernd um sie kümmern. Auch Janis findet, dass sie sich geändert hat.« Er stockte kurz, bevor er seine nächste Frage vorsichtig formulierte: »Meinst du, sie könnte Emilia noch einmal irgendwie Schaden zufügen?«

Miro klopfte seinem Freund aufmunternd auf die Schulter. »Ich glaube, dass sie sich geändert hat. Irgendwie kommt es mir langsam so vor, als ob sie das alles, der Schlaganfall und die Therapie, hat erwachsen werden lassen. Ich bin zwar weiterhin skeptisch ihr gegenüber, aber ein Teil von mir will einfach glauben, dass sie sich geändert hat. Das ist auch der Grund, warum ich endlich mit der Vergangenheit abschließen will. Tess hat Scheiße gebaut, okay, das haben wir alle schon mal … Ich mag einfach nicht mehr wütend sein. Sie ist nun einmal im Moment ein Teil von Emilias Leben und Emilia ein Teil von deinem, und deshalb werde ich alles dransetzen, weitere Auseinandersetzungen mit ihr zu vermeiden. Das krieg ich schon hin.«

Panu war voller Mitgefühl für seinen Freund und fragte das, was ihn bereits das ganze Gespräch über beschäftigte: »Wolltest du das Kind wirklich?«

Miros Blick wurde ernst. »Ja. Ich hätte mir zwar kein Leben

mit Tess vorstellen können, aber ich wäre für das Kind da gewesen – immer!«

Panu nickte nur – er hatte die Antwort schon geahnt. Er kannte seinen Freund gut. Er schenkte ihnen einen weiteren Wodka ein, und schweigend tranken sie.

»Moi, Kinder! Ich bin wieder da … Papa Mikka!« Die Tür des Studios wurde aufgerissen, und ein laut lachender Mikka trat ein, gefolgt von Rami und Janis.

Miro und Panu sahen sich an und kamen schweigend überein, das eben Besprochene für sich zu behalten.

»Hallo, ihr drei! Was führt euch noch hierher? Wir haben doch heute gar keine Proben mehr.« Panu schaute von einem zum anderen.

Janis zeigte mit dem Finger auf Mikka und sagte: »Das musst du den alten Mann schon selbst fragen. Er hat uns mit dem Taxi daheim abgeholt und keine Widerworte geduldet. Es wären große kommende Ereignisse zu besprechen, und wir müssten alle fünf zusammenkommen.«

»Genau! Von Emilia weiß ich, dass du mit Miro hier bist, und da wir nun alle komplett sind, kann ich die Neuigkeiten endlich verkünden …« Er breitete die Arme wie zu einer Massenumarmung aus und schrie seine Freude förmlich heraus: »Tataaa … Eva ist schwanger, und wir bekommen im November Zwillinge!«

Sprachlos glotzten die vier den sichtlich aufgekratzten Mikka an, der über das ganze Gesicht strahlte, drei weitere Schnapsgläser auf die Theke stellte und in alle fünf übermütig einen Schwups Wodka füllte.

»Auf meine Nachkommen! Kippis, Jungs!« Mikka hielt sein Glas hoch, und auch die vier Männer griffen nach ihren und prosteten ihm immer noch perplex zu. Jedoch fassten sich alle schnell wieder und umarmten den überglücklichen Mikka. Anerkennend klopfte Janis ihm auf die Schulter: »Zwillinge! Da hast du dich ja voll ins Zeug gelegt.«

Panus Blick fiel auf Miro, der nun neben Mikka stand und diesem spielerisch in den Bauch boxte. »Junge, Junge … der alte Finne wird Vater. Ich kann es kaum glauben.«

Nur Panu merkte, dass Miro, nachdem er gratuliert hatte und sie alle anfingen, einen auf den werdenden Vater zu heben, still wurde.

Schwanger! Er konnte förmlich Miros Gedanken lesen. Das passte ja zu ihrem heutigen Gespräch.

×××

Nein, nein, ich will das nicht! Bitte sag mir, dass die Ärzte lügen. Ich habe mein Kind nicht verloren – ich doch nicht! Warum? Ich sehe, wie ich neben mir stehe, wie Joachim und Mutter nach meiner Hand greifen und versuchen, mich zu trösten. Lasst mich in Ruhe – haut ab, ihr lügt, die lügen, alle lügen! Ich will das Kind, will es in meinen Armen halten. Ich habe doch noch monatelang Zeit – war es nicht erst gestern, als mir Doktor Trautmann freudestrahlend verkündet hat, dass ich schwanger bin? Es ist noch nicht so weit, noch lange nicht! Aber überall war Blut, und ich hatte Schmerzen und … und jetzt? Leere – nur Leere!

Komm, Lia, lass gut sein! Du bist jung, du kannst noch viele Kinder bekommen, stell dich nicht so an, das ist ja peinlich. Mutter reicht mir ein Taschentuch und sagt schneidend: Wisch dir die Tränen weg!

Ich weine? Ja, ich weine – um mein Kind!

»Kaunis! Wach auf! Du träumst nur.«

Emilia hörte leise Panus Stimme, fühlte seine Hand, die sanft ihre Wange streichelte, roch seinen so vertrauten Duft – spürte seine Wärme. Seufzend genoss sie das aufkommende Gefühl der Geborgenheit, schmiegte sich fester in Panus Armbeuge, legte ihre Hände auf seine nackte Brust und öffnete die Augen. »Es tut mir leid! Ich weiß nicht, warum ich so schlecht geträumt habe.« So ein Quatsch! Natürlich wusste sie es, sie wollte nur nicht darüber reden. Eva war schwanger – und sie wurde an ihre eigene Kinderlosigkeit erinnert, da konnte man schon einmal schlecht träumen.

Dieser Samstag war wirklich ereignisreich gewesen, und schon morgen gegen Mittag musste sie für eine Woche nach Hamburg, sich von Panu verabschieden, ihr geliebtes und so ans Herz gewachsene *Talo* verlassen und die Verantwortung für Tess und Lenni an Joulu abgeben. Sie spürte, wie schwer es ihr fiel zu gehen, obwohl sie sich auf die Herausforderung dieses Teils ihres Studiums freute. Emilia streckte den Kopf zu Panu empor und küsste sanft seine stopplige Wange.

»Eva und Mikka werden Eltern – verrückt, oder?«

»Ja, das ist wirklich verrückt.«

»Und so schön.«

»Mmmh … ja …«

Seine Finger fuhren durch Emilias Haar, und seine Lippen wanderten ihr Kinn entlang. Genussvoll rollte sie sich auf ihn und ließ ihre Hände über seine Arme gleiten, fühlte die Muskeln unter ihren Fingern – ihr Mund legte sich auf seinen, und in Sekundenschnelle spürte sie nur noch das unfassbare Gefühl der tiefen Verbundenheit mit Panu – und alles andere war vergessen.

13

»… we still feel it deep inside and we won't no longer hide …«

♫

Oh, verdammt, Emilia!« Panu schnaubte wütend in sein Handy, das er krampfhaft ans Ohr gepresst hielt. »Nicht noch eine Woche … Komm, das ist doch Scheiße!«

»Panu, bitte … Das ist meine Chance, mit meiner Ausbildung schneller voranzukommen. Ich kann ein Wochenseminar dranhängen, und heute Abend findet ein Vortrag über Gestalttherapie statt, der mich sehr interessiert. Und morgen früh ist eine zweistündige Lesung anberaumt, die ich dann auch noch mitnehmen könnte. Dann habe ich mein Soll erfüllt, und ich muss dieses Jahr nicht mehr weg. Außerdem passt es gerade, da Lennis Eltern den Jungen öfter zu sich holen. Das verstehst du doch, oder?« Emilia wartete gebannt auf seine Antwort. »Panu?«

»Mach doch, was du willst! Moi, moi!« Zornig schmiss er sein Smartphone über den Couchtisch, und es landete krachend in mehreren Teilen auf dem Boden vor der großen Fensterfront. Panu stand auf, ohne sich weiter darum zu kümmern, und lief ins Bad. Wutentbrannt stemmte er beide Arme aufs Waschbecken und sah in den angelaufenen Spiegel. Er wischte mit der Handkante über das Glas, sodass er verschwommen sein Gesicht sehen konnte, das ihm finster entgegenblickte.

Er war gerade aus der Dusche gekommen, als Emilia angerufen hatte. Er hätte sich eigentlich nur noch anzuziehen brauchen, um dann gleich loszufahren und sie vom Flughafen abholen zu können – und jetzt das! Wütend hatte er ihren Worten gelauscht: Der Kurs war scheinbar klasse gelaufen, und kurz bevor sie zum Flughafen hatte aufbrechen wollen, muss ihr der Studienleiter einen kurzfristig frei gewordenen Platz für das Seminar nächste Woche angeboten haben. Und noch bevor sie ihn gesprochen hatte, hatte sie mit Tess, Lasse und Joulu abgeklärt, ob das in Ordnung ginge. Erst dann hatte sie ihn angerufen. Ihrer Euphorie nach – sie hatte geplappert wie ein Wasserfall – hatte sie keinen Moment daran gezweifelt, dass er nicht davon begeistert sein könnte. Doch er fühlte sich zurückgesetzt – er war enttäuscht. Hätte sie nicht erst ihn fragen oder ihm wenigstens ihren Entschluss mitteilen können, bevor sie allen anderen Bescheid gegeben hatte?

Er hatte sich nach seinem Radiointerview am Morgen extra beeilt und nicht einmal die Zeit für eine Rasur gefunden. Zeit hatte er jetzt zur Genüge! Sein Körper bebte, als er nach dem Rasierschaum griff. Seine Adern traten an Händen und Armen hervor. *Verdammt, Emilia.* Diese Frau brachte ihn zur Raserei.

Er hatte sie vom Flughafen abholen und mit ihr ins Studio fahren wollen, in dem Miro heute in seinen vierunddreißigsten Geburtstag hineinfeiern würde. Er vermisste sie! Er wollte sie! Wollte mit ihr zusammen sein, sie verführen, sie lieben. Schon allein die Gedanken an Emilias heißen Körper, ihre mitreißende Leidenschaft, ihre erregenden Küsse und ihre totale Hingabe brachten Panu zum Schwitzen. Sein unkontrollierbares Verlangen nach ihr erzürnte ihn noch mehr, und mit schnellen, ungeduldigen Gesten verteilte er den Schaum in seinem Gesicht und begann, sich zu rasieren.

Nachdem er sich mit einem Handtuch den restlichen

Schaum weggewischt hatte, schloss er resigniert die Augen. Sofort tauchte Emilia wieder auf – lächelte ihn an, streichelte über seine Brust und öffnete verheißungsvoll ihre vollen Lippen. Erregt riss Panu die Augen auf, knüllte wütend das Handtuch zusammen und warf es in die Ecke. Hektisch streifte er das Badetuch, das um seine Hüften geschlungen war, ab und trat abermals in die Dusche. Er brauchte eine Abkühlung! Und während er das kalte Wasser über seinen Körper laufen ließ, fragte er sich, warum sie nicht noch einmal anrief. War ihr seine Reaktion so egal?

Panu kam in seiner Wut nicht der Gedanke, dass sein Handy in Einzelteile verstreut im Wohnzimmer lag.

×××

Emilia starrte immer noch auf ihr iPhone und überlegte, wie sie reagieren sollte. Panu war sauer auf sie – wieder einmal! Aber was hatte er denn gedacht, was sie tun würde? Es war für sie eine einmalige Chance, in einem Aufwasch ihre Seminare abzuarbeiten, um danach wieder mehr Zeit auf Suomenlinna verbringen zu können. Warum zum Teufel verstand er das nicht! *Verdammt, verdammt!* Und jetzt?

Die Woche war so hervorragend verlaufen – das Seminar war spitze gewesen, sie hatte eine Menge dazugelernt, neue Einblicke in innovative Behandlungsansätze erhalten. Natürlich wäre sie heute lieber nach Hause gefahren, schon allein, um wieder bei Panu zu sein und mit ihm gemeinsam in Miros Geburtstag zu feiern. Jedoch auch, um im *Talo* nach dem Rechten zu sehen – nach Tess und Lenni. Sie wusste von Joulu, dass es den beiden gut ging, aber trotzdem wollte sie nach Hause und sich wieder ihrer Arbeit widmen.

Verwirrt starrte sie auf die Blumentapete in ihrem Hotelzimmer. Die rosafarbenen Blüten verschwammen vor ihren Augen, als sich langsam ein Tränenschleier bildete. Verärgert zog sie die Nase hoch. Verdammt noch mal, er musste sie doch verstehen. Sie baute sich gerade ein neues Leben auf, und dafür musste sie Abstriche machen – viele – und er auch!

Sie war sauer auf ihn, stand von ihrem Hotelbett auf und griff nach ihrem Handy. Sie wählte Panus Nummer. Kein Anschluss!

Sie wählte erneut und versuchte es immer und immer wieder.

×××

Die Party war im vollen Gange, als Panu gegen einundzwanzig Uhr im Studio eintraf. Der große Raum war brechend voll, und aus den Boxen dröhnte in ohrenbetäubender Lautstärke *Numb* von *Linkin Park*. Sein erster Weg führte ihn an die Bar. Dort traf er auf Mikka und Eva.

»Hei!«

»Hallo, Panu! Alles klar bei dir?«

»Joo!«

Mikka deutete auf die vielen kleinen Wunden in Panus Gesicht. »Hast du mit einer Dornenhecke gekämpft, um die Prinzessin zu befreien, oder bei der Fortsetzung von *Kettensägen-Massaker* mitgespielt?« Lachend haute Mikka seinem Kumpel auf die Schulter.

Panu versuchte, Mikkas dummen Spruch zu ignorieren, was ihm nicht leichtfiel, da er wusste, wie zerschunden sein Gesicht aussah – wie nach einer Begegnung mit einem Rasenmäher! Er bestellte beim Barkeeper, den Miro für den Abend engagiert hatte, ein Glas Rotwein und einen Jägermeister. Sekunden später standen beide Getränke vor ihm auf der Theke, und er kippte eines nach dem anderen runter.

»Otetaas vielä!« Panu knallte seine leeren Gläser auf die Ablage, wartete, dass der Mann hinter der Bar sie wieder auffüllte, und sah finster in die Runde.

Mikka und Eva schauten ihm erstaunt zu, und Eva fragte ihn verwundert: »Was ist denn mit dir los? Und überhaupt – wo ist eigentlich Emilia?« Suchend sah sie sich im Raum um.

Ohne eine Antwort zu geben, trank Panu die beiden Gläser jeweils in einem Zug leer.

Oh, oh! Eva und Mikka warfen sich einen wissenden Blick zu.

»Mal wieder Ärger im Paradies?« Sein Kumpel legte Panu brüderlich die Hand auf die Schulter.

»Taitaa olla joo!«

Eva, die bisher noch kein einziges Wort Finnisch gelernt hatte, schaute ihren Mann fragend an. »Was hat er gesagt?«

Mikka nickte leicht und antwortete: »Er sagte: Ja, so ist es. Also Ärger.«

»Ja, Ärger!« An Eva gewandt, sprach Panu die Worte erbost auf Deutsch aus. »Hat sie dich nicht auch schon angerufen und um Rat gefragt? Angerufen, bevor sie mir Bescheid gesagt hat?« Er registrierte Evas ehrlich erstaunte Miene. »Ah, noch jemand, dem sie nicht alles gleich erzählt … Erst einmal kommen ja Tess, Ira, Lasse oder Joulu … Verdammte Scheiße! Noch mal dasselbe …«, bellte er den Barmann über die Schulter hinweg an, und eh sie sichs versahen, hatte er Eva und Mikka den Rücken zugedreht.

»Okay, Panu, jetzt einmal so, dass auch ich es verstehe: Wo ist Emilia?« Eva legte Panu die Hand auf den Arm und zog ihn zu sich herum. Sie hatte gehofft, ihre Freundin heute zu sehen, da sie über ihren und Mikkas Geburtstag, die beide in der kommenden Woche lagen, für ein paar Tage wegfahren wollten.

»In Hamburg bei diesem Seminar. Sie hat noch eine Woche verlängert und kommt erst nächsten Freitag wieder.« Er versuchte, gleichgültig zu klingen, doch der Unmut in seiner Stimme war nicht zu überhören.

»Warum?«

»Warum?« Panu äffte Eva bissig nach. »Warum wohl? Um ja nichts zu verpassen und um möglichst lange wegzubleiben.« Noch einmal bedeutete er dem Barmann, dass dieser seine Gläser auffüllen solle.

»Du Idiot! Du bist doch schon voll.« Eva blickte verachtend auf Panu. »Emilia wird schon gravierende Gründe haben, um noch eine Woche länger zu bleiben. Was hat sie denn gesagt? Hast du ihr überhaupt zugehört?«

»Mmmh …« Panu setzte auf ein Neues zuerst sein Weinglas an und trank es in einem Zug leer. »Ja, genau, sie wird schon ihre Gründe haben!« Er sah Miro auf sich zukommen und ließ Mikka und Eva einfach stehen. »Heh, Alter, komm, lass uns auf dich trinken!«

Verblüfft starrten die zwei ihm nach.

»Oh Gott, da ist aber mal wieder einer schlecht drauf. Man könnte meinen, ohne Emilia kann der Mann nicht mehr leben.« Mikka wandte sich an Eva und fragte: »Was hat deine Freundin ihm denn für eine Liebesdroge verabreicht – sie muss jetzt wirklich mal die Dosis runterfahren, sonst muss er vielleicht irgendwann auf Entzug.«

Eva schüttelte grimmig den Kopf und antwortete mit einer wegwerfenden Handbewegung: »Der spinnt doch! Emilia ist bis über beide Ohren in ihn verliebt und versucht wirklich alles, um so oft wie möglich bei ihm zu sein. Aber der Spagat zwischen ihrer Arbeit und Panu ist nicht leicht. Dein Bandkollege sollte ein bisschen weniger egoistisch sein, dann würde er vielleicht auch merken, was er an Emilia hat!«

Zustimmend nickte Mikka, legte einen Arm um Evas Schultern und die andere Hand auf ihren Bauch. »Ich jedenfalls weiß, was ich an dir habe – an euch.« Er neigte sich vor und küsste sie liebevoll.

×××

»Hallo, Dani! Wie geht es dir?«

»Oh, hallo, Emilia. Schön, dass du mal anrufst. Uns geht es gut, danke. Und euch?«

Emilia erzählte von Evas Schwangerschaft, deren Umzug nach Helsinki und ihrem eigenen Seminar in Hamburg. »Ich bleibe noch eine Woche länger in Hamburg und dachte mir, wir könnten uns vielleicht treffen. Habt ihr morgen einen Auftritt?«

»Ja, haben wir.« Dani seufzte bedauernd auf. »Oh … hätte ich das gewusst, hätte ich versucht freizunehmen, aber so …«

»Ist schon gut, kein Problem. War eine spontane Idee von mir. Wo singt ihr denn morgen?«

»Auf einem Benefiz-Konzert in Kassel. Seo, ich und auch Betty – du kennst sie von deinem letzten Besuch hier. Die attraktive Blonde mit der tollen Stimme … Ich glaube, sie hat *Never Walk Alone* gesungen. Weißt du, wen ich meine?«

Emilia überlegte kurz. An dem Abend nach der Theateraufführung vor ein paar Monaten hatte sie so viele Leute kennengelernt, dass sie zu einem Namen in ihrem Gedächtnis nicht immer gleich das passende Gesicht fand. Aber als Dani das Lied erwähnte, wusste sie sofort Bescheid. »Ja, klar, Betty! Ich hatte mich kurz mit ihr unterhalten und fand sie sehr sympathisch. Kommt Natalie auch mit?«

»Ja, sie kommt mit.«

Emilia begann zu grübeln. In knapp drei Stunden würde sie in Kassel sein. Eigentlich hatte sie erst vorgehabt, morgen doch für einen Tag nach Hause zu fliegen – zu Panu! Aber nachdem er sich jetzt so bockig anstellte und nicht an sein Handy ging, stellte Emilia nun ebenfalls auf stur. Aufgeregt fragte sie: »Sag mal, meinst du, es gibt noch Karten? Ich könnte mir ein Auto mieten und morgen runterkommen … Was hältst du davon?«

Danis Stimme erhellte sich um zwei Oktaven, als sie begeistert ausrief: »Oh, Emilia, das wäre ja wunderbar. Du brauchst keine Karte, du kommst mit uns.«

Emilia war begeistert von Danis ehrlicher Freude. Sie kannten sich zwar erst kurz, aber sie schrieben sich häufig und telefonierten ab und an. Beide bemerkten, dass sich hier eine herzliche Freundschaft entwickelte. »Oh … das wäre ja toll. Gib mir doch gleich einmal die Adresse … Wann seid ihr da? Schon am Nachmittag?«

»Ja, wir wollten um halb elf losfahren, sodass wir wohl gegen dreizehn Uhr in Kassel ankommen.«

»Gut. Ich habe von neun bis elf Uhr noch einen Workshop, und danach komme ich.«

»Super, dann bis morgen, ich freue mich, dich wiederzusehen.« Bevor Dani auflegte, fragte sie Emilia noch nach Panu: »Wie geht es meinem Schönen? Ist er auf Tour? Oder kommt er auch mit?«

Emilia schluckte schwer, und ihre Stimme klang recht dünn, als sie antwortete: »Ihm geht es gut. Er ist nicht auf Tour, aber in Helsinki. Miro hat morgen Geburtstag, und sie feiern heute groß rein … Also denke ich nicht, dass er morgen mitkommt.«

Lachend erwiderte Dani: »Na, das glaube ich auch nicht. Wenn die heute feiern, wird er morgen erledigt sein.«

»Ja, genau.« Emilia dachte an Panu – wie er nur mit Shorts und seiner Gitarre den morgigen Tag in seinem Bett verbringen würde – ohne sie. Ihr Herz zog sich schmerzhaft zusammen, und sein wütendes »Moi, moi« klang erneut in ihren Ohren. Sie verabschiedete sich schnell von Dani und wählte sofort wieder Panus Nummer. Immer noch kein Anschluss! Seufzend stand sie von ihrem Bett auf und setzte sich an den Schreibtisch. Während sie gedankenverloren in ihren Unterlagen blätterte, drückte sie ununterbrochen die Wiederholungstaste. Irgendwann gab sie enttäuscht auf und buchte sich ein Zimmer im *Schlosshotel* in der Nähe des Veranstaltungsorts im *Bergpark Wilhelmshöhe*. Sie wünschte sich nicht zum ersten Mal heute, dass Panu dabei sein würde. Auf ein Neues wählte sie seine Nummer – weiterhin erfolglos!

×××

Als Panu am frühen Nachmittag erwachte, hämmerte es in seinem Kopf. Er hörte immer noch das Dröhnen der Musikboxen vom Abend zuvor und den lauten Gesang, der in seinem vom Alkohol in Mitleidenschaft gezogenen Hirn gerade zu einem ohrenbetäubenden Gekreische anschwoll. *Scheiße! Nie wieder trinke ich so viel an einem Abend.*

Wie lange war er überhaupt auf Miros Party gewesen? Er konnte sich nur bruchstückhaft an alles erinnern. Dass er sich mit Eva gestritten und Mikka ihn daraufhin in ein Taxi gesetzt hatte, wusste er noch. Auch dass Eva ihm vorgeworfen hatte, dass er ein egoistischer Arsch sei und sich Emilia gegenüber wie eine Klette verhalte, trat schmerzlich in sein Bewusstsein.

Er öffnete die Augen und brauchte eine Weile, um sich zu orientieren. Sein Blick glitt zur großen Fensterfront seines Wohnzimmers – die Sonne schien und ließ das Meer in verschiedenen Blautönen schillern. Er wandte den Kopf ab und sah auf seine Füße, die noch immer in den Turnschuhen steckten. Überhaupt war er komplett angezogen. Mühsam rappelte er sich auf, streifte die Schuhe ab, schälte sich aus den Klamotten, warf diese achtlos auf den Boden und schlurfte ins Bad. Als er sich die Zähne putzte, um den ekelhaften Geschmack aus seinem Mund zu bekommen, betrachtete er sein Spiegelbild. Müde, blutunterlaufene Augen in einem wie nach einer Katzenattacke zerkratzten Gesicht starrten ihm entgegen. *Scheiße, noch mal! Du siehst aus wie ein Penner.* Er spülte sich den Mund aus und fuhr sich mit den Fingern durch die in alle Richtungen abstehenden Haare. *Jetzt eine Dusche! Nein, keine Dusche!* Er spritzte sich kaltes Wasser ins Gesicht und unter die Arme und zog die Trainingsklamotten an, die vom Vortag auf der Badewanne lagen. Im Flur schlüpfte er in seine Laufschuhe, schnappte den Wohnungsschlüssel, etwas Geld, die Sonnenbrille sowie ein Basecap und schlug wenige Minuten später die Haustür hinter sich zu. Draußen holte er erst einmal tief Luft und schmeckte die warme, salzige Feuchtigkeit der Ostsee auf seiner Zunge. Er setzte die Sonnenbrille auf und lief los. Panus gewohnte Laufstrecke führte ihn in den Kaivopuisto. Am Anfang gemächlich, dann immer schneller joggte er durch die Grünanlage. Und so wie das Tempo seines Laufes beschleunigten sich auch seine Gedanken – die sich ausschließlich um Emilia drehten.

War er wirklich so egoistisch, was sie betraf – hatte Eva

recht? Nein, war er nicht! Er ließ ihr doch eigentlich jeden Freiraum, nahm sich zurück, sobald es um ihr *Talo* und ihre Patienten ging. War es so sträflich von ihm, ein bisschen mehr zu wollen – ein bisschen mehr Zeit mit seiner Freundin? Er versuchte alles, um die ohnehin schon knappe Zeit, die er zwischen Studio, Gigs, Proben und Touren hatte, mit Emilia zu verbringen – das wollte sie doch auch. Zumindest sagte sie das. Natürlich war es manchmal schwierig – aber machbar. Leider fühlte er sich immer öfter als der alleinige Antreiber, wenn es darum ging, sich zu treffen. Emilia war oft zerstreut, hatte etliche Termine und musste ständig lernen. Das ein oder andere Mal, wenn er sie überredet hatte, gemeinsam etwas zu unternehmen, hatte er schon das Gefühl gehabt, dass nur er es wollte – sich zu sehen – und ihr das Treffen mit ihm in diesem Moment eigentlich zu viel war. Wenn sie sich dann aber sahen und Emilia ihre zarten, weichen Formen an ihn schmiegte, ihre Lippen seine Küsse heiß und sehnsuchtsvoll erwarteten, jede Faser ihres Körpers seine Zärtlichkeiten erwiderte und aus ihrem Mund innige Liebkosungen nur so heraussprudelten, dann wusste er, dass Emilia sich genauso nach ihm verzehrte wie er nach ihr. Was war also falsch daran, dass er so viel Zeit wie nur irgend möglich mit ihr verbringen wollte?

Völlig außer Puste lehnte er sich gegen den nächsten Baum und versuchte, seine Atmung zu kontrollieren. Seine Lungen schmerzten – vor Anstrengung, aber auch von den vielen, eindeutig zu vielen Zigaretten am gestrigen Abend. Er schaute aufs Meer hinaus und merkte, dass er langsam wieder besser Luft bekam und regelmäßiger schnaufte. Gemächlich schlenderte er den Weg in Richtung *Café Ursula*.

Es war viel los am heutigen Tag. Das schöne Wetter hatte Touristen sowie Einheimische aus ihren Häusern ins Freie gelockt. Die Terrasse des Cafés war voll. Panu holte sich einen großen Coffee to go und ein Stück Kuchen. Er spazierte die wenigen Schritte zum Meer hinunter und setzte sich auf einen Felsen. Er hatte sich abgeregt – Laufen tat ihm ausnahmslos gut. Er fühlte sich besser, und die frische Luft schärfte seine Sinne. Einfach aufzulegen und sein Handy in die Ecke zu schmeißen, war eigentlich nicht seine Art – oder doch? Nein, war es nicht. Zornig auf sich selbst, überdachte er alles genau. Er wollte Emilia gern sehen – wahnsinnig gern sogar. Er würde sie anrufen, sobald er wieder daheim war, und sich dann nach einem Flug nach Hamburg erkundigen. Panu schaute auf die Uhr: fünfzehn Uhr! Wenn er sich beeilte, konnte er in wenigen Stunden bei ihr sein. Doch zuerst musste er mit ihr sprechen – keine Überraschungen mehr, das ging bei ihnen regelmäßig in die Hose. Er raffte sich auf und lief im leichten Laufschritt nach Hause. Seine Gedanken waren bei Emilia – ihrem lieblichen Gesicht, ihrem wundervollen Lächeln und ihrem sanften Wesen. *Verdammt, Emilia, ich liebe dich so … so grenzenlos …*

Wie bei Panu üblich, wenn er sich etwas in den Kopf gesetzt hatte, musste es schnell gehen. Kaum zu Hause angekommen, setzte er mühevoll sein Smartphone wieder zusammen, das den Wutanfall zum Glück unbeschadet überstanden hatte. Jede Menge verpasster Anrufe. Er musste sie sprechen. Es sprang nur die Mailbox an, sodass er entnervt wieder auflegte. Hastig tippte er eine WhatsApp:

Hei, Kaunis, sorry, sorry, sorry … Ich bin ein Idiot. Und ich möchte dich sehen. Ruf mich an … bitte!

Panu dachte nach. War Emilia sauer? Bestimmt! Ging sie deshalb nicht an ihr Handy? Nein, so war Emilia nicht! Dann hatte sie zu tun … Ja, so musste es sein!

Er stand auf, streifte sich auf dem Weg ins Bad die Kleidung ab, ließ sie achtlos auf den Boden fallen, wo schon die vom gestrigen Abend lag, und stellte sich unter die Dusche. Er war wieder nüchtern – total nüchtern. Und voller Erwartung. Sollte er einen Flug buchen, bevor er sie erreichen konnte, oder sollte er lieber abwarten? Vielleicht passte es Emilia überhaupt nicht, dass er zu ihr kam. In ihm machte sich Unsicherheit breit – würde sie sich freuen? Oder eher nicht, da sie zu tun und deshalb keine Zeit für ihn hatte?

In Gedanken schon halb im Flieger nach Hamburg, lief er ins Schlafzimmer, zog sich Shorts an und begann, seine Tasche zu packen. Zurück im Wohnzimmer, warf er einen Blick auf sein Handy. Ein verpasster Anruf und zwei Nachrichten. Rasch öffnete er die WhatsApp.

Blauauge? Du gehst nicht dran …

… ich vermisse dich.

Panus Herz begann, heftig gegen die Brust zu schlagen, als er erneut Emilias Nummer wählte.

»Hei …«

Ihre sanfte, rauchige Stimme verursachte ein heftiges Ziehen in seiner Magengegend, und er konnte nicht anders, als nur noch den einen Wunsch zu äußern: »Kaunis, ich möchte dich sehen!«

»Oh, Panu, ich dich doch auch … Was war los mit dir, warum bist du nicht an dein Handy gegangen?«

»Ich war so wütend … so sauer auf dich, weil du nicht heimkommen wolltest und ich dich so vermisse, und verdammt, Emilia, ich hasse es, so zu sein, so …«

»… so was?«

»… so abhängig von deiner Nähe – von dir!«

Für wenige Sekunden herrschte Stille, bevor Emilia leise erwiderte: »Panu, ich vermisse deine Nähe doch auch so wahnsinnig, und ich war so entsetzt, dass du einfach aufgelegt hast und … Ich liebe dich und würde am liebsten nur bei dir sein … aber …«

»Ja, aber … Du brauchst nicht weiterzureden, ich weiß ja, was du meinst, und du hast natürlich recht … aber …«

»Aber?« Emilia fing nervös zu kichern an. »Ich glaube, es gibt tausend ›Abers‹, und uns wird immer wieder eines einfallen.« Ernst sprach sie weiter: »Ich war so verletzt und traurig und hatte Angst und dachte, du meldest dich nicht mehr bei mir … Ich habe Hunderte Male angerufen … Ich …«

Panu unterbrach sie heftig: »Ich habe mein Handy weggefeuert, und es hat sich in mehrere Einzelteile zerlegt, und erst vorhin habe ich es wieder zusammengebaut …« Er überlegte, ob er ihr sein Gefühlschaos schildern sollte, entschied sich jedoch dagegen. »Emilia, es war nur ein Streit, noch nicht einmal ein richtiger … Und glaub mir, ich werde mich immer wieder bei dir melden – ich liebe dich!« Er konnte ein unterdrücktes Aufschluchzen hören und fragte vorsichtig: »Kaunis … geht es dir gut?«

Hastig, wie ein Schuss aus einer Schnellfeuerwaffe, kam ihre Antwort: »Ja! Ja, jetzt wieder. Ich bin so glücklich, deine Stimme zu hören.«

Der Kloß in ihrem Hals war nicht zu überhören, was ihn nur noch sicherer werden ließ, was sein Vorhaben betraf. »Wir könnten uns sehen, wenn du möchtest.« Panu wartete gespannt auf ihre Reaktion.

»Sehen? Wie? Wann?«

»In zwei Stunden geht ein Flug nach Hamburg, dann wäre ich um einundzwanzig Uhr da und könnte dich spätestens gegen zehn Uhr heute Abend in die Arme schließen, und morgen Mittag würde ich wieder abhauen, damit du in Ruhe weiterlernen kannst! Was hältst du davon?«

»Ich … Panu, ich …«

»Ja?«

Emilia wusste nicht, was sie sagen sollte, stotternd brachte sie hervor: »Ich, sorry, Panu, ich …«, sie holte tief Luft, »… ich bin nicht in Hamburg, sondern in Kassel, bei Dani und Natalie. Ich …«

»Waaas?«

»Bitte nicht wieder sauer sein, lass es mich erklären.« Sie hörte nur seinen lauten, heftigen Atem und versuchte, ihm vorsichtig klarzumachen, was passiert war: »Ich habe nach unserem Gespräch gestern mit Dani telefoniert, und dann haben wir uns für heute hier in Kassel verabredet, wo Dani und Seo einen Auftritt haben. Ich bin gegen Mittag losgefahren und war so um fünfzehn Uhr hier. Wir haben zusammen Kaffee getrunken, und jetzt bin ich nur kurz auf meinem Hotelzimmer, will mich aber gleich wieder mit ihnen treffen … Ich … ach, Scheiße!« Niedergeschlagen brach sie ab und starrte auf den frischen Obstteller, der auf dem Couchtisch stand.

»Wow …«

»Wow, was? Sag doch was … Panu?«

»Wow, was für ein Glück, dass ich dieses Mal erst mit dir gesprochen habe, bevor ich meine Pläne umgesetzt habe. Schade, dann wird das wohl nichts!« Ernüchtert stellte Panu fest, dass der Zauber des Augenblicks – Emilias ehrliche Freude – sich zu verflüchtigen drohte.

Eine kleine Weile, die beiden wie eine Ewigkeit vorkam, sprachen sie nicht. Emilia steckte sich vor lauter Frust eine Erdbeere in den Mund und wollte sich gerade weiter rechtfertigen, als es laut an ihre Tür klopfte. Kauend sagte sie: »Moment, Panu, das ist bestimmt Dani an der Tür.«

Er hörte, wie sie die Tür öffnete und leise mit Dani sprach. Kurz darauf drang Danis sanfte Stimme an sein Ohr, und wie immer begrüßte sie ihn liebevoll mit »Schöner«.

»Hallo, Krasavez. Wie geht es dir?« Ihre Stimme klang melodisch und einfühlsam. »Wir vermissen dich hier, vor allem Emilia.« Bei jedem anderen hätte sich das sarkastisch oder spaßig angehört, aber nicht so bei Dani – sie meinte jedes Wort so, wie sie es sagte.

»Ich wäre auch gern bei euch, aber leider wusste ich nichts davon …« Er zögerte, bevor er weitersprach. »Aber das ist eine lange Geschichte. Ich wünsche euch ganz viel Spaß und viel Glück für euren Auftritt. Gibst du mir bitte noch mal Emilia? Bye, Dani.«

Er vernahm kurz leises Getuschel, bevor Emilia wieder ins Handy sprach: »Panu, ich komme nach Hamburg! Du landest doch um einundzwanzig Uhr?! Ich brauche knapp drei Stunden zurück, ich werde gleich …«

Emilias Stimme überschlug sich fast, und Panu unterbrach sie lachend: »Stopp, Süße! Keine übereilten Handlungen, davon hatten wir wirklich genug.« Sein Herz machte Freudensprünge – in ein paar Stunden würde er Emilia sehen. Er hörte ein erneutes Klopfen an Emilias Tür. »Wer ist das?«

»Wahrscheinlich Natalie. Warte, ich sage ihr nur kurz Bescheid, dass ich …«

Abermals stoppte Panu ihren Redefluss: »Nein, sag ihr noch nichts, wir … lass uns noch kurz reden.«

Es verging ein kleiner Moment, bevor Emilia wieder atemlos zu sprechen anfing: »Okay, sie wartet unten in der Lobby auf mich. Panu, wir müssen jetzt Schluss machen – du musst zum Flieger und ich mein Zeug packen und losfahren.«

Panu hatte nicht viel Zeit zum Nachdenken gehabt, doch er hatte es sich gut überlegt und teilte Emilia seine Gedanken mit: »Harmaa-silmä, langsam … Du hast dich mit Natalie und Dani verabredet, bist Hunderte von Kilometern gefahren, um sie zu treffen, und wirst jetzt nicht alles sausen lassen, nur um mich für ein paar Stunden zu sehen …« Er schmunzelte. »Aber … allein der Gedanke an dich, deinen sexy Body und deine heißen Küsse lassen mich gerade an meinen eigenen Worten zweifeln …« Nun musste er laut herauslachen. »Vergiss, was ich gesagt habe … Ich will dich sehen!«

»Panu, warum muss alles so kompliziert sein? Warum hast du mir gestern nicht gesagt, dass du kommen möchtest …« Emilia sagte das ohne Vorwurf, und genau so fasste Panu es auf.

»Kaunis, du hast recht, und wir hören jetzt auf damit. Du bleibst, wo du bist, und ich, wo ich bin. Wir telefonieren später noch einmal, und nächsten Freitag, wenn du wieder heimkommst, holen wir alles nach … okay?«

»Okay …« Emilias Antwort kam unwillig und auch ein wenig ängstlich. »Aber …«

»Damn ›but‹, was denn jetzt noch?« Panu lachte leise.

»Ich weiß nicht, ob du das gestern richtig mitbekommen hast, aber ich komme erst Samstagmittag wieder. Ich habe morgens noch eine Veranstaltung und nehme dann den ersten Direktflug um dreizehn Uhr … Also sehen wir uns erst Samstag, okay?«

Stille!

»Panu?«

»Ja, verstanden … aber …«

»Aber du bist sauer?!«

»Ich glaube, über den Punkt bin ich mittlerweile hinaus … Ich bin einfach nur noch enttäuscht, dass ständig alles so kompliziert ist. Um es kurz zu machen – wir spielen Samstag auf einem Festival in Tallinn und Sonntag in Tartu in Estland … also dann Montag.«

»Nein!« Emilia konnte ihr Entsetzen nicht verbergen. »Ich packe und fahre, und du buchst und kommst gefälligst auch!«

Konnte man alldem noch etwas Witziges abgewinnen? Panu konnte und wollte.

»Ich werde nicht kommen, heute noch nicht … erst Montag … Und glaub mir, dann nicht nur einmal. Und ich wünsche mir, dass auch du heute nicht kommst, sondern erst Montag, gemeinsam mit mir …«

»Schweinskram … ich …«

»Ja, und ich weiß, du liebst diesen Schweinskram …«

Emilia schmolz dahin. Wie er das aussprach, so supersüß mit diesem sexy finnischen Akzent, und dann sein Lachen, die tiefe, erotische Stimme … Eine Sehnsucht ergriff sie, die sie körperlich spürte und ihr die Tränen in die Augen trieb. Sie wollte nur noch in seinen Armen sein und sonst nichts mehr. »Panu …«

»Mmmh …?«

»Ich möchte, dass wir uns heute noch sehen.«

»Warte kurz.«

Emilia hörte es rascheln, dann klicken, und wenige Sekunden später war Panu wieder am Handy.

»So, fertig. Jetzt müsstest du mich jeden Moment sehen.«

»Was?« Ein Piepton kündigte eine Mitteilung an. Emilia stellte auf Lautsprecher und öffnete die WhatsApp – Panu! Mit nacktem Oberkörper, verwuschelten Haaren, ein paar Kratzern im Gesicht und einem unwiderstehlichen Lächeln auf den Lippen lag er auf seiner Couch.

»Hast du mit einer Katze gekämpft?«

»Hah … lange Geschichte, jetzt nicht. Du bist dran!«

»Ich kann darüber nicht lachen … nicht einmal lächeln.«

»Komm, Kaunis, für mich.«

»Nur für dich?«

»Na klar! Für wen sonst?«

Emilia zögerte kurz. »Okay …«

»Ich liebe dein Okay.« Sie hörte ihn laut über den Lautsprecher lachen. Ihr wurde warm ums Herz, und ohne lange nachzudenken, säuselte sie verführerisch: »Du hast es so gewollt.«

Einen kurzen Moment später ertönte Panus Mitteilungston.

Er richtete sich auf und starrte sprachlos auf Emilias Foto. »Wie hast du …? Wie konntest du so schnell … Wow!«

Emilia musste nun doch lachen und fragte: »Sprachlos, Herr Turunen?«

Panu starrte fortwährend auf das Foto, strich darüber, um es zu vergrößern, und spürte, wie ein Schwung Adrenalin durch seinen Körper schoss. Emilia lag seitlich auf einem Bett, mit einem kurzen weißen Top bekleidet. Dessen Träger war über die Schulter gerutscht, und ihre Brüste, zusammengepresst, offenbarten ein Wahnsinnsdekolleté. Er konnte den Ansatz ihres Beckenknochens sehen. Sofort setzte seine Fantasie ein, und er schluckte schwer bei dem Gedanken, dass oberhalb ihrer Scham ihr Tattoo saß, das er so liebte. In ihrer Hand hielt sie eine Erdbeere, die sie sich an die verführerisch lächelnden Lippen führte. Panu konnte nicht anders, als immer wieder seinen Blick von ihrem sinnlichen Mund zu ihren vollen, traumhaft festen Brüsten gleiten zu lassen. »Wo hast du die Erdbeere her?«

»Mehr fällt dir dazu nicht ein?«

»Oh doch, aber das wäre dann wirklich Schweinskram.«

»Und jetzt?«

»Ich habe dich gesehen, du mich, und jetzt verbringst du mit deinen Freundinnen einen schönen Abend, und ich lege mich ins Bett und genieße deinen Anblick … Und morgen, wenn du wieder in Hamburg bist, telefonieren wir … okay?«

»Ja, okay … Nicht das, was ich wirklich will, aber okay.« Emilia seufzte auf.

»Viel Spaß, Kaunis! Moi, moi!«

»Tschüss. Ich liebe dich!«

»Ich liebe dich auch!«

Als sie aufgelegt hatten, saßen sie lange stumm da und ließen sich ihr Telefongespräch durch den Kopf gehen. Beide waren froh, den Streit beigelegt zu haben.

Ihnen war klar, dass das, was sie zwei verband, schon etwas von Irrsinn hatte – ihre nahezu qualvolle Sehnsucht nach Nähe, nach Zweisamkeit. Diese Liebe, die jenseits ihrer Vorstellungskraft herangewachsen war und alles, was außerhalb ihrer leidenschaftlichen Hingabe existierte, in den Schatten stellte. Eine Liebe, die allen Widrigkeiten trotzte, die versuchte, Belastungen lächelnd hinzunehmen, nur um noch stärker daraus hervorzugehen. Eine Liebe, die von berauschendem Verlangen geprägt und mit dem Takt ihrer eigenen Lebensmelodie in Einklang schlug.

War ihnen das wirklich alles klar?

14

»… the whole passion that we got – I want to shout it out, really, really loud, so everybody knows, how our love still grows …«

♫

Als das Flugzeug zur Landung ansetzte, blickte Emilia glücklich auf die Bäume unter sich. In wenigen Minuten würde sie in Panus Armen liegen. Ihr Herz raste unkontrolliert, und ihre Füße wippten nervös auf und ab. Sie hatten jeden Tag miteinander telefoniert und lange Gespräche geführt. Emilia hatte noch eine superanstrengende, aber auch überaus interessante Woche in Hamburg verbracht. Sie hatte sich zu ihrem Leidwesen in den Nächten mit mehreren Albträumen rumschlagen müssen, es jedoch immer irgendwie geschafft, sich daraus in die Wirklichkeit zurückzuholen. Und die Realität war in keinem Augenblick albtraumhaft gewesen, sondern ausgefüllt mit ihren Pflichtstunden, die sie für ihre Ausbildung brauchte, sowie mit verschiedenen Vorträgen und Workshops, die sie mit viel Freude besucht hatte. Am interessantesten erschien ihr die Methode der »Gestalttherapie«. Hierbei muss sich der Mensch mit der Gegenwart auseinandersetzen und unter anderem lernen, Eigenliebe und Eigenverantwortung zu entwickeln. Emilia musste sich unbedingt mit Joulu darüber unterhalten, dessen Therapieansätze sich stark an die Gestalttherapie anlehnten. Sie hatte zudem noch in Erfahrung gebracht, dass es ein Camp am Seengebiet Saimaa gab, in dem man sich mit »Musiktherapie im Einklang mit der Natur« beschäftigte. Das war von Helsinki knapp vier Autostunden entfernt. Emilia war ganz aufgeregt gewesen, als sie davon erfahren hatte. In Finnland! Das hieße für sie, nicht nur lernen inmitten finnischer Natur, sondern auch gleichzeitig lernen mit einem deutschen Musiklehrer und einer finnischen Musiktherapeutin. Emilia empfand das Ganze als unwahrscheinlich aufregend und freute sich schon jetzt auf die ersten Gespräche mit den beiden.

Die Gangway wurde ans Flugzeug geschoben, die Anschnallzeichen erloschen, und die Fluggäste standen auf, um ihr Handgepäck aus den Gepäckfächern zu nehmen. Emilia stand ebenfalls auf und schaltete die Musik auf ihrem iPhone sowie den Flymodus aus. Nur wenige Sekunden später erklang der leise Mitteilungston. Lächelnd griff sie nach ihrem Trolley, den ein junger Mann ihr aus der Ablage gehoben hatte, dankte diesem dafür und öffnete die WhatsApp.

Hei, Kaunis! Wir sind noch beim Soundcheck – kann dich leider nicht abholen (tiefes Bedauern). Melde dich, sobald du da bist.

Bin da! Und noch tieferes Bedauern meinerseits, dass du mich nicht abholen kannst …

Schnell tippte sie die Nachricht und ging dann als eine der Ersten von Bord. Es war warm in Tallinn, obwohl der Himmel ein wenig wolkenverhangen war. Sie stieg in einen Bus, der sie zum Terminal brachte, und wartete am Gepäckband geduldig auf ihren Koffer. Sie versuchte, Panu anzurufen, aber er ging nicht dran. Also schickte sie ihm eine weitere WhatsApp:

Nehme ein Taxi und fahre ins Hotel. Dann komme ich gleich in die Altstadt. Wo finde ich dich?

Sie verließ mit ihrem Gepäck das Flughafengebäude und schaute sich nach dem Taxistand um. Sie wusste, dass es vom *Lennart-Meri-Flughafen* bis in die Innenstadt Tallinns nicht weit war – knappe zehn Minuten Fahrt. Erneut griff sie zu ihrem Handy und rief bei Joulu an.

»Hei, Emilia!«

»Hallo, Joulu! Geht es euch gut? Alles klar?« Sie hatte ein schlechtes Gewissen, da sie nun noch einen Tag länger wegblieb, auch wenn Joulu ihr gestern schon versichert hatte, dass das kein Problem sei.

»Emilia, wie ich dir vor knapp sechzehn Stunden bereits gesagt habe: Mach dir keine Gedanken! Den einen Tag bekommen wir auch noch rum. Auch wenn ich zugeben muss, dass alles irgendwie ein bisschen besser läuft, wenn du hier bist. Und lustiger ist es obendrein.« Joulu lachte herzlich und fuhr beruhigend fort: »Nein, nur Spaß. Emilia, mach dir keine Gedanken. Tess geht es prima – so gut wie nie zuvor. Und Lenni und Ira sind wirklich ein tolles Gespann. Du kannst froh sein, dass Ira Semesterferien und sich eine Auszeit im Café genommen hat. Sie ist vierundzwanzig Stunden am Tag für den Kleinen da. Er macht stündlich Fortschritte. Letztes Wochenende war er bei seinen Eltern, und sie waren ganz angetan von seiner neuen Offenheit, weshalb sie ihn auch gestern schon wieder für einen Wochenendausflug abgeholt haben. Er wird morgen Mittag etwa um die gleiche Zeit zurück sein wie du. Tess und Lasse gehen heute Abend ins Kino, und ich werde mich wieder aufs Festland begeben, um in meinem Büro endlich mal Klarschiff zu machen. Du siehst, es läuft alles bestens!«

Emilia freute sich über Joulus ausführlichen Bericht. Sie schob ihr schlechtes Gewissen beiseite und antwortete fröhlich: »Joulu, wie kann ich dir nur danken?« Sie überlegte kurz. »Ich freue mich auf morgen, ich freue mich auf euch. Meinst du, ihr könnt es einrichten, dass wir am Abend alle gemeinsam essen? Ich würde euch gerne einladen – ins Walhalla!«

»Angebot angenommen. Ich frage die anderen und buche einen Tisch. Wäre achtzehn Uhr okay für dich?«

»Ja, das passt prima. Dann bis morgen!«

»Moi, moi, Emilia!«

Zufrieden legte sie auf. Jetzt, da sie wusste, dass zu Hause wirklich alles in Ordnung war, konnte sie auch den freien Tag in vollen Zügen genießen.

Sie winkte ein Taxi herbei. »Zum *Radisson Blu Hotel*, bitte.«

Entspannt lehnte sie sich zurück und ließ die estnische Landschaft an sich vorbeisausen. Die kurze Aussicht war überwiegend positiv. Moderne und altertümliche Bauten inmitten von grünen Oasen im Stadtkern fügten sich harmonisch ineinander.

Nur noch wenige Augenblicke. Ihr Herz schlug schneller, und sie spürte, wie das eben noch entspannte Gefühl einer inneren Unruhe Platz machte. Panu! Wie sie sich nach ihm sehnte.

Bleib, wo du bist – im Hotel! – und beweg dich nicht weg. Bin gleich bei dir!

Glückselig darüber, ihn gleich zu sehen, hatte Emilia Panus Nachricht gelesen und getan, was er gesagt hatte. Sie hatte sich seither nicht bewegt. Nur mit einem knappen Slip und einem weißen Top bekleidet und einer Schüssel Erdbeeren mit

Schlagsahne vor sich lag Emilia in dem Kingsize-Bett und wartete darauf, dass sich die Zimmertür öffnete. Sie meinte, ihr Herzschlag setze aus, als sie hörte, wie die Karte eingesteckt wurde, ein leises Summen ertönte und die Tür aufflog.

Panu trat hastig ein und meinte nun seinerseits, sein Herz bliebe stehen. Emilia lag mit einem Hauch von Nichts verführerisch auf dem Hotelbett und lächelte ihn kokett an.

Schlagartig stieg Hitze in ihm empor, eine Hitze, die nur Emilia bei ihm hervorrief. Er war verschwitzt von den Proben, doch das war nichts gegen das Gefühl des Verglühens, das ihn bei ihrem Anblick erfasste – und er hatte sie noch nicht einmal berührt.

Panu wollte gerade die Tür hinter sich schließen, als Mikkas Stimme ertönte und dieser laut durch den Flur rief: »Und, ist sie da? Wir kommen kurz mit, um die Kleine zu begrüßen. Wir haben sie ja ewig nicht gesehen!«

Emilias Lächeln fror ein, und Panus Gesicht nahm einen wütenden Ausdruck an.

»Hitto vieköön! Scher dich zum Teufel, Junge!« Heftig ließ er die Tür ins Schloss fallen, ohne dabei auch nur für eine Sekunde den Blick von Emilia zu nehmen. Das laute Lachen seiner Bandkollegen nahm er kaum mehr wahr. Gebannt fixierte er sie mit seinen stahlblauen Augen.

Glücklich nahm Emilia langsam eine Erdbeere aus der Schale, tunkte sie in die Schlagsahne und führte sie verführerisch an die Lippen.

Schwer schluckend kickte Panu seine Schuhe in die Ecke, legte Sonnenbrille und Basecap auf die Kommode und knöpfte hastig sein Hemd auf.

Emilia schob die Erdbeere in ihren Mund, kaute langsam

und leckte den Rest Schlagsahne von ihren leicht geöffneten Lippen.

Sie sprachen kein Wort. Ihre Blicke waren ineinander verschlungen, und die Luft fing förmlich zu knistern an. Schon jetzt bis aufs Äußerste erregt, atmeten sie beide immer schneller. Panu sprach zuerst: »Ich müsste noch …« Seine ohnehin schon raue Stimme klang wie ein Reibeisen. »Ich wollte duschen … bin total versch…«

»Verschwitzt, ausgepowert und voller Adrenalin?« Emilia streckte sich wohlig rekelnd aus und sah ihn provozierend an. »Erinnert dich das an etwas?« Auch ihre Stimme klang dunkler als sonst.

Er spürte die Enge in seiner Hose – spürte sie intensiver als gewöhnlich. Sehnsuchtsvoll betrachtete er ihren Körper – er liebte ihren Anblick. Ihre rauchgrauen Augen, von dichten schwarzen Wimpern umrandet, schauten ihn sehnsüchtig an. Ihr voller Busen hob und senkte sich im Sekundentakt. Das Top war so weit hochgerutscht, dass er ihren flachen Bauch, dessen Muskeln fest angespannt waren, sehen konnte. Seine Augen wanderten weiter – nach unten. Das zarte weiße Spitzenhöschen verbarg nicht viel – eigentlich nichts! Und darüber schimmerte ihr kleines, für ihn traumhaft schönes Tattoo.

Panu hatte das Hemd fallen lassen, zog mit einem Ruck sein Shirt aus und öffnete die Gürtelschnalle seiner Hose. »Ich erinnere mich daran. Das Konzert im *Virgin Oil* – du wolltest mein Groupie sein.« Heiser brachte er die Worte hervor.

»Mmmh … jaaaa …« Emilias Blick verschleierte sich, und mit vor Erregung bebenden Lippen erwiderte sie: »Ich bin ganz dein – willig und voller Erwartung!«

Panu zögerte nun keine Sekunde mehr. Ihre Worte setzten

ihn unter Strom. Einen kurzen Moment später stand er nackt da und war mit einem schnellen Schritt am Bett.

Emilia schluckte schwer, als er auf sie zukam. Tausend Gedanken schossen ihr durch den Kopf – *Adonis, Mann, oh Gott … mein!*

Er legte sich nicht zu ihr, sondern fasste sie unter den Armen und zog sie zu sich hoch. Die Erdbeerschüssel kam ins Wanken und fiel um – die Sahne ebenfalls. Emilia, die nun, auf dem Bett stehend, einen Kopf größer als Panu war, spürte seinen heißen Atem auf ihrer Brust und sogleich seine feuchte Zunge, die ihr Dekolleté entlangfuhr. Ihre Finger gruben sich in seine Schulterblätter, und ihre Knie wurden weich. Sie roch seinen herben, männlichen Duft, spürte feuchte Haut unter ihren Fingerkuppen und meinte, seine Lippen, seine Zunge hinterließen Brandmale auf ihrer Haut. Aufstöhnend kippte ihr Kopf zurück, als er ihr Top nach oben schob und ihre Brustwarzen gekonnt in sein erotisches Zungenspiel mit einband.

Panu meinte, vor Ekstase zu bersten. Doch er wollte dieses Spiel nicht beenden – nicht, solange er es noch kontrollieren konnte. Seine Hände umfassten ihre Taille, wanderten nach oben und streiften ihr das Top über den Kopf. Sanft, aber bestimmt drückte er sie aufs Bett. Mit halb geschlossen Augen und in die Bettdecke verkrallten Händen – nur mit diesem zarten Slip bekleidet – lag Emilia vor ihm, und er konnte ein wollüstiges Stöhnen nicht unterdrücken. Vorsichtig legte er sich zwischen ihre geöffneten Beine und stützte sich mit den Händen neben ihrem Kopf ab. Ihre feuchten Lippen streckten sich ihm entgegen, ihre Finger gruben sich in sein Haar, und sie versuchte, ihn näher an sich zu ziehen. Verwirrt spürte sie den Widerstand und hob schwer atmend ihre Lider. Seine vor Leidenschaft dunkelblauen Augen lächelten, als er sich leicht nach unten neigte, ihren Hals mit sinnlichen Küssen benetzte und rau flüsterte: »Ich will dich schreien hören – meinen Namen stöhnen hören.« Er gab ihr einen federleichten Kuss auf die Nase, grinste wissend über Emilias erstaunten und fragenden Blick und fühlte gleichzeitig mit der Hand nach der umgefallenen Schlagsahne.

Der erste Klecks landete auf ihrer Nase, der zweite an ihren Lippen, der dritte an ihrem Hals – danach hörte Emilia zu zählen auf, zu sehr setzten sie seine aufreizend langsamen Versuche, die Sahne mit Zunge, Lippen und Zähnen von ihrem Körper zu lecken, in Flammen.

Rippenbogen ... Bauchnabel ... Dekolleté ... Kinn ... Brustwarze ... Hals ... Hüfte ... Oberschenkel-Innenseite ... Brust ... Ohrläppchen ... Wange ... Finger ... Rippenbogen ... Emilia wand sich unter seinen Händen, seinen Lippen, die überall gleichzeitig zu sein schienen, und versuchte immer wieder, ihn an sich zu ziehen – zu sich. Panu jedoch wehrte ihre Versuche geschickt ab und genoss perfiderweise ihre Qualen, auch wenn er selbst kurz vor dem Explodieren stand. Langsam, erregend langsam streifte er ihr das Spitzenhöschen ab, und Emilia seufzte glücklich auf, als sie spürte, wie er an ihrem Tattoo verweilte. Er kniete sich zwischen ihre Beine, strich gefühlvoll über ihren Bauch und beugte sich vor, um mit seiner Zunge einen Klecks Sahne aus ihrem Nabel zu lecken.

Weich spürte sie nun die Sahne über ihrem Schambein und lächelte verzückt, als sie ihn ihr Tattoo anstarren sah. Das Tattoo! Er liebte es. Ihre Hüften bebten, die Finger hatten sich abermals in das Leintuch gegraben, und ihr Stöhnen wurde lauter – intensiver. Emilia meinte, ihr würden die Sinne schwinden. Jeder Muskel ihres Körpers spannte sich an. Jeder Nerv lag blank. All ihre Gefühle strömten nach außen.

Sie spürte den nächsten Klecks Sahne – und Emilia stieß einen Schrei aus.

Aus weiter Ferne hörte sie Panus heiseres Lachen, hörte seine Stimme: »Ja, ich möchte dich schreien hören, Beauty.«

Erneut Sahne – wo sie zuvor noch nicht gewesen war. Ein noch nie gekanntes Empfinden durchfuhr ihren gesamten Körper. Sie spürte seinen heißen Atem, der ihren Schoß entflammte.

Emilia bäumte sich auf und schrie.

Noch immer gefesselt von der Ekstase, die sie beide mitgerissen hatte, lagen sie Minuten später aneinandergekuschelt unter der Decke und lauschten der Stille. Panu streichelte zärtlich über Emilias von Schweißperlen benetzten Rücken, küsste sanft ihr Haar und genoss ihre Hand auf seinem Brustkorb.

Emilia, in seine Armbeuge geschmiegt, ein Bein um seine Hüfte geschlungen, heftig atmend und zitternd vor Erschöpfung, streichelte liebevoll über seine Haut, spürte den wilden Herzschlag unter ihren Fingern und hörte seinen unregelmäßig gehenden Atem.

»Kaunis?«

»Mmmh …?«

»Geht es dir gut?«

»Mmmh …«

»Emilia!«

»Mmmh …?«

»Du darfst nie wieder so lange wegbleiben.«

»Mmh-mmmh …«

»Das ist mein Ernst!«

»Mmh-mmmh …«

»Hat es dir die Sprache verschlagen?«

»Ohhh ja ...« Lächelnd hob sie ihren Kopf leicht an, um ihm in die Augen zu sehen. »Würde es dann immer so sein?«

»Wie sein?«

»Na, so wie eben.«

»Vielleicht?« Panu sah sie verwundert an. »Warum? War es sonst nicht so?«

»Nein!« Emilia legte ihren Kopf wieder in seine Armbeuge.

»Nein?« Panu war verwirrt.

»Nein!«

Schwungvoll drehte Panu sich um und begrub ihren zarten Körper halb unter seinem.

Die Augen wieder geschlossen, seufzte Emilia auf.

Seine Hände in ihren Haaren vergraben, forderte er sie auf: »Mach die Augen auf, Harmaa-silmä, und rede mit mir!«

»Mmmh ...«

»Emilia!« Panus Stimme wurde fordernd. »Emilia! Wie meinst du das?«

»Vergiss es, Blauauge.« Auch ihre Hände vergruben sich in seinem Haar, und sie zog ihn sanft zu sich herab. Er ließ es widerstandslos geschehen und gab sich kurz ihrem zärtlichen Kuss hin. Aber seine Gedanken jagten. Was meinte sie? War es sonst nicht so – so gut? Sein Ego war gerade ein wenig angekratzt worden. Er spürte, wie sie an seiner Unterlippe knabberte und er dabei gar nicht richtig bei der Sache war. Er löste sich von ihr, jedoch nur wenige Zentimeter, und schaute in ihr immer noch verzücktes Gesicht. Sie hob die Lider, und Panu hatte das Gefühl, ihr Blick würde bis in sein Innerstes vordringen. Er raunte heiser: »Emilia!« – nur ihren Namen, aber eine ganz klare Aufforderung, endlich etwas zu sagen.

»Es war so unbeschreiblich ... Ich finde kaum Worte ...« Behutsam legte sie ihre Hand auf seine Wange, spürte raue

Bartstoppeln. Sie hob ein wenig den Kopf, küsste seinen Hals und verweilte mit dem Mund an seiner wild pulsierenden Halsschlagader. Murmelnd fuhr sie fort: »Ich bin weg gewesen … einfach weg. Ich habe mich verloren …«

Verwirrt unterbrach Panu ihre Liebkosungen, indem er sich aufrichtete und sich auf die Bettkante setzte. Brauchte sie Rollenspiele, um ihr Sexleben am Leben zu halten? Rollenspiele? War das ein Spiel gewesen – er Rockstar, sie Groupie? Nein! Oder doch? So weit hatte er noch nie gedacht und auch nicht vermutet, dass Emilia auf so etwas stand. Wie empfand er dabei? Gut? Schlecht? Na ja, schlecht auf gar keinen Fall. Aber gut?

Emilia setzte sich ebenfalls auf, lehnte sich an seinen Rücken und schloss ihre Arme um ihn. Sie benetzte seine Schultern mit zärtlichen Küssen, ihre Fingerspitzen streichelten seine Brust und fuhren wie kleine Flügelschläge über seine Bauchmuskeln.

»Brauchst du jetzt Rollenspiele, um in Fahrt zu kommen?« Eigentlich wollte Panu sie das nicht fragen, doch die Worte waren schneller über seine Lippen gekommen, als ihm lieb war.

Kurz stockten ihre Finger, stoppten ihre Küsse.

Panus Muskeln spannten sich an. Dann hörte er ein unterdrücktes Kichern an seinem Ohr. Eine Zornesfalte bildete sich auf seiner Stirn. Machte sie sich jetzt auch noch lustig über ihn?

Emilia richtete sich nun vollkommen auf und kniete an seinen Rücken geschmiegt da. Er empfand die Weichheit ihrer Brüste, die Wärme ihrer Haut nahezu brennend. Emilia glühte. Ihre Lippen liebkosten seinen Nacken, ihre Hand erfühlte sein Schlüsselbein und fuhr liebevoll darüber.

Er spürte ihren heißen Atem an seinem Ohr, als sie flüsterte: »Ich brauche so etwas ganz bestimmt nicht …« Sie zögerte und fuhr leise kichernd fort: »Obwohl ... Groupie zu sein, das hat schon was.«

Missmutig stieß er einen undefinierbaren Laut aus.

Schmunzelnd schlängelte sie sich um ihn herum, rutschte auf seinen Schoß und schmiegte sich an seine Brust. Sanft sprach sie weiter und sah nunmehr ernst zu ihm auf: »Panu! Es braucht keinerlei Hilfsmittel, um mich zu stimulieren – nur dich.« Tief aufseufzend gab sie ihm nun ihr Innerstes preis: »Ich kann dir gar nicht sagen, wie oder was oder warum ich heute so empfinde – so empfindsam bin. Ich weiß nur eines ...« Sie nahm seinen Kopf zwischen ihre Hände, schaute mit ihren schimmernden rauchgrauen Augen in seine noch immer vor Erregung dunkelblauen und sprach aus, was sie dachte: »Ich kann nicht begreifen, dass das alles noch besser, noch schöner, noch wahnsinniger werden kann, als es ohnehin schon ist. Ich liebe dich, Panu Turunen. Und das ist mir mit jeder Minute, die wir getrennt sind, und mit jeder Sekunde, die wir zusammen sind, ob hier im Bett, auf Suomenlinna, im Studio, unterwegs oder egal wo, immer bewusster geworden. Ich war vorhin weg – nicht nur vor Leidenschaft, sondern weil ich dich schon fast schmerzhaft liebe. Ich hatte ein Rauschen im Kopf und hätte beinahe hyperventiliert vor lauter Glück. Ich ...« Sie riss ihre Augen erstaunt auf, als könne sie selbst nicht fassen, was sie nun sagte: »Ich bin verloren – ohne dich, aber auch mit dir. Ich verliere mich in dir. Wenn wir uns sehen, aber auch, wenn ich nur an dich denke. Ich wusste nicht, dass man so fühlen kann – so viel fühlen kann. Und es macht mich glücklich – aber auch ängstlich. Und ich wünsche mir, dass dieses Gefühl, dieses irrsinnige Empfinden nie aufhört – nie!«

Emilia verstummte, und wortlos blickten sie sich an.

»Habe ich jetzt genug mit dir geredet?« Ihr Atem kam stoßweise, ihre Lippen bebten. Beharrlich umschlossen ihre Hände sein Gesicht.

Panu hatte das Gefühl, als sei bei ihrem gefühlvollen Geständnis jeder Tropfen Blut aus seinem Körper gewichen, als wäre alles taub. Langsam hob auch er seine Hände, umschloss ihr Gesicht und zog sie zögernd näher. Seine Lippen berührten ihre – sanft. Fast kraftlos ließ sie ihre Hände sinken und gab sich ganz dem Gefühl seines Kusses hin. Er küsste ihre Mundwinkel, ihre Wange, ihre Augenlider, die sich wie von selbst schlossen, und hauchte mit unüberhörbarer tiefer Emotion in seiner Stimme: »Ja, Kaunis, nie – nie soll es aufhören!«

Ihre Lippen berührten sich erneut, und als ob es ihr erster Kuss wäre, erkundeten sie sich vorsichtig. Zusammen sanken sie in die Kissen und gaben sich all ihre Liebe, ganz ohne Worte.

×××

Panu wusste nicht, was er denken sollte. Wo er anfangen sollte, nachzuhaken. Alles, was sich gerade vor seinen Augen abspielte, war wie ein Suchbild, und es war an ihm, den Fehler zu finden. Nüchtern, gänzlich nüchtern, da er nach dem Konzert nicht auch nur eine Sekunde Zeit gehabt hatte, an einem Bier zu nippen, starrte er vor sich hin. Er hörte die Toilettenspülung im Bad und sah den Lichtstreifen unter der Hotelzimmertür durchschimmern. Er blickte auf Emilias offenen Trolley, der auf dem Bett lag; schaute aus dem Fenster und nahm die funkelnden Sterne wahr; blickte zurück auf das immer noch zerwühlte Bett; hörte Stimmen auf dem Flur; sah die Zahl auf dem Wecker – 3.17 Uhr; vernahm leisen Motorenlärm durch die geschlossenen Fenster.

All das gehörte zu diesem verdammten Suchbild, und Panu

konnte sich so viel anstrengen, wie er wollte – er fand den Fehler nicht – seinen Fehler! Oder doch?

Er saß auf dem Stuhl am Schreibtisch und schaute auf, als Emilia aus dem Bad kam. Sie wich seinem Blick aus – ignorierte ihn. Er wusste nicht, was schlimmer war, ignoriert zu werden oder angeschrien. Sie war gut zehn Minuten im Bad verschwunden gewesen – zehn Minuten, in denen er gegrübelt und sie sich hoffentlich beruhigt hatte.

»Emilia?«

Mit hängenden Schultern und kraftlosem Gesichtsausdruck drehte sie sich zu ihm um. »Ja …«

»Du kannst jetzt nicht weg.«

»Ich weiß.«

Er stand auf, schritt langsam auf sie zu und blieb dicht vor ihr stehen. »Lass uns schlafen.«

»Ja.«

Er nahm sie am Arm und zog sie mit zum Bett. Wie ferngesteuert ließ sie es geschehen. Schnell streifte er Jeans und Shirt ab und wartete, dass Emilia es ihm gleichtat. Er legte sich hin und zog sie sanft zu sich ins Bett, als sie nur noch mit Top und Höschen bekleidet war. Fest drückte er sie an seine Brust, streichelte sanft die nackte Haut ihrer Hüfte.

Emilia fühlte, dass seine Wärme sie beruhigte.

»Ich liebe dich, Emilia!«

»Ich liebe dich auch!«

Keiner von beiden konnte jedoch einschlafen. Sie hörten auf ihren Atem, ihre Herzschläge und dachten über den Verlauf des Abends nach.

Es war am späten Abend gewesen, kurz vor ihrem Aufbruch in Tallins Altstadt …

»Die ganze Stadt ist auf den Füßen. Heute ist der letzte Tag vom Altstadtfestival. Ich denke, dir wird es gefallen. Überall gibt es mittelalterliche Stände, Freifrauen und Ritter sowie in allen Ecken verteilte Open-Air-Bühnen.« Panu saß neben Emilia in der Lounge des Hotels und erklärte ihr, während sie auf die anderen warteten, was hier stattfinden sollte. »Wir haben noch nie hier gespielt, aber schon öfter gehört, dass das Publikum einmalig sein soll.«

Emilias Finger wanderten verträumt über Panus Oberarm, fuhren zart die eintätowierten Worte nach: *Choose me*. Dabei hörte sie lächelnd seinen Erzählungen zu.

»Schade, dass wir nicht mehr Zeit haben, dann würde ich dir ein bisschen was von Tallinn zeigen. Es ist wirklich wunderschön hier.«

Es war kurz nach zweiundzwanzig Uhr, und in zwei Stunden sollten die Jungs eine der Open-Air-Bühnen am Rathausplatz rocken. Hier, ebenso wie in Helsinki, fingen die Auftritte meist spät am Abend an. Panu war glücklich darüber – so hatte er noch genügend Zeit mit Emilia verbringen können.

Als seine vier Bandmitglieder zusammen aus dem Fahrstuhl stiegen, stand Emilia auf und umarmte einen nach dem anderen. Gemeinsam mit noch drei Jungs von der Crew liefen sie die wenigen Minuten zu Fuß in die Altstadt.

Panu schwärmte Emilia ohne Unterbrechung vor, wie schön Tallinn sei. »Schau, da!« Er deutete auf einen hohen Turm zu seiner Rechten. »Das ist einer der Wachtürme, und rundherum ist eine mächtige Befestigungsmauer. Und wenn wir jetzt durch die engen, mittelalterlich geprägten Gassen gehen, wirst du sehen, dass es fast wie in einem Labyrinth ist.«

Er hielt sie fest an der Hand, als habe er Angst, sie in der Menschenmenge zu verlieren. Was auch durchaus im Bereich des Möglichen lag, da gefühlt halb Tallinn und wahrscheinlich noch einmal doppelt so viele Touristen in den Gassen unterwegs waren.

Miro trat an ihre Seite und sagte: »Du solltest noch einmal im Frühjahr hierherkommen. Da ist es nicht ganz so überfüllt, da die Kreuzfahrtschiffe, die ja bekanntlich Tausende von Menschen aus ihrem Innersten ausspucken, hier noch nicht anlegen. Vorsicht!« Er schob Emilia und Panu ein wenig zur Seite, da ein paar Betrunkene grölend und unkontrolliert torkelnd direkt auf sie zusteuerten.

Emilia stimmte Miro zu: »Ja, du hast recht ... Es ist wirklich voll hier, und ich sollte das irgendwann einmal in Ruhe genießen.«

Es war kaum ein Durchkommen auf der Viru väljak. Nervös meldete sich Rami zu Wort: »Hoffentlich kommen wir nicht zu spät.« Er sah auf seine Uhr. »Schon kurz vor elf.«

Mikka schob den kleinen Bassisten vor sich her und witzelte: »Na, dann mal hurtig ... Kämpf uns den Weg frei!«

Sie hatten es noch pünktlich geschafft und standen um kurz nach zwölf auf der Bühne am Rathausplatz. Die Stimmung war einmalig, und das Wetter spielte auch mit. Es war eine lauwarme Nacht, und die beleuchteten Häuser und Gassen trugen ihr Übriges zu einer einzigartigen Atmosphäre bei.

Emilia stand in der Sperrzone, die sich genau vor der Bühne befand, und fieberte mit den Jungs mit. Panu warf ihr den ein oder anderen Blick zu, konnte sehen, wie sie euphorisch mitsang und -tanzte, genau wie bei dem Konzert damals in Alzey, wo er sie zum ersten Mal in der Menge entdeckt hatte. Die Arme über den Kopf gestreckt, den Kopf hin- und herwiegend und die Augen geschlossen, bewegte sich Emilia im Takt der Musik. Als er *I Will Get You* sang, trafen sich ihre Blicke, und

Panu lief ein Schauer über den Rücken. Ihre Augen drückten die Liebe aus, die sie ihm am Nachmittag gegeben hatte. Er musste sich zusammenreißen, um sie nicht zu packen, auf die Bühne zu ziehen und hier vor allen Menschen zu küssen.

Die Band übertraf sich wieder einmal selbst. Panu, beflügelt durch Emilias Anwesenheit, war aufgekratzt, ausgelassen und scherzte mit dem Publikum, sprach auf Estnisch mit ihnen und gab wie immer alles. Seine Bandkollegen, von Panus Euphorie infiziert, spielten wie um ihr Leben, und sie hofften allesamt, die Nacht möge niemals enden.

Gegen zwei Uhr morgens, als die zweite Zugabe gespielt war und das Publikum unaufhörlich mehr wollte, wandte sich Panu an Janis und sprach kurz auf ihn ein. Als sein Drummer nickte, gab Panu Mikka die Instruktion, das neue Lied anzustimmen. Die ersten Töne erklangen, und als Panu langsam auf Emilia zukam, konnte er an ihrem Gesicht, ihrem zärtlichen Lächeln erkennen, dass sie überhaupt nicht ahnte, was im nächsten Moment passieren würde. Erst als er nach ihrer Hand griff und sie behutsam in Richtung Bühne mit sich zog, erstarb das Lächeln. Als er sie dann auch noch mit Schwung auf die Bühne hob, stand ihr das blanke Entsetzen ins Gesicht geschrieben. Fassungslos starrte sie ihn an, als sie sich nun auf dem Podest gegenüberstanden, und schüttelte fast unmerklich den Kopf.

Panu neigte sich zu ihr vor und flüsterte: »Bitte. Unser Lied.« Sanft küsste er sie auf die Wange und hielt ihr dabei auch schon ein Mikrofon hin. Er bemerkte zwar, dass Emilia völlig überrumpelt war, aber in seiner Hochstimmung nach diesem grandiosen Konzert wäre ihm nie der Gedanke gekommen, dass sie den Erfolg nicht mit ihm teilen, ihn nicht mit ihrem gemeinsamen Lied besiegeln wollte.

Keinem fiel auf, dass Emilias Gesichtsfarbe grün schimmerte und sie vor lauter Panik mit dem Brechreiz kämpfte. Tapfer schluckte sie den sauren Geschmack hinunter und starrte Panu nur noch wie versteinert an. Panu, voll in seinem Element, stimmte das Lied gefühlvoll an und zog das Publikum sofort in seinen Bann. Als Emilia einsetzte, stellte sie zu ihrer eigenen Verwunderung fest, dass ihre Stimme, wie immer und entgegen all ihren Befürchtungen, völlig selbstsicher klang. Sie schien einfach nicht anders zu können, als gefühlsbetont und mit voller Leidenschaft zu singen. Obwohl sie das hier überhaupt nicht wollte, es ihr eine Heidenangst einjagte und sie innerlich vor Wut schäumte, brachte sie den Auftritt souverän und nach außen hin in bester Laune hinter sich. Als die letzten Takte verstummten, die Fans mit ihrer Lautstärke noch einmal voll aufdrehten, die Bandmitglieder sich gemeinsam am Rand der Bühne trafen, sich abklatschten und glücklich in die Arme fielen, wandte Emilia sich um und sprang leichtfüßig von der Bühne.

Als Panu sah, dass sie gehen wollte, eilte er ihr hinterher. »Emilia! Komm zurück … Das ist auch dein Applaus. Du …« Erschrocken verstummte er, als sie sich zu ihm umdrehte und er in ihr wutverzerrtes Gesicht blickte. Verwirrt fragte er die dümmste aller Fragen: »Was ist los?«

Mit zusammengebissenen Zähnen, die Augen gefährlich blitzend, zischte sie: »Mach das nie wieder … nie wieder!!!« Ohne weiter auf ihn zu achten, bahnte sie sich einen Weg zwischen der Absperrung und der Security hindurch und verschwand in der Menge.

Panu blieb geschockt und sprachlos zurück, hatte jedoch keine Zeit, etwas zu antworten, da Janis ihn an den Schultern packte, herumriss und begeistert umarmte. »Das Lied müssen wir aufnehmen … unbedingt! Wo ist Emilia?« Ohne Panus Antwort abzuwarten, riss er ihn ungestüm mit sich, und gemeinsam verbeugten sie sich ein letztes Mal vor ihren Fans, bevor sie endgültig von der Bühne verschwanden.

Die Jungs waren ausgelassen und in Feierlaune. Hinter der Bühne öffneten sie sich jeder ein Bier zum Anstoßen. Panu lehnte die von Miro gereichte Flasche dennoch ab und sagte in die Runde: »Ich sehe mal kurz nach Emilia. Irgendetwas stimmt da nicht.« Er schaute in ausnahmslos verdutzte Gesichter und zuckte mit den Schultern. »Ich hab keine Ahnung, was …« Er zögerte. Sollte er gehen oder nicht? Seine Intuition, das ungute Gefühl, das ihm genau in diesem Moment riet, Emilia schleunigst hinterherzujagen, siegte. »Ich hau ab! Wir treffen uns im Hotel.« Ohne sich weiter um die anderen zu kümmern, drehte er sich um, schnappte seine Sonnenbrille und das Basecap und verschwand.

Im Laufschritt eilte er durch die geschwungenen Gassen von Tallinn. Im Zickzackkurs lief er um die Menschenmassen herum, die auch jetzt noch, zu dieser späten Stunde, die Straßen bevölkerten. Er hörte vereinzelt seinen Namen, den weibliche Fans entzückt ausriefen, als er an ihnen vorbeirannte, quittierte dies aber nur mit einem freundlichen Lächeln und einer grüßend erhobenen Hand.

Emilia hatte gut fünf Minuten Vorsprung und kannte sich hier nicht aus. Das müsste eigentlich reichen, um sie noch vor dem Hotel abzufangen. Suchend blickte er sich immer wieder um und tatsächlich, ein paar Minuten später entdeckte er sie, keine zwanzig Meter vor sich. In dieser Gegend der Stadt waren weniger Menschen unterwegs, sodass es ihm keinerlei Mühe bereitete, sie in ein paar Sekunden einzuholen.

»Emilia!« Er packte sie an der Schulter.

Sie zuckte kurz zusammen und blieb stehen. Langsam drehte sie sich um, und er erkannte, dass sie geweint hatte.

»Emilia?« Erstaunt schaute er in ihre glasigen Augen.

Der eben noch mitleiderregende Ausdruck in ihrem Gesicht wandelte sich schlagartig. Ihre Augen schoben sich zu kleinen Schlitzen zusammen, sie streckte ihr Kinn bockig in die Höhe und fuhr ihn unwirsch an: »Was?«

»Ich …« Panu wusste nicht, weshalb sie so überreagierte. »Warum?« Sie liebte die Musik genauso wie er – sie musste doch auch gemerkt haben, was das neue Lied mit ihnen, der Band und den Fans machte. Es war wie Magie gewesen.

Er versuchte, sie an sich zu ziehen, aber Emilia zeigte ihm nur allzu deutlich, dass sie das überhaupt nicht wollte. Sie stemmte die Hände gegen seine Brust und zischte: »Lass mich!«

»Emilia? Was ist los?«

»Diese beschissene Frage ist doch nicht wirklich dein Ernst? Wie blöd bist du eigentlich?« Ihre Augen feuerten wahre Blitze ab.

Panu zuckte unmerklich zusammen. »Was meintest du mit ›Mach das nie wieder!‹?«

Wutschnaubend drehte ihm Emilia den Rücken zu und lief einfach weiter: »Na, wenn du das nicht weißt.«

Er stand wie versteinert da. Gerade als er ihr folgen wollte, kamen ein paar weibliche Fans auf ihn zu und baten um Autogramme und Fotos. Panu überlegte kurz und blickte dabei Emilia nach, die in diesem Moment um die nächste Ecke verschwand. Er wollte ihr den Vorsprung geben, damit sie sich wieder beruhigen konnte. Und auch er brauchte Zeit zum Nachdenken. Freundlich unterhielt er sich mit seinen Fans, riss sich aber schon nach wenigen Minuten los und ging nunmehr langsamen Schrittes in Richtung Hotel. In ihm keimte der Verdacht, dass Emilia sauer war, weil er sie nicht auf diesen Auftritt vorbereitet hatte. Doch wie hätte er das tun können? Das Ganze war eine spontane Idee gewesen, aus der fantastischen Laune, der einmaligen Stimmung heraus getroffen. Jetzt, da der Rausch des Abends langsam abebbte, er wieder nüchtern zu denken anfing, wurde ihm allmählich klar, dass Emilia völlig überfordert gewesen sein musste und deswegen so wütend auf ihn war. Aber sie hatte es doch, wie immer, so fantastisch gesungen – als würde sie nie etwas anderes tun, als mit ihm auf der Bühne zu stehen.

Er trat in die Hotelhalle, sah, wie sie den Aufzug betrat, und rief ihren Namen. Keine Reaktion! Sie musste ihn doch gehört haben. Er lief zu den Fahrstühlen hinüber, aber es war zu spät. Die Türen schlossen sich, und er konnte nur noch einen Blick auf Emilias finstere Miene erhaschen. Sportlich, wie er war, und mittlerweile von Verzweiflung und aufkeimendem Zorn getrieben, lief er zur Treppe, nahm drei Stufen auf einmal und war noch vor Emilia im vierten Stock angelangt. Er stemmte sich gegen die Wand, und als sich die Fahrstuhltür öffnete, schnauzte er sie, mittlerweile mindestens so wütend wie sie, laut nach Luft schnappend an: »Renn mir nicht dauernd weg, verdammt! Wenn du was zu sagen hast, dann kotz dich gefälligst aus!«

Oh … und sie hatte viel zu sagen. Emilias Stimme bebte, als sie losschrie: »Sag du mir nicht, was ich zu tun habe. Ich gehe, wann und wohin ich will … Und renn mir nicht hinterher … Ich sage dann was, wann ich will, und nicht, wann du etwas hören möchtest.« Sie ging an ihm vorbei, öffnete die Hotelzimmertür und wollte diese hinter sich zuwerfen.

Panu konnte gerade noch einen Fuß in die zufallende Tür

setzen, sonst wäre sie ihm an den Kopf geknallt. »Spinnst du jetzt total?«

Emilia war schon auf dem Weg ins Badezimmer, als sie wutschnaubend kehrtmachte und wie eine Furie auf ihn losging: »*Ich*? *Ich* spinne? Der Einzige, der hier spinnt, bist du!«

»Ich? Warum?«

»Frag nicht ständig, warum! Du weißt genau, warum!«

»Nein, weiß ich nicht. Sag es mir!«

Emilia zitterte am ganzen Körper. »Ich wollte nicht singen!«

Panu schaute fast erleichtert. Gut, er hatte mit seiner Vermutung also doch richtiggelegen. Er hatte sie überrumpelt. »Es tut mir leid, wenn ich dich damit überrascht habe, aber es war eine spontane Idee.«

»Spontan?«, schrie Emilia anklagend.

»Ja, natürlich spontan … Sonst hätte ich dir doch vorher etwas gesagt.«

»Das glaube ich dir nicht.« Noch immer hatte sie ihre Stimme erhoben.

»Wie, du glaubst mir nicht?«

»So!«

»Was heißt: so?«

»So halt!« Emilias Stimme überschlug sich beinahe, als sie die selbst in ihren Ohren unsinnigen Worte herausschrie.

»Hör auf, mich anzuschreien!« Panus Ausruf war auch nicht gerade sanft, sodass Emilia einen Schritt zurückwich.

Sie straffte die Schultern und sagte gefährlich ruhig: »Sag mir nicht, was ich zu tun habe!«

»Aber einer muss es dir doch sagen … Du bist …« Panu hatte die Ruhe, mit der Emilia zu ihm gesprochen hatte, missverstanden, und erst als sie ihn unterbrach, wurde ihm bewusst, dass sie alles andere als besänftigt war.

»… du nicht und auch sonst niemand hat mir …« Den Rest schluckte sie herunter, da sie ein dicker Kloß im Hals am Weitersprechen hinderte. Ruckartig drehte sie sich um, ging auf den Schrank zu, schnappte ihren Trolley und warf ihn aufs Bett. Im nächsten Moment fing sie an, hysterisch Kleidung hineinzuwerfen.

Panu beobachtete das Ganze geschockt. Sie packte – wollte weg.

»Emilia, du kannst doch jetzt nicht einfach abhauen.«

»Und ob ich kann. Ich …« Sie brach mit tränenerstickter Stimme ab.

Leise trat er hinter sie, berührte vorsichtig ihren Oberarm und sagte sanft: »Emilia?«

Er spürte, wie durch seine Berührung ihr Widerstand zu brechen drohte, und war nicht gefasst auf ihre knappen Worte, aus denen die Verzweiflung sprach: »Ich möchte nach Hause.«

»Aber …« Weiter kam er nicht, da Emilia sich umdrehte und wortlos an ihm vorbei ins Bad ging.

Und dann war sie wieder herausgekommen, hatte sich zu ihm gelegt und war irgendwann eingeschlafen. Panu lauschte Emilias regelmäßigen Atemzügen, während er sich die vergangenen Stunden noch einmal vor Augen führte und hoffte, selbst bald Schlaf zu finden. Sie mussten früh weiter, ihr Bus fuhr um zehn Uhr. Am Abend hatten sie einen Auftritt in dem knapp zweieinhalb Stunden entfernten Tartu, Estlands zweitgrößter Stadt.

Er schaute auf Emilia, die noch immer an seine Brust geschmiegt dalag. Mit der Hand fuhr er behutsam durch ihr Haar und bewegte sich vorsichtig zur Seite, sodass er sie betrachten konnte. Ihre Lider flatterten unruhig, ihre Wangen waren gerötet, und er erkannte noch die Tränenspuren darauf. Er hatte Emilia noch nie so erlebt, nie so ausrasten sehen und auch nie für möglich gehalten, dass sie dazu fähig sein könnte. Vor allem nicht aus einem aus seiner Sicht eher nichtigen Grund.

Zärtlich küsste er ihre vollen Lippen, lehnte seinen Kopf gegen ihren und fiel ebenfalls in einen unruhigen Schlaf. *Wir müssen morgen dringend noch einmal reden.*

Doch zum Reden sollte keine Zeit bleiben.

Durch Miros Klopfen erst kurz vor der Abfahrt geweckt, schossen sie beide aus dem Schlaf. Panu hetzte ins Bad, kam nach wenigen Minuten halbwegs fertig wieder heraus und musste sich kopflos von Emilia verabschieden, die noch einen Augenblick länger Zeit bis zu ihrem Heimflug hatte.

»Bis morgen.« Er beugte sich zu ihr hinunter ans Bett und küsste sie zärtlich.

»Bis morgen.« Mit glasigen Augen erwiderte sie seinen Kuss.

Als Panu die Tür hinter sich schloss, fing Emilia lautlos zu weinen an. Sie konnte sich einfach nicht beruhigen, zu sehr wühlten sie die Gedanken an den vergangenen Tag und die Nacht wieder auf. Als sie nach gut einer halben Stunde aufstand, um sich fertig zu machen, gab ihr iPhone einen Mitteilungston von sich. Wohl wissend, dass die Nachricht von Panu war, öffnete sie die WhatsApp.

Mulla ei ole kaikki kunnossa … Mir geht's beschissen. Können wir telefonieren?

Ohne auch nur eine Sekunde zu zögern, wählte Emilia seine Nummer.

»Hei, Kaunis …« Sie hörte die Erleichterung in seiner Stimme.

»Hallo, Blauauge … Mir geht es auch schlecht, und es tut mir leid, dass ich so ausgerastet bin.«

»Ich wollte dich auch nicht anfahren. Sorry, Süße.«

»Wann kommst du morgen wieder heim?«

»Gegen Mittag bin ich da. Wir haben aber gleich anschließend noch einen Radiotermin mit *Radio Nova,* aber ich müsste so um acht zurück sein.«

»Kommst du bei mir vorbei?«

»Ja, klar!«

Emilia freute sich über sein aus tiefster Seele gesprochenes Ja. »Ich freue mich auf dich, Balu.«

»Und ich mich auf dich.« Erleichtert nahm er seinen Kosenamen wahr, der sich am Anfang ihres Kennenlernens aus einem sprachlichen Missverständnis ergeben hatte.

»Harmaa-silmä, ich liebe dich …«

»Dito …«

Sie legten auf. Emilia fühlte sich, nachdem sie mit Panu gesprochen hatte, besser. Zwar noch nicht wieder ganz glücklich, da zu viel ungesagt geblieben war, aber sehr erleichtert ging sie unter die Dusche. Kaltes Wasser lief über ihren Körper, als sie an ihre Therapeutin dachte. Sie hatte immer noch keinen Termin vereinbart, obwohl sie wusste, dass es sehr wichtig für sie und ihre Zukunft war. Sobald sie zu Hause war, musste sie Frau Doktor Waldner in Mainz kontaktieren.

Emilia brannte es sich ins Hirn ein: *Es ist wichtig, Emilia, sehr wichtig für dich.*

15

»… it takes me just a call and you will catch me if I fall …«

♫

Ja, ich kläre das mit den Kosten noch einmal genau ab.« Emilia hatte einen hochroten Kopf und wühlte hektisch in ihren Papieren auf dem vor Schriftkram überquellenden Schreibtisch. »Wenn wir Ihre Tochter aufnehmen sollten, muss ich erst Rücksprache mit dem Arzt und dem Psychologen halten, mit denen ich zusammenarbeite, doch das hatte ich Ihnen ja bereits gesagt, Frau Nieminen.« Gutherzig, wie Emilia war, fügte sie hinzu: »Ich werde natürlich alles versuchen, um die Kosten so gering wie möglich zu halten. Ich weiß, dass Sie den Hauptanteil des Aufenthalts hier aus eigener Tasche zahlen müssen, und werde nach einer günstigen Lösung suchen.«

Die Mutter der blinden Elin seufzte am anderen Ende der Leitung glücklich auf, bedankte sich noch einmal überschwänglich und verabschiedete sich. Zuvor hatte sie Emilia aber inständig an den Rückruf am nächsten Tag erinnert, den diese ihr im Verlauf des Gespräches versprochen hatte.

»Ich werde Sie nicht vergessen und melde mich morgen auf jeden Fall.« Mit einem freundlichen »Moi, moi« legte Emilia auf und lehnte sich erschöpft in ihrem Stuhl zurück. Erst jetzt bemerkte sie Joulu, der leise in ihr Büro getreten war.

»Hei, Emilia. Probleme?«

»Oh, Joulu, schön, dass du da bist. Ja, ich brauche deine

Hilfe. Jetzt bin ich schon seit über einer Woche von meinem Seminar zurück, und noch immer laufe ich der Arbeit hinterher.«

Joulu schloss die Bürotür und schob sich einen Stuhl an den Schreibtisch. »Erzähl!«

Emilia erklärte ihre Misere. »Ich bin überfordert. Der Bürokram wächst mir über den Kopf … Ich befürchte, ich brauche eine Aushilfe, die den Kampf gegen die Aktenberge aufnimmt.« Sie fuhr sich durch die Haare. »Und ich muss … Oh Gott, ich muss so viel. Lotta hat mir gestern eröffnet, dass sie nur noch für kurze Zeit mit Lenni und Tess arbeiten kann, da sie jeden Tag die Zusage aus Deutschland für ihre dortige Fortbildung erwartet. Ira will auch irgendwann für ein Semester nach München und …«, erneut fasste sie sich an den Kopf, »… gerade scheint es so, als würde es alle irgendwie fortziehen …« Sie schaute Joulu fragend an. »Ihr bleibt mir doch treu? Du und Lasse? Oder hast du auch vor zu gehen? Na ja, was heißt gehen … Du bist ja nicht mein Angestellter … Ich meine …« Emilia zuckte fast hilflos mit den Schultern.

Kopfschüttelnd stand Joulu auf, stellte sich hinter Emilia, legte seine Hände in ihren verspannten Nacken und massierte sie leicht. »Jetzt mal ganz ruhig, meine Liebe, entspann dich. Keiner wird von heute auf morgen gehen. Und ich kann mir nicht vorstellen, dass Lasse die Absicht hat, sich nach einem anderen Job umzusehen, er fühlt sich hier doch sichtlich wohl. Und ich bleibe dir bestimmt treu!«

Emilia ließ den Kopf auf ihre Brust sacken und seufzte dankbar: »Oh, Joulu …« Sie genoss die Vertrautheit zwischen ihnen.

»Wir arbeiten jetzt alles der Reihe nach durch.« Joulu zog

sich seinen Stuhl neben Emilias, und sie fingen in aller Ruhe an, die Themen zu erörtern, die ihr unter den Nägeln brannten.

Emilia war beeindruckt, wie unaufgeregt Joulu ihr für fast jedes ihrer Probleme Lösungen aufzeigte.

Für Lotta wusste er sofort einen Ersatz, und mit einem kurzen Telefonat war abgeklärt, dass eine junge Finnin am nächsten Tag für ein Vorstellungsgespräch vorbeikommen würde. Über Lasse machte er sich keine Gedanken, da er davon ausging, dass dieser im *Talo* blieb. Emilia hatte überlegt, wegen Elins angeborener Blindheit eventuell einen Augenarzt zu kontaktieren, aber Joulu meinte, dass das nicht nötig sei, da sie mit Doktor Halonen einen fähigen Allgemeinmediziner, der seine Praxis unweit des Hafens in Helsinki besaß, jederzeit greifbar hätten. Jedoch würde er zu Emilias Beruhigung einen Augenarzt, den er aus Studienzeiten kannte, anrufen und ihn um einen Gesprächstermin bitten. Selbst für das Problem mit dem Papierkrieg hatte er eine Lösung parat. Seine Schwägerin, die dabei war, wieder ins Berufsleben einzusteigen, nachdem sie ihr drittes Kind bekommen hatte, könnte sofort anfangen.

»Und dann, liebe Emilia, werden wir einen festen wöchentlichen Termin für eine Teambesprechung festlegen, an dem sich jeder Zeit zu nehmen hat und wir uns über alles austauschen können.« Er sah sie lächelnd an. »Du musst jetzt langsam umdenken und das Ganze professioneller angehen, wenn du mehr Patienten aufnehmen und das Team vergrößern möchtest. Wie handhabst du es eigentlich mit den Kosten? Ich weiß, was ich verdiene, aber wie finanzierst du alles andere? Reichen die Einnahmen, die du durch Tess und Lenni bekommst, oder legst du Geld drauf?«

Emilia machte ein zerknirschtes Gesicht. »Na ja, ich weiß es nicht genau. Ich habe noch keinen richtigen Überblick …«, antwortete sie zögerlich, »… aber ich habe ja genug Geld, und das reicht fürs Erste. So hatte ich es ja auch geplant … Ich sehe das Kurhaus als Sozialprojekt, aber natürlich weiß ich, dass ich die laufenden Kosten nicht aus den Augen verlieren darf … ahhh …« Sie schüttelte heftig den Kopf. »Im Moment läuft mir das alles irgendwie ein bisschen aus dem Ruder, ich weiß auch nicht, wie …«

»Alles gut, kein Stress. Es ist lobenswert und ehrenhaft, dass du das Ganze als Sozialprojekt siehst, jedoch ist auch dein Geld nicht unendlich.« Emilia hatte Joulu in einem Gespräch vor ein paar Wochen ins Bild gesetzt, was ihre Finanzen anging. »Und das *Talo* aufzubauen, hat sicher auch ein kleines Vermögen gekostet. Theoretisch brauchtest du einen Finanzberater, da dir sonst alles über den Kopf wächst.« Er kramte in seinem Jackett und holte einen Zettel hervor. »Ahhh … schau mal … Da habe ich doch die Nummer von einem.«

Emilia blickte ihn zweifelnd an und griff nach dem Zettel. »Zucchini, Salz, Ketchup, Bier, Toilettenpapier«, las sie laut vor.

Joulu lachte über ihr verdutztes Gesicht. »Das war ein Spaß, aber ich kenne wirklich jemanden, der dir weiterhelfen könnte. Warte, ich rufe sie gleich an.« Er griff nach dem Telefon, und wenige Minuten später legte er wieder auf. »Erledigt. Marlen fährt über Mittsommer weg und meldet sich danach bei dir.«

Mittsommer! Stimmt, heute war der 21. Juni, der längste Tag des Jahres, und das alljährliche *Juhannus-Fest* war in drei Tagen. Emilia hätte es vor lauter Arbeit beinahe vergessen. Ein freier Tag. Ein Tag mit Panu. Ein ganzer Tag. Sie lächelte erfreut. Er wollte sie und Tess morgens abholen und zu einem Mökki, einem finnischen Wochenendhäuschen, an einem See außerhalb Helsinkis fahren. An diesem Tag trafen sich dort seit

Jahren alle Bandmitglieder mit engen Freunden und Familie. Emilia konnte es kaum erwarten, den für Finnen wichtigen Tag in traditioneller Umgebung zu verbringen, weitab von allen Touristenattraktionen.

»Was machst du am Wochenende?«

»Ich habe leider Bereitschaftsdienst und werde die Mittsommernacht auf meiner Couch in der Praxis verbringen.« Joulu sah sie gespielt traurig an.

»Oh, du Armer.«

Freundschaftlich umarmte er sie. »So, jetzt aber nichts wie an die Arbeit. Tess wartet bestimmt schon auf mich.« Er wandte sich ab und ging zur Tür. Im Rahmen blieb er noch einmal stehen und sagte: »Übrigens, ich habe in den letzten Tagen sehr gute Gespräche mit Tess geführt und steige so langsam hinter ihre kühle Fassade.«

Überrascht hob Emilia die Brauen und blickte ihn neugierig an.

»Ich habe jetzt nicht mehr viel Zeit, doch ganz kurz nur so viel, damit du im Bilde bist: Wir arbeiten ihre Vergangenheit auf, ihr angespanntes Verhältnis zu ihren Eltern. Denn nicht nur Tess selbst, sondern auch ihre Eltern haben sie ihr Leben lang unter einen enormen Leistungsdruck gesetzt. Und wir sind bei Miro angekommen und ihrer Beziehung zu ihm.« Er wurde leiser und sagte: »Kannst du dich an den Tag erinnern, vor ein paar Wochen, an dem Tess so schlecht drauf gewesen war?«

Emilia nickte.

»Ich habe dir doch gesagt, du solltest dir nicht so viele Gedanken machen und dass Tess diesen Tag vielleicht in schlechter Erinnerung hat. So war es auch, und da wollen wir heute weitermachen. Wir sprechen später weiter. Bis dann.«

Als Joulu nach seiner Zusammenfassung über Tess' Gemütszustand in die Therapiestunde aufbrach, legte Emilia einigermaßen beruhigt die Beine auf den Schreibtisch.

Glücklich über Joulus Hilfe, jagte ihr der vor ihr liegende Papierberg sowie ihre Panik, das alles nicht zu schaffen, etwas weniger Angst ein als noch vor zwei Stunden. Aber noch immer war sie von einer inneren Unruhe befallen – der Streit, den sie mit Panu in Tallinn hatte, war zwar beigelegt, allerdings hatte die Auseinandersetzung bei Emilia einen bitteren Nachgeschmack hinterlassen. Auch die hohen Anforderungen des Studiums und die intensive Arbeit im *Talo* sowie die sich nun wieder vermehrt einstellenden Albträume machten ihr mehr zu schaffen, als sie vermutet hätte. Ein Gedanke schoss ihr durch den Kopf, und sie setzte sich ruckartig in ihrem Stuhl auf, griff eilig zum Telefon und wählte.

Nach einem kurzen Moment wurde abgenommen. »Psychotherapeutische Praxis Doktor Waldner. Guten Tag.«

»Guten Tag, Emilia Fahnenbruck hier. Könnte ich bitte mit Frau Doktor Waldner sprechen?«

Nach ein paar Minuten legte Emilia erleichtert auf und lehnte sich im Stuhl zurück. Für nächste Woche hatte sie sich einen Termin gesichert und war mit Frau Doktor Waldner übereingekommen, bis zum Jahresende einmal monatlich zu einer Therapiesitzung nach Mainz zu kommen.

×××

Juhannus! Sonnenwende!

An einen Baumstamm gelehnt, schaute Emilia sich entspannt um. Sie waren an einem der vielen Seen mitten in den finnischen Wäldern. Die vier von der Band angemieteten rustikalen und dennoch äußerst gemütlichen Mökkis befanden sich rund um das kleine Gewässer. Sie saßen in der Nähe des Sees, und Emilia genoss das Prasseln des Feuers, den Geschmack ihres Weins und Panus ausgiebige Erzählungen über die finnische Tradition des *Juhannus-Festes*.

»Wir feiern den längsten Tag des Jahres traditionell mit einem *Juhannus*-Feuer, und«, Panu deutete auf die züngelnden Flammen, »aus allen größeren Städten fliehen wir Finnen aufs Land – in unsere Sommerhäuschen an einen der tausend Seen. Das ist immer am ersten Wochenende nach dem 21. Juni.« Er nahm einen Schluck aus der Bierflasche und malte mit dem Ast in seiner Hand Herzchen in die Erde. »Natürlich hat nicht jeder so ein Häuschen, und auch nicht alle haben die Möglichkeit, aus Helsinki fortzukommen, aber die packen dann einfach am Nachmittag des Mittsommertags ihre Picknickkörbe und strömen in Scharen auf die umliegenden Inseln.« Er warf den Stock ins Feuer, legte seinen Arm um Emilia und fuhr fort: »Hast du gemerkt, dass das Leben in der Stadt ein wenig stillzustehen scheint? Die Geschäfte schließen, und selbst Restaurants und Klubs machen ihre Pforten dicht. Nur die Touristen beleben dann die City. Und die meisten von ihnen besuchen am Abend die Museumsinsel Seurasaari.« Auch Tess, die sich in ihrer Nähe auf einen Fels gesetzt hatte, hörte Panu zu. »Eigentlich müsstet ihr dort mal hin. Seurasaari ist wirklich wunderschön, und heute findet dort ein riesiges Programm mit finnischen Volkstänzen, Musik und Paraden statt. Schon allein der Weg über die Brücke vom Festland aus hat etwas … etwas … Ich weiß auch nicht, es ist einfach schön. Und bis zum Hauptplatz ist der ganze Weg mit Buden gesäumt: kulturelle Leckerbissen im Übermaß.« Er grinste Emilia verschmitzt an. »Das ist doch was für dich, oder? Und dann die *Bonfire!* Wenn man einen guten Platz hat, kann man erst all die kleinen Feuer entlang des Ufers sehen, bevor dann, ganz nach alter Tradition, das Brautpaar, das am gleichen Tag in der alten *Karuna Holzkirche* getraut wurde, in einem Boot über das Wasser gefahren wird und das große *Juhannus*-Feuer entzündet.«

Ihren Gedanken nachhängend, starrten sie in die Flammen vor sich und lauschten der Stille der Natur, die nur durch leise Gespräche der Freunde und Familie durchbrochen wurde. Panus Oma Oona fing an, ein finnisches Märchen zu erzählen, und man konnte sich der Magie des Augenblickes kaum entziehen.

Umso erstaunter musterte Panu Emilia, als sie, nachdem seine Großmutter fertig war, ganz beiläufig erwähnte: »Ich habe nächste Woche einen Termin in Mainz, bei meiner Therapeutin.«

»Warum?«

Sollte sie ihm erzählen, dass sie in der letzten Zeit wieder vermehrt Albträume gehabt hatte? Sie schaute in die Runde, in lachende Gesichter um das große Feuer herum. Nein, beschloss sie – heute nicht!

»Ich muss das machen, das ist Bestandteil meiner therapeutischen Ausbildung, um die eigene Psyche besser kennenzulernen. Es ist sehr wichtig, dass ich mich zunächst einmal mit mir und meinen Baustellen auseinandersetze, bevor ich andere stärken kann.« Emilia erklärte Panu, dass man innerlich gefestigt sein müsse, wenn man selbst mit Patienten arbeiten wolle, um in keinen Gewissenskonflikt zu kommen. »Stell dir doch mal vor, ich werde mit einem Problem konfrontiert und erinnere mich dann an meine Vergangenheit, kann mit dieser Situation dann nicht professionell umgehen – werde vielleicht sogar emotional und parteiisch. Das darf mir nicht passieren, und deswegen mache ich das. Ich habe es sowieso schon zu lange schleifen lassen.«

Panu nickte verständnisvoll, legte seinen Arm um ihre Schulter und drückte sie an sich. »Das verstehe ich. Wann fliegst du?«

Emilia schmiegte sich an ihn und wünschte sich, nie mehr fort, nie mehr irgendwo anders hinzumüssen – nur bei Panu sein zu dürfen. An seine breite Brust gelehnt – geborgen, geliebt. Seine Hände auf ihrem Körper – begehrt. Sie lachte über ihre verliebten Gedanken und antwortete: »Am Donnerstagmorgen. Ich bin aber abends schon wieder zurück.«

»Schön.« Zärtlich umfasste er ihr Kinn und hob es an. »Wir müssen uns einmal über unsere Zeiteinteilung unterhalten. Ich finde, dafür, dass wir in der gleichen Stadt wohnen, sehen wir uns viel zu selten.«

Sie blickte in seine Augen – diese Augen, die sie wie ein Magnet anzogen. Sie hatte das Gefühl, in diesem Blau zu versinken – zu ertrinken. Jedes Mal, wenn er sie so ansah, hätte er alles von ihr verlangen können – alles! Und sie würde zu allem Ja sagen – immer! Sie seufzte: »Ja, Blauauge, du hast recht. Wir müssen daran arbeiten. Wenn ich zurück bin, dann …«

Weiter kam sie nicht, da Panu sie liebevoll küsste. Die Zeit schien stillzustehen, und alles um sie herum war vergessen. Nur aus der Ferne hörten sie die einsetzenden Gitarrenklänge, die Stimmen, die jetzt laut ein finnisches Volkslied anstimmten. Erst als ein unwahrscheinlich falscher Gesang in einem miserablen Finnisch an ihr Ohr drang, ließen sie schweren Herzens voneinander ab.

»Na, ihr zwei Turteltauben. Ausnahmsweise mal kein Stress im Paradies?« Grinsend ließ sich Eva neben ihnen ins Gras plumpsen. Man konnte wirklich plumpsen sagen, da ihr Bauch schon jetzt, Anfang des fünften Monats, unheimliche Ausmaße angenommen hatte.

Emilia schaute ihre Freundin an und sagte vorwurfsvoll: »Ja, Dicke, kein Stress! Tu nicht so, als ob wir uns nur streiten würden.«

»War doch nur Spaß, Süße. Und nenn mich nicht Dicke, das verletzt meine Gefühle.« Gespielt schmollend verzog Eva den Mund.

»Das war ja so auch beabsichtigt – Dicke!«

Eva stieß Emilia in die Seite. »Hör auf, sonst erzähle ich Panu ein paar alte Geschichten von dir und bringe dich damit in Verlegenheit.«

Panu gab Emilia einen zärtlichen Kuss und stand auf. »Ich verdrücke mich dann mal. Macht das unter euch aus. Da haben sich gerade zu viele Östrogene zu uns gesellt. Ich gehe lieber zu Mikka und werde mit ihm ein rein testosterongeprägtes Gespräch führen – über Eishockey, Bier und Hardrock!«

»Ja, hau nur ab. Aber eines kann ich dir sagen. Die Hormone des alten Finnen spielen auch schon verrückt – er wird dich wahrscheinlich gleich in die Planung seines kinderfreundlichen und nur auf Sicherheit bedachten Wohnkonzeptes einweihen. Der spinnt!« Eva tippte sich an die Stirn.

Grinsend entfernte sich Panu, und Eva wandte sich an Emilia. »Geht es dir gut?«

»Mir geht es prima. Es könnte kaum besser sein.«

Emilia hatte Eva von ihrem Streit mit Panu in Tallinn erzählt. Sie hatte jedoch keine Lust, das Thema noch einmal aufzuwärmen. Für sie war es abgehakt. Zwar hatten Panu und sie seither nicht mehr über den Abend gesprochen, allerdings war sie sich sicher, dass er auch so begriffen hatte, dass sie nicht in der Öffentlichkeit singen wollte, weder mit ihm noch mit sonst irgendjemandem. Nicht, wenn sie es selbst nicht wollte, und schon gar nicht, ohne vorher gefragt zu werden.

Als sie so über all das nachdachte, fragte Miro laut in die Runde: »Wer möchte jetzt singen?«

Eva machte Anstalten, die Hand zu heben, aber sie hatte nicht mit der schnellen Reaktion ihrer Freundin gerechnet. Emilia umfasste eiligst Evas Hände und bat eindringlich: »Bitte, Eva, bitte nicht. Du musst nicht immer andere Menschen quälen.«

Entrüstet wehrte sich Eva und erwiderte: »Du dumme Nuss! Ich liebe es zu singen, und ich werde es auch irgendwann noch lernen – warum nicht jetzt gleich einen neuen Versuch starten?«

»Mikka! Hilf mir, sie will schon wieder singen!« Emilia kicherte und sah Hilfe suchend zu Evas Mann.

Er kam sogleich gespielt ernst dreinschauend auf sie zu. »Liebling, bitte tu dir das nicht an. Wenn die undankbaren Zuhörer mit Gegenständen werfen, könnten du oder unsere Babys ernsthaft verletzt werden.« Er zog die fassungslose Eva an den Händen, die Emilia nun wieder freigab, hoch und drückte sie beschützend an sich. »Komm zu Papa, ich werde dich vor dir selbst schützen!«

»Ihr habt meinen lieblichen Gesang allesamt nicht verdient.« Eva drehte sich theatralisch zu den laut grölenden Freunden um.

»Oh, Eva, nicht böse sein, aber wir haben dann doch einen sehr starken Selbsterhaltungstrieb.« Rami kam zu ihnen geschlendert und kniff der verdutzten Eva in die Wange.

»Und das von dir. Von allen anderen hätte ich das erwartet, aber von dir? Du hast mich doch noch nie singen gehört!«

»Das stimmt, aber ich habe schon viel über deinen Gesang

erzählt bekommen.« Wissend und dabei das Gesicht etwas verziehend, nickte er in Mikkas und Emilias Richtung.

»Na gut, dann eben nicht.« Sie schmiegte sich in die Arme ihres Mannes und schaute ihn mit einem unschuldigen Augenaufschlag an. »Alter Finne, dann musst du da halt durch. Ich werde heute Nacht für dich singen, nur für dich allein – im Bett, die ganze Nacht!«

Mikka fasste sich geschockt an die Stirn. »Oh Gott! Alkohol! Ich brauche viel Schnaps und Bier und Wein und jede andere Droge, die mich auch nur einigermaßen betäubt.«

Fröhlich kam man überein, dass es schön wäre, wenn jemand anderes singen würde.

Emilia, die sich bei der wundervollen Atmosphäre am Feuer und unter all ihren Freunden einfach wohl und absolut entspannt fühlte, bot an, ein Lied anzustimmen.

»Darf ich mir wenigstens etwas wünschen?«, fragte Eva die Freundin.

»Ja, klar! Was möchtest du hören?«

»*If A Song Could Get Me You* von Marit Larsen, bitte.«

Darüber musste Emilia nicht lange nachdenken. Miro und Rami griffen nach ihren Gitarren, und Panu setzte sich erwartungsvoll neben Tess ans Feuer.

»*I could try you with a waltz. I could try you rock and roll. I could try you with the blues. If a song would do …*« Emilia schloss die Augen, und rau erklangen die ersten Töne.

Die Gitarrenklänge untermalten ihren Gesang, und Panu sowie alle anderen stimmten beim Refrain mit ein. Verliebt sah Panu auf Emilia, wandte sich dann aber erstaunt Tess zu, als diese mit leiser, sanfter Stimme anfing mitzusingen.

Als sie seinen Blick bemerkte, brach Tess zunächst unentschlossen ab, sang jedoch sogleich weiter, nachdem er ihr aufmunternd zugenickt hatte.

Emilia, die mittlerweile bei der letzten Strophe angekommen war, öffnete die Augen und fixierte Panu. *»I could make it high or low. Sing it on the radio. If that is what I need to do. If a song could get me you …«*

Gefangen von ihrem Blick, stand er auf, kam auf sie zu und nahm sie in die Arme. »Wunderschön, Kaunis.« Gedankenverloren streichelte er ihre Wange. *Ja, ein gemeinsames Lied ist das, was ich mir wünsche.* Er sprach es nicht aus, dachte aber darüber nach, dass Emilia ihm mit diesem Lied vermutlich genau das hatte sagen wollen. Keine Sekunde kam es ihm in den Sinn, dass ja Eva das Lied ausgesucht hatte und Emilia es nur, wie immer, mit allen Gefühlen, zu denen sie fähig war, wiedergegeben hatte.

Er wandte sich wieder um und sagte, an Tess gerichtet: »Was ist mit dir, Tess, möchtest du nicht auch mal?«

Emilia erstarrte kurzzeitig. Tess? Hoffentlich war sie damit nicht überfordert.

Tess zögerte und wurde rot. Alle Augenpaare waren in diesem Moment auf sie gerichtet. Früher hätte sie das genossen, ja, sie hätte sich sogleich in den Vordergrund gedrängt. Doch heute? Ihr Blick wanderte unsicher hin und her und blieb schließlich an Miro hängen, der umgehend versuchte, neutral zu schauen, allerdings einen verdrießlichen Zug um seinen Mund nicht verbergen konnte.

Emilia beobachte die Situation angespannt. Janis kam der zögernden Tess zu Hilfe. »Los, Tess, das kannst du doch. Was möchtest du singen?«

Tess lächelte ihn dankbar an und sagte stockend: »Na ja, eees ist eiin finnischer Abend. Iich würde es mit *Sama nainen* von Chisu proobieren.«

Gleiche Frau bedeutete der Songtitel, den Tess singen wollte. Erst jetzt bemerkte Emilia, dass sie die ganze Zeit die Luft angehalten hatte, und atmete geräuschvoll aus. »Das ist klasse, Tess. Ich weiß, dass du das wunderschön singen wirst!«

Die Freunde klatschten, während Tess sich schwerfällig erhob. An Miro gerichtet, fragte sie klar und deutlich: »Kannst du das?«

Nur ein gebrummeltes »Mmhmmmh« kam als Antwort, und ohne weiter auf Tess zu achten, beugte er sich über seine Gitarre und begann zu spielen.

Zaghaft setzte Tess' Gesang ein. *»Luvattu on paljon, rikottu enemmän, vierelläsi valvon ja kauniina sut nään …«*

Janis setzte sich mit seinen Schlagstöcken, die er fast ständig bei sich trug, und einer Gießkanne bewaffnet, die er vor der Hütte entdeckt hatte, neben Miro und trommelte rhythmisch im Takt dazu. Dankbar nickte Tess ihm zu.

Es war mucksmäuschenstill. Keiner wollte Tess aus dem Takt bringen. Ihre Stimme klang sanft, aber kraftvoll, und ihre Nervosität verlor sich, je länger sie sang.

Das Lied handelte von einer Frau, die ihrem Verflossenen erklärt, dass sie bereut, was passiert ist, ihn zurückhaben will, aber klarstellt, dass sie immer noch die gleiche Frau ist.

»… mut mussa ei oo mitään, mussa ei oo mitään uutta. Oon vielä samanlainen, sama mieli, sama sydän, sama nainen …« Bei den letzten Liedzeilen sah sie Miro fest, fast trotzig an.

Begeisterte Pfiffe und Bravorufe ertönten. Tess bedankte sich schüchtern, setzte sich neben Janis und schnappte sich ein Bier.

Emilia überlief ein Schauer, und sie drückte Panus Hand vor

Anspannung so fest, dass er sie verwundert anblickte. Sie fragte sich, ob er wusste, was zwischen Tess und Miro vor gut zwei Jahren vorgefallen war.

Er nickte, ihre Gedanken erratend. »Bei den beiden besteht wohl Redebedarf.«

»Ja.« Schnell fuhr sie fort und sagte beschützend: »Aber nur, wenn Tess dazu bereit ist.«

»Ja, klar.« Er schaute erneut zu den zweien. »Aber mir scheint, beide sind bereit.«

So wie Emilia Tess wollte Panu verständlicherweise auch seinen Freund beschützen. »Was weißt du alles über damals?«

»Tess hat mir alles erzählt ... von der gemeinsamen Nacht und Miros absolut blöder Abfuhr ...« Auch heute noch konnte Emilia ihren Unmut darüber nicht verbergen.

»Ja, schon, aber du kanntest Tess damals nicht, sie war schon ein kleines Luder und ...«

Emilia unterbrach ihn gereizt: »Ja, vielleicht war sie schräg drauf – aber erst mit ihr ins Bett gehen, und dann das Ganze als Fehler zu bezeichnen – das ist schon auch harter Tobak!«

»Harter was?« Panu sah sie verwirrt an.

»Ein starkes Stück, fies, scheiße ... Nenn es, wie du willst.« Emilia konnte dem Ganzen gerade überhaupt nichts Witziges abgewinnen, wie sonst, wenn Panu über eine deutsche Redensart stolperte. Zu groß war ihr Mitgefühl für Tess angesichts dieser in Emilias Augen hartherzigen Zurückweisung durch Miro.

»Kaunis, die beiden sind alt genug, um ihre Probleme selbst zu lösen. Darüber müssen wir uns nicht den Kopf zerbrechen. Okay?« Er war zwar auch mit seinen Gedanken bei Miro, wollte aber den schönen Abend nicht mit Diskussionen verbringen, die in seinen Augen ohnehin nichts brachten.

»Ja, aber …« Weiter kam Emilia nicht. Panu zog sie an sich und verschloss ihren Mund mit seinem. Augenblicklich wurden ihre Knie weich, und ihre Lippen öffneten sich nur allzu bereitwillig. Nach diesem atemraubenden Kuss fiel es Emilia nicht leicht, die schweren Lider wieder zu öffnen, um weiterzureden: »Aber …«

Reflexartig küsste Panu sie nochmals und murmelte an ihren Lippen: »Schluss, Harmaa-silmä, lass uns den Abend genießen.«

Emilia murrte: »Mmmh … küssen, um mich ruhigzustellen, Mr Turunen, das geht so nicht.«

»Und ob das geht, schau!« Er verteilte kleine Küsse über ihr Gesicht, ihren Hals, fuhr mit der Hand in ihren Nacken, neigte sich nach vorn und küsste sinnlich ihre heftig pochende Halsschlagader. Er streifte ihr Shirt ein wenig zur Seite und fuhr mit den Lippen über die kleine Narbe am Schlüsselbein, die sie von ihrem Sturz zurückbehalten hatte, und beendete seine liebevolle Attacke mit einem leidenschaftlichen Kuss auf ihre halb geöffneten, zu einem erneuten Protest bereiten Lippen. »Genug?«

»Nein …« Jetzt war es an ihr, ihn an sich zu ziehen, um den Kuss abermals zu vertiefen.

Sie lösten sich erst voneinander, als Miro zu singen anfing: *»Take me back to my boat on the river, I need to go down, I need to come down. Take me back to my boat on the river and I won't cry out anymore …«*

Als Emilia am nächsten Morgen an Panus nackte Brust geschmiegt erwachte, hörte sie gedämpfte Stimmen unter ihrem Zimmerfenster. Neugierig löste sie sich behutsam aus seiner Umarmung und schlich auf Zehenspitzen in Richtung Tür.

Sie warf einen Blick zurück auf die Uhr. Kurz nach sieben. Sie hatte gerade einmal drei Stunden geschlafen, fühlte sich jedoch hellwach und wunderbar ausgeschlafen. Gespannt, wer um diese Uhrzeit sonst noch wach war, ging sie nach draußen und staunte nicht schlecht, als sie Miro und Tess vor dem Wochenendhäuschen stehen sah. Instinktiv wich sie zurück, aber da hatten die beiden sie schon bemerkt.

»Guten Morgen, Emilia.« Tess strahlte ihr glücklich entgegen.

»Moi, Emilia. Hast du gut geschlafen?« Auch Miro wirkte entspannt.

»Ich … ja … aber ihr …« Stotternd aufgrund der für sie doch sehr befremdlichen Situation stockte sie.

»Ich leg mich dann noch für ein paar Stunden hin.« Er schnappte sich seine Gitarre, warf Tess ein schelmisches Grinsen zu und lief an Emilia vorbei. »Bis später.«

»Tess …?« Emilia wusste, als Miro im Haus verschwunden war, nichts anderes zu sagen.

»Emilia?« Ein breites Grinsen breitete sich auf ihrem Gesicht aus. Ihre grünen Augen strahlten, und ihre ganze Haltung drückte Selbstbewusstsein und Zufriedenheit aus.

»Geht es dir gut?« Doch sie kannte die Antwort bereits. »Dir geht es gut!«

»Ja«, kam es ohne Zögern. »Aber sei mir nicht böse, ich bin müde und gehe jetzt auch ins Bett.«

»In deins?«

»Ja!« Den Zeigefinger mahnend erhoben, neckte Tess sie: »Natürlich in mein eigenes … Was denkst du von mir?«

»Tess …?«

»Emilia …?« Schon war Tess in der Tür verschwunden und ließ eine grübelnde Emilia zurück.

Sie zögerte nur kurz, lief ihr dann aber doch hinterher. Vor deren bereits offener Zimmertür hatte sie Tess eingeholt und schob sie sanft in den Raum. »Bitte, erkläre mir, was da heute Nacht passiert ist?«

Mit einem verträumten Blick setzte Tess sich aufs Bett und entkleidete sich langsam. »Wir haben uns ausgesprochen.«

»Und?«

»Mir geht es gut.«

Emilia wurde nervös. Sie war einerseits erstaunt über Tess' klar ausgesprochene Worte und deren träumerisches Lächeln, andererseits befremdet angesichts von Tess' stoischer Einsilbigkeit. »Geht es dir wirklich gut?«

»Du wiederholst dich.«

»Ja, ich weiß. Aber …«

»Aber was?«

»Du bist meine Patientin …«

»… und Freundin?«

»Ja, natürlich, und Freundin. Und deshalb …«

»… und deshalb bitte ich dich als Freundin, mir zu vertrauen. Mir geht es gut, Emilia, wirklich!« Sie schälte sich aus ihrer Kleidung und legte sich lang aufs Bett.

»Tess, du machst mich kirre!«

»Ich weiß … Aber bitte lass das, was heute Nacht geschehen ist, bei mir erst einmal sacken. Danach können wir gern reden. Bitte, ich muss erst einmal selbst über alles nachdenken.«

»Okay.« Emilia wurde klar, dass sie wie eine besorgte, neugierige Mutter agierte. »Natürlich! Hauptsache, dir geht es wirklich gut.«

»Ja, Emiiiliaa, das tut es. Und das habe ich auch dir zu verdaaanken.« Tess' Sprache wurde wieder schwerfällig, ein sicheres Zeichen, dass sie erledigt war. »Aber ich bin wirklich hundemü-üüde, sooorry.«

»Kein Problem, schlaf dich richtig aus, und wenn du reden magst – ich bin immer für dich da.«

Emilia legte die Bettdecke über Tess, die bereits eingeschlafen war, und verließ leise deren kleine Schlafkammer.

16

»… I will hold you close to me and love this smile I see …«

♫

Alles hatte so funktioniert, wie Emilia es sich gewünscht hatte. Es war Anfang Juli und das blinde Mädchen Elin seit drei Tagen bei ihnen. Sie hatte Doktor Halonen dafür begeistern können, sich noch mehr in die Arbeit im *Talo* einzubringen, und zudem würde sie ab der nächsten Woche Annukka, eine finnischsprachige Logopädin, in ihrem Haus begrüßen.

Soeben reichte sie ihrer Bürohilfe, Joulus Schwägerin Helmi, die gerade ein Telefongespräch beendete, ein paar Unterlagen. »Hast du die Übersicht der einzelnen Therapiestunden schon fertig? Und stell bitte noch kurz den Termin für die Teambesprechung am kommenden Montag ins Outlook ein.« Emilia überlegte kurz, bevor sie Helmi lächelnd einen Kaffee reichte. »Am besten gleich mit dem Hinweis, dass ab sofort, regelmäßig montagmorgens um halb acht, unser wöchentliches Gruppengespräch stattfinden wird.«

Helmi war bereits seit ein paar Tagen bei ihr, und Emilia wusste nicht, wie sie zuvor alles geschafft hatte. Joulus Schwägerin half zwar nur an zwei Vormittagen im Büro aus, aber auch das war schon wie ein Geschenk. Gleich am ersten Tag hatte Emilia ihren Schreibtisch nicht mehr wiedererkannt. In null Komma nichts war dieser aufgeräumt gewesen, verschiedene Papierstapel waren gebildet und einer nach dem anderen abgearbeitet worden. Helmi ging voll und ganz in ihrer Arbeit auf und erklärte Emilia augenzwinkernd, dass sie sich über die Abwechslung zu ihrem Hausfrauenalltag mehr als freute.

Emilia rief sich ins Gedächtnis, Joulu noch einmal herzlich zu danken. Sie könnte ihn küssen. Helmi war einfach fantastisch. Ihre Gedanken wanderten zu Panu, und ihr Herz wurde schwer. Nach der *Juhannus-Nacht* war alles so schön gewesen, sie hatten sich in der darauffolgenden Woche jeden Tag gesehen, sogar am Abend nach ihrem ersten Termin in Mainz bei ihrer Therapeutin. Entweder war sie zu ihm aufs Festland gefahren, wo sie dann gemeinsam etwas unternommen hatten, oder er war hier bei ihr gewesen. Doch dann, vergangenen Sonntag, hatte Panu sie an die Hochzeit seiner Schwester Satu erinnert, und im Laufe des Gesprächs hatte sich ein böser Streit entwickelt. Emilia schaute auf die Uhr. Panu wollte in wenigen Stunden vorbeikommen, und sie hoffte, dann wieder alles klären zu können. Mit Schaudern dachte sie an das Zerwürfnis …

Hand in Hand gingen sie den Weg vom Restaurant *Walhalla* zurück nach Hause, und Emilia wollte, um ihr Gewissen zu beruhigen, noch einmal alles im Haus checken, bevor am nächsten Tag Elin ankommen würde. Wilmer hatte alle Hindernisse im und rund ums Haus, die das blinde Mädchen irritieren könnten, aus dem Weg geräumt. Und Lenni hatte mit Iras und Tess' Hilfe einen 3-D-Haus-Erkundungsplan zu ihrer Begrüßung gebastelt. Emilia ging wieder einmal so viel durch den Kopf, dass sie sich so gut wie gar nicht auf das Gespräch mit Panu konzentrieren konnte.

»Was hast du gesagt?«

»Emilia, hörst du mir überhaupt zu?« Panu blieb abrupt

stehen, stemmte die Hände in die Hüften und sah sie vorwurfsvoll an.

Sie legte ihre Arme um seinen Hals und gab ihm, auf Zehenspitzen stehend, einen liebevollen Kuss: »Wenn ich ehrlich bin, nein. Tut mir leid. Ich war mit meinen Gedanken gerade tatsächlich woanders.«

»Mal wieder!« Flüchtig erwiderte er ihren Kuss. »Hat dir die Therapeutin letztens nicht gesagt, dass du weniger arbeiten und dich mehr um deinen vernachlässigten Freund kümmern sollst?«

Lachend schnappte Emilia wieder seine Hand und zog ihn mit sich. »Maul nicht rum, es war doch eine wunderbare Woche.« Es war mittlerweile kurz nach zweiundzwanzig Uhr, und auf der Insel war nicht mehr viel los, nur vereinzelt kamen ihnen noch ein paar Jogger entgegen. »Was hast du denn nun gesagt?« Noch während sie das fragte, dachte sie kurz an ihren Besuch bei Frau Doktor Waldner – sie hatten in den zwei Stunden kaum über irgendetwas Privates geredet, das Gespräch hatte sich ausschließlich um ihr Kurhaus und ihre Patienten gedreht.

»Wegen Satus Hochzeit übernächsten Sonntag … Ich wollte dich noch fragen, ob wir nicht schon am Samstag hinfahren können?«

Emilia horchte auf, und ihr wurde augenblicklich heiß – die Hochzeit seiner Schwester hatte sie komplett vergessen. »Wann war das noch mal?« Sie versuchte, Zeit zu gewinnen.

»Emilia!« Wieder blieb Panu stehen. Sein Gesichtsausdruck war von Unmut gezeichnet. »Das ist doch jetzt nicht wahr. Ich habe dir doch gesagt, wann sie ist. Am Sonntag, den 15. Juli, um vierzehn Uhr in Lahti!«

»Sonntag? Wer heiratet schon sonntags?«, fragte sie erstaunt.

»Mats ist von den Allandinseln, und da ist es Brauch, sonntags zu heiraten, und da er sich sonst all den Wünschen meiner Schwester gebeugt hat, hat er sich da eben durchgesetzt«, erklärte Panu. »Aber auch das habe ich dir schon einmal erzählt.«

»Jaja … stimmt. Ich weiß …« Sie versuchte erneut, ihn mit einem Kuss zu besänftigen.

Aber diesmal ließ es Panu nicht zu, sondern drehte mürrisch den Kopf zur Seite. »Hör auf damit!« Seine blauen Augen verdunkelten sich. »Verdammt, Emilia, das ärgert mich. Ich habe für uns beide zugesagt und erwarte, dass du mitkommst.«

Emilia, nun ebenfalls leicht gereizt, unterließ jeden weiteren Versuch, ihn zu besänftigen, und antwortete nur knapp: »Ja, ich weiß! Natürlich komme ich mit. Diesen einen Tag kann ich auf jeden Fall einrichten. Kein Problem!« Sie fragte sich zwar, wie sie das hinbekommen sollte, aber irgendwie würde es schon klappen. Emilia versuchte noch, ruhig zu bleiben, obwohl sie mit dem Druck gerade nicht umgehen konnte. Ihre Gedanken waren ein einziger Wirrwarr. *Ich krieg das hin, aber wie?*

»Diesen *einen* Tag?!« Panu lief schnaubend weiter. »Eben habe ich dich gefragt, ob du schon ab Samstag kannst, und du faselst etwas von einem Tag.«

»Ich fasle gar nichts.« Sie lief ihm hinterher. »Sei doch nicht schon wieder eingeschnappt.«

»Schon wieder?« Panu stoppte augeblicklich, sodass Emilia gegen seinen Rücken prallte. Vor Zorn bebend, drehte er sich um. »Schon wieder? Mitä sä höpötät!«

»Ich rede kein dummes Zeug!«

»Doch, verdammt noch mal!«

»Schrei mich nicht an!«

»Ich schreie doch gar nicht, sei nicht so empfindlich!«

»Und doch schreist du, und du bist unfair.«

»Sag mir, wann ich unfair war?«

»Ich hatte es doch nur kurz vergessen.« Emilia war bemüht, sich zu beruhigen. »Und ich komme mit, das habe ich doch gesagt.«

»Ja, am Sonntag … Aber was ist mit Samstag?«

Emilia überlegte krampfhaft, was sie darauf antworten sollte.

»Und, Frau Fahnenbruck, was ist? Was ist dir wichtiger?«

Zögernd antwortete sie: »Ähm, ich … ich weiß nicht, wie … Ich muss sehen, wie es bis dahin läuft, und dann …«

Panu lachte hart auf und lief wutschnaubend weiter. »Vergiss es! Entweder du kommst Samstag schon mit, oder du kannst zu Hause bleiben und dich um dein ›ach so tolles Kurhaus‹ kümmern, solange du willst!«

Sie kamen am Gästehafen an und hätten nur noch wenige Meter bis zum *Talo* zu gehen gehabt.

In Emilias Kopf dröhnte es, und irgendwo in ihren Gehirnwindungen machte es »Klick«. Schnell lief sie die paar Schritte hinter Panu her und packte ihn an der Schulter. »Verdammt, Panu, setz mir kein Ultimatum und …«

»Ich setze so viele Ultimaten, wie ich will …«

»Neeein!« Schrill unterbrach sie ihn. »Ich hasse es, unter Druck gesetzt zu werden … keine Wahl zu haben. Ich möchte doch mit auf die Hochzeit … Aber ob ich schon einen Tag vorher kann, weiß ich einfach noch nicht.«

»Und ich möchte, dass du beide Tage mit mir verbringst!« Panu, der nun ebenfalls laut wurde, ließ Emilia stehen, drehte sich um und lief in Richtung Fähranleger davon. »Ruf einfach an, wenn du weißt, was dir wichtiger ist!«

Emilia war fassungslos. Panu verlangte eine Entscheidung

von ihr – er und die Hochzeit oder daheimbleiben und das Kurhaus. Das war nicht fair.

»Panu! Warte!« Sie hatte sich zwar noch nicht wieder beruhigt, konnte es aber auch nicht ertragen, dass er einfach ging, ohne sich auszuprechen. »Lass uns doch vernünftig reden.«

Ohne sich noch einmal zu ihr umzudrehen, rief er wütend: »Reden kannst du mit deinen Therapeuten … Das ist es doch, was du willst!«

»Panu?« Geschockt sah sie ihn davoneilen und spürte, wie ihr Herz schwer wurde.

An diesem Abend schaffte sie von dem, was sie sich im Haus vorgenommen hatte, nur noch wenig. Zu sehr lähmte sie der Streit mit Panu. Ihre Gedanken kreisten um Lösungen – Lösungen, die sie einfach noch nicht hatte. Sie schlief schlecht ein und wachte ständig wieder auf, um nach Antworten zu suchen. In ihren Albträumen spielten sich Horrorszenarien ab – von tränenreichen Trennungen. Ihre Gefühle konnte sie ebenfalls nicht richtig einordnen. Klar, sie war sauer auf ihn, weil er sauer auf sie war. Und enttäuscht darüber, dass er einfach abgehauen war. Natürlich auch traurig, weil sie solche Situationen hasste und von Verlustängsten geplagt wurde. Ihr Handy, das griffbereit auf dem Nachttisch lag, gab die ganze Nacht keinen Laut von sich. Er meldete sich nicht, obwohl sie mehrere Nachrichten an ihn gesendet hatte. Sie wusste, dass er am frühen Morgen nach Luxemburg fliegen würde und dann weiter nach Bern. Sie spielten dort auf Open-Air-Festivals. Sein Schweigen war für sie schier unerträglich.

Jedoch hatte Emilia keine andere Wahl, außer zu funktionieren. Am liebsten hätte sie sich den ganzen nächsten Tag im Bett verkrochen und nichts gemacht, aber das war nicht möglich. Elins Ankunft stand bevor, und Lenni forderte zudem ihre ungeteilte Aufmerksamkeit. Es war Helmis erster Tag, und Emilia hatte alle Hände voll damit zu tun, den Anforderungen, die an sie gestellt wurden, gerecht zu werden.

Am gestrigen Abend, nach zwei Nächten voller Ungewissheit und schlechter Träume, hatte Panu endlich ein Lebenszeichen von sich gegeben. Erleichtert hatte sie seine WhatsApp gelesen.

Hei, Kaunis!

Hei!

Noch sauer?

Mmmh … weiß nicht!

Warum?

Was warum?

Warum weißt du es nicht?

Weil ich es halt nicht weiß!

Ich vermisse dich!

Emilias Herz krampfte sich zusammen. Wenn er nur wüsste, wie sehr sie ihn vermisste. *Dito!*

Wir kommen morgen zurück. Können wir uns sehen?

Jaaaaaaaaaa!

Ich komme gegen Abend vorbei … okay?

Oh ja, ich kann es kaum erwarten …

Emilia, es tut mir leid!

Mir auch … Ich liebe dich!

Dito … Bis morgen!

Tief seufzend dachte sie daran, dass Panu in wenigen Stunden da sein würde. Sie hatte bis dahin noch einiges vor und wollte alles erledigt und den Kopf frei haben, damit sie sich voll und ganz auf ihn konzentrieren konnte.

Helmi stand auf und verabschiedete sich für heute. »Bis morgen, ich freue mich.«

»Moi, moi!« Emilia war glücklich über den Enthusiasmus ihrer neuen Mitarbeiterin, und sie stieß innerlich ein Dankgebet aus, dass Joulu ihr diese Perle besorgt hatte.

Beim Wort »Perle« fiel ihr die neue Köchin ein, die Wilmer ihr vor ein paar Wochen empfohlen hatte. Sie war eine weitläufige Verwandte von ihm, was sie definitiv nicht verleugnen konnte. Das Mürrische, aber trotzdem Hilfsbereite war beiden zu eigen. Frau Eklund, die nach dem Tod ihres schwedischen Ehemanns vor drei Jahren aus Stockholm zurück in ihre Heimat gekommen war, erwies sich als wahrer Glücksgriff.

Dreizehn Uhr! Mittagessen! Und danach zwei Stunden Musiktherapie mit Tess. Emilia freute sich schon darauf. Munter und beflügelt, da im Moment im *Talo* alles reibungslos lief, und glücklich und voller Vorfreude, Panu bald zu sehen, lief sie in den Speiseraum. Dort traf sie auf Tess, Lenni, Elin, Ira und Lasse sowie Doktor Halonen.

Der Mediziner, der über Mittag seine Praxis unweit des Marktplatzes schloss, hatte für die ersten zwei Wochen von Elins Aufenthalt angeboten, seine Mittagspause bei Emilia im Kurhaus zu verbringen, um sich so ein besseres Bild von dem jungen Mädchen machen zu können und bei eventuellen Fragen vor Ort zu sein. Emilia empfand seine Gegenwart als unwahrscheinlich beruhigend.

Elin nahm den Aufenthalt in der neuen Umgebung gelassen hin. Sie sprach nicht, so wie ihre Mutter es ihnen prophezeit hatte. Aber ansonsten war sie ruhig und hatte bisher nicht einen einzigen Wutausbruch gehabt, sondern war kooperativ, was die Therapie mit Musikinstrumenten betraf. Auch Joulu, der in dieser kurzen Zeit schon drei Gespräche mit ihr geführt hatte, hatte durch gezielte Fragen und Tess' schelmischen Tipp, es doch mit Mittelfinger und Zunge für »Ja« und »Nein« zu probieren, geschafft, Elin ein wenig aus der Reserve zu locken. Allen war klar, dass Elin ihre ganze Wut auf ihre Mutter konzentrierte. Ihre Mutter war noch da, ihr Vater nicht mehr. Ihre Mutter hatte wenig Zeit für Elin und schob sie bei der kleinsten Schwierigkeit ab. Und am meisten war Elin wütend auf sich selbst – ihren Körper, der seit Geburt nicht normal funktionierte und nun, zu Beginn der Pubertät, auch noch von Hormonen durchflutet wurde, mit denen sie momentan überhaupt nicht umgehen konnte. Auch wenn sie nichts sagte, man merkte ihr die tiefe Trauer über den Verlust des Vaters und die Orientierungslosigkeit im Zuge des Erwachsenwerdens an.

Emilia setzte sich mit einem freudigen »Moi« an die große Tafel und langte wie immer mit gesundem Appetit zu. Nachdem sie Gemüsesuppe, Hühnerbrust mit Paprikagemüse und Bratkartoffeln verschlungen hatte, machte sie sich noch über einen großen Schokoladenpudding her. Wie auch sonst aß sie am meisten und am längsten. Die andern schauten ihr dabei fasziniert zu, und Tess erklärte Elin, dass es wohl kaum eine andere so zart gebaute Frau auf der Welt gab, die so viel in sich reinstopfen konnte, ohne dabei auch nur ein Gramm zuzunehmen.

Kurz sprach man über den weiteren Tagesablauf.

»Ich freue mich auf unsere Stunde, Tess. Ich hoffe, du erzählst mir einiges.« Augenzwinkernd blickte Emilia zu ihrer Freundin und Patientin.

»Und ich freue mich auf einen schönen Spaziergang mit dir, Elin. Heute werde ich dir die Insel erklären.« Vorsichtig fasste Ira nach Elins Hand. Das Mädchen zog sie ihr zwar nicht weg, zeigte aber auch sonst keinerlei Regung.

Fragend sah Ira zu Doktor Halonen, der nur leicht nickte und sagte: »Das ist eine schöne Idee, Ira. Elin wird die Insel riechen, hören, schmecken und ertasten, und wer wäre ein besserer Fremdenführer als jemand, der hier in Helsinki lebt und diese Insel liebt.«

»Na, dann müsste aber Emilia die Führung übernehmen«, kam es wie aus einem Mund von Lasse und Ira.

Lachend schauten sie sich an, und auch Elins Mundwinkel zuckten leicht.

»Uuund Lenni geeht miit Jouuulu …« Lenni strengte sich an, um die Worte deutlich auszusprechen. Dies fiel ihm noch immer schwer, doch von Tag zu Tag wurde er aufgeschlossener. Seine zunächst totale Verweigerung des Sprechens hatte sich durch seinen Aufenthalt im *Talo* langsam in schwerfälliges Reden gewandelt. Aufregung ließ ihn meist stottern, aber es wurde immer weniger, und die Erfolge waren deutlich zu hören. »… uuund Loootta.« Zufrieden grinste er in die Runde.

»Ja.« Emilia strich ihm die Haare aus der Stirn und pflichtete ihm bei: »Du und Lotta, ihr fahrt zu Joulu, und er zeigt dir seine Praxis. Das hat er dir ja versprochen, und danach geht's weiter in den Vergnügungspark, ja?«

»Ja. Linnanmääki!« Freudig sprang Lenni auf und tanzte im Raum herum.

»Und was mache ich?«

»Oh, Lasse, du hast endlich mal wieder einen Nachmittag zur freien Verfügung und morgen auch noch den ganzen Tag frei. Genieß es!« Emilia sah ihn dankbar an. Er war ihr wirklich eine große Hilfe bei der Arbeit mit Tess.

»Hast du später noch Lust, mit mir aufs Festland zu fahren?« Erwartungsvoll betrachtete Lasse Tess.

»Ich habe zwei-ei Stunden Singen mit Emilia«, unsicher schaute Tess ihn an, »u-uund ich bin heute a-aauch zu müde.«

Emilia wurde hellhörig, als sie das mittlerweile schon ungewohnt starke Stottern von Tess vernahm, und starrte sie irritiert an.

»Okay, dann ein anderes Mal. Dann geh ich jetzt.« Lasse stand auf, warf Tess noch einen grüblerischen Blick zu und verabschiedete sich.

»Gut! Alle satt? Wer räumt heute ab?« Emilia lehnte sich nach hinten und strich über ihren vollen Bauch.

»Ira und Elin sind dran.« Tess stand ebenfalls auf und ging aus dem Raum. »Ich warte im Musikzimmer auf dich, Emilia.«

Lenni, der immer noch im Zimmer herumhüpfte, stieß einen Freudenschrei aus, als Lotta zur Tür hereinkam, um ihn zum Ausflug abzuholen.

Doktor Halonen erklärte sich bereit, beim Abräumen zu

helfen, und trug mit den Frauen das Geschirr zur Durchreiche, wo es die Köchin in Empfang nahm.

Emilia holte noch kurz ihre Gitarre aus ihrem Büro und lief dann zu Tess ins Musikzimmer. »Schön, jetzt haben wir endlich mal Zeit zu reden«, sagte sie lächelnd, als sie sich setzte.

»Ich würde aber li-iieber singen anstatt reden.« Tess hatte sich ans Klavier gesetzt und klimperte jämmerlich darauf herum.

Emilia warf ihr einen finsteren Blick zu. »Du weichst mir nun seit fast zwei Wochen aus.« Sie wollte mehr über die Nacht des *Juhannus*-Feuers und über Miro erfahren, und vor allem wollte sie wissen, wie es Tess wirklich ging.

»Luvattu on paljon, rikottu enemmän, vierelläsi valvon ja kauniina sut nään …«, singend überging Tess Emilias Einwand, und der blieb nichts anderes übrig, als erneut dem Lied zu lauschen, das Tess in der *Juhannus-Nacht* gesungen hatte.

Irgendetwas stimmte nicht. Miro war seit jener Nacht mehrmals hier gewesen, sogar einmal zum Essen, und beide verhielten sich so, als ob nie etwas zwischen ihnen gestanden hätte. Und scheinbar achtete Miro immer peinlichst darauf, dass Lasse nicht da war, wenn er kam. Ob Tess ihn wohl jedes Mal anrief, wenn Lasse freihatte? Demnach müsste er ja heute auftauchen! Emilia grübelte.

»… jos sä vielä haluut, takas mä tuun!« Tess beendete ihren Gesang. Jedoch nur kurz. Eiligst stand sie auf, griff nach der Gitarre, um gleich darauf ein anderes Lied anzustimmen: *»Hold on little girl, show me what he's done to you. Stand up little girl, a broken heart can't be that bad …«*

Emilia war nun endgültig klar, dass Tess nicht reden wollte, und stimmte resigniert in den Refrain des 80er-Jahre-Songs von Mr Big ein: *»I'm the one who wants to be with you. Deep inside I hope you feel it too …«*

Tess lächelte sie dankbar an. Als sie das Lied beendet hatten, ging Tess einen Schritt auf Emilia zu. »Mir geht es momentan gut, aber lass mir noch ein wenig Zeit mit dem Reden. Ich weiß selbst noch ni-iicht genau, was da gerade pa-passiert.«

Emilia lächelte aufmunternd zurück. »Na, endlich mal eine Aussage. Damit kann ich leben. Solange es dir gut geht, ist alles wunderbar!« Sie stand auf und umarmte Tess fest. »Was machen deine Eltern? Hast du was von ihnen gehört?«

Tess erzählte von ihrem letzten recht positiven Telefonat mit ihrer Mutter und davon, dass ihre Eltern sie demnächst besuchen wollten.

Während die Frauen sich an einem neuen Lied ausprobierten, spürte Emilia, dass Tess währenddessen unruhiger wurde und ständig auf die Uhr schaute. Um Punkt sechzehn Uhr stand sie schließlich auf, mit der Begründung, einen kleinen Spaziergang machen zu wollen.

»Soll ich mitkommen?« Emilia grinste in sich hinein.

»Ähm, neeiiin … Ich …« Tess zögerte und sagte dann triumphierend: »Du hast doch gleich eine Stunde mit Elin, also geht das ja gar nicht.«

»Stimmt! Schade. Da kann man nichts machen. Dann mal viel Spaß.« Sie begleitete Tess noch bis zur Haustür und rief der rasch Davoneilenden amüsiert nach: »Grüß Miro von mir.«

Tess, die nun knallrot im Gesicht war, drehte sich noch einmal um und hob ergeben die Hand. »Mach ich.«

Zufrieden vor sich hin schmunzelnd, schloss Emilia die Tür und ging wieder ins Haus. Um siebzehn Uhr hatte sie noch eine Stunde mit Elin, und dann würde sie ihn endlich sehen.

Verwirrt legte sie die Hand auf ihre Brust und staunte wieder einmal darüber, was nur allein der Gedanke an Panu in ihrem Körper auslöste. Ihr Herz schlug heftig, und sie spürte das Blut in ihren Ohren rauschen, als würde sie gleich ohnmächtig werden. Noch zwei Stunden!

»Das … war … unerträglich … ich … will … dich …«, brachte Panu zwischen sehnsuchtsvollen Küssen, die er auf ihrem Gesicht, Hals und Nacken verteilte, mühevoll hervor. »… Abendessen … mit allen … schrecklich …« Panu, der noch rechtzeitig zum Abendessen da gewesen war, schob Emilia durch ihre Zimmertür und gab der Tür ungestüm einen Tritt, damit diese hinter ihnen zufiel. Er zog geschwind sein Shirt aus, öffnete die Jeans und streifte sie samt Boxershorts ab. Hände und Mund lösten sich dabei immer nur kurz von Emilia, und er ließ ihr somit kaum die Möglichkeit, Atem zu schöpfen. Geschickt pellte er sie aus ihrer Kleidung und stöhnte voller Begierde auf, als er Emilias nackten Körper an seinen presste. »Kaunis, ich … ich habe dich vermisst! Und es tut mir so leid, dass ich mich wieder wie ein Idiot verhalten habe … Ich mich nicht gleich bei dir gemeldet habe … und …« Er suchte nach Worten, wurde aber liebevoll von Emilia unterbrochen.

Sie stellte sich auf die Zehenspitzen, legte ihre Hände auf seine Wangen und küsste ihn hingebungsvoll. »Blauauge, es tut mir auch leid. Ich weiß, es ist manchmal nicht einfach mit mir.«

Gierig erwiderte er ihren Kuss und ließ sich ungestüm mit ihr aufs Bett fallen.

Sie rollte sich auf ihn, sah in seine vor Leidenschaft dunkelblauen Augen und flüsterte: »Heute verwöhne ich dich.« Ihre Lippen wanderten über sein Kinn, seine Brust, und ihre Zunge fuhr neckisch um den Bauchnabel. Panu ließ den Kopf zurück in die Kissen sinken, gab sich ihr vollkommen hin und stöhnte genussvoll auf. Minuten später strichen Emilias Finger zärtlich über seinen Oberarm. Ihre Lippen liebkosten sanft seinen heftig vibrierenden Brustkorb, und sie flüsterte leise: »Ich kann mich nicht sattsehen an dir, kann nicht aufhören, dich anzufassen und zu küssen.« Sie hob ihren Kopf an und schaute in sein zufriedenes Gesicht. Doch wenn sie meinte, er wäre vollends befriedigt, so täuschte sie sich. Ungestüm drehte er sich mit ihr, legte sich zwischen ihre Beine und drang erregt in sie ein. Emilia stieß einen heiseren Schrei aus und passte sich sogleich dem berauschenden Rhythmus an, der ihre Körper kurz darauf vor Wollust erzittern ließ.

Erschöpft rollte er sich von ihr und zog sie mit sich. »Harmaa-silmä, ich liebe jede Sekunde, die wir zusammen sind, und hasse die Stunden, in denen wir uns nicht sehen.« Sanft schob er ihr das zerzauste Haar aus der Stirn und umfasste mit beiden Händen ihr Gesicht. »Ich möchte so gern mehr Zeit mit dir verbringen.«

Leise lachte Emilia auf. »Ich weiß nicht, wie wir es schaffen sollen, noch mehr Zeit aufzubringen, und vor allem weiß ich nicht, ob wir das heil überstehen würden. Irgendwann sind auch unsere körperlichen Kräfte am Ende.« Sie richtete sich auf, jedoch nicht, ohne ihn erneut zärtlich zu küssen.

Panu setzte sich ebenfalls auf, schlang die Decke um seine Hüften, beugte sich leicht übers Bett zu seiner Jeans und fischte ein Päckchen Zigaretten heraus.

Emilia stand schnell auf, holte einen Aschenbecher vom Schreibtisch und öffnete das Fenster.

Er beobachtete sie dabei mit sehnsüchtigem Blick. Als sie nackt auf ihn zukam, sagte er rau: »Du bist so wunderschön.

Ich will genau diesen Anblick – immer – morgens, mittags, abends, nachts!«

Emilia zerrte ihm die Decke weg und musterte ihn begehrlich. »Dito.«

Er schnappte ihre Hand und zog sie auf sich. Kichernd klatschte sie an seine Brust und streckte sich ihm entgegen, um heiß seine Lippen zu empfangen. Die Zigarette war vergessen, der Aschenbecher fiel mit einem lauten Knall neben das Bett, und nur einen Atemzug später erforschten sie ihre Körper aufs Neue und liebten sich voller Hingabe.

»Wow …« Schulter an Schulter lehnten sie danach am Kopfende des Bettes und rauchten nun genüsslich eine gemeinsame Zigarette. Emilia lächelte vor sich hin und fragte: »Wie sieht deine Woche denn noch aus?«

»Morgen habe ich frei, vielleicht werde ich ein bisschen komponieren, aber sonst steht nichts an. Freitag und Samstag haben wir Termine mit der Plattenfirma, einen Fernsehauftritt und ein Zeitungsinterview. Sonntag frei, und Montag habe ich Vocal-Coaching bei Jarkko. Und du?«

»Oh … ich habe einiges vor. Mit Elin läuft es bisher relativ gut, sie spricht zwar noch nicht, aber sie spielt immerhin schon Klavier mit mir, und das will ich noch intensivieren. Vielleicht entlocke ich ihr ja ein paar Gesangstöne. Freitag treffe ich mich mit Vesa und Inka in der Stadt. Wir wollen über den Pool reden, den …«

»… den Pool?«

»Ja, habe ich dir das noch nicht erzählt?« Fragend sah Emilia ihn an. »Ich habe mir überlegt, dass wir hinten in den Garten einen Pool bauen könnten. Vielleicht sogar überdacht?! Nicht riesig, jedoch schon so groß, dass man ohne Probleme darin schwimmen kann, und eine Gegenstromanlage wäre auch klasse. Inka schaut sich mal um, ob es nach meinen Wünschen realisierbar ist.«

»Das hört sich doch super an, Kaunis. Dann kannst du endlich wieder schwimmen, sooft du magst, und ich kann kommen, dir zusehen und dich dann im Wasser lieben.« Er grinste sie an. »Was hältst du davon?«

»Das klingt toll.« Emilia drückte die Zigarette aus und gab ihm einen leichten Kuss. »Aber Inka hat da noch eine Idee mit integriertem Whirlpool, da lässt es sich bestimmt auch gut …«, spitzbübisch fügte sie hinzu: »… entspannen.«

»Bestimmt!« Panu griff nach dem Mineralwasser, das auf dem Nachttisch stand. Er nahm einen großen Schluck aus der Flasche und murmelte: »Und wie sieht es jetzt nächste Woche bei dir aus?«

Emilia, die seit seiner Ankunft auf dieses Gespräch gewartet und sich dafür gewappnet hatte, antwortete schnell: »Sonntag ist keine Frage, das habe ich dir ja schon gesagt, aber der Vertretungsdienst für Samstag ist leider noch nicht geklärt. Lasse ist nicht da, Ira wahrscheinlich auch nicht, und Lotta bereits *nicht mehr*. Also bleibt nur noch Joulu übrig.« Sie fixierte ihn durchdringend. »Panu, ich versuche, es wirklich möglich zu machen. Ehrlich!«

»Ja, Kaunis, schon okay. Ich glaub dir ja.« Abwesend spielte er mit einer Locke, die sich um ihr Ohr kringelte. »Du würdest mich sehr glücklich machen, wenn du das hinbekämst.«

»Blauauge!« Sie suchte seinen Blick, gab ihm einen liebevollen Kuss und versprach mit zärtlicher Stimme: »Ich möchte auch, dass es klappt.«

Sie rutschten unter die Decke und schmiegten sich aneinander, um kurz darauf einzuschlafen.

»Wenn du möchtest, kannst du doch auch hierbleiben und in meinem oder im Musikzimmer arbeiten.« Emilia räumte den Frühstückstisch ab.

Panu überlegte kurz. »Mmmh, warum eigentlich nicht. Gern.«

Emilia strahlte ihn an. »Schön, dann kann ich jederzeit bei dir vorbeischauen und mir einen Kuss abholen oder …«

»… oder mehr?«

»Ha, das hättest du wohl gern, Mr Unersättlich.«

Emilia quiekte auf, als er sie am Arm schnappte, an sich drückte und küsste. »Ja, das hätte ich gern.«

»Mr Turunen, so geht das nicht. Ich muss arbeiten und mich konzentrieren.« Widerstrebend löste sich Emilia von ihm.

»Mmila!« Lennis Rufen verfrachtete sie wieder ins Hier und Jetzt.

»Ich komme, mein Kleiner.« Sie gab Panu einen flüchtigen Kuss auf die Wange. »Später mehr!«

Frivol schob er sein Shirt in die Höhe und entblößte sein nahezu perfektes Sixpack. »Später viel mehr!«

»Spinner!«

»Ganz zu Ihren Diensten, Ma'am!«

Lachend lief Emilia aus dem Zimmer, um im nächsten Moment einen völlig aufgekratzten Lenni am Klavier anzutreffen, der wie wild in die Tasten haute. »Waaann kommt Jaaanis wieder?«

»Ich glaube, er wollte am Montag, also in drei Tagen wiederkommen. Bis dahin musst du mit mir vorliebnehmen, und am Wochenende holen dich Mama und Arto ab.«

»Jaaa, wir faahren wieder zu Oooma!« Der Kleine strahlte und haute noch fester auf der Tastatur herum. »Waann geht Lotta?«

»Morgen.« Emilia nahm das leichte Zucken in seinem Gesicht wahr und fuhr ihm sanft über die Wange. »Nicht traurig sein. Du hast doch bereits Annukka kennengelernt und magst sie doch auch schon gern.«

Lenni nickte eifrig. »Jaaa … die ist luuustig.«

»Siehst du.« Emilia war erleichtert. »Und Lotta wird dich bestimmt besuchen. Möchtest du nach unserer Stunde etwas für sie zum Abschied basteln?«

Lenni nickte erneut begeistert und hatte seinen Abschiedsschmerz schon fast wieder vergessen.

»Gut! Dann basteln wir später. Was möchtest du jetzt machen?«

»Du spieeelst Giiitarre, und iiich … ich sinnnge mit dir.« Lenni stand vom Klavierhocker auf und setzte sich im Schneidersitz vor Emilia.

Als sie die Stunde beendete, sah Emilia durch das Fenster bereits Frau Jokinen, die neu eingestellte Privatlehrerin, in Richtung Eingang gehen. Das gehörte seit Neustem ebenso in den Tagesablauf der schulpflichtigen Patienten wie alle anderen Anwendungen. Am Anfang, als Lenni vor den Schulferien zu ihnen kam, hatte er das Material, das ihm die Schule mitgegeben hatte, noch nicht ganz aufgearbeitet. Deswegen war es an der Zeit, dass er langsam wieder anfing zu lernen. Das Gleiche galt für Elin, auch sie hatte noch Stoff nachzuholen. Bis zum Ende der Sommerferien kam deswegen zweimal pro Woche Frau Jokinen, die auch die Braille-Schrift beherrschte, da sie selbst einen blinden Sohn hatte. Sie unterrichtete Lenni und nun auch Elin für drei Stunden am Tag. Nach den Ferien musste der Unterricht dann aufgestockt werden. Emilia wollte mit der Privatlehrerin noch besprechen, wie der schulische Stundenplan dann aussehen sollte.

Kurz kam ihr die Finanzierung des Ganzen in den Sinn und ihr Termin mit der Finanzberaterin Marlen, der am kommenden Dienstag stattfinden sollte. In dem Zusammenhang fiel ihr auch wieder ein, dass sie ihren Scheidungsanwalt noch immer nicht zurückgerufen hatte, obwohl dieser sie schon zigmal zu erreichen versucht hatte. Bei dem Gedanken an den Rückruf, den sie wirklich dringend erledigen musste, fühlte sie Nervosität in sich hochsteigen. Alles, was mit ihrer Vergangenheit zu tun hatte, löste regelrecht Übelkeit in ihr aus – vor allem, wenn sie an Vera und Joachim dachte. Krampfhaft versuchte sie, eine Lösung zu finden, und meinte, nur Sekunden später eine zu haben. Ihr nächster Termin bei ihrer Therapeutin in Mainz war Mitte des Monats. Spätestens bis dahin musste sie ihren Anwalt kontaktiert haben, um sich gegebenenfalls am selben Tag mit ihm in dessen Kanzlei treffen zu können. Das schien ihr zurzeit das logischste Vorgehen zu sein.

Sie zuckte leicht zusammen, als Panu sich von hinten über sie beugte und ihr einen zarten Kuss aufs Haar hauchte. »Frau Jokinen möchte kurz mit dir sprechen, und dann melde ich mich schon mal für einen Termin an.«

Emilia lächelte verwirrt. »Wo ist Lenni?«

»Bei Frau Jokinen.«

»Oh, gut. Ich komme gleich wieder.« Emilia verließ das Musikzimmer. Schnell hatte sie mit der Privatlehrerin einen Termin für ein Gespräch vereinbart und war nach wenigen Minuten wieder zurück. Verzückt lauschte sie Panus Klavierspiel. Sie überlegte, welches Stück er da zum Besten gab. Klassik!

Als er endete, schaute er auf und sagte, ihre Gedanken erratend: »*Finlandia* von Jean Sibelius. Auf dem Klavier ganz nett, aber von einem Orchester mit Chor dargeboten einfach unglaublich.«

»Ich dachte, du wolltest komponieren?«

»Ich habe meine Gitarre nicht dabei, und ohne die geht es einfach nicht.«

Emilia nickte vielsagend auf die Gitarre, die er sich am Morgen aus dem Musikzimmer mitgenommen hatte und die nun wieder in der Ecke stand.

Er stand auf, kam auf sie zu und legte die Hände um ihre Hüften. »Würden wir zusammenwohnen, wäre das alles kein Problem.«

Emilia blieb vor Staunen der Mund offen stehen. *Zusammenwohnen?!*

»Schau nicht so entsetzt, Harmaa-silmä. Die Idee ist doch gar nicht so abwegig, oder?«

»Nein, nein … gar nicht, aber …«, Emilia versuchte, die richtigen Worte zu finden, »… überraschend!«

»Ja, für dich vielleicht …« Er hob ihr Kinn an und versank tief in ihren Augen. »Aber ich habe schon öfter darüber nachgedacht. Wir würden uns viel mehr sehen und hätten nicht das ständige Hin und Her mit der Kleidung. Und mit unseren Terminen wäre es auch viel einfacher.« Panu schaute nun leicht irritiert auf die immer noch total verdattert wirkende Emilia. »Ich sagte doch vor ein paar Wochen schon einmal, dass wir unseren Zeitplan besser in den Griff bekommen müssen, oder?«

»Ja, schon, klar! Aber ich hatte noch nicht die Zeit, darüber nachzudenken, und an so etwas hätte ich in diesem Zusammenhang, ehrlich gesagt, überhaupt nicht gedacht.« Emilia wusste nicht, was sie davon halten sollte, es kam für sie wirklich überraschend. Hörte sie so schlecht zu?

»Dann denk darüber nach, Kaunis.« Er neigte sich vor und küsste sie ausgiebig. Emilia wurde schwindelig, und sie krallte ihre Hände Halt suchend in seine Oberarme.

Widerwillig beendete Panu den Kuss, als Joulu durch die offene Tür ins Zimmer trat und sich geräuschvoll räusperte. Mit verschleiertem Blick schaute Emilia ihn an. »Hallo, Joulu, was gibt's?«

»Hei, Panu! Hallo, Emilia! Wir haben jetzt eigentlich einen Termin mit Doktor Halonen wegen Elin. Er musste ihn leider kurzfristig absagen, meinte aber, dass er es zum Mittagessen schaffen würde. Hast du vielleicht trotzdem Zeit für mich?« Er schaute von einem zum anderen.

Panu löste sich nun ganz von Emilia, gab ihr noch einen zärtlichen Kuss auf die halb geöffneten Lippen und sagte, an den Psychologen gewandt: »Sie gehört ganz dir.« Als er an ihm vorbei in Richtung Tür ging, klopfte er Joulu kumpelhaft auf die Schulter. »Natürlich nur für den Moment!«

Emilia starrte vor sich hin.

»Alles klar bei dir, Emilia?« Joulu trat auf sie zu und legte eine Hand auf ihren Arm.

Sie schreckte zusammen und schaute verwirrt zu ihm auf. »Panu möchte, dass wir zusammenziehen!«

17

»… you always care about my mind, your thoughtful and your kind …«

♫

»… ja, und dann hat er das Zusammenziehen erwähnt. Eva, ich war total verblüfft.« Emilia saß in ihrem Zimmer und telefonierte mit ihrer Freundin. »Ich meine, hey, genial, er … Panu … dieser Traum von Mann, Panu Turunen, Leadsänger von *Moonset Road,* die Liebe meines Lebens, möchte mit mir zusammenwohnen … Aber wie, wo? Wie soll das funktionieren?«

Eva sprach ihr aufmunternd zu: »Emilia, bleib mal locker. Sooooo überraschend kann das doch für dich nicht gekommen sein, oder?«

»Na ja, er hat schon mal so etwas in der Art erwähnt … aber … Gott, Eva, ich weiß doch auch nicht …« Emilia brach zweifelnd ab.

»Möchtest du denn mit ihm zusammenleben?«

Die Antwort kam wie aus der Pistole geschossen. »Natürlich!«

»Wo ist dann das Problem?«

»Keine Ahnung.«

»Also, lass mich noch mal alles zusammenfassen … Du liebst ihn, er liebt dich … abgöttisch, wie ich finde, und …«

Emilia unterbrach ihre Freundin: »Eva, ich muss auflegen. Da ist ein anderes Gespräch in der Leitung.« Fast erleichtert, nicht weiter über alles nachdenken zu müssen, sagte sie: »Ich melde mich wieder. Tschüss, Große. Und pass auf dich und meine Patenkinder auf.«

Das eingehende Gespräch war äußerst interessant für Emilia, da es sich um eine weitere Anfrage handelte. Ein junger Mann wollte wissen, ob die Möglichkeit bestehen würde, dass seine Mutter, die nach einem Schlaganfall halbseitig gelähmt und auch sprachlich stark eingeschränkt sei, in der nächsten Zeit einen Platz bei ihr im *Talo* bekommen könnte. Er hätte in einer Arztpraxis in Tampere einen Prospekt über ihr Kurhaus gesehen und würde gern die Tage einmal vorbeikommen, um mit ihr persönlich zu sprechen. Heute war Montag, und da sie die ganze Woche viel zu tun hatte, verabredeten sie sich für den nächsten Dienstag.

Emilia legte erfreut auf. Alles, was mit dem *Talo* zusammenhing, lief momentan einwandfrei. Was sie von ihrem Privatleben nicht unbedingt behaupten konnte. Sie dachte nochmals über ihr Gespräch mit Eva nach – über ihre Frage nach Emilias Empfinden bei dem Gedanken, mit Panu zusammenzuleben. Natürlich wollte sie das auch, aber wo? Darüber hatten sie noch nicht gesprochen, und sie spürte augenblicklich, dass sie hier die nächste Auseinandersetzung haben würden – ihr Lebensmittelpunkt war hier auf Suomenlinna, seiner auf dem Festland. Neuer Diskussionsstoff, stellte sie aufstöhnend fest. Sie hatte ihm an den vergangenen Tagen immer wieder ausweichende Antworten in Sachen Satus Hochzeit und Zusammenziehen gegeben und spürte, dass er langsam ungeduldig wurde. Deshalb war sie auch ganz froh, dass er mit den Jungs bis Donnerstag auf zwei Festivals in Schweden spielte und erst Freitagmorgen wiederkam. So blieb ihr einfach mehr Zeit, alles genau zu überdenken.

×××

Es war Freitag spätnachmittags, als Emilia im Schneidersitz auf der Holzbank vor dem *Talo* saß und nachdenklich auf die sich auf den Wellen wiegenden Boote im Gästehafen von Suomenlinna blickte. Die Woche war wie im Flug vergangen, und Emilia war so gut wie keine Zeit zum Durchatmen geblieben. Ihr Terminkalender war voll, und sie versuchte, allem und jedem gerecht zu werden. Ihrem Problem, für den nächsten Tag einen Betreuer für Lenni zu finden, war sie immerhin einen kleinen Schritt näher gekommen. Wenn alles gut ginge, würde Annukka, die neue Logopädin, die zudem gelernte Kinderkrankenschwester war, den morgigen Tag hier verbringen und dann am Sonntagmorgen von Joulu abgelöst werden. In den letzten Tagen, bevor Lotta gegangen war, hatte sie Annukka noch eingearbeitet, und zur großen Freude des gesamten Teams hatte Lenni sofort Vertrauen zu der fröhlichen Finnin gefasst.

Elin war vor ein paar Stunden von ihrer Mutter abgeholt worden und blieb bis Dienstag bei ihr. Lasse hatte ebenso wie Ira einen wichtigen Termin an diesem Wochenende, der sich nicht verschieben ließ. Tess kam mit ihnen auf die Hochzeit – als Miros Begleitung. Emilia dachte belustigt daran, wie verlegen Tess ihr von seiner Einladung erzählt hatte. Sie würde zwar erst am Sonntagmorgen mit Miro nach Lahti fahren, würde jedoch den morgigen Tag mit ihren Eltern in Helsinki verbringen. Herr und Frau von Hagenau waren vor ein paar Tagen für ihren angekündigten Kurzbesuch gekommen und vollkommen begeistert darüber, wie vorteilhaft Tess sich durch ihren Aufenthalt hier auf Suomenlinna verändert hatte.

Kurz dachte Emilia an Panus Frage gestern am Telefon, ob nicht Tess auf Lenni aufpassen konnte. Sie hatte das strikt abgelehnt. Tess war Patientin und kam deshalb für Emilia überhaupt nicht infrage. Es hatte sie gewurmt, dass Panu ihr Problem, eine geeignete Aufsichtsperson zu finden, so lapidar abtun wollte.

Sie hörte, wie sich die Haustür öffnete und Panu zu ihr an die Sitzbank trat. Er war vor knapp zwei Stunden aus Schweden zurückgekommen und war gleich zu ihr gefahren, wo er sich erst einmal geduscht und anschließend ein Gespräch mit der Plattenfirma geführt hatte.

Er setzte sich zu ihr auf die alte Holzbank und reichte ihr ein Glas Wein. Sofort spürte Emilia das ihr so vertraute Kribbeln, und sie vergaß augenblicklich ihren Unmut.

»Über was grübelst du nach, Kaunis?« Fürsorglich legte er einen Arm um sie und drückte sie an sich.

»Mmmh …« Emilia ließ sich an seine Schulter sinken. »Über so viel. Die Tage hat mich ein junger Mann angerufen und …«

Panu hörte ihr stillschweigend zu, auch wenn er eigentlich nicht über ihre Arbeit sprechen wollte – viel lieber wollte er über sie beide reden, über ihre Zukunft, ihr gemeinsames Leben. Doch Emilia war mit ihren Gedanken ganz woanders. »Meinst du nicht, dass du zurzeit genug Arbeit hast, mit den drei Patienten, die hier sind?« Er beugte sich vor und küsste liebevoll ihren braunen Wuschelkopf.

»Ja, klar. Aber Tess wird nicht ewig hierbleiben …« Sie brach kurz ab, um dann grüblerisch weiterzureden: »Und es muss ja weitergehen. Außerdem bin ich froh, dass mich die Leute anrufen. Mmmh … ich sollte einfach noch mal mit Joulu reden. Ich habe es ihm zwar schon erzählt, aber wir hatten noch nicht die Zeit für ein ausgiebiges Gespräch, und es ist wirklich wichtig für mich. Das *Talo* ist momentan …«

Mit einem Mal reichte es Panu, er war absolut genervt von Emilias Gerede über das Kurhaus. Gereizt sprang er von der Bank auf und maulte sie an: »… das Wichtigste für dich, ich weiß. Kannst du eigentlich mal an was anderes denken, dich um etwas anderes kümmern als immer nur um dein *Talo*? Vielleicht um uns? Vielleicht, dass du es irgendwie einrichten kannst, morgen mit mir wegzufahren?«

Emilia war erstaunt über seinen Ausbruch und erhob sich ebenfalls. Sie wollte gerade etwas entgegnen, als Lenni mit ihrem Handy herauskam.

»Milia, daas haaat gepieppppst«, brachte er langsam hervor.

Dankbar für die Unterbrechung, nahm sie dem kleinen Jungen das Handy ab und schaute auf die Nachricht. *Joulu!* »Joulu kann leider erst Sonntagmorgen kommen.« Betrübt sah sie zu Panu.

Knurrend drehte er ihr den Rücken zu und wollte ins Haus gehen. »Jaja … hätte mich auch gewundert, wenn …«

»Panu!« Emilia fasste ihn am Arm. »Ich warte noch auf eine Nachricht von Annukka, ob sie vielleicht kommen kann, eventuell sogar schon morgen früh. Danach könnten wir dann gleich losfahren.« Sie hoffte, ihn mit dieser Aussage zu besänftigen – und, welch Überraschung, es funktionierte.

Er drehte sich um und strahlte sie augenblicklich jungenhaft an. »Emilia, das wäre ja klasse. Bitte, bitte, liebes Handy, gib einen Laut von dir.« Er streichelte über Emilias iPhone und fuchtelte wie ein Zauberer wild mit den Armen, so, als wolle er damit dem Handy seinen Willen aufzwängen. Als dieses im nächsten Moment tatsächlich zu läuten begann, zuckten beide erschrocken zusammen.

»Moi, Annukka!« Das konnte doch nicht wahr sein!

Emilia lauschte schweigend, und Panu versuchte, aus ihrer Miene irgendetwas abzuleiten.

»Okay. Danke, bis dann.«

Emilia drückte das Gespräch weg und sagte bedauernd zu Panu: »Leider kann sie nicht …«

»Scheiße!«

»… kann sie nicht vor neun Uhr hier sein. Das heißt, Abfahrt so gegen elf. Okay?« Spitzbübisch grinste sie ihn an, stellte sich auf die Zehenspitzen und gab ihm einen zarten Kuss auf die Lippen. »Zufrieden, Mr Turunen? Das läuft doch wie am Schnürchen.«

Panu schnappte Emilia, hob sie hoch und wirbelte sie glücklich und erleichtert im Kreis herum.

×××

»Emilia, jetzt komm endlich. Wir müssen los!« Panu stand hinter ihr im Aufenthaltsraum und trommelte mit den Fingern ungeduldig auf dem Tisch herum.

»Ja, gleich.« Sie wandte sich wieder an Annukka und Lenni. »Mittagessen steht im Kühlschrank … Außerdem ist genug Obst da. Und bitte daran denken, dass er keine Nüsse verträgt … Ja, und …«

»Liebe Emilia, ich denke, wir kriegen das hin. Fahrt ihr einfach ganz entspannt los und habt Spaß.« Annukka tippte auf ihr Handy. »Und wenn etwas sein sollte, wovon ich nicht ausgehe, melde ich mich eh bei dir.« Annukka, die sommersprossige, dauerhaft lächelnde Vierundzwanzigjährige, schob Emilia in Panus Richtung, nicht ohne diesem einen sehnsüchtigen Blick zuzuwerfen. Sie konnte es immer noch nicht fassen, dass sie, seit sie hier arbeitete, fast täglich dem Rockstar Panu Turunen begegnete. Sie hatte die Musik von *Moonset Road* schon eine geraume Zeit gut gefunden, nun aber, nachdem sie fast die ganze Band kennengelernt und diese sich als supersympathisch entpuppt hatte, bekam sie überhaupt nicht mehr genug von deren Liedern und rührte auch im Freundeskreis kräftig die Werbetrommel für sie.

»Annukka? Alles klar?« Schmunzelnd schaute Emilia die träumende junge Frau an.

Verlegen senkte diese kurz den Blick, um jedoch im nächsten Moment breit lächelnd zu versichern: »Ja, fahrt ruhig. Stimmt's, Lenni, das kriegen wir hin!«

Der kleine Junge sah strahlend in die Runde. Er war megastolz darauf, dass man ihm zutraute, mit Annukka allein zu bleiben, und er dieser auch noch alles zeigen und erklären durfte, da sie ja erst seit gut einer Woche bei ihnen war. »Ja! Moi, moi.« Liebevoll drückte er Emilia, gab Panu High Five und zog danach Annukka mit sich aus dem Zimmer. »Wir gehen spaaazieren, zum Trockendock. Ich zeig dir die Schiiiffe und …«

Mehr hörte Emilia nicht mehr, da die beiden schon durch die Haustür verschwunden waren. Ein Blick auf die Uhr verriet ihr, dass es bereits kurz nach zehn war. »Ich gehe nur schnell hoch, meine Sachen zusammenpacken, und dann geht es wirklich los.« Sie nahm Panus verzweifeltes Gesicht wahr. »Schau nicht so … Wir sind gut in der Zeit. Wir hatten elf Uhr gesagt, also hetz mich nicht!« Sie wollte das spaßig sagen, konnte einen genervten Unterton jedoch nicht vermeiden.

Als sie vierzig Minuten später in Panus BMW auf der E75 in Richtung Lahti fuhren, hatte Emilia das ungute Gefühl, irgendetwas vergessen zu haben. Doch sie konnte sich beim besten Willen nicht vorstellen, was es sein könnte. Gedanklich ging sie noch mal alles Schritt für Schritt durch, doch nach einer Weile gab sie resigniert auf – es würde schon alles in Ordnung sein.

Panu war in bester Laune und sang in einem fort. Emilia lehnte sich nach einer Weile etwas entspannter zurück und beobachtete Panu hingerissen von der Seite, lauschte seinem Gesang und versuchte, ihren Herzschlag, der bei seinem Anblick wieder einmal wie wild zu hämmern angefangen hatte, zu beruhigen.

Er lächelte sie mit einem Seitenblick an und stellte das Radio lauter, als Bruno Mars angekündigt wurde. Sie fuhren gerade über eine kleine Brücke, als Panu zu Emilias Verwunderung rechts auf einen schmalen Weg abbog, sich abschnallte, zu ihr herumdrehte und gefühlvoll mitsang: *»… oh her eyes, her eyes, make the stars look like they're not shining. Her hair, her hair, falls perfectly without her trying. She's so beautiful and I tell her every day …«*

Zärtlich berührte er mit der Hand ihre Wange, und Emilia erzitterte leicht, als sie seine Wärme auf ihrer Haut spürte. Wie von selbst legte sich ihre Hand auf seine. Und in dieser ihnen so vertrauten Geste verharrend, sang Panu weiter: *»… when I see your face, there's not a thing that I would change. 'cause you're amazing just the way you are. And when you smile, the whole world stops and stares for a while, 'cause girl you're amazing just the way you are …«*

Emilias Herz setzte immer wieder aus, um dann zügellos weiterzugaloppieren, und sie fragte sich, ob das je aufhören würde? Ob sie noch als alte, verrunzelte, zahnlose Frau dasitzen und ihn anstarren würde, und sich bei dem Versuch ertappte, ihr Herz im Zaum zu halten? Emilia gefiel der Gedanke, und sie streckte sich ihm entgegen. Sie wollte seine Lippen spüren, schnappte seinen heißen Atem auf und sog ihn in sich auf. Sie sah ihn mit einem begehrlichen Augenaufschlag an, und Panu umfasste mit beiden Händen ihr Gesicht. Seine Stimme klang rau, sie konnte das Vibrieren auf ihrer Haut spüren. *»… her lips, her lips, I could kiss them all day if she'd let me. Her laugh, her laugh, she hates but I think it's so sexy. She's so beautiful and I tell her every day …«*

Panu wollte weitersingen, Emilia wollte weiter zuhören – aber ihre Sehnsucht nach einem innigen Kuss war überwältigend. Hungrig trafen sich ihre Lippen zu einem endlosen Kuss, der sie die Welt um sich herum vergessen ließ – wieder einmal.

Und dann war mit einem Mal alles anders …

Emilia konnte nicht fassen, dass in so kurzer Zeit ihre ganze Gefühlswelt aus den Fugen geraten war. Tränen des Zorns, aber auch der Enttäuschung liefen ihr über die Wangen, als sie die steile, schmale Straße bergab stolperte. Sie zitterte am ganzen Körper, was auf ihren inneren Aufruhr, allerdings auch auf die Kälte zurückzuführen war. Sie hatte nur ein dünnes Shirt an, das der Regen beinahe vollkommen durchnässt hatte. Ihre Jacke hing noch an einem Haken im Vorraum des Aufnahmestudios in den Bergen von Hollola, einer Gemeinde nahe Lathi.

Sie stolperte über einen Stein und konnte sich gerade noch abfangen. Wütend blieb sie stehen und schaute talwärts auf den von Bäumen gesäumten Weg. Die Fahrt vom Hotel hier hoch hatte nicht lange gedauert, also konnte es auch nicht mehr allzu weit sein, bis sie die nächste Gemeinde erreichen würde. Ihr

Handy hatte noch immer keinen Empfang, sodass sie wohl oder übel weiterlaufen musste.

Ihr war klar, dass Panu sie früher oder später einholen würde – vorausgesetzt, er folgte ihr. Da war sich Emilia dieses Mal nämlich nicht so sicher, denn auch er war außer sich gewesen.

Was hatte er sich nur dabei gedacht? Wie konnte er so etwas von ihr erwarten? Hatte er denn überhaupt nichts verstanden? Waren ihm ihre Wünsche tatsächlich dermaßen egal?

Sie hörte ein Auto hinter sich und straffte die Schultern. Sie ahnte, dass es nur Panu sein konnte.

Emilia war stehen geblieben und sah ihm stumm entgegen, nachdem er das Auto am rechten Straßenrand geparkt hatte und ausgestiegen war. Seine blauen Augen blitzten vor Wut, und seine Stimme klang vor unterdrücktem Zorn ganz anders als gewohnt. Sie hatte ihren liebevollen, rauen Ton verloren, und er zischte nur wütend, als er mit schnellen Schritten auf sie zueilte: »Verdammt, Emilia, was soll das? Einfach abhauen. Wir sind doch nicht im Kindergarten!«

»Na, prima, dann merk dir das ganz genau, wenn du wieder einmal mit deinen kindischen Überraschungen aufwartest, die kein Mensch braucht.«

Panu runzelte die Stirn. »Aufwartest?« Emilia, die normalerweise über sein Unwissen geschmunzelt hätte, zuckte zusammen, als sie seine nächsten Worte trafen. »Warum hast du nur so eine Aversion gegenüber Überraschungen? Ich hatte mir alles so schön ausgemalt, und du verdirbst uns wieder den Spaß … Das ist … das ist egoistisch von dir – denk doch nicht immer nur an dich!«

Angesichts dieses neuerlichen Vorwurfs schossen ihr wieder die Tränen in die Augen. Egoistisch? Sie war ihr ganzes Leben nicht egoistisch gewesen, und nur, weil sie in den letzten Monaten Dinge machte, die ihr guttaten und die sie wirklich wollte, und zu anderen Nein sagte, musste sie sich jetzt als egoistisch bezeichnen lassen?

»*Ich* bin egoistisch??? Das ist ja wohl ein Witz? Was, bitte schön, bist dann *du?* Du bist maßlos … maßlos verwöhnt und der Meinung, dass du alles kriegst, was du willst, ohne Rücksicht auf die Gefühle anderer zu nehmen … auf meine Gefühle.« Wütend stapfte sie an ihm vorbei und wollte ihren Weg ins Tal fortsetzen.

Er packte sie grob am Arm und hinderte sie am Weitergehen. »Emilia, du kannst nicht den ganzen Weg laufen … steig ins Auto!«

Schon wieder dieser Befehlston – als ob sie ein kleines Kind wäre und nicht wüsste, was sie täte! Sie funkelte ihn an.

Panu hielt ihrem Blick stand und fügte zähneknirschend hinzu: »Bitte.«

»Ich möchte nach Hause.«

»Emilia!?«

Sie machte kehrt, lief auf die Beifahrerseite und stieg ein. Panu blieb nichts anderes übrig, als ihr zum Auto zu folgen. Ohne ein weiteres Wort setzte er sich neben sie und startete den Wagen. Langsam fuhr er an. Schweigend legten sie die zwei Kilometer bis zur Abzweigung nach Lathi zurück. Als Panu den Blinker setzte, schaute Emilia auf und fragte: »Wo fährst du hin?«

»Ins Hotel.«

Erneut überkam Emilia eine Welle des Zorns. Hatte sie eben nicht ausdrücklich gesagt, dass sie nach Hause wollte? »Halt sofort an!«

Panu trat erschrocken auf die Bremse und warf ihr einen fragenden Blick zu. »Was ist denn jetzt schon wieder?«

»Ich habe gesagt, dass ich nach Hause will! Und schon wieder setzt du dich über meine Wünsche hinweg.«

»Aber … ich dachte, du meinst … ins Hotel …«

»Nein, ich meinte heim, nach Suomenlinna!«

Panu lenkte den Wagen von Neuem an den Straßenrand, stellte den Motor ab und drehte sich zu Emilia um. »Was soll das jetzt? Was ist mit der Hochzeit?«

»Die ist mir scheißegal! Geh allein hin! Ich hab keine Lust darauf … Oh, Entschuldigung, ich vergaß, dir ist es ja ebenso scheißegal, was ich möchte … Also lass gut sein, ich hole mir in Lathi ein Taxi.« Sie hatte das Gefühl, gleich zusammenzubrechen, und überspielte ihre Hilflosigkeit mit einer Handvoll Sarkasmus, der ihr überhaupt nicht stand.

Panu wusste nicht, was er denken sollte. Was war bloß mit ihr los? Er versuchte einzulenken und fragte vorsichtig: »Emilia? Und das alles nur, weil ich mit dir dieses verdammte Lied aufnehmen wollte?«

»Ja, genau! Nur deswegen! Weil du mir nicht zugehört hast, du überhaupt gar nichts kapierst. Ich …«

Panu wollte zu einer Erwiderung ansetzen. Seine Gedanken rasten. Wer hört hier wem nicht zu? Er wollte Emilia besänftigen, alles erklären, aber ihre nächsten Worte ließen ihn verstummen.

»Ich möchte nicht mit dir singen! Nicht mit dir auf einer Bühne stehen! Nicht mit dir und *Moonset Road* auf einem Album erscheinen! Ich will das nicht! Das ist dein Ding, nicht meins! Wann verstehst du das endlich?!«

Ihre Worte trafen ihn hart – sie wollte das nicht, wollte ihn nicht? Auch bei ihm setzte in diesem Augenblick das klare Denken aus, und er hörte nur noch ihre Worte: *Nicht mit dir!* Stumm schaute er Emilia an, sah in ihre blitzenden Augen, ihren vor Unwillen verzogenen Mund und wandte den Blick resigniert von ihr ab. Er startete den Motor und fuhr in Richtung Helsinki. Kein Ton kam mehr über seine Lippen, zu geschockt war er von Emilias Reaktion.

Er stellte das Radio laut, drückte das Gaspedal durch und fuhr viel zu schnell durch den zunehmend stärker werdenden Regen. Ihn interessierte die Geschwindigkeitsbegrenzung auf der Staatsstraße nicht, er wollte nur so schnell wie möglich Emilia zu Hause abliefern und sich betrinken, sinnlos betrinken, um nicht mehr an ihre Worte denken zu müssen. Er bemerkte nicht, wie sie neben ihm immer mehr in sich zusammensackte, sich krampfhaft am Türgriff festhielt und nervös wurde.

Ihr Herz raste – vor Schmerz, vor Wut, aber auch vor Panik. Sie hatte Panu jetzt schon zweimal darum gebeten, langsamer zu fahren, doch er schien sie nicht hören zu wollen und fuhr auf der Überholspur der zweispurigen Straße in einem Wahnsinnstempo weiter. Ihre alten Ängste, ihre über die Jahre einigermaßen in den Griff bekommene Panik beim Autofahren, überkamen sie wieder. Sie sah Bilder ihres toten Vaters und hörte quietschende Reifen, Sirenengeheul sowie ineinanderkrachendes Blech. Sie fühlte sich wie gelähmt und schrie angsterfüllt auf, als vor ihnen ein Auto zum Überholen ausscherte und Panu fluchend auf die Bremse trat. Er zog den Wagen in Richtung Mittelleitplanke – für Sekunden fuhren sie mit zwei anderen Autos auf gleicher Höhe.

Emilia schluchzte laut auf, als sie an den beiden Fahrzeugen vorbei waren, Panu ganz nach rechts zog und sein Tempo endlich drosselte. Durch ihren Kopf sausten jetzt nicht nur die Bilder des Unfalls aus Kindertagen, sondern auch andere Lebenssituationen, an die sie sich bewusst nicht mehr erinnert hatte; der Streit ihrer Eltern vor der Abfahrt zum letzten Ausflug mit ihrem Vater; die Liebe ihres Vaters zu ihr – seine grenzenlose Liebe; ihr Bestreben, es ihm immer recht zu machen; ihre gemeinsamen Unternehmungen, die von ihm geplant worden waren, ohne Emilia je nach ihrer Meinung gefragt zu haben; der verletzende Ton ihres Vaters gegenüber ihrer Mutter und deren Eiseskälte ihnen beiden gegenüber; die vielen Erlebnisse mit ihrem Vater – ohne ihre Mutter, aber meist noch mit einer dritten Person. *Eine dritte Person …*

Emilia hatte nicht gemerkt, dass sie mittlerweile in sich zusammengesunken war und hysterisch weinte. Sie hatte auch nicht bemerkt, dass Panu die nächste Abfahrt genommen und den Wagen an der nächstmöglichen Stelle angehalten hatte. Sanft streichelte er nun ihren Arm. »Emilia, es ist alles gut. Es ist nichts passiert. Hör bitte auf zu weinen.«

Hör auf zu weinen? Ihre Gedanken kreisten. Weinte sie? Erneut brach eine Flut von Bildern aus ihrer Kindheit über sie herein. Bilder, die bisher nie in ihr Bewusstsein vorgedrungen waren. Sie wollte sich auf dem Beifahrersitz aufrichten, wollte aufhören zu schluchzen und Panu ansehen – aber nichts von alldem gelang ihr. Weiterhin zog ihr früheres Leben wie ein Bildband vor ihrem inneren Auge vorbei.

Panu war entsetzt und hilflos. Er konnte mit so viel Emotion nicht umgehen. Gut, er war ein bisschen schnell gewesen, etwas riskant gefahren, aber es war doch nichts passiert. Ohne Unterbrechung streichelte er sanft ihren Arm und fragte: »Emilia, soll ich weiterfahren, hier stehen bleiben … oder umkehren? Sag mir doch, was ich tun soll, damit es dir besser geht?«

Sie nickte nur schluchzend.

Er nahm ihr wortloses Nicken zum Anlass, langsam zu

wenden und in gemäßigtem Tempo wieder auf die Staatsstraße zu fahren. Sein Blick richtete sich von Zeit zu Zeit auf ihren gebeugten Rücken, und er nahm nach ein paar Minuten erleichtert wahr, dass sie ruhiger wurde, nicht mehr ganz so heftig schluchzte. Erst kurz bevor sie auf die Hämeentie, die längste Durchfahrtsstraße Helsinkis, fuhren, hob Emilia den Kopf und starrte mit rot verheulten Augen auf den Feierabendverkehr. Sie sah Panu weder an, noch sagte sie einen Ton.

Ein-, zweimal versuchte er, mit ihr zu sprechen, erhielt aber gleichbleibend keine Antwort. Auch dann nicht, als er sein Auto in der Nähe des Marktplatzes parkte und sie fragte, ob er noch mitkommen solle – dürfe. Stumm stieg sie aus, und Panu folgte ihr. Sie schien einen Nervenzusammenbruch zu haben, und er konnte sie so auf keinen Fall allein nach Hause gehen lassen.

Als die Fähre auf Suomenlinna anlegte und sie an Land gingen, startete er einen weiteren Versuch. »Emilia, bitte sprich mit mir! Wir müssen reden.« Keine Antwort. »Emilia, sonst willst du doch auch immer reden …«

Sie hob den Kopf und erwiderte müde: »Panu, ich kann nicht …«

»Emilia? Bitte lass uns …«

Ein lauter, ängstlicher Ruf ließ beide herumfahren. »Emilia!!!«

»Annukka? Was ist?« Schon als Emilia die Frage stellte, wusste sie, dass etwas passiert sein musste. Ihr lief es eiskalt über den Rücken. Sie schaute in Annukkas tränenüberströmtes Gesicht, sah in einiger Entfernung Joulu auf sie zurennen und meinte, ohnmächtig werden zu müssen. Halt suchend griff sie nach Panus Arm und fragte angstvoll: »Wo ist Lenni?«

Aufschluchzend erwiderte Annukka: »Er ist verschwunden!«

18

»… even if something went wrong, we both are
unbelievable strong …«

♫

Emilia und Panu stießen gleichzeitig einen entsetzen Schrei aus: *»Waaas?«*

Annukka konnte vor Schluchzen nichts sagen.

Emilia spürte, wie Hysterie in ihr hochstieg, und sie fuhr Annukka heftig an: »Hör auf zu heulen! Was ist passiert?« Sie packte die junge Frau an den Schultern und schüttelte sie. »Wo ist Lenni hin? Wie konnte er verschwinden?« Emilia merkte weder, dass sie Annukka anschrie, noch, dass ihr die Tränen übers Gesicht liefen. »Annukka!«

Panu fasste nach Emilias Händen und löste diese vorsichtig von den Schultern der völlig verstörten jungen Frau. »Emilia, hör auf! Das bringt doch nichts.« Ruhig redete er auf Annukka ein: »Jetzt mal der Reihe nach, erzähl von vorn, und beruhige dich, bitte! Es wird alles gut, wir werden Lenni finden!«

Joulu war mittlerweile bei ihnen angekommen und fing sofort an, den Ablauf der Ereignisse detailliert darzustellen: »Annukka hat mich vor gut einer Stunde angerufen, da sie dich nicht hatte erreichen können. Sie sagte, dass Lenni Besuch von seinem Vater bekommen hatte …«

Emilia rief entsetzt aus: *»… seinem leiblichen Vater?!«*

»… und der Kleine total aufgeregt gewesen war, seinen Papa zu sehen. Sein Vater wollte ihn zu einem Spaziergang mitnehmen, hat dann Annukka seine Handynummer gegeben und ist mit Lenni aufgebrochen. Sie wollten sich mit Annukka nach zwei Stunden im *Café Vanille* treffen, das wäre um fünfzehn Uhr gewesen. Sie kamen aber nicht, und so hat sie es auf seinem Handy probiert, aber da nahm niemand ab. Also ist Annukka sie suchen gegangen. Als das erfolglos blieb, hat sie versucht, dich ans Telefon zu bekommen, dann Panu, aber ihr wart nicht erreichbar und dann …« Emilia starrte bei Joulus Worten Panu an, der sofort den unausgesprochenen Vorwurf in ihren Augen sah: keine Verbindung und das nur wegen deiner Schnapsidee, in die Berge von Hollola zu fahren. Emilia senkte den Blick und hörte Joulu weiter stumm zu. »… hat sie Lennis Mutter angerufen. Sie war …«

»… total aufgebracht und hat mich angeschrien …«, erzählte Annukka stockend weiter, »… wie ich so etwas nur tun könnte. Lennis Vater dürfe keinen Kontakt mehr zu ihm haben, er wäre ein Verbrecher und erst vor drei Tagen aus dem Gefängnis entlassen worden. Sie wolle dich sprechen, und als ich ihr sagte, dass du doch nicht da seist und erst am Montag wieder zurück wärst, hat sie hysterisch zu heulen angefangen und dann nur noch herumgeschrien. Sie habe es dir doch erzählt, wie du nur könntest … Und dann war ihr Mann in der Leitung und hat nur gesagt, dass ich in Verbindung mit ihm bleiben solle, er jetzt die Polizei anrufen würde und sie versuchten, so schnell wie möglich hierherzukommen.« Sie brach erneut in Tränen aus und schaute Emilia flehend an. »Emilia, ich wusste doch nichts davon, du hast nichts gesagt … Es tut mir leid …«

Annukka wurde von einem heftigen Weinkrampf geschüttelt, und Panu griff beherzt in die Situation ein. »Okay. Schluss damit! Für Entschuldigungen und Schuldzuweisungen haben wir jetzt keine Zeit. Du«, Panu blickte zu Joulu, »gehst zum

Anleger zurück und fragst den Fährführer, ob jemand in den letzten Stunden einen Mann mit einem kleinen Jungen auf der Fähre gesehen hat. Nimm Annukka mit, sie kann den Vater beschreiben. Und dann wartest du«, er zeigte auf die junge Finnin, »am Hafen auf die Polizei, sie müsste ja jeden Moment eintreffen …« Er wandte sich an Emilia. »Und du gehst zurück ins *Talo*. Vielleicht kommen sie ja doch noch dorthin und haben nur die Zeit vergessen. Ich suche die Hauptinsel ab, und du, Joulu, gehst, sobald das mit der Fähre geklärt ist, über die Brücke in Richtung Marineschule. Wir bleiben alle über Emilia in Kontakt.«

Keiner dachte mehr nach, sondern alle folgten nur noch Panus Anweisungen. Emilia und er rannten los, durch den Torbogen, am *Café Vanille* vorbei, wo Panu stoppte. »Ich sehe drinnen noch einmal nach, vielleicht sind sie ja doch da.« Hoffnungsvoll schaute er Emilia an, die ebenfalls angehalten hatte. »Bis gleich!« Er drückte ihre Hand und versuchte, den Ausdruck auf ihrem Gesicht zu deuten. Ihre Miene war eingefroren, blutleer, und er befürchtete, sie würde jeden Moment umkippen. »Emilia, schaffst du das?«

Sie nickte nur stumm und lief weiter.

Als sie nach wenigen Minuten das *Talo* erreicht hatte, meinte sie, ihre Lungen würden bersten. Zuvor war sie noch den Weg zur Kirche hochgerannt, um nachzuschauen, ob Lenni und sein Vater vielleicht dort waren – nichts. Als sie ihr Haus betrat, erwartete sie eine unheimliche Stille. Das seit Wochen mit Leben erfüllte Gebäude schien plötzlich nicht mehr zu existieren – die Ruhe, diese Grabesstille, ließ Emilia verzweifelt aufschluchzen. Was, wenn Lenni verschwunden blieb, entführt von seinem brutalen Vater? Oder noch schlimmer – was, wenn der Vater dem kleinen Jungen etwas angetan hatte? Sie wusste, sie musste sich zusammenreißen, klar denken – auf keinen Fall wieder hysterisch werden. Doch es fiel ihr so schwer, Ruhe zu bewahren.

Emilias Handy klingelte. »Und?«

»Nichts!« Ohne ein weiteres Wort drückte Emilia Panu weg und wählte Joulus Nummer.

»Und?«

»Leider war schon Schichtwechsel, der Fährführer konnte nichts dazu sagen. Aber er meinte, es wäre sowieso schwer, da jeden Tag unwahrscheinlich viele Kinder die Fähre benutzen würden. Ich laufe gerade in Richtung Marineschule, ich melde mich wieder.«

Emilia wählte Annukkas Nummer. Es dauerte nur wenige Sekunden, bis sie abnahm. »Emilia? Die Polizei ist gerade gekommen. Wir kommen jetzt zum *Talo*.«

Emilia überlegte kurz. »Ich mach mich auch auf die Suche. Es reicht, wenn ihr dann hier seid und wartet.« Sie schnappte sich eine Jacke, da ihr inzwischen schrecklich kalt war, und lief los. Als Erstes lief sie zum Trockendock, Lennis Lieblingsplatz auf der Insel. Sie schrie seinen Namen und fragte jeden, der ihr entgegenkam, nach einem kleinen, blond gelockten Jungen. Doch niemand hatte ihn gesehen. Danach rannte sie zum Badestrand, wo sie an der Treppe auf Panu traf, der sie irritiert ansah. »Was machst du hier? Wer ist im Haus?«

»Annukka und die Polizei. Ich kann nicht einfach nur dasitzen und warten.«

Panu nickte und zeigte auf den Weg in Richtung Restaurant *Walhalla*. »Da war ich schon, aber wenn du willst, dann geh den Weg noch einmal ab. Ich suche dort weiter.« Er deutete an den Felsen entlang, in Richtung *Galeria Augusta*. »Wir telefonieren.«

Emilias Blick suchte den kleinen Strand ab, der sich am Ende der Treppe befand, doch er war menschenleer. Es regnete immer noch leicht. Das war wohl auch der Grund, warum heute so wenige Menschen unterwegs waren. Emilia wollte sich gerade umdrehen und loslaufen, als sie weiter draußen auf der Ostsee etwas aufschimmern sah. Was war da im Wasser? Emilia konzentrierte sich auf den kleinen Punkt. *Was schimmert da so orange?*

Panu, der sich schon einige Schritte entfernt hatte, hörte nur den Aufschrei – die grenzenlose Panik in Emilias Stimme. Als er sich herumdrehte, entdeckte er Emilia, die auf die Knie gesunken war und mit dem Finger in Richtung Meer zeigte. »Lenni?!«

×××

»Frau Likpi, jetzt noch einmal von vorn, und zwar ganz ruhig. Das Wichtigste ist jetzt erst einmal, Lennis Kleidung genau zu beschreiben. Das Foto, das uns seine Eltern soeben per WhatsApp geschickt haben, ist schon zur Fahndung freigegeben, aber wir brauchen Einzelheiten über seine Kleidung.« Der Polizist saß Annukka im Aufenthaltsraum des *Talo* gegenüber und redete beruhigend auf sie ein. Als sein Funkgerät quäkte, sprach er schnell ein paar Anweisungen hinein und schaute auf seine drei Kollegen, die ins Haus traten: »Was gefunden?«

»Nein, Chef.«

»Okay, einer zurück zum Anleger, einer vor die Tür, und Häki, du bleibst hier.«

In diesem Moment öffnete sich die Tür, und Lennis Eltern stürmten ins Haus. Die Mutter, sichtbar außer sich vor Sorge, bombardierte den Polizisten mit zusammenhanglosen Fragen und zitterte dabei am ganzen Körper.

»Frau Virtanen, beruhigen auch Sie sich, bitte!« Er wandte sich an alle und sprach, gänzlich unbeirrt von der aufkeimenden Hysterie, vollkommen gefasst weiter: »Sie müssen uns jetzt vertrauen und sachlich mit uns zusammenarbeiten – zum Wohl von Lenni. Wir werden alle Hebel in Bewegung setzen, um Ihren Sohn unversehrt wiederzufinden. Der Hafen ist abgesperrt, und in ganz Helsinki finden Kontrollen statt. Unsere Leute sind über die gesamte Insel verstreut, das Fahndungsfoto Ihres Exmannes ist raus und das Bild von Lenni ebenfalls. Jetzt brauchen wir nur noch die Beschreibung der Kleidung, die der Junge anhatte, sowie die des Vaters.«

Annukka zog geräuschvoll die Nase hoch, bevor sie antwortete: »Lenni trug dreiviertellange Hosen in Beige mit einem tarngrünen Muster und dazu passend ein grünes T-Shirt und …«, sie schnäuzte sich und wischte sich die Tränen von der Wange, »… blaue Turnschuhe von Nike, glaube ich, ohne Socken, und er hatte diese Weste …«

Frau Virtanen schossen die Tränen in die Augen. »… seine Lieblingsweste in so einem Quietschorange?«

»Ja, genau, schreiend orange!«

×××

Panu rannte zurück, kniete sich vor Emilia und fasste sie hart an den Schultern. »Emilia, hör auf zu schreien … Was ist los?«

Augenblicklich verstummte sie und starrte Panu mit weit aufgerissenen, ausdruckslosen Augen an. Ihre schneeweißen Lippen zitterten, und sie brachte mühevoll heraus: »Lennis Lieblingsweste … sie ist … ist schreiend orange.« Immer noch zeigte ihr Finger auf einen kleinen Punkt etwa zweihundert Meter von der Küste entfernt.

Panu drehte sich schockiert um und schaute nun ebenfalls auf den kleinen, kaum wahrnehmbaren orangen Punkt mitten auf der Ostsee. Am liebsten hätte er es Emilia gleichgetan und laut aufgeschrien, aber er beherrschte sich, stand hastig auf und raste wenige Sekunden später die Holztreppe zum Strand hinunter. Im Rennen rief er Emilia zu: »Ruf die Polizei an, die müssen die Küstenwache informieren … Beeil dich!« Als er den weichen Sand unter den Sohlen spürte, streifte er im Laufen Schuhe, Shirt sowie Hose ab und war im nächsten Moment kopfüber in die Fluten gesprungen. Er spürte die Kälte des Wassers nicht, als es über ihm zusammenschwappte.

Emilia hörte auf zu atmen, als sie sah, wie Panu mit kräftigen Zügen dem orangen Punkt entgegenschwamm. Zu der Sorge um Lenni gesellte sich nun auch noch eine lähmende Furcht, dass Panu etwas passieren könnte. Heftig nach Luft schnappend, holte sie mit zittrigen Fingern ihr Handy hervor. Sie wusste, sie musste jetzt funktionieren. Verzweifelt versuchte sie, auf die Wahlwiederholungstaste zu drücken, aber ihre Finger folgten ihrem Denken nicht. Sie stieß einen ärgerlichen Schrei aus und schaute fassungslos ihrem Handy nach, das ihr aus der Hand geglitten war, den Abhang hinunterkullerte und irgendwo im tiefen Gras liegen blieb. Hilfe suchend sah sie auf die wenigen Menschen, die an diesem Samstagnachmittag unterwegs waren, und verfluchte diesen verdammten Tag. Normalerweise war Suomenlinna am Wochenende überlaufen – und heute? Ein älteres Ehepaar stand plötzlich wenige Schritte neben ihr und beäugte irritiert die kniende, vor sich hinstarrende und laut fluchende Emilia.

Von neuer Kraft angetrieben, sprang sie auf. »Haben Sie ein Handy?«

Das Paar schüttelte den Kopf und schaute sie bedauernd an.

»Scheiße!« Emilias Blick richtete sich wieder aufs Meer hinaus, auf Panu, der im Freistil mit kräftigen Armschlägen hinausschwamm, zwischendurch kurz stoppte, den orangenen Punkt fixierte, um dann in diese Richtung weiterzuschwimmen.

Eine junge Frau schritt die Holztreppe hinab.

»Bitte, Entschuldigung! Haben Sie ein Handy?«

Die Frau nickte verwundert.

Endlich! Emilia wusste, dass jede Minute zählte, und da sie sich beim besten Willen an keine Telefonnummer auf dieser Welt mehr erinnern konnte, sagte sie zu der Frau: »Bitte rufen Sie die Polizei an, und sagen Sie, dass das vermisste Kind wahrscheinlich im Meer schwimmt und dringend Hilfe braucht.« Emilia zeigte auf den für sie meilenweit entfernten orangenen Punkt und auf Panu. »Der Mann versucht, dort hinzukommen. Bitte beeilen Sie sich!«

Die Panik in Emilias Stimme ließ die Passantin keine weiteren Fragen stellen. Flugs hatte sie ihr Handy hervorgeholt, eine Nummer gewählt, und Emilia konnte hören, dass sie im nächsten Moment mit der Polizei sprach. Geistesgegenwärtig erklärte die junge Frau der Polizei, dass wahrscheinlich auch ein Notarzt vonnöten war.

In Emilia kam wieder Leben. Sie dachte an Joulu, er war Arzt – sie musste ihn holen. Emilia sprang auf und begann, um ihr Leben zu laufen. Über die Wiese am *Café Piper* vorbei, den Weg in Richtung *Ehrensvärd Museeum*, über die Brücke am Informationszentrum, und als sie gerade einen Haken nach links schlagen wollte, sah sie auf dem Rundweg, kurz hinter der nächsten Kurve etwas Oranges aufblitzen. Emilia stoppte – ihr Atem kam nur noch stoßweise, und sie traute sich nicht zu hoffen. Sie vernahm ein Kinderlachen – ihr Herz schmerzte. Und dann entdeckte sie ihn – Lenni, wie er Hand in Hand mit zwei Polizisten den Weg hinabspaziert kam. Vor Erschöpfung, Anspannung und Freude sackte Emilia erneut auf die Knie und stieß einen freudigen Schrei aus: *»Lenni!!!«*

Emilia saß in eine Decke gehüllt auf der Kaminbank und schaute wie in Trance dem regen Treiben um sich herum zu. Sie konnte den Gesprächen kaum folgen. Ihre Gedanken waren bei Panu – noch immer hatte niemand etwas von ihm gehört, doch der Polizist hatte ihr zugesichert, dass die Küstenwache nach ihm suchte, und sobald sich etwas tat, sie sofort davon unterrichtet werden würden. Sie sah auf Lenni, und abermals liefen ihr die Tränen über die Wange. Lautlos weinte sie vor sich hin.

Lenni saß strahlend auf dem Schoß seiner Mutter, als sei nie etwas geschehen. Sein Stiefvater stand hinter ihnen, eine Hand ruhte auf der Schulter seiner Frau, und mit der anderen strich er dem Jungen zärtlich über die blonden Locken. Annukka saß ihnen immer noch weinend gegenüber. Joulu hatte den Arm um sie gelegt und sprach beruhigend auf sie ein. Die Polizisten waren bis auf den Hauptmann sowie seinen Kollegen Häki gegangen, und alle lauschten Lennis Erzählungen. Zusammenhanglos berichtete er von dem Tag, wurde aber permanent durch die Liebkosungen seiner Mutter unterbrochen und konnte die ganze Aufregung überhaupt nicht verstehen. Aber er hatte die ungeteilte Aufmerksamkeit der Erwachsenen, was er sichtlich in vollen Zügen genoss.

Hauptmann Brandström fasste das Geschehene noch einmal für alle zusammen: »Erik Markkanen wurde auf der Eteläesplanadi gefasst und aufs Präsidium gebracht. Er …«

»… Paapa hat niiichts gemacht!« Das Gesicht des Zehnjährigen lief vor Eifer rot an, als er den Bericht des Polizisten unterbrach. »Iiich wollte zum Zoooo!«

Gütig lächelte ihn der Hauptmann an und sprach ruhig weiter: »Ja, Lenni, er hat dir nichts getan, aber trotzdem haben wir ein paar Fragen an ihn.« Er fixierte Anna, die Lennis Einwurf mit einem verbissenen Gesichtsausdruck kommentierte, und versicherte dem Jungen: »Deinem Papa passiert nichts, ich kann dich beruhigen.«

Erleichtert kuschelte Lenni sich noch enger an seine Mutter und hörte nun schweigend weiter zu.

»Herr Markkanen hat, nachdem er Lenni hier abgeholt hatte …«

»Wie konnte er überhaupt wissen, wo Lenni sich im Moment aufhält?« Arto blickte den Hauptmann fragend an.

Polizist Häki, der neben dem Ehepaar stand, schaute vorsichtig zu Lenni und sagte leise, sodass es nur Arto hören konnte: »Vermutlich der Knast-Flurfunk.«

Der Hauptmann fuhr unbeirrt fort: »… mit ihm einen Spaziergang über die Insel gemacht. Lenni hat ihm das Trockendock gezeigt und die Kirche. Am *Kiosk Tykistölathi* haben sie sich etwas zu trinken geholt, und dann wollten sie sich mit Annukka im *Café Vanille* treffen. Sie waren wohl noch etwas zu früh dran gewesen, worauf Lenni die Idee hatte, seinem Vater den Zoo von Helsinki zu zeigen …«

»Dieee Schneeeeleoparden«, warf Lenni unschuldig ein.

Der Hauptmann sah den Jungen lächelnd an. »Ja, genau, Lenni. Und dann bist du mit deinem Papa dort hingefahren.« Er sprach wieder zu den Erwachsenen. »Herr Markkanen hat in diesem Moment wohl nicht nachgedacht und war sich auch keiner Schuld bewusst …« Seine Ausführungen wurden durch das argwöhnische Schnauben von Anna und Arto unterbrochen. Davon unbeirrt, fuhr er fort: »… und dann waren sie zusammen im Zoo gewesen, wie Lenni meinem Kollegen Likmekki auf dem Weg hierher erzählt hat. Lenni war begeistert gewesen«, er wuschelte dem Jungen durch die blonden Locken, »und konnte nicht richtig verstehen, dass sein Vater ihn, als sie von Korkesaari zurückkamen, allein auf die Fähre nach Suomenlinna geschickt hatte. Zu diesem Zeitpunkt wimmelte es schon von Polizisten rund um den Marktplatz, und da merkte Herr Markkanen wohl, dass er einen Fehler begangen hatte, und bekam es mit der Angst zu tun. Lenni, dessen Foto schon an alle Polizeidienststellen weitergeleitet worden war, ist dann gleich einem Kollegen aufgefallen, der ihn dann auch zurück nach Hause begleitet hat … Ja, und das ist Lennis kleine, aufregende Geschichte von einem Tag, wie er eigentlich nicht hätte stattfinden sollen.« Er schaute leicht mahnend in die Runde. »Ich hoffe, Sie sprechen sich in Zukunft alle ein bisschen besser ab, damit ein Einsatz wie dieser vermieden werden kann.«

Nach dieser deutlichen Ansprache von Hauptmann Brandström blickten alle im Raum betreten zu Boden. Sie suchten alle die Schuld bei sich. Fast jeder von ihnen hatte einen kleinen Fehler begangen, der sich, als Puzzle zusammengesetzt, als ein großer, aber Gott sei Dank kein folgenschwerer entpuppt hatte.

Die beiden Polizisten nahmen ihre Mützen und wollten sich verabschieden, als das Funkgerät quäkte.

Emilias Kopf fuhr hoch. *Panu?!*

»Gute Nachrichten, Frau Fahnenbruck, Ihr Freund ist unversehrt von der Küstenwache aus der Ostsee gezogen worden. Das orange Etwas, das Sie heute Nachmittag gesehen haben, war der abgetriebene Schwimmring eines Kindes.«

Emilia schluckte schwer, nickte und dachte erleichtert: *Panu …*

19

»… giving up through a hard time, is not yours, is not mine …«

♫

Mehr hatte Emilia von diesem Tag nicht mehr mitbekommen. Sie war wie ohnmächtig in sich zusammengesackt, nachdem die Beamten ihr die Nachricht von Panus Rettung überbracht hatten. Joulu hatte sie in ihr Zimmer getragen, wo sie langsam wieder zu sich gekommen war, jedoch vor Erschöpfung und Anstrengung von Weinkrämpfen geschüttelt wurde. Er hatte ihr ein leichtes Beruhigungsmittel gegeben und Annukka aufgefordert, sich so lange zu ihr zu setzen, bis er mit Lennis Eltern geklärt hatte, wie es mit deren Sohn weitergehen sollte.

Anna und Arto hatten sich dazu entschlossen, eine Nacht zu bleiben, das Geschehene zu überdenken und am nächsten Tag in aller Ruhe mit Emilia das weitere Vorgehen zu besprechen. Danach hatte Joulu Annukka abgelöst und von einer Freundin abholen lassen. Er hatte ihr nochmals versichert, dass sie keinerlei Schuld traf und sie sich alles nicht so zu Herzen nehmen sollte. Bis sich das Haus endlich geleert hatte, war es schon später Abend gewesen. Joulu hatte mehrmals vergeblich versucht, Panu telefonisch zu erreichen. Was sollte er Emilia sagen, wenn sie aufwachte? Ihr erster Gedanke würde Panu gelten, doch der war nicht erreichbar. Er hatte noch einmal bei Hauptmann Brandström telefonisch nachgefragt, ob

Panu wirklich alles unbeschadet überstanden hatte. Der Polizist hatte ihm versichert, dass außer Erschöpfung und einer leichten Unterkühlung alles in Ordnung mit ihm sei.

Emilia hatte die meiste Zeit geschlafen, und Joulu hatte es sich auf der kleinen Couch in ihrem Zimmer bequem gemacht. Er hatte sie lange und eingehend beobachtet und selbst kaum Schlaf gefunden. Erst in den frühen Morgenstunden waren auch ihm die Augen für ein paar Stündchen zugefallen.

»Joulu?« Emilia rieb sich verschlafen die Augen.

»Ja!«

»Hast du etwas von Panu gehört?«

Wie er am gestrigen Abend vermutet hatte, galt Emilias erster Gedanken nach dem Aufwachen ihrem Freund. »Nicht von ihm persönlich. Ich kann ihn nicht erreichen, und ich wollte die anderen nicht beunruhigen. Der Polizist hat mir gestern aber versichert, dass er unverletzt ist.«

»Mmmh …«

»Soll ich es noch mal bei ihm versuchen?«

»Nein! Er wird wohl schon unterwegs zur Hochzeit sein.« Emilia schaute auf die Uhr. Kurz nach elf. Sie fühlte sich wie gerädert. Sie blickte den am Schreibtisch sitzenden Psychologen an, der einen Kaffee trank und gerade in ein Brot biss. »Warst du die ganze Zeit hier?«

»Mmmh-mmh, ja, außer, als ich kurz Frühstück holen war. Möchtest du auch etwas?«

»Ein Kaffee wäre gut.« Emilia richtete sich auf und nahm die Tasse, die Joulu ihr reichte. »Wie geht es Lenni? Arto? Und vor allem Anna?« In ihrem Kopf schrie es: *und Panu?*

»Die drei sitzen im Esszimmer und spielen ›Tiere raten‹. Lenni gibt mit seinem ganzen Zoo-Wissen tierisch an.«

Emilia nickte müde. Gott sei Dank. Lenni schien das Erlebte nicht zu belasten, und er hatte den gestrigen Tag wahrscheinlich schon vergessen. Aber wie dachte Anna über alles? Würde sie ihren Sohn mitnehmen? Würde der Vorfall gestern rechtliche Schritte nach sich ziehen? Konnte Lennis Familie Emilia überhaupt noch vertrauen?

»Ich glaube, ich muss nach unten und mich Annas Fragen stellen.« Geschwächt streckte Emilia die Beine aus dem Bett und wankte ins Bad. »Du kannst mich jetzt allein lassen, ich bin wieder fit.« Sie drehte sich zu Joulu um und lächelte ihm beruhigend zu. »Ehrlich!«

»Gut. Dann geh ich schon mal runter.«

»Joulu.«

»Ja?«

»Danke! Danke, für alles.«

Joulu erwiderte nichts, sondern schenkte Emilia nur ein aufmunterndes Lächeln und verließ das Zimmer.

Emilia stellte sich unter die Dusche und ließ minutenlang kühles Wasser über ihren Körper laufen. Ihre Gedanken galoppierten schon wieder davon. Wenn sie mit Lennis Eltern alles geklärt hatte, hoffentlich positiv, musste sie noch einmal mit Joulu reden und ihn bitten, ihr zu helfen. In den kurzen wachen Momenten der letzten Nacht hatte sie sich immer wieder Gedanken um den gestrigen Tag gemacht und war zu der Erkenntnis gekommen, dass sie Hilfe brauchte. Sie hatte keine Ahnung, wie sie es zeitlich schaffen sollte, regelmäßig nach Mainz zu fahren, um mit Frau Doktor Waldner zu reden. Doch sie wusste, dass sie diese Gespräche brauchte. Der gestrige Tag hatte einen wahren Strom an Empfindungen in ihr ausgelöst, und ihre Gefühle hatten sich meist um ihre Vergangenheit gedreht. Sie dachte an den Strom von Bildern; ihr Vater, der über sie bestimmt hatte; ihre Mutter, die daheimgeblieben war, wenn sie unterwegs gewesen waren; den Unfall, den sie miterlebt hatte.

Ihr war nun vollkommen klar, dass sie so nicht weitermachen konnte. Sie würde nie eine gute Therapeutin werden, wenn sie mit sich selbst nicht im Reinen war.

Nachdem sie frisch geduscht war, sich angezogen und die Haare geföhnt hatte, straffte sie die Schultern und ging hinunter ins Esszimmer. Lenni kam ihr freudestrahlend entgegen und warf sich in ihre Arme. »Mama und Arto wollen mit miiir auch einmaaal in den Zooo.«

Lächelnd hob Emilia ihn hoch und drückte ihn fest an sich. Er schlang seine dünnen Beinchen um ihre Hüften und schnupperte an ihr. »Du riiiechst gut, Mmilia.«

»Oh, du kleiner Schatz …« Emilia war schon wieder den Tränen nah und versuchte, das Ganze zu überspielen, indem sie ihre Lippen an Lennis Hals presste und heftig prustete.

Aufkreischend wand er sich unter ihren spielerischen Prust-Attacken und schrie: »Laaaass …«

Emilia, die sich nun wieder im Griff hatte, setzte sich Anna gegenüber und nahm Lenni auf den Schoß. »Wie geht es dir, Anna?«

»Mir geht es gut, Emilia. Ich bin froh, dass alles so glimpflich ausgegangen ist.«

Emilia beugte sich vor, nahm Annas Hand und drückte sie fest. An Lenni gewandt, sagte sie: »Magst du mit Arto in die Küche gehen und Frau Eklund beim Kochen helfen?«

Das ließ sich der Junge nicht zweimal sagen. Schnell sprang er auf, rannte aus dem Raum und rief im Laufen seiner Mutter zu: »Iiich möchte hiiierbleiben!«

»Du hast es gehört, er möchte hierbleiben. Lenni gefällt es

hier, und es tut ihm gut.« Anna seufzte auf. »Arto und ich haben uns gestern noch lange unterhalten. Wir waren wirklich sauer auf dich.« Sie schaute Emilia offen an. »Aber … wir wissen auch, dass wir Lenni schon lange nicht mehr so glücklich gesehen haben. Er ist wie verwandelt. Lieb, kein bisschen aggressiv mehr, er spricht wieder, wenn auch stotternd, aber auch das ist schon deutlich besser geworden. Wir können beim besten Willen keinen Grund erkennen, warum er nicht weiter in deiner Obhut bleiben sollte.«

Emilia schluckte schwer. Sie hatte das Gefühl, die lobenden Worte nicht zu verdienen. »Und das gestern?«

»Oh Gott … Hier sind wirklich viele Fehler passiert, aber keiner davon war wirklich deiner.«

Emilia zuckte zusammen. »Doch, natürlich war alles mein Fehler. Ich …«

Anna lehnte sich zurück, trank einen Schluck Tee und unterbrach sie mit sanfter Stimme: »Ja, das habe ich auch erst gedacht … Aber du konntest nicht wissen, dass Erik entlassen worden ist – wir schon. Allerdings hätten wir niemals damit gerechnet, dass er so dreist sein und hier auftauchen würde. Und Annukka hätte natürlich nie zustimmen dürfen, dass Lenni mit ihm geht. Aber sie ist neu und konnte von dem Ganzen nichts ahnen.« Anna zögerte. »Gut, hier trifft dich natürlich Schuld, doch auch uns … Wir wussten von deinem Vorhaben und haben Lenni trotzdem hiergelassen.«

»Ach, Anna, man könnte gerade meinen, du bist die Therapeutin und ich die Mutter, die aufgemuntert werden muss. Wie schaffst du das?« Emilia schaute Anna bewundernd an. »Ich hätte Annukka besser instruieren müssen, sie hätte Lenni nie mit seinem Vater gehen lassen dürfen, sie …«

»Ja, da hast du recht. Mit beidem. Joulu, Arto und ich hatten gestern ein langes, ein gutes Gespräch, und ich fühle mich wirklich gestärkt … Und zu Annukka – wie hätte sie Nein sagen können, nachdem Lenni seinen Vater so herzlich begrüßt hatte.« Sie schüttelte noch immer fassungslos den Kopf. »Ich hätte nie gedacht, dass Lenni ihn so sehr vermisst und ihm all die Schläge über die Jahre verziehen hat. Aber Kinder vergessen schnell … leider zu schnell …«

Vergessen Kinder wirklich schnell? Oder können sie nur alles Unangenehme, das sie jemals erlebt haben, einfach verdrängen? So lange verdrängen, bis ein Ereignis, vielleicht Monate, Jahre oder Jahrzehnte später, all diese Erinnerungen wieder hervorruft? Habe ich alles vergessen, was mir je passiert ist? Emilia zuckte unmerklich zusammen. Sie musste sich unheimlich anstrengen, um ihre Atmung zu kontrollieren und nicht in Panik zu geraten. *Oh Gott, nein, das habe ich nicht.*

×××

»Wo bist du?« Panus Stimme klang heiser.

»In Mainz.«

»Warum?«

»Ich muss zu meiner Therapeutin.« Fast emotionslos antwortete sie auf Panus Fragen.

»Wann kommst du wieder?«

»Ich weiß noch nicht.«

»Und das *Talo*? Elin? Lenni? Tess?«

»Joulu kümmert sich um alles. Lenni ist mit seinen Eltern heimgefahren …«

»… ist er weg?« Panu unterbrach sie heftig.

»Nein! Nein, er kommt wieder. Anna war sehr verständnisvoll und möchte, dass wir weiter mit ihm arbeiten. Ich weiß auch nicht, wie sie das alles verzeihen kann, aber …«

Erneut unterbrach Panu sie: »Warum nicht, es war im Grunde ein Missverständnis, das kann jedem einmal passieren.«

»Mmmh … ja, aber ich kann mir nicht verzeihen, dass ich so verantwortungslos war … Ich …«

»Emilia, das ist einfach alles schlecht gelaufen. Dich trifft keine Schuld. Du machst einen tollen Job!«

»Mmmh …?«

»Emilia, alles klar?«

»Mmmh …«

»Ich vermisse dich.«

»Panu, ich muss jetzt auflegen. Ich bin müde.«

Sie hörte, wie er erstaunt Luft holte, sich jedoch schnell wieder fing und sagte: »Emilia, ich liebe dich!«

»Ich dich auch. Gute Nacht.« Bevor er noch etwas sagen konnte, hatte Emilia das Gespräch weggedrückt und legte das Handy aufs Bett. Erschöpft ließ sie sich in die Kissen sinken und versuchte, die aufkeimenden Tränen zu unterdrücken – vergeblich. Seit sie gestern Nachmittag, nach einem langen Gespräch mit Joulu, überstürzt aufgebrochen und zum Flughafen gefahren war, hatte sie es kaum geschafft, nicht zu weinen. Nun saß sie seit gestern Abend im *Atrium-Hotel* in Mainz und sehnte ungeduldig den Termin bei Frau Doktor Waldner herbei. Sie war gleich heute Morgen direkt in deren Praxis vorbeigegangen und hatte gehofft, dass die Psychologin sie irgendwie dazwischenschieben könne. Doch die Ärztin besuchte laut der Sprechstundenhilfe eine Fortbildung und war erst am nächsten Tag wieder da. Immerhin hatte sie den letzten Termin für den morgigen Abend erhalten, und darauf wartete Emilia nun. Sie fühlte sich leer, hatte keinen Appetit und traute sich nicht wirklich, die Augen zu schließen. Angst vor den unweigerlich wiederkehrenden Albträumen machte sich in ihr breit. Albträume, in denen Lenni vor Emilias Augen von seinem Vater geschlagen wurde und sie nur teilnahmslos zuschaute. Albträume von Autounfällen, in denen ihr Vater und Panu abwechselnd zu Tode kamen. Albträume, in denen Emilia gezwungen wurde, Dinge zu tun, die sie nicht wollte … von Joachim, ihrer Mutter, ihrem Vater – *Panu?!*

Emilia stierte kraftlos auf einen Punkt an der Wand, knapp über dem Fernseher. Die Tapete war an dieser Stelle mit bunten Kreisen verziert, und der kleine orangene Punkt in der Mitte ließ Emilia nicht mehr los. Sie sah die Wellen der Ostsee, sah Panu mit kräftigen Zügen hinausschwimmen, sah Lennis leblosen Körper und konnte ein Aufschluchzen nicht unterdrücken. Was, wenn es wirklich Lenni gewesen wäre? Sie fuhr sich durch die Haare und versuchte, andere Gedanken zu spinnen, aber es fiel ihr so schwer.

Erschrocken zuckte sie zusammen, als ihr iPhone erneut klingelte. Emilia starrte auf die Nummer. *Joulu!* Sie überlegte kurz, ob sie das Gespräch annehmen sollte – nein, lieber nicht. Aber dann siegte doch ihr Verantwortungsbewusstsein. Sie hatte Joulu schließlich ihr *Talo* überlassen und die ganze Arbeit. »Hei.«

»Hei, Emilia. Wie geht es dir?«

Der Kloß in ihrem Hals ließ sie nur ein jämmerliches Grunzen zustande bringen.

Joulu überging das dezent und fragte: »Hast du einen Termin bekommen?«

»Ja … morgen.«

»Gut. Kannst du schlafen?«

»*Nein!*« Sie schrie förmlich und fing heftig zu schluchzen an.

»Emilia, beruhige dich. Ich habe dir doch zwei Tabletten mitgegeben, nimm eine davon, und dir wird es besser gehen. Glaub mir, die machen dich nicht gleich abhängig – sie werden dir helfen.«

»Joulu, ich … ich möchte heim!«

»Ja, ich weiß. Aber das geht nicht, das haben wir doch gestern besprochen. Du musst dir helfen lassen …«

»Warum? Warum nicht von dir?« Emilia wusste genau, warum, wollte es jedoch nicht wahrhaben – sie wollte nach Hause. Schweren Herzens dachte sie an ihr gestriges Gespräch zurück, das irgendwann aus dem Ruder gelaufen war. Sie sah Joulus Gesicht, spürte seine Hand auf ihrer Wange, und fühlte … *Oh Gott, was fühle ich? Was denke ich? Was? Was? Was?*

»Emilia, bitte, mach es mir doch nicht so schwer …« Er schluckte hörbar und fuhr fort: »Ich habe dir versprochen, mich um einen Therapeuten hier in Helsinki zu kümmern, und der wird mit Frau Doktor Waldner Kontakt aufnehmen, und gemeinsam werden sie dir helfen.« Joulu lachte bitter auf. »Emilia, dir wird es bald wieder besser gehen, und dann reden wir über alles Weitere.«

»Joulu, ich möchte dich nicht als Freund verlieren, ich …«

Schnell unterbrach er sie. »Das wird nicht passieren, Emilia, versprochen!«

Sie schwiegen.

Der Psychologe ergriff als Erster wieder das Wort und erzählte Emilia geschäftig vom heutigen Ablauf im *Talo*. »Nur mit Tess und Lasse im Haus ist es richtig ruhig. Elin kommt morgen Abend zurück, und Lenni wird wohl bis Ende der Woche bei seinen Eltern bleiben. Und den Herrn, der für morgen wegen seiner Mutter den Gesprächstermin mit dir hat, den habe ich bereits angerufen und ihm gesagt, dass ein Krankheitsfall dazwischengekommen ist und du dich in knapp zwei Wochen bei ihm melden wirst. Es ist alles in Ordnung, Emilia. Du musst dir keine Gedanken machen.« Er versicherte ihr, dass im *Talo* wirklich alles ohne Probleme lief. »Ich soll dich übrigens von allen grüßen und sagen, wie sehr du hier vermisst wirst.«

Dankbar darüber, dass er alles so gut im Griff hatte und ohne Wenn und Aber für sie eingesprungen war, sagte sie: »Joulu, ich schaffe das. Ich werde meine gesamte Vergangenheit ... mein Leben ... aufarbeiten und dann nur noch nach vorn schauen ... Ich muss das schaffen!«

»Und ich weiß, das wirst du. Und jetzt nimm eine Tablette, und versuche zu schlafen. Wir telefonieren wieder. Bis dann.«

»Bis dann.« Emilia stand auf, schaltete das Handy auf stumm und nahm sich die Wasserflasche vom Schreibtisch. Sie holte sich eine Tablette aus ihrem Portemonnaie und schluckte diese, ohne weiter darüber nachzudenken. Langsam zog sie sich aus, schlüpfte in ein Nachthemd, machte das Licht aus und legte sich aufs Bett. Ihre Gedanken fingen sofort zu kreisen an – sie stimmten sie nachdenklich und traurig, aber sie taten nicht so weh. Sie dachte an ihr Gespräch mit Joulu am vergangenen Tag.

Und auch Joulu, der knapp zweitausend Kilometer entfernt im *Talo* vor dem Kamin saß, kam nicht von seinen Gedanken los. Sie hatten, nachdem es im Haus ruhig geworden war, im Aufenthaltsraum gesessen und sich unterhalten ...

»Gut, Emilia, Lenni geht für ein paar Tage mit seinen Eltern, das ist gut, wirklich gut. Anna und Arto brauchen das und du auch. Du musst versuchen abzuschalten.« Er blickte auf Emilia, die zusammengesunken auf der Kaminbank im Esszimmer saß.

»Ich habe Tess und den andern noch nichts erzählt … Ich …«

»Das ist okay. Sie sind heute alle auf der Hochzeit. Panu wird ihnen sicher davon berichten – erklären, was passiert ist, warum du nicht dabei bist.«

Beim Erwähnen von Panus Namen meinte Emilia, eine kalte Hand würde nach ihrem Herz greifen. Sie hatten seither nicht wieder miteinander gesprochen. Sie wollte es, aber konnte nicht. Am gestrigen Tag war so viel passiert, und seine Schwester heiratete heute. Es war ein Tag, auf den Panu sich schon lange gefreut hatte, und er wollte heute bestimmt nicht an gestern erinnert werden. Emilia hätte am liebsten den gesamten Tag gestrichen – einfach ungeschehen gemacht – für sich, für ihn und auch für alle anderen Beteiligten.

Doch es war nun mal nicht zu ändern. Nichts konnte diesen Tag ungeschehen machen – nichts!

»Du musst wieder in Therapie, Emilia. Du kannst so nicht weitermachen. Das ist nicht gut für dich und schon überhaupt nicht gut für deine Arbeit hier im *Talo*.« Joulu schaute sie prüfend an. Sie schien mit ihren Gedanken wieder einmal ganz woanders zu sein. Emilia hatte ihm gerade geschildert, was gestern zwischen ihr und Panu vorgefallen war, bevor sie zurück auf die Insel gekommen waren. Er war geschockt, wie tief ihr Kindheitstrauma doch noch saß. Sie hatte zwar in den letzten Monaten in einzelnen Gesprächen von ihrer Vergangenheit erzählt, aber ihm war nie bewusst gewesen, wie wenig das Trauma ihrer Kindheit aufgearbeitet worden war. Emilia war ihm immer gefestigt vorgekommen, aber scheinbar war sie eine gute Schauspielerin.

Joulu stand von seinem Stuhl auf und setzte sich neben Emilia auf die Kaminbank. Einen Arm um ihre Schulter gelegt, drückte er sie fürsorglich an sich. Tief durchatmend und froh darüber, getröstet zu werden, ließ sie es geschehen und vergrub ihr Gesicht an seiner Brust. Joulu gab keinen Laut mehr von sich, saß ganz still und genoss den Augenblick. Er schalt sich dafür, in dieser Situation etwas Schönes zu empfinden. Lange Zeit hatte er nicht wahrhaben wollen, dass er für Emilia scheinbar nicht nur freundschaftliche Gefühle hegte. Allerdings konnte er sich nicht länger selbst belügen. Sein Beruf, der kontinuierlich alles hinterfragte und analysierte, hatte dafür gesorgt, dass er sich vor einigen Wochen darüber klar geworden war, dass er sich wohl ein klein bisschen in Emilia verliebt hatte.

Sanft streichelte er über ihre Hand, spürte die Wärme ihres Körpers und fragte sich, wie er mit dieser Erkenntnis umgehen oder gar damit leben sollte?! Ihm war voll und ganz bewusst, dass es in Emilias Leben nur einen Mann gab. Er hatte sie mit Panu beobachtet und begriffen, dass sie füreinander bestimmt waren. Dass sie sich abgöttisch liebten – wahrscheinlich mehr, als gut für sie war. Aber was sollte er nun gegen seine Gefühle machen? In Therapie gehen?

Spöttisch lachte er auf.

Emilia richtete sich auf, rutschte etwas von ihm weg und schaute ihn irritiert an. Sofort vermisste er ihre körperliche Nähe und ärgerte sich über sich selbst – über seinen Anflug von Sarkasmus.

Sie betrachtete ihn, als ob sie ihn das erste Mal sehen würde. Joulu war kleiner als Panu, doch von ebenso kräftiger Statur.

Seine braunen Augen blickten klug und immer freundlich in die Welt. Im Gegensatz zu Panus blondem Schopf trug er sein dunkelbraunes Haar kurz und stets akkurat geschnitten, als würde er einmal pro Woche zum Friseur gehen. Er war ein äußerst angenehmer Gesprächspartner und sehr einfühlsam. Emilia wurde warm ums Herz – ein eigentümliches Gefühl machte sich in ihr breit. Sie mochte Joulu, sie mochte ihn sehr gern. Sie sah in seine Augen, spürte den forschenden Blick, und als sie sich noch fragte, was dieser zu bedeuten hatte, kam sein Gesicht langsam näher.

Zögerlich, als wolle er ihr stilles Einverständnis einholen, sah er ihr abwechselnd in die Augen und dann wieder auf ihre vollen Lippen. Ihre Köpfe waren nur noch wenige Zentimeter voneinander entfernt. Er musste sie einfach küssen – ihre herrlich geschwungenen, noch von Tränen benetzten Lippen berühren. Weiterhin in ihre rauchgrauen Augen blickend, neigte er sich vor und …

×××

Emilia schreckte hoch. Sie war schweißgebadet und spürte Galle ihre Kehle emporsteigen. Sie sprang auf und stürmte ins Bad, um sich keine Sekunde später ins Waschbecken zu übergeben. Ihr Kopf dröhnte, und sie sehnte sich für einen kurzen Moment zurück in die Zeit, als sie ihr Unwohlsein noch mit einer Tablette in den Griff bekommen hatte. Allerdings war sie gereift, sie war klarer und wusste, dass das keine Lösung war.

Nachdem sie sich ausgiebig die Zähne geputzt hatte und wieder zurück ins Schlafzimmer kam, fiel ihr Blick auf den Digitalwecker, der auf dem Nachttisch neben ihrem Bett stand.

Kurz nach sechs Uhr. Sie hatte fast acht Stunden geschlafen – durchgeschlafen. Resigniert schaute sie sich im Zimmer um. Was sollte sie bis heute Abend, bis zu ihrem Termin, bloß mit sich anfangen? Emilia registrierte für sich, dass sie nicht mehr ganz so kraftlos und deprimiert war wie die vergangenen zwei Tage. Der Schlaf hatte ihr anscheinend wieder Kraft gegeben, und sie wollte diese Energie nutzen, um etwas Sinnvolles mit dem Tag anzufangen. Das Erste, was ihr in den Sinn kam, war, Eva anzurufen. Sie würde sie zwar wecken, aber das würde Eva nicht wirklich etwas ausmachen, da war sich Emilia sicher.

»Spinnst du, Kleine? Es ist mitten in der Nacht!«

»Ja, ich weiß, aber ich muss mit dir reden, um mich abzulenken.«

Eva knurrte etwas von Ruhestörung, fragte Emilia jedoch gleichzeitig, wie es ihr ginge.

»Beschissen, aber nicht hoffnungslos. Deswegen bin ich ja auch in Mainz. Ich habe später einen Termin bei meiner Therapeutin. Aber egal, davon möchte ich jetzt nicht sprechen … Wie war die Hochzeit?«

»Du bist in Mainz?«

Emilia konnte Eva praktisch vor sich sehen, wie sie mit ihrem dicken Bauch versuchte, sich schnell aufzurichten, und dies tüchtig misslang.

Die Bestätigung ihrer Vision folgte auf dem Fuß. »Scheiß Bauch! Verdammt, hätte mir jemand gesagt, dass man schwanger dermaßen in seiner Bewegungsfreiheit beeinträchtigt wird, hätte ich Mikka das Kondom eigenhändig aufgeklebt!«

»Na, ich bin ja froh, dass du es nur kleben und nicht nageln würdest.«

»Nageln? Auch eine gute Idee … Nein, Liebling, ich habe keine Lust auf Sex, ich spreche mit Emilia …« Emilia hörte im

Hintergrund ein Murmeln. »Liebe Grüße von Mikka. Er sagt, du spinnst, und fragt, ob du keine Uhr hast?«

»Warum, es ist doch schon fast acht Uhr bei euch. Raus aus den Federn, müsst ihr nicht arbeiten gehen?« Überdreht lachte sie laut ins Telefon.

»Emilia? Was ist los, du hörst dich nicht gut an.«

Warum nicht gut? Sie hatte doch gelacht – sogar laut gelacht. Wie gut Eva sie doch kannte. In kurzen, wohlüberlegten Sätzen erzählte Emilia von den Vorkommnissen des vergangenen Wochenendes, ließ allerdings einige prägnante Stellen, die Panu oder Joulu betrafen, aus und stellte am Schluss sachlich fest, dass sie die Zeit hier wohl brauchen und Eva auf dem Laufenden halten würde.

»Emilia, ich weiß, dass es dir nicht gut geht. Soll ich zu dir kommen?«

Ohne die Worte Mikkas zu verstehen, der nun im Hintergrund lautstark auf Eva einredete, wusste Emilia auch so, dass er die Idee seiner Frau alles andere als guthieß. Jedoch nicht nur deshalb lehnte sie Evas Vorschlag dankend ab. »Nein! Ich möchte im Moment allein sein, aber ich rufe dich an, Große. Und du passt auf meine Patenkinder auf und sagst dem alten Griesgram neben dir, dass ich nicht blöd bin und weiß, dass du nicht mehr fliegen sollst. Ich komme bald heim und bin dann hoffentlich wieder ganz hergestellt. Ich muss das einfach schaffen!«

»Ich jedenfalls bin mir sicher, dass du das schaffst. Tschüss, Süße.«

»Bis bald.«

Emilia legte auf und fühlte sich von Minute zu Minute besser. Schnell hüpfte sie unter die Dusche, kleidete sich an und ging hungrig in den Speisesaal. Ihr iPhone klingelte erneut. Als sie Panus Nummer sah, ließ sie es läuten. Sie wollte im Augenblick nicht mit ihm sprechen – sie konnte nicht mit ihm sprechen, da sie sonst vor lauter Sehnsucht nach ihm in ein Flugzeug steigen und wieder einmal Dinge, die wichtig für sie waren, schleifen lassen würde.

×××

»Wir saßen zusammen im Auto, und Panu fuhr wie eine gesengte Sau.« Emilia saß auf der Couch in Frau Doktor Waldners Praxis und redete sich alles von der Seele. »Nachdem wir losgefahren waren, war ich noch viel zu geschockt gewesen … Er wollte wirklich mit mir gemeinsam das Lied aufnehmen.« Sie schüttelte immer noch verwirrt den Kopf. »Er hat nichts verstanden … deshalb habe ich wohl auch zunächst nicht gemerkt, wie schnell er eigentlich fuhr. Panik hatte ich da jedenfalls noch nicht, aber …«

»Was hat Sie daran geschockt, ein Lied mit ihm aufzunehmen?«

»Ich habe ihm schon mehrmals erklärt, dass ich das nicht will, aber scheinbar hört er mir nicht richtig zu … Oder ich habe es ihm nie verständlich machen können – richtig verständlich. Ich will das nicht, wollte das nie … Ich will nicht zu irgendetwas gedrängt werden, das ich nicht möchte … Ich habe mich jahrelang drangsalieren lassen, von Mutter, von Joachim … Ich hätte nie gedacht, dass auch Panu mich irgendwann einmal so massiv bedrängen würde …« Emilia erzählte von ihrer Erfahrung auf dem Konzert im *Virgin Oil,* als sie das erste Mal, Panu zuliebe, auf die Bühne gegangen war und danach die Gespräche der Fans mitbekommen hatte. »Ich bin wirklich selbstbewusster geworden im vergangenen Jahr.« Wie zur Bestätigung nickte sie eifrig. »Ja, das bin ich, aber es tat mir so weh, als ich hörte, was manche Fans über mich dachten, und außerdem will ich mich nicht in die Band drängen … die Band ist Panus Ding. Überlegen Sie doch mal, was bei den *Beatles* los war, als John Lennon plötzlich Yoko Ono überall mit hingeschleppt hat. Das will ich nicht! Ich will weder in die Öffentlichkeit noch eine Rolle in dieser Band spielen. Das wollte ich nie und …«

»Haben Sie es wirklich nur ihm zuliebe getan, oder empfanden Sie es auch als etwas Schönes?«

Emilia überlegte, überlegte lange, bevor sie antwortete: »Ja, ich habe es tatsächlich nur Panu zuliebe gemacht. Es war zwar okay, als ich auf der Bühne stand, da ich, sobald ich einmal zu singen anfange, alles um mich herum ausblenden kann. Aber ich brauche das nicht. Ich liebe die Musik, brauche sie wahrscheinlich genauso sehr wie er. Doch auf eine andere Weise. Ich liebe sie einfach nur der magischen Momente wegen, die nur allein durch den Klang der Musik entstehen. Natürlich liebt auch Panu deshalb Musik … aber … was ich meine, ist, ich singe nur für mich und … und …«

»Und?«

»Okay, vielleicht kann ich mir vorstellen, irgendwann einmal auch öffentlich zu singen, aber nicht als Panus Anhängsel, weder durch ihn gefördert oder aufgefordert …« Emilia grübelte, wie sie erklären konnte, was sie wirklich meinte.

»Sie denken an das Video, oder?«

»Ja, genau. Da hat doch jeder geglaubt, ich habe nur mit Panu geschlafen, um berühmt zu werden … Dabei hatte doch keiner von uns je daran gedacht, dieses Lied zu veröffentlichen … Das war Joachim gewesen … und …«

»Sie verletzt, was andere über Sie denken?!« Frau Doktor

Waldner schaute Emilia geradeheraus an. »Haben Sie noch nie darüber nachgedacht, dass Panu es liebt, mit Ihnen zu singen, dass es ihn nicht interessiert, was andere davon halten. Dass er an Sie glaubt, Ihre Stimme liebt und auch die ganze Band hinter Ihnen steht, weil sie gut finden, was Sie machen?«

Emilia schluckte. »Ja, schon ... Aber das ist nicht das, was ich möchte. Ich möchte mit meiner Musik helfen, therapieren und bestimmt nicht öffentlich auftreten ... noch nicht ... nicht so ... Aber ...«

»Okay, kein Aber – Punkt!«

»Punkt?«

»Ja, Punkt! Das ist abgehakt. Sie wollen nicht öffentlich auftreten, und das müssen Sie Panu klarmachen. Er wird es verstehen, wenn Sie es ihm deutlich sagen, ohne ›aber‹. Kein wachsweiches Drumrumgerede mehr, sondern kommen Sie auf den Punkt. Machen Sie eine klare Ansage. Trauen Sie Ihrem Freund etwas zu – etwas mehr zu, er liebt Sie und wird es verstehen.«

Emilia dachte über Frau Doktor Waldners Worte nach, versuchte, sich Panu vorzustellen, wie er reagierte, wenn sie ihm in aller Deutlichkeit zu verstehen gab, wie sie sich fühlte. Sie konnte es sich plötzlich ausmalen, sie konnte es spüren. Und diese Erkenntnis hatte eine beruhigende Wirkung – Panu würde sie verstehen. Sie musste es ihm nur klar und deutlich sagen.

Frau Doktor Waldners Blick fiel auf die Uhr. »Wir reden seit gut zwei Stunden, ich glaube, es ist besser, morgen weiterzumachen. Kommen Sie doch um siebzehn Uhr wieder vorbei. Wäre das für Sie in Ordnung?«

»Aber ich möchte noch nicht gehen, können wir hier und jetzt nicht einfach weitermachen?«

»Nein, es tut mir leid, doch für heute machen wir Schluss.«

Frau Doktor Waldner beugte sich vor und fragte einfühlsam: »Wie geht es Ihnen jetzt?«

Emilia überlegte kurz. »Ich fühle mich ausgelaugt und immer noch traurig … Aber ich nehme eine Sache für mich mit: Ich muss meine Meinung sagen, klar und deutlich und ohne Wenn und Aber.«

»Schön! Ich sehe Sie dann morgen wieder, liebe Frau Fahnenbruck, okay?!«

»Ja, natürlich.« Sie stand auf, reichte der Therapeutin die Hand und verabschiedete sich von ihr. »Bis morgen.«

×××

»… als ich dort so im Auto saß und irgendwann registrierte, dass Panu immer schneller fuhr, überkam mich Panik«, berichtete Emilia keine vierundzwanzig Stunden später. »Ich habe schon lange keine Angst beim Autofahren mehr verspürt, aber urplötzlich war es so … Und als beinahe der Unfall passierte, bin ich total ausgerastet … Ich habe Bilder von unserem damaligen Unfall vor mir gesehen, meinen Vater blutüberströmt … und … und dann …« Emilia griff nach einem Taschentuch aus der Tücherbox auf dem kleinen Tisch vor ihr. »Dann habe ich mich an Dinge erinnert, an die ich noch nie zuvor gedacht hatte. Ich … da …«

»Welche Dinge?«

»Ich liebe meinen Vater, habe ihn immer geliebt. Er hat alles für mich getan … Meine Mutter war die Böse, sie hat ständig gemeckert, mit meinem Vater gestritten, wenn er wieder einmal mit mir weggefahren war. Sie hat mich und meinen Vater gehasst. Er hat mich geliebt, alles für mich getan … wirklich alles … Er …«

»Haben Sie sich gefühlt, als dürften Sie seine grenzenlose Liebe nicht verraten?«

»Was?« Emilia schaute Frau Doktor Waldner verständnislos an.

»Wo ist Ihr Vater mit Ihnen immer hingefahren? Zu wem?«

»Was meinen Sie?«

»Was denken Sie?«

Emilia starrte auf die Frau vor sich. Ihre Gedanken überschlugen sich. Ihr kam eine leicht übergewichtige, herzlich dreinblickende Frau in den Sinn – Annette. Ja, ihr Name war Annette. Emilia erinnerte sich an die Beerdigung ihres Vaters. Annette war abseitsgestanden, an einen Baum gelehnt, und hatte bitterlich geweint. Emilia wollte damals auf sie zugehen, aber die gestrenge Hand ihrer Mutter hatte sie davon abgehalten. Da hatte sie die Frau, mit der sie etliche Nachmittage verbracht hatte, das letzte Mal gesehen – und bis vor ein paar Tagen nie wieder an sie gedacht. »Mein Vater hat Vera betrogen?«

»Mmmh … ja, vielleicht? Was denken Sie?«

»Er hat Vera betrogen!« Emilia richtete sich steif in ihrem Stuhl auf. »Wir waren oft bei dieser Frau gewesen, und meistens hatte mein Vater vorher oder danach Streit mit meiner Mutter … Er …«

»Ihr Vater war also nicht der Heilige, für den Sie ihn immer gehalten hatten … Was empfinden Sie dabei?«

Emilia blickte spöttisch auf ihr Gegenüber. »Scheißfrage!«

»Warum?«

»Weil … weil, egal! Meine Mutter war und ist die Böse!« Sie sah Frau Doktor Waldner fest an. Sie war versucht, die Psychologin nach deren Meinung zu fragen, spürte jedoch sogleich, dass sie die Antwort nicht hören wollte. Trotzdem fragte sie: »Oder was denken Sie?«

»Ich denke, Ihr Vater hat Sie manipuliert. Er hat Sie nicht mitgenommen, nur um mit Ihnen zusammen zu sein. Ich denke, er hatte noch andere Gründe – Hintergedanken! Ich denke, er hat Sie gebraucht … als Alibi. Vielleicht sogar, um ein neues Leben zu beginnen und schon einmal Vorkehrungen zu treffen … Ich denke, er war berechnend … Ihr Vater war …«

»Nein!« Emilia hielt sich die Hände auf die Ohren. »Nein, mein Vater war nicht berechnend!«

»Also, ist es Panu auch nicht?«

Verblüfft schaute Emilia die Psychologin an: »Waaas?«

×××

»Ich hasse das … Ich hasse, wie Sie mich dazu bringen, über meinen Vater und Panu nachzudenken – ich mag nicht daran denken!«

Emilia saß an ihrem dritten Tag bei der Psychologin noch nicht richtig auf der Couch, als sie die Worte Frau Doktor Waldner entgegenschleuderte.

Die Therapeutin lächelte Emilia wissend an. »Ich weiß, dass Sie das nicht wollen, aber deshalb sind Sie hier, und es ist der Grund, warum es Ihnen nicht gut geht.«

Und mit einem Mal, als wäre ein Schalter umgelegt worden, sprudelte es einfach aus Emilia heraus. Sie hatte darüber gar nicht reden wollen, doch dann kam es ihr vor, als sei durch Frau Doktor Waldners gestrigen nur allzu deutlichen Worte über ihren Vater ein Damm gebrochen – und sie redete und redete: »Mein Vater hat oft gar nicht gefragt, ob ich mitkommen will, er hat es einfach bestimmt. Und dann musste ich ihm versprechen, Vera nichts davon zu erzählen, er machte ›unser kleines Geheimnis‹ daraus.« Emilia saß im Schneidersitz auf der Couch und naschte von den kleinen Schokoladentafeln, die in einer grünen Glasschale auf dem Tisch standen. »Vielleicht war Vera deshalb oft so gehässig, weil sie ahnte, dass mein Vater eine Affäre hatte und …«

»Macht Ihnen das Vera sympathischer, oder ärgert Sie das Verhalten Ihres Vaters?«

»Vera, sympathischer? Nein! Sie hat ihn mit ihrer kalten Art von sich weggetrieben, außerdem war sie ja schon in der damaligen UdSSR verheiratet und hat Vater nur ausgenutzt.« Emilias Stimme verlor jegliche Wärme, wenn sie von ihrer Mutter sprach. »Und ärgert mich das Verhalten meines Vaters? Ich weiß nicht? Jetzt, da ich mich langsam an alles erinnere … Warum konnte ich mich eigentlich vor einem Dreivierteljahr, als ich das erste Mal bei Ihnen war, noch nicht an alles erinnern, nur an Bruchstücke – wie Veras ersten Mann und den Streit, als dieser … dieser Kerl bei uns aufgetaucht war. Warum jetzt?«

Frau Waldner wollte gerade zu einer Erklärung ansetzen, als Emilia sich ruckartig aufrichtete und wie hypnotisiert vor sich hinstarrte. »An diesem Tag, dem Tag des Unfalls, da wollte ich gar nicht zum Schwimmen an den See … Ich dachte immer, ich hätte das damals gewollt und Vater dazu überredet … Aber so war es gar nicht gewesen …« Emilia stand auf und lief unruhig umher. »Er war zu mir ins Zimmer gekommen … Ich habe mit meinen Barbies gespielt, und da hat er mir gesagt, dass wir noch mal an den See zum Schwimmen fahren würden. Ich wollte eigentlich gar nicht, ich fühlte mich noch gar nicht richtig fit nach meiner schweren Erkältung, und außerdem hatte ich gerade so schön gespielt … Aber ich habe natürlich Ja gesagt …«

»Natürlich?«

»Ja, natürlich … Ich glaube, ich habe meinem Vater nie etwas abgeschlagen …« Emilia stockte. »Er liebte mich … bedingungslos …«

»Bedingungslos?«

»Ja, klar!« Emilia sagte das aus tiefster Überzeugung. Umso mehr traf sie die darauffolgende Äußerung der Therapeutin bis ins Mark.

»Aber wenn man ›bedingungslos‹ geliebt wird, darf man Nein sagen, man darf seine Meinung äußern, ohne Angst haben zu müssen, nicht mehr geliebt zu werden. Bedingungslos lieben heißt gegenseitiges Vertrauen und grenzenlose Zuneigung, ohne eine Bedingung zu stellen … Hat Ihr Vater Sie so geliebt?«

»Ich … weiß nicht … Ich …« Emilia liefen die Tränen über die Wangen, und sie musste sich wieder setzen, so sehr nahm sie dieses Gespräch mit.

»Aber ich denke, ich weiß es. Möchten Sie hören, was ich denke?«

Emilia nickte nur verstört.

»Ja! Ich denke, er hat Sie bedingungslos geliebt, doch Sie waren ein Kind und konnten das nicht sehen, Sie hatten Angst vor einer weiteren Zurückweisung. Die Kälte Ihrer Mutter machte Ihnen schon genug zu schaffen … Da sollte Ihnen nicht auch noch der Vater seine Liebe entziehen. Doch das hätte er nie, Emilia … Ihr Vater hat seine kleine Tochter von Herzen geliebt.«

»Warum … warum diese ganzen Gedanken … warum jetzt … warum im Auto mit Panu? Ich …«

»Emilia, das Ganze nennt man einen Flashback. Sie waren in der gleichen Situation wie damals als Kind. Sie wurden überredet, etwas zu tun, was Sie eigentlich nicht wollten – damals schwimmen fahren und mit dem Barbie-Spielen aufhören – heute einen Tag früher wegfahren und das *Talo* zurücklassen, obwohl Sie ein ungutes Gefühl dabei hatten. Dann auch noch Panus Wunsch, dieses Lied gemeinsam aufzunehmen.« Die Therapeutin reichte Emilia ein Glas Wasser und fuhr fort: »Als Kind taten Sie es Ihrem Vater zuliebe, und genauso haben Sie alles Erdenkliche getan, um Panu zufriedenzustellen … Sie sind mit ihm gefahren. Aber das hat nicht gereicht, Panu wollte noch mehr, wollte etwas, was Sie nicht wollten, und da machte es das erste Mal ›Klick‹ bei Ihnen. Sie hatten das Gefühl …«

»Nein, das war das zweite Mal gewesen. Zum ersten Mal ›Klick‹ hatte es gemacht, als Panu mir im Streit ein Ultimatum gestellt hat. Entweder er und die Hochzeit seiner Schwester oder daheimbleiben und mein *Talo*«, unterbrach Emilia die Psychologin nachdenklich.

»Das auch noch. Kein Wunder, dass Sie das Gefühl hatten, unter Druck gesetzt zu werden …«

Prüfend schaute Frau Doktor Waldner auf Emilia, die stumm vor sich hinnickte.

»Und dann kam die Situation im Auto, besser gesagt, noch davor. Auch hier gibt es wieder Parallelen zur Kindheit – damals waren Sie ein Kind und konnten nicht anders, als mit Ihrem Vater mitzufahren. Heute waren Sie irgendwo im Nirgendwo und mussten mit Panu fahren. Beide Male sahen Sie keine andere Möglichkeit, ja, es ist Ihnen noch nicht einmal in den Sinn gekommen, anders zu handeln, als Sie es getan haben. Sie sind mitgefahren.«

Wieder nickte Emilia stumm.

»Als es dann zu der Beinah-Unfallsituation mit Panu kam, haben Sie beides miteinander vermischt. Sie konnten zwischen dem Heute und dem Damals nicht mehr unterscheiden. Durch diesen Flashback kamen noch mehr Details Ihrer Vergangenheit an die Oberfläche, und die heißt es nun zu bearbeiten. Emilia, das ist wichtig für Sie, die Zukunft Ihres Kurhauses und Ihre Liebe zu Panu …« Frau Doktor Waldner fuhr mitfühlend fort: »Sie müssen die Vergangenheit annehmen lernen und ihr die Macht nehmen.«

»… Flashback?« Emilia flüsterte das Wort nur und saß mit weit aufgerissenen Augen da. »Flashback!«

20

»… fighting for the two of us, willing to find back to each other, is all we are searching for …«

♫

Liebster Panu,
wieder einmal ein Brief (dieses Mal in Mailform) von mir an dich – mir wird immer noch schlecht, wenn ich an meinen Brief im letzten Jahr denke. Aber es muss sein, ich muss dir schreiben …
Meine Therapiestunden helfen mir gut, und ich arbeite meine ganze Vergangenheit auf – diesmal wirklich alles. Und ich will das dieses Mal auch durchziehen. Ich werde bestimmt noch zwei Wochen in Mainz bleiben und möchte in dieser Zeit so wenig Kontakt wie möglich nach Helsinki haben … Nur mit Joulu telefoniere ich öfter, wegen des Kurhauses …
Panu, ich vermisse dich so schmerzlich …
Ich liebe dich! Ich liebe dich wahnsinnig – maßlos – abgöttisch – bedingungslos!
Aber … (ich weiß, damn but!!!) liebst du mich genauso? Genauso wahnsinnig – maßlos – abgöttisch? Ja, ich glaube, das tust du. Und bedingungslos? Hier glaube ich, die Antwort zu wissen, und es ist nicht die, die ich mir wünschen würde … Versteh mich nicht falsch, ich weiß, dass das Leben kein Wunschkonzert ist, aber (sorry) ich möchte in meinem Leben, mit meinen Lieben keine Bedingungen mehr erfüllen müssen … Ich möchte bedingungslos geliebt werden!

Panu, ich liebe dich, und doch glaube ich, dass es besser ist, wenn wir uns eine Weile nicht sehen (Teenies würden es Beziehungspause nennen), damit jeder erst einmal sein Ding verfolgen kann …
Ich könnte heulen (ich heule), aber ich weiß, es muss sein – ich brauche diese Verschnaufpause, um mir über alles klar zu werden … Bitte, bitte sei mir nicht böse!
Und wenn du doch böse bist, dann … Ja, was dann? Egal, sei, was du willst, wie du willst … weil … egal, wie du bist: Ich liebe dich!
Ganz lieber, zärtlicher Kuss!
Deine Emilia

Panu las die ausgedruckten Zeilen immer und immer wieder. Jeder Teil seines Körpers befahl ihm, er solle es endlich sein lassen und dieses verdammte Papier zerreißen. Doch er konnte nicht aufhören, sich selbst zu quälen. Die Faust seiner linken Hand war geballt, steckte tief in seiner Jeans. Mit der rechten fuhr er über das Papier, strich es glatt – erneut. Zerknittert lag der Brief auf seinem Wohnzimmertisch, und Panu starrte einfach nur stumm darauf. Langsam stand er auf, lief quer durch den Raum und kramte in der Schublade des Sideboards – nichts! Er lief zur Kommode im Flur und durchwühlte auch dort die Schubladen – nichts! Sein Blick schweifte zurück in das lichtdurchflutete Wohnzimmer. Er nahm die Staubflocken wahr, die überall herumtanzten, sah die Unordnung, die leeren Pizzakartons auf dem Esstisch – kein chinesisches Essen, das erinnerte ihn zu sehr an Emilia.

Es roch nach kaltem Rauch, Alkohol, Medizin und, er hob seinen Arm und schnupperte an seinem Shirt, nach ihm! Er hatte Emilias Mail am Freitag zum ersten Mal gelesen, heute war Sonntag – er musste dringend lüften! Er riss alle Fenster der großen Front auf und atmete die klare Luft, den frischen Duft der Ostsee tief ein. Lang anhaltender Husten war die Strafe für dieses tiefe Einatmen, und er krümmte sich vor Schmerz – seine Lunge schien zu bersten. Erschöpft schnappte Panu sich eine Decke und legte sich zurück auf die Couch. Er glühte! Seine Gedanken rasten – wo hatte er Emilias Brief aus dem letzten Jahr bloß hingesteckt? Der Schweiß rann ihm über die Stirn; er fühlte, wie sein Shirt schon wieder nass wurde, und er schlug schlaff die Decke zurück. Er richtete sich mühsam auf und lief mit nackten, kalten Füßen ins Schlafzimmer. Panu bückte sich nach seinem Gigbag, in dem seine Gitarre lag, hievte die Tasche aufs Bett und fummelte umständlich in dem kleinen Innenfach herum. Sekunden später hielt er einen Umschlag in der Hand – Emilias Abschiedsbrief. Lange betrachtete er ihn, bevor ein neuerlicher, schmerzhafter Hustenanfall seinen Körper schüttelte. Schwer atmend ging er zurück ins Wohnzimmer, setzte sich, nahm seinen Laptop und schrieb eine Mail.

Liebe Maria, ich würde dich gern besuchen kommen. Ich könnte heute Abend noch bei dir sein. Bitte, ich glaube, ich brauche dich jetzt! Panu.

xxx

»Ja, ich verstehe.« Emilia nickte ihrem Gegenüber zu. »Und nein, es macht mir nichts aus, die beiden jetzt zu treffen.« Ihre Stimme klang sicher und beherrscht. Sie schaute auf die Bürotür, durch die ihr Anwalt, Herr Bläser, gerade hinausgehen wollte, um ihrer Mutter und Joachim Bescheid zu sagen, dass die zwei jetzt hereinkommen konnten.

Nach stundenlangen guten Gesprächen mit ihrer Therapeutin fand sich Emilia jetzt in der Lage, die schon seit Monaten von Vera und Joachim gewünschte Unterhaltung zu führen. Herr Bläser hatte sie, nachdem sie ihn endlich zurückgerufen hatte, über das Ansinnen der beiden aufgeklärt, und so war sie gut vorbereitet. Natürlich hätte sie ihre Antwort auch einfach über ihren Anwalt übermitteln können. Aber das war für sie nach den letzten Tagen harter Aufarbeitung nicht infrage gekommen. Sie hatte noch einige dringende Fragen, die sie Vera unbedingt stellen musste, und sah im Zuge dieses heutigen Termins den geeigneten Zeitpunkt dafür.

Sie hatte seit ihrer Ankunft jeden Tag Gespräche mit Frau Doktor Waldner geführt, ganze sieben an der Zahl. Sogar am Wochenende hatte die Psychologin Überstunden eingeschoben, um ihre Arbeit mit Emilia fortzuführen, wofür sie ihr äußerst dankbar war. Natürlich hatte Emilia auch eine Stange Geld dafür bezahlen müssen, doch das war es ihr wert gewesen.

Emilia schmunzelte – was Geld doch alles bewirken konnte. Es machte nicht etwa gesund oder gar glücklich, aber es war noch immer ein bewährtes Mittel, einem den Weg dorthin zu ebnen. Natürlich ging es beim folgenden Termin auch um Geld. Das war Emilia schon vor ihrem Gespräch mit Herrn Bläser klar gewesen. Dennoch hatte sie den aberwitzigen Gedanken, es würde auch um persönliche Belange gehen, nicht verdrängen können – es würde auch um sie gehen. Sie blickte grimmig – was für ein Hirngespinst.

Emilia stand auf und stellte sich ans offene Fenster. Sie wollte ihnen bei ihrem ersten Zusammentreffen nach so langer Zeit auf Augenhöhe begegnen. Sie spürte, dass sie vor Nervosität feuchte Hände bekam, und wischte sie sich an ihrer Jeans ab. In Gedanken war sie das Gespräch schon etliche Male durchgegangen und fieberte diesem nun förmlich entgegen. Sie wollte es endlich hinter sich bringen.

Die Tür ging auf, und Herr Bläser trat ein, gefolgt von Vera und Joachim, mit denen sie seit einem halben Jahr keinen persönlichen Kontakt mehr gehabt hatte. Sofort spürte Emilia, wie sich die Atmosphäre im Raum durch derer beider Unbehagen veränderte, und fühlte sich schlagartig gestärkt. Sie stieß sich cool von der Fensterbank ab und schritt ihnen souverän entgegen. »Hallo, Vera! Joachim!« Äußerlich entspannt reichte sie ihrem Ehemann die Hand.

»Lia?« Joachim ergriff überrascht und sichtlich dankbar ihre Hand und hielt sie sekundenlang in seiner. Seine Finger fühlten sich rau und kühl an, sein Händedruck war lasch. Er schaute sie an, als würde er einen Geist sehen.

Emilias Blick wanderte zu ihrer Mutter. Vera betrachtete ihre Tochter leicht irritiert und konnte nicht glauben, wie gut Emilia aussah, trotz allem, was vorgefallen war.

Jedoch fasste sie sich schnell wieder und drückte Emilias dargebotene Hand kurz. »Hallo, Lia. Danke, dass du dem Gespräch zugestimmt hast.« Sie klang geschäftig – reserviert, wie eh und je.

»Kein Problem.« Sie schaute sich ihre Mutter genauer an. Sie hatte sich nicht verändert. Auch heute, mit ihren inzwischen sechsundfünfzig Jahren, war sie eine strahlende Schönheit. Sie war groß, überragte Emilia um gut fünfzehn Zentimeter, und trug ihr braunes welliges Haar noch immer offen. Das maßgeschneiderte dunkelblaue Kostüm unterstrich ihre Modelfigur, und Emilia konnte nicht umhin, ihr anmutiges Auftreten zu bewundern. Joachim wirkte daneben blass und unscheinbar. Er war in den letzten Monaten noch grauer geworden und hatte in jeder Hinsicht sprichwörtlich Haare gelassen. Seine Gesichtszüge, die sie einst attraktiv fand, wirkten eingefallen. Er hatte stark abgenommen und war hypernervös, was das leichte, aber ständige Herabziehen seines rechten Mundwinkels verriet. Emilia musterte ihn eingehend, und er senkte, beinahe verlegen, die Augen. Joachim ging es nicht gut – so viel konnte Emilia sehen. Sie wunderte sich, dass sie angesichts dieser Erkenntnis keinerlei Genugtuung empfand. Im Gegenteil, er tat ihr auf irgendeine Weise sogar leid.

Der Anwalt zeigte auf den Tisch vor seinem Schreibtisch. »Setzen wir uns doch.«

Sie nahmen Platz. Emilia neben ihrem Anwalt, Joachim ihr gegenüber, und Vera setzte sich auf den freien Stuhl an Joachims Seite.

Herr Bläser nickte seinen Gegenübern zu. »Also, Herr Schreiber, Frau Fahnenbruck, folgende Dinge gilt es noch abschließend zu klären, dann steht dem Scheidungstermin, der für den 28. August anberaumt ist, nichts mehr im Wege.« Er öffnete seinen Aktenordner und fing an: »Herr Schreiber möchte den Namen *Fahnenbruck Design* behalten und legt die Gründe wie folgt dar: Die Kosten einer Änderung würden nicht nur von Amts wegen hoch ausfallen, sondern auch, da das gesamte Design, Logos, Labels etc. geändert werden müssten und das Summen in …«

Emilia blickte abwechselnd von Joachim zu Vera und schweifte kurz mit ihren Gedanken ab. *Sie waren meine Familie …*

»… und damit verbunden der Verlust des guten Namens. Es würde der von Bernhard Fahnenbruck gegründeten Firma ein unwiderruflicher Schaden zugefügt werden …«

Vater! Emilia lauschte den Erläuterungen aufmerksam, stellte Zwischenfragen und stimmte schließlich zu: »Ihr könnt weiter unter dem Namen *Fahnenbruck Design* fabrizieren, aber …« Vera und Joachim hingen wie gebannt an Emilias Lippen, als sie soeben kurz stockte. »Aber nichts. Es ist okay für mich. Weiter!« Sie sah seitlich zu ihrem Anwalt und hörte erneut genau zu, als er die finanziellen Schwierigkeiten erwähnte, die Joachim durch den Kauf der Firma und des Hauses entstehen würden. Nachdem der Anwalt die Misere bis ins Detail dargelegt hatte, schauten alle gespannt auf Emilia, die ihrerseits abwechselnd von Joachim zu Vera blickte. Sie holte tief Luft und sagte: »Ich möchte erst mit Vera reden, bevor ich mich entscheide. Joachim, würdest du uns bitte kurz allein lassen?« Sie nahm den besorgten Ausdruck auf seinem Gesicht wahr, sah aus dem Augenwinkel Veras hochgezogene Brauen und bat ihren Anwalt: »Wäre das für Sie in Ordnung, Herr Bläser? Es wird auch nicht lange dauern.«

»Natürlich. Herr Schreiber und ich warten im Besucherzimmer.«

Verunsichert stand Joachim auf und warf Vera einen fragenden Blick zu. Diese ignorierte ihn und fixierte Emilia mit zusammengekniffenen Augen. Als sich die Tür hinter den beiden Männern geschlossen hatte, setzte eine unangenehme Stille ein.

»Vater hatte eine Geliebte.« Emilia stellte das ganz sachlich und nüchtern fest und ließ Vera dabei keine Sekunde aus den Augen. Für einen kurzen Moment schien deren aufgesetzte hochnäsige Miene zu entgleisen, um sich jedoch im Nu wieder im Griff zu haben.

»Was hat das mit dem Gespräch heute zu tun?«

»Alles hat mit diesem Gespräch heute zu tun!«

»Was willst du?«

»Die Wahrheit!«

»Die kennst du doch schon.« Vera schnaubte verächtlich. »Die hast du dir doch schon im letzten Jahr zurechtgelegt.«

»Aber es war nicht die ganze Wahrheit.«

»Warum?«

»Warum was? Warum alles so gekommen ist? Warum ich die Wahrheit wissen will? Um abschließen zu können und endlich die Vergangenheit, vor allem meine Kindheit begreifen zu lernen.«

»Psychokacke!« Vera war aufgestanden und lehnte sich an den Schreibtisch. »Was soll das, Lia? Wenn du uns zugrunde richten willst, mach es gleich, und spiel nicht noch irgend so ein Mama-hat-mich-nie-geliebt-Spiel!«

Emilia hatte mit dieser Kaltschnäuzigkeit gerechnet und war bestens vorbereitet. Auch wenn es sie noch immer schmerzte, so mit ihrer eigenen Mutter reden zu müssen, ließ Vera ihr keine andere Wahl. »Warum so hochmütig, Mutter?« Ihre Stimme triefte vor Sarkasmus. »Verletzt es dich noch immer, über Vaters Geliebte nachzudenken, über Annette, eine rundliche, nicht wirklich gut aussehende, aber dafür warmherzige Frau? Wie lange ging das schon zwischen Vater und ihr?« Jetzt hatte sie einen wunden Punkt getroffen. Vera pulte, wie meist, wenn sie nervös wurde, mit den Zeigefingern an der Nagelhaut der Daumen entlang. »Ich möchte doch nur verstehen.«

»Du warst vier Jahre alt, als er sie kennenlernte.«

Emilia schwieg und wartete, dass sie fortfuhr.

»Sie war Näherin in der Änderungsschneiderei. Verheiratet ohne Kinder und bis über beide Ohren in deinen Vater verliebt.«

»Warum hat er dich betrogen? Mit ihr?«

Vera wusste genau, worauf Emilia anspielte; warum mit so einer Frau, die Vera, rein optisch gesehen, nicht das Wasser reichen konnte. »Er hatte von Jegor, meinem ersten Mann, erfahren, dass ich noch immer mit ihm verheiratet war. Er hätte es eigentlich nie herausbekommen können, hätte mich Jegor nicht durch Zufall gefunden …« Sie winkte ab. »Aber das ist ein anderes Thema. Dein Vater war maßlos enttäuscht von mir – von meinem Betrug.«

Wieder schwiegen beide.

»Warum hast du dich nicht von Jegor scheiden lassen, bevor du Vater geheiratet hast?«

Hart lachte Vera auf und blickte Emilia mitleidig an. »Du hast doch keine Ahnung, wie es in den Siebzigern in Russland, der damaligen UdSSR, war. Wie das Leben mit ihm war, wie er zu mir war … Du weißt eigentlich …«

»… rein gar nichts von dir.« Emilia sah Vera fest an. »Ja, das stimmt. Du bist meine Mutter, und ich weiß gar nichts von dir … Das ist traurig … aber …«

»… aber zu spät!«

»Ja, ich glaube, für uns ist es wirklich zu spät … Aber trotzdem möchte ich noch einiges wissen.«

Resigniert seufzte Vera auf, setzte sich wieder auf einen Stuhl, schlug grazil die Beine übereinander und sagte: »Frag!«

»Hat Vater sie oft besucht?«

»Ja.«

»War ich immer dabei?«

»Nein, nicht immer. Manchmal wollten sie wohl …«, wieder dieses harte, kalte Auflachen, »… allein sein.« Verächtlich zog sie die Brauen hoch.

Emilia nickte. »Wollte ich immer mit?«

»Nein! Natürlich nicht!« Erstaunt über diese Frage, runzelte Vera die Stirn. »Du bist auch gern zu Hause geblieben und hast gespielt – mit deinen Puppen.«

Emilia erinnerte sich an ihre zahlreichen Spielsachen.

»Hat Vater mich manchmal mitgenommen, obwohl ich nicht wollte?«

»Ja, des Öfteren.«

»Und dann habt ihr gestritten!«

»Ja.«

»Hast du mich dafür verantwortlich gemacht, mich dafür gehasst?«

Vera zögerte. Sie drehte mit den Fingern ihre Locken nach und biss sich auf die Lippen. Ihre ganze Selbstsicherheit schien allmählich in sich zusammenzufallen – nicht wie ein Kartenhaus, schnell und endgültig, sondern eher wie ein altes Gemäuer, das langsam zu bröckeln anfing. »Nicht verantwortlich, nein! Ich wusste, dass niemand anderes als ich selbst daran schuld war. Und ja …«, sie schaute auf ihre tadellos manikürten Fingernägel, »ich habe dich gehasst; dafür gehasst, dass er dich mehr geliebt hat als mich. Dass er mit dir all seine Zeit verbrachte, so viel Zeit und …« Sie brach ab und fuhr sich mit der Hand über die Oberlippe. Emilia konnte einen dünnen Schweißfilm darauf erkennen, den sie unauffällig wegwischen wollte, als sie fortfuhr: »Ich habe ihn geliebt, Lia, wirklich geliebt. Er war meine große Liebe gewesen. Und ich konnte nicht verstehen, dass er mir diese kleine Lüge mit Jegor nicht verzeihen konnte, es ihn in die Arme einer anderen trieb und er so kalt zu mir war, so kalt …«

Emilia hatte das Bedürfnis aufzustehen, Veras Hand zu nehmen oder wenigstens etwas Mitfühlendes zu sagen. Doch sie konnte nicht, sie war noch nicht einmal mehr zu solch einer kleinen Geste fähig.

Ihre Gedanken rasten. Sie hatte in den vergangenen Monaten gedacht, dass die Beziehung zwischen Vera und ihr vorbei wäre, aber war sie das wirklich? Konnte es nicht vielleicht doch eine zaghafte Annäherung zwischen ihnen geben? Wollte sie das überhaupt? Ehrlich zu sich selbst, beantwortete sie sich ihre Frage mit Ja – ja, sie würde gern verzeihen und vergessen. Und dann? Was würde ihr das bringen? Was erwartete sie? Wollte sie das wirklich? Unsicher starrte sie ihre Mutter an. Sie nahm den ihr wohlbekannten harten Zug in Veras Gesicht wahr, der deren Lippen zu einem schmalen Strich werden ließ, und gab den Gedanken an eine Versöhnung sogleich wieder auf. *Hirngespinste! Weiter!* Und so fragte sie schonungslos: »Wollte ich am Tag des Unfalls mit ihm wegfahren? Habe ich darauf bestanden, schwimmen zu gehen?«

»Nein!«

»Nein?!« Emilia, geschockt von diesem Nein, vergaß in Sekundenschnelle alle Versöhnungsgedanken und stellte Vera mit überschlagender Stimme Fragen, die ihr auf der Seele brannten: »Warum hast du es dann gesagt? Warum hast du mich in dem Glauben gelassen, ich hätte Vater dazu überredet, mit mir schwimmen zu fahren? Warum hast du mich, eine Zehnjährige, für Vaters Tod verantwortlich gemacht? Warum, Vera? Ich war ein Kind – dein Kind!« Emilia drohte in diesem Moment die Stimme zu brechen. Heftig nahm sie das Wasserglas und trank einen kräftigen Schluck. Nicht weinen – nicht schon wieder weinen. Sie biss sich auf die Lippe, setzte das Glas heftig ab und fragte erneut: »Warum?«

»Ich war eine schlechte Mutter, das weiß ich. Aber …« Ihr Blick glitt zum Fenster. »Aber ich war eine gute Frau … Und ich habe deinen Vater bis zum letzten Tag geliebt, habe immer wieder versucht, ihn zurückzugewinnen. Jegor war an diesem Tag noch einmal aufgetaucht und hatte Geld gefordert.« Ihr helles Auflachen klang unecht. »Dieser Narr! Dein Vater hat ihn zunächst ausgelacht, und als ihm Jegor gedroht hat, alles an die Öffentlichkeit zu tragen, hat er ihn angebrüllt … Ich sei seine Frau, und daran könnte auch so ein blödes russisches Dokument nichts ändern, und er, Jegor, solle sich gefälligst aus dem Staub machen und nie mehr sehen lassen … Und dann hat er telefoniert … Kurz darauf hat er dich geschnappt und ist losgefahren … und …«

»… und dann war er tot.«

»Ja, und ich war schuld … Ich, weil ich in meiner Jugend dumm und einfältig gewesen war und … und …, Emilia, er hat gesagt, ich sei seine Frau.« Beschwörend richtete Vera nun ihren Blick auf ihre Tochter. »Ich hätte ihn zurückgewinnen können, ich hätte nur noch ein bisschen Zeit gebraucht …«

Emilia hörte gar nicht mehr zu. In ihren Ohren dröhnte es – sie hörte nur noch ihren Namen: Emilia, sie hatte ihn soeben zum ersten Mal in ihrem Leben aus Veras Mund vernommen – *Emilia!*

Sie wollte nichts mehr hören und hob abwehrend die Hand. »Genug! Das reicht.« Sie stand auf und ging zur Tür. Kurz bevor sie diese öffnete, fragte sie noch: »Du hast Vater geliebt! Liebst du auch Joachim?«

»Ja! Ja, das tue ich. Nach deinem Vater ist er meine zweite große Liebe und …«

Wieder hob Emilia die Hand. »Schon gut.«

Sie wollte gerade die Klinke herunterdrücken, als sie hinter sich, ganz leise, Veras Stimme hörte.

»Es tut mir leid, Emilia. Es tut mir so unsagbar leid.«

Sie drehte sich nicht mehr um. Sie wusste auch so, dass diese Worte ehrlich gemeint waren.

×××

Emilia hatte am Nachmittag des folgenden Tages noch ein Abschlussgespräch bei Frau Doktor Waldner gehabt und versuchte seitdem vergeblich, Panu zu erreichen. Als sie am Abend, kurz vor ihrem Heimflug nach Helsinki, die Promi-News las, wurde ihr elend zumute.

Promi-News

Moonset Road hat bis auf Weiteres alle Konzerttermine abgesagt. Ihre drei Open-Air-Gigs in Minsk, Passau und Amsterdam werden um zwei Wochen verschoben, und der Live-Auftritt im russischen Fernsehen entfällt. Sänger Panu Turunen hat sich nach einer Erkältung mit Stimmbandentzündung eine leichte Lungenentzündung zugezogen und von den Ärzten Auftrittsverbot verordnet bekommen. Auf diesem Weg wünschen wir gute Besserung und dass sanfte Hände ihm schnelle Heilung bringen. Wir bleiben dran!

Er war krank. Emilias Herz zog sich zusammen, und sie schickte erneut eine WhatsApp an ihn.

Liebster Panu, ich kann dich nicht erreichen, du bist wie vom Erdboden verschluckt. Wie geht es dir? Wo bist du? Keiner der Jungs sagt etwas. Tess und Eva wissen nichts – sagen sie zumindest. Ich würde dich gern sehen, mit dir reden. Bitte … Panu, ich liebe dich … Bitte lies deine Mails … bitte! Emilia.

21

»… just you can kiss me deep and devotedly, only in your arms I wanna be …«

♫

In Gedanken ging er vereinzelte Zeilen der zwei Briefe, die ihm Emilia geschrieben hatte, noch mal durch.

»Liebster Panu, ich weiß nicht, wie ich all das, was ich dir sagen möchte, in Worte fassen soll?! Du hast mein Leben verändert. Du kamst und hast mich so genommen, wie ich bin oder wie du glaubtest, dass ich bin …«

Er schluckte schwer.

»… ich weiß, dass wir uns körperlich stark (gibt es hierfür eine Steigerung? Vielleicht: wahnsinnig?!) zueinander hingezogen fühlen. Aber was noch …?«

Liebe! Emilia! Es nennt sich Liebe!

»… ich war zu egoistisch und wollte die wenigen wunderschönen Momente, die wir hatten, nicht zerstören …«

Wir hatten so viele dieser Momente, Kaunis.

»… meine Wunschliste an einen Mann fängt mit ›VERTRAUEN‹ an …«

Selbst heute, nach allem, was passiert ist, setze ich noch mein Vertrauen in dich – in uns!

»… ich möchte in meinem Leben, mit meinen Lieben, keine Bedingungen mehr erfüllen müssen … Ich möchte bedingungslos geliebt werden!«

Ich hatte doch nie beabsichtigt, dir Bedingungen zu stellen – meine grenzenlose Liebe ist an keine Bedingung geknüpft. Warum siehst du das nicht?

»… liebster Panu, ich bin nun so weit, mein Leben neu zu gestalten. Es selbst in die Hand zu nehmen … Leider sehe ich in meiner Zukunftsplanung ›UNS‹ nicht!«

Aber ich sehe uns – heute, wie auch schon vor knapp einem Jahr, als du mir diesen Brief geschrieben hast.

»… und wenn du doch böse bist, dann … ja, was dann? Egal, sei, was du willst, wie du willst, weil egal, wie du bist – Ich liebe dich!«

Verdammt, und ich liebe dich … und wie ich dich liebe!

Panu hielt die beiden Briefe in den Händen und hätte am liebsten seine ganze Wut und seinen Frust herausgeschrien. Die Worte »Vertrauen« und »bedingungslos« hatten sich in sein Hirn eingebrannt.

»Panu, leg jetzt endlich diese verdammten Briefe weg und rede mit mir. Du hast fast die ganze Woche über geschwiegen und …« Sie lachte leise, als Panu auf seinen Hals zeigte und den Finger auf die Lippen legte, um ihr zu zeigen, dass er zum Schweigen verdammt war. »Jaja, schon klar. Du darfst nicht reden, weil du so krank warst, aber …«, schwups, hatte sie ihm die Briefe aus der Hand gerissen, »… diese Briefe zu lesen hilft dir auch nicht dabei, gesund zu werden. Also weg damit.«

Maria machte sich daran, aus dem Zimmer zu gehen, und wedelte dabei mit ihrer Beute triumphierend in der Luft herum.

So gut, wie sie dachte, kannte sie Panu dann allerdings doch nicht. Er sprang auf, schnappte ihren Arm und nahm die Briefe wieder an sich, und ein heiseres »Nein« entsprang seiner gequälten Kehle.

»Panu, bitte!«

Hartnäckig schüttelte er den Kopf und setzte sich wieder auf die Couch. Er klopfte auf den Platz neben sich, und Maria nahm widerwillig Platz. Er legte einen Arm um sie und drückte sie an sich.

Sie ließ ergeben ihren Kopf an seine Schulter sinken und stellte wieder einmal fest, wie groß Panu im Gegensatz zu ihr war. Maria dachte zurück, an ihre Zeit mit ihm – es schien so unendlich lange her zu sein. Es war unendlich lange her! Und umso mehr freute sie sich darüber, dass er zu ihr gekommen war – endlich einmal wieder. Sie hatten sich zwar in den letzten Jahren gelegentlich gesehen, aber das waren immer nur kurze Stelldichein auf der Durchreise gewesen.

»Panu, wann musst du wieder weg?«

»Bald …«, brachte er heiser mühsam hervor.

Langsam kam die Stimme wieder. Die Ärzte gäben ihm grünes Licht, wenn er sich noch eine Woche schonen und erst ab der nächsten Woche mit Stimmübungen anfangen würde. Es waren nur noch vierzehn Tage bis zum Konzert in Minsk, und die Ärzte waren zuversichtlich, dass er bis dahin wieder voll hergestellt war. Medizinisch bekam er die bestmögliche Betreuung und von der an seiner Schulter lehnenden Frau die nötige, liebevolle Pflege.

»Oh, Panu, ich weiß, es ist egoistisch, aber ich wünschte, du würdest morgen noch nicht heimfliegen, du könntest bleiben.« Sie blickte ihn mit ihren trüben blauen Augen traurig an.

Er neigte sich vor und gab ihr einen Kuss auf die Stirn. »Ich habe dich lieb.« Zärtlich lächelte er sie an, und Maria strahlte dankbar.

×××

»Oh, Tess, es ist so schön, wieder hier zu sein.« Wie ein aufgescheuchtes Huhn lief Emilia im *Talo* herum und betrachtete jeden Winkel, als ob sie ihr Zuhause zum ersten Mal sehen würde.

Tess, amüsiert über Emilias kindliche Freude, stellte den Kuchen auf den Esstisch und sagte mahnend: »Frau Eklund hat gesagt, du musst viel essen, du wärst so dünn geworden.« Sie betrachtete Emilia und fand, dass die Köchin recht hatte – sie hatte wirklich ein paar Pfund zu viel verloren.

»Dann musst du aber auch zulangen!« Emilia betrachtete Tess nun ihrerseits genau. Auch sie hatte abgenommen, aber im Gegensatz zu ihr selbst stand es Tess. »Miro tut dir gut!«

»*Kein Panu* bekommt *dir* scheinbar schlecht!«

Emilia schluckte und machte eine wegwischende Handbewegung. »Ich arbeite daran.«

Tess verstand und wechselte geschickt das Thema. »Ich treffe mich später mit Miro, wir wollen ins Studio gehen und mit Rami, Janis und Niina Darts spielen. Kommst du mit?«

»Nein, heute nicht.« Sie hätte auch sagen können: Nein, nie wieder, solange Panu nicht dabei ist. »Darf ich nun endlich wissen, was zwischen dir und Miro läuft? Ich meine, *Juhannus* ist jetzt schon über einen Monat her.« Emilia schaute Tess erwartungsvoll an.

»Klar!« Grinsend steckte Tess sich ein Stück Kuchen in den Mund. »Mmmpf … mmmh … Miro … und … mmmpf … ich …«

»Tess!« Emilia nahm ihr die Gabel aus der Hand. »Hör auf, den Kuchen in dich reinzustopfen, und erzähl!«

Tess prustete los, sodass Emilia ein paar Krümel entgegenflogen. Diese wischte sie gespielt entrüstet weg, und Tess entschuldigte sich mit vor den Mund gehaltener Hand: »Sorry, mein Fehler.«

Emilia blickte sie zufrieden an. Tess' Sprache hatte sich enorm weiterentwickelt, sie lachte, machte Späße, und mit dem Laufen klappte es richtig prima. Nur ein Fachmann konnte sehen, dass sie ihr linkes Bein noch leicht nachzog.

»Wo soll ich anfangen?«

»Wo du magst.«

»Gut.« Tess lehnte sich zurück und sagte: »Ich war damals schwanger von Miro.«

Jetzt war es an Emilia, den Kuchen quer über den Tisch zu spucken. Tess sprang um den Tisch herum und klopfte der hustenden Emilia auf den Rücken. Als diese sich etwas erholt hatte, zeigte Tess belustigt auf die herumliegenden Brösel und schüttelte den Kopf.

Emilia war geschockt und starrte Tess ungläubig an.

»Nach der einen gemeinsamen Nacht war ich prompt

schwanger. Und, ja, bevor du fragst, ich bin mir hundertprozentig sicher, dass es von Miro war. Ich war zwar wild und«, sie schmunzelte, »und auch ein bisschen notgeil, aber in Miro war ich echt verliebt. Von meiner Krise nach seiner Abweisung habe ich dir ja schon berichtet und …« Tess erzählte munter drauflos. Von Miros Versuchen, mit ihr zu reden, seinen Zweifeln, ob das Kind überhaupt von ihm war. Von seiner herzlichen Fürsorge und seinem Versprechen, das gemeinsam mit ihr durchzustehen, wenn sie das Kind bekommen wolle. Sie ließ auch ihre Wutanfälle ihm gegenüber nicht aus und ihre Drohung abzutreiben. Und dass sie in ihrer Verzweiflung, als sie nach weiteren Auseinandersetzungen mit ihm und ihren Eltern Scheiße gebaut hatte, vollgesoffen und zugekokst auf einer Bank in einer Parkanlage in München bewusstlos aufgefunden worden war. Im Krankenhaus hatte sie dann erfahren, dass sie das Kind verloren hatte. Sie berichtete weiter, dass sie Miro immer im Glauben gelassen hatte, abgetrieben zu haben. Und deswegen, aber auch wegen ihres unverantwortlichen Verhaltens gegenüber Emilia in Utrecht, war er so sauer auf sie gewesen und hatte nur das Schlechteste von ihr angenommen. »… ja, und das ist unsere Geschichte!«

»Und jetzt?«

»Ja, und jetzt?« Tess zuckte mit den Schultern. »Ich weiß nicht so recht. Wir haben uns ausgesprochen und nähern uns gerade wieder an. Aber über die Zukunft haben wir noch nicht geredet.«

»Und Lasse?«

»Lasse. Mmmh, weiß nicht. Ich mag ihn … und er mich, aber …?«

Emilia spürte, dass Tess dieses Thema nicht weiter verfolgen wollte, und fragte stattdessen: »Auch auf die Gefahr hin, dass ich wie deine Mutter klinge, was gedenkst du, in Zukunft zu tun? Ich meine, du bist wieder gesund. Kannst auf eigenen Beinen stehen und machen, was du willst … Nicht, dass ich dich loswerden möchte, ich könnte mir …«

»Willst du mich wirklich nicht loswerden?« Tess schaute sie fragend an.

»Natürlich nicht! Ich würde dich schrecklich vermissen.« Emilia wunderte sich selbst ein wenig über den Gedanken, dass sie Tess wirklich noch nicht gehen lassen wollte. Sie hatte sie über die Monate hin lieb gewonnen und würde den Tag des Abschieds gern hinauszögern. Doch sie wusste auch, dass dies unprofessionell wäre, und sagte deshalb: »Wir alle werden dich schrecklich vermissen, aber du kannst uns ja jederzeit besuchen kommen, und wenn du weißt, was du für die Zukunft willst, unterstütze ich dich natürlich, und …« Emilia schluckte. Sie spürte, wie Tränen in ihr hochstiegen, und dachte an die Worte Miros vor gut sechs Monaten in der Schweiz: *»Pass einfach auf und versuche, es nicht persönlich zu nehmen.«* Er hatte damit Tess' Zurückweisung oder ihren Unwillen gegenüber Emilia gemeint. Dass sich seine Worte jetzt in die entgegengesetzte Richtung bewahrheiteten, freute Emilia, aber es schmerzte sie auch zugleich. »Und ich wünsche dir ganz viel Glück, egal, was du auch vorhast. Du wirst das schon schaffen …«

»Emilia!« Tess unterbrach ihren Redeschwall.

»Ja?«

»Ich … ich glaube, ich weiß wieder, was … was an dem Abend in Utrecht passiert ist … schemenhaft.« Unruhig strich sie sich ihr rotes Haar aus dem Gesicht und schaute Emilia ängstlich an. »Du … ich …«

»Du …? Ehrlich?« Emilia wusste mit einem Mal überhaupt

nicht, ob sie es eigentlich noch wissen wollte, sie hatte den Abend weitestgehend verdrängt.

»Ja. Aber ich glaube, es wird dir nicht viel bringen.«

»Erzähl.«

»Ich war auch an der Brücke, an der Mauer. Du, ich und noch ein Typ. Du sagtest, du wolltest zurück ins Hotel zu Panu … Und da bin ich mit dem Typ abgezogen … Mehr weiß ich nicht. Ehrlich.«

»Also hast du mich nicht auf die Mauer klettern sehen?«

»Nein … nein, ich denke nicht. Ich kann mich auf jeden Fall nicht daran erinnern.« Tess zuckte mit den Schultern.

»Na ja, dann ist es halt so. Aber schön, dass du dich erinnern kannst. Das ist doch wunderbar, oder?!«

»Ja, finde ich auch. Ich bin echt froh, dass ich nach und nach ein paar Gedächtnislücken schließen kann.« Sie sah Emilia lächelnd an. »Ich habe in den letzten Monaten nicht nur gelernt, wieder zu laufen und zu sprechen, sondern auch viel über mich und meine Persönlichkeit, und ich weiß vielleicht, was ich beruflich machen will. Dass ich nie wieder Leistungssport betreiben kann und auch gar nicht mehr will, ist mir sonnenklar, und auch wenn du es nicht glaubst, aber ich habe mir schon lange darüber Gedanken gemacht, was ich mit meiner Zukunft anfangen will.« Sie räusperte sich und fuhr zaghaft fort: »Ich habe viel nachgedacht, wirklich viel … habe mich schlaugemacht, was andere Sportler so nach ihrem Karriereende tun – die meisten werden Trainer oder aber …«, fest sah sie Emilia in die Augen, »… lach jetzt nicht! Ich kenne meinen Körper mittlerweile besser als jeder Arzt oder Therapeut. Ich weiß, was ich tun muss, um erlahmte Muskeln zu mobilisieren, ich kenne Tricks und Kniffe, um Verklebungen zu lockern. Und ich weiß auch, wie man Bewegungsabläufe trainiert, damit ein schmerzfreies Leben möglich ist. Ich …«

Emilia starrte Tess abwartend an, ohne die zwar sinnvollen, aber dennoch unverständlichen Ausführungen in einen Zusammenhang mit ihrem Berufswunsch bringen zu können.

»Ich … ich würde gern Physiotherapeutin werden«, stieß sie letztendlich unsicher hervor.

Emilia brauchte nur ein paar Sekunden, um ihre Worte auf sich wirken zu lassen, dann sprang sie schreiend auf: »Wahnsinn! Das willst du wirklich? Wo? Hier bei uns? Möchtest du bleiben?« Sie riss die verdutzte Tess aus ihrem Stuhl und umarmte sie stürmisch. »Sag doch was!«

»Würde ich ja gern, aber du quasselst mich ja voll wie am ersten Tag im Sanatorium.« Sie lachte glücklich. »Und ja, ich würde gern fürs Erste hierbleiben und ein Praktikum bei dir machen … und …«

Emilia streckte Tess ihre Hand entgegen, setzte eine gespielt ernste Miene auf und sagte: »Hiermit bist du eingestellt!«

Tess ergriff die Hand und wurde daraufhin erneut von Emilia herzlich umarmt. Lauthals lachend tanzten die Frauen durch den Raum, als Joulu hereinkam, den Freudentanz kurz beobachtete und laut sagte: »Hei, Emilia. Schön, dass du wieder da bist!«

×××

Nach ihrer glücklichen Wiederkehr ins *Talo* vor sechs Tagen hatte Emilia rund um die Uhr gearbeitet. Es gab viel Studienlernstoff nachzuholen, Lenni und Elin hatten sie vollkommen in Beschlag genommen, und es waren Unterlagen zu sichten und Termine zu vereinbaren. Sobald sie dazwischen Zeit fand, schrieb sie Panu oder versuchte, ihn anzurufen. Doch vergeblich, er blieb für sie verschollen.

Emilia saß in den milden Abendstunden mit Eva und Mikka vor dem *Talo* und freute sich, dass die beiden vorbeigekommen waren. Es war ihr vierunddreißigster Geburtstag, und sie hatte alles in allem einen ruhigen Tag verbracht. Sie wollte nicht groß feiern, und so hatte sie die Glückwünsche ihrer Freunde per WhatsApp, Mail und Telefon entgegengenommen. Alle hatten an sie gedacht – nur von Panu hatte sie nichts gehört. Emilia fröstelte. Schnell versuchte sie, sich mit positiven Gedanken abzulenken.

Sie blickte auf Evas Bauch, der Anfang des sechsten Monats enorme Ausmaße angenommen hatte. Emilia bemerkte, wie glückselig Eva strahlte und immer wieder zärtlich die Hände auf ihre voluminöse Kugel legte. Mikka saß nicht weniger glücklich neben ihr und las ihr jeden noch so kleinen Wunsch von den Augen ab.

Eva wollte unbedingt wissen, wie das Gespräch mit Vera und Joachim verlaufen war, und Emilia erzählte es in groben Zügen. »Am Schluss habe ich dann allem zugestimmt. Ich muss mir keine Gedanken machen, bin finanziell abgesichert und habe deswegen Joachims Bitte, dass er nun erst einmal eine Anzahlung für den Erwerb von Geschäft und Haus machen und den Restbetrag abstottern will, zugestimmt. So lange bin ich noch Miteigentümerin der Firma und habe so auch noch ein wenig Kontrolle, was mit meinem Geld passiert.«

Eva schüttelte resigniert den Kopf. »Du lernst es nie, oder? Warum gibst du ihnen wieder eine neue Chance? Sie haben dich …«

»Eva, lass gut sein. Ich weiß schon, was ich mache, und will im Moment nicht über die beiden sprechen.« Wie in den letzten Wochen mit ihrer Therapeutin erarbeitet – eine klare Ansage ohne Wenn und Aber. Es funktionierte. Eva verstummte und war keineswegs beleidigt, sondern akzeptierte Emilias Wunsch stillschweigend.

»Und dir geht es gut dabei, mit der Abmachung?«, wollte die Freundin nur noch wissen.

»Ja! Mir geht es wirklich gut damit, so, wie es jetzt ist!«

»Gut! Mehr möchte ich nicht für dich.«

Emilia nahm Evas Hand und drückte sie fest. »Mach dir keine Gedanken und sag mir lieber, was du von meinem neuen Haarschnitt hältst.«

Emilias Themenwechsel respektierend, lobte Eva ihren flotten Kurzhaarschnitt und erzählte ihrerseits von ihrem neuen Leben in Helsinki und ihrer Arbeit.

Mikka saß still bei ihnen und mischte sich erst in das Gespräch der Frauen ein, als Emilia sich nach Panu erkundigte. »Ihm geht es wieder gut«, beantwortete er Emilias Frage. »Er muss sich noch immer ein wenig schonen, hatte aber gestern schon ein erstes Treffen mit seinem Vocal-Coach.« Er teilte ihr ganz sachlich mit, wie es um seinen Freund stand. »Und nein, Emilia, bevor du weiterfragst, ich werde ihm nichts von dir ausrichten. Das müsst ihr zwei dieses Mal allein klären, und scheinbar möchte Panu zurzeit nichts mit dir klären, also halten wir«, er fixierte seine Frau scharf, »uns da raus, okay?«

Emilia nickte und konnte dem nicht viel entgegensetzen. Sie wand noch ein: »Aber er antwortet mir nicht … Ich möchte …«

Doch Mikka unterbrach sie: »Tja, er wird seine Gründe haben.« Er stand auf, schnappte den leeren Wasserkrug und lief zur Tür. »Bin gleich wieder da.«

Als er im Haus verschwunden war, beugte sich Eva, soweit

es ihre Fülle zuließ, vor und flüsterte leise: »Panu war krank, richtig krank. Wahrscheinlich hat er sich bei seinem Rettungsversuch im Wasser unterkühlt. Die Erkältung hat dann auf die Stimme geschlagen und letztlich eine Lungenentzündung ausgelöst. Aber er scheint tatsächlich wieder einigermaßen fit zu sein.« Weiterhin flüsternd und mit einem Seitenblick zur Tür erzählte sie weiter: »Ich habe ihn seither noch nicht gesehen, doch Mikka meinte, er sähe echt schlecht aus.« Eva suchte nach Worten. »Und sei bitte nicht sauer auf Mikka, weil er dich so kühl behandelt. Er war richtig stinkig auf dich und …«

»… schon gut. Das verstehe ich. Er ist einer von Panus besten Freunden.«

»Panu sagt angeblich kein Wort über dich, und sie wissen alle nur von deinem Brief und dass er daraufhin für zwei Wochen verschollen war. Ich glaube zwar, die Jungs wissen mehr, aber ich bekomme nichts aus Mikka heraus. Und als ich die Tage mit Tess gesprochen habe, sagte sie, dass auch Miro ihr gegenüber Panu nicht erwähnt.« Eva linste erneut zur Tür, und als Mikka noch nicht wieder auftauchte, fuhr sie fort: »Mann, wie ich dieses Versteckspiel satthabe. Ich werde einfach mal bei ihm vorbeigehen und mit ihm reden. Ich kann nicht verstehen, dass …«

»… nein, Eva, das wirst du nicht!« Gleichzeitig mit Emilias deutlichen Widerworten trat Mikka wieder zu ihnen nach draußen und stellte den frisch gefüllten Krug auf den Tisch.

Er blickte die beiden Frauen prüfend an, setzte sich und wechselte geschickt das Thema. »Hat dir Tess schon von ihren Plänen erzählt, Emilia?«

Zwar war Panu in ihrem Gespräch nun außen vor, jedoch nicht in Emilias Gedanken. Es fiel ihr auch jetzt noch schwer, nur eine Minute nicht an ihn zu denken. Am Tag riss sie sich zusammen, versuchte, alles Wichtige im *Talo* gewissenhaft zu erledigen. Sie wusste, sie durfte nicht wieder – nie wieder – in so ein Loch fallen und sich aufgeben. Nach einem ausführlichen Abschlussgespräch mit Frau Doktor Waldner war sie nun seit gestern bei einem Kollegen von Joulu in Helsinki in Behandlung. Sie wusste, dass sie dieses Mal gefestigt war, aber trotz allem die Therapiestunden weiterhin brauchte, um mit allen Widrigkeiten umgehen zu können. Denn trotz all ihrem neu gewonnenen Wissen hatte sie Angst – Angst, Panu für immer verloren zu haben. Ein Leben ohne ihn war für sie zwar nicht mehr vorstellbar, allerdings war ihr auch klar, dass sie sich auf das Schlimmste vorbereiten musste. Ein dicker Kloß setzte sich in ihrem Hals fest. Heftig schluckend bekämpfte sie ihn und lauschte weiterhin Evas Ausführungen über einen Jungautor, den sie betreute und für den zweiten John Grisham hielt.

Noch ein paar Stunden, dann konnte sie endlich ins Bett und ihren Tränen freien Lauf lassen – so wie jeden Abend und die meiste Zeit der Nacht.

×××

Panu stand am Fenster seines Wohnzimmers und blickte auf die Ostsee. Mit seiner Gitarre stimmte er wahllos und gedankenverloren die verschiedensten Lieder an. Er spürte, dass seine Stimme immer dünner wurde und der Hals wieder zu schmerzen anfing. Unwillig legte er die Gitarre zur Seite und stand auf. In der Küche nahm er sich ein Glas Wasser, nachdem er zuvor mit Whiskey gegurgelt hatte – guter alter *Moonset-Road*-Brauch. Sein Blick fiel auf die Briefe, die auf dem Esszimmertisch lagen, und sofort hallte Emilias Stimme in seinem Kopf wider: *Panu, ich liebe dich!*

Der 1. August! Heute war Emilias Geburtstag, und er hatte sie nicht angerufen.

Ruckartig drehte er sich um und lief ins Schlafzimmer, zog sich aus, warf Jeans und Shirt über den Stuhl und legte sich hin. Seit ihrem Streit und Lennis Verschwinden waren nun zweieinhalb Wochen vergangen. Fünf Tage nach Emilias überraschender Abreise nach Mainz war ihre Mail eingetroffen – ihr zweiter Abschiedsbrief! Panus Gedanken vermischten sich, als er in einen unruhigen Schlaf fiel und über die Zeit in Deutschland nachdachte …

»Oh, Süßer, dich einmal so stumm zu sehen, bricht mir fast das Herz.« Zart fuhr ihre Hand über sein mit kaltem Schweiß bedecktes Gesicht. »Ich mache dir noch einen Tee. Doktor Wagner wird bestimmt gleich kommen. Kann ich noch irgendetwas für dich tun?«

Erschöpft schüttelte Panu den Kopf und schloss erneut die Augen. Sein Hals tat weh, und jeder Atemzug schmerzte tief in seiner Brust.

»Maria …« Nur ein unverständliches Krächzen kam über seine Lippen.

»Ja?«

»Danke …«

Liebevoll drückte sie seine Hand. »Du brauchst mir nicht zu danken. Jetzt kann ich endlich wiedergutmachen, was ich vor Jahren verbockt habe – wenn so etwas überhaupt wiedergutzumachen ist.«

Panu wollte etwas erwidern, ihr sagen, dass sie nichts wiedergutmachen musste, aber er war zu müde und im nächsten

Moment erneut eingeschlafen. Er erwachte erst wieder, als der Arzt an seinem Bett stand und ihn untersuchen wollte.

Und so waren die Tage verstrichen.

Als Panu nach drei Tagen endlich fieberfrei war, schlief er zwar weiterhin viel, lauschte aber, wenn er wach war, Maria und ihren Geschichten. Sie erzählte wunderbar anschaulich von früher, und Panu musste das ein oder andere Mal heftig lachen, was zwar seinem Hals und seiner Brust nicht guttat, dafür jedoch seiner Seele umso mehr.

An dem Nachmittag, als Maria ihm die Briefe entwenden wollte, um endlich seine schon fast selbstzerstörerische Phase zu unterbrechen, fing Panu leise und gequält zu erzählen an.

Endlich redete er sich seinen Kummer von der Seele.

Er sprach über seine Jugend, seine Jugendliebe Siina, mit der er fünf Jahre zusammen gewesen war, und deren Seitensprung mit seinem damaligen besten Freund; über Siinas Versuche, die Affäre zu vertuschen; über ihre Schuldzuweisungen ihm gegenüber, dass er zu besitzergreifend und gleichzeitig egoistisch gewesen wäre. Daraufhin war die unschöne und für ihn äußerst schmerzhafte Trennung erfolgt.

Panus Stimme brach zunehmend, aber er wollte weitererzählen. Mit keinem Wort erwähnte Panu seine Kindheit und den Tag, als seine Mutter ihn verlassen hatte und für immer nach Deutschland zurückgegangen war.

Maria strich ihm zärtlich über die Hand und lauschte weiter schweigend seinen Worten.

Er berichtete, über die Band und deren Anfänge, die ersten Konzerte in kleinen Klubs und auf der Straße. Er erzählte über seine wilde Zeit nach der Trennung von Siina – mit viel Alkohol und Drogen. Und dann erinnerte er sich an Finja, in die er sich Hals über Kopf verliebt hatte, als diese große blonde

Schönheit auf einer Party aufgetaucht war. Sie war zu dieser Zeit in Finnland ein gefragtes Model, und er, geblendet von ihrer Vollkommenheit, war willenlos in ihre Fänge geraten. Nach einer kurzen Phase der Verliebtheit fühlte er sich mehr und mehr von ihr unter Druck gesetzt; er solle mehr aus sich machen, sein Talent nicht vergeuden und doch lieber eine Solokarriere starten. Finja hatte die Jungs nie leiden können und Panu deutlich gemacht, dass sie eine Familie gründen wollte – besser heute als morgen. Als ihm klar wurde, dass er das auf keinen Fall wollte – nicht zu diesem Zeitpunkt und nicht mit ihr –, war sie schneller weg gewesen, als er denken konnte. Schon kurz nachdem sie sich von ihm getrennt hatte, hatte Finja geheiratet, und er, einerseits erleichtert, diesen Schritt nicht mit ihr gewagt zu haben, fühlte sich wieder einmal verlassen. Darauf folgten erneut ausschweifende Nächte mit wechselnden Partnerinnen und zu viel Alkohol. Die ersten größeren Erfolge mit der Band brachten dann ein wenig Ruhe.

Das Sprechen strengte ihn unwahrscheinlich an, doch er hatte das dringende Bedürfnis, weiterzureden, wollte Maria alles, sein ganzes Leben erzählen. Flüsternd beschrieb er ihr nun seine Gefühle, als er Emilia das erste Mal im Juli 2016 gesehen hatte.

»Emilia hat mein Herz berührt, vom ersten Augenblick an. Sie war so still, so zart. Sie war wie ein jahrelang ruhender Vulkan – aber ich spürte die Kraft in ihr. Und wenn wir uns berührten, ist er ausgebrochen, hat gelodert. Vom ersten Tag an hat sie mich mit ihrer zurückhaltenden Art fasziniert und mit ihrer Leidenschaft mitgerissen.« Er setzte sich auf, nahm den Arm von Marias Schultern und presste krampfhaft die Hände im Schoß zusammen. »Emilia ist der helle Wahnsinn. Sie ist so unglaublich«, aus ihm sprudelten die Adjektive nur so heraus, »lieb, herzlich, gutmütig, manchmal aufbrausend, schusselig.« Lächelnd dachte er an die chinesischen Nudeln, die sie damals überall in seinem Bett verteilt hatte. »Und sie liebt Musik mit jeder Faser ihres Körpers. Das bedeutet mir so viel – unsere gemeinsamen Stunden sind erfüllt mit Musik, und Emilias Gesang ist so wunderschön …« Er wandte sein Gesicht Maria zu, sah ihre Zweifel und versuchte, diese auszuräumen. »Du müsstest sie hören, sie singt traumhaft, und ich glaube, du würdest sie mögen …« Er brach ab, da er in diesem Moment selbst an seinen Worten zweifelte.

Maria stand auf, holte Emilias Briefe vom Esstisch und fragte: »Und das?«

Panu zuckte zusammen. »Das? Ich weiß auch nicht. Doch, ich weiß … Den ersten Brief kann ich noch begreifen, aber den zweiten? Gut, wir hatten in der letzten Zeit öfter Streit, auch vor dem Verschwinden von Lenni, aber das hätten wir klären können, klären müssen, aber …« Panu brach abermals resigniert ab.

»Was meint sie mit ›bedingungslos‹?«

»Mmmh … verdammt, ich kann sie nicht verstehen. Sie liebt mich, das weiß ich, aber … Ich wollte mit ihr gemeinsam ein Lied aufnehmen, das hat sie scheinbar überfordert.«

»Scheinbar?«

»Na ja, wahrscheinlich!« Panu schaute Maria fragend an. »Verdammte Scheiße, was mach ich denn immer falsch, dass sich alle Frauen, die ich liebe, von mir zurückziehen?«

Maria zuckte unmerklich zusammen. Der Vorwurf saß und traf sie hart. Auch sie hatte ihn verlassen. Auch sie hatte ihn im Stich gelassen. Auch sie hatte ihm einst ihre Liebe entzogen.

xxx

Emilia weinte, weinte sich in einen unruhigen Schlaf – wie jede Nacht in den vergangenen knapp vier Wochen.

Egal, ob sie die Augen schloss oder offen hatte – sie sah Panu vor sich – strahlend, schelmisch grinsend, grübelnd. Sie versank in seinen blauen Augen und spürte diese tiefe Sehnsucht.

Egal, ob sie schlief oder wach war, sie konnte ihn hören – lachen, singen oder grummeln, wenn er verärgert war. Sie hörte sein zärtlich geflüstertes *Harmaa-silmä, ich liebe dich!* und fühlte sich von seinen Worten zärtlich umhüllt.

Und egal, ob sie wollte oder nicht – sie spürte ihn – seine Lippen, seine Hände, seinen ganzen Körper. Sie hätte ihn blind nachzeichnen können, so vertraut war ihr jeder Zentimeter.

Emilia schluchzte auf und versuchte erst gar nicht, sich wieder zu beruhigen. Denn es war sinnlos. Sie war gefangen in ihrer tiefen Trauer, ihrer schmerzlichen Sehnsucht, sodass sie alles zuließ, was mit Panu zu tun hatte, und wenn es auch nur Bilder, Gedanken oder Worte waren. Sie konnte – wollte ihn nicht loslassen.

Als sie sich im letzten Jahr zum ersten Mal von Panu trennen musste, da war sie zusammengebrochen, war nur noch ein Schatten ihrer selbst gewesen. Aber sie hatte es dadurch geschafft, ihr Leben zu ändern.

Nach der zweiten Trennung, ihrem großen Zerwürfnis, war sie abgestürzt, fast zerbrochen – doch sie hatte sich gefangen und dadurch angefangen, Lebenspläne zu schmieden.

Nachdem sie ihn damals, nur zum endgültigen Abschiednehmen, für eine letzte Nacht wiedergetroffen hatte, war sie erst wie befreit gewesen, sie hatte losgelassen – und dadurch ihrem Leben einen Sinn gegeben: *das Talo!*

Aber sie hatte nicht ohne ihn leben wollen … leben können.

Und jetzt? Emilia sah keinen Sinn darin, sich erneut von ihm zu trennen – endgültig zu trennen!

Er war die Liebe ihres Lebens, er war der Mann, neben dem sie abends einschlafen und morgens aufwachen wollte. Panu war derjenige, der sie zum Lachen, aber auch zum Weinen bringen konnte, der forderte und förderte, der sie so liebte, wie sie war – bedingungslos liebte!

Laut aufschluchzend hielt sich Emilia die Hand vor den Mund. *Bedingungslos!*

Als Emilia am nächsten Morgen in der Küche zum Frühstück auftauchte, saß nur Joulu da.

»Hei! Wo sind die anderen?«

Joulu blickte auf und erkannte sofort, dass Emilia eine schlechte Nacht hinter sich hatte. »Guten Morgen, Emilia.« Er stand auf und holte ihr einen Kaffee. Sie bedankte sich und nahm auf dem Stuhl ihm gegenüber Platz.

»Lenni wartet draußen auf Janis.«

Joulu bemerkte, dass Emilia unruhig wurde. Er konnte ihre Gedanken lesen: Janis kam, vielleicht auch Panu? Ohne weiter darauf zu achten, fuhr er fort: »Elin macht mit Lasse einen Einkaufstrip, und Tess und Miro sitzen im Musikzimmer und schmieden Tess' Zukunftspläne.« Er lehnte sich zurück. »Du siehst, es sind alle versorgt, und wir hätten endlich Zeit zum Reden.« Joulu bemerkte Emilias Unwohlsein bei dem Gedanken, mit ihm ein Gespräch zu führen, aber es machte ihm nichts aus, im Gegenteil, es forderte ihn heraus, sie endlich zu stellen und Klartext zu reden. »Emilia, du bist seit über zwei Wochen wieder zurück und gehst mir aus dem Weg, wo du nur kannst. *Du* hast doch zu mir gesagt, du möchtest mich nicht als Freund verlieren. Ich kann dir nur sagen, wenn du so weitermachst, wirst du mich verlieren, weil …«

»Mmila, Janiis ist da!« Lenni kam mit Janis an der Hand hereingerannt und lachte glücklich. »Wiiir trommeln jetzt!«

Janis lächelte sie an, und sie konnte spüren, dass er sich wirklich freute, sie wiederzusehen. »Hei, Emilia! Geht es dir wieder besser?«

»Ja, danke. Ich bin auf einem guten Weg.«

»Komm!« Lenni zog an Janis' Hand und ließ diesem keine Möglichkeit, sich länger mit Emilia zu unterhalten. Gespielt genervt hob er den Jungen hoch, warf ihn über die Schulter und knurrte: »Quälgeist, sei still!« Lenni quietschte erschrocken auf, lachte aber im gleichen Moment, als Janis anfing, ihn zu kitzeln. Beim Rausgehen drehte Janis sich noch einmal um. »Wenn du nachher Zeit hast, können wir ja noch einen Kaffee trinken.«

»Gern.« Sie schaute den beiden vergnügt nach. Sie wurde jedoch sogleich wieder nachdenklich, als sie zu Joulu blickte. Kräftig durchatmend sagte sie: »Du möchtest reden? Okay, dann leg los!«

Er wollte gerade anfangen, als sie von draußen Stimmen hörten. Verärgert stand er auf, schnappte Emilias Hand und zog sie mit sich in ihr Büro. Er schloss die Tür hinter ihnen und murrte: »So ein Irrenhaus. Hier sind wir hoffentlich für ein paar Minuten ungestört.«

Emilia, die ihn so aufgebracht noch nie erlebt hatte, blickte ihn erstaunt an. »Joulu, bist du auch sauer auf mich?«

»Auch?«

Emilia räusperte sich. »Wie Panu.«

»Panu! Klar!«

»Joulu, was ist los?«

»Wirst du je von ihm loskommen?«

»Joulu? Ich …« Sie spürte den Kloß in ihrem Hals, der so schnell gekommen war, dass sie hilflos und mit tränenerstickter Stimme abbrach. Er hatte sie mit seiner Frage völlig überrumpelt, sie eindeutig auf dem falschen Fuß erwischt. Nach der letzten Nacht war Emilia nach allem zumute, aber sie konnte mit ihm nicht über Panu sprechen.

»Du liebst ihn doch noch immer – grenzenlos!«

Die ersten Tränen kullerten über Emilias Wange. »Ja …«

Zögernd kam seine nächste Frage: »Was ist mit mir?«

»Oh, Joulu … Ich kann, ich kann nicht, ich …« Emilias Versuch, sich zu beherrschen, misslang kläglich, und sie schlug die Hände vors Gesicht, als sie hemmungslos zu schluchzen begann.

Mit einem Schritt war Joulu bei ihr, nahm sie in die Arme und wiegte sie wie ein Kind. Er wartete, dass sie sich beruhigte, aber sie tat es nicht. Nach einigen Minuten fasste er ihre Hände und nahm sie ihr vorsichtig vom Gesicht. Er beugte sich vor und schaute ihr fest in die Augen. »Emilia, ich … Ich befürchte, ich habe mich in dich verliebt, ich …«

»Oh, Joulu.« Verzweifelt stöhnte sie auf und guckte ihn entsetzt mit ihren verheulten Augen an. Doch sie konnte seinem Blick nicht standhalten und senkte verschämt die Lider.

Er neigte sich noch weiter vor und spürte ihren Atem auf seiner Haut. Wie gebannt starrte er auf ihre Lippen.

Emilia nahm nicht wahr, wie sich sein Mund dem ihren immer weiter näherte. Dann lagen seine Lippen – weich, zärtlich, liebevoll – auf ihren. Erst da, als Joulu sie sanft küsste, wurde ihr bewusst, was hier gerade passierte. Sie riss die Augen auf, legte die Hände gegen seine Brust und wollte …

Geräuschvoll flog die Tür auf. »Emilia, ich muss mit dir reden, ich …« Geschockt brach er ab, als er sah, wie Joulu und Emilia wie zwei aufgescheuchte Hühner auseinanderfuhren. »Das hat sich ja wohl … erledigt!«

Panu machte auf dem Absatz kehrt und rannte, blind vor Wut, in Richtung Haustür.

22

»… we both feel it deep inside and we won't no longer hide, the whole passion that we got – I want to shout it out, really, really loud, so everybody knows, how our love still grows …«

♫

PANU! WARTE!«, schrie Emilia aus Leibeskräften und rannte hinter ihm her. *»WARTE!«*

Die Zimmertüren im Haus wurden aufgerissen, und Janis, Lenni, Miro und Tess sowie auch Joulu liefen ihr hinterher.

Als Emilia zur Haustür hinausstürmte, entdeckte sie zu ihrer Erleichterung Panu, der stehen geblieben war. Hoffnung keimte in ihr auf.

»Panu, bitte …« Sie schrie jetzt nicht mehr, sondern flehte flüsternd: »Bitte …« Die Tränen liefen ihr wieder übers Gesicht – oder immer noch? Sie wusste es nicht mehr. Sie zitterte. Als sich Panu nun zu ihr umdrehte, konnte sie seine dunkelblauen, vor Wut fast schwarzen Augen sehen. Eine Gänsehaut breitete sich auf ihrem Körper aus, und Wellen der Emotionen krochen in ihr empor. Er war der Mann, den sie liebte – bedingungslos liebte! Ohne ihn fühlte sie sich unvollständig, trieb hilflos umher, wie ein Schiff ohne Segel.

Sie bemerkte, wie er zögerte, sah den Zorn in seinen Augen – den Schmerz, seinen Schmerz. Mit einem fast hilflosen Schulterzucken drehte er sich um. Und dann kam auf einmal diese Woge, wie ein Brecher schlug sie ihr mit voller Wucht vor die

Brust, als würde sie gegen die Brandung laufen, die ihr den Atem raubte. Sie spürte, wie ihr die Knie einzuknicken drohten.

»Nein …« Emilia schrie es nicht heraus, flüsterte es nur – hatte sie es überhaupt ausgesprochen? Sie versuchte, sich an der Holzbank festzuhalten, griff daneben und strauchelte. Sie schloss die Augen und wartete auf die Schwärze, den Fall – doch er kam nicht. Zwei kräftige Arme umfassten sie, und noch zwei und …

Sie hörte Panu brüllen: »Du verdammtes Schwein, nimm die Finger von ihr!« Spürte einen feinen Luftzug und vernahm im nächsten Moment einen Schmerzenslaut, den Joulu von sich gab. Sie hörte Lenni und Tess entsetzt aufschreien. Dann wurde sie gepackt und weggetragen. Sie schaute in Miros Gesicht, lauschte den Worten Janis', der Tess harsch anfuhr: »Tess, geh mit Lenni ins Haus!«

Miro setzte Emilia auf die Stufen des *Talo,* und Janis spurtete ins Haus, um Sekunden später mit einer Flasche Wasser wiederzukommen, die er Emilia reichte. »Trink!«

Er und Miro beobachteten die sich prügelnden Männer. Auch Emilia richtete ihren Blick auf Joulu und Panu, die sich im Gras rollten und jede Gelegenheit nutzten, den anderen mit ihrer Faust zu traktieren. Sie stöhnte auf, wurde wieder klarer im Kopf und bat inständig: »Bitte, sagt, dass sie damit aufhören sollen.«

Janis grinste sie schief an. »Nein!«

»Aber … man kann doch über alles …«

»… reden?«, unterbrach er sie laut lachend. »Emilia, manchmal kann und will ›Mann‹ nicht mehr reden, und an diesem Punkt sind die beiden gerade angekommen.«

Miro ergänzte grinsend: »So reden Männer eben miteinander.« Als er jedoch Emilias entsetzten Gesichtsausdruck wahrnahm, fügte er fürsorglich hinzu: »Wenn es zu schlimm wird, schreiten wir ein. Versprochen!«

Emilia stützte resigniert ihren Kopf in die Hände und hoffte, dass es bald vorbei sein würde und die beiden sich nicht ernstlich verletzten. Sie linste durch die Finger auf die Szenerie, die sich vor ihr abspielte und aus einem schlechten Film zu stammen schien. Sie sah, wie Joulu zu einem Schlag ausholte und Panus Braue traf. Blut spritzte, und Emilia stieß einen spitzen Schrei aus. Panu strauchelte, fing sich aber sofort wieder und holte ebenfalls aus und versetzte Joulu einen Schlag in die Magengrube. Dieser hielt sich den Bauch und sackte auf den Boden. Und da kam endlich Bewegung in Miro und Janis. Offenbar schien es auch ihnen jetzt zu heikel zu werden. Sie liefen zu Panu, und Miro stellte sich zwischen ihn und Joulu.

Janis sagte laut: »Genug, Männer!« Er half dem Psychologen auf, hob seine Arme nach oben, sodass er wieder Luft bekam.

Panus Blick richtete sich auf Emilia. Er zerrte an seinem Shirt und wischte sich damit das Blut vom Gesicht. Sie erwiderte seinen Blick, stand auf und machte einen Schritt auf ihn zu. Seine erhobene, abwehrende Hand ließ sie innehalten. »Nicht jetzt!« Er drehte sich um und wollte nur noch abhauen, aber Miro hatte ihn bereits eingeholt.

»Du gehst nirgendwohin!« Er schnappte ihn und schob ihn in Richtung *Talo*. Janis, der immer noch bei Joulu stand, gab dem Psychologen einen Schubs. »Los, du kommst auch noch mit rein.«

Emilia wich zur Seite. Keiner der beiden Schläger schenkte ihr Beachtung, nur Miro beachtete sie kurz im Vorbeigehen.

»Wir trinken jetzt erst einmal ein Bier – ohne dich.« Sie schluckte schwer. »Wo kann Panu dich später finden?«

»Auf der weißen Bank!« Wo sonst, schoss es ihr durch den Kopf. »Panu kennt den Platz.« Ruckartig drehte sie sich um und ging davon.

Janis rief sie noch einmal zurück. Er war mit einer Flasche Bier und einem Glas Schnaps aus dem Haus getreten und reichte Emilia die Getränke. »Trink den Wodka, dann geht es dir gleich besser, und du hörst vielleicht endlich auf zu zittern.« Während er weitersprach, kippte sie den Schnaps ohne Widerrede hinunter. »Und das Bier soll dir die Wartezeit verkürzen.«

»Zigaretten?!«

Janis holte sein Päckchen aus der Hosentasche und reichte es ihr. Dankbar nahm sie es an sich, drehte sich um und stapfte los. Zur Bank, zur weißen Bank – und sie würde dort warten und hoffen, dass Panu käme.

Sie schaute auf die Wolken, die in weißgrauen Schwaden über ihr hinwegzogen. Ein leichter Wind wehte durch die hohen Gräser an den Klippen und wiegte diese sanft. Emilia sah auf ihre Armbanduhr – erst kurz nach zehn. Es war kühl, da die Sonne noch nicht ihre volle Kraft entwickelt hatte. Belustigt blickte sie auf das Bier in ihrer Hand, das schon zur Hälfte leer war. Sie musste kichern. Sie hatte weder gefrühstückt noch gestern zu Abend gegessen. Sie spürte den Schnaps, der sich in ihrem Körper breitgemacht hatte und ihr ein wenig Wärme spendete. Mit jedem Schluck Bier wurde ihr Kopf ein wenig leichter. Sie drückte ihre zweite Zigarette aus, fühlte einen leichten Schwindel und schloss die Augen. Sie hörte Stimmen und hob erwartungsvoll die Lider. Allerdings waren es nur

Fremde, die den Weg entlangschlenderten und Emilia mit einer Mischung aus Verwunderung, aber auch Verachtung anstarrten. Verlegen senkte sie den Blick. Säuferin am frühen Morgen! Verheulte Säuferin am frühen Morgen! Erneut vor sich hinkichernd, straffte sie die Schultern und schaute das Ehepaar, das nun direkt an der Bank vorbeiging, provokativ an. Eigentlich war es ihr absolut egal, was diese Wildfremden über sie dachten.

Immer wieder kamen vereinzelt Spaziergänger an der Bank vorbei, und Emilia lächelte diese freundlich an. Keiner setzte sich zu ihr. Es war eine öffentliche Bank, an einem stark frequentierten Ort auf Suomenlinna, und doch hatte Emilia das Gefühl, dass die Bank nur ihnen gehörte – Panu und ihr. Hierher waren sie nach ihrer ersten gemeinsamen Nacht gekommen. Wie lang war das her? Emilia grübelte. Ein Jahr! Heute vor genau einem Jahr hatten sie in den Nachmittagsstunden hier gesessen und ihre gemeinsame Zeit genossen.

Ihr Herz machte einen Satz – raste, holperte, setzte aus und galoppierte davon, allein bei dem Gedanken an diesen Tag. Emilia legte die Hand auf ihre Brust, als wolle sie ihr Herz im Zaum halten, und sah bei einem leisen Geräusch, das vom Wegesrand herkam, abwesend auf.

Panu!

Rasen, holpern, aussetzen, galoppieren …

Nein, etwas war jetzt, als sie ihn bemerkte, anders. Ihr Herz flog, hatte ihre Brust verlassen und schlug gegen Panus kräftigen Körper, versuchte, sich dort Einlass zu verschaffen, schob seine Rippen auseinander, und ihr Herz pflanzte sich neben seines.

Emilia fiel die Bierflasche aus der Hand. Hypnotisiert von seinem Blick, stand sie auf und ließ ihn ab dem Moment nicht mehr aus den Augen. Das Pflaster an seiner Braue, das geschwollene Auge und das bläulich verfärbte Kinn erinnerten an die Schlägerei. Er stand immer noch da, wie in Stein gemeißelt, wie eine Statue, wie …

Sie schluckte schwer.

Panu erkannte in ihren rauchgrauen Augen ihre Liebe zu ihm, die mit jedem ihrer Wimpernschläge sein Herz berührte. Erinnerungen fuhren wie Blitze durch seinen Kopf: sein erster Blick auf sie, auf dem Konzert in Alzey, nass geregnet und wie in Trance tanzend; auf dem Seekonzert, als sie Wasser von ihren sinnlichen Lippen wischte, während sie gebannt seinem Gesang lauschte; am Flughafen, vor einem Jahr, als sie vor Verzweiflung geweint hatte und bei seinem Anblick ihr zügelloses Verlangen nicht verbergen konnte; ihr gemeinsames Lied; sein Geburtstag im letzten Jahr, an dem sie das erste Mal freiwillig für ihn gesungen hatte … *und wenn ein Lied meine Lippen verlässt, dann nur, damit du Liebe empfängst* … Kontinuierlich durchströmten ihn die Bilder der vergangenen gemeinsamen Zeit; Emilia mit Erdbeere an ihren Lippen, nackt in seinen Armen; genussvoll stöhnend, wenn er ihr Tattoo liebkoste; aber auch, wie sie mit Lenni lachte, mit Tess arbeitete, mit Eva scherzte, mit Miro diskutierte oder mit Janis fachsimpelte. Und noch so viel mehr …

Sie standen sich weiterhin in knapp zehn Metern Entfernung gegenüber. Langsam kam in beide wieder Leben, und sie bewegten sich wie in Zeitlupe aufeinander zu. Dicht voreinander blieben sie stehen, spürten die Wärme des jeweils anderen, offenbarten sich jede Verletzung – sowohl die körperlichen als auch die seelischen. Sie hielten, von ihren Gefühlen überwältigt, die Luft an.

Emilia hob den Kopf und sah ihn an – kein dunkler Sturm

tobte mehr in seinen Augen, das Schwarz war einem strahlenden Meeresblau gewichen.

Panu versank in ihrem Blick, der ihre unendliche Liebe zu ihm widerspiegelte, und berührte mit seiner Hand sanft ihre Wange. Blind vertraute er darauf, dass sie ihre Hand auf seine legen würde. Da spürte er auch schon ihre zarten Finger auf seinem Handrücken, ihre Wärme.

Wie auf ein Zeichen stießen beide die angehaltene Luft aus, und Panu riss sie mit einem Ruck an sich. Emilia krallte sich an ihn. Ihr Kopf bettete sich in die Kuhle seiner Brust, als ob er da hingehören würde, als ob genau diese Stelle seines Körpers nur für sie gemacht worden wäre. Sie verharrten – lauschten ihren Atemzügen, ihrem Herzschlag –, sogen den Duft des anderen ein, und atmeten im gleichen Rhythmus. Sie konnten sich spüren, fühlen, dass sie endlich zusammengehörten!

Wie in Trance setzten sie sich nach endlosen Minuten des Fühlens auf die weiße Bank. Dicht aneinander, die Hände ineinander verschlungen, Stirn an Stirn, nur einen Atemzug entfernt, Emilias Beine auf seinen Oberschenkeln ruhend, saßen sie da und begannen, miteinander zu reden – redeten sich endlich alles von der Seele.

Emilia fing seufzend an. Tief in Panus Augen versunken, erklärte sie ihre Panik, ihre Verzweiflung und ihre Angst, wieder abhängig zu werden, nicht von einer Droge, sondern von einem Menschen – abhängig von ihm. Sie schilderte ihre Gefühle, als Panu sie in das Aufnahmestudio gebracht hatte, er aufgeregt und im Glauben, ihr damit eine Freude zu machen, und sie wie vor den Kopf gestoßen, weil wieder einmal etwas über ihren Kopf hinweg entschieden worden war. »Panu, im Nachhinein weiß ich, dass ich etliche kleine ›Klicks‹ in meinem

Kopf hatte. Nur im jeweiligen Moment konnte ich diese nicht fassen – nicht begreifen.«

Er schaute sie fragend an.

»Mit ›Klicks‹ meine ich, dass in manchen Situationen, wenn mir etwas nicht passte, ich das aber wieder einmal überspielt habe, es irgendwo tief in mir abgespeichert wurde … und wie bei so einer alten Registrierkasse ›Pling‹ gemacht hat.«

»Regis… was?«

Emilia lachte. Sie lachte befreit auf, löste für den Bruchteil einer Sekunde ihre Hand aus seiner, fuhr ihm mit den Fingern sanft über die Wange und sagte glücklich: »Auch jedes Mal bei einem deiner Versprecher oder wenn du ein Wort nicht verstanden … oder leidenschaftlich gesungen hast, hat es ›Pling‹ gemacht, das kam dann auf die ›Haben‹-Seite und die wenigen, aber leider schwerwiegenden …« Sie überlegte, wie sie sich ausdrücken sollte. »Also ich meine die Momente, in denen ich mir wieder klein, nichtig und bevormundet vorgekommen bin, die kamen auf die ›Soll‹-Seite der Abrechnung. Und dann, als ich …«

»Emilia, kann es sein, dass dir der Alkohol am frühen Morgen nicht guttut? Du redest echt wirres Zeug, oder ich bin einfach der schlechteste Fremdsprachenversteher der Welt.« Panu streichelte über ihre Lippen und schob ihr eine Strähne aus dem Gesicht, um dann sogleich wieder seine Hand in ihre zu schlingen. »Deine Haare sind wieder kurz, so kurz wie damals, als wir uns kennengelernt haben. Du siehst umwerfend aus.«

Sie neigte sich vor, wollte ihre Lippen auf seine legen, doch Panu wandte den Kopf leicht zur Seite und betrachtete sie weiterhin fasziniert und auch ein wenig fassungslos. Er löste seine eine Hand erneut aus ihrer und streichelte über ihre Wange.

Emilia schmiegte sich an seine Hand. *Noch etwas, was wie für mich, nur für mich gemacht ist – es kann keine zweite Hand auf der Welt geben, an die ich meine Wange schmiegen kann und weiß, dass es so richtig ist!* Sie drehte sich leicht und küsste zärtlich seine Finger.

Panu hörte auf zu atmen und schloss die Augen. Er flüsterte mit belegter Stimme: »Ich liebe dich, Harmaa-silmä.«

Menschen spazierten an ihnen vorbei, schauten wohlwollend auf das Paar und verschwanden wieder, ohne dass sie von Emilia und Panu wahrgenommen wurden. Die Sonnenstrahlen suchten ihren Weg durch die Wolken, aber auch das bekamen die beiden nicht mit.

»Erzähl weiter, Kaunis!«

Schwerfällig, beinahe unwillig fuhr Emilia fort. Sie beschrieb ihren totalen Zusammenbruch, ihren Flug nach Mainz und ihre Gespräche mit der Therapeutin. Sie ließ nichts aus – nicht ihre Wut darüber, dass sie Panu scheinbar unmerklich mit ihrem Vater verglichen hatte. Und auch nicht, dass sie nächtelang gegrübelt und geweint hatte, weil sie es nicht wahrhaben wollte und dann aber zu der Erkenntnis kam, dass fast alles, was ihr widerfuhr und in der Vergangenheit widerfahren war, sie irgendwie mit ihrer Kindheit verknüpfte.

»Panu, nach Hollola, auf der Heimfahrt, da hatte ich ein Flashback«, sie erklärte ihm ausführlich, was es damit auf sich hatte. »Und als wir dann auf Suomenlinna ankamen und Lenni weg war …«, noch immer stiegen ihr die Tränen in die Augen, wenn sie an diesen Moment zurückdachte, »… in diesem Augenblick habe ich dich gehasst.«

Panu zuckte zusammen, und seine Augen verdunkelten sich.

Seine Finger in ihrer Hand versuchten, sich zu lösen, und ein erstaunter Laut entsprang ihm.

Doch Emilia ließ nicht zu, dass er sich löste, sich von ihr auch nur einen Millimeter entfernte. Ihre Finger umschlossen seine noch fester, und sie zog ihn näher zu sich, sodass bei ihren nächsten Worten kein Raum zwischen ihnen war. »Ich habe dich dafür gehasst«, er zuckte erneut, »weil du mich dazu gebracht hast, mit dir zu fahren, obwohl ich tief im Inneren gewusst habe, dass ich alles im *Talo* nur oberflächlich und nicht richtig durchdacht zurückgelassen hatte.« Sie streifte mit den Lippen seine Nase. »Und so wollte ich nicht sein, so bin ich nicht. Ich mache nichts gerade einmal so. Ich bin verantwortungsbewusst, plane gern und hinterfrage meine Entscheidungen, zumindest was das *Talo* betrifft, fortwährend. Und du hast mir dazu keine Chance gegeben.« Emilia schüttelte den Kopf über ihre eigenen Worte. »Nein! Ich dachte, dass du mir keine Chance gibst und mir ein Ultimatum gestellt hast … Aber so war es nicht! Ich habe dir mein ›Nein‹, hätte ich es dann mal resolut und glaubhaft ausgesprochen, nicht zugetraut. Mir war nicht klar, dass auch ein ›Nein‹ in eine Beziehung gehört. Ich bin allein für mich verantwortlich, und ich war einfach nur zu schwach, Nein zu sagen, da ich von Verlustängsten geplagt war.« Sie holte tief Luft. »Und, um ehrlich zu sein, auch immer noch werde. Aber jetzt weiß ich, dass Neinsagen wegen einer Sache nicht Nein zu dir oder unserer Beziehung heißt. Ich …«

Panu legte ihr sanft die Hand auf den Mund. »Verlustängste, mein Stichwort.« Emilia war verstummt, und seine Finger gruben sich wieder in ihre. »Ich habe lange darüber nachgedacht, was ich falsch gemacht habe …«

»Du hast gar ni…«

»Psst, jetzt bin ich dran.« Sein Blick ließ Emilia schlagartig verstummen. Er räusperte sich und fuhr sanft fort: »Ich weiß jetzt, dass ich zu fordernd war, schon immer gewesen bin. Während ich krank war, habe ich in Deutschland lange Gespräche mit meiner Mutter Maria geführt, und da wurde mir erst richtig bewusst, was ich dir alles abverlangt habe. Wenn ich liebe, will ich alles – alles, und das für immer! Und wer sich …«, fest drückte er Emilias Hand, »meiner einnehmenden Art entzieht, von dem fordere ich noch mehr. Aus Angst vor … na, eben … verlassen zu werden.«

Emilia schluckte heftig und versuchte, den Kloß im Hals loszuwerden. Keine Tränen, keine Tränen mehr. Ihr Herz schmerzte, und in ihrem Kopf dröhnte und schrie es: Bedingungslos!

Panu sah ihr in die Augen, fühlte ihre innere Unruhe und hob sanft ihr Kinn an. »Emilia, im Februar bei unserer Versöhnung, da haben wir festgestellt, dass wir nur, wenn wir beide unsere Lebensträume verwirklichen, auch eine echte Chance für ein gemeinsames Leben haben. Du hast genau das getan, deine Ziele verfolgt – ich meine auch. Aber das hat mir nicht gereicht, ich wollte mehr, wollte dich ganz, deine volle Aufmerksamkeit – und habe dabei nicht gemerkt, dass ich dich damit von mir forttreibe.«

»Oh, Panu … ich liebe dich und möchte nichts anderes außer mit dir zusammen sein. Und wir werden an alldem arbeiten und uns häufiger sehen, und ich werde meine Zeit besser einteilen, und wenn wir zusammen sind, werde ich auch ganz bei dir sein und nicht mit den Gedanken schon wieder woanders. Und wir können, nein, ich will auch mit dir zusammenziehen, lieber heute als …«

Panu unterbrach Emilias Redefluss: »Kaunis, lass uns das

nicht heute klären. Mir reicht es schon, dass du dir auch vorstellen kannst, mit mir zusammenzuleben. Wie und wann, das sehen wir dann. Wir werden alles gemeinsam schaffen, was wir wollen. Du musst mir nur eines versprechen.« Er nahm ihr Gesicht in seine Hände und schaute ihr tief in die Augen. »Du hast mich in einem Jahr ganze vier Mal verlassen, hast mir zwei Abschiedsbriefe geschrieben und … Und verdammt, Emilia, das stehe ich nicht noch einmal durch!« Seine Worte kamen heftig, fast hart hervor, aber in seinem Blick war einzig und allein Liebe zu lesen – bedingungslose Liebe.

Als sie nach ihrem ausführlichen Versöhnungsgespräch und zig Liebesbekundungen im *Talo* ankamen, lief Emilia von Raum zu Raum und zog Panu mit sich.

Vollkommene Leere. Niemand war da.

»Wo sind sie alle?«

»Ich habe sie weggeschickt!«

»Alle?«

»Ja!«

Sie blickte ihn fragend an, und er erklärte es ihr: »Ich habe ihnen vorhin gesagt, dass das Haus besser leer sein sollte, wenn du und ich wieder zusammenfinden – woran ich, ehrlich gesagt, keinen Zweifel hatte –, weil deine Lustschreie, wenn ich dich in deinem Bett liebe, so laut sein wer…«

Emilia schnappte nach Luft und wurde rot. »Das hast du nicht gesagt?«

»Doch, genau so!«

»Und Lenni und Jou…« Verlegen brach sie ab.

Panus Gesichtsfarbe veränderte sich. Hochrot und mit pochenden Schläfen brachte er nur mühsam hervor: »Joulu! Auch noch ein Thema, das wir besprechen müssen.« Ernst fixierte Panu sie. »Du hast dich von ihm küssen lassen … Du …«

»Ich war nicht ganz klar, ich habe nicht … Ich wollte nicht …«

»Ich weiß.« Er sprach jetzt sanft. »Joulu hat mir alles erklärt und auch mehrmals betont, dass er dich geküsst hat und du diesen Kuss nicht erwidert hast.«

Emilia atmete erleichtert auf. *Habe ich nicht?* Sie wusste es nicht mehr. Es kam ihr wie eine Ewigkeit vor, dabei war es erst wenige Stunden her.

»Aber egal, wer oder wie … Seine Lippen haben deine berührt … Auch wenn er dazu meinte, er habe einen Eisblock geküsst …, was ich nicht verstehen kann, aber …«

»… einen Eisblock?«, wiederholte Emilia beinahe empört.

»Psst …« Panu legte seine Hand auf ihren Mund. »Ich bin froh, dass du eisig warst, dass du nur bei mir heiß bist wie ein Vulkan.«

»Panu?«

»Ja?«

»Wann küsst *du* mich endlich?«

»Mmmh …«

»Panu?«

Ohne ein weiteres Wort zog er sie an der Hand mit sich die Treppenstufen hinauf. In ihrem Mansardenzimmer angekommen, lief er schnurstracks aufs Badezimmer zu, ohne Emilia loszulassen, stoppte dann jedoch abrupt.

»Panu?« Emilia fragte sich, was er vorhatte.

»Ich würde dir am liebsten …« Er brach ab und sah sie aus glühenden Augen an. »Nein, vergiss es!« Ungestüm riss er sie an sich und vergrub seine Hände in ihrem Haar. Beinahe grob hob er ihren Kopf an und fixierte sie durchdringend. »Ich würde dir am liebsten den Mund mit Seife auswaschen, wie bei … bei … Gott, Emilia, ich hasse den Gedanken … Ich kann es kaum ertragen, dass andere Lippen deine berührt haben.« Er blickte begehrlich auf ihre vollen Lippen. »Kindisch, blöd … dämliche Reviermarkierung, ich weiß …« Nur noch Millimeter von ihrem Mund entfernt, hauchte er: »Ich will der Einzige sein, der dich küssen darf … nur ich!«

Emilia erzitterte. Sie fieberte seinem Kuss entgegen und schloss erwartungsvoll die Augen, sie wollte nur noch geküsst werden – von ihm und von sonst niemandem.

Ihre Lippen trafen sich, heiß und voller Begierde. Es war nichts Zartes an diesem Kuss, er drückte eine wochenlange Enthaltsamkeit, Sehnsucht und den Wunsch nach mehr aus.

Panu fasste unter ihre Arme und hob sie hoch, ohne auch nur für einen Moment seine Lippen von ihren zu lösen. Er trug sie zum Bett und legte sich mit ihr in die Kissen. Er pellte sich selbst sowie auch Emilia in Sekundenschnelle aus der überflüssigen Kleidung und suchte dann von Neuem ihren Mund. Und endlich waren ihre Körper wieder im Einklang – in Liebe, bedingungsloser Liebe vereint.

×××

Sie waren alle da. Alle!

Emilia fragte sich immer wieder, wie Panu das fertiggebracht hatte. Er hielt ihre Hand, als sie im Studio ankamen und durch die Menge ihrer Freunde gingen.

Die Musik war laut, die Stimmung auf dem Höhepunkt, und mittendrin standen Emilia und Panu – glücklich.

Emilia beobachtete gerade Eva und Mikka, wie sie diskutierten, weil Eva unbedingt an einem Cocktail nippen wollte und Mikka ihr diesen wieder wegnahm.

Sie blickte auf Janis, der mit Lenni und Elin am Tischfußball stand und heftig auf Elin einredete, sie davon zu überzeugen versuchte, dass das soeben von ihm geschossene Tor zählte. Elin sah glücklich aus, sie hatte Spaß, und keiner merkte ihr in dieser Situation an, dass sie blind war. Emilia hörte zu ihrem grenzenlosen Erstaunen, wie Elin zu Janis sagte: »Vielleicht sollten wir den Bildbeweis einfordern, wie beim Eishockey, dann würdest auch du erkennen, dass es kein Tor war.« Sie vernahm das laute Lachen des Mädchens, als habe sie Janis' verdutzten Blick soeben sehen können, und wandte sich an Panu.

»Elin spricht!« Sie konnte es kaum fassen. »Und so klar!«

Panu nickte nur lächelnd und zog sie weiter.

Vesa kam ihnen mit einem unglaublich schönen Mann entgegen und stellte ihn als Raafael vor, seine große Liebe. Mit einem Augenzwinkern in Richtung Panu sagte er zu Emilia: »Nicht nur du hast deinen Traummann gefunden!«

Emilias Blick ging zur Bar, heftete sich auf Miro und Tess, die vertraut die Köpfe zusammensteckten. Nicht unbeobachtet von dem an einer Wand lehnenden Lasse, der sich dabei mit Annukka unterhielt. Emilia schlussfolgerte, dass in diesem Dreiecksverhältnis noch nicht das letzte Wort gesprochen war.

Rami und seine Freundin Niina tanzten an ihnen vorbei, und Doktor Halonen stand hinter der Bar und schenkte großzügig die Gläser mit Jägermeister voll. Emilia entdeckte Ira, die gerade auf sie zugetanzt kam und ihr den Mann an ihrer Seite vorstellte: »Hei, das ist Alex. Er hat sich entschlossen, noch ein weiteres Jahr hier zu studieren. Also denk daran, und besetze meine Stelle nicht neu. Ich würde gern weiter im *Talo* helfen.« Lachend tanzte sie mit ihrem bayrischen Freund davon, und Emilia schaute ihnen staunend nach. Ira blieb! Sie konnte kaum begreifen, was in diesem Moment alles passierte.

»Panu!« Sie drückte fest seine Hand, noch fester als den ganzen Tag über. Ein vorwurfsvolles »Aua« kam über seine Lippen, und er drückte ebenso fest zurück. Sie zog ihn an sich, stellte sich auf die Zehenspitzen, küsste ihn liebevoll und sagte: »Du bist fantastisch. Wie hast du das alles geschafft?«

Er grinste und fragte: »Gefällt es dir?«

»Jaaaa … natürlich! Es fehlt nur noch, dass Natalie und Dani auftauchen.«

»Sorry, damit kann ich leider nicht dienen. Aber warte!« Er holte sein iPhone hervor, scrollte auf eine Nachricht und zeigte sie Emilia: *Wären gern bei euch und wünschen euch ganz viel Spaß! Dani, Seo und Natalie.*

Emilia war überwältigt. Er hatte ihr zwar gesagt, dass er eine kleine nachträgliche Geburtstagsparty für sie organisiert hatte, da sie ihren vierunddreißigsten Geburtstag ja getrennt verbracht hatten, aber nicht, dass er all ihre Freunde dazu eingeladen hatte. Sie wunderte sich wieder einmal, wie schnell und ohne viel Aufhebens Panu alle mobilisieren konnte. Er hatte ihr auf dem Weg ins Studio erklärt, dass er am heutigen Morgen Janis und Miro darum gebeten hatte, sich um alles zu kümmern. Und das haben sie dann getan. Das zeigte Emilia abermals, dass nicht nur die Musik die Männer verband, sondern auch eine tiefe Freundschaft.

Sie war noch in Gedanken versunken, als Panus Vater sie begrüßte: »Hei, Emilia. Schön, dich wiederzusehen.« Sie lachte Keke und seine Frau Juliaana an und wurde im nächsten Moment von Satu stürmisch umarmt. »Emilia, darf ich dir meinen Mann Mats vorstellen.« Emilia begrüßte auch sie und gratulierte den beiden noch nachträglich zur Hochzeit.

Emilia schaute zur Tür, als Frau Eklund, die Köchin, mit Wilmer in den Raum trat. Sie konnte es nicht fassen – Wilmer?!

Am Darts-Board stand Helmi Forsman, ihre verlässliche Bürohilfe, und lieferte sich unter Beifall einiger Anwesenden gerade ein packendes Match mit Mikka.

Emilia hörte, wie Janis laut fluchte, weil er schon wieder einen Regelverstoß der gegnerischen Mannschaft, also von Elin und Lenni, vermutete. Frau Eklund, die nicht weit entfernt stand, sah Janis mahnend an, was er sogleich mit einem entschuldigendem Nicken quittierte. Emilia beobachtete Elin und sah das Strahlen auf dem Gesicht des Mädchens, als dieses die Stimme ihrer Mutter vernahm, die soeben angekommen war. Die beiden begrüßten sich herzlich und schlossen sich liebevoll in die Arme.

Als die Tür erneut aufging, betraten Anna und Arto den Raum. Emilia winkte ihnen begeistert zu. Freudestrahlend kamen beide auf sie zu und umarmten sie herzlich. »Hallo, meine Liebe, geht es dir gut?«

»Ja!« Mehr brachte sie nicht heraus.

Sie erblickte Inka, die Emilia ihre Kollegin Saana vorstellte und freudestrahlend mitteilte, dass dem Bau eines Schwimmbeckens im Garten des *Talo* nichts mehr im Weg stand. »Und einen Whirlpool bekommst du auch noch.« Sie warf Panu einen schelmischen Blick zu und zwinkerte Emilia anzüglich zu. »Für zwei Personen?«

Emilia war überwältigt und konnte nun kaum noch die Tränen der Freude zurückhalten. Sie drückte Panus Hand, die noch keine Minute am heutigen Abend die ihre verlassen hatte, und er neigte sich sofort zu ihr. »Ja?«

»Ich liebe dich!«

Schmunzelnd schaute er in Emilias Augen und sagte: »Jetzt kommt erst der Höhepunkt. Ich werde singen … für dich … Und wenn du magst, dann kannst du …«

»Panu? Du scherzt, oder?« Emilias Herz fing heftig zu klopfen an. »Dein Lied?«

»Nein …« Zärtlich zog er Emilia an sich, fuhr mit den Lippen liebevoll über ihre Stirn und sagte: »Ich werde das Lied, das ich für dich geschrieben habe und am liebsten mit dir gesungen hätte, singen …«

»Panu?«

»… aber nicht hier, nicht heute und auch nicht mehr mit dir, sondern nur noch für dich. In einer etwas abgeänderten Version, aber trotzdem wunderschön …«

Emilia sah glücklich zu ihm auf und unterbrach ihn: »Mit wem?«

»Du wirst es jetzt nicht glauben, aber …«, er schob sie auf Armlänge von sich, »… mit Dani!«

»Mit Dani?« Emilia konnte es wirklich nicht glauben.

»Ja. Wir haben in der letzten Woche mehrmals telefoniert. Ich habe es ihr vorgespielt, und wir könnten uns vorstellen, daraus eine Rock-Oper-Version zu machen – so wie Freddie Mercury und Montserrat Caballé. Dani fand die Idee richtig gut. Sie wird nächste Woche hierherkommen, und wir werden uns mit den Jungs im Studio treffen und Probeaufnahmen machen. Und …«

»… ich liebe dich! Ich liebe dich so sehr. Ich liebe deine Stimme, deine Augen, deine Lippen, deinen Körper, deine Liebe zur Musik, zum Leben, deine Zärtlichkeiten, dein Lachen, dein Lieben – dein Mich-Lieben und Alles-dafür-Tun, um mich glücklich zu machen … Ich liebe …«

Emilia wurde in ihrem nahezu grenzenlosen Liebesbekenntnis unterbrochen, indem Panu seine Lippen auf ihre legte und murmelte: »Ich werde jetzt für dich singen, und nur wenn du magst, singst du mit … Das wollte ich dir eben eigentlich sagen …«

Noch ein kurzer zärtlicher Kuss, und Panu trat in die Mitte des Raumes, nicht mehr als einen Schritt von ihr weg. »Ihr mögt es vielleicht alle für kitschig halten, was es wahrscheinlich auch ist – und vielleicht auch eines Rockstars unwürdig. Aber das ist mir heute scheißegal.« Er schaute auf all die Freunde und Familienangehörigen im Raum. »Erst einmal möchte ich euch danken, dass ihr alle gekommen seid. Es bedeutet mir und vor allem Emilia«, er zeigte mit dem Finger auf sie, »viel – sehr viel. Dieses Lied ist für dich, Haarma-silmä. Leider habe ich es nicht selbst geschrieben, schon gar nicht komponiert. Und gesungen haben es auch andere: die deutsche Band *Silbermond.*«

Panu begann zu singen, und Emilia erstarrte. Dieses Lied, seine Stimme, die Worte in Deutsch von ihm zu hören, mit seinem unwiderstehlichen finnischen Akzent. Panu leuchtete! Es stellte alles, was sie bisher in ihm gesehen hatte, in den Schatten. Keiner im Raum konnte sich diesem Leuchten entziehen, und er zog einen jeden in seinen Bann.

»Ich habe einen Schatz gefunden, und er trägt deinen Namen. So wunderschön und wertvoll, mit keinem Geld der Welt zu bezahlen. Du schläfst neben mir ein, ich könnt dich die ganze Nacht betrachten. Sehn, wie du schläfst, hörn, wie du atmest, bis wir am Morgen erwachen. Du hast es wieder mal geschafft, mir den Atem zu rauben. Wenn du neben mir liegst, dann kann ich es kaum glauben, dass jemand wie ich so was Schönes wie dich verdient hat …«

Er reichte Emilia die Hand und zog sie an sich.

»... du bist das Beste, was mir je passiert ist, es tut so gut, wie du mich liebst. Vergiss den Rest der Welt, wenn du bei mir bist. Du bist das Beste, was mir je passiert ist, es tut so gut, wie du mich liebst ...«

Ihre Blicke waren nunmehr ineinander verschlungen, wie zuvor ihre Hände.

»... ich sags dir viel zu selten, es ist schön, dass es dich gibt ...«
Als er gefühlvoll die Ballade beendete, gab er Emilia einen zärtlichen Kuss und fragte sie vor allen Augen: »Liebe Emilia ... wann? Wann wirst du mich heiraten?«

Es herrschte Totenstille. Jeder im Raum hielt unweigerlich den Atem an. Keiner konnte fassen, dass Panu diese Worte ausgesprochen hatte, vor allem im Hinblick dessen, welche Katastrophen durch diese Art von Überraschungen in der Vergangenheit zwischen den beiden schon ausgelöst worden waren.

Umso überraschter und erleichtert waren alle, als Emilia glücklich erwiderte: »Bald!«

Ihr Herz machte einen Aussetzer, und sie strahlte Panu übers ganze Gesicht an. Es war beinahe unbegreiflich für sie, wie ihr Tag von dem schlechtesten überhaupt zum schönsten in ihrem Leben werden konnte. Vergessen waren die letzten Wochen und ihre ganzen Zweifel. Panu hatte ihr überdeutlich bewiesen, dass er sie bedingungslos liebte, und das war alles, was sie brauchte. Sie zog ihn noch enger an sich und küsste ihn innig.

Nachdem sich die erste Aufregung wegen Panus Auftritt gelegt und Emilia und er unaufhörlich erstaunte, aber liebevolle Glückwünsche erhalten hatten, dröhnte laut aus den Boxen *Get The Party Started.* Die improvisierte Tanzfläche in der Mitte des Studios füllte sich, und jeder sang euphorisch mit.

Emilia zog Eva und Tess beiseite, in den kleinen Raum neben dem Studio, und erzählte ihnen in Hochstimmung von ihrem ereignisreichen Tag. Aufgeregt hüpfte sie auf und ab, und auch Tess und Eva konnten nichts anders, als, quietschend vor Freude, Emilia immer wieder zu umarmen.

»Als wir zusammen in meinem Bett lagen, glücklich, uns wieder zu haben …«

»… und befriedigt.« Eva grinste.

»… und wir alles, wirklich alles geklärt hatten«, Emilia überhörte Evas süffisanten Einwand einfach, »fuhr Panu mit der Hand über mein Tattoo und sagte, dass das für ihn der absolute Liebesbeweis wäre, von mir, einer Frau, die Tattoos eigentlich nichts abgewinnen konnte. Er zog mich aus dem Bett, stülpte mir ein Shirt über und schlüpfte selbst in seine Boxershorts. Obwohl ich, frivolerweise, anmerken muss«, Emilias Augen blitzten übermütig, »dass ich auch ohne dieses Kleidungsstück nicht anders auf das, was folgte, reagiert hätte.«

Emilia verstummte und dachte verträumt an den Moment am frühen Nachmittag des heutigen Tages zurück …

Panu hatte sie in seine Arme genommen und geküsst, so leidenschaftlich und liebevoll, dass Emilia die Luft weggeblieben war – nicht wie sonst immer, nein, noch intensiver, es war keine Luft mehr da gewesen, die sie noch hätte atmen können. Panu hatte sie förmlich aufgesogen.

Als er sich widerwillig von ihr gelöst und einen kleinen Schritt zurückgetreten war, war Emilia schwindelig geworden.

Sie hatte gewusst, dass etwas Besonderes – etwas Einmaliges passieren würde.

»Harmaa-silmä, ich habe oft darüber nachgedacht, wie ich dir diese Frage stellen soll, ob ich dir diese Frage überhaupt stellen darf. Ich habe in meinen Träumen genau diesen Moment immer und immer wieder durchdacht, und ich bin zu einem einfachen Entschluss gekommen.« Zärtlich hatte seine Hand ihre Wange berührt, und ohne ein weiteres Wort hatte Emilia ihre Hand auf seine gelegt. »Ich werde dich nicht fragen, ob du mich heiraten willst, aber ich werde dir sagen, warum ich den Rest meines Lebens mit dir und nur mit dir verbringen will.«

Emilia hatte nicht anders gekonnt, hatte schwer geschluckt und vergeblich versucht, die Tränen zurückzuhalten. Als sich die erste Träne dann doch unter ihren dichten schwarzen Wimpern gelöst und still den Weg über ihre Wange genommen hatte, hatte Panu sie sanft weggewischt und mit rauer Stimme gesagt: »Emilia, ich liebe dich. Ich liebe dich für alles, was du bist und wie du bist. Ich liebe dich für diese Träne, die mir zeigt, wie viel Gefühl in deinem zarten Körper steckt. Ich liebe dich für deine Hingabe und Leidenschaft, deinen Humor, deine Samariter-Eigenschaften, die zwar nerven können, aber nun einmal einfach zu dir gehören. Ich liebe dich dafür, dass du mich nicht ändern willst, sondern dafür kämpfst, dass wir, auch wenn wir noch so verschieden sind, eine gemeinsame Zukunft haben können. Und ich liebe dich, weil du die erotischste und gleichzeitig unschuldigste Frau bist und du keines deiner Gefühle wirklich verbergen kannst, auch wenn du dich noch so bemühst.« Panu hatte, bewegt durch seine eigenen Worte, abgebrochen und Emilia sachte auf die Lippen geküsst.

»Emilia, ich möchte den Rest meines Lebens und noch viel länger mit dir verbringen. Ich liebe dich aus tiefstem Herzen.«

Emilia, der die Tränen nun in Strömen über ihr vor Glück leuchtendes Gesicht gelaufen waren, hatte Panu heftig an sich gezogen. Stolpernd waren sie aufs Bett gefallen, und Emilia, die unter seinem Gewicht japsend nach Luft gerungen hatte, hatte sein Gesicht zwischen ihre Hände genommen und geflüstert: »Ja, Panu, ja, ich will mit dir den Rest meines, unseres Lebens verbringen. Ich liebe dich!«

Liebevoll hatte sie ihre Lippen auf seine gelegt, und die Welt war um sie herum versunken – Herz an Herz hatte ihr gemeinsamer Rhythmus geschlagen.

… just you can kiss me deep and devotedly, only in your arms I wanna be …

Danksagung

Danke an …

… meine Familie – für eure Liebe, Geduld und Unterstützung!

… Inna und Uli – für euer unbeschreiblich »intensives« Mitträumen und -leben!

… Kathrin – für deinen »gestalttherapeutischen« Blickwinkel!

… Katja – »kiitos« für die finnischen Übersetzungen!

… Tania, Nicole, Natalie, Muna, Bea, Ute, Conny, Jenny, Birgit – meine wichtigsten Kritikerinnen!

… Julia und Kathinka – für eure großartige Unterstützung!

… Dani und Seok-gill – für eure tollen Stimmen!

… und ein großes Dankeschön an Sunrise Avenue und alle anderen inspirierenden Musiker.

Danke!

The Whole Passion

After a long run, hard times are finally gone,
you touch my soul, with the way you look at me – tenderly.
Memories floating around, what was it all about,
I cannot control the words I whisper breathless to you – they are all true.
We raise our hands as one, before the night is gone,
I feel it deep inside and I can't no longer hide,

The whole passion that we got –
I want to shout it out,
really, really loud,
so everybody knows,
how our love still grows.

Even if something went wrong, we will always remember this song,
you make me powerful, with the way you believe in me – honestly.
The both of us do care, about the life we share,
I really feel proud to have you by my side – every day and every night.
And if there are bad times it's not me here and there you,
it's us togehter and we will struggle through,
we still feel it deep inside and we won't no longer hide,

The whole passion that we got –
I want to shout it out,
really, really loud,
so everybody knows,
how our love still grows.

It takes me just a call and you will catch me if I fall …
I will hold you close to me and love this smile I see …
You always care about my mind, your thoughtful and your kind …
Even if something went wrong, we both are unbelievable strong …
Giving up through a hard time, is not yours, ist not mine …
Fighting for the two of us, willing to find back to each other,
is all we are searching for …
Just you can kiss me deep and devotedly, only in your arms I wanna be.
We both feel it deep inside and we won't no longer hide,

The whole passion that we got –
I want to shout it out,
really, really loud,
so everybody knows,
how our love still grows.